2018年国家社科基金一般项目
"《风行》杂志与象征主义自由诗的发生、演变研究"（18BWW083）

《风行》杂志与象征主义自由诗

李国辉 ◎ 著

中国社会科学出版社

图书在版编目(CIP)数据

《风行》杂志与象征主义自由诗／李国辉著.—北京：中国社会科学出版社，2023.3
ISBN 978-7-5227-1358-8

Ⅰ.①风… Ⅱ.①李… Ⅲ.①象征主义—诗歌研究—法国—近代 Ⅳ.①I565.072

中国国家版本馆CIP数据核字(2023)第023292号

出 版 人	赵剑英
责任编辑	刘 艳
责任校对	陈 晨
责任印制	戴 宽

出　　版	中国社会科学出版社
社　　址	北京鼓楼西大街甲158号
邮　　编	100720
网　　址	http://www.csspw.cn
发 行 部	010-84083685
门 市 部	010-84029450
经　　销	新华书店及其他书店

印刷装订	北京君升印刷有限公司
版　　次	2023年3月第1版
印　　次	2023年3月第1次印刷

开　　本	710×1000　1/16
印　　张	27.75
字　　数	471千字
定　　价	148.00元

凡购买中国社会科学出版社图书，如有质量问题请与本社营销中心联系调换
电话：010-84083683
版权所有　侵权必究

一、波德莱尔画像

出处：波德莱尔，《恶之花》扉页，1892 年版

Charles Baudelaire, *Les Fleurs du mal*, Paris：Calmann Lévy, 1892.

来源：作者收藏

二、《黑猫》周刊刊头

出处:《黑猫》周刊,1883 年 1 月 13 日

来源:作者收藏

三、《风行》杂志封面

出处：《风行》杂志，1886 年 7 月 19 日

来源：作者收藏

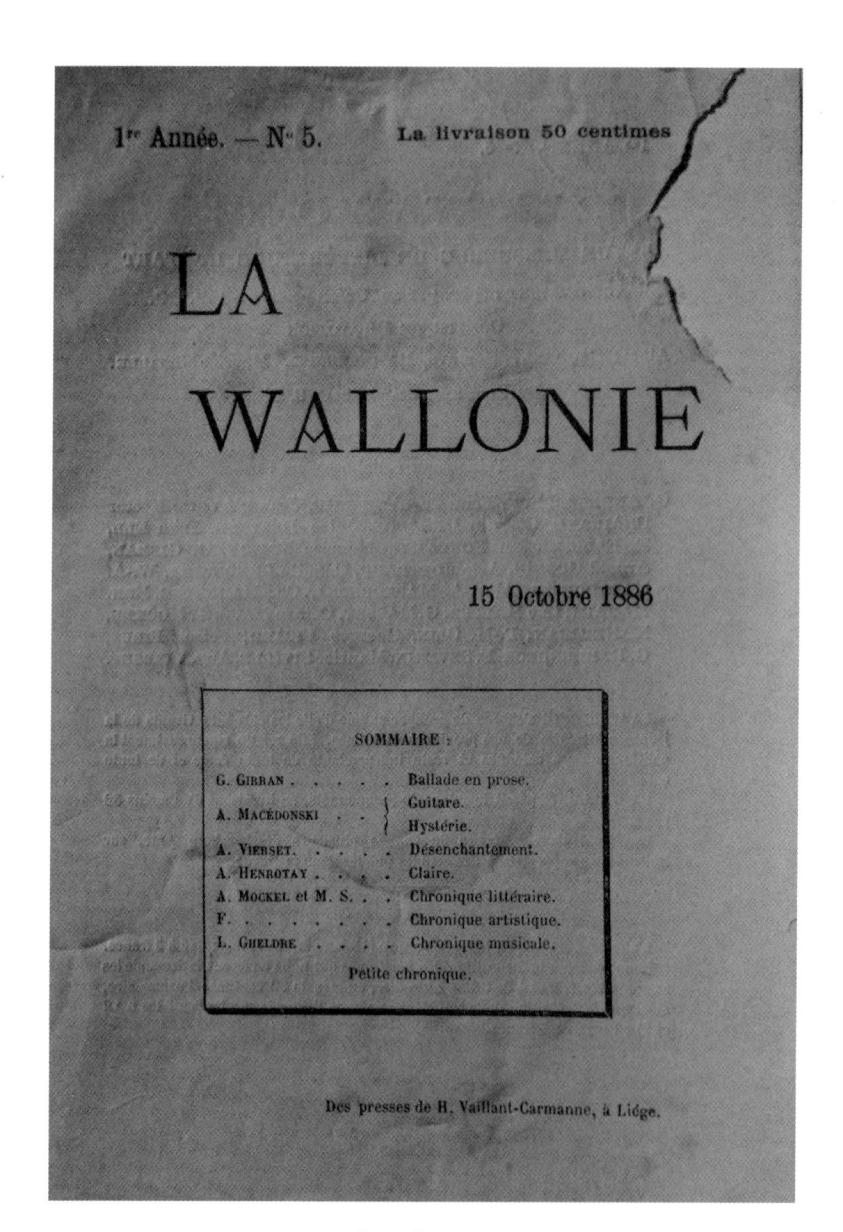

四、《瓦隆》月刊封面
出处：《瓦隆》月刊，1886年10月15日
来源：作者收藏

五、《法兰西信使》月刊封面
出处：《法兰西信使》月刊，1897 年 7 月
来源：作者收藏

六、《热情的朝圣者》封面

出处：莫雷亚斯，《热情的朝圣者》，1893 年

Jean Moréas, *Pèlerin Passionné*, Paris：Léon Vanier, 1893.

来源：作者收藏

七、《让·莫雷亚斯》封面

出处：莫拉斯，《让·莫雷亚斯》，1891年

Charles Maurras, *Jean Moréas*, Paris: Librairie Plon, 1891.

来源：作者收藏

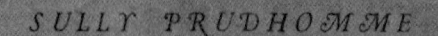

八、《诗体艺术反思》封面

出处：普吕多姆，《诗体艺术反思》，1892 年

Sully Prudhomme, *Réflexions sur l' art des vers*, Paris：Alphonse Lemerre, 1892.

来源：作者收藏

九、《最初的田园诗》封面

出处:普莱西,《最初的田园诗》,1892 年

Maurice du Plessys, *Le Premier Livre pastoral*, Paris: Léon Vanier, 1892.

来源:作者收藏

十、《最初的自由诗诗人》

出处：迪雅尔丹，《最初的自由诗诗人》，1922 年

Édouard Dujardin, *Les Premiers Poètes du vers libre*, Paris: Mercvre de France, 1922.

来源：作者收藏

目　　录

前　言 …………………………………………………………… (1)

第一章　象征主义自由诗的诞生 ………………………… (1)
　第一节　1880年之前的形式解放思想 ………………………… (1)
　　一　波希米亚人的兴起 ……………………………………… (2)
　　二　波德莱尔的尝试 ………………………………………… (4)
　　三　瓦格纳的形式反叛 ……………………………………… (6)
　　四　邦维尔的形式论 ………………………………………… (7)
　　五　韦尔加洛的反叛 ………………………………………… (10)
　第二节　颓废诗人的文学刊物和形式反叛 …………………… (15)
　　一　《厌水者》杂志的创刊 ………………………………… (16)
　　二　《黑猫》杂志的创刊 …………………………………… (18)
　　三　《新左岸》杂志的创刊 ………………………………… (19)
　　四　克吕姗斯卡的反叛 ……………………………………… (21)
　　五　魏尔伦和莫雷亚斯 ……………………………………… (25)
　第三节　1886年《风行》杂志的创刊 ………………………… (30)
　　一　卡恩的早年生活 ………………………………………… (30)
　　二　《风行》杂志的创刊 …………………………………… (33)
　　三　《颓废者》杂志的创刊 ………………………………… (36)
　　四　《彩图集》手稿的寻找 ………………………………… (39)
　第四节　兰波自由诗的探索及其影响 ………………………… (44)
　　一　兰波的无政府主义 ……………………………………… (46)
　　二　兰波自由诗的探索 ……………………………………… (52)
　　三　兰波自由诗的影响 ……………………………………… (56)

第二章 象征主义自由诗的发展 (61)

第一节 威泽瓦与自由诗的新变 (61)
一 威泽瓦的音乐美学 (62)
二 威泽瓦的美学改造 (66)
三 威泽瓦的自由诗观 (70)

第二节 《风行》与拉弗格的自由诗 (72)
一 《风行》上的拉弗格 (74)
二 拉弗格论自由诗 (79)
三 翻译惠特曼诗歌 (82)

第三节 《风行》与卡恩早期的自由诗 (84)
一 《风行》上卡恩的诗作 (86)
二 卡恩自由诗的分析 (89)
三 卡恩自由诗的理念 (93)

第四节 报刊上自由诗的传播与回响 (95)
一 莫雷亚斯的自由诗 (96)
二 迪雅尔丹的自由诗 (102)
三 格里凡的自由诗 (106)
四 其他的诗人和理论 (109)

第三章 象征主义自由诗的成功 (116)

第一节 米歇尔与形式反叛的新势力 (116)
一 米歇尔,"红色圣女" (116)
二 米歇尔与颓废文学 (121)
三 米歇尔的形式反叛 (125)

第二节 自由诗散文化的批评和补救 (129)
一 自由诗的对抗姿态 (130)
二 形式散文化的批评 (135)
三 自由诗的正式命名 (138)

第三节 《风行》诗人与自由诗节奏的探索 (142)
一 初期的内在音乐说 (142)
二 卡恩新节奏单元说 (145)
三 其他人的节奏探索 (150)

目　录

第四章　《风行》的终刊与新刊物的兴起 (155)
第一节　1889年《风行》的复刊与终刊 (155)
一　《独立评论》的新园地 (156)
二　雷泰与《风行》的重刊 (160)
三　《风行》新系列的终刊 (173)
第二节　比利时《瓦隆》杂志的兴起 (174)
一　《瓦隆》的象征主义化 (175)
二　《瓦隆》杂志的崛起 (180)
三　《瓦隆》自由诗的统计 (187)
第三节　《法兰西信使》杂志的兴起 (189)
一　《法兰西信使》的创刊 (189)
二　最初发表的自由诗 (191)
三　转向象征主义杂志 (196)
四　《法兰西信使》自由诗的统计 (199)
五　雷泰发表的自由诗 (200)
第四节　1892年之前自由诗的反响与论争 (204)
一　出版物中的自由诗 (206)
二　于雷的自由诗调查 (207)
三　法国报刊中的争论 (210)
四　《少年比利时》的批评 (215)

第五章　象征主义自由诗的危机 (219)
第一节　布朗热运动与无政府主义的危机 (219)
一　布朗热和他的运动 (219)
二　巴雷斯的政治思想 (222)
三　新的国家意识形态 (225)
第二节　罗曼性概念的提出与自由诗的危机 (230)
一　莫雷亚斯和罗曼派 (231)
二　莫雷亚斯否定自由诗 (235)
三　其他人对自由诗的否定 (238)
第三节　魏尔伦、威泽瓦与自由诗的危机 (241)
一　魏尔伦否定自由诗 (241)

二　威泽瓦诗学的转变 …………………………………………（247）
　　三　威泽瓦否定自由诗 …………………………………………（250）
第四节　普吕多姆、孟戴斯与传统诗律的复辟 ……………………（253）
　　一　普吕多姆的诗律学 …………………………………………（253）
　　二　孟戴斯的诗律主张 …………………………………………（258）
　　三　其他人对诗律的维护 ………………………………………（263）

第六章　《风行》诗人与自由诗的总结 ………………………………（265）
第一节　卡恩对自由诗理论和实践的总结 …………………………（265）
　　一　《论自由诗序》的思想 ……………………………………（266）
　　二　《自由诗的国际调查》 ……………………………………（273）
　　三　《自由诗》中的形式观 ……………………………………（275）
第二节　迪雅尔丹对自由诗理论和实践的总结 ……………………（277）
　　一　诗体的分类和定义 …………………………………………（278）
　　二　自由诗的节奏音步 …………………………………………（280）
　　三　迪雅尔丹回顾自由诗 ………………………………………（284）
第三节　格里凡对自由诗理论和实践的总结 ………………………（289）
　　一　自由诗与诗律传统 …………………………………………（289）
　　二　从《谈文学》看格里凡 ……………………………………（294）
　　三　格里凡回顾自由诗 …………………………………………（301）
第四节　古尔蒙对自由诗理论和实践的总结 ………………………（303）
　　一　古尔蒙的唯心主义 …………………………………………（304）
　　二　古尔蒙的诗学转变 …………………………………………（308）
　　三　古尔蒙回顾自由诗 …………………………………………（312）

结　语 …………………………………………………………………（315）
　　一　诗歌形式的复合体 …………………………………………（316）
　　二　无政府主义与自由精神 ……………………………………（318）
　　三　民族主义与规则精神 ………………………………………（321）
　　四　《风行》的贡献和地位 ……………………………………（323）

目　录

附　录 …………………………………………………（327）
　《风行》杂志目录 ………………………………………（327）
　《瓦隆》杂志目录 ………………………………………（335）
　《法兰西信使》杂志目录 ………………………………（361）

参考文献 ………………………………………………（398）

索　引 …………………………………………………（415）

后　记 …………………………………………………（418）

前　　言

　　如果按照诗体来划分时代，那么从19世纪末到今天为止，可以称作自由诗的时代。无论是在欧洲，还是在东方，自由诗的崛起都堪称最惊人的诗歌事件。在诗歌传统最为深远的国家，例如意大利和中国，也都可以看到诗人们冷落了彼特拉克曾经运用的十四行诗，或者杜甫"晚节渐于诗律细"的七言律诗。代替它们的是一种长长短短、没有定形的新形式，劳伦斯曾将其形容为野风："没有始点没有终点，没有任何基质或者基点，它永远掠过……永远处在一个过程之中，自由自在。"①

　　自由诗本身就是一种风，一种从西欧吹起，同时向大西洋和亚洲吹拂的飓风。而它的源头，就在法国，具体说是巴黎。这座城市被本雅明（Walter Benjamin）视为"19世纪的首都"，它在第二帝国和第三共和国成立初期，汇聚了为数众多的流浪艺术家和背井离乡的异国人。这些人成为后来著名的颓废主义、象征主义群体的主要成员。盛极一时的小酒馆麻醉了他们的理性精神，并助长了美学上藐视一切的态度。1881年出版自由法的颁行，让小期刊的洪流冲破了最后一个关隘，自由诗的时代，遂成为小期刊的黄金时代。自由诗的发动者、媒介、环境等各种条件都已经具备了，巴黎注定要成为象征主义及其自由诗的"首都"。

一　研究目的

　　自五四以来，很多中国文学家不但是遥远巴黎的观望者，也是法国前辈的同路人。从某种角度看，法国自由诗从一开始就是中国新诗现代性的主要元素。但对于法国的自由诗，我们知道多少呢？五四时期，以《新青年》《少年中国》等刊物为园地，曾经对自由诗有过热烈的译介。刘延陵、

---

① David Herbert Lawrence, *New Poems*, New York: B. W. Huebsch, 1920, p. v.

君彦等人都有象征主义自由诗的重要文章发表，可是这些文章不少被证实是译自英文书。① 五四时期的中国学人只能利用国外已有研究，以求了解法国自由诗，就像在窗外看人家庭院，粗粗地见几分格局，却看不真切。一方面可以想见观者的急切之心，另一方面又折射多少无奈。

五四之后，穆木天、夏炎德、徐仲年等人先后出版法国文学史方面的书籍②，国人对象征主义的几位大诗人越来越熟悉，对自由诗的历史也有了新知，但是自由诗的问题与五四时期相比，不那么引人关注了。这背后诚然有抗战期间国人对民族形式更加留意的原因。新时期后，金丝燕、李建英才开始对法国自由诗的历史重新进行考古。法国象征主义自由诗的发生，已经过了一个世纪，可惜系统性的研究一直未能出现，这不仅让五四诗人的瞩望几乎落空，也让中国象征主义研究整体上止步不前。

本书写作的目的正在于此。不仅尝试系统理出象征主义自由诗的发生和流变的历史，而且希望打通美学、政治、传媒等与诗歌形式的关系。换言之，不仅试图呈现自由诗最初阶段的历史，也寻求分析自由诗的文化政治。不是将自由诗从它的文化背景中剥离出来，而是让它在这种背景中得以解释。即使只是初步实现这个目标，可能这对于中国新诗以及法国文学的研究都是有益的。因为未来更合适的研究者可以沿着这条简陋的道路，建立真正的大厦。

二 研究内容和方法

法国象征主义自由诗最初是以《风行》杂志为主阵地的。如果以迪雅尔丹（Édouard Dujardin）的《最初的自由诗诗人》一书所列出的作品为统计源，那么在1890年之前，超过90%的自由诗都发表在这个杂志上，由此可见它与自由诗的密切关系。《法国文学史·现代卷》指出，它（《风行》）"用它的印迹标出了一个时代，在法国诗史上这是真正浓墨重彩的一个时代"③。

---

① 参见拙作《走出"肤浅"与"贫乏"：五四时期象征主义诗学论著辨正》，《河南大学学报》（社会科学版）2019年第6期。
② 例如1935年穆木天编译的《法国文学史》，1936年夏炎德编译的《法兰西文学史》，1946年徐仲年著的《法国文学的主要思潮》。
③ Patrick Berthier & Michel Jarrety, *Histoire de la France littéraire: modernités*, Paris: PUF, 2006, p.718.

前　言

因为自由诗最初的历史与这个杂志密切相关，所以研究这个杂志的文学活动，研究这个杂志与其他杂志的互动，就能把握自由诗历史的主体。本书的线索，就是1886年到1889年的《风行》杂志，中间的停刊期，以及1889—1896年的历史，可以补以其他的杂志。例如《独立评论》《瓦隆》《法兰西信使》。《风行》杂志只是本书的主线，并非全体。本书涉及的内容远超过当时任何一家杂志的范围。对另外的杂志的研究，并没有偏离《风行》杂志的关注点，因为它们的主要撰稿人大体上还是来自《风行》。《风行》就像一座灯塔，引来了其他的志同道合者。因而，可以把《风行》看作是一群刊物的代表。另外，本书并不只限于文学期刊的研究，以《风行》杂志撰稿人为主的诗人的理论和实践，也会在适当的章节中得到系统的分析和反思。

在方法上，对期刊的考察和比较，是众多将要利用的方法中的一种。这些其他的方法，可以借国外现有的著作说明。国外的象征主义研究已经提供了许多有价值的参考书，其中有一些是编年体的。例如康奈尔（Kenneth Cornell）1951年出版的《象征主义运动》（The Symbolist Movement），该书希望"从本源上追溯象征主义"[1]，更多地关注象征主义运动中的次要人物、期刊编辑的作用。其中的不少内容，涉及自由诗。从框架上看，该书的主体内容记录的是1885年到1900年间的诗学大事，材料翔实，系统性不足，可以看作是扩充版的象征主义年表。法语学者比耶特里（Roland Biétry）的《象征主义时期的诗学理论》（Les Théories poétiques à l'époque symboliste），在材料上要更胜一筹，同样也采用了康奈尔的写作模式。这种模式长于事实的描述，但短于系统性的反思。本书虽然总体框架上仍然遵照时间顺序，但是更多考虑各种专题的设计。在这方面，佩尔（Henri Peyre）和巴拉基安（Anna Balakian）的著作可资借鉴。前者著有《什么是象征主义？》（Qu'est-ce que le symbolisme?），后者著有与康奈尔同名的《象征主义运动》。他们要么围绕着重要的诗人，要么围绕着一些话题展开。这种研究虽然较为系统，但又有过多的抽象。这已经被概括为"五人小组研究"，得到了批评，笔者曾指出这种研究既排斥了许多重要的理论

---

[1] Kenneth Cornell, *The Symbolist Movement*, Hamden, Connecticut: Archon Books, 1970, p. vii.

家和诗人,"也是对流派史实的背叛"①。

这两种不同的研究模式,一种重史实,一种重体系,可以互补。本书希望在写作中既能提供历史文献,又能有个人的解释。这是不是一种折中?折中很多时候可能会带来更大的缺陷,例如它既有损于材料,又在系统性上不充分。因而折中不一定是褒义词,它往往暗示了作者自身的举棋不定,缺乏识见。笔者尝试用视野相对主义来解决这种尴尬。佩尔和巴拉基安是着眼于象征主义运动的全体,而做出了相应的抽象。当将自由诗划分出几个阶段后,将视野放在每个阶段上,进而寻找出相关的专题来讨论,就能在保持一定的系统性的同时,又能描摹出整体的演变图貌。

中国读者如果能利用上面的几种书,基本上可以对象征主义自由诗的历史有较好的了解。本书的写作,在初期也曾从这些书中获得不少帮助,但是作为象征主义运动而非自由诗的研究,这四本书的篇幅和内容肯定是不足的。斯科特(Clive Scott)1990 年曾出版《法国自由诗的兴起》(Vers Libre: The Emergence of Free Verse in France 1886-1914),该书是值得参考的名著,对象征主义自由诗的起源和理论,都有所涉及。不过,该书偏重分析具体的诗作,不算是历史研究。2008 年,缪拉(Michel Murat)的《自由诗》(Le Vers libre)问世,它是法国近二十年来最值得关注的。不过它重在对自由诗进行语言学的分析,似乎仍旧抱着本质主义的形式观,这是本书不愿为之的。

除了这两本自由诗的专著外,1922 年东多(Mathurin M. Dondo)还出版过学位论文,标题为"自由诗:法国诗体的逻辑发展"(Vers Libre: A Logical Development of French Verse)。因为缺乏历史的眼光,该论文主要是对自由诗进行形式分析。2009 年博斯基安 - 坎帕内(Catherine Boschian - Campaner)编辑了《自由诗面面观》(Le Vers libre dans tous ses états),这是最新的自由诗论文选,在不少方面可以看到法国人的最新见解。

笔者无意对这些研究进行任何批评,相反,就像刚才说过的那样,这些研究都成为本书有价值的参考。可是,在纵向上考察理论和创作的兴衰演变,在横向上调查诗学、美学和政治关系的自由诗历史,在英美和法国都付诸阙如。这是个很大的缺憾,也是本书写作的初衷。读者可能不会因为已经有不少国外自由诗著作,而责怪这本书的出版。因为它不但有幸成

---

① 李国辉:《当代象征主义流派研究的困境和出路》,《台州学院学报》2020 年第 4 期。

为中国第一本象征主义自由诗的专著,而且在内容和方法上,是现有国外的书籍所不能代替的。

三 新的理念

在本书的姐妹篇《象征主义》中,笔者曾指出象征主义并没有固定的本质,它有的只是一些变动的特征。[1] 这倒不是因为解构主义的去本质化对诗学研究有什么影响。早在《英美自由诗初期理论的谱系》一书中,意象主义与保守派的斗争就呈现出多种不同的自由诗理念。尽管很多保守的诗律家使用了多种其他的名称,但是他们的理论确实是自由诗大群体的构成部分。例如桂冠诗人布里奇斯(Robert Bridges)所说的"新弥尔顿音节风格",以及艾肯(Conrad Aiken)的交响乐理论。如果说《英美自由诗初期理论的谱系》有什么真正的发现,这种发现就是自由诗并不是一个固定的诗体种类,它是多个种类构成的群体。如果用英文表示,自由诗最好叫作"free verses",一个复数名词。就好像生物学中的科、属、种的分法,自由诗是科和属的单位,它下面有不同的种。因为种是多元的,本书并不寻求某个唯一的自由诗的定义。

无论是通过经验的概括,还是出于本质上的分析,定义自由诗都会带来很大的风险,即令它与诗歌的历史发生断裂。贝里(Eleanor Berry)是前者的代表,他也注意到自由诗是一个群体,为了便于给这个群体分类,它提出五个参照轴的标准,例如诗行的长度、诗行的整体性[2]。这种"科学"的方法,并不适用于诗学家,而是图书馆编目人员的工作。很难想象诗人在创作诗歌时,会考虑将他的形式归在哪五个目录之下。这是事后的标本学关注的问题,19 世纪末期的自由诗创作是即时性的、瞬间性的,诗人们选择这种形式来传达情绪和心境,大多看中它非理性的特点。威泽瓦(Téodor de Wyzewa)曾表示,诗"必须放下传达抽象和明确的观念的关切"[3],直觉的、无意识的创造活动最大限度地给自由诗做了辩护。同样,真正深入的研究需要面对自由诗的自发性,这种自发性就像花朵的香气,

---

[1] 参见拙作《象征主义·导论》,北京大学出版社 2022 年版。

[2] Eleanor Berry, "The Free Verse Spectrum", *College English*, Vol. 59, No. 8, December 1997, p. 882.

[3] Téodor de Wyzewa, "Les Livres", *La Revue indépendante*, Vol. 3, No. 7, mai 1887, p. 196.

是拒绝事后的科学推理的。

缪拉是后者的代表。他的著作曾想寻找自由诗的本质。他使用的是语言学的方法,这种方法能给人一种客观、精确的印象,他似乎有理由把自由诗推进它的实验室。俄国形式主义者们早在一个世纪前也做过类似的工作,但还保留了对意义、声音的某种尊重,诗性的内容还可以听到,就像病人微弱的气息一样。缪拉走得更远了,他在《自由诗》中给出了这样的定义:

  1. 自由诗是话语的特殊语段产生的,是现代西方传统中写出的诗特有的。至于节奏单元,它是由长短变化的语段组成。
  2. 这种语段的特点是排版的习惯……①

没有人会质疑缪拉的定义。自由诗是"语段"构成的,不错,但一切语言文字皆然。其实早在公元2世纪的一本《论风格》的书中就出现了"语段"这个词,英译本译作"members",但意思与缪拉使用的"segmentation"类似。这本书伪托为古希腊哲学家德默特里乌斯(Demetrius)所作,它想告诉人们,散文不同于诗体,它不是由韵律构成的,而是由语段构成的。② 缪拉的观点渊源有自,不过,它的目的不是接近象征主义诗人,而是穿越千年时空,让人们坐在了罗马帝国的某个学者身边。

接近象征主义诗人,意味着要强调自由诗发挥的功能。正是因为象征主义诗人们对诗体有了新的要求,他们才会舍弃甚至对抗传统诗律。自由诗体现了诗人们对形式新功能的认识,也正是为了这种新功能,自由诗才会被使用。形式和它的主观对应物——诗人的情绪、心境——之间,存在着相互调整的关系。在文学观念发生重大变革的19世纪,在非理性的美学思潮下,面对着诗歌的非主题化,面对着传达无意识心理活动的需要,原来的浪漫主义诗歌形式,甚至巴纳斯派的形式,在象征主义诗人那里都不太合适了。重新恢复诗人内在经验与形式的对应关系,就成为每位诗人的焦虑。

---

 ① Michel Murat, *Le Vers libre*, Paris: Honoré Champion, 2008, p. 34.
 ② Demetrius, *Demetrius on Style*, trans. T. A. Moxon, London: Everyman's Library, 1941, p. 199.

前　言

这种形式的焦虑，带来了诗体上的进化论说。例如卡恩（Gustave Kahn）在他1897年诗选的序言中说：

> 经过了过度使用，这些形式像褪了色一样继续存在；它们丧失了最初的效果，在有能力更新它们的作家眼里，服从它们的规则毫无价值，他们清楚这些形式在经验上的起源和软弱无力。在任何时期，对于所有艺术的演化来说，这种现象都是颠扑不破的。[1]

进化论的新旧物种斗争说，赋予了自由诗极强的侵犯性。自由诗不再只是诗体探索的产物，更是新旧形式斗争的结果。采用它创作的诗人，多多少少会有新时代开辟者的自我认识。而在保守主义的诗人那里，自由诗成为反叛、粗暴的标签。

破坏旧的，还是维持它，这涉及法国诗人的文化立场。自由诗人除了表达功能之外，还应具有文化功能。这种功能主要不是理性上的，不是说诗人每次创作都要考虑自己的文化立场。它是内在化了的，成为诗人的集体无意识。诗人只要一开口，他作为革命的、自由的诗人，还是作为保守的、节制的诗人的姿态就已经显露了。在当时流派和小圈子层出不穷的巴黎，形式的文化功能是格外重要的，它涉及流派归属和价值斗争的核心问题。象征主义诗人以新文学、新形式的开拓者自居，而在巴纳斯诗人眼中，这却是离经叛道的罪证。一位叫吉勒（Valére Gille）的反对者曾说：

> 推动自由诗主义者装出一副改革家的样子的，并不是新的需要，而只是诗歌才能的衰落，正是它将自由诗主义者们带向了散文。他们的情感粗野而躁动，未经纯化，借助于思想的活动而以自由流动自居，它们破坏了和谐的形式，激荡不安地在实际的生活领域中流传开来。[2]

这种观点就是对自由诗进行的文化裁判。适度的、规则的形式观代表的是古典主义诗学的信仰，它难免要与自由诗发生对抗。

---

[1] Gustave Kahn, *Premier Poèmes*, Paris: Société de Mercure de France, 1897, p. 23.
[2] Valére Gille, "Les Verslibristes", *La Jeune belgique*, Vol. 14, No. 5, mai 1895, p. 221.

教育和艺术宣传资产阶级的民主和自由思想，但无政府主义、社会主义活动也非常活跃，象征主义诗人表面上是远离政治的人，实际上每个人都不得不在左翼和右翼群体之间选择。布朗热事件和德累福斯事件像一双巨大的手，把法国社会撕裂了，同时也让人们看清每个公共人物的阶级和政治立场。自由诗势必具有这个时期的政治功能。一般而言，使用自由诗的多为无政府主义者、社会主义者，是政府中的右翼；而肯定格律诗的，往往是民族主义者、共和派，是政府中的左翼。麦吉尼斯（Patrick McGuinness）曾在研究莫拉斯（Charles Maurras）时说："莫拉斯将形式的问题——浪漫主义的基本的混乱、古典主义的明晰和对称，颂诗与自由诗的对抗——与文化传统、政治意识形态、种族和民族性联系了起来。"① 确实，莫拉斯眼中的自由诗诗人，就是文学中的无政府主义者。因而使用自由诗，折射出诗人与共和国政体、与工人运动的亲疏程度。19 世纪 90 年代，无政府主义者多次发动炸弹袭击，试图造成共和派政府的垮台，恐怕只有听到过爆炸声的诗人，才能真切地体会到运用自由诗还是格律诗写作背后表达的政治姿态。

表达功能、文化功能、政治功能，这就是象征主义自由诗具有的三大功能。诗人革新旧形式走到什么地步，为什么要革新或者保守旧形式，通过这三个功能就能比较深入地给予解释。本书放弃给自由诗下定义的原因也在于此。因为本身并没有自由诗的本质，不存在一种形式的磁铁，它令所有的象征主义诗人都努力地接近它。相反，诗人们从不同的功能出发，造就了不同的自由诗。自由诗的历史是动态的、随时变化的。

---

① Patrick McGuinness, *Poetry & Radical Politics in fin de siècle France*, Oxford: Oxford University Press, 2019, p. 219.

第一章　象征主义自由诗的诞生

第一节　1880 年之前的形式解放思想

自由诗，法文写作"Le Vers libre"，直译的话，可以是"自由诗行"，也可以是"自由诗体"。美国自由诗诗人洛厄尔（Amy Lowell），曾根据这个词源，将英语的自由诗（Free Verse）改称为"自由诗行"（Free Line），原因就在于此。① "自由诗"这个术语并不精确，因为它可以指一首具体的诗（poem），与诗行和诗体都没有关系。这个词流行已久，使用别的名称反而会让读者觉得古怪，因而本书仍旧沿用它。不过，需要提前说明，本书的自由诗指的是自由诗体，当指示具体的诗行时，不得已处则使用"自由诗行"这个叫法。

既然叫自由诗，那么与它对应的就是不自由的诗体。诗体都多多少少是不自由的，最起码，它要有一定的节拍规则。这样说来，自由诗实际上是一个自我矛盾。格里凡（Francis Vielé-Griffin）曾说："自由诗并不是真正自由，它凭此与散文明确地区别开来。"② 这种话在英美诗人那里也是耳熟能详的。自由诗实际上是对格律诗的远离。这种远离至少有两种倾向，第一种倾向是放弃诗体，保留诗意，其结果是散文诗的崛起。一些节奏特征不明显但分行的诗，例如美国诗人威廉斯（William Carlos Williams）的《这就是要说的》（"This Is just to Say"）一诗，可看作是这种倾向的变体。

---

① Amy Lowell, "Some Musical Analogies in Modern Poetry", *The Musical Quarterly*, Vol. 6, No. 1, January 1920, p. 141.

② Francis Vielé-Griffin, "Causerie sur le vers libre et la tradition", *L'Ermitage*, Vol. 19, No. 8, août 1899, p. 83.

第二种倾向是自立规则的诗，它并不反对诗律，只是要改变语顿（césure），或者让诗行音节数量有所伸缩。

无论是第一种倾向，还是第二种倾向，它们在更早的时期都不鲜见，无须等到19世纪末才来提倡。在古希腊时期，品达（Pindar）就尝试过富有变化的形式，法国17世纪的诗人拉·封丹（Jean de la Fontaine）就在他的寓言诗里使用过"自由的诗行"（Les Vers libres）的形式。这其实是对传统诗律的新用法。自由诗从某个视角看，似乎是向更远传统的回归。美国《诗刊》的编辑门罗（Harriet Monroe）就曾有过类似的主张，她指出新诗（自由诗）"是向古典传统回归的一种努力，回归到它伟大的、最初的源头"[1]。这是一种修辞策略，门罗想通过这样一种表态来减少人们对自由诗背弃传统的指责。实际上，现代时期的自由诗具有一种自觉的反叛姿态，这种姿态让它与先前自由的形式区别开来。

一 波希米亚人的兴起

19世纪的法国诗人与之前的相比，最大的不同在于保护人的丧失。在古典主义以及更早的时期，教会、国王势力往往充当文艺保护人的角色。它们不仅给艺术家提供经济和荣誉的保障，而且也制约着艺术家的创作题材和风格。法国大革命打击了这两股势力，执政的资产阶级与艺术家的关系紧张起来。19世纪上半叶频繁的改朝换代，也产生了不少社会边缘人。艺术家们从此离开了宫廷和有着宏伟穹顶的教堂，开始流浪街头。于是"波希米亚人"这类称呼时兴了。前途黯淡的艺术家如果无意取悦民众，就会自我欣赏，沉浸在主体的梦幻世界中。缪尔热（Henri Murger）写出的《波希米亚人：巴黎拉丁区文人生活场景》极好地描绘了这种人的处境。作者在序言中指出：

> 不幸的他们因为隐姓埋名而为社会所责难，因为他们不能或是不知道如何得到公众的认可，以此证明他们在艺术领域的存在价值，或通过展示他们自己来证明他们的未来。他们是痴迷的梦想家，对他们来说艺术是信仰而不是职业；他们还是具有坚定信念的狂热者，看到

---

[1] Harriet Monroe, "Introduction", in Harriet Monroe, ed., *The New Poetry*, New York: The Macmillan Company, 1917, p. vii.

第一章　象征主义自由诗的诞生

一篇杰作足以使他们兴奋不已，他们诚挚的心灵将始终为美丽的事物而跳动，无须问作者的姓名和流派。①

缪尔热生活的时代，属于法兰西第二共和国和第二帝国。两种政体虽有不同，但维护资产阶级利益则是一样的。他书中的诗人鲁道尔夫，是个流浪的诗人，他头发"少得可怜"，穿着肮脏的靴子，"好像已经周游世界两三遍的永世流浪的犹太人的靴子一样"②。

现代诗人的观念，往往是与当政者的意识形态相对抗的。诗人们想用反叛的风格代替资产阶级艺术的媚俗与物质主义。斯蒂尔（Timothy Steele）指出："如果一个人认为主体意识体现出神性，他就会认为他可以自由地破坏任何传统，只要他内在的神促使他这样做。"③ 主体意识的觉醒，并不始于 19 世纪，但是反叛的精神一旦与强烈的主体意识结合起来，势必会引发美学价值的转变，以及自觉的反传统姿态。自由贸易协议的签署，教育与教会的分离，工人运动的兴盛，这一切都已经深刻地改变了法国社会，经济和社会领域内的变革一直弦歌不辍，文化中的反传统运动也为期不远了。

现代诗人的形式反叛，首当其冲的是音律规则。先前的自由形式，一般有着文学之外的根据，它要么配合舞蹈的节奏，要么适应歌唱的旋律。现代诗人们无论需不需要这些跨艺术的根据，他们在自由诗初创时期一般都对音律怀有敌意。对音律的厌恶，在某种程度上意味着与旧文学、旧社会的决裂。卡恩曾将格律诗的确立解释为中央集权的要求，美国诗人有将自由诗与民主思想联系起来的倾向，威士林（Donald Wesling）发现自由诗的文化理想是"代替权威、等级制度"④。寻找自由诗文化上的根据而非仅仅是跨艺术的根据，这是现代时期自由诗的特殊之处。

---

① ［法］亨利·缪尔热：《波希米亚人》，孙书姿译，华夏出版社 2003 年版，第 6 页。
② ［法］亨利·缪尔热：《波希米亚人》，孙书姿译，华夏出版社 2003 年版，第 20 页。
③ Timothy Steele, *Missing Measures*, Fayetteville：University of Arkansas Press, 1990, pp. 282 - 283.
④ Donald Wesling, "The Prosodies of Free Verse", in Reuben A. Brower, ed., *Twentieth - Century Literature in Retrospect*, Cambridge, Harvard University Press, 1971, p. 160.

二 波德莱尔的尝试

缪尔热《波希米亚人》中的鲁道尔夫，原型就是第二帝国时期活跃的诗人波德莱尔。虽然音律的价值还未完全丧失，但是波德莱尔已经开始寻找新的形式。他相信平常规则的形式没有充分的表现力。在《恶之花》附录的《注释》中，波德莱尔思考一种新的韵律，它的根"在人的灵魂中扎下，比任何古典的理论所指示的都要深"①。这种新的韵律指的是具体的某种形式，还只是一种精神，波德莱尔并没有说明，但是他的态度是可以猜想到的。古典的诗律无法达到这样的深度，它可以带来音乐性，但这种音乐并不是心灵深处的音乐。波德莱尔呼唤"神秘而不为人知的韵律"②，这是不是后来的自由诗，是值得玩味的。

《小散文诗》（又名《巴黎的忧郁》）可以看作是诗人形式解放的尝试。既然十四行诗一定要讲究韵律，散文倒是自由创作的优良工具。散文诗像自由诗一样，都是保留诗意、放宽甚至解放诗体的一种尝试。这种形式并不是波德莱尔首创的，但波德莱尔把自己的韵律理想寄托在这种形式中。《小散文诗》的前言说得明白，这种文体"没有节奏和押韵"，"足够柔软"，言外之意，亚历山大体这类的诗体就比较僵硬了；波德莱尔还认为散文诗"适应心灵的抒情冲动，适应梦想的波动"③。

散文诗并不是波德莱尔唯一的尝试，他也开始革新旧的诗律，希望能够有更多的变化。在《深渊》（"Le Gouffre"）一诗中，人们看到语顿有了新的位置：

Et mon esprit, toujours du vertige hanté
我的精神，一直有撇之不去的眩晕

这行诗中有一个语意上的停顿，它改变了诗行通常 6 + 6 的标准节奏，带

---

① Charles Baudelaire, *Œuvres complètes*, tome 1, Paris: Le Club français du livre, 1966, p. 1026.

② Charles Baudelaire, *Œuvres complètes*, tome 1, Paris: Le Club français du livre, 1966, p. 1026.

③ Charles Baudelaire, *Œuvres complètes*, tome 3, Paris: Le Club français du livre, 1966, pp. 3 – 4.

来了 4+8 的结构。

这首诗中的另一行，语意的干涉力量更加强大：

Hélas ! tout est abîme, —action, désir, rêve
唉，一切都是深渊，——行动、欲望、梦想

这行诗表面上是 6+6，语顿落在"bî"这个音节后，"me"和"ac"形成了连音，成为一个音节。形式上的节奏与实际的节奏不同。实际的节奏因为语意的强调作用，给这行诗带来了这样的结构：2+4+2+2+2。诗行具有了五个部分，尤其是后面的 6 个音节，原本的半行完全破裂了，分成了三个独立的节奏单元。第 6 个音节处的语顿几乎不复存在了。

亚历山大体的 12 个音节，在他的诗中有时会有意被打破。例如《忧郁》("Spleen")一诗，有这样一行：

Pluviôse, irrité contre la ville entière
雨月，为整个城市感到恼怒

诗行的节奏是：3+4+4。第一个词是 3 个音节，它的最后一个音节与第二个词的第一个音节发生了连音。最后两个词因为出现连音，是 3 个音节。这样计算的话，这行诗总共只有 11 个音节，比正常的少了一个。

另外，波德莱尔还使用过奇数音节的诗行。例如在《毒药》("Le Poison")一诗中，每节诗中的偶数诗行，基本上是七音节的。例如这一行：

Dans l'or de sa vapeur rouge
在红霞的金光中涌现

这就是七音节诗行，节奏是 2+5。整首诗以十二音节的诗行和七音节的诗行交替而成，奇数诗行和偶数诗行的组合成就了变动的节奏感。

虽然波德莱尔整体上并没有打破法国诗律传统，但是他已经令人吃惊地表现出对形式解放的渴望。基里克（Rachel Killick）曾评价道："他的作品因而指示了魏尔伦和象征主义者们的音律试验。"①

三 瓦格纳的形式反叛

波德莱尔生活的时代，巴黎已经感受到德国音乐家瓦格纳的冲击。其实早在1850年，李斯特就曾指挥演奏过瓦格纳的作品，浪漫主义诗人奈瓦尔（Gérard de Nerval）看罢后，还写了评论。1861年，巴黎的意大利剧场接连上演三场瓦格纳的歌剧，波德莱尔前往观看，有深刻的印象。

波德莱尔对瓦格纳的兴趣，主要集中在音乐的梦幻上。歌剧可能不是透露瓦格纳的形式观的有效窗口。但是这位德国音乐家的音乐理论，确实在《恶之花》出版的19世纪50年代，成为自由诗理论的重要源头。这里有两个重要的史实需要注意。首先是1851年瓦格纳的《歌剧与戏剧》（Oper und Drama）在德国出版，其次是1861年《四部歌剧》（Quatre Poèmes d'opéras）这部法译本在法国面世。《四部歌剧》的前言长达73页，是瓦格纳音乐理论的概括。这些事实说明法国诗人有接触瓦格纳影响的条件。实际上，最早的一批年轻的象征主义诗人就是瓦格纳主义者，后文会详细说明。瓦格纳的形式理论对自由诗的影响，长期未能得到足够的重视。例如伍利（Grange Woolley）认为："假如人们能谈论瓦格纳对自由诗观念的影响，这种影响不如说是一种音乐的影响，或者更多的是音乐美学讨论的特别间接的影响，不仅来自瓦格纳，而且来自一般的新音乐。"② 如果瓦格纳只是给了自由诗诗人们间接的影响，只是让他们注意到音乐的重要性，而这种音乐与别的"一般的新音乐"也没有什么差别，那么瓦格纳的理论确实是无关宏旨的。但实情并非如此。

瓦格纳重新疏通了语音（乐音）与情感的通道，而这就是象征主义理论最初的源头。就像文学形式与内在体验在当时法国作家的理解中已经出现断裂一样，瓦格纳发现乐音与情感的关系出现了危机。乐音不再有力地表达情感；相反，它成为理性的工具。这里的理性并非仅仅指说理的、叙事的内容，它的范围很大，还包括任何与语言相关的指涉功能。古希腊之

---

① Rachel Killick, "Baudelaire's Versification: Conservative or Radical?", in Rosemary Lloyd, ed., *The Cambridge Companion to Baudelaire*, Cambridge: Cambridge University Press, 2006, p.65.

② Grange Woolley, *Richard Wagner et le symbolisme français*, Paris: Les Presses universitaires de France, 1931, p.120.

后的基督教艺术，以及后来的古典主义艺术，都是这种理性艺术的代表。瓦格纳推崇的情感的艺术，则存在于民歌、古希腊悲剧以及原始的舞蹈中。情感的艺术，就是本性冲动的艺术。因为是本性冲动，因而就有了超越历史、超越现实的色彩。换句话说，这种艺术是永恒人性的表达。

瓦格纳尽管不是专门的诗人，但他发现诗歌语言已经堕落了。它原本是情感的表象，现在却成为理性的仆人。诗歌语言越来越为实用的、理性的目的服务，它破坏了与音调语言的联盟，成为单纯的词语语言。而音调语言是"情感的最自发的表达"①，它建立在词根重音与情感紧密联系的基础上。瓦格纳的目的是想恢复词根重音在诗歌语言中的中心地位，这样诗歌就能真正表达内在的情感。可是，现代诗人手中的诗律基本利用的是词语语言。

瓦格纳发现，古希腊悲剧的舞蹈，与音调语言和词语语言能够有机结合在一起，这带来了鲜活的节奏。近代的法国诗人，通过模仿古希腊音律，得到了"抽象的诗体节拍"②，再加上词语语言产生了毫无情感联系的重音，于是就有了今天的轻重律五音步诗体。这种"五只脚的怪物"，不是让节奏变得生动，而是让它成为肤浅的、模糊的声音结构。最终，德国音乐家得出了他的结论："在这种旋律或者这种诗体中，存在着缺乏任何韵律学的明显证据。"③ 瓦格纳勇敢地否定了传统诗律作为韵律的地位。尽管他的借口是建立一种新的音乐，而非完全针对传统诗律本身，但是他对抗诗律的行为，给后来的象征主义诗人树立了典范。有批评家主张："象征主义成为象征主义一点也不需要瓦格纳主义。"④ 这并不中肯。随便翻看象征主义诗人迪雅尔丹的《最初的自由诗诗人》，就能找到这位德国人给法国自由诗启发的证据。

四　邦维尔的形式论

波德莱尔去世前一年，一部诗选集《当代巴纳斯》（*Le Parnasse cont-*

---

① Richard Wagner, *Richard Wagner's Prose Works*, volume 2, trans. William Ashton Ellis, London: Kegan Paul, Trench, Trübner, 1900, p. 386.

② Richard Wagner, *Richard Wagner's Prose Works*, volume 2, trans. William Ashton Ellis, London: Kegan Paul, Trench, Trübner, 1900, p. 241.

③ Richard Wagner, *Richard Wagner's Prose Works*, volume 2, trans. William Ashton Ellis, London: Kegan Paul, Trench, Trübner, 1900, p. 244.

④ André Coeuroy, *Wagner et l'esprit romantique*, Paris: Gallimard, 1965, p. 271.

emporain)问世了。《恶之花》的作者和其他的诗人,例如邦维尔(Théodore de Banville)、利勒(Leconte de Lisle),共有了一个新的名称:巴纳斯诗人。

作为该派的代表诗人,邦维尔1872年出版了他的《法国诗简论》,这是当时巴纳斯派形式理论的集大成之作。后来的象征主义自由诗诗人几乎都熟悉这本书,有些象征主义诗人指责邦维尔应为巴纳斯派的苛刻诗律负责,例如,格里凡曾暗示巴纳斯派制定了诗律的"枷锁",而邦维尔是它的"立法者"。[①] 稍晚一些年的学者博尼耶(André Beaunier)在讨论自由诗的时候,曾把它看作是对巴纳斯派的"革命":"诗体必须要从巴纳斯派的规则中解放出来,因为这种规则是糟糕的。"[②] 这些批评不但让邦维尔,也让很多巴纳斯诗人遭受误解。实际上,邦维尔是诗律解放的先行者,他的理论给后来的年轻诗人很大鼓励。

邦维尔的形式观,可以先从他的诗歌观说起。这里还可以引用博尼耶指责巴纳斯派的话:"他们实证的精神使他们极不适于诗歌的情感;因而他们使诗成为一种复杂、精细的技巧。"[③] 实际上,无论是邦维尔,还是戈蒂耶(Théophile Gautier)、普吕多姆(Sully Prudhomme)这几位重要的巴纳斯诗人,都不是实证精神的倡导者。相反,他们反对客观的描述,要求诗歌表达"灵魂的"生活。博尼耶的判断以偏概全了。邦维尔说:"诗的目的是在读者的灵魂中唤起印象,在他的精神中引发形象,——而非描绘这些印象和形象。这需要利用复杂得多、神秘得多的一种方法。"[④] 这里明显反对客观的"描绘",主张召唤和暗示的艺术手法,这与马拉美的观点是一致的,后者曾指出:"我相信诗歌的内容只有暗示。观照事物,让意象从事物引发的幻想中离地而飞,这些就是诗。"[⑤] 马拉美的这句话是他在1891年的一次访谈中说的,当时他早就被看作是象征主义的大师。

因为强调内在的、"神圣的"生活,邦维尔将诗看作是一种歌唱。诗体存在的理由就是诗人必须歌唱:"如果他不能歌唱,他就会死去。这就

---

① Francis Vielé-Griffin, *Joies*, Paris: Tresse et Stock, 1889, pp. 11 - 12.
② André Beaunier, *La Poésie nouvelle*, Paris: Société dv Mercvre de France, 1902, p. 25.
③ André Beaunier, *La Poésie nouvelle*, Paris: Société dv Mercvre de France, 1902, p. 24.
④ Théodore de Banville, *Petit Traité de poésie française*, Paris: Bibliothèque - Charpentier, 1903, pp. 261 - 262.
⑤ Stéphane Mallarmé, *Œuvres complètes*, Paris: Gallimard, 1945, p. 869.

第一章 象征主义自由诗的诞生

是为什么诗体像我们吃的面包和我们呼吸的空气一样有用的原因。"① 如果将歌唱看作是诗体的根据，那么诗体本身的法则就必须寻找诗人内在的情感节奏，变化也就是题中应有之义了。邦维尔的诗体观和波德莱尔、瓦格纳的相比，思维方式是完全一样的。它们都想重塑诗体与情感的关系。美国批评家苏顿（Walter Sutton）将自由诗的这种思维方式概括为"有机理论"，认为它"实际上是浪漫主义有机理论的扩展和进一步发展"②。将浪漫主义诗人、巴纳斯诗人和象征主义诗人都放到有机理论中来考察，有可能找到他们共同的渊源关系。

像浪漫主义者一样，邦维尔看到周围环境的束缚。就诗律来说，西方诗律的历史好比一个不断退化的过程，最终陷入18世纪的僵化状态。他发现古希腊、罗马诗人的诗体是自由的，荷马、维吉尔的诗没有后来法国诗人的"锁链"。到了16世纪的龙萨（Pierre de Ronsard）那里，尽管法国诗人已经把自己渐渐捆绑起来，但是在元音的使用上，人们仍旧是自由的。18世纪出现了布瓦洛的法则，邦维尔将其比作木乃伊身上绑的带子，法国诗歌遭到了可怕的虐待："人们开始掏出它的内脏，留下来的东西被如此严实地裹在无法摆脱的带子里，以至于它肯定会窒息，如果人们一开始并没有给它开膛破肚、大肆破坏的话。"③ 这种死亡的隐喻，传达的是这样一种担忧：怎样让诗歌重获生命力。

邦维尔看到浪漫主义诗人开始行动了，例如雨果。雨果给诗行带来一定的自由，但是他有点"胆怯"，"并不完全是一个革命者"，还留下一些未完成的工作。④ 邦维尔呼唤绝对自由的诗："让我们更进一步：我们敢宣告完全的自由，并且认为在这些复杂的问题上，只有听觉做决定。"⑤ 这种观点是超前的，是自由诗的号角。它比格里凡1889年的序言足足早了17年。邦维尔配得上自由诗领路人的称号。莫雷亚斯（Jean Moréas）对此深

---

① Théodore de Banville, *Petit Traité de poésie française*, Paris: Bibliothèque – Charpentier, 1903, p. 5.
② Walter Sutton, *American Free Verse*, New York: New Directions, 1973, p. 34.
③ Théodore de Banville, *Petit Traité de poésie française*, Paris: Bibliothèque – Charpentier, 1903, p. 111.
④ Théodore de Banville, *Petit Traité de poésie française*, Paris: Bibliothèque – Charpentier, 1903, p. 107.
⑤ Théodore de Banville, *Petit Traité de poésie française*, Paris: Bibliothèque – Charpentier, 1903, p. 109.

有体会，在发表《象征主义》的宣言文章 3 年后，他指出："我相信已经充分证明了德·邦维尔先生提倡过的所有的节奏改革，这些改革是我们有勇气要实现的。"① 如果能看到巴纳斯诗学与象征主义自由诗理论的连续性，而不是断裂性，就能更深入地理解自由诗背后的历史必然性。

自由在每个人那里都有不同的意义。邦维尔所说的"完全的自由"，在语境中该怎么理解，这是要弄清楚的。从他的解释来看，这主要表现为两点，第一点是最明显的，他要求诗行的语顿不要固定，任何位置都可以。这是想改变诗行节奏单元的构成方式。第二点也涉及诗行音节数量的变化。但是他并没有说明这种变化要在什么样的限度内。邦维尔的形式观还有两个限制，也应该注意。第一个限制是，他想让法国诗人取法颂诗的诗节和一些传统的形式，也就是说，诗体的自由要有传统形式的基础。第二个限制是他强调严格的押韵。自由诗不仅涉及诗行内在的构成，也涉及押韵的放宽，甚至不押韵。邦维尔将押韵看得非常神圣，认为押韵能最好地为想象力服务。他取笑雨果不善选韵，也瞧不起布瓦洛的耳朵。在押韵上，邦维尔确实给后来的诗人、批评家保守的错觉。但这也正好让象征主义诗人有机会做剩余的工作。

五　韦尔加洛的反叛

邦维尔的《法国诗简论》出版的时间是巴黎公社被镇压的第二年。邦维尔作为一名巴纳斯诗人，应该涂上这个时代的某种反叛的色彩。他对雨果的嘲讽，是否含有激进派对共和派的不屑呢？这是值得思考的。巴黎公社的失败，惨痛的流血事件，让法国人的文化信仰受到重创。《法国史》曾有这样的论述："从短期来看，对于一代工人运动的积极分子而言，他们的内心蒙上了某种残酷的空虚感，终身忍受记忆的残酷煎熬。"② 文化无政府主义的思想，是自由诗发生的一个内在条件。对文化传统的否定，自然导致对作为它的构成部分的诗律传统的厌恶。数年后，一名自称为巴黎公社社员的年轻人韦尔加洛（Nicanor della Rocca de Vergalo）出现了。他

---

① Léon Vanier ed., *Les Premières Armes de symbolisme*, Paris: Léon Vanier, Libraire - Éditeur, 1889, p.50.

② [法]乔治·杜比主编：《法国史·中卷》，吕一民等译，商务印书馆 2018 年版，第 1134 页。

第一章　象征主义自由诗的诞生

1846年出生在秘鲁的利马，担任过秘鲁军队的炮兵中尉，后来流亡到法国。人们从他1880年发表的《新诗学》（La Poëtique nouvelle）中读到了这样一句话："这是要求被遣返回国的一位巴黎公社社员。——这是一个特别人性的诗人——它太个人主义了。"① 这句话似乎证实了韦尔加洛的政治身份：他因为参与巴黎公社而被流放，得到特赦后，被遣返回国。但这种判断是错误的。韦尔加洛根本就没有参与过公社的反叛。秘鲁学者安昌特·阿里亚斯（Anchante Arias）在他的博士学位论文中引用一些材料，找到了韦尔加洛早年的事迹：

> 韦尔加洛，是一位意大利裔秘鲁诗人，他在法国接受了部分教育。塞贡·吉列尔莫·鲁永指出，他10岁时来到巴黎，并在那里学习，直到1862年。然后他来到秘鲁。他参加了1866年多斯德马约（Dos de Mayo）的战斗，在那里得到了中尉的军衔，随后他与他的长官一起退役。他结了婚并有了一个儿子。最终，他1872年回到法国，再也没有去秘鲁。②

这样看来，韦尔加洛错过了巴黎公社，在它被镇压之后才来到巴黎。这个材料也得到了邦维尔、马拉美等人给秘鲁议会写的一封请愿信的佐证。因为韦尔加洛生活无着，所以法国诗人们想给他申请一笔年金。信中说："韦尔加洛先生，他的健康每况愈下，没有家庭，没有支援，是一个26个月的孩子的父亲，他在离开利马时，不愿舍弃这个孩子，他用母亲般的关爱照料他，除了精神力量，他找不到生活来源。"③ 这封信写于1879年，那个叫胡利奥的孩子已经9岁了，距1872年正好七年。一个1872年来到巴黎的外国人，似乎与巴黎公社没有任何关系，这里为什么要把他视作公社诗人呢？原因有两个：第一，韦尔加洛在法国读过书，他的不少法国同学是公社社员，后来被杀害。韦尔加洛将他们的精神继承了下来。1873年，韦尔加洛接到他妹妹的信后，以他妹妹的口吻写了这样几行诗：

---

① Nicanor della Rocca de Vergalo, *La Poëtique nouvelle*, Paris: Alphonse Lemerre, 1880, p. xiv.
② Jim Alexander Anchante Arias, El Simbolismo francés y la poesía peruana, Ph. D. Dissertation, Universidad Nacional Mayor de San Marcos, 2018.
③ Nicanor della Rocca de Vergalo, *La Poëtique nouvelle*, Paris: Alphonse Lemerre, 1880, p. 72.

> 为什么，你去乞讨黑面包，一个避难所，
> 去一个你会发现自己孤身一人的地方，
> 因为你亲爱的朋友们被裹在裹尸布里。
> 战争毁掉了他们；巴黎公社
> 把有关他们的记忆丢在了公共墓穴里。①

诗行中的"你"，指的是诗人本人。韦尔加洛像他的"亲爱的朋友们"一样，仇视梯也尔的共和国。即使他没有亲身参加战斗，但仍然与他们站在一起。第二，韦尔加洛本人像公社社员们一样，也参与了一场起义。这就是秘鲁的古铁雷斯兄弟的叛乱。1872 年 7 月，秘鲁陆军部长古铁雷斯（Tomás Gutiérrez）在其兄弟们的支持下，逮捕了总统巴尔塔（José Balta），夺取了权力。政变最终失败。安昌特·阿里亚斯解释了该诗人与这场政变的关系："韦尔加洛以一种并不完全清楚的方式，在政变中加入到古铁雷斯兄弟那一边，反对巴尔塔；上述的政变，就像我们知道的那样，结果是即将离任总统的死亡，以及古铁雷斯兄弟被失去理智的群众杀死。该事件发生在 1872 年 7 月 22 日到 27 日期间。9 月 8 日，诗人和他的儿子登上驶往欧洲的'巴拿马'号轮船。"② 这里有一个细节是错误的，韦尔加洛上了轮船，可是这艘轮船的目的地是巴拿马，他 9 月 15 日到达巴拿马，当时运河没有开凿，韦尔加洛不得不越过巴拿马地峡，然后换船，他 10 月 12 日到达库拉索，进入大西洋后，11 月 11 日到达法国的港口城市勒阿弗尔，并在 1 日后进入巴黎。他的诗集《印加人的诗篇》，留下了他旅行的足迹。发生在秘鲁的叛乱，虽然目的不同，但形式上与巴黎公社非常相似：一部分军队对抗国家的最高领袖，后者代表的是大商人、金融家的利益，因而叛乱具有一定阶级斗争的性质。正是上面两个理由，可以将韦尔加洛看作是公社分子。

巴黎公社的无政府思想，反抗的是入侵的普鲁士军队，以及卖国的投降派和新成立的临时政府。巴黎公社社员没有找到任何新的制度和主义，他们大体上还不是社会主义者，但是他们至少可以否定眼前的任何制度和

---

① Nicanor della Rocca de Vergalo, *Le Livre des Incas*, Paris: Alphonse Lemerre, 1879, p.133.
② Jim Alexander Anchante Arias, *El Simbolismo francés y la poesía peruana*, Ph. D. Dissertation, Universidad Nacional Mayor de San Marcos, 2018.

第一章　象征主义自由诗的诞生

观念。迈特龙（Jean Maitron）指出："无政府主义作为政治、经济和社会的理论，它表现为对权威的反抗，和对全面自由的渴望。可以说19世纪的理想就在这里。"① 文学上的无政府主义同样如此，它可能缺乏新的体系，但是反抗任何旧的传统足以构成它的目标。韦尔加洛在他的《新诗学》中说："我造就了新的诗学、一种新的韵律，即是说，一种艺术行动，一种改革，一种革命。"② 这里就明确将政治革命与文学革新联系在一起。这对后来的自由诗及其理论来说是至关重要的。尽管并非所有的象征主义自由诗诗人都倡导革命，但自由诗的反传统主张基本上一直是政治革命的隐喻。就像麦吉尼斯的书中所说的那样，"文学和政治之间，诗与政治意识形态之间，没有边界"③。

不同于邦维尔给押韵设置了更为复杂的标准，甚至认为"思想和押韵只是一个东西"④，韦尔加洛把押韵极大地放宽了，他主张"有缺陷的押韵是卓越的"⑤。有些元音之前没有相同辅音的词语，例如"géant"和"océan"，也获得了合法性。而这种押韵在邦维尔的体系中是被禁止的，因为它们在发音上有细微的区别。韦尔加洛押韵的标准是声音听起来相似，而非严格的语音学的分析。他让耳朵而非语音学成为评判的标准。

在语顿上，韦尔加洛继承了巴纳斯派这位大师的观点，主张任何位置的语顿都可以接受。邦维尔已经让语顿变得完全自由了，韦尔加洛只能和他站成一排。不过，这并不妨碍韦尔加洛流露他的"狂妄自大"，他用自己的名字来命名自由的语顿："韦尔加洛式语顿"（la césure vergalienne）。如果不仔细看，可能有人会把它念作"维吉尔式语顿"，以为韦尔加洛在向古罗马的诗人致敬。拥有了新的名称，韦尔加洛就把自己的反叛精神更好地注入到诗体中，他称使用这种语顿的诗，是"自由的诗、野性的诗"⑥。引文中"自由的诗"（vers libres）和本书的研究对象"自由诗"在

---

① Jean Maitron, *Histoire du mouvement anarchiste en France*, Paris: Société universitaire, 1955, p. 448.
② Nicanor della Rocca de Vergalo, *La Poëtique nouvelle*, Paris: Alphonse Lemerre, 1880, p. xiii.
③ Patrick McGuinness, *Poetry & Radical Politics in fin de siècle France*, Oxford: Oxford University Press, 2019, p. 258.
④ Théodore de Banville, *Petit Traité de poésie française*, Paris: Bibliothèque - Charpentier, 1903, pp. 59 - 60.
⑤ Nicanor della Rocca de Vergalo, *La Poëtique nouvelle*, Paris: Alphonse Lemerre, 1880, p. 12.
⑥ Nicanor della Rocca de Vergalo, *La Poëtique nouvelle*, Paris: Alphonse Lemerre, 1880, p. 15.

法文上的写法是一样的，只有单复数的不同。韦尔加洛的这个用法，可能还是拉·封丹式的，不过，这并不是说韦尔加洛在一瞬间没有瞥见打破传统诗律后新诗学的光芒。他这本书的标题就叫作"新诗学"。11 年后，当自由诗完全确立后，罗当巴克（Georges Rodenbach）发现了这位更早的开拓者，并这样评价韦尔加洛："如果不是创新者，也至少是自由诗以及其他革新诗体的复兴者。"① 韦尔加洛在自由诗中的地位到了 21 世纪已渐渐得到法语学界的肯定，有批评家已经将其视为"自由诗的先驱之一"②。

韦尔加洛似乎发现了新的诗体与中国诗的关系，他说："我再重复一遍，不要古典的语顿。让中国人说话。"③ 什么叫"让中国人说话"呢？中国诗不讲究"古典的语顿"吗？其实在 19 世纪，中国诗主要还是五言、七言律诗，拿七言律诗来说，它的语顿在第四字后，所谓"上四下三"。虽然讲究语顿，但是一来因为是奇数诗行，与法国诗传统的偶数诗行不一样；二来语顿让诗行分成了两个不均等的部分。这还是让韦尔加洛感兴趣的，他想用中国诗的新样式来建立一个反常的传统。

新的诗体要求有新的读者，因为诗律革命，暗含着诗人与读者的新关系。韦尔加洛注意到了新读者的重要性："存在着新的一代诗人和读者，他们能感受到听觉新的快感。我们正是为了这一代人而写作。"④ 这里面对抗的姿态是明显的。诗人并不是要求教育旧的读者，他希望用新的读者来代替旧的。旧读者和"这一代人"已经出现了审美趣味上的鸿沟，韦尔加洛不情愿向旧读者妥协。究其原因，旧读者和新读者之间的美学分歧只是表面的，真正的对立是意识形态的。韦尔加洛所渴望的读者，是与他精神契合的反叛者，他们既厌恶仍旧活跃在法国的保皇党，又鄙视用商业活动来联合法国各阶层的资产阶级共和政府。意识形态的斗争没有协调的空间，韦尔加洛期待的新读者，未尝不是未来与他并肩战斗的战友。

总的来看，到 1880 年，随着波德莱尔、瓦格纳、邦维尔和韦尔加洛的倡导，对传统诗律的不满情绪渐渐高涨。新的解放的诗体，不但能满足

---

① Georges Rodenbach, "La Poésie nouvelle", *Revue bleue*, Vol. 47, No. 14, avril 1891, p. 422.
② Marcos Eymar, "Le Plurilinguisme latent et l'émergence du vers libre", in Patrizia Noel Aziz Hanna and Levente Seláf, eds., *The Poetics of Multilingualism*, Newcastle upon Tyne: Cambridge Scholars Publishing, 2017, p. 168.
③ Nicanor della Rocca de Vergalo, *La Poëtique nouvelle*, Paris: Alphonse Lemerre, 1880, p. 15.
④ Nicanor della Rocca de Vergalo, *La Poëtique nouvelle*, Paris: Alphonse Lemerre, 1880, p. 33.

这些诗人更加灵活地表达心灵的要求，也明显地传达出他们反抗威权的美学意识形态。从这种意义上说，虽然自由诗还未完全创立，但它已经在发挥作用，也就是说，似乎不存在的自由诗已经存在了。1880 年以后的颓废诗人，将会沿着这些前驱设立的路标，继续前进。

第二节 颓废诗人的文学刊物和形式反叛

巴黎公社之后，无政府主义的思想仍然在法国弥漫。法兰西第三共和国必须要缓和社会矛盾。一心想"巩固共和国"的儒勒·费里（Jules Ferry）开始行动了①。先后担任部长和内阁总理的费里，开始了从教育到法律的一系列改革，他在 1881 年通过允许人民结社自由的法案，还通过了出版自由法。尤其是后者，直接给后来的象征主义文学运动准备了条件。这个法案是 1881 年 7 月 29 日提交到国民议会的，利沃（René de Livois）在他著名的《法国报刊史》中有过这样的记载："在国民议会，讨论是热烈的，但是仅限于几位熟悉先前政体的可怕的议员，他们意识到必须要一劳永逸地确定一些方法，以便保证出版自由，同时保证国家不受滥用这种自由之害。"② 法案最后以 448∶4 的比例投票通过，之后，创办刊物变得非常简单，不但刊物的花费大大减少，而且邮寄刊物的税金也被取消。随后的几年中，人们看到了刊物数量的爆发，利沃曾经整理过这个数据。他发现在 1870 年的时候，巴黎只有 900 种期刊，外省一共是 1000 种，到了 1885 年，巴黎的刊物达到 1540 种，增加了将近一倍，外省的刊物 1885 年有 2810 种，两年后，这个数字是 5175 种。③

这些数量众多的刊物，有利于共和派获得民众的选票，也给了持不同政见者发泄的渠道。不过，也正是得益于它们，无政府主义、社会主义思想的传播加速了。文艺刊物在巴黎和外省团结了一个个小圈子，年轻人利

---

① ［法］乔治·杜比主编：《法国史·中卷》，吕一民等译，商务印书馆 2018 年版，第 1155 页。

② René de Livois, *Histoire de la presse francaise*, tome 2, Lausanne: Éditions Spes, 1965, p. 326.

③ René de Livois, *Histoire de la presse francaise*, tome 2, Lausanne: Éditions Spes, 1965, p. 332.

用刊物表达不满情绪。迪迪埃（Bénédicte Didier）发现："它（小期刊）表现得活跃、有反叛性、年青、不忠诚于传统生活的艺术。人们形成一个给资产阶级喝倒彩，并表露无政府主义思想的规则。"①

一 《厌水者》杂志的创刊

19世纪70年代前后，巴黎已经出现了不少著名的小酒馆，例如1875年的雪莉酒小酒馆（Le Cabaret du Sherry-Cobbler），未来的颓废诗人布尔热（Paul Bourget）和古多（Émile Goudeau）是它的常客。另一个叫作伏尔泰咖啡馆（Le Café Voltaire）的地方，也曾接待过颓废诗人科佩（François Coppée）、布尔热和巴纳斯诗人孟戴斯（Catulle Mendès）。在这样的环境中，古多创办的厌水者俱乐部赢得了很大的成功。

古多出生在佩里格，后来在巴黎的金融界做事，他厌倦在阴暗的旅馆中工作，喜欢上小酒馆的文化氛围。他注意到贵妇人客厅的文学沙龙早已丧失了原有的活力，一批批外省年轻人涌到巴黎，他们举目无亲，没有依靠，迫切想融入某个集体之中。小酒馆和咖啡馆其实代表的是19世纪末巴黎对集体生活空间的渴望："在像巴黎这样的大城市中，必须要进入人群，混入路人之中，像古希腊人和拉丁人那样，在广场和集会场上生活。"② 从精神生活上还可以做更多的解释。巴黎的年轻人很多怀着波希米亚人的理想，他们可以忍受孤独，但是小酒馆的灯光是他们的心灵休憩之所。另外，在志同道合的友人中，他们发现他们的信念变得坚定了。不管是放浪形骸的艺术家，还是仇视政府的新闻工作者，他们在小酒馆里找到了肯定自我的机会。

古多注意到年轻人中普遍存在的反叛情绪："人们在新来者、战后的这些人的流派中感到一点革命精神；完全不同的两个时期的断裂似乎变大了；人们要求轻歌剧的死亡，要求戏剧的新生，要求诗的复兴。"③ 这种"革命精神"其实与波德莱尔、韦尔加洛以来的观念是一脉相承的。它所要求的"诗的复兴"，必然包含形式的反叛。古多当时已经注意到人们有

---

① Bénédicte Didier, *Petites Revues et esprit bohème à la fin du xixe siècle*, Paris：L'Harmattan, 2009, p. 22.
② Émile Goudeau, *Dix ans de bohème*, Paris：Librairie Henry du Parc, 1888, p. 9.
③ Émile Goudeau, *Dix ans de bohème*, Paris：Librairie Henry du Parc, 1888, pp. 11 – 12.

第一章 象征主义自由诗的诞生

摆脱旧的押韵规则的渴望。

大约在1878年，古多和他的同事一道去剧场看剧，意外发现了一个叫作"水病华尔兹"（Hydropathen – valsh）的表演，顿时被那种水晶般的节奏震惊了。他不理解"水病华尔兹"的意思，但对这个词特别感兴趣，到处向人请教。他的朋友们于是给他取了一个绰号"厌水者"（l'hydropathe）。古多并没有觉得不妥，也接受了这个绰号。因为需要一个固定的地点和朋友聚会，古多就找到布朗热街的一个旅馆。这个旅馆的聚会并不顺利，因为有海地人引来了警察，古多将聚会地点改在了圣米歇尔大街的一家咖啡馆。一次，一群喝醉了酒的大学生砸了聚会所在的房间，为了避免类似事件再次发生，古多决定把房间包下来，并成立更加正式的组织。于是在1878年10月11日，一家新的俱乐部诞生了。

古多任俱乐部的主席，最初的成员包括他只有五人。大家对俱乐部的名号有些争论，最终古多定下来"厌水者"这个名称。这个词，古多曾经把它解释为"水晶脚"，他曾杜撰过一个故事，说是北美有一个长着水晶脚的动物。更普遍的理解是这群参加聚会的人，只喜欢喝酒，对水有恶心的感觉。这种解释比较符合颓废诗人的生活习惯。其实取这个名称，倒不是说古多炫异争奇，也有更深的原因。古多曾经解释道："因为没有共同纲领，我们将用一个从没有人听过的词，它既不会损害我们社团未来的主义，也不影响可能发生的背离行为。"[1]

俱乐部成立的消息不胫而走，许多陌生人慕名而来。到了第三次聚会的时候，原本可以容纳几十人的房间，塞满了一百五十人。很多人找不到位置，就挤在过道里。这让俱乐部不堪重负，只得寻找更宽敞的地方。为了更好地宣传和团结年轻人，俱乐部还在1879年创办了同名的《厌水者》（L'Hydropathe）杂志，1880年终刊。该刊为周刊，每周三出版，每期6—8页，定价为10生丁。虽然该刊只出了37期[2]，但它对19世纪80年代的颓废文学影响深远。迪迪埃称它是"随后的小期刊的跳板"[3]。后面几个重

---

[1] Émile Goudeau, *Dix ans de bohème*, Paris: Librairie Henry du Parc, 1888, p. 154.

[2] 迪迪埃的书中认为《厌水者》总共出的期数是13期，经核对，应该是37期。时间是从1879年1月22日到1880年6月26日。后文列出的期刊基本数据主要参考迪迪埃的书，不再另注。

[3] Bénédicte Didier, *Petites Revues et esprit bohème à la fin du xixe siècle*, Paris: L'Harmattan, 2009, p. 22.

要的刊物,要么以它为样板,要么直接发展它。更为重要的是,这个杂志聚集起一群热爱文学的人,如卡恩、特雷泽尼克(Léo Trézenick),这为未来的颓废派和象征主义的创立做了一些准备工作。

二 《黑猫》杂志的创刊

古多一次经人介绍,认识了一位小伙子萨利斯(Rodolphe Salis)。他长着棕色的头发,人很壮。萨利斯的父亲是沙泰勒罗的大甜烧酒商,不情愿儿子与流浪汉为伍,希望他子承父业。但是萨利斯却喜欢艺术。没有理由不可以把艺术与酒商的生意结合起来。1881 年 12 月,萨利斯的小酒馆开张了。这个小酒馆颇具艺术气息,往来的顾客除了文学家,还有画家和音乐家。它的主要目的是恢复厌水者俱乐部那样的文学聚会。古多描述了这个小酒馆的陈设:"有一只猫的巨大头像,被镀金的架子围着。"[1]

次年 1 月,《黑猫》(Le Chat Noir)杂志开始发行。这是当时办刊时间最长的一家刊物,1895 年终刊,总共出了 688 期。《黑猫》也是周刊,每周六出版,每期 4 页,定价为 15 生丁。它的影响力远比《厌水者》大,从发行量也可以看出来。根据迪迪埃的数据,《黑猫》的发行量曾经达到过 2 万份。它的封面上有两个大磨坊,正前方一只黑色的猫,它歪着脑袋,竖起尾巴,神态桀骜不驯。迪迪埃指出:"从象征的角度来看,毫无疑问,雄猫代表着这个酒馆的精神:一种反叛的、暴躁的精神,像是对它这个荒唐时代的反映。"[2]

《黑猫》在聚集诗人的效果上比《厌水者》更好。不仅出狱的魏尔伦在上面发表诗作,邦维尔、孟戴斯这些知名的巴纳斯诗人也参加《黑猫》的文学活动,默默无闻的马拉美也有作品刊出。未来重要的自由诗诗人克吕姗斯卡(Marie Krysinska)和莫雷亚斯也通过这个杂志开始了自己的文学生涯。古多曾经记录了莫雷亚斯第一次去投稿的细节:"当我(从海边度假)回来时,我在黑猫小酒馆发现一个黑胡子、鹰钩鼻的年轻人,他想和我说话。他的名字叫让·莫雷亚斯,来给这个杂志提交诗作。"[3]

---

[1] Émile Goudeau, *Dix ans de bohème*, Paris: Librairie Henry du Parc, 1888, p. 255.
[2] Bénédicte Didier, *Petites Revues et esprit bohème à la fin du xixe siècle*, Paris: L'Harmattan, 2009, p. 57.
[3] Émile Goudeau, *Dix ans de bohème*, Paris: Librairie Henry du Parc, 1888, p. 268.

三 《新左岸》杂志的创刊

1882 年 11 月 9 日，周四，《新左岸》(La Nouvelle Rive gauche) 杂志创刊了。创刊人是以前《厌水者》的撰稿人特雷泽尼克。这个杂志沿用的是 1864 年出现的一个反政府的期刊：《左岸》。左岸代表着与右岸的政府势力不同的政治空间。当代学者梅雷略（Ida Merello）就曾用塞纳河来给象征主义分出不同的派别，认为："在米克大街周围，自由诗技巧在左岸拿来了它的资源。"① 梅雷略强调的右岸是吉尔（René Ghil）所代表的"语言音乐"的路子，实际上还可以把这个区别更加扩大，将左岸和右岸分别看作是反叛者和保守者的活动区域。《新左岸》第一期发表了《我们的前辈》一文，这实际是创刊的公告。它明显表达了对《左岸》的敬意："我们只能为继承这些大师而感到骄傲，不奢望与他们并驾齐驱。我们首先坚持要向他们致敬，以便证明我们没有忘记我们杰出的前辈。"② 虽然继承了先前的政治刊物的精神，这个杂志仍然被打扮成"纯粹文学和哲学"的刊物。

因为缺乏资金，特雷泽尼克和另外一个同事拉尔（Georges Rall）不得不亲力亲为。古多曾记载过这样的事实："拉尔和特雷泽尼克临时充当印刷工人、排字工人、拼版工人、校对员，以便亲手将这本集子做出来。"③ 这个杂志每期 4 页，价格是 10 生丁，每周四或者周五出版，出版时间有变化。当出到第 62 期的时候，也就是 1883 年 4 月 6 日，该杂志改名为《吕泰斯》(Lutèce)，周五出刊，也有周日出刊的。价钱在长期保持 10 生丁之后，改为每期 15 生丁。杂志一直出到第 256 期，即 1886 年 9 月 26 日，持续时间将近三年，和《黑猫》一样享有盛誉。"吕泰斯"原本是巴黎的旧称，为什么这个刊物用这样一个老名字呢？因为特雷泽尼克对进化论有新的理解，他认为一切新的会变成旧的，旧的会变成新的。因而旧的名称是更新的标题："吕泰斯比巴黎更新、更现代、更属于明天。"④

特雷泽尼克对新的颓废文学的理念非常敏感，这个杂志发表了魏尔

---

① Catherine Boschian – Campaner, ed., Le Vers libre dans tous ses états, Paris: L'Harmattan, 2009, p. 124.
② Anonyme, "Nos ancêtres", La Nouvelle Rive gauche, No. 1, novembre 1882, p. 1.
③ Émile Goudeau, Dix ans de bohème, Paris: Librairie Henry du Parc, 1888, p. 270.
④ Léo Trézenik, "Aux Lutéciens", Lutèce, No. 62, avril 1883, p. 1.

伦、莫雷亚斯等人的重要作品，促成了后来颓废派的成立，也聚集起最初的象征主义者。一个文学活动家多费尔（Léo d'Orfer）当时曾指出："象征主义和颓废的诞生地，是她的床。"① 这是一个很贴切的比喻。因为它们的父亲是同一种反叛的精神，从巴黎公社，再到小酒馆的文学聚会，这种精神已经成熟了。颓废主义和象征主义所需要的只是一个具体的塑造者，这就是《新左岸》的使命。从第 82 期（1883 年 8 月 24 日）开始，魏尔伦连载他的系列批评文章《被诅咒的诗人》（"Les Poètes maudits"），一开始讨论的是科比埃尔（Tristan Corbière），接着是兰波、马拉美。马拉美当时还没有什么名气，是魏尔伦宣传了他，后来马拉美成为年轻诗人的导师。兰波在 1883 年，早就放弃了文学，在西亚和东非一带做商业冒险。巴黎没有几个人知道他的诗名。魏尔伦造就了兰波的神话，也给酝酿已久的颓废文学带来了曙光。魏尔伦曾这样谈论兰波后期的创作：

> 经过几次在巴黎的逗留，经过随后多少有些可怕的漂泊后，兰波先生突然改弦更辙，他采用纯真的风格、特别朴素的风格写作，只运用半韵、模糊的词、简单的或者平常的语句。他成就了细腻的奇迹、真正的朦胧，以及因为细腻而产生的近乎无法估量的魅力。②

这里"纯真的风格"，所指不明，但从兰波的创作来看，应该是指散文的形式，更恰当地说，是散文诗的形式。摆脱了格律诗的规则后，兰波在押韵上不再受阴、阳韵规则的限制，他"只运用半韵"。当然，亚历山大体的节奏组合也被撇在一边，这就是引文中所说的"平常的语句"。

1884 年，魏尔伦将他的文章结集出版，沿用了《被诅咒的诗人》的名字，随后引出于斯曼（Joris-Karl Huysmans）的颓废小说《逆流》（A Rebours），并在 1885 年引发一部戏仿的颓废诗集《衰落》（Les déliquescences），促使颓废派正式确立③。在这个过程中，形式上的"颓废"一直被继承下来，被认为是新流派的核心理念之一。有批评家指出，这个

---

① Léo d'Orfer, "Notes de quinzaine", Le Scapin, No. 3, octobre 1886, p. 107.
② Paul Verlaine, "Les Poètes maudits: Arthur Rimbaud", Lutèce, No. 93, novembre 1883, p. 2.
③ 参见李国辉《象征主义》第一章第二节"魏尔伦、马拉美与颓废派的诞生"。

杂志上"仍旧没有特别具有象征主义色彩的东西"①，这种看法无异于刻舟求剑。1886—1896 年，象征主义一直在变化，没有完全稳定的特征。至少从形式上看，《新左岸》和《吕泰斯》与 1886 年的象征主义完全是延续着的，也就是说，在 1886 年后能称作象征主义的元素的，其实在 1886 年之前的《吕泰斯》中大多可以找到源头。其中有两个人的创作非常值得注意，他们就是克吕姗斯卡和莫雷亚斯。二人的作品就是这种延续的链环中的两个重要环节。

四　克吕姗斯卡的反叛

在象征主义自由诗的历史上，克吕姗斯卡是一个有争议的人物。一方面，她根本不是象征主义者，也未参加象征主义者的活动，象征主义诗人们很少提她的名字；另一方面，克吕姗斯卡本人一直觉得受到了排挤，并索要自由诗首创者的名份。1894 年，她在自己诗集的序言中说："假如人们注意到我的自由诗，与最近这些年出现的书册和小集子中的诗有相似之处，我将提醒人们注意我的诗发表时间的领先（1881—1882 年），以便把首创之功（不论它是好是坏）留给我自己。"② 克吕姗斯卡并不客气，她想把自由诗的时间向前推到 1882 年左右。这并不是克吕姗斯卡的一面之词，当代批评家已经开始将她列为自由诗的创始人。例如，埃旺（David E. Evans）认为："克吕姗斯卡早在 1882 年就发表过自由诗体的诗，早于卡恩和拉弗格，她是一位创造家，挑战了作为规则诗歌形式特征的传统感受模式。"③ 这个要求是不同寻常的，如果满足她的要求，自由诗的诞生时间就比通常认可的要早四年了。那么，该如何评价她在自由诗历史中的地位呢？

克吕姗斯卡最早开始发表诗作，可以上溯到《黑猫》杂志。在 1882 年 10 月 14 日第 40 期，可以找到她的一首诗《秋歌》（"Chanson d'automne"），诗中有这样一节：

---

① André Barre, *Le Symbolisme*, New York: Burt Franklin, 1968, p. 83.
② Marie Krysinska, *Joie errantes*, Paris: Alphonse Lemerre, 1894, p. v. 这句话中的"我"原文中都写的是"我们"，这是一种自谦的表达法。
③ Daniel A. Finch-Race & Stephanie Posthumus, eds., *French Ecocriticism*, Frankfurt am Main: Peter Lang, 2017, p. 118.

Sur le gazon déverdi, passent—comme un troupeau d'oiseaux chimériques—les feuilles pourprées, les feuilles d'or.

Emportées par le vent qui les fait tourbillonner éperdument.

Sur le gazon déverdi, passent les feuilles pourprées, les feuilles d'or.[1]

在褪色的草地上，就像耽于幻想的鸟群，绛色的叶子、金色的叶子掠过。

风卷走它们，把它们吹得狂乱地打转。

在褪色的草地上，绛色的叶子、金色的叶子掠过。

这一节诗，应该叫作"段"，因为这些语句并不是诗行，而是具有完整意义的句子。每一句结束都有句号作为标志，句中的意义也是完整的。从语法上看，每个句子中都有完足的主语、谓语和宾语，也有其他的成分，如状语、补语等。从音节上看，第一句的音节超过了20个，第三句也有17个，这不是正常诗行的构成形式。就起源来说，这种形式的源头是波德莱尔的《小散文诗》。学界目前并不把《小散文诗》的形式视作自由诗，虽然它和自由诗有紧密的关系。一般而言，散文诗的"诗"，侧重的是诗意。自由诗的"诗"，侧重的是诗体。散文诗是具有诗意的散文，往往可能诗段更为短小，但是并未离开散文的领域。自由诗是自由的诗体样式，与有没有诗意无关。人们完全可以利用自由诗写说明性的、议论性的内容。自由诗存在于诗体与散文的中间地带，而散文诗存在于文学的抒情性与叙事、说明功能的融合。散文诗与诗体无关，说它是"诗"，只是借用了诗歌意蕴上的特征。艾略特（T. S. Eliot）曾建议将诗体与散文的界限划得清楚一些："称散文'诗的'散文或者诗体'散文的'诗体，这并不意味着散文正上升为诗体，或者诗用散文的形式不足诟病。"[2] 这种分析有利于区别散文诗和自由诗。克吕姗斯卡的这种形式，明显与诗性意蕴有关，将它看作是自由诗，是有风险的。

在1883年7月7日的《黑猫》中，即在第78期中，克吕姗斯卡发表了《窗户：散文诗》（"Les Fenêtres：Poème en prose"）。这首诗与《秋歌》

---

[1] Marie Krysinska, "Chanson d'automne", *Le Chat Noirs*, No. 40, octobre 1882, p. 2.
[2] T. S. Eliot, "The Borderline of Prose", *New Statesman*, No. 9, May 1917, pp. 158 – 159.

第一章 象征主义自由诗的诞生

形式相同，但是加了一个副标题"散文诗"，可见克吕姗斯卡这一时期心中的目标是创作散文诗，她还未形成自由诗的概念。罗当巴克熟悉克吕姗斯卡，他做过下面的证词：

> 在玛丽·克吕姗斯卡女士的思想中，根本没有涉及完善诗体或者革命诗体的想法；她自己告诉我们，这种思想怎么来自有节奏的散文，而这种散文被排列成自由诗的形式。一天，在听到奈瓦尔翻译的海涅的诗时，她有了强烈的触动。与德国的每行诗对应的，与在这种逐行对照的翻译相对应的，是法语的意义，它的形式并不是诗体，而是散文诗，因为它传达对等的德国诗，既没有语顿，也没有节奏和韵。[1]

看来，这种形式是模仿了海涅的法文译诗。克吕姗斯卡有意夸大了她形式上的创新。迪雅尔丹有与罗当巴克相同的看法，在发现克吕姗斯卡早期的诗作缺乏节奏单元的组织后，他委婉地表示："克吕姗斯卡的真诚并非是无可置疑的。"[2]

为了让自己的诗更像是自由诗，在1890年的诗集《生动的节奏》（*Rythmes pittoresques*）中，克吕姗斯卡把早期发表的诗重新排版，把每句缩短，分出诗行。做了这样的改动，早期的诗确实有了自由诗的样貌，可是批评家们不会不注意到这种人为的改动。结果聪明反被聪明误，"这位女诗人最大的犯忌"[3]，使她自由诗始创者的地位更加不稳。克吕姗斯卡接续的应该是奈瓦尔、波德莱尔以来的散文诗的道路。这种道路有利于鼓励形式的解放，但与诗体中的革新关系不大。不过，也不能完全否定克吕姗斯卡。虽然她1883年前后的散文诗与后来《生动的节奏》中的自由诗形式有别，但是在形式解放的道路上，克吕姗斯卡也做出了一些尝试。还拿她的《秋歌》为例，诗中出现过这样的一节：

---

[1] Georges Rodenbach, "La Poésie nouvelle", *Revue bleue*, Vol. 47, No. 14, avril 1891, pp. 462-427.

[2] Édouard Dujardin, *Les Premiers Poètes du vers libre*, Paris: Mercvre de France, 1922, p. 20.

[3] Catherine Boschian-Campaner, ed., *Le Vers libre dans tous ses états*, Paris: L'Harmattan, 2009, p. 82.

《风行》杂志与象征主义自由诗

  Tandis que derrière la vitre embuée les écriteaux et les contrevents dansent une fantastique sarabande,
  Narguant des chères extases défuntes,
  Et les serments d'amour — oubliés.①
  在蒙上水汽的窗玻璃后，布告和挡板跳出一曲奇特的狂想舞，
  冒犯着不复存在的、珍爱的迷醉，
  以及已被遗忘的爱的誓言。

这几句诗出现了一些新的变化。首先，三句话合起来是一句，而非每个自成一句，这就破坏了诗意的独立性，带来了意义的断裂和连续。说是断裂，是因为每句话意义并不完整；说是连续，是因为前后的几句话有语意上的关系。其次，后面两句话音节明显缩短了。例如第二句：

  Nar – guant – des – chè – res – | ex – ta – ses – dé – fun – tes，
  冒犯着不复存在的、珍爱的迷醉，

在节奏上，这是 5 + 6，是第一个半行少了一个音节的亚历山大体。而第三句：

  Et – les – ser – ments – d'a – mou – | r ou – bli – és.
  以及已被遗忘的爱的誓言。

它的结构是 6 + 3。虽然和第二句音节上有不小的差别，但是第一个半行是 6 个音节，它与第二句的节奏单元有重复。

  克吕姗斯卡早期的散文诗已经出现了一些由长句向短行过渡的倾向，这种形式已经显示出摆脱传统诗律的要求。迪雅尔丹也看到了这种倾向，但他认为这只是散文诗内部的改良，与自由诗没有关系："我们看到它仅仅与散文诗有关系，没有什么革命性。在我们看来克吕姗斯卡在自由诗的建立上根本不可能有任何地位。"② 这种看法是不中肯的。迪雅尔丹有着自

---

① Marie Krysinska, "Chanson d'automne", *Le Chat Noirs*, No. 40, octobre 1882, p. 2.
② Édouard Dujardin, *Les Premiers Poètes du vers libre*, Paris: Mercvre de France, 1922, p. 21.

第一章 象征主义自由诗的诞生

由诗本质主义的观念，他的《最初的自由诗诗人》给自由诗下了定义，但是这只是他个人的定义。自由诗不仅存在于韵律学的层面，也存在于文化和政治层面。作为反诗律的美学策略，自由诗有多种反叛的形式。因而不必固守某一种自由诗的定义，克吕姗斯卡的新变已经表现出对传统诗律的一些解放，因而可以将她的试验看作是自由诗的萌芽状态或者初级形式。

五 魏尔伦和莫雷亚斯

马拉美在讨论形式解放时，曾将魏尔伦看作是从巴纳斯派走向象征主义的关键人物："正是他最早反抗巴纳斯派的完美和冷漠；在《智慧集》(*Sagesse*) 中，他带来了变动的诗体，已经具有了有意而为的不协调性。随后，大约在 1875 年，我的《牧神的午后》(*L'Après - midi d'un Faune*) 让整个巴纳斯派嚎叫不已。"[①] 马拉美认为魏尔伦才是年轻诗人真正的父亲。这里的年轻诗人包括颓废主义诗人和象征主义者。当代批评家佩尔在讨论象征主义时，也曾肯定过魏尔伦在打破诗行音节数量和语顿上的贡献。[②] 在 19 世纪 70 年代以及 80 年代初期，魏尔伦确实是诗体解放的一个重要人物。

《黑猫》在发表克吕姗斯卡的《窗户：散文诗》后，随后一期，即第 79 期（1883 年 7 月 14 日），刊登了魏尔伦的组诗，其中一首叫作《平凡的意见》("Conseil falot")，其中有一节是：

> C'est d'être un sourire
> Au milieu des pleurs,
> C'est d'être des fleurs
> Au champ du martyre,[③]
> 这是生命的微笑
> 前后都是泪水，
> 这是生命的花蕾
> 长在烈士的原野，

[①] Stéphane Mallarmé, *Œuvres complètes*, Paris: Gallimard, 1945, p. 870.
[②] See Henri Peyre, *What Is Symbolism?* Alabama: The University of Alabama Press, 1980, p. 53.
[③] Paul Verlaine, "Conseil falot", *Le Chat Noirs*, No. 79, juillet 1883, p. 2.

可以看出，这是一首五音节诗，类似于中国的五言诗。因为法语诗具有语顿，语顿往往在诗行中间的位置，所以法语诗多是偶数音节的，这也符合对称的原则。魏尔伦没有改变每行诗音节数固定这一法则，但是采用奇数音节的诗行，这就打破了传统诗行的对称原则，算是一个不小的进步。这种道路在波德莱尔的诗中就有了，不过，魏尔伦将它推广到整个诗节甚至整首诗上，不得不说是一大变化。吉尔坎（Iwan Gilkin）曾认为魏尔伦是奇数音节诗行的普及者。①

这种形式的一大好处，是语顿可以富有变化，既可以像中国律诗一样，采用上二下三的节奏，也可以是上三下二，或者上一下四，等等。例如第三行和第四行，节奏如下：

> C'est – d'êt – re ｜ des – fleurs
> Au – champ – ｜ du – mar – tyre,
> 这是生命的花蕾
> 长在烈士的原野，

前一个的节奏是 3 + 2，后一个则是 2 + 3。这样语顿就处在变化之中，甚至也可以说破坏了语顿。但是无论魏尔伦怎样变化，他所做的其实是对传统诗律的改良，他对这种诗律本身是尊重的。他希望在诗律与情感之间找到一个平衡点。

魏尔伦也在押韵上做了一些变通，避免因韵害义。例如下面四行诗：

> La Colombe, le Saint – Esprit, le saint Délire,
> Les Troubles opportuns, les Transports complaisants,
> Gabriel et son luth, Apollon et sa lyre,
> Ah！l'Inspiration, on l'invoque à seize ans！②
> 鸽子、圣灵、神圣的兴奋，
> 适量的麻烦、和悦的激情，
> 加百利和他的诗琴，阿波罗和他的竖琴，

---

① See Iwan Gilkin, "Paul Verlaine", *La Jeune belgique*, Vol. 1, No. 1, janvier 1896, p. 2.
② Paul Verlaine, *Œuvres poétiques complètes*, Paris: Gallimard, 1962, p. 96.

第一章 象征主义自由诗的诞生

啊，灵感，人们在十六岁时向你祈求！

这一节中，第 1 行和第 3 行最后的音节是"lire"和"lyre"，发音相同，元音前还有相同的辅音，是标准的押韵。可是第 2 行和第 4 行，最后的音节是"sants"和"zeans"。这两个音节元音前既没有相同的辅音，而且元音后的辅音也不相同，不是正常的韵，而是半韵。魏尔伦偶尔有意地将尾韵降为半韵，以寻求更自由的表达。他曾这样自述道："至于押韵，我通过某种判断力来使用它，不让它过于束缚我，或者采用纯粹的半韵，或者采用极不恰当的重复的形式。"[1]

有批评者指出，"因为对一切规则都无法忍受，他（魏尔伦）的头脑从未制定过规则"[2]。这种判断是不合实情的，规则一直是令魏尔伦感到安稳的东西。在回答于雷（Jules Huret）的访谈时，魏尔伦这样看待诗律："我并不为我十四音节的诗体感到后悔；我放大了诗体的尺度，这很好；但是我并不废除它！为了诗体存在，必须要有节奏。"[3] 魏尔伦提防过度破坏形式的行为，他不愿废弃诗律。他的形式解放是适度的。但是他在语顿和押韵上的解放，对不少颓废诗人有示范效果，这对未来更大程度的形式反叛准备了条件。正是在这种背景下，有批评家肯定魏尔伦"对于自由诗的扩散发挥了很大作用"[4]。

莫雷亚斯是最早发现魏尔伦的光芒的人。这位"象征主义的龙萨"[5]，一直在思考新的诗学。魏尔伦的诗以及《被诅咒的诗人》，给莫雷亚斯打开了一扇窗户。《黑猫》和《吕泰斯》记载了莫雷亚斯最初的诗歌实验，在经过一两年的摸索后，令人惊喜的诗终于出现在 1884 年 6 月 29 日的《吕泰斯》上，诗有两首，下面只译出第一首：

    De poison de tes yeux gris
      Je suis gris.

---

[1] Paul Verlaine, *Œuvres posthumes de Paul Verlaine*, tome 2, Paris: Albert Messein, 1927, p. 231.
[2] André Fontainas, "Paul Verlaine", *Mercure de France*, No. 74, février 1896, pp. 147–148.
[3] Jules Huret, *Enquête sur l'evolution littéraire*, Paris: José Corti, 1999, p. 111.
[4] Iwan Gilkin, "Paul Verlaine", *La Jeune belgique*, Vol. 1, No. 1, janvier 1896, pp. 4–5.
[5] Anatole France, "Jean Moréas", *La Plume*, Vol. 3, No. 41, janvier 1891, p. 2.

Tes grands yeux aux verts reflets

M'ont pris dans leurs filets.

Tu me lias de tes mains blanches,

Tu me lias de tes mains fines,

Avec des chaînes de pervenches,

Et des cordes de capucines.

　　Ton pied lutin

　　Posa sur mon coeur

　　Le talon vainqueur

De sa mule de satin.①

因为你苦恼的眼睛的毒药

　　我也苦恼。

你的大眼睛，绿光闪闪

把我捕到它们的罗网中间。

你用你洁白的双手缠住我，

你用你纤细的双手缠住我，

还用你那长春花的条条锁链，

以及旱金莲的根根细线。

　　你淘气的脚

　　把穿着绸缎拖鞋的

　　胜利的脚后跟

　　搁在我的心上。

这首诗视觉上最大的特色，就是诗行并不是左对齐，而近乎是居中对齐。这种排列方式强调了参差不齐的感觉。具体从节奏上看，诗行的音节数有很大的变化，最多的达到9个音节，例如：

Tu – me – li – as – ｜ de – tes – mains – blan – ches,
你用你洁白的双手缠住我，

---

① Jean Moréas, "Rythme boiteux", *Lutèce*, No. 126, juin 1884, p. 3.

第一章　象征主义自由诗的诞生

诗行节奏是上四下五，语顿在第四个音节后。最小的是三个，是第2行：

Je – suis – gris.
我也苦恼。

在波德莱尔的诗中，也有不同数量音节的组合，但是它内部存在着规律性的交替，是不规则的规则。莫雷亚斯打破了音节数量不同的诗行的交替，让不同的诗行混杂在一起。这种排列方式，在形式解放上又向前迈出了一大步。

这首诗保留了押韵，专在节奏上下功夫。莫雷亚斯意识到这是一种新的诗体了吗？梅雷略（Ida Merello）指出："他（莫雷亚斯）想象的自由性，只在音律形式的内部。"[1] 这仍旧把莫雷亚斯看作是一位改良者。诗人有没有突破传统的音律形式，并发现新的领域呢？这首诗的标题给出了答案："不合律的节奏"（"Rythme boiteux"）。形容词"boiteux"在法语中指的是"不稳的""不平衡的""不规则的"，与它相对的则是传统诗律所代表的平衡、规则。这个形容词实际上想带来一种不同于传统诗律的新的节奏美学。"Rythme"这个词用得也非常精当，"节奏"在自由诗的时代本身就是用来代替"诗律""音律"的。曾有学者表示，音律的体系是非常明显的，或者是传统性的，节奏则强调一种自由运动，"它在抗拒音律体系中得以成就"[2]。现代诗对节奏的重视，是为了抗拒音律。莫雷亚斯使用"节奏"，而非"音律"，会不会突出他的反传统思想，这一点是值得思考的。

莫雷亚斯1886年的《象征主义》也讨论了节奏问题，他简述如下："修剪过的旧音律；巧妙安排的混乱；锻造打磨的韵，如同金的或铜的盾牌，与捉摸不定的、玄妙的韵相依存；停顿多样、变化的亚历山大体；某些奇数音节诗行的使用。"[3] 这里明确提到了改良旧音律，放宽亚历山大体。如果莫雷亚斯的形式解放是渐进的，那么他1884年的观念肯定没有

---

[1] Ida Merello, "Pour une définition du vers libre", in Catherine Boschian - Campaner, ed., *Le Vers libre dans tous ses états*, Paris: L'Harmattan, 2009, p. 125.

[2] Llewellyn Jones and Llewellwyn Jones, "Free Verse and Its Propaganda", *The Sewanee Review*, Vol. 28, No. 3, July 1920, p. 395.

[3] Jean Moréas, "Le Symbolisme", *Le Figaro*, sepembre 18, 1886, p. 150.

超过1886年的程度。也就是说,《不合律的节奏》属于传统诗律改良的时期,这倒回应了梅雷略的判断。但莫雷亚斯也提出另外一种观点:"巧妙安排的混乱",它和前后的语句是并列的关系。《不合律的节奏》就属于这种混乱。综合这些材料,不能轻易排除莫雷亚斯在1884年就看到了完全打破音律规则之后的新形式,并将其命名为"不合律的节奏"。这个术语,与"自由诗"相比,既没有增加什么,也不缺少什么。象征主义自由诗并不是某个天才的灵光一现,它是集体思想的产物。在19世纪80年代,没有任何一个孤立的事件,可以看作是自由诗诞生的标志。莫雷亚斯的《不合律的节奏》就是众多重要事件中的一个。

第三节 1886年《风行》杂志的创刊

象征主义自由诗集体性的运动,离不开这一时期最重要的杂志《风行》。康奈尔指出1886年的该杂志"包括了与自由诗最初阶段有关的所有重要文献"[①]。中地義和(なかじ よしかず)在他的文章中,也认为《风行》的一大贡献是造就了"现代意义上自由诗的诞生"[②]。中地義和的自由诗观念尽管是狭义上的,与本书引入文化和政治视野的观念还有不同,但是《风行》的文学史地位确实是毋庸置疑的。虽然在《风行》创刊之前,克吕姗斯卡、莫雷亚斯已经开始了形式反叛,但是这些零星的火种是《风行》杂志把它们聚集在一起的。《风行》就像是象征主义自由诗的火场。

《风行》离不开卡恩这个缔造者。该杂志的主要特征,要从卡恩这个人谈起。

一 卡恩的早年生活

古斯塔夫·卡恩1859年12月21日出生在梅斯,1870年随他的父母

[①] Kenneth Cornell, *The Symbolist Movement*, Hamden, Connecticut: Archon Books, 1970, p. 49.

[②] Catherine Boschian-Campaner, ed., *Le Vers libre dans tous ses états*, Paris: L'Harmattan, 2009, p. 33.

第一章　象征主义自由诗的诞生

亲定居巴黎。他最初的教育是在梅斯接受的，在巴黎读的中学。大约在十四岁的时候，他对文学产生兴趣，阅读了左拉和波德莱尔的作品。① 五年后，年轻的小伙子开始了最初的文学创作，尽管缺少发表的机会，但是他已经觉察到巴黎涌动的反叛精神。这时，有人把他介绍给了诗律解放的先行者韦尔加洛。批评家赫什（Charles - Henry Hirsch）曾指出："他（卡恩）在一个年长的埃内斯特·拉维涅家里，遇到了这位秘鲁的逃亡者，拉维涅被巴黎公社委任来管理高等学校。"② 二人见面的时间不晚于1879年，赫什的文章中还引用了卡恩的原话："1879年底，我再也没有看到韦尔加洛了。我见他有六七次。"③ 当时卡恩才二十岁，大他13岁的韦尔加洛绝对是他文学上的前辈。在多达六七次的见面中，秘鲁诗人不会不给他讲自己的形式反叛理念，卡恩有很深的感触，以至于在四十多年后，卡恩还有大致的印象。不过，卡恩用一种平平常常的语言描述韦尔加洛的想法："他只是想丰富巴纳斯的诗歌样式，想让它更柔顺、更灵活，因为他总是遵守亚历山大体。"④ 这句话中明显表露出卡恩对韦尔加洛的不以为然。这是很奇怪的现象。一个还未开始文学生涯的青年人，居然对出版过几部文学作品并在战场上出生入死的军官轻描淡写？这需要了解卡恩的个性。卡恩非常自负，一直以自由诗的创始人自居，他甚至否定兰波创作过自由诗。他对诗歌解放感兴趣，是从他二十岁时开始的，但是他从来没有交代过出于什么契机。一切好像是天意：突然某一天，他意识到自己未来将要成为自由诗诗人。他的回忆录中写道："当时（在1879年左右）我经常梦想，写了一些东西，我很想给我的梦想一种个人的形式。我不认识任何人，也没有人影响我，我摸索着，满心都是想法，看到我前面有一系列方案在混乱地闪烁。"⑤ 卡恩撒了谎，他不但认识韦尔加洛，而且很清楚后者有什么主张。这些主张刺激了一位对文学怀有兴趣，但尚未真正起步的年轻人。他将韦尔加洛的想法记在心里，开始寻找自己的形式反叛之路。

当时热闹非凡的小酒馆和文艺俱乐部，吸引了很多年轻学生参加。卡恩自然不会错过。他加入了厌水者俱乐部的活动，也结识了克罗（Charles

---

① J. C. Ireson, *L'Œuvre poétique de Gustave Kahn*, Paris: A. - G. Nizet, 1962, p. 18.
② Charles - Henry Hirsch, "Les Revues", *Mercure de France*, No. 627, août 1924, p. 773.
③ Charles - Henry Hirsch, "Les Revues", *Mercvre de France*, No. 627, août 1924, p. 774.
④ Charles - Henry Hirsch, "Les Revues", *Mercvre de France*, No. 627, août 1924, p. 774.
⑤ Gustave Kahn, *Symbolistes et Décadents*, Genève: Slatkine, 1993, p. 18.

Cros）和拉弗格等人。卡恩给克罗读过他创作的最早的形式自由的诗，克罗是魏尔伦的朋友，曾经收留过兰波。于是克罗给卡恩讲起了《地狱一季》的作者："他（克罗）知道兰波写过一些他已经忘记了的优美的诗；他为下面这件事怨恨兰波：他给兰波提供避难所。但是兰波在衣柜的一个角落里发现一叠《艺术家》的分册。"① 这个故事涉及兰波的一段丑闻。兰波将刊有克罗诗的那一页都撕下来，以求嘲弄克罗。因为兰波抛弃了家庭，魏尔伦在兰波和妻子玛蒂尔德之间犹豫不决，兰波一直埋怨魏尔伦。这段逸事本身并不重要，重要的是卡恩的心中从此有了兰波的印迹，他几年后找到兰波的手稿《彩图集》，缘起就在这里。

另一位朋友拉弗格与卡恩的交情更深。在1879年的某次厌水者俱乐部的聚会上，两位未来的象征主义诗人相识了。卡恩给拉弗格讲他的形式解放，而拉弗格则给卡恩解释佛教的教义。他们相互从对方获取新的思想。拉弗格后来去了德国，成为德国王后的读报员，几乎在同一时期，卡恩去了突尼斯和阿尔及利亚服兵役。但是距离并没有阻挡他们关注巴黎的文学新潮。《吕泰斯》上发表的《被诅咒的诗人》中兰波的那几期，成为卡恩和拉弗格的新话题。拉弗格在给卡恩的信中说："我在《被诅咒的诗人》中的几首诗中读兰波，怎么读也读不够。"② 魏尔伦在文章中引用的诗，是兰波早期的，不朽的《彩图集》当时还不为人所知。不过，这并不妨碍卡恩和拉弗格从中体会到兰波放荡不羁的灵魂。在长期的交往中，他们认识到形式改革的必要性："我们有许多分歧，但是在一种改革上（这总体上被认为是一切改革所必需的）取得了一致，这种改革一方面是以自由诗的名义，另一方面是以无意识哲学的名义。"③

远在非洲的卡恩没有忘记文学，他在1883年读到了一份杂志《现代生活》（*La Vie moderne*），第21期（5月26日）里有一首克吕姗斯卡的诗《猫头鹰》（"Le Hibou"）。这首诗采用的形式仍然是散文诗，与《秋歌》（见本章第二节）的形式一样。但是它给了他很深的印象："我看了看页面，发现一首自由诗，或者这样排版的散文诗或自由的诗体，与我的试验直接相像。它署的名字是非常熟悉我的人，在我不在时，想严格遵守我的

---

① Gustave Kahn, *Symbolistes et Décadents*, Genève: Slatkine, 1993, p. 20.
② Jules Laforgue, *Lettres à un ami*, Paris: Mercvre de France, 1941, p. 91.
③ Gustave Kahn, *Symbolistes et Décadents*, Genève: Slatkine, 1993, p. 28.

第一章　象征主义自由诗的诞生

美学：我建立了流派。"① 卡恩并没有指出这首诗出自何人之手。他有意地隐去了克吕姗斯卡的名字。卡恩还指出自己被抄袭了：克吕姗斯卡"严格遵守"他的形式理念。卡恩和克吕姗斯卡之前可能已经在巴黎的文艺俱乐部上认识，他认为克吕姗斯卡在知道他的想法后，开始将自由诗付诸实践。克吕姗斯卡并不接受这样的描述，她暗示卡恩说了谎："卡恩先生让人们知道他的创作（当时完全没有发表），通过神秘的方法或者盗贼的手段而为我们所知。"② 在克吕姗斯卡看来，应该是卡恩抄袭了自己，并通过一些伎俩竭力掩盖这种事实："卡恩先生是如何解释他固执地拒绝我这个事实的？拒绝我进入他的事业之中，拒绝我进入他的名单、名册以及行家和宣传期刊的目录，我给这种宣传期刊寄过许多诗，他一首都未刊登。"③

卡恩隐人之美，自然有些私心，克吕姗斯卡也高估了自己。在1883年，他们谁都没有"建立了流派"。自由诗的形式反叛初露雏形，尚未成熟，通过散文诗的道路来反抗格律诗，不仅仅是卡恩和克吕姗斯卡二人的特权，波德莱尔、奈瓦尔早就实践过，兰波《地狱一季》更是在十年前就已写毕。这条解放之路是公共的，不是卡恩或者克吕姗斯卡私有的。二人争论的史料如果有价值，这种价值不在于谁更"早"上，而在于它说明了自由诗的道路是许多人一起造出来的。

二 《风行》杂志的创刊

卡恩1884年服完兵役，回到了巴黎。这时的巴黎文学风气并未大变，可是随着《黑猫》《吕泰斯》等刊物的创办，随着年轻诗人队伍的增长，文学反叛的力量已经蔚为大观，远非1880年可比了。他加入了马拉美每周在罗马街星期二的家庭聚会。其实早在他从军之前，他就访问过马拉美，现在他认识了不少新的活跃分子，他们中有颓废诗人雷尼耶（Henri de Régnier）、维莱-格里凡、巴雷斯（Maurice Barrès）、维涅（Charles Vignier）、莫雷亚斯、夏尔·莫里斯（Charles Morice）等人，还有瓦格纳主义者威泽瓦、迪雅尔丹。④

---

① Gustave Kahn, *Symbolistes et Décadents*, Genève: Slatkine, 1993, p. 29.
② Marie Krysinska, *Intermèdes*, Paris: Léon Vanier, 1903, p. xxxiv.
③ Marie Krysinska, *Intermèdes*, Paris: Léon Vanier, 1903, p. xxxiv.
④ 参见李国辉《象征主义》第一章第三节"莫雷亚斯、卡恩和象征主义派的诞生"。

《风行》杂志与象征主义自由诗

当时有批评家布尔德（Paul Bourde）在1885年8月6日的《时报》上，发表了《颓废诗人》（"Les Poètes décadents"）的文章。文中将魏尔伦、马拉美、莫雷亚斯、维涅、塔亚德（Laurent Tailhade）六位诗人称作颓废诗人，这实际上是第一次确立了颓废派的成员。马拉美从最初引人注意的"被诅咒的诗人"到成为颓废派的大师，只用了两年的时间。也正是在1885年，马拉美的家庭聚会变得更加热闹了。卡恩并没有被布尔德列入这个名单中，但是卡恩同样开始准备建立自己的文学帝国。他在思考与颓废派们不同的文学道路，这个道路后来被莫雷亚斯概括为象征主义。在回到巴黎的那段时间中，卡恩希望实践一种叫作社会艺术的文学，其实就是将无政府主义的精神，将文艺为大众服务的精神注入到文学中："另一种思想在我心中树立了，这就是艺术应是社会性的。由此，我要尽可能地忽略资产阶级的习惯和要求，在人民对它感兴趣之前，对无产者的知识分子说话，对这些明天的人说话，而非对昨天的人说话。"[1] 卡恩的军旅生涯，让他发生了很大的变化，不再向往厌水者俱乐部的私人文学。当代批评家称卡恩是一位"介入的作家"，这种介入被理解为用艺术来改造社会。[2] 这种解释可能有些过度了，卡恩对无政府主义的同情，使他想在内容和形式上都反抗当时共和国的资产阶级文学，具体来看，就是巴纳斯派的文学。从早期的散文诗的路子上跳出来，对传统诗律进行更大程度的打击，就成为他眼前的任务。他的回忆录中也记载了他当时的思考："散文诗是不充分的，需要改变的是诗体、诗体。"[3]

卡恩需要一个刊物，刊物是发起文学运动的最佳平台。象征主义诗人古尔蒙（Remy de Gourmont）曾指出："在文学流派（一个世纪以来，它们一直规则地接连出现）的建设上，小杂志一直扮演着重要角色。"[4] 在他之前，古多和特雷泽尼克，都通过各自的刊物，成为文坛执牛耳者，卡恩也想效法他们。机会到来了。厌水者诗人，同时也是《黑猫》的撰稿人的多费尔，想创办一个刊物，请卡恩协助他。卡恩答应了。多费尔给这个刊

---

[1] Gustave Kahn, *Symbolistes et Décadents*, Genève: Slatkine, 1993, p. 32.

[2] Françoise Lucbert et Richard Shryock, *Gustave Kahn: un écrivain engagé*, Rennes: Presses universitaires de Rennes, 2013, p. 25.

[3] Gustave Kahn, *Symbolistes et Décadents*, Genève: Slatkine, 1993, p. 32.

[4] Remy de Gourmont, *Promenades littéraires*, volume 3, Paris: Mercvre de France, 1963, p. 157.

第一章　象征主义自由诗的诞生

物取名为"风行",在法语中其实用得更多的另一个译法,是"时尚"。这个俗气的名字,会让人把这个文学刊物与时尚消费品的杂志联系起来。卡恩曾回顾过这段史实:"(风行)这个刊名是多费尔先生找到的,他是一位颓废派,他创办了这个杂志,委托我做编辑秘书,因为他信任我的能力,特别是因为他认为当生存艰难时,我特别能保证刊物的运作。"① 所谓的"生存艰难",指的是缺钱。卡恩有些经济来源,可以保证刊物的花销,这是多费尔请他入伙的一个重要原因。卡恩不太喜欢这个刊名,建议给杂志命名为《普立阿俾》(Le Priape),这个词指的是古希腊的生殖之神和花园之神,也有勃起的男性生殖器的意思。卡恩的命名似乎更不适宜。于是"风行"的刊名就定下来了。卡恩没有掩饰对这个名称的不满:"当我向马拉美讲这个即将出现的刊物时,他对我说:'我永远不会选这个刊名',我回答道:'我也是。但我想最好忘掉它。'我们成功了。"②

刊物在1886年4月4日试刊行,里面收有马拉美的三篇散文诗、兰波的诗《初领圣体》,以及一些评论和随笔。不过,这一期似乎并未真正发行,因为一周后即4月11日,《风行》又出了一期,也标的是第一期,基本内容与4月4日的相同。现在一般将4月11日称作《风行》的创办日。这个杂志是周刊,每周日出版,共有两个系列。第一个系列出到1886年12月20日,中间停刊;第二个系列是1889年的复刊,只出了3期,改为月刊,每期改称为卷。虽然跨度是四年,但是这个刊物真正的创办时间并不长,累积起来,大致只有一年。《风行》每期36页,出版地位于巴黎的学院路41号,前三卷共出34期。③ 因为页数较多,所以每期定价为50生丁。

这个刊物虽然创办了,也尽量吸收更多的撰稿人为它服务,但是却不像它的名称一样风行巴黎,而是订购者寥寥无几。卡恩曾经证实,这个刊物基本上只有64个稳定的订户,④ 再加上要寄给撰稿人和免费赠送的册数,一期的印量最多也就在一百份左右。而每印一期,销售的金额是32法郎。这对于刊物的运行来说是杯水车薪。多费尔因而想让刊物放水,发

---

① Gustave Kahn, *Symbolistes et Décadents*, Genève: Slatkine, 1993, p. 44.
② Gustave Kahn, *Symbolistes et Décadents*, Genève: Slatkine, 1993, p. 44.
③ 关于期数的问题,有不少争论,请参考第四章第一节。
④ Bénédicte Didier, *Petites Revues et esprit bohème à la fin du xixe siècle*, Paris: L'Harmattan, 2009, p. 59.

表普通订户的作品，这样或许能扩大发行量。紧要关头，卡恩阻止了多费尔，保证了刊物的文学品质。后来卡恩成为这个刊物唯一的出资人，完全掌握了它。巴尔（André Barre）曾对卡恩的这次干预做了肯定的评价："此后，刊物变得较少波希米亚气，它在周日有规律地发行，尽管它的印量不大，但是给人很有影响力的感觉。"[①]

《风行》最初的定位，并不是某个流派的机关刊物，它兼容并包，既介绍瓦格纳主义者迪雅尔丹的小说，也发表颓废派莫雷亚斯的作品，对当时无门无派的拉弗格也格外重视，甚至巴纳斯派的普吕多姆的诗论，也可以发表出来。尽管在第一期中，已经出现了"象征主义"的术语，[②]但是莫雷亚斯的宣言要等到5个月后才发表，象征主义作为流派尚不存在。如果说这个刊物选稿有什么一贯标准的话，这个标准就是被选的都是与刊物的编辑有一定私交的作品。这个刊物的撰稿人是由私人关系维持着的。这里可以看出来厌水者俱乐部、黑猫小酒馆、马拉美的星期二聚会对于这个刊物的意义，它们给卡恩、多费尔等人提供了扩大交际圈的机会。因为有着多种圈子，不同的刊物就有了生存的可能。正是在这种背景下，另外一个刊物《颓废者》（Le Décadent）面世了。这个杂志虽然也是颓废诗人的一个阵地，但因为在诗学与成员上的不同，它成为《风行》的同盟，同时也是它强大的敌人。

三 《颓废者》杂志的创刊

在1886年4月10日，即《风行》第一期正式发行的前一天，《颓废者》杂志也创刊了。创刊人是巴朱（Anatole Baju）。巴朱1861年出生在孔福朗，1879年后做房地产生意，积累了一些财富，后来弃商从文。在古多创办厌水者俱乐部的时代，并没有见到巴朱有多活跃。但当1885年颓废派形成后，他开始联合普莱西（Maurice du Plessys）创办一家刊物，加入这个运动。这个刊物还有一些重要的撰稿人，如雷诺（Ernest Raynaud）、奥里埃（Albert Aurier），让这个杂志在当时具有重要地位的，是魏尔伦的加入。

《颓废者》是周刊，采用的是常见的报纸的大开本，而非《风行》的

---

① André Barre, Le Symbolisme, New York: Burt Franklin, 1968, p. 92.
② Gustave Kahn, "Les Livres", La Vogue, Vol. 1, No. 1, avril 1886, p. 32.

第一章 象征主义自由诗的诞生

小开本。每周六出版,每期4个版面,15生丁,一年的订购费是12法郎。它像《风行》一样,也有多个系列,第一个系列出到1886年12月4日,共计35期。停刊一年后,1887年12月又重新发行,这是第二个系列,刊物改成了半月刊,开本放弃了报刊的大开本,采用的是与《风行》相似的书籍的形式。每期的页码增加到18页。这个系列出到1889年4月1日就停刊了。最终出了32期。两个系列合起来,共计67期。

为了节省成本,巴朱在家里置备了印刷设备,结果噪声很大,遭到了邻居的抗议,认为他开了个铸造厂。像特雷泽尼克一样,巴朱自己排版,因为准备的铅字不够,开始常常出现文句中漏掉字母的情况。不过这个刊物还是取得了很大成功,巴朱回顾道:"尽管有这些不利条件,《颓废者》进步很快。不到十五天,全巴黎的知识分子都知道它了。我们的印刷量很快就不够了,必须求助于大的印刷厂。"[1] 从商业上看,《颓废者》远远比《风行》成功,例如,它的第二个系列,据说发行量达到了9400份。[2] 如果这个数据可靠的话,那么它每期的收入是1350法郎。

这个杂志一开始就想团结年轻的作家。巴朱曾公开表示:"《颓废者》是向所有人开放的论坛:它接受一切——除了平庸之作。"[3] 这里的所有人应该包括不属于颓废派的成员,例如1886年10月成立的象征主义派,以及以吉尔为中心的语言配器法的流派。所有这些流派应该都在欢迎之列。可是这只是一种理想。巴朱的这个杂志本质上是一个相对封闭的园地。巴朱曾说:"严格意义上的颓废者、象征主义者和精华派(Quintessents)应该在一种崇高的同行之情中,在这里(本杂志)频繁接触。"[4] 但是这种慷慨只存在了一期,即1886年9月25日的第25期。这一期莫雷亚斯和卡恩难得地露了露脸。在所有其他的66期内,《颓废者》基本上与象征主义者分道扬镳,甚至相互仇视。尤其是魏尔伦与象征主义者吉尔交恶后,在杂志上发表了嘲讽象征主义的文章。魏尔伦一方面称赞巴朱以及《颓废者》这个杂志,认为巴朱"找到了用来表达颓废内容的真正的名词",另

---

[1] Anatole Baju, *L'École décadente*, Paris: Léon Vanier, 1887, p. 15.
[2] Bénédicte Didier, *Petites Revues et esprit bohème à la fin du xixe siècle*, Paris: L'Harmattan, 2009, p. 66.
[3] Anatole Baju, "Les Jeunes", *Le Décadent*, No. 13, juillet 1886, p. 1.
[4] Anatole Baju, "Le Décadent", *Le Décadent*, No. 26, octobre 1886, p. 1.

《风行》杂志与象征主义自由诗

一方面对象征主义表示不屑,"但是'象征主义',啊?"①。这引发了两个圈子的战争。其实,早在 1886 年 10 月,因为吉尔嘲笑了巴朱和《颓废者》杂志,就已经引起了《颓废者》的反击,两个圈子不和的种子就已经埋下。到了 1888 年,又因为魏尔伦的原因,流派间的矛盾达到了顶峰。巴朱曾经著文这样羞辱象征主义诗人:"他们在文学中只看到发迹的手段。因为无力创造,他们寻求囤积颓废派的作品:他们是思想的寄生虫。"②

《颓废者》杂志作为颓废文学的一大阵地,也延续了之前刊物的反叛精神,巴朱后来转变为社会主义者,这是该刊潜在的政治态度的缩影。不过,该刊在创刊时,努力将自己打扮成一份文学刊物。在第 1 期的《致读者》中,人们读到这样的话:"我们只在文学的视野中关注这个运动。政治的颓废我们无动于衷。"③ 即使《颓废者》不直接介入当时的无政府主义和社会主义运动,也不关注共和派内部的斗争,这也无法说明这是一本纯文学的杂志。《颓废者》具有显著的干预现实的态度,尤其是 1888 年、1889 年,它对政治开始越来越强调。在第二系列第 31 期(1889 年 3 月 15 日),可以读到巴朱这样的话:"对政治问题假装轻视,这是我们有才能的年轻作家的偏见。今天政治侵入到所有阶层之中:贵族、资产阶级、工人、农民,所有人都关注它。还有什么比这更自然的呢!我们处在一个过渡的时代、一个动荡不安的时代,在这种时代中,没有人知道明天如何。"④

这种反传统的文化政治立场,让《颓废者》站在魏尔伦以来的形式解放的立场上。1888 年 3 月 1 日,该杂志发表了魏尔伦的《谈谈押韵》("Un mot sur la rime")。魏尔伦维护押韵的地位,认为押韵本身并无罪过,只是人们滥用了它。他还肯定可以放宽押韵:"如果你愿意,你可以稍稍押韵,也可以押半韵,但如果不押韵或者不押半韵,那就没有法国诗体了。"⑤ 这里的稍稍押韵和押半韵,也正是他在颓废派成立之前的诗歌实践。魏尔伦还对缪塞、拉·封丹"低劣的"押韵进行了批评。这篇文章可以看作是《颓废者》杂志形式理论的圣经,斯蒂芬指出,该杂志乐于"热

---

① Paul Verlaine, "Anatole Baju", *Les Hommes d'aujord'hui*, No. 332, août 1888, pp. 2 – 3.
② Anatole Baju, "Décadent et Symbolistes", *Le Décadent*, No. 23, novembre 1888, pp. 1 – 2.
③ La Rédaction, "Aux Lecteurs!", *Le Décadent*, No. 1, avril 1886, p. 1.
④ Anatole Baju, "A la jeunesse socialiste", *Le Décadent*, No. 31, mars 1889, p. 92.
⑤ Paul Verlaine, "Un mot sur la rime", *Le Décadent*, No. 6, mars 1888, p. 1.

第一章　象征主义自由诗的诞生

情地、专门地崇拜魏尔伦"①，就形式解放而言，这个判断是正确的。

但是魏尔伦的文章主要讨论的是押韵，自由诗节奏上的要求他没有讲到。其实《颓废者》的撰稿人们并没有超越魏尔伦先前的试验，即奇数音节和变化的语顿这两点。巴朱在回顾颓废派的生成历史时，也注意到了形式解放的问题："对于平庸、单调的巴纳斯派诗律，他们用一种响亮有力的诗代替它，人们感觉这种诗里有生命的震颤，他们除去了所有旧文学的空话，以维护感受和思想。"② 引文中表现了叛逆精神，但是言之不清。"平庸、单调"的诗律，自然针对的是语顿固定、音节数不变的诗，可是"响亮有力的诗"在变革上走到什么地步，并没有明言。象征主义诗人们当时已经在自由诗上做了很多开拓，颓废派们要与象征主义派区别开来，一方面不得不继承形式解放的做法，另一方面又不能放开手脚做象征主义诗人正在做的事。这是一个矛盾。在第二系列第 24 期（1888 年 12 月 1 日）上，有一个叫毛斯（Jules Maus）的人发表批评，为卡恩的自由诗辩护，认为拉·封丹很早以前就使用过这种形式。③ 文章对拉·封丹的诗体与自由诗的关系有些误解，抛开这个不说，它明确支持自由诗的态度，在整个《颓废者》办刊期间是难得见到的。这个毛斯是不是巴朱的化名？迪迪埃发现，为了给人撰稿者人数众多的印象，巴朱常常使用不同的化名发表文章。④ 维拉特（Louis Villatte）、瓦雷耶（Pierre Vareilles）这些热心的批评家，可能都是巴朱本人。如果毛斯就是巴朱，那么这可以看作是《颓废者》向《风行》示好的一个姿态。

四　《彩图集》手稿的寻找

《风行》创刊的目的，是给文学新潮注入新的动力。当代学者贝尔捷（Patrick Berthier）将其概括为"伟大的革新"⑤。但是年轻的撰稿人无法真正带来"伟大的"稿件，无论是莫雷亚斯还是卡恩，他们都不缺乏卓越的

---

① Philip Stephan, *Paul Verlaine and the Decadence*, Rowman：Manchester University Press, 1974, p. 147.
② Anatole Baju, "Décadent et Symbolistes", *Le Décadent*, No. 23, novembre 1888, p. 1.
③ See Jules Maus, "Chronique des lettres", *Le Décadent*, No. 24, décembre 1888, p. 6.
④ Bénédicte Didier, *Petites Revues et esprit bohème à la fin du xixe siècle*, Paris：L'Harmattan, 2009, p. 63.
⑤ Patrick Berthier, "Les Revues et la presse littéraire", in Patrick Berthier & Michel Jarrety, eds., *Histoire de la France littéraire：modernités*, Paris：PUF, 2006, p. 717.

理念，可是要将理念化成杰作，就是另外一回事了。魏尔伦和马拉美被年轻诗人们推崇为大师，也给年轻人带来了示范作用，可是他们的诗学趋于保守，无法给新思潮带来更大的推力。正是在这种背景下，兰波的手稿进入卡恩眼中，并得以发表。从某种角度上看，是兰波的手稿造就了《风行》杂志的卓越地位，也让它与《颓废者》《吕泰斯》等其他杂志区别开来。康奈尔将兰波手稿的发表看作是《风行》最大的功绩，① 这个判断是说得过去的。

兰波的文学声誉主要来自《彩图集》（Les Illuminations）。这部诗集一直笼罩着谜一般的色彩。不仅它的手稿的归宿令人有扼腕之处，其流传和出版也颇不寻常。《彩图集》的历史目前还有不少史实不清楚，有必要通过查阅兰波、魏尔伦、卡恩等人的文集和书信集，给这个问题作近一步的交代。就时间来看，兰波《彩图集》最早写于1872年，当时兰波和魏尔伦还在伦敦。随着魏尔伦锒铛入狱，兰波1873年冬天回到故乡沙勒维尔，并新写了一些诗，它们构成了《彩图集》的基本内容。遇到年轻的诗人努沃（Germain Nouveau）后，兰波1874年和他一起前往伦敦。据斯坦梅茨（Jean-Luc Steinmetz）的传记，"他（兰波）在1874年只是重抄旧的诗篇，而并未创作新的诗歌"②。魏尔伦曾在《彩图集》初版序言中说："我们带给大众的这本诗集是1873年到1875年创作的，在比利时和英国的旅行中，在整个德国的旅行中所写。"③ 如果斯坦梅茨的说法正确，那么魏尔伦的记载就不可靠了。1873年8月以后，魏尔伦就在比利时的监狱服刑，对兰波的情况可能不太了解。

1875年3月，魏尔伦前往德国的斯图加特，看望了逗留此地的兰波。虽然兰波在书信中没有留下重要的信息，但是魏尔伦表示"在斯图加特……《彩图集》的手稿交到某人手里"④。这里明确说明该年魏尔伦见到了手稿。但是1875—1886年这11年间，手稿的下落仍旧有些谜团。斯

---

① Kenneth Cornell, *The Symbolist Movement*, Hamden, Connecticut: Archon Books, 1970, p. 48.

② ［法］让-吕克·斯坦梅茨：《兰波传》，袁俊生译，上海人民出版社2008年版，第287页。

③ Paul Verlaine, *Œuvres posthumes de Paul Verlaine*, tome 2, Paris: Albert Messein, 1927, p. 233.

④ ［法］让-吕克·斯坦梅茨：《兰波传》，袁俊生译，上海人民出版社2008年版，第301页。

第一章 象征主义自由诗的诞生

坦梅茨的《兰波传》至少记载了两种可能性。第一种可能是，兰波嘱咐魏尔伦，将手稿转寄给努沃，由后者设法出版。第二种可能是，兰波没有把手稿交给魏尔伦，而是给了魏尔伦的内兄西夫里（Charles de Sivry）。传记作者说："伊莎贝尔则认为兰波把这些珍贵的手稿交给了夏尔·德·西夫里，西夫里那时前来斯图加特参加瓦格纳音乐会，这使手稿究竟在谁手里的猜测变得更加错综复杂。手稿后来在西夫里手里是肯定无疑的，1878年，魏尔伦还向他索要过这份手稿。"①

中国翻译者何家炜在《兰波〈彩图集〉·译序》中找到了一条折中的道路："1875年5月1日，魏尔伦寄给当时在布鲁塞尔的热尔曼·努沃一个厚厚的邮包，邮资就花了2.75法郎。这是兰波让魏尔伦寄给热尔曼·努沃的，为的是在布鲁塞尔印刷出来，但是努沃没有能找到印刷商。直到1877年，他才将这些手稿还给魏尔伦。而后，魏尔伦又将这些来自斯图加特的手稿托付给了西夫里。"② 这样的话，手稿还是回到魏尔伦手中。不过，魏尔伦又将它送给西夫里。《兰波全集》的编选者安托万·亚当（Antoine Adam）补充了一些不一样的细节，是努沃把手稿交给西夫里的。努沃和西夫里当时都与一家图书馆有联系，互相认识，"努沃与魏尔伦的内兄谈到了兰波的散文诗，并且把它们转给了他"③。如此一来，这就有违魏尔伦的意志了。这里人们可以作两点猜测，努沃把手稿交给西夫里，要么是想让与报刊界有联系的西夫里帮忙出版这部诗集，要么想给它找到安稳的藏身之所。从后来西夫里并未将这部手稿出版这个情况来判断，努沃可能更希望西夫里来保管它。因为这部诗稿与魏尔伦的关系更密切，而且魏尔伦有更大的意愿来出版它，那么，努沃为什么不把手稿直接交给魏尔伦呢？这是一个难题，它说明努沃与魏尔伦的沟通并不顺畅。

亚当注意到，当西夫里获得手稿后，魏尔伦不是毫不知情。在1878年8月，魏尔伦还从西夫里手中借阅过它。想必魏尔伦有过物是人非的感叹。这部手稿魏尔伦也曾拥有过，可是现在它却换了主人。魏尔伦9月底把手稿归还，两年后，还是放心不下，向西夫里索要。何家炜指出，西夫

---

① ［法］让-吕克·斯坦梅茨：《兰波传》，袁俊生译，上海人民出版社2008年版，第301页。
② 何家炜：《译序》，载［法］阿蒂尔·兰波《兰波彩图集》，叶汝琏、何家炜译，吉林出版集团有限责任公司2007年版，第2页。
③ Arthur Rimbaud, *Œuvres complètes*, Paris: Gallimard, 1972, p.974.

里因为妹妹玛蒂尔德（魏尔伦的前妻）的干涉，没有把手稿还给魏尔伦，而是给了诗人勒卡杜奈尔（Le Cardonnel）。从1880年到1886年，魏尔伦应该是多次碰壁。1883年11月，魏尔伦在《吕泰斯》上发表了一篇论兰波的文章，文中说："一份手稿——它的名字我忘掉了，它含有奇特的神秘性，以及最敏锐的心理学的观察——落入了一个人的手里，他把它弄丢了，不知道它们的成就。"① 这里的"一个人"，就是指西夫里。可能西夫里听从了妹妹的意见，故意推诿，欺骗魏尔伦说手稿已经遗失。但是到1885年，魏尔伦得知了实情，他在该年10月1日的信中写道："我满心喜悦。发现了一批手稿，有散文也有诗，我以为它们丢失了。"② 这里重现的手稿，应该就是《彩图集》。句中用的"发现"一词，可能表示魏尔伦并没有真正拥有它们，而是得知了它们尚在的消息。魏尔伦接着说："看到了伊藏巴尔，他把兰波新近的诗交给了我。"③ 伊藏巴尔（Georges Izambard）是兰波曾经的中学老师，与兰波亦师亦友。伊藏巴尔手中的诗稿，又与《灵感集》是什么关系？如果是手稿的新的部分，那么是否意味着兰波的手稿有多个组成部分，为不同的人所有？兰波1874年11月和1875年10月曾回到故乡，不排除在这两个时间点里，兰波将新誊写的诗作交给伊藏巴尔的可能性。另外，从后来《风行》刊发的兰波的诗作来看，有不少早期的作品也与《彩图集》一起出现了，它们是否就是伊藏巴尔提供的诗作？

多次遭到拒绝后，魏尔伦于是求助于勒卡杜奈尔。后者同时是魏尔伦和西夫里的朋友。勒卡杜奈尔随后给西夫里写信索要，西夫里的回信是：他没有时间接待勒卡杜奈尔，但是手稿归勒卡杜奈尔处理。手稿被拿出来，最终出版，可以看出魏尔伦起的作用最大。不过，这时还有一个人物发挥了作用，他就是《风行》的编辑卡恩。

卡恩一心想发表兰波的杰作，前文说过拉弗格给他写信讨论《被诅咒的诗人》时，兴趣的种子已经埋下了。发表兰波的手稿，可以提升《风

---

① Paul Verlaine, "Les Poètes maudits: Arthur Rimbaud", *Lutèce*, No. 93, novembre 1883, p. 2.

② Paul Verlaine, *Correspondance de Paul Verlaine*, tome 2, ed. Van Bever, Paris: Albert Messein, 1923, p. 36.

③ Paul Verlaine, *Correspondance de Paul Verlaine*, tome 2, ed. Van Bever, Paris: Albert Messein, 1923, p. 36.

第一章 象征主义自由诗的诞生 43

行》的办刊水准。当卡恩听说了这部诗稿后,他竭力向魏尔伦要求把它拿出来发表。《象征主义者和颓废派》一书曾记载道:"我与魏尔伦分享我在《风行》杂志上发表兰波作品的想法。"① 这说明卡恩去取手稿得到了魏尔伦的认可,卡恩也是魏尔伦打出的另一张牌。何家炜描述了后来的结果:"最后,西夫里将手稿托付给了勒卡杜奈尔,又由他交给《风行》杂志的执行主编卡恩。"② 这表明卡恩从勒卡杜奈尔手里拿到了书稿。虽然他最终得到了手稿,但是何家炜的描述还遗漏了一些细节。卡恩是从诗人路易·菲耶(Louis Fiére)手里拿到的手稿。对此亚当有过交代:勒卡杜奈尔从西夫里拿到手稿后,没有及时将它还给魏尔伦,这让卡恩很着急,于是就有了1886年4月4日勒卡杜奈尔给卡恩写的一个便条:手稿正在菲耶家等着他。菲耶是前者的邻居,他可能有事不在家,于是就把手稿放在邻居家。在亚当的笔下,这里的菲耶是一个无关轻重的人,他只是转手把手稿给了卡恩。因而何家炜没有必要再提及菲耶。但是卡恩本人的叙述却表明亚当和何家炜可能都有失误。卡恩说:"据魏尔伦说,可能在勒卡杜奈尔周围的人那里能找到重要的线索;这说得不清;幸运的是,费内翁(Félix Fénéon),当我向他询问时,记起来这个手稿在菲耶先生的手中,这个人是诗人,费内翁的战争办公室的同事。"③ 这里出现一个新的人物费内翁,他是卡恩的朋友。他的出现表明勒卡杜奈尔的便条可能并不存在。卡恩不知道手稿究竟在何处,于是他询问自己的朋友费内翁,恰好得知手稿在费内翁的同事菲耶(Zénon Fiére)的手上。卡恩接着说:"从菲耶先生那里得知手稿在他的兄弟、诗人路易·菲耶的手中;我们晚上拿到了它,做了阅读和整理,急忙将它出版了。"④ 原来真正藏有手稿的是费内翁的同事菲耶的兄弟路易·菲耶。

卡恩的记载表明魏尔伦对手稿的下落并不十分清楚。这就否定了亚当和何家炜的叙述。手稿还存在着不为人知的流传的情况。目前可以做这样的假设,可能勒卡杜奈尔拿到手稿后,又将他借给了其他人,路易·菲耶和他的兄弟应该都阅读过这部作品。这说明手稿在发表之前,就已经有了

---

① Gustave Kahn, *Symbolistes et Décadents*, Genève: Slatkine, 1993, p.56.
② 何家炜:《译序》,载[法]阿蒂尔·兰波《兰波彩图集》,叶汝琏、何家炜译,吉林出版集团有限责任公司2007年版,第3页。
③ Gustave Kahn, *Symbolistes et Décadents*, Genève: Slatkine, 1993, p.56.
④ Gustave Kahn, *Symbolistes et Décadents*, Genève: Slatkine, 1993, p.56.

一定的阅读圈。这对兰波的影响史的研究很有意义。卡恩曾记载道："魏尔伦把它拿出来，以便流传，它也流传了。"① 这说明不急于从勒卡杜奈尔处拿回手稿，而故意让他在诗人圈里流传，这是魏尔伦的意思。不过，这让手稿冒有丢失的巨大风险。

兰波的《彩图集》终于在1886年第5期的《风行》杂志上出现，随后陆续刊发，在当年还由杂志社结集出版。《彩图集》得到了很大的反响。象征主义诗人威泽瓦在1886年12月的《独立评论》中，称赞兰波有着"如此惊人的心灵"，"是位无可匹敌的大师"②。魏尔伦本人也非常兴奋，在给友人的信中，诗人说："你读过《彩图集》吗？这多么优美、漂亮。"③ 在这一年结集成书的《彩图集》中，魏尔伦还写了一篇序。原本这部诗集的名字叫作"Les Illuminations"，即"灵感集"的意思，魏尔伦指出："'彩图集'这个词是个英文词，指的是彩色的版画的意思——couloured plates：这正是兰波先生给他的手稿题的副标题。"④ 魏尔伦的解释让它有了现在的名称。⑤

总之，《风行》的创刊，《彩图集》手稿的发表，让象征主义自由诗运动真正具备了条件。19世纪80年代酝酿许久的形式解放倾向，将在兰波诗作的启发下，获得新的力量。

第四节　兰波自由诗的探索及其影响

在第5期的《风行》（1886年5月13日）中，兰波的《彩图集》开始刊出。这一期刊出的是15首诗，都是散文诗，如《洪水之后》（"Après

---

① Gustave Kahn, *Symbolistes et Décadents*, Genève: Slatkine, 1993, p. 56.
② Téodor de Wyzew, "Les Livres", *La Revue indépendante*, Vol. 1, No. 2, décembre 1886, pp. 201 – 202.
③ Paul Verlaine, *Correspondance de Paul Verlaine*, tome 3, Paris: Albert Messein, 1929, p. 336.
④ Paul Verlaine, *Œuvres posthumes de Paul Verlaine*, tome 2, Paris: Albert Messein, 1927, p. 233.
⑤ 在之前的论著中，中国学者往往称《彩图集》为《灵感集》或者《灵光集》。何家炜最早将其译作《彩图集》。其实也可以译作《彩版画》。为了对何家炜的工作表示尊重，本书沿用《彩图集》的译名。

第一章 象征主义自由诗的诞生

le déluge")、《童年》("Enfance")、《写给一种理性》("A une raison")等。第6期（5月29日）又刊出一些，共12首。这一期有兰波的诗《海景》("Marine")。迪雅尔丹曾说："向它致敬吧！这是发表出来的最早的自由诗。"① 这种看法也被学界普遍接受。不过，杂志上发表的这首诗还有两点需要注意。第一点，《海景》并不是一首独立的诗，它后面还跟着一个诗段，这个诗段其实在后来的《彩图集》中单独成诗，它就是《冬天的节日》("Fête d'hiver")。估计是卡恩拿到手稿后，出现了误判，将两首诗看作了一首。因为《冬天的节日》是首散文诗，所以这给《海景》带来了一个严重后果：《海景》被视为散文诗了。第二点，因为被视为散文诗，《海景》被按照正体排版。而按照该杂志的习惯，所有批评文章和散文诗都排为正体；所有诗体作品，都排为斜体。所以从排版上看，卡恩和人数不多的读者不会把《海景》当作自由诗。另外，将《海景》当作第一首自由诗，就会否定莫雷亚斯两年前发表的《不合律的节奏》一诗的地位。从形式上看，《不合律的节奏》完全做到了《海景》做到的解放。这里出现了严重的争论。解决问题的关键，是要抛下谁是自由诗第一人的争执，而要将自由诗看作是集体努力的结果。本书之所以把兰波自由诗的发表看作是自由诗成立的一个重要标志，并不仅仅是因为兰波发表了"最早的"自由诗，更重要的是这些诗引起了广泛的注意，真正启发了后来的创作。莫雷亚斯的《不合律的节奏》虽然出现的时间更早，但是在诗学史和文学影响上没有发挥大的作用。

第7期（6月7日），又出现了兰波的3首诗，这3首并不属于《彩图集》，而是1872年发表或者抄录的诗。第8期（6月13日）又刊有兰波的6首诗，其中3首属于《彩图集》，3首属于未标日期的诗，应该单独分类。第9期（6月21日），发表了兰波的8首诗，第一首为《词语炼金术》中收录的2首诗，未列标题，后来收入《地狱一季》这本集子。第3首是一首无标题的诗，为未标日期的诗，未收入《彩图集》，其题目为《卡西河》("La Rivière de Cassis")。3首诗后有5首为《彩图集》中的诗，第一首便是自由诗《运动》("Mouvement")，随后4首是散文诗，分别是《底部》("Bottom")、《H》、《虔诚》("Dévotion")和《民主》("Démocratie")。《运动》明确地使用了斜体的排版，它表明编辑部将它

---

① Édouard Dujardin, *Les Premiers Pètes du vers libre*, Paris: Mercvre de France, 1922, p. 29.

视作真正的诗体。它之前的诗体采用亚历山大体或者 10 音节的诗体,也有一些变化,但总体上是格律诗。《运动》虽然不是格律诗,但它也不是散文诗。与格律诗同样使用斜体排版,这是自由诗获得诗体认可的一大标志。

第 9 期后,兰波的诗很长一段时间在《风行》上看不到了,直到第二系列第 8 期(1886 年 9 月 6 日),《地狱一季》里的散文诗才开始连载,分为 3 期,共发表散文诗 10 首。也就是说,到了 1886 年 9 月 20 日,《风行》告别了它的兰波时代。之后,兰波的诗就再也没有出现在《风行》中了。

兰波发表的一共是 54 首诗,有两首是自由诗,它们开创了象征主义自由诗的新纪元。不过,有一个问题还需要解答——同样是对旧形式和旧文化的反叛,兰波是如何走向自由诗的?

一 兰波的无政府主义

兰波出生在法国的一个小城沙勒维尔。他读中学时已经显示出过人的才华,而被同学称道,被老师注意。这一时期,巴纳斯派非常活跃,一本在巴黎出版的《当代巴纳斯》的书得到了兰波的喜爱,他开始阅读邦维尔和魏尔伦的诗,在他给邦维尔的信中,年少的小诗人向大师这样表白:"我爱所有的诗人,所有优秀的巴纳斯诗人——因为诗人就是巴纳斯诗人——醉心于理想的美;这是因为我真诚地爱着您,您这位龙萨的传人。"[①] 他还对波德莱尔的诗产生了浓厚兴趣。斯坦梅茨指出:

> 这本诗集犹如一把进入世界的钥匙,不管这个世界是天堂,还是地狱,而真正的诗篇则表明,诗中包含着难以避免的严酷现实。戈蒂耶的卷首简介中采用了"通灵者"这个词,这引起兰波的注意,他对《人工天国》赞叹不已,而《短篇散文诗》那严谨的特性更是让他叹为观止。[②]

---

① Arthur Rimbaud, *Œuvres complètes*, Paris: Gallimard, 1972, p. 236.
② [法] 让-吕克·斯坦梅茨:《兰波传》,袁俊生译,上海人民出版社 2008 年版,第 61 页。引文中的"《短篇散文诗》",即《小散文诗》;"《人工天国》",也译作《人工天堂》。

第一章 象征主义自由诗的诞生

能够关注并学习当代最新的诗歌,这表明兰波与同龄的孩子相比,具有超前的理解力和接受力。戈蒂耶(Théophile Gautier)在诗集前的序言中称波德莱尔"通过只有通灵人才能注意到的一种意料之外的类比,将明显远隔着的、完全对立的事物联系起来"①。这对兰波后来的通灵人诗学影响很大,他随后开始阅读巫术、灵智学方面的书籍。

在阅读诗歌的过程中,兰波也开始了诗歌创作,尽管最初写的可能只是与中学课程相关的拉丁语诗的习作。他最早是什么时候开始写诗的?他的全集中 1870 年的诗已经收录了不少,例如《感受》("Sensation"),这时他 16 岁,此前,他一定有过多年的练习。他应该从 13 岁开始就打扰过诗神了。14 岁时拿破仑三世的小皇子要领圣体,兰波写了一首献给小皇子的拉丁语诗,内容已不得而知,但是"诗句写得并不规范,有的诗句还写错了"②。这个细节说明,到 14 岁时,我们未来的诗人可能对诗怀有的只是一点朦胧的热情罢了。他的第一首法文诗写于 15 岁的时候。1870 年是他诗歌的元年,从这一年,兰波开始迈出了诗人的脚步。他最重要的作品,都将在未来三年左右完成。

与兰波早熟的诗歌才能一起显露出来的,是他流浪和冒险的冲动。他一生都在渴望逃离,逃离他熟悉的地方,前往未知。最初他逃离沙勒维尔,随后是巴黎,甚至是欧洲。前方的冒险满足了他对自由的想象。1870 年 8 月,普法战争战事正酣,整个法国都笼罩在战争的不安中。兰波跳上了火车,从沙勒维尔经比利时前往巴黎。他身上没有带多少钱,这第一次的冒险,最终以被巴黎的警察关进监狱而草草收场。但是沙勒维尔已经装不下兰波的雄心了。1871 年 2 月,兰波再次出走,前往巴黎。过了一段风餐露宿的生活后,他不得不步行返回沙勒维尔。但是听到巴黎起义的消息,兰波又按捺不住了,想去保卫巴黎公社。由于诗人英年早逝,未能留下任何关于公社的回忆材料。几乎所有的兰波研究者,对兰波感兴趣的,是他未知的、神秘主义的诗学,也就是说都通过象征主义的透镜来解释他。兰波参加巴黎公社的始末,许多细节还不太清楚,甚至还要面对不少反对意见。兰波的妹妹伊莎贝尔(Isabelle Rimbaud)就是后者的代表,她

---

① Théophile Gautier, *Art and Criticism*, trans. F. C. de Sumichrast, New York: George D. Sproul, 1903, pp. 60 – 61.

② [法]让-吕克·斯坦梅茨:《兰波传》,袁俊生译,上海人民出版社 2008 年版,第 48 页。

指出:"我不知道一篇文章的作者在哪里发现了他(兰波)有关巴黎公社和马扎尔监狱的历史,还混有他极为贫困的不可靠的传说;所有这些都有侮辱性故事的可恶成分。"① 一起生活的家人,对兰波的动向当然清楚,伊莎贝尔的证词不得不认真对待。不过,1871年伊莎贝尔只有11岁,很难想象她的记忆有多准确,何况她的这份证词作于她32岁的时候,已经有21年之遥了。引文中的"马扎尔监狱"涉及上文提到的入狱之事。兰波年少时逃火车票入狱,多亏了他的老师伊藏巴尔,他才脱险。这个事实早已得到证实。伊莎贝尔否定这些,是因为她有必要维护兄长的名誉。巴黎公社社员在世纪末一直给人可怕的政治犯的印象,伊莎贝尔有动机做虚假陈述。

1952年,法国学者格拉夫(Daniel A. de Graaf)重新调查了这一问题,他找到了1873年秘密警察调查魏尔伦和兰波关系的档案,该档案记录兰波曾是巴黎公社的自由射手。② 这个发现有力地支持了兰波的公社社员身份。但这里还有一个问题,1871年4月17日,兰波还在他的沙勒维尔,5月13日他给伊藏巴尔的信标的地址也是故乡,身无分文的兰波是如何完成这次旅行的?格拉夫的判断是兰波搭了顺风车,在4月中旬或者是5月初,又去巴黎冒险。斯坦梅茨对于这次冒险,提供了更具体的细节:

> 一位马车夫捎了他一段路,马车夫显得有些微醉,他们俩肩并肩坐在马车上,谈论起政治局势。马车夫要这位流浪汉给他儿子画一幅画,于是,兰波拿出铅笔,以当时流行的漫画笔法画出一幅滑稽的梯也尔画像。在经过五六天的步行之后,他最终又来到首都的外围,而且成功地溜进这座起义者的城市。③

这里生动的细节,有些是斯坦梅茨的推测。虽然还缺乏更多的证据,但这些推测具有合理性。斯坦梅茨还注意到了兰波的一首诗《滑稽者的心》

---

① Isabelle Rimbaud, "La Lettre de Mlle Isabelle Rimbaud", *La Plume*, No. 66, janvier 1892, p. 49.

② Daniel A. de Graaf, "Rimbaud et la Commune", *Revue belge de philologie et d'histoire*, Vol. 30, No. 1 – 2, 1952, pp. 158 – 159.

③ [法]让-吕克·斯坦梅茨:《兰波传》,袁俊生译,上海人民出版社2008年版,第97—98页。

第一章　象征主义自由诗的诞生

("Le Cœur du pitre")，诗中写的是兰波在巴比伦军营中的事：

> 我悲伤的心在船尾呕吐，
> 我的心里全是下士：
> 他们向它喷射大锅汤，
> 我悲伤的心在船尾呕吐：
> 在齐声发笑的
> 军人的嘲弄中，
> 我悲伤的心在船尾呕吐，
> 我的心里全是下士！①

这是诗中的第一节，诗写得非常晦涩难懂，斯坦梅茨认为这里描写的是兰波遭受性侵害的经历。虽然兰波的反叛者身份给他带来的并非全是美好的体验，但是他对巴黎公社完全认同，这也是他冒险前往战区的原因。他在大屠杀发生之前就离开了巴黎，虽然逗留的时间很短，但是他把社员们称为"兄弟"，而且发誓要为死难者复仇：

> 欧洲、亚洲、美洲，全都消失。
> 我们复仇的脚步占据一切地方，
> 城市和村庄！——我们将会粉身碎骨！
> 火山将要爆炸！海洋将要动荡……②

拖着疲惫的脚步，步行回到故乡的兰波，已经与几个月前的自己不一样了。经过了战火的洗礼，他的反叛精神已不再是一种思想，而成为行动。他对资产阶级共和政府，对之前的帝国，都有一种不可调和的仇恨。这种敌意甚至也被他施加到文学上。当诗人的主体精神发生了巨变，不同于前一代的诗人，这是否就能带来形式反叛呢？流行的一种观点认为，形式应该取决于内容。内容的变化，必然会带来形式的变化。浪漫主义以来的有

---

① Arthur Rimbaud, *Œuvres complètes*, Paris：Gallimard, 1972, p. 46. 这首诗有不同的标题，也译作"痛苦的心"。

② Arthur Rimbaud, *Œuvres complètes*, Paris：Gallimard, 1972, p. 71.

机主义形式理论，就是这种观点的代表。但是这种观点不一定完全正确。美国学者斯蒂尔指出："我们必须捍卫自己想说'什么'的自由，但'如何'说却根本不是一个自由不自由的事情，它只是一种修辞策略，是有效传达的问题。"① 形式往往有稳定性，历史上常有这样的情况，一种文学形式可以历经数百年而不衰。内容的变化，不一定需要形式的更迭。拿无政府主义诗人来说，塔亚德（Laurent Tailhade）、马拉美都主要用格律诗创作，尤其是前者，他的诗集《在野人国》，都是用规则的诗律写成的。可见诗律作为一种中性的工具，可以为无政府主义文学服务。既然如此，公社诗人有何必要进行形式反叛呢？这个问题不好从文学本身来解释，但可以通过政治诗学来说明。美国学者卡普洛（Jeffry Kaplow）指出："就风格而言，形式与内容没有什么区别，因为二者都促成整体作品的确定。风格并不仅仅是风格，或者是运用的技巧，而是一种形象化的意识形态……"② 卡普洛摆脱了形式与内容的纠缠，主要关注作为"形象化的意识形态"的风格，这对于理解自由诗的问题很有启发性。公社诗人之所以从事形式反叛，并不是表达上的原因，而是政治姿态的原因。借助形式反叛，公社诗人可以直观地展现自己意识形态的反叛。形式反叛于是成为一种新的能指，这种精心设计的象征，直接对资产阶级共和国的意识形态发起挑战。换句话说，形式反叛的问题本质上不是节奏或者音乐性的问题，而是意识形态的能指的问题。在这样一种指涉体系中，意识形态成为轴心，内容、语言、意象、形式包裹着它，都成为具有革命色彩的标识。

　　这种作为意识形态的能指的形式反叛，一直被忽略了。文学史家往往混淆诗歌形式与风格的区别，往往寻求形式反叛的必然性，似乎自由和个性精神一进入诗歌，就必然带来形式的解放。《法国文学史·现代卷》曾认为："自由诗是从世纪之初浪漫主义所从事的主义上得到了它最后的结果：诗歌创作的个人化。"③ 这种判断就将形式反叛的问题简单化、一般化了。它没有看到主观的风格是如何操纵形式，并让形式成为一种政治姿态

---

① Timothy Steele, *Missing Measures*, Fayetteville: University of Arkansas Press, 1990, p.105.
② Jeffry Kaplow, "The Paris Commune and the Artists", in John Hicks & Robert Tucker, eds., *Revolution & Reaction: The Paris Commune 1871*, Amherst: The University of Massachusetts Press, 1993, p.148.
③ Patrick Berthier & Michel Jarrety, *Histoire de la France littéraire: modernités*, Paris: PUF, 2006, p.270.

第一章 象征主义自由诗的诞生

的。如果回到历史语境中，可以发现所有倡导形式反叛的主张，基本都着眼于主观的政治姿态，而非客观的文学规律。无政府主义的代表人物勒克吕（Elisée Reclus）有过这样的话："作家们，你们明白，思想无法忍受一个口授观点的主子，无法忍受一遍遍咀嚼别人话的辅导老师，无法忍受抑扬顿挫地读诗、品味押韵的学究；你们需要理解个人表达上的全部的、整个的自由，你们抛弃一切教条，抛弃一切模套和韵律。"① 这种话将表达习惯和韵律看作是文学上压迫人的权威，诗人们攻击这些权威，就如同无政府主义者发动罢工和炸弹袭击。这句话是极具鼓动作用的，它在召唤诗人们行动。但客观评价的话，韵律和资产阶级国家的权力机关并不是对等的。后者的出现，距勒克吕的时代，只有一个世纪，但是韵律却在启蒙运动之前就存在了，而且没人怀疑它还会存在几百年。文学家们在韵律上的反叛，不会给现实的政治斗争带来多少实效，为什么无政府主义者还要鼓动形式反叛呢？因为诗人的这种反叛与革命斗争表现出的政治姿态是相同的，当诗人展示自己的政治姿态的时候，他们实际上也是在宣传革命，无政府主义运动于是会形成合力。

回到沙勒维尔后，兰波将无政府主义的政治态度放入了他的诗中。也就是在这个时候，他提出了他的"通灵人"诗学。这种诗学在今天往往被解释为神秘主义，笔者也曾提出"神秘世界的感应"的观点。② 巴黎公社的视角给这种诗学带来了新的解释。所谓"通灵人"，是指跳出自己、活在另一个人身上的现象。具体来讲，兰波虽然身在故乡，却想同时是一位仍旧在战斗的社员。这就是他的"客观诗"的含义。所谓客观，不是要表达个人的主观情感，而是要让自己成为一个客体。在给老师伊藏巴尔的信中，兰波描述了自己想成为另一个的渴望："我将会成为一名工人：当狂怒把我推向巴黎的战场的时候，拦住我的正是这个想法——当我在给您写信的时候，许多工人仍旧在死去！现在工作，决不，决不；我在罢工。"③ 通灵人让兰波能够获得战士的真实体验，这不仅仅是想象或艺术虚构，兰波的最高目标就是消除想象中的"另一个"自我和真实的"另一个"的

---

① Elisée Reclus, "Aux compagnons des *Entretiens*", *Entretiens politieques & littéraires*, Vol. 5, No. 28, juillet 1892, p. 3.
② 李国辉：《人格解体与象征主义的神秘主义美学》，《外国文学研究》2019 年第 3 期。
③ Arthur Rimbaud, *Œuvres complètes*, Paris：Gallimard, 1972, p. 248.

差别。

为了实现通灵人的目标，兰波发现平常的语言和形式不堪用了。就亚历山大体而言，它似乎代表的是"学院里古老的傻瓜"的传统，[1] 非常的自我观，要求非常的形式，形式反叛成为新的自我的标识。巴纳斯诗人邦维尔有过这样的记载："这就是阿蒂尔·兰波先生……一个正当小天使年龄的孩子，美丽的面孔在理不清的乱蓬蓬的怒发下现出惊异。有一天曾问我是否快到了消灭亚历山大体的时候。"[2] 他在给诗友德梅尼（Paul Demeny）的信中呼吁"迈向新事物的自由！厌恶古人"[3]。就像公社成员凭借街垒与政府军作战，兰波用新的形式和语言打击旧文学。散文诗《词语炼金术》就是这种颠覆性语言的结果，兰波不仅想让元音获得色彩——波德莱尔已经示范过通感手法——而且想重塑诗歌的节奏。也就是说，形式解放是他的颠覆性语言的构成部分。

二 兰波自由诗的探索

兰波之前使用过多种格律诗体，现在放弃了这些诗体，因为散文诗能给他新的反叛者的意识。以《离开》（"Départ"）这首诗为例：

> Assez vu. La vision s'est rencontrée à tous les airs.
> Assez eu. Rumeurs des villes, le soir, et au soleil, et toujours.
> Assez connu. Les arrêts de la vie. —Ô Rumeurs et Visions !
> Départ dans l'affection et le bruit neufs ![4]
> 看够了。视线已遍及任何一片天空。
> 受够了。城市的噪杂，夜晚也罢，阳光下也罢，一模一样。
> 懂得够了。生命的停止。——啊，噪杂和视线！
> 在新的喧哗和情感中离开！

这一首诗明显是散文诗。首先，每行诗其实都是一句话，他的别的诗，例

---

[1] Arthur Rimbaud, *Œuvres complètes*, Paris: Gallimard, 1972, p. 248.
[2] ［法］阿兰·比于齐纳：《魏尔伦传》，由权、邵宝庆译，上海人民出版社 2007 年版，第 205 页。
[3] Arthur Rimbaud, *Œuvres complètes*, Paris: Gallimard, 1972, p. 250.
[4] Arthur Rimbaud, *Œuvres complètes*, Paris: Gallimard, 1972, p. 129.

第一章　象征主义自由诗的诞生

如《生命》("Vies"),采用的诗段的形式,每一段有多个句子。《离开》将一段多句浓缩为一段一句,于是一段就有了诗行的样貌。其实严格来说,这里的一行是一个段落。其次,段与段之间存在着并列的关系,语义并没有实际的发展。并列关系使每一段都独立了,并未与前后的段落结成一个有机体。

《离开》只是一首散文诗,但它已经是从散文诗迈向自由诗的一大步。第二步是切割诗行。随着散文诗越写越多,兰波尝试将散文诗的一段浓缩为一行,原来的一段于是就有了一行诗的样貌。不过行与行还存在着原来诗段具有的并列关系,它们有相当大的独立性。缪拉指出:"她(克吕姗斯卡)通过切割散文诗而走向了自由诗,这种方式与兰波的相似。"[1] 将浓缩后的每一段(句)切割成多个部分,这样,诗行就真正产生出来,诗段就被诗行取代了。这种关键的一步,克吕姗斯卡在早期并没有做到,她做到的只是浓缩。兰波在自由诗上不可代替的地位,就是他最早尝试了切割诗段。下面以《海景》一诗为例:

> Les chars d'argent et de cuivre,
> Les proues d'acier et d'argent,
> Battent l'écume,
> Soulèvent les souches des ronces.
> Les courants de la lande,
> Et les ornières immenses du reflux,
> Filent circulairement vers l'est,
> Vers les piliers de la forêt,
> Vers les fûts de la jetée,
> Dont l'angle est heurté par des tourbillons de lumière. [2]

银的战车和铜的战车,
铁的船头和银的船头,
摧毁着泡沫,

---

[1] Michel Murat, *Le Vers libre*, Paris: Honoré Champion, 2008, p. 69.
[2] Arthur Rimbaud, "Marine", *La Vogue*, Vol. 1, No. 6, mai 1886, pp. 188–189. 这里引用的是最初发表的格式,在标点符号上与全集的格式有些不同。

掀起荆棘的根茎。
旷野的流水，
以及落潮时巨大的车辙，
圆转地奔向东方，
奔向森林的柱石，
奔向大堤的支柱，
大堤的拐角因为阳光的漩涡而特别强烈。

诗中诗行明显代替了诗段。之前每一段后的句号没有了。有时一句话要占用两行的位置，有时一句话甚至要跨越五行。诗行与诗行之间的关系变得紧密了，这种语义上的延续弥补了缺乏音律与押韵造成的诗行的散乱。再以其中的第6、7、8行为例：

Et les ornières immenses du reflux,
Filent circulairement vers l'est,
Vers les piliers de la forêt,
以及落潮时巨大的车辙，
圆转地奔向东方，
奔向森林的柱石，

这几行诗中的主语是"车辙"（reflux），宾语是"奔向"（filent），它后面的两句话，是介宾结构。可见每一行并没有独立的语义，也没有完整的语法结构。语义和句法将它们联结成为一个整体。

诗中每一行的音节数完全自由了，亚历山大体不再是一个潜在的框架，诗完全摆脱了它。其中第3行最短：

Bat – tent – l'é – cume,
摧毁着泡沫,

诗行共有4个音节。而在它之前的诗行是7个音节，在它之后的诗行是9个音节。最后一行最长：

第一章　象征主义自由诗的诞生

Dont – l'an – gle est – heur – té – par – des – tour – bil – lons – de – lum – ière.

大堤的拐角因为阳光的漩涡而特别强烈。

共有 13 个音节，语顿在第 6 个音节后，这与标准的亚历山大体诗行近似。

《运动》与《海景》相比，在创作上孰早孰晚，并不清楚。不过《运动》是第一首得到《风行》认可的自由诗。从语义上看，《运动》要比《海景》更复杂些，它的内部虽然还有一些并列的结构，但是一种渐进的逻辑关系将四节诗紧紧地联系在一起。另外，每一节诗都具有相对独立的语法和语义地位，例如第一节：

> Le mouvement de lacet sur la berge des chutes du fleuve,
> Le gouffre à l'étambot,
> La célérité de la rampe,
> L'énorme passade du courant
> Mènent par les lumières inouïes
> Et la nouveauté chimique
> Les voyageursentourés des trombes du val
> Et du strom. ①
> 河水跌落的河岸上曲折的运动，
> 船尾的漩涡，
> 斜坡的迅疾，
> 洪水汹汹奔流
> 借助闻所未闻的光芒
> 和化学的新奇
> 引导着游客，他们被山谷和洪流的
> 龙卷风所包围。

整节诗就是一个句子，"运动""漩涡"等是主体，"借助"是谓语，"游客"是宾语，"包围"（entourés）作为一个过去分词，在这里引导一个分

---

① Arthur Rimbaud, "Mouvement", *La Vogue*, Vol. 1, No. 9, juin 1886, pp. 310–311.

词短语。通过全诗来看，这一节交代的是一个基本信息，在一个有瀑布、悬崖、河流的地方，游客坐在船上欣赏风景。虽然开头的几行存在着并列的语句，但是整节诗是统一的，不像《海景》中的有些诗行可以单独分成一节。缪拉肯定《运动》是更高级的自由诗，他指出在这首诗中："诗行被看成是统一体，它的一致性是必须要有的。"① 下面通过折线图，看这首诗第一节每行音节数的起伏变化：

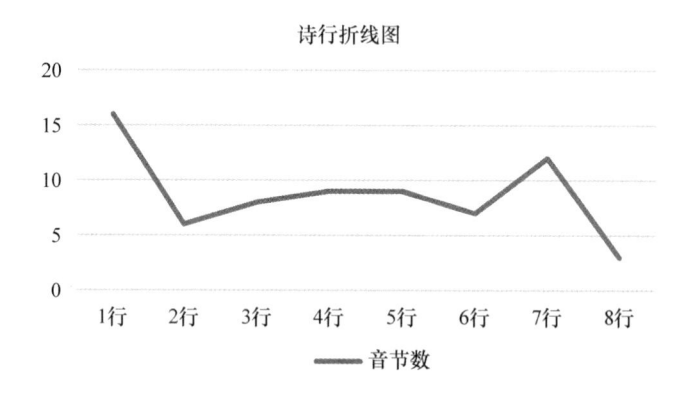

诗行折线图

上图说明，诗行放弃了规则的音节数量，它们以 9 音节数为中间量，向上或向下摆动。诗行可以比作一个受到外力干扰的钟摆，在进行无法预测的运动。这是以前格律诗的节奏运动不敢做的。

兰波写好他的诗集后，在伦敦生活了几个月。之后，兰波短暂地在故乡和德国逗留了一段时间，就开始了在亚洲和非洲的冒险，彻底告别了文学。他1891年因为腿部患病而辞世，年仅37岁。兰波虽然抛弃了文学，但是文学并没有忘记他。随着《彩图集》在《风行》上连载，兰波反叛的精神以及作为其结果的自由诗，在巴黎得到了重视和响应。

三 兰波自由诗的影响

兰波的自由诗的发表，与象征主义自由诗的兴起，几乎是同一时间发生的。迪雅尔丹的《最初的自由诗诗人》一书，也确实把兰波看作是象征主义自由诗的起点。但是学界目前也有否认兰波影响的主张。中地義和认为："象征主义的自由诗没有显示出兰波的这两首诗的任何影响的印迹，

---

① Michel Murat, *Le Vers libre*, Paris: Honoré Champion, 2008, p.76.

第一章　象征主义自由诗的诞生

不管他们对他的作品有多大的景仰之情。"① 中地義和判断的依据有以下几点：首先，象征主义自由诗的代表人物，例如莫雷亚斯、拉弗格、卡恩，他们的自由诗理论中没有谈到过兰波；其次，这些诗人的自由诗与兰波的形式并不同，实际的影响无法证实；最后，兰波创作这两首诗是在1873年左右，比象征主义自由诗的大规模出现提早了十年，兰波并未对后来的自由诗的概念有何了解。

这几点的角度虽然不同，但都以实证主义为基础。也就是说，兰波与后来的自由诗没有实证上的影响关系。这种看法是非常狭隘的。中地義和的失误在于他心中有自由诗的本质观。不管是拉弗格的，还是卡恩的，似乎自由诗应该有某些形式上的特征。具备了这些特征，自由诗才称得上自由诗。就像前文已经说过的那样，自由诗首先表现为一种形式反叛的姿态，每个诗人都可以尝试自己具体的反叛方法，但是自由诗的影响可以不在具体的反叛方法上，而在这种反叛的精神上。兰波的《运动》和《海景》与波德莱尔的《恶之花》和《小散文诗》中的形式都不一样，但是兰波实实在在受到了波德莱尔的影响，也正因为如此，兰波在他的通灵人书信中，称波德莱尔为"第一位通灵人"②。

就形式本身而言，兰波与象征主义自由诗诗人的关系，也不能轻易否定。在拉弗格、卡恩等人的诗中，可以看到诗行同样被切割了，语义和语法维持着诗节的统一性。卡恩曾总结过这一大转变："我们与所有类似的尝试不同的关键要素，在于我们把诗行（或者更好地说是唯一称作单元的诗节的）持续变动确定为根本原则。"③ 把诗节而非诗行当作自由诗的单元，是因为卡恩看到了诗节内部的延续性。虽然怎么分割诗行，拉弗格和卡恩都有不同的答案，但是他们都认可兰波的做法。中地義和忽略了这一点，他认为兰波不像后来的象征主义自由诗诗人寻求新的韵律，同时又对传统诗律有一定的尊重，因而兰波的形式和后来的形式并不一样。拿拉弗格来说，中地義和认为他的自由诗"是他寻找更适于他内在需要的形式的

---

① Yoshikazu Nakaji, "Rimbaud et le vers libres de *La Vogue*", in Catherine Boschian-Campaner, ed., *Le Vers libre dans tous ses états*, Paris: L'Harmattan, 2009, p. 45.
② Arthur Rimbaud, *Œuvres complètes*, Paris: Gallimard, 1972, p. 250.
③ Paul Adam, "Le Symbolisme", *La Vogue*, Vol. 2, No. 12, octobre 1886, pp. 399-400. 卡恩的文章原本发表在《事件》上，这篇文章是亚当的节译，发表在《风行》杂志上。

结果"①。

迪雅尔丹作为《风行》杂志的撰稿人，与这个杂志的编辑有很多联系，他的见证也可以给人们解答疑惑。在他的《最初的自由诗诗人》中，可以找到这样的记载："古斯塔夫·卡恩为了准备印刷，而将（兰波的）手稿交给费利克斯·费内翁（这始于 5 月 13 日那一号）；但他不会不读它，不会不对身旁的人读它，不会不引用它。"② 编辑们给其他的诗人读兰波的诗，就会造成实际的影响。迪雅尔丹还指出，在 1886 年 4 月以后，很多人就开始讨论兰波了："《风行》年轻同人们的谈话中经常涉及兰波的诗，而他们也愿意将我列入其中，我们对其印象非常深刻。我还记得古斯塔夫·卡恩在东方咖啡馆念给我们听的《彩图集》的某些诗句。但我不记得《运动》和《海景》的样式曾被人马上注意到……而这种形式能够被人注意。"③

通过 19 世纪末期报刊上对兰波诗体形式讨论的文章，也可以看到兰波的影响是广泛的、切实的。这些文章有些出自象征主义诗人之手，有些出自与象征主义有联系的批评家之手。它们的观察，代表了那一辈人对兰波自由诗的印象。1891 年，德拉洛什（Achillle Delaroche）在《象征主义的历史》一文中，指出兰波的"散文和诗体"是年轻诗人的"圣经"④。文中明显提到了"诗体"，它不但包括兰波早期的格律诗，也包括他的自由诗。但是德拉洛什毕竟没有明言。罗当巴克（Georges Rodenbach）的《新诗》一文，有更清楚的主张。他提到了《彩图集》，认为里面既有散文诗，又有诗体。这里的诗体指的就是自由诗。该批评家还说过下面的话："在《彩图集》中，有许多诗节从一切韵律规则中解放出来，没有押韵，没有语顿，没有公认的音律。"⑤ 这是对兰波自由诗最简明的概括，也是对象征主义自由诗下得比较清楚的定义。1891 年，自由诗才刚刚得到人们的普遍认可，罗当巴克这里对《彩图集》的判断，肯定了它在自由诗上

---

① Yoshikazu Nakaji, "Rimbaud et le vers libres de *La Vogue*", in Catherine Boschian – Campaner, ed., *Le Vers libre dans tous ses états*, Paris: L'Harmattan, 2009, p. 35.
② Édouard Dujardin, *Les Premiers Poètes du vers libre*, Paris: Mercvre de France, 1922, p. 47.
③ Édouard Dujardin, *Les Premiers Poètes du vers libre*, Paris: Mercvre de France, 1922, p. 47.
④ Achillle Delaroche, "Les Annales du Symbolisme", *La Plume*, Vol. 3, No. 41, janvier 1891, p. 15.
⑤ Georges Rodenbach, "La Poésie nouvelle", *Revue bleue*, Vol. 47, No. 14, 1891, p. 426.

第一章　象征主义自由诗的诞生

的示范作用。作为比利时象征主义诗人,罗当巴克还做过这种见证:"尽管颓废派大师们精神保守,诗体的解体将要加快。阿蒂尔·兰波的影响发生了、扩大了。"① "保守"的颓废派大师们,指的是魏尔伦、马拉美等人,以及后来围绕着巴朱的《颓废者》杂志的诗人,他们确实有形式保守主义者的一面,但是随着《彩图集》的发表,诗体加速了"解体"。中地義和很难反驳罗当巴克的证词。

同样,在1891年拉弗格的遗作中,这位同样英年早逝的诗人向兰波表达了敬意:"兰波,早熟的、完美的花朵,空前绝后——(他的诗)没有诗节、没有结构、没有押韵——一切都在闻所未闻的丰富性中。"② 拉弗格1887年8月因病去世,他的这篇遗作,写作的时间是很难确定的,但一定在1886年5月至1887年8月之间,正是拉弗格受到兰波影响的时期。拉弗格所说的"没有诗节、没有结构",指的是《海景》和《运动》这两首诗,它们不再讲究诗节纵向上的一致,以及诗行横向上的节奏单元的重复。这种形式也正是拉弗格自由诗的特征。在1886年写给卡恩的书信中,拉弗格曾经总结过他的自由诗的美学(下一章会具体讨论),与他这里对兰波的评价是完全一样的。

魏尔伦作为兰波的密友,以及《彩图集》手稿曾经的保存者,对兰波的诗体反叛也有清楚的认识。在1886年《彩图集》的初版本序言中,魏尔伦提到兰波的诗中有"美妙的不和谐诗行"③。这种诗行就是自由诗。只不过魏尔伦当时还不肯使用自由诗的名称,因为他不认为存在着自由的诗体。但在1895年的一篇文章中,魏尔伦的措辞改变了,他指出"兰波随后写出……极好的自由诗"④。兰波当然没有促使魏尔伦也成为自由诗诗人,但是魏尔伦对兰波自由诗的观点,折射的是颓废诗人对待这种新形式的兴趣和态度。

英国的象征主义诗人西蒙斯(Arthur Symons)在世纪末到过巴黎,与

---

① Georges Rodenbach, "La Poésie nouvelle", *Revue bleue*, Vol. 47, No. 14, 1891, p. 427.
② Jules Laforgue, "Notes inédites", *Entretiens politique & littéraires*, Vol. 3, No. 16, juillet 1891, p. 16.
③ Paul Verlaine, *Œuvres posthumes de Paul Verlaine*, tome 2, Paris: Albert Messein, 1927, pp. 233-234.
④ Paul Verlaine, *Œuvres posthumes de Paul Verlaine*, tome 2, Paris: Albert Messein, 1927, p. 253.

象征主义诗人有比较多的交往,他对自由诗的历史是有真切认识的。他的名著《文学中的象征主义运动》中,对兰波有过专门的研究。书中指出:"他(兰波)急切地想抓住诗体,抓住散文,创造了一种早于任何人的自由诗,他不大知道怎样使用它,创造了一种相当新的写作散文的方式,拉弗格将会在后来解释它。"① 西蒙斯没有说清楚兰波的自由诗在哪个方面"早于任何人的自由诗",但是他直觉地看到兰波与后来的自由诗诗人的关系。

总之,兰波在 19 世纪 80 年代自由诗的兴起中,是一个重要的激励力量,也是年轻诗人们的范例。正是从兰波开始,一批自由诗诗人才集体性地出场,并拉开了自由诗时代的大幕。兰波和拉弗格、卡恩、雷泰等人有着相同的形式反叛的精神,但是他们生活的时代不同,美学的主张有异,这也导致在 1886 年之后,自由诗的形式呈现出不同的样貌。自由诗并没有结束,它刚刚开始,任何诗人都可以寻找他个性的反叛之路。

---

① Arthur Symons, *The Symbolist Movement in Literature*, London: Archibald Constable & Co. Ltd., 1908, pp. 71 – 72.

第二章　象征主义自由诗的发展

第一节　威泽瓦与自由诗的新变

在《风行》杂志创刊前一年，巴黎还出现了另一份杂志《瓦格纳评论》(*Revue wagnérienne*)。该杂志于 1885 年 2 月创办，1888 年年底终刊，共出了 31 期。其开本类似《风行》杂志，每期页数有很大变化，有 24 页的，也有 40 页的。这个杂志的创办者是迪雅尔丹，其成员还有张伯伦（Houston Stewart Chamberlain）、威泽瓦等人。它虽然宣传瓦格纳主义，但是与象征主义的关系非常紧密，不仅迪雅尔丹、威泽瓦最后加入象征主义诗人的队列之中，它的撰稿人很多都是未来重要的象征主义诗人，如魏尔伦、马拉美、梅里尔、吉尔。

比耶特里曾指出："假如《瓦格纳评论》在纯粹音乐性领域的功绩，人们可以怀疑，但它与新生诗学的关系似乎是不大有争议性的。"[①] 这里的"新生诗学"指的是象征主义诗学。《瓦格纳评论》对于象征主义理念做了许多准备工作。象征主义在早期主要受两条线的影响：一条是波德莱尔、魏尔伦的颓废文学；另一条则是瓦格纳主义。《瓦格纳评论》对诗歌音乐性的要求，对不同艺术的综合的强调，是独立于波德莱尔、魏尔伦这条线的重要资源。在某种程度上说，如果没有《瓦格纳评论》，也就没有象征主义。因为这样就只剩下颓废派了。具体到自由诗而言，波德莱尔、魏尔伦这一条线已经给形式反叛做了比较充分的准备，兰波是它的最终成果，因为自由诗在兰波那里已经在各个方面挑战了传统诗律。这是一种形

[①] Roland Biétry, *Les Théories poétiques à l'époque symboliste*, Genève: Slatkine Reprints, 2001, p. 75.

式无政府主义的自由诗。但是形式反叛的道路并不只有这一条,瓦格纳美学同样给迪雅尔丹、威泽瓦这些诗人指出了远离亚历山大体的新道路。当然,瓦格纳美学与无政府主义也会有交叉地带,但是美学与政治思考的方式有多么不同,瓦格纳主义者们的自由诗与兰波的相比就会有多大差异。迪雅尔丹的自由诗理论,后文将会专门论述,本节只讨论《瓦格纳评论》创办时期威泽瓦给自由诗带来的新变。

一 威泽瓦的音乐美学

威泽瓦1862年9月30日出生在波兰,父亲是俄罗斯人。他的父亲当时是位50来岁的医生,母亲是父亲的第二任妻子,当时才30岁。威泽瓦还小的时候,母亲教他波兰语和俄语。为了让孩子接受更好的教育,全家决定去法国定居。他们最终挑选的地方,是一个叫作米利(Milly)的村镇,但是医生并没有挣到足够的钱养家,直到他最后在政府里谋得一个差事,收入才有了改善。离米利十几公里的地方,有一所叫作博韦学院(College de Beauvais)的学校,未来的象征主义理论家成为这个学校的寄宿生。[1]

1882年,从南锡文学院(Faculte des Lettres à Nancy)毕业后,威泽瓦在外省谋得一份教职。业余时间他对瓦格纳的歌剧拥有很大兴趣。可是普法战争的爆发,让这位德国音乐家的作品在法国很难上演,于是威泽瓦决定前往德国的拜罗伊特观赏。教书生涯没有持续多久,威泽瓦就决定去巴黎靠写作为生。[2] 巴黎当时的颓废文学正在崛起,象征主义流派用不了多久就会形成。热闹的文学和艺术思潮,给这位博学的年轻人搭好了舞台。在加入象征主义之前,威泽瓦已经对理性主义的哲学比较熟悉了,瓦格纳美学让威泽瓦开始关注内在情感的重要性。

瓦格纳美学基本的立场是反理性主义。具体来说,瓦格纳看到了现代文化压抑人性的现象。现代文化通过理性主义建立了政治、教育、艺术等体系。所有这些体系都在维护一些抽象的价值,如秩序、法则、权威、明

---

[1] 威泽瓦的传记资料,目前非常缺乏。这部分的材料请参考:Elga Liverman Duval, "Téodor de Wyzewa", *The Polish Review*, Vol. 5, No. 4, Autumn 1960, pp. 45–63。

[2] See Elga Liverman Duval, "Téodor de Wyzewa", *The Polish Review*, Vol. 5, No. 4, Autumn 1960, pp. 45–63.

第二章　象征主义自由诗的发展

智等。拿语言来说，它原本是情感的符号，可是在现代人这里，它渐渐代替了人，代替了情感。尼采曾说："语言的塑造者没有谦虚到认识他给予事物的只是标签的地步；他反而相信他在用词语表达事物的最高知识。"①瓦格纳渴望在艺术中打破所有这些理性的体系，让情感恢复他的活力。瓦格纳对当时欧洲的君主政府和资产阶级政府说过这样的话："纯粹人性自由的最初的苏醒，显现为对宗教教条的摆脱；而国家最后才被迫交出思想自由。"② 宗教和国家的观念，塑造人的意识，疏远或者压制人的无意识，现代艺术缺乏感染力的原因，就在于它丧失了与无意识的联系。像尼采一样，瓦格纳看到了现代人手里的语言已经不堪使用："我们无法按照我们内在的情感用这种语言说话，因为无法按照那种感情用它来创造；在它里面，我们只能把我们的感情传达给理解力，而非传达给不言自明的情感。"③

瓦格纳看到现代人已经无法用语言来写诗，音乐渐渐成为情感的庇护所，这给诗留下了希望。如果利用语言的语音部分，通过音乐的途径，有可能让语言与情感重新建立联系。瓦格纳开创出一条纯诗的道路，后来象征主义的纯诗理念，本质上实践的是瓦格纳的设想。这种纯诗忽略理性的意义，因而放弃主题；它通过声音来再现情感的冲动。诗行中每个词语都有语音，轻音和重音还能产生节奏，瓦格纳的做法是尽量减少词语多出的重音，主要利用词根重音与情感建立联系。这里面有令声音与情感协调的思想。

威泽瓦受到瓦格纳的启发，将音乐摆在艺术的最高位置上："只有音乐才能表达在我们思想中存在的深层情感。它不应再造自然中的嘈杂声、物质的现象以及行动。"④ 这句话的语境是威泽瓦对绘画的音乐的批判。绘画的音乐是模仿式的，它要描摹自然或者事物的状态，它面向的不是情感，而是理性。表达深层情感的音乐，或者说瓦格纳式的音乐，才是威泽

---

① Nietzsche, *Human, All Too Human*, trans. R. J. Hollingdale, Cambridge: Cambridge University Press, 1996, p. 164.

② Richard Wagner, *Richard Wagner's Prose Works*, Volume 2, trans. William Ashton Ellis, London: Kegan Paul, Trench, Trübner, 1900, p. 197.

③ Richard Wagner, *Richard Wagner's Prose Works*, Volume 2, trans. William Ashton Ellis, London: Kegan Paul, Trench, Trübner, 1900, p. 231.

④ Téodor de Wyzewa, "La Musique descriptive", in *Revue wagnérienne*, Vol. 1, No. 3, avril 1885, p. 74.

瓦渴望的。

　　瓦格纳看到每门艺术都有它自己的表现能力，它们最终会达到极限，为了更好地表达生活，需要将这些艺术都综合起来。古希腊悲剧就是这种综合的范例。威泽瓦也希望综合不同的艺术。他发展了瓦格纳的理论，将艺术分为三类：第一类是绘画、雕塑，这是感觉的艺术，与视觉有关；第二类是文学，它是概念的艺术，与理性有关；第三类是音乐，它是情感的艺术，与听觉相关，但与情感的关系最为紧密。这个体系不但尊崇音乐，而且将感受和概念也都纳入进来，扩大了瓦格纳以无意识冲动为主的美学。这样做的好处，是可以更方便地讨论文学。瓦格纳的交响乐也好，歌剧也好，核心都是音乐。歌剧的场景、人物的行动其实都是音乐（或者旋律）的影子。以音乐为中心在文学中无法办到。因为诗人的工具并不是音符，而是抽象的词语。只要诗人利用这个工具，它就必须面对词语一切历史的、语义的重量。瓦莱里对此感同身受，他曾指出："诗人完全与音乐家不同，而且不太幸运。"[①] 想顺利地讨论文学，就需要考虑文学的特殊性，也就是要考虑文学这门概念艺术的特征，让音乐与概念结合起来。这样一来，情感仍然重要，但是概念的、感受的内容也必不可少，它们在一种更大的生活观中，都有了存在的合理性。威泽瓦强调："瓦格纳说，艺术应该创造生活：不是感觉的生活、精神的生活，或者心灵的生活，而是整个人类的生活，仅此而已。"[②]

　　在这种思考下，威泽瓦将文学的形式分为了两类：一类是音乐的形式，即诗体；另一类是概念的形式，即叙事，它是小说和散文的基本部分。威泽瓦认为："艺术家应该将诗的音乐形式与叙述的形式融合起来。"[③] 不但诗中有这两种形式，小说、戏剧中也有，将诗体这个形式与理性的叙述结合起来，就能接近瓦格纳所说的交响乐的效果。而自由诗需要这两种形式的结合，但要从探索音乐的形式起步。威泽瓦借鉴了瓦格纳的思路，想在词语的音节上重塑一种直达情感的通道：

---

① Paul Valéry, *Œuvres 1*, Paris: Gallimard, 1957, p. 1414.
② Téodor de Wyzewa, "Notes sur la littérature wagnérienne", *Revue wagnérienne*, Vol. 2, No. 5, juin 1886, p. 152.
③ Téodor de Wyzewa, "Notes sur la littérature wagnérienne", *Revue wagnérienne*, Vol. 2, No. 5, juin 1886, p. 170.

第二章　象征主义自由诗的发展

　　文学家感觉到词语在它们准确的概念之外，对听觉来说，具有了特殊的声响，而且音节变成了音乐的乐符，语句的节奏亦然。那时，他们就尝试一种新的艺术：诗。他们不再是为了词语概念的价值，而是将它们作为发声的音节使用词语，同时他们通过和谐结合的方法，在心灵中唤起情感。[①]

　　音节为什么可以唤起情感呢？不同于瓦格纳寻求语音的情感本源，威泽瓦认为语言长期的使用，赋予了它这个能力："拉丁人似乎最早发现词语通过长达一个世纪与动人的思想的联系，自身获得了情感的价值。"[②] 当现代诗人发现词语音节上附着的情感的信息，它就可以主动利用这些语音召唤情感。于是纯诗就产生了。这种纯诗的音乐，并不是传统诗律的节奏，因为传统诗律是一种抽象的结构模式，与情感没有直接的关系。这一点可以结合巴纳斯派的诗律来说。邦维尔渴望诗律的自由，但是更多的巴纳斯诗人创作的是格律诗，巴纳斯诗人往往给人诗律严谨的形象。博尼耶曾指出："巴纳斯派并不是惊人的创造者，他们仅仅给从前人那里得来的规则加上更加严格和更加精细的特征。"[③] 他们过多地关注听觉的愉悦，并以此来制定诗律的准则，但是他们忽略了情感本身的冲动。威泽瓦并不是体会不到巴纳斯诗人格律的和谐之处，但是"他们的音乐随意展开，是工人灵巧的发现。他们中没有人带来真正的交响乐"[④]。巴纳斯诗人在他眼中只是诗律的"工人"，他们的工作是机械的。

　　相反，如果诗人听从内在情感的音乐，他的诗自然就能打破旧有的诗律束缚，带来心灵的微妙波动。在 1886 年 6 月，虽然象征主义流派还未形成，以马拉美为首的颓废派诗人的作品，已经得到威泽瓦的注意。威泽瓦发现尽管早期属于巴纳斯派，但是马拉美已经成功地让他的诗向内发展，威泽瓦指出"他（马拉美）自愿将情感当作主题，这种情感是在一种

[①] Téodor de Wyzewa, "Notes sur la peinture wagnérienne", *Revue wagnérienne*, Vol. 2, No. 5, mai 1886, p. 105.

[②] Téodor de Wyzewa, "Notes sur la littérature wagnérienne", *Revue wagnérienne*, Vol. 2, No. 5, juin 1886, p. 162.

[③] André Beaunier, *La Poésie nouvelle*, Paris: Société dv Mercvre de France, 1902, p. 24.

[④] Téodor de Wyzewa, "Notes sur la littérature wagnérienne", *Revue wagnérienne*, Vol. 2, No. 5, juin 1886, p. 163.

深思熟虑的心灵中，通过哲学梦幻的创造和观察而创造的"，而且"他寻求一种纯粹情感性的诗的理想形式"①。

马拉美像魏尔伦一样，对亚历山大体不舍得丢弃。他的诗虽然有着情感的音乐，但是这种音乐不得不与诗律折中。这样，情感的音乐必然会受到很多牵制。威泽瓦看到年轻的颓废派诗人，例如莫雷亚斯，已经开始寻找完全的创新了："马拉美先生看到仍然有必要保留固定的诗歌形式，对于其他的艺术家而言，这种旧形式已经是个束缚，他们试图打破它。"② 这种论述，已经完全是自由诗理论了。威泽瓦是通过纯诗的道路发现自由诗的，他也寻求反抗旧的诗律，但是这种旧的诗律不是作为权威机关的代表而被反击的，他是从内在的需要出发，顺带着打破了旧的诗律。

威泽瓦是象征主义这代诗人中最早提出自由诗理念的人。在他的这篇文章（1886年6月）发表3个月后，卡恩才在《事件》（L'Événement）上刊出他的自由诗理论的文章。有批评家相信卡恩"是第一个引入诗体解放的思想的人"③，而比耶特里则把自由诗理论创始人的荣誉归给了拉弗格，这些判断在法国自由诗领域至今都还有影响力，威泽瓦的理论贡献一直受到忽视。④

二 威泽瓦的美学改造

在威泽瓦1886年的《论瓦格纳文学》中，象征主义诗人与巴纳斯派是对立的。同年《风行》杂志上连载的论马拉美的论文，更加详细地阐释了威泽瓦的思想。这种思想中的有些观点与他的瓦格纳美学的立场似乎有矛盾之处，例如威泽瓦说："在我们的心灵中，一种古老的习惯已经将某种音节与某种感情绑在了一起：巴纳斯派想完成这种诗歌语言；他们通过灵活地利用节奏和音色，尝试一种词语的交响乐。"⑤ 如果从字面上来理解，巴纳斯诗歌倒是瓦格纳式音乐艺术的典范了，因为它不仅重视音节与

---

① Téodor de Wyzewa, "Notes sur la littérature wagnérienne", *Revue wagnérienne*, Vol. 2, No. 5, juin 1886, p. 163.
② Téodor de Wyzewa, "Notes sur la littérature wagnérienne", *Revue wagnérienne*, Vol. 2, No. 5, juin 1886, p. 163.
③ J. C. Ireson, *L'Œuvre poétique de Gustave Kahn*, Paris: Nizet, 1962, p. 80.
④ 李国辉：《象征主义自由诗理论起源新考》，《法国研究》2020年第1期。
⑤ Téodor de Wyzewa, "M. Mallarmé: I – II", *La Vogue*, Vol. 1, No. 11, juillet 1886, p. 362.

第二章　象征主义自由诗的发展

情感的关系，而且尝试瓦格纳所提倡的交响乐。但是这里的"感情"与瓦格纳所说的感情不同。这里的感情是记忆或者固定的某种感触，它并不是人本性的冲动。而在瓦格纳的理论中，与音节相连的感情是原始的、本能的。威泽瓦是误读了瓦格纳，还是有意曲解他呢？姆罗齐克（Anna Opiela – Mrozik）曾说："我们的批评家成功提出他自己的瓦格纳主义的定义。"① 威泽瓦并不是瓦格纳思想忠实的解释者，他利用德国音乐家的理论建立了自己的思想体系。

将巴纳斯派解释成词语音乐的流派，威泽瓦的目的在于利用瓦格纳的另外一种理论，即绝对音乐理论。瓦格纳鄙视纯粹乐器的音乐，这种音乐虽然有独立性，有美的形式，有时也有自然的和谐，但是它止于悦耳而已。用上面引文的话来说，即使它能引发情感，这种情感也是固定的、习惯性的。绝对的音乐不同，它有内在情感的基础，情感的波动给它带来了一种有发展、变化的形式。因为拿乐器音乐作为范例，所以巴纳斯派的诗歌在威泽瓦眼中缺乏主题，因为主题只是他们诗作的借口。从功能来看，明确有力的主题，对于巴纳斯派纯粹的音乐是有妨害的。巴纳斯派使用的格律诗，是这种乐器音乐的优秀工具：

> 他们已经让他们的诗适应了固定的形式、十四行诗、歌谣、回旋诗，套上了全韵的严格的鞍辔：这证明了所有的主题都无法让他们感兴趣，所有主题通过这些诗人，都承受相同的造型、外形和篇幅。他们自愿接受一种共同的主题，例如某种爱情的幸福或者绝望。唯一吸引他们的变化，是音乐的多种形式。②

音乐如果真的具备"多种形式"，那么反映到诗律上，巴纳斯派应该更青睐变化的诗律才是。为什么"固定的形式"反而更有效呢？这是因为，一般的主题和固定的形式，带来了一个稳定的框架，在这个框架上，以音节（音节的音质，全韵、半韵等技巧）为中心，出现了他所谓的音乐。这种音乐不是由诗律直接引发的，而是由附着在诗律上的音节的某些特质引发

---

① Anna Opiela – Mrozik, "Téodor de Wyzew face à ses maîtres", *Quêtes littéraires*, No. 9, septembre 2019, p. 78.

② Téodor de Wyzewa, "M. Mallarmé: I – II", *La Vogue*, Vol. 1, No. 11, juillet 1886, p. 363.

的。这种音乐观是一种整体上的音乐观,威士林(Donald Wesling)曾指出:"我发现诗歌研究的理想单元不是假定的音步,而是整首诗。"① 这种观点是威泽瓦文章的注脚。

马拉美早期也是巴纳斯诗人,也写过这种诗,威泽瓦拿他的《海洛狄亚德》("Hérodiade")为例,它也渴望寻求乐器的音乐,结果是它的节奏"一点也不新颖",采用的同样是"平庸的主题",但是他很快摆脱了这个时期,开始寻求一种组合的音乐:"巴纳斯诗人即兴创作他们的音乐,热衷于意外的发现;而这一位,即前者(马拉美),将他旋律的发展交给一个整体的计划。一种特意而为的逻辑创造了主题,以及它必要的扩展。"② 需要说明,"即兴"的和"意外"的音乐,其实在威泽瓦理论的其他地方,是他渴望的诗歌音乐的特征,在迪雅尔丹的理论中,也是备受推崇。但是威泽瓦在这里令人不解地用它们来解释巴纳斯诗歌,这种理论上的矛盾,可能有实际上的用途:为了牵就马拉美。威泽瓦将马拉美打扮成一位逻辑艺术家(le artiste logicien),所谓逻辑艺术家,就是关注情感的逻辑,让诗的音乐随着主题及其引发的情感而变化。表面上威泽瓦好像有自相矛盾之处,但是他的这篇论文的目的非常清楚,就是要引向综合艺术的结论:将音乐的形式与叙述的形式综合起来。马拉美对其他巴纳斯诗人的超越,其实就相当于瓦格纳对韩斯礼(Édouard Hanslick)的超越。而在这个过程中,威泽瓦本人则实现了对瓦格纳的"超越"。威泽瓦下面的话把他的本意说得非常清楚:

> 诗应与文学联合,而文学是借精确的词语传达思想。先前的诗人创造过纯粹的音乐,并只为它入迷。马拉美先生相信诗应表达某个东西,应创造生活的完整模式。新的做法适合这种新目的:马拉美先生因而走到了这一步,即尊重诗要表示的是什么,以及通过什么样的做法。③

---

① Donald Wesling, "The Prosodies of Free Verse", in Reuben A. Brower, ed., *Twentieth-Century Literature in Retrospect*, Cambridge: Harvard University Press, 1971, p.161.

② Téodor de Wyzewa, "M. Mallarmé: I-II", *La Vogue*, Vol.1, No.11, juillet 1886, pp.366-367.

③ Téodor de Wyzewa, "M. Mallarmé: I-II", *La Vogue*, Vol.1, No.11, juillet 1886, p.369.

第二章　象征主义自由诗的发展

具体来看，威泽瓦认为马拉美的形式，由两部分构成。第一部分是涉及理性的内容，它以叙述为主；另一部分是这种形式的伴奏，涉及的是情感的音乐。以威泽瓦推崇的《牧神的午后》为例，诗中有这样几行：

>Autre que ce doux rien par leur lèvre ébruité,
>Le baiser, qui tout bas des perfides assure,
>Mon sein, vierge de preuve, atteste une morsure
>Mystérieuse, due à quelque auguste dent；[①]
>除了香甜，她们的嘴唇什么也没有透露，
>亲吻，非常轻柔地确保了虚情假意，
>我的胸口，童贞的证明，还有神秘
>的咬痕，这是庄严的牙齿所赐；

这首诗写的是牧神的幻觉。牧神并不知道看见的仙子是梦，还是实境。他恍恍惚惚，好像感到了仙子们的亲吻。为了带来梦幻的效果，与先前理性的内容采用了不同的形式。诗中出现了跨行，而且出现了多个具有相同元音的词，例如"leur"与"preuve"，"doux"与"toute"，相同的元音与辅音结合起来，构成了一种似乎要摆脱理性框架的音乐。当然，威泽瓦还有另外一层意思，诗行中要有与思想相关的词语，它旁边的音节则给它起到伴奏的效果。不管马拉美是否给威泽瓦的理论充分的支持，威泽瓦都达到了他的目的，即让瓦格纳的美学与理性的内容结合起来。在这样的结合中，理性内容就会让音乐有存在的理由，而非仅仅是偶然的音乐。到这一步，自由诗就像歌剧一样，是综合的艺术，它里面有语音和语义的双重组织。

马拉美基本上使用的是亚历山大体，他在19世纪80年代还是一个诗律上的保守主义者，这种理论与自由诗有什么关系呢？虽然马拉美让叙述的形式和音乐的形式组合了起来，超越了巴纳斯派的诗歌，但是情感的音乐并没有得到完全自由的展开，威泽瓦设想道："明天，如果艺术仍旧拥有明天，诗的形式将会更好；它将会变成有节奏的、音乐的散文，使用尾

---

① Stéphane Mallarmé, *Œuvres complètes*, Paris：Gallimard, 1945, p. 51.

韵和语顿、半韵。"① 诗歌形式如果要发展的话，那么未来的形式就会是"散文"的形式，根据兰波诗律的发展，可以判断，它最终将是自由诗。

三　威泽瓦的自由诗观

威泽瓦在论马拉美的论文中，已经提出了形式散文化的道路。值得注意的是，各国的自由诗一开始，似乎都表现出这种倾向。有批评家指出："它（自由诗）是散文，有着诗行结构所强调的节奏。"② 英国批评家、诗人福特（Ford Madox Ford）曾经斩钉截铁地说自由诗就是散文，除了有节奏的散文，"别无他诗"③。自由诗在早期就是诗体散文化的结果。从波德莱尔的散文诗，到兰波的自由诗，人们可以看到自由诗越是远离诗律，就越接近散文。威泽瓦为了更自由的音乐形式，表露了这种心声："诗将无拘无束地说出它的情感的主题：因为它将会一直有说出思想的散文（文学的，而非诗的）相伴随。"④

散文放弃了诗律的框架，在音乐上似乎有了新的可能。威泽瓦并不是将音乐与诗律对立起来，诗律是可以产生音乐的。但是诗律本身妨碍了音乐与情感的联系，散文则成为音乐与情感更好的纽带。英国的自由诗诗人，例如福特，走向自由诗是通过散文与诗律的对抗进行的。这只需要赋予散文更高的价值就可以了。例如，强调散文在表达上更加精确、更加有力，诗律只是一个预先准备的衣服，并不是量体裁衣。威泽瓦的思维方式与福特的不同，它是从音乐与情感、意义的关系着手的。福特的自由诗着眼于风格和表现力，它是文学内部的考虑，而威泽瓦的自由诗则着眼于语言音乐，这是跨艺术的考虑。

在1886年论瓦格纳文学的文章中，威泽瓦说："他们认为，押韵、节奏的规则性都是精确的音乐的方法，它们拥有的意义在情感上比较特殊：因此，这些规则不应该再预先强加给诗人们，而是根据在交响乐中它们暗

---

① Téodor de Wyzewa, "M. Mallarmé: III–VI", *La Vogue*, Vol. 1, No. 12, juillet 1886, p. 423.
② Llewellyn Jones and Llewellwyn Jones, "Free Verse and Its Propaganda", *The Sewanee Review*, Vol. 28, No. 3, July 1920, p. 384.
③ Ford Madox Ford, *Critical Essays*, Manchester: Carcanet, 2002, p. 179.
④ Téodor de Wyzewa, "M. Mallarmé: III–VI", *La Vogue*, Vol. 1, No. 12, juillet 1886, p. 423.

第二章 象征主义自由诗的发展

示的情感复杂性的需要而使用。"① 所谓"比较特殊"的情感,还像上文所说的那样,是一种固定的情感,并不是诗人真正的情感波动。威泽瓦要求不要让这种情感及其背后的韵律"预先强加给诗人们"。这是向亚历山大体明确发出的挑战,威泽瓦帮助自由诗及其理论在1886年确立。

这里还要解释威泽瓦理论的难题。既然自由诗是一种语言音乐,兼具叙事和音乐的形式,那么情感的自然流动,是否就会带来自然的音乐呢?这个问题有必要弄清。威泽瓦在1887年的《独立评论》杂志上说:"诗应该是一系列节奏自由的诗节,只合乎情感的规则。规则的、提前规定的押韵应该被真正艺术性地使用押韵所代替,有时押韵是精确的、完全的,更常见的是一种模糊的半韵,用于唤起相似的情感。"② 可见,不用理性干涉,就会产生自由的诗节。但是这种语音组合不一定就能产生语言乐器的效果。在巴纳斯和马拉美的诗作中,存在不少双声和半韵的安排,这些安排似乎不是"情感的规则"决定的,而是人工的安排。自由诗是否要拒绝这些人工的韵律技巧?威泽瓦没有明确解释,而他不同的文章中,似乎多有矛盾之处。另外,自由诗既然无法排除叙事的形式,那么情感与这种形式有什么关系?叙事的形式如果也遵守"情感的规则",那么它就是非理性的,而这无法想象。叙事形式如果不遵从它,那它就与情感无关,这样,"情感的原则"就不能是第一位的原则,而要与理性、观念等原则结合起来。通过他的理论可以判断,后一种想法是正确的。威泽瓦的理论中,情感只是感受、观念三种原则中的一种,可能它的地位更高一些,但是它不能没有另外两种的支持。在不少文章中,威泽瓦忘记了这一点,过于强调情感,强调"节奏自由"。他的理论并不那么自由。观念所决定的叙事的形式,不但要求诗作有一个理性的框架,有思想的发展,同样要求对音乐的形式进行选择、调整。

威泽瓦在象征主义自由诗理论上的成就,一直未得到法国和其他国家自由诗研究的注意,这不但让人们看不到一个真实的威泽瓦,甚至也模糊了法国自由诗的发生史。2009年,雅科指出:"他(威泽瓦)是19世纪

---

① Téodor de Wyzewa, "Notes sur la littérature wagnérienne", *Revue wagnérienne*, Vol. 2, No. 5, juin 1886, pp. 163–164.

② Téodor de Wyzewa, "Les Livres", *La Revue indépendante*, Vol. 3, No. 7, mai 1887, p. 196.

末特有的美学和理性的热烈气氛的造就人之一。"① 这种肯定让人欣慰，但是仍旧不能让人满意。只有全面了解威泽瓦的诗学，人们才能真正看清1886年之后象征主义自由诗理论的发展脉络。这种脉络是由无政府主义、无意识哲学、瓦格纳美学或者说威泽瓦的美学共同塑造的。虽然在每个诗人那里，可能这三种力量的影响有强弱之别。对此，拉弗格似乎深有感触。

第二节 《风行》与拉弗格的自由诗

卡恩在他的《象征主义和颓废者》一书中，称拉弗格是《风行》的"教父"②，这就是说拉弗格是《风行》的文学品质的缔造者之一，可是就文学地位来看，《风行》也缔造了拉弗格。因为是卡恩的朋友，卡恩难免对他敬重有加，他的成就也当得起别人的赞誉，不过，如果没有《风行》，可能就没有这位天才诗人。

在卡恩服役期间，拉弗格去了德国，给王后做读报员。拉弗格对《吕泰斯》《时报》等杂志，应该比较清楚，他在书信中提到他在德国读到过法文报刊，对巴黎的文学动态非常清楚。他经常和卡恩讨论魏尔伦、兰波、波德莱尔的诗。虽然还是年轻的未名诗人，但他对这些诗人的兴趣也让他走上了象征主义的道路。

据书信记载，拉弗格在1886年4月17日就收到了第1期的《风行》。卡恩迫不及待地将刚创办的刊物寄给他，与他一同分享喜悦之情。在4月23日的信中，拉弗格还讨论了第1期上发表的诗作。那一期有兰波的《初领圣体》（"Les Premières Communions"），是一首亚历山大体的诗，标出的写作时间是1871年。拉弗格表示："我很喜欢兰波的诗。它噼噼啪啪，激动人心，紧贴着我们的肉体，同时还让思辨家难以把握。这种诗明显有丰富的组织。"③ 拉弗格也注意到马拉美的散文诗，并评价道："至于马拉美，

---

① V. M. Jacquod, "Introduction", in Téodor de Wyzew, *Valbert ou les récits d'un jeune homme*, Paris: Garnier, 2009, p. 7.
② Gustave Kahn, *Symbolistes et Decadents*, Genève: Slatkine, 1993, p. 44.
③ Jules Laforgue, *Lettres à un ami*, Paris: Mercvre de France, 1941, p. 177.

第二章 象征主义自由诗的发展

我并不喜欢第一首诗,它以一句刻薄话结尾,但是喜欢第二首,其中有一些可敬的东西。"① 这里所说的"第二首"指的是散文诗《未来的现象》("Le Phénomène futur")。这首诗更精练,富有内省性。

《风行》第3期刊出卡恩的诗作《主题与变奏》("Theme et Variations"),里面有一些诗行长长短短,是卡恩形式上的试验,但整首诗采用的主要是八音节诗行和亚历山大体。拉弗格注意到卡恩形式上的变化,其实早在他们一起参加厌水者俱乐部,并成为知交的时候,他就在形式自由上受到卡恩的影响。为此,他曾在1881年记载道:"我的诗歌观念改变了。在爱上雄辩的铺展后,然后是科佩,然后是叙利的《公道》,其后是波德莱尔式:我在形式上变为卡恩式和马拉美式。"② 形式上变为"马拉美式",指的应该是散文诗的形式;"卡恩式"亦然,是一种分行但有明显的散文特征的诗。拉弗格的记载表明,他意识到卡恩的改革的价值。时间过了五年,卡恩形式解放的力度越来越大了,拉弗格对《主题与变奏》印象深刻,认为这对自己是一个"启发",而且"那里有一些新奇的节奏,它们有何考虑,我并不熟悉。这特别精致,也很有规矩"③。

1886年5月13日,当兰波的《彩图集》开始在《风行》发表时,收到杂志的拉弗格再次向兰波表达了敬意:"这位兰波非常特别。这是一位令我感到震惊的为数不多的人。他是多么固执啊!几乎没有修辞,也没有羁绊。"④ 拉弗格肯定看到了第6期的《海景》,兰波的形式反叛让他"感到震惊"。引文中的话,虽然涉及兰波的风格、措辞等艺术手法,但是并非没有诗律解放上的指涉。卡恩是拉弗格自由诗的启蒙者,而兰波则是它的最终促成者。缪拉否认自由诗起源于兰波说,认为迪雅尔丹的考证只是"回顾性的"⑤。其实,从形式反叛理念的流传来看,从兰波到后来重要的象征主义的脉络,是非常清晰的。以《风行》杂志为因缘,拉弗格诗律解放的思想得到了鼓励,他也开始了自己的尝试,当然作为回报,他的自由

---

① Jules Laforgue, *Lettres à un ami*, Paris: Mercvre de France, 1941, p. 177.
② Jules Laforgue, *Œuvres complètes de Jules Laforgue*, tome 4, Paris: Mercvre de France, 1925, p. 66.
③ Jules Laforgue, *Lettres à un ami*, Paris: Mercvre de France, 1941, p. 182.
④ Jules Laforgue, *Lettres à un ami*, Paris: Mercvre de France, 1941, p. 187.
⑤ Michel Murat, *Le Vers libre*, Paris: Honoré Champion, 2008, p. 79.

诗将会发表在《风行》上。

一 《风行》上的拉弗格

拉弗格的作品最早出现在《风行》上，是第一系列第 3 期，即 1886 年 4 月 25 日。这个作品叫作《樟脑糖衣小果仁》（"Menues Dragées au camphre"），采用的是散文的形式，而非诗体。第 4 期就有了拉弗格真正的诗作，总共 4 首诗，分别是《序诗》（"Préface"）、《浪漫曲》（"Romance"）、《舞会的晚上》（"Soirs de fêtes"）、《蝙蝠》（"Les Chauve-souris"）。这些诗都是短诗，为格律诗。除了最后一首是十音节诗行外，其他三首是九音节诗行。自此以后，拉弗格的诗一度很少出现，只是偶尔可以看到他的散文作品或者译诗。到了第 2 卷第 5 期，即 1886 年 8 月 16 日，他开始发表自由诗。这一期共有两首，一首是《到来的冬季》（"L'Hiver qui vient"），另一首是《三个法国号的传奇》（"Lègende des Trois Cors"）。

第 2 卷第 7 期，即 1886 年 8 月 30 日，拉弗格发表了长诗《星期天》（"Dimanches"），属于自由诗。然后就是第 3 卷第 1 期，即 1886 年 10 月 11 日，有两首诗，分别是《请愿》（"Pétition"）和《单纯的濒死状态》（"Simple Agonie"），都是自由诗。第 3 期也有两首诗，分别是《月亮的独奏》（"Solo de lune"）、《传说》（"Légende"），也都是自由诗。第 3 卷第 8 期，即 1886 年 12 月 6 日，有一首长诗《爱》（"Les Amours"），为自由诗。《爱》是他在《风行》上发表的最后的诗作，几个月后，拉弗格溘然长逝。

统计一下的话，拉弗格在《风行》上总共发表了 12 首诗，其中有 8 首自由诗，占比为 67%。这是一个很高的数字。即使放到 1886 年发表的所有自由诗中，它们的比重也不会小。

这些诗典型地体现了拉弗格式的分行技巧，例如最早发表的《到来的冬季》：

> Voici venir les pluies d'une patience d'ange,
> Adieu vendanges, et adieu paniers...
> C'est la toux dans les dortoirs du lycée qui rentre,
> C'est la tisane sans le foyer,

第二章　象征主义自由诗的发展

　　　　La phtisie pulmonaire attristant le quartier,
　　　　Et toute la misère des grands centres.①
　　　　现在雨水来临，显出天使的耐心，
　　　　再见，收获的葡萄，再见篮子……
　　　　这是中学宿舍里的咳嗽声在响起，
　　　　这是没有煨着炉火的药茶，
　　　　让街区伤神的肺痨，
　　　　以及所有大城市中心的悲哀。

从排版上看，这几行诗错落有致，不像格律诗四方的"豆腐干"，而像是起伏的波浪。这种看似不和谐的安排，具有一种自然的美感。再来看音节数量。这里最长的诗长，是 12 个音节，例如第 1 行：

　　　　Voi – ci – ve – nir – les – pluies – ｜ d'u – ne – pa – tien – ce – d'ange,
　　　　现在雨水来临，显出天使的耐心，

这是一个标准的亚历山大体诗行，节奏的结构是上六下六，行末有一个哑音"e"。第三行同样是一个亚历山大体，不过语顿的位置改变了：

　　　　C'est – la – toux – dans – les – dor – toirs – ｜ du – ly – cée – qui – rentre,
　　　　这是中学宿舍里的咳嗽声在响起，

它的形式是上七下五。第 5 行也是一个标准的亚历山大体，其中有两个音节发生了省音。在这 6 行诗中，居然 3 个亚历山大体诗行。不过，这 3 个诗行并不是靠在一起的，如果那样的话，就会带来强烈的格律诗的形象，就会破坏自由诗的运动了。拉弗格把它们打散在其他的诗行中。音节数最少的诗行是第 4 行，它把前后两个亚历山大体分开了，这个诗行的节

---

① Jules Laforgue, "L'Hiver qui vient", *La Vogue*, Vol. 2, No. 5, août 1886, p. 158.《风行》发表的这几行诗，与拉弗格的全集本相比，少了一行，标点符号也有小异。这里使用的是最初发表时的文本。

奏是：

> C'est – la – ti – sa – ne – ｜ sans – le – fo – yer,
> 这是没有煨着炉火的药茶，

节奏是上五下四，语顿在第 5 个音节后。第 2 行是个 10 音节诗行，也分开了两个亚历山大体：

> A – dieu – ven – dan – ge – ｜ s, e – t a – dieu – pa – niers…
> 再见，收获的葡萄，再见篮子……

因为这一行词语第一个音节以元音开头的比较多，所以有复杂的词语之间的音节联系。它的节奏是上五下五，语顿刚好居中。通过折线图来看这几行诗的节奏摆动幅度：

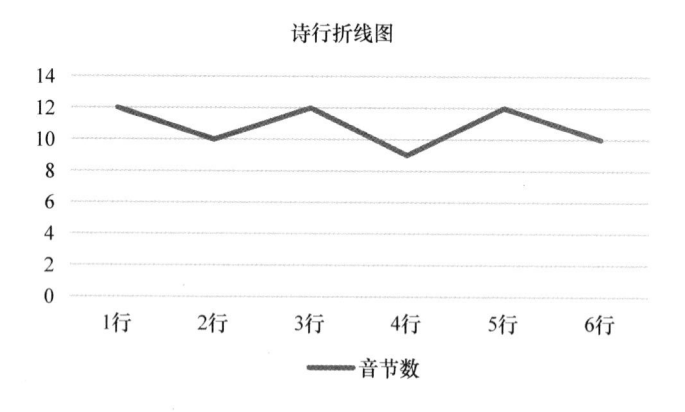

诗行折线图

可以看出，诗行整体的摆动幅度不大，呈现出重复的运动。这些诗行有明显的摆脱亚历山大体的倾向，出现了不拘长短的诗行，但是它们又不至抛弃亚历山大体，而是经常返回来，让亚历山大体的节奏得以继续，从而使这种诗行成为诗节的节奏基础。以拉弗格为师的艾略特曾经对此做过总结："写的最有趣味的诗，要么是采用非常简单的形式（像轻重律五音步），然后再不断地摆脱它，要么是根本不采用任何形式，然后不断地接近一个非常简单的形式。正是这种固定和变动的对立，这种不知不觉地逃

第二章 象征主义自由诗的发展

避单调的做法，才是诗体的生命所在。"① 10 音节和 9 音节的诗行，离亚历山大体并不遥远，它们既可以看作是摆脱亚历山大体的力量，也可以看作是这种诗行的附属。亚历山大体率领它们，达到《文心雕龙》所说的"主佐合德"的秩序。

诗行中还有音节数更为极端的情况，例如这两行：

La Toussaint, la Noël, et la Nouvelle Année,
Il bruine…②
万圣节、圣诞节，以及新的一年，
下着细雨……

虽然第 1 行是标准的亚历山大体，12 个音节，但是第 2 行却只有两个音节：

Il – bruine…
下着细雨……

这种短诗行，打破了它周围比较规则的节奏行动。使节奏停顿下来，产生了节奏上的"悬置"（suspension）。如果随后节奏恢复到比较稳定的运动，悬置的节奏就得到解决了。反之，则节奏一直引起复杂的期望。这两种方式都产生了丰富的变化。另外，诗行后的省略号延长了诗人的思考，带来了与长诗行不同的意味。

诗行的长短变化是一方面，押韵是否讲究是另一方面。韵式往往和诗节有关系，例如：在四行诗的诗节中，常用的押韵是随韵，即 AABB；或者交韵，即 ABAB；或者抱韵，即 ABBA。拉弗格打破了固定诗节的安排，它的诗节有少到 2 行的，也有多达 10 行及以上的。这些诗行数量长短不同的诗节，并不是重复组合在一起，而是杂乱地、偶然地连缀起来。这种

---

① Thomas Stearns Eliot, *To Criticize the Critic and Other Writings*, Lincoln: University of Nebraska Press, 1991, p. 185.

② Jules Laforgue, "L'Hiver qui vient", *La Vogue*, Vol. 2, No. 5, août 1886, p. 156. 注意《风行》刊出的这两行诗与拉弗格全集本的文句不同。

安排无法使用有规律的韵式。所以拉弗格的押韵具有一种变化的视野和感受。斯科特曾提出过"时间相对性"的概念，用来解释自由诗："每个诗行都是观察经验的新透镜，都是一种新的精神状态的临时安放。"① 拉弗格的诗节及附着其上的押韵，就是临时安放的。他的押韵并不是按照某种声音的秩序，而是一种心血来潮的、即时性的现象。

拿上面的例子来说明，这几行诗最后的词语分别是：

> ange　paniers　rentre　foyer　quartier　centres
> 天使　篮子　响　炉火　街区　中心

这里面有三个词的最后一个音节发音相近：

> *paniers*　*foyer*　*quartier*

它们都含有元音"e"，而且元音前也有支持的辅音"j"，因而押韵的音节是"je"。不过，这里的押韵并不精确，因为"paniers"后面还带了一个多余的辅音"s"。"foyer"和"quartier"这两个词虽然发音更为接近，但是支持的辅音前又多了一个辅音"t"。按照邦维尔敏锐的听觉，恐怕都不是恰当的押韵。同样，另外三个词语末尾的音节也相近：

> *ange*　*rentre*　*centres*

这三个词语都有相同的语音"ā"。不过，仔细比较，三个词语没有任何两个是完全押韵的，首先，它们没有相同的支持辅音。"ange"这个词以元音开头，在诗行中，倒有一个辅音"d"领着它。"rentre"的支持辅音是"r"，而"centres"的支持辅音是"c"。元音后接的辅音也不同。"ange"中音节接的是"ge"，"rentre"接的是"tre"，它与"centres"相近，可是最后一个却多了一个辅音"s"。这种押韵不能看作是真正的押韵，它只是半韵。即使把半韵也算作押韵，那么这六行诗总的韵式是：ABABBA。这

---

① Clive Scott, *Vers libre*: *The Emergence of Free Verse in France 1886 – 1914*, Oxford: Clarendon Press, 1990, p. 18.

种韵式明显是临时性的。

二 拉弗格论自由诗

在 1886 年 8 月，拉弗格已经发表了他的自由诗，但是，他是什么时候开始思考这种形式的？迪雅尔丹提供了一个见证，在该年 3 月底，迪雅尔丹曾到过德国，与他有过会晤，前者记载道："我们谈的最多的是文学。拉弗格给我讲他的想法和计划，我的证词如下：在这一时期，自由诗对他来说，已经是囊中之物了。"① 既然已有了自由诗的"想法"，那么他就很可能做了初步的尝试，而且对未来的自由诗会有一些设想，这些设想就是他的自由诗理论。

1886 年 7 月，在发表《到来的冬季》之前，他就与卡恩谈到了这个作品，他曾这样形容自己的形式反叛的体验："目前，我在最绝对的无拘无束状态中乱闯。"② 这是他自由诗的生动写照。还有一个问题需要思考，虽然兰波和卡恩都曾影响拉弗格，那么他是不是一个无政府主义者，就像兰波和卡恩那样？这是肯定的。拉弗格认为政府破坏了艺术，艺术要想获得真正的价值，就要摆脱法兰西第三共和国的意识形态。他曾说："无政府主义才是生活，才能让每个人拥有他自己的力量，而非被过去刻板的教导所毁灭或束缚。"③ 摆脱了官方的力量，艺术家该何去何从呢？拉弗格建议他走向自然，通过他自己与自然、社会环境的交流，通过他的无意识心理活动而发现新的感受力。

比耶特里指出："他（拉弗格）在《风行》杂志上发表了一些译诗——促使他采纳具有优秀伸缩性，并最适于无意识的心血来潮的形式：自由诗。"④ 这里将无意识与自由诗联系了起来。迪雅尔丹也发现，拉弗格的自由诗与卡恩的不同，并不在节奏和音乐性上，拉弗格的特色在于强调"心理的表达"⑤。如果说威泽瓦是通过内心情感的音乐找到了自由诗，那么拉弗格则是通过印象和直观的心理活动找到了自由诗。李国辉在《象征

---

① Édouard Dujardin, *Les Premiers Poètes du vers libre*, Paris：Mercvre de France, 1922, p. 58.
② Jules Laforgue, *Lettres à un ami*, Paris：Mercvre de France, 1941, p. 193.
③ Jules Laforgue, *Mélanges posthumes*, Paris：Mercvre de France, 1923, p. 144.
④ Roland Biétry, *Les Théories poétiques à l'époque symboliste*, Genève：Slatkine Reprints, 2001, p. 38.
⑤ Édouard Dujardin, *Les Premiers Poètes du vers libre*, Paris：Mercvre de France, 1922, p. 59.

主义》中说:"由于看到本能和意志束缚人的作用,拉弗格把希望放在直观上。他对无意识的强调,并非是强调本能和意志,而是强调一种直观活动。"① 拉弗格是一位悲观主义者,对佛教兴趣浓厚。他渴望像叔本华和佛陀一样,摆脱自我。摆脱自我,也就是摆脱意志,摆脱个性。这时,他相信人们就能获得平静而真实的观照。宗教和哲学意义上的直观活动,和文学上的是相通的。只有摆脱个性,不受本能和理性的束缚,人们才能真正得到自由,拉弗格表示:"杀死您个体形体上或者理性上的存在,但不要打算杀死宇宙的意志。用心做艺术工作和科学工作,扩充心醉神迷、观照的手段,这存在的酷刑中唯一的休息。"② 观照本身似乎并不限于哲学,也不限于艺术,它是哲学和艺术共通的。

一个人具有了直观的能力,那么他就掌握了无意识。这里的无意识与弗洛伊德的无意识概念并不相同,与本能的含义有异。无意识在很多时候,可以等同于无意志。拉弗格表明:"天才,他并没有意识,他是无意识的直接的教士。"③ 不过,他的理论也有一些复杂之处。虽然肯定无意识,这种无意识又有反思的力量。一旦无意识有了反思的力量,似乎它就一定会与理性结合起来。这确实不好解释。不过,可以将拉弗格所说的力量看作是一种觉悟的力量,它可以发现真相,但是不一定要借助推理的形式。直观本身也能对事物进行判断,而不需要理性的干涉。

一个拥有这种直观能力的人,内心将摆脱任何固有的观念,他的感官和思想都是"本真"的。正是这种本真成为拉弗格的印象主义诗学,以及他的自由诗理论的基石。在谈到印象主义画家时,他认为这种画家忽略了博物馆里陈旧的画作,忽略了学院中的绘画的教育,"能够恢复自然的眼睛,自然地看,像他看到的那样本真地画"④。印象主义艺术涉及的不仅是一种画法、一种新的风格,它是现代自我观的缩影,在哲学上与柏格森以来的直觉主义有些关系,劳伦斯在谈论直觉时说:"只有通过直觉,人才能真正意识到人,或者鲜活的、实质的世界。只有通过直觉,人才能活着,而且认识女人和世界,只能通过直觉,他才能再生成奇妙的意识的形

---

① 李国辉:《象征主义》第二章第一节,北京大学出版社2022年版,第83页。
② Jules Laforgue, *Mélanges posthumes*, Paris: Mercvre de France, 1923, p. 10.
③ Jules Laforgue, *Mélanges posthumes*, Paris: Mercvre de France, 1923, p. 120.
④ Jules Laforgue, *Mélanges posthumes*, Paris: Mercvre de France, 1923, pp. 133–134.

第二章 象征主义自由诗的发展

象,我们称其为艺术。"① 拉弗格的理论,在摆脱意志的那一面,与劳伦斯完全不同,但在艺术的主体和客体上,与劳伦斯的看法在很多地方是相似的。这种主体和客体都在不停变化,只有把握住了这种变化,才能获得真实;相反,理性的观念只会让人们远离生活。拉弗格强调:"主体和客体刹那间的统一,这是天才的特性。"②

自由诗就是刹那间真实的诗。诗人没有固定的情感,它的情感是刹那间产生的,随后又是新的情感,诗人不可能预先设计某种情感,然后把它们转写到纸上。诗人的形式也是这种刹那间的真实,它原原本本地记录下诗人的印象和感触即可,无须把它们装进一种预先存在的模子里。诗人随时变化的情感,以及适合它的自然的形式,也是一种主体和客体的统一,情感不同,不同形式的用途不同,它们在偶然的环境下相互发现了对方。从某种程度上看,诗人的同一种情感,无法用相同的形式来表现,因为时机和环境是变化的。同理,同样的形式,也不能用于相同的情感。或者不如这样说,形式和情感都是独特的,根本就没有相同的形式和相同的情感,一切都在变化中。这里还可以引用劳伦斯的话:"自由诗是也应该是来自于即时的、完整的人的直接表达。它是灵魂、心灵和身体的同时涌动,什么也没漏掉。它们都一起说话。在说话中可能有一些混乱和不和谐。但是这种混乱和不和谐只归于现实,就像潺潺之声归于落水一样。"③

在这种背景下,可以真正理解拉弗格 1886 年 7 月写给卡恩的信。他说:"我忘记押韵了,我忘记音节数了,我忘记诗节的划分了,我的诗行在空白处开始,就好像来自散文。古老的规则诗节只有当它成为一个流行的四行诗节等形式时,才会起到修补作用。"④ 这是 1886 年重要的自由诗理论之一,比耶特里曾将这封信看作是象征主义自由诗理念的起点。⑤ 拉弗格的这句话,肯定有反诗律的姿态,所谓"忘记",是不去记住,是有意不在乎传统的规则。但是这种解释只是最表面的。这里的"忘记",意

---

① David Herbert Lawrence, *Selected Literary Criticism*, ed. Anthony Beal, London: Mercury Books, 1961, pp. 58–59.
② Jules Laforgue, *Mélanges posthumes*, Paris: Mercvre de France, 1923, p. 141.
③ David Herbert Lawrence, *Selected Literary Criticism*, ed. Anthony Beal, London: Mercury Books, 1961, p. vii.
④ Jules Laforgue, *Lettres à un ami*, Paris: Mercvre de France, 1941, pp. 193–194.
⑤ See Roland Biétry, *Les Théories poétiques à l'époque symboliste*, Genève: Slatkine Reprints, 2001, p. 39.

味着对本真情感和形式的渴望,意味着寻求刹那间的情感与形式的主客观统一。缪拉曾说:"拉弗格所说的'忘'并不是遗忘,更不是抑制:它是在记忆的内容上产生作用,就像分心,或者中断。"[1] 这种解释完全撇开了拉弗格的诗学和哲学,当属浅见。

三 翻译惠特曼诗歌

拉弗格在1886年的自由诗活动,并不限于发表自由诗,并与卡恩讨论自由诗理论,他还翻译过美国自由诗诗人惠特曼的《草叶集》,在当时也有很大影响。比耶特里指出:"在1886年上半年期间,他(拉弗格)美学的逻辑发展——也可能是他在卡恩那里引发的竞争意识,以及他对惠特曼的发现,他在《风行》杂志上发表了一些译诗——促使他采纳具有优秀伸缩性,并最适于无意识的心血来潮的形式。"[2] 威泽瓦也是一名亲历者,他肯定拉弗格在译介惠特曼上的功绩,并表示:"沃尔特·惠特曼是我们当代文学运动的启发者。"[3] 这种观点很容易让人们把拉弗格看作是惠特曼的模仿者。

拉弗格的译诗,第一次出现在《风行》杂志上,是第1卷第10期,即1886年6月28日。《草叶集》译作"Les Brins d'herbes"。这期共有8首译诗,分别是《我歌唱自己》("Je chante le soi-même")、《给外邦》("Aux nations étrangères")、《给一个历史学家》("A un historien")、《给某一女歌唱家》("A une certaine cantatrice")、《不要向我关闭大门》("Ne Fermez pas vos portes")、《未来的诗人》("Poëtes a venir")、《给你》("A vous")、《你,读者啊!》("Toi Lecteur")[4]。这些诗都出自《草叶集》中的"铭文"这一组诗。第二次出现是第2卷第3期,即1886年8月2日,拉弗格翻译的是《一个女人在等着我》("Une femme m'attend"),诗后没有标明原作者和译者,只是在标题下有一行小字:"译自卓越的美国诗人沃尔特·惠特曼——J. L."。

---

[1] Michel Murat, *Le Vers libre*, Paris: Honoré Champion, 2008, p. 82.

[2] Roland Biétry, *Les Théories poétiques à l'époque symboliste*, Genève: Slatkine Reprints, 2001, p. 38.

[3] T. de Wyzewa, "Notes sur les littératures étrangéres (1)", *Revue bleue*, Vol. 49, No. 23, avril 1892, p. 515.

[4] 这些诗的中文译名,都依照赵萝蕤先生《草叶集》的译文。

第二章　象征主义自由诗的发展

惠特曼的诗,对拉弗格或者其他的自由诗诗人有没有实际的影响呢?首先看他自己,迪雅尔丹曾记载道:"惠特曼对他产生了什么影响呢?我只能说在我们柏林谈话期间,我没有任何印象他给我讲过美国诗人,在他的信件中我也没有什么更多的发现。"① 无论拉弗格在1886年什么时间接触到惠特曼的诗,后者显然没有给他留下特别深刻的印象,这在他写给卡恩的信中可以得到证明。迪雅尔丹也未能找到这个联系。还要注意,拉弗格翻译的惠特曼的诗,采用的是散文诗的形式。惠特曼本人是美国诗歌从散文诗向自由诗过渡的关键人物,但是这种过渡并没有完成。从形式上看,他的这些自由诗,与兰波的《写给一种理性》类似,诗行层面的浓缩还没有完成,行际之间的延续也未能真正建立。拉弗格在卡恩和克吕姗斯卡的诗中完全能找到类似的作品,美国诗人的诗并没有形式上的独特性。

其次看其他的诗人与惠特曼的关系。其他的象征主义诗人几乎没有人提到过惠特曼的影响。似乎只有古尔蒙是个例外。在《风格的问题》一书中,古尔蒙指出:"自由诗部分来自惠特曼;但是惠特曼自己是《圣经》的传人,自由诗也是如此,其实这种诗可能只是古希伯来先知诗。"② 前文提到过自由诗的两条脉络,一条是波德莱尔、魏尔伦、莫雷亚斯的道路,另一条是瓦格纳、威泽瓦的道路。古尔蒙提出了第三条路,即《圣经》、惠特曼的这条路。第三条路在英美是有不少人走过的,庞德、桑德堡(Carl Sandburg)都曾取法过《草叶集》。现代批评家奥本海姆(James Oppenheim)曾认为"沃特·惠特曼是新诗的奠基者"③,当代学者奥利弗(Charles M. Oliver)指出:"惠特曼所用的自由诗诗歌形式,无疑主导了20世纪诗歌,不仅仅在美国,而且遍及西欧。"④ 奥利弗的评价有些过高,但惠特曼的影响力是存在的。可是这条路在法国的情形就不同了。因为在《草叶集》的译诗发表之前,兰波和卡恩比较成熟的自由诗已经出现,拉弗格富有个人风格的自由诗比译诗的发表也只晚了2个月。这些重要的时间节点可以说明,惠特曼的译诗更多的是法国自由诗引发出的现象,它只是效果,而非原因。

---

① Édouard Dujardin, *Les Premiers Poètes du vers libre*, Paris: Mercvre de France, 1922, p. 59.
② Remy de Gourmont, *Le Probleme du style*, Paris: Mercvre de France, 1902, p. 159.
③ James Oppenheim, "The New Poetry", *The Conservator*, Vol. 21, No. 1, March 1910, p. 9.
④ Charles M. Oliver, *Critical Companion to Walt Whitman*, New York: Facts on File, 2006, p. 153.

惠特曼并不是法国自由诗的"发端"①，不过，这并非意味着拉弗格的译诗对于自由诗运动没有什么价值。在这个运动的初期，需要一些诗体解放的典范，这不仅能鼓舞年轻诗人们的形式反叛活动，也给自由诗的形式合法性提供了辩护。拉弗格的《草叶集》译诗，促进了象征主义自由诗的扩散。虽然这个工作仍然面临着困难，但是拉弗格并非独自一人，他的好友卡恩利用《风行》杂志，也在为自由诗呐喊。

第三节 《风行》与卡恩早期的自由诗

卡恩和拉弗格一样，也是《风行》杂志推出的最早的自由诗诗人。迪雅尔丹曾评价他："卡恩是最坚持不懈地探索自由诗的人。"②虽然卡恩的诗名比不过拉弗格，在自由诗的开拓上也比兰波晚，但是他是不折不扣的自由诗推广家，象征主义自由诗的"风行"最大的功劳恐怕要归于他。

在参加厌水者俱乐部的活动时期，卡恩就在思考形式解放，但是他的形式解放并不是一蹴而就的。卡恩在散文诗的领域内探索了好几年，才真正找到他的形式。他自己曾回顾道："在我看来，将十四行诗的头颅砍下、摆弄节奏、放宽诗行对称的标准，这些都还不够。长久以来，我在自己身上力求寻找一种足以解释我的抒情诗的个人节奏。"③卡恩不满足邦维尔和魏尔伦的解放诗（le vers libéré）的道路，他渴望韦尔加洛呼吁的更大的自由。从散文诗到自由诗的过渡时期，最重要的阶段是1886年。虽然卡恩在1885年就回到了巴黎，并开始参加文学沙龙，但是他在1885年没有真正获得大的突破。吉尔曾给迪雅尔丹写过信，追忆卡恩的诗律转变问题，信中说：

对于他自己的诗以及拉弗格的诗，卡恩曾当面给我读过，那是个晚上，距他返回巴黎并不很近——因为我在马拉美家里遇见了他，我们来往不多。

---

① J. C. Ireson, *L'Œuvre poétique de Gustave Kahn*, Paris: Nizet, 1962, p. 86.
② Édouard Dujardin, *Les Premiers Poètes du vers libre*, Paris: Mercvre de France, 1922, p. 55.
③ Gustave Kahn, *Premier Poèmes*, Paris: Société de Mercure de France, 1897, p. 16.

第二章 象征主义自由诗的发展

另外，在此期间，卡恩没有思考过自由诗，不过他一直被一种从散文诗上找到的新样式所困扰，对此他曾给我讲过很长时间。①

所谓"距他返回巴黎并不很近"，当指 1885 年年底，1886 年年初这段时间，卡恩给吉尔讲过的新形式，是"从散文诗上找到的"，这种形式如果还没有足够自由的话，那么卡恩的新形式当时关注的问题应该是浓缩诗段，产生诗行。

不过，卡恩至少在 1886 年 4 月度过浓缩诗段的阶段。他在自由诗上迈开的大步，在《风行》第 1 卷中能明显看到。这一时期，卡恩正好拿到了兰波的《彩图集》，兰波是否对他自由诗理念的形成有启发作用呢？卡恩自己似乎不太认可："魏尔伦的好意使我得到了兰波《彩图集》的手稿，我立即将它们发表在《风行》杂志上。兰波《彩图集》中的一部分诗歌，摆脱了很多束缚，但并不是自由诗，不比魏尔伦的诗有多少超越。"② 卡恩并不是不赞赏《彩图集》，但他否认集中的诗是自由诗，将它们看作是魏尔伦的解放诗。卡恩的自由诗肯定与兰波的不同，他否定这种影响，并维护自己的形式探索，这一点是可以理解的。但是如果说兰波没有在形式反叛上鼓舞卡恩，并进而让卡恩摆脱散文诗的框架，这就有失公允了。卡恩本人曾指出，自由诗始于 1886 年。③ 他尽管在 1880 年前后就开始了形式解放的思考，但是就像吉尔所见证的那样，这些思考只是一种准备，并不能看作是自由诗真正诞生的标志。那么，1886 年，卡恩除了发表兰波的自由诗之外，还有什么值得注意的诗歌事件发生呢？没有。至少在上半年是如此。这种诗学背景反驳了卡恩的陈述。兰波并非没有"多少超越"，就节奏的自由度而言，《风行》中的两首自由诗，远远比卡恩最初发表的自由诗走得远。卡恩还要经过相当长的一段时间，才能找到摆脱亚历山大体的勇气。卡恩为了树立自己作为自由诗之父的形象撒了谎。这一点提醒人们，在处理自由诗的影响问题上，诗人们自己的陈述并不单纯。

---

① Édouard Dujardin, *Les Premiers Poètes du vers libre*, Paris: Mercvre de France, 1922, pp. 53 – 54.
② Gustave Kahn, *Premier Poèmes*, Paris: Société de Mercure de France, 1897, p. 15.
③ Gustave Kahn, *Symbolistes et Décadents*, Genève: Slatkine, 1993, p. 292.

《风行》杂志与象征主义自由诗

一 《风行》上卡恩的诗作

卡恩作为编辑,自然有最好的条件给《风行》塞点私货。在第1卷第1期中,卡恩就发表了《夜景》("Nocturne"),采用的是亚历山大体。这首诗告诉人们,卡恩还没有走到与传统诗律决裂的那一步。在第3期,即1886年4月25日,卡恩发表了《主题与变奏》。这首诗对于卡恩的形式反叛非常关键,标题中的"变奏"其实是对改变固定诗律的一种辩护。这首诗是一首长诗,序诗是8音节诗行,第一节是亚历山大体,语顿比较规则,第二节之后,"变奏"就开始了。先是8音节的诗行与亚历山大体交替出现,到了第三节,除了亚历山大体的基础外,诗行有了更大的自由,例如这几行诗:

> Ce fut, aux fièvres dernières,
>   Un souvenir
>   Sans avenir,
> Sans étoiles en ses tanières. ①
> 在最近的兴奋中,这是
>   一种回忆
>   没有未来,
> 它们的住所没有星星。

这几行诗的音节分别是8、4、4、8。4音节的诗行是之前的诗节中没有的,在这里出现得较多。虽然它的前后有8音节诗行,和它有一定的比例关系,它们的组合也比较对称,但是诗行的发展有了新的意外的效果,诗节也变得不可预测起来。在这几行诗中,已经可以看到诗行的延续性,例如第1行和第2行,都不是独立的句子,谓语和它的宾语分开了,语意在多个诗行里延伸。这里有没有受到兰波的影响?卡恩拿到兰波的《彩图集》是4月上旬。卡恩应该在该月5日前后就得到了手稿。谁也不知道他会用多少时间看完上面的诗作,但他5月13日就将《彩图集》的一部分刊发出来。除去定稿和排版的时间,卡恩是有可能在4月底就读罢这些作

---

① Gustave Kahn, "Thème et Variations", *La Vogue*, Vol. 1, No. 3, avril 1886, p. 79.

第二章　象征主义自由诗的发展

品的。《主题与变奏》发表在 4 月底，这不会是巧合。卡恩在了解兰波的形式革命后，也在自己的诗作中进行试验。

迪雅尔丹的朋友曾给他讲过一个有趣的故事：

> 关于自由诗的首创权，我要讲讲莫雷亚斯给我说的这件事：他把为《风行》杂志写的一首自由诗重新交给卡恩。我想这首诗是《手持白刃的骑士》("Chevalier aux blanches armes")。卡恩推迟发表莫雷亚斯的诗，并且赶紧创造他自己的，将它发表，最终确保了首创权。这正是莫雷亚斯所讲的；当然，我什么也不敢保证。①

这里有个细节出错了。在象征主义自由诗初创期，莫雷亚斯只在《风行》上发表过两首诗，这两首诗其实只是一首组诗的两个部分。组诗的名字是《米兰达家的茶》("Le Thé chez Miranda")。第一部分发表在《风行》第 1 卷第 2 期，诗采用的是散文诗的形式。第二部分发表在第 1 卷第 4 期，即 5 月 2 日，诗的标题错印成 "Le The chez Miranda"，也用的是散文诗的形式，可是后半部分出现了非常大胆的浓缩，将诗段浓缩成比较短的诗行，就像兰波在《给一种理性》中所做的那样。

有一个细节非常奇怪，这首原本应该连载的组诗，中间隔了一期。即第 3 期没有发表莫雷亚斯的诗。因而迪雅尔丹友人的话，并非空穴来风。他的另外一个朋友还曾回忆："我在圣日尔曼大道的利浦啤酒馆听人讲，当莫雷亚斯决定将他的一种奇特韵律的诗章交给莱奥·多费尔时，卡恩为了占得先机，急忙赶到印刷厂，用自己样式的自由诗代替了莫雷亚斯的。"② 这两个传闻不知是否都是由莫雷亚斯传出的，卡恩将《米兰达家的茶》推迟到第 4 期发表，这是很有可能的。因为第 3 期的《主题与变奏》恰好比《米兰达家的茶》早一期。莫雷亚斯的"奇特韵律"应是指诗段的浓缩。如果这种情况属实，卡恩也捞不到多少好处，一方面《主题与变奏》只是向更自由的诗体的过渡，另一方面莫雷亚斯早在 1884 年 6 月就发表了《不合律的节奏》。卡恩无法在自由诗上完全打败莫雷亚斯。卡恩对莫雷亚斯的诗律解放并非不清楚，在第 1 卷第 7 期的一篇评论中，卡恩

---

① Édouard Dujardin, *Les Premiers Poètes du vers libre*, Paris: Mercvre de France, 1922, p. 24.
② Édouard Dujardin, *Les Premiers Poètes du vers libre*, Paris: Mercvre de France, 1922, p. 25.

指出："让·莫雷亚斯是一位杰出的修辞家和珠宝镶嵌师，常常在节奏上是革新者。"①

《主题与变奏》的押韵也值得注意，整首诗特别注意使用交韵和抱韵。因为这两种韵式偏好4诗行的诗行群，所以这首诗可以看作是4诗行诗节的积木。上面引的四行诗每行最后一个词语是：

dernières   souvenir   avenir   tanières

可以看出，这几行诗押的是抱韵，而且押韵标准，"dernières"和"tanières"的最后一个音节，不仅元音相同，支持的辅音、尾随的辅音也都完全一样。"souvenir"和"avenir"亦然。卡恩这时只考虑诗行节奏上的解放，押韵在他那里还被视为诗体的必要元素。

经过两期的沉寂后，《悲歌》（"Mélopées"）出现在第1卷第5期，紧跟在兰波的15首《彩图集》的诗之后。《悲歌》在形式上与《主题与变奏》相比，并没有大的变化，它的第一部分使用了亚历山大体，第二部分是8音节诗行与亚历山大体的交替，第三部分在沿用第二部分的形式时，又加入9音节的诗行，以及一个3音节的诗行。从整体上看，第三部分的诗行虽然有着传统诗律的基础，但像《主题与变奏》一样，已经有了较大的自由度。这种形式之后多次出现，并没有马上发生大变。例如第1卷第10期开始连载的组诗《插曲》（"Intermède"），在第2卷第1期（1886年7月19日）方才连载完毕。形式也与《主题与变奏》相同，只不过诗节变得更短了一些。第2卷第6期他发表《短暂精神错乱的歌》（"Chanson de la brève démence"），第2卷第8期发表《纺车之歌》（"Lied du rouet"）。这些诗都是采用不同诗行的综合，与拉·封丹的"自由的诗行"相近。缪拉的观点值得参考："他（拉弗格）在（卡恩）最近的诗中看到的是传统'自由的诗行'结构革新的版本：懂得押韵的多重音律，它的元素因而被排版设计标示出来，以便能正确感知形式；在他（拉弗格）的眼中，卡恩改变了音节的数量，但是并没有'忘掉'它。"② 卡恩在创作这些诗的时候，并不是像拉弗格在《到来的冬季》中那样，让诗行自发地、

---

① Gustave Kahn, "Livres et Varia", *La Vogue*, Vol. 1, No. 7, juin 1886, p. 245.
② Michel Murat, *Le Vers libre*, Paris: Honoré Champion, 2008, p. 87.

第二章 象征主义自由诗的发展

偶然地产生。相反,卡恩要传达的意义,总要在诗行有些预备的情况下才最终确定下来。也就是说,卡恩的情感并不是独立的,它的发展似乎一直伴随着预先存在的框架,这个框架可能并不像传统诗律那样清楚、固定,但卡恩意识到框架的存在。莫里斯曾评价道:"为了控制他的'主旋律'以及变奏的方向,他(卡恩)需要的只是情感,由此产生了诗行这种自由(这对他来说是一种规则),这些诗行从未按照准备的数量排列起来,而是根据情感的扩展或者回归,从看似冒险的步伐,走向 17 音节和与之相反的 2 音节。"[①] 莫里斯高估了这一时期卡恩诗体的自由度,《风行》的主编远未做到"根据情感的扩展或者回归"来建立诗行。

卡恩自由诗真正的里程碑是发表在《风行》第 3 卷第 1 期(1886 年 10 月 11 日)的一首诗,标题是《西班牙城堡》("Chateaux en Espagne")。这首诗并未收入 1887 年的诗集《漂泊的宫殿》中,1897 年的诗选集《最初的诗中》也未见到。下面以这首诗来分析他的自由诗。

二 卡恩自由诗的分析

《西班牙城堡》采用了较长的诗节,而非十四行诗短小的诗节。这是卡恩诗作的一大倾向。它的第一节为:

> Tes bras sont l'asyle
>
> Et tes lèvres le parvis
>
> Ou s'éventaient les parfums et les couleurs des fleurs et des fruits,
>
> Et ta voix la synagogue
>
> D'immuables analogies
>
> Et ton front la mer où vogue
>
> L'éternelle pâleur
>
> Et les vaisseaux aux pilotes morts des temps défaut,
>
> Tes rides légères le sillage gracile
>
> Des âges aux récifs difficiles
>
> Où le choeur des douleurs veers tes prunelles a brui

[①] Charles Morice, *La Littérature de tout à l'heure*, Paris: Librairies Éditeurs, 1889, p. 314.

　　　　Ses monocordes liturgies. ①
　　　　你的胳膊是隐修所
　　　　你的嘴唇是广场
　　　　花朵、果子的气味和颜色在那里变质，
　　　　你的声音是具有
　　　　永恒象征的教堂
　　　　你的面庞是大海
　　　　那里永远的苍白色划过
　　　　是过去死了领航员的大船，
　　　　你浅浅的皱纹是暗礁挡路的年代
　　　　留下的纤细航迹
　　　　那里你眼睛周围痛苦的合唱团
　　　　唱出单调的礼拜仪式。

这个诗节有并列的结构，这是散文诗的主要特征，但是诗节中不但完成了诗段的浓缩，而且也出现了诗行的延续性。例如这两行：

　　　　Tes rides légères le sillage gracile
　　　　Des âges aux récifs difficiles
　　　　你浅浅的皱纹是暗礁挡路的年代
　　　　留下的纤细航迹

明显可以看出两个诗行在语义上都不是独立的。它们与随后的诗行构成相对完整的语句。诗行的音节数量凭肉眼看，就能感觉有很大的变化。音节最少的只有 5 个：

　　　　Tes – bras – ｜ sont – l'a – syle
　　　　你的胳膊是隐修所

这是上二下三的结构，与中国五言诗的节奏相似。最长的是第 3 行：

---

① Gustave Kahn, "Chateaux en Espagne", *La Vogue*, Vol. 3, No. 1, octobre 1886, p. 5.

第二章　象征主义自由诗的发展

Ou – s'é – ven – taient – ｜ les – par – fums – et – les – cou – leurs – ｜ des – fleurs – et – des – fruits,

花朵、果子的气味和颜色在那里变质，

共16个音节，分成了三个节奏部分，即4+7+5。因为音节增多，所以节奏音组的音节数量也增大。不过，如果将第1行的5音节的诗行看作是一个独立的音组，那么5音节音组在本诗中是非常多的。在其他的一些诗中，也存在着这些情况。艾尔松指出："我在《漂泊的宫殿》中找到了一种对5音节音组的轻微的崇拜。但是这种音组往往用来暗示一种越过现在的运动，一种往往伴随着疲倦或不满足的感情的运动。"[①] 5音节音组如果是不安分的，与它相比，3音节音组带来沉思或者追问的意味。

整个诗节，如果分析每个诗行的音节数，可以得到如下的数字序列：

5　7　16　7　8　7　6　13　12　9　13　8

这些数字是没有什么规律性的，诗行之间音节数有相当大的差别。这些诗行的音节数经过计算，平均值是9。也就是说，每个诗行基本上是围绕着9这个数字或增或减。为了更加直观地看这12个诗行的起伏变化，这里制作了一个折线图：

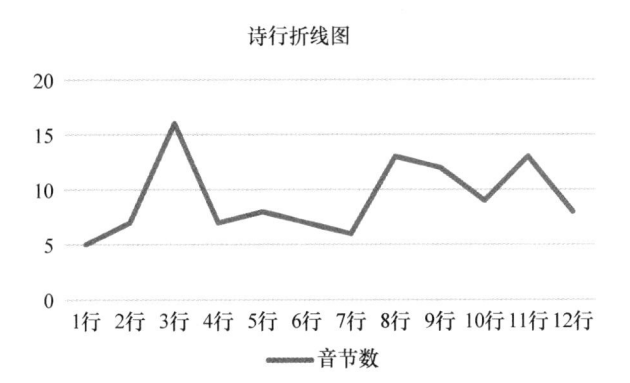

诗行折线图

这种节奏的起伏，不像拉弗格《到来的冬季》中某些诗节那样规则，也就

---

① John Clifford Ireson, *L'Œuvre poétique de Gustave Kahn*, Paris: Nizet, 1962, p.94.

是说不像《主题与变奏》中的诗那样规则，诗行的发展，有许多的不可预测性。它表明卡恩在这首诗中冲出了《主题与变奏》时期的诗律框架，完全达到了兰波《运动》一诗的节奏安排模式。

这首诗的押韵也有了新的面貌。在之前的诗中，有非常严格的押韵。从这一节诗来看，虽然押韵仍然存在，例如第 5 行和第 12 行的末尾音节是：

  analo*gies* litur*gies*

这里不仅元音相同，前面的支持辅音也一样，可是这两行诗的距离却相差 7 行，说是押韵，但勉强了些。因为距离过长的押韵将减弱听觉的印象，押韵就容易成为形式上的，没有实际的作用。

诗节中还出现了半韵，这在《主题与变奏》的诗中是一般不用的。例如第 2 行和第 3 行的末尾词语：

  par*vis* *fruits*

两个音节中，都有元音"i"，但是它们后面跟随的辅音不同，前面的支持辅音也不一样，并不是严格的押韵。第 8 行诗的最后一个词语是"défunts"，它的元音的发音是"ɛ"，这个音节在诗节中根本没有得到回应。

卡恩的诗巩固了兰波的形式反叛的成果，也与拉弗格的形式成犄角之势，抵御着一些批评家的不满和指责。比耶特里指出："他（卡恩）的作品标志着格律诗的数百年统治期的终结，它无疑是自由诗的最初的宪章，这并非虚言。"[①] 这是一种很高的评价。年轻诗人们并不一定会遵循卡恩的道路，他们自己会寻找自己的形式，"宪章"一语无乃太过？但是吸引年轻诗人共同从事自由诗，搅动风云，这个功劳卡恩是受得起的。

第 3 卷第 3 期（1886 年 10 月 25 日），卡恩发表了《东方》（"Orient"）一诗，这首诗是《西班牙城堡》的延续，超过 16 个音节的诗行变

---

① Roland Biétry, *Les Théories poétiques à l'époque symboliste*, Genève: Slatkine Reprints, 2001, p. 190.

第二章　象征主义自由诗的发展

多了，不过形式略微整齐一些，诗中有不少诗行接近亚历山大体。第3卷第6期，卡恩发表了《浪漫曲》（"Lieds"）组诗，总共有三首诗，第一首采用比较规整的8音节诗行，可以看出卡恩并不想完全抛弃传统诗律，他想游走于自由与规则之间，而非完全排他性地选择任何一个端点。第二首和第三首，人们熟悉的曲折变化的节奏回来了。虽然有不少诗行围绕着8音节起伏，但是整首诗的变化幅度加大了，诗行音节数不可预测了。第3卷第8期，再次出现了一首《浪漫曲》（"Lied"），全部是三行诗节，共四节，诗行是拉长的亚历山大体。下一期出现了长诗《回忆录》（"Mémorial"）。这首诗采用了与第3卷第6期第二首相似的形式。

如果将组诗看成是一首诗，那么在1886年，卡恩总共在《风行》上发表13首诗。除了两首是格律诗（有一首发表在第1卷第4期，上文未提到，标题是《春天》），其他11首要么是亚历山大体或者8音节诗行、10音节诗行的综合，要么是自然变化的自由诗。这些诗绝大多数收在1887年的诗集《漂泊的宫殿》中。《漂泊的宫殿》因而成为最早的自由诗诗集。除了这些诗作外，卡恩还有诗发表在第11期的《独立评论》上，时间是1887年9月，这首诗名字叫作《梦中城堡的美人》（"La Belle au Château Rêvant"），后来收入1891年出版的《情人的歌》（*Chansons d'amant*）这部书中。这些就是卡恩在1889年以前发表诗歌创作的情况。这些诗，数量并不算多，但是却几乎占据了当时发表的自由诗的半壁江山。与此同时，卡恩还积极思考自由诗的理念，如果说莫雷亚斯是象征主义的设计者，卡恩就是自由诗的代言人。

三　卡恩自由诗的理念

在卡恩那里，自由诗并不仅仅是一种诗学活动，也是一种文化姿态的亮相。在回忆录中，卡恩曾说："在另一个时间，我们全部是无政府主义者；我们没有差别，完全相信它，一样坚定。"[1] 这里说的"另一个时间"是哪一个时间？回忆录作于1902年，经过接连的政治事件，法国的文化风气大改，无政府主义受到抵制，那么这个时间当在1889年之前的几年中。卡恩的自由诗理念，其实是一种文化上的无政府主义的释放。

早在《风行》的创刊号上，卡恩就给拉莫（Jean Rameau）的诗集写

---

[1]　Gustave Kahn, *Symbolistes et Décadents*, Genève: Slatkine, 1993, p. 59.

过评论,文中指出:"拉莫先生的确远离一种进化过程,这种过程推动现代人将感受和节奏变得精致,他可能忽略了这种进步的步伐。"① 文中说的"节奏"的"进化",就是从巴纳斯派向更激进的形式解放的跃进。1886年,莫雷亚斯出版《叙事抒情曲》(Les Cantilènes),卡恩在《风行》上给莫雷亚斯写书评(上文卡恩对莫雷亚斯的评介,即来自这个书评)。卡恩注意到莫雷亚斯使用了不同的节奏,这种节奏可能是6+5的形式,也有可能是5+6的形式。这些形式虽然是亚历山大体的变体,但已经在音节数目和语顿上有了改变。在文章末尾,莫雷亚斯还指出:"在这些如此古怪、不久前刚被打上颓废派的绰号的诗人中间,莫雷亚斯先生,和朱尔·拉弗格先生一起,是最清晰地表达自己的诗人:他的诗是片断性的,完全是可塑性的,但是它保持着艺术声音上的表现。"② 引文中的"可塑性",涉及诗行节奏的问题。卡恩在莫雷亚斯身上看到了自己想要实践的形式。

在1886年9月底,卡恩还发表了《象征主义》一文,作为对莫雷亚斯象征主义宣言的回应。这篇文章后来重刊在《风行》上。在之前的文章中,卡恩意识到了新形式的必要性,但是这种新形式是什么,他还言之不清。《象征主义》一文明确提到了切割诗行这一关键做法:"将这种倾向统一起来的东西,是对古老、单调的诗体的否定,是将节奏切割开的愿望,是给诗节的曲线图上带来感受的模式的愿望。"③ 传统的诗体明确被"否定"了,卡恩不是将新形式看作是传统诗律的革新、放宽,而是将二者看作是对立的。这种态度与邦维尔的诗体改良是不一样的,与魏尔伦和马拉美尊重诗律框架的做法也不同。卡恩延续了拉弗格"忘记"传统诗律的立场,他比拉弗格还要激进。当然,卡恩也像后者一样看到了新形式的内在要求,新的"感受模式"需要新的节奏。在自由诗的诗行延续性上,卡恩也有了成熟的意见:"我们与所有类似的尝试不同的关键要素,在于我们把诗行持续变动确定为根本原则。"④ 自由诗中,诗行不仅在语义上要前后相连,避免过多散文诗的并列结构,在节奏上,也需要用多种形式将散乱

---

① Gustave Kahn, "Les Livres", *La Vogue*, Vol. 1, No. 1, avril 1886, p. 32.
② Gustave Kahn, "Livres et Varia", *La Vogue*, Vol. 1, No. 7, juin 1886, p. 248.
③ Gustave Kahn, "Le Symbolisme", *La Vogue*, Vol. 2, No. 12, octobre 1886, p. 399. 这篇文章原署名为"亚当",因为有亚当加的按语。但转载的文章,则为卡恩所写。这里将作者改为卡恩。
④ Gustave Kahn, "Le Symbolisme", *La Vogue*, Vol. 2, No. 12, octobre 1886, p. 400.

第二章　象征主义自由诗的发展

的诗行统一起来。前面引用的卡恩的诗作中，可以看到5音节的音组与半韵发挥的作用。诗行声音和节奏上有了关系，那么，诗行就有了"持续变动"。卡恩的这篇文章，虽然讨论的话题很多，但就自由诗这个领域而言，确实是给自由诗确定了原则。原则一旦确定，卡恩就想与之前"所有类似的尝试"区别开，这也是后来他否定兰波是自由诗的创造者的原因。不过，就像之前已经提到的那样，卡恩虽然明确说明了自由诗的原则，这种原则只是形式反叛的一种方向。自由诗作为形式反叛的姿态，可以有多种方向。不能将卡恩的原则看作是自由诗唯一的圭臬。卡恩越是强调自己在自由诗上的首创之功，我们就越应该在一个漫长的时序中看到自由诗起源的多元，只有在一个多元的色谱中，才能确定卡恩真正的颜色。

瓦格纳主义者们的诗学，对于卡恩的自由诗理论也有影响。这一点也是卡恩的自由诗理论来自多种资源的证明。卡恩谈到了"瓦格纳多重主音的曲调"，这说明诗歌的节奏也可以采用交响乐的效果。卡恩还得到这样的启发："让节奏的多样和交织与思想的节拍协调起来，在废除造作的、宗教的现代主义的过程中营造文学的梦境，凭借所有的作品创作个人的词语，并且在老套、平庸的模子之外寻找。"[①] 如果清楚卡恩当时的诗学活动，可以看到这一句话里有威泽瓦、马拉美、兰波等人的思想。卡恩的自由诗理论是当时多种诗学观念的综合，这也表明了象征主义自由诗演变的规律：多种思想资源的汇流。

从1886年到1887年，在卡恩、拉弗格、莫雷亚斯等人的努力下，象征主义自由诗初步确立了，也在报刊上引起了很多诗人的兴趣。不过，自由诗不会一劳永逸地建立它的权力帝国，诗人和批评家们对这种新形式进行了激烈的争论，这是各国的自由诗在初期阶段都曾上演的现象。

第四节　报刊上自由诗的传播与回响

兰波、拉弗格和卡恩等人虽然是《风行》上露脸最早的自由诗诗人，但是如果只把眼睛放在他们身上，那就会犯错。1886年、1887年这两年，象征主义诗人的圈子在不断扩大，自由诗的支持者也在增多。只有看到自

[①] Gustave Kahn, "Le Symbolisme", *La Vogue*, Vol. 2, No. 12, octobre 1886, p. 401.

由诗传播的范围，才能把握自由诗在初级阶段的发展状况，才能对它未来的命运有准确的判断。

一 莫雷亚斯的自由诗

在《风行》杂志的自由诗诗人中，莫雷亚斯是非常特殊的一位，他原来就是自由诗最早的尝试者，他早在1884年就发表了《不合律的节奏》，其形式的自由程度已与兰波的《海景》接近。莫雷亚斯显然对这首诗非常得意，在一年后发表在《吕泰斯》上的一篇文章中，有莫雷亚斯关于诗体解放的一段对话：

> ——那么，莫雷亚斯，你是怎么看魏尔伦在《吕泰斯》发表的最新的诗：很动听，是吗？
> ——不错，不过，你读过我的《不合律的节奏》吗？①

莫雷亚斯并不想向魏尔伦认输，他觉得《不合律的节奏》可能技高一筹。在这篇文章中，莫雷亚斯还表示自己将要创造一部新的作品。可惜这部作品并不是诗，而是一部小说。此后，莫雷亚斯的自由形式的诗，基本看不到了。他没有继续《不合律的节奏》的探索，相反，他向散文诗的形式退了回去。

一年后，布尔德在《时报》上发表《颓废诗人》的文章，将马拉美、魏尔伦、莫雷亚斯等人看作是颓废派的主要成员。布尔德发现了魏尔伦、莫雷亚斯的形式反叛："这种自由仍旧像是一种对罪恶的喜悦，同时也是一种新效果的方法。他们极少打破元音重复，但明确摆脱了语顿和两种韵的交替。他们获得的是专门的阴性的韵，声音很低，抹去了语音的细微变化；是专门的阳性的韵，长而响亮，不可能落入老规则的桎梏之中。"② 这里谈到的对押韵和语顿的摆脱，正是自由诗最初的条件。布尔德的文章，里面有嘲讽的语气。总体来看，布尔德对颓废派及其形式反叛是不满的。莫雷亚斯看到该文后，马上在《十九世纪》（*Le XIXe Siècle*）报上给予回

---

① Léo Trézenik, "Jean Moréas", *Lutèce*, No. 179, juin 1885, p. 1.
② Paul Bourde, "Les Poètes décadents", *Le Temps*, No. 8863, août 1886, p. 3.

第二章　象征主义自由诗的发展

击。莫雷亚斯指出，布尔德上面的引文，都是"正确而合理的话"①，暗示形式反叛是有价值的。最后，莫雷亚斯引用维尼（Alfred de Vigny）的信，倡导一种更加大胆的反叛精神："超越时代，超过他的民族的普遍精神，甚至超过最有学养的那一部分。"②

在1886年9月的《象征主义》宣言中，莫雷亚斯总结了他这一时期对形式的思考。多变的亚历山大体被他保留了，语顿和严格的押韵被他打破了。不过，莫雷亚斯的《象征主义》与拉弗格相比，在理论上还非常滞后，还带有解放诗时代的元素，没有真正放下传统诗律的框架。有批评家指出："1886年，当让·莫雷亚斯在《费加罗报》上发表了他的宣言，他一点儿也没暗示象征主义自由诗，相反，这更像是缩在后头：他想象的自由性，只在音律形式的内部。"③《象征主义》这篇宣言的第二部分，采用了戏剧的文体。他借来十四年前邦维尔的《法国诗简论》中的话，改编成答客问的形式，借此维护自己破坏押韵和语顿的合理性。在核心的思想上，莫雷亚斯并没有超越邦维尔。例如在讨论更大的自由时，莫雷亚斯引用邦维尔这句话："当雨果解放诗体的时候，人们可能会相信，以雨果为学习的范例，紧随他而来的诗人们可能想要自由，想独立自主。但是这就是我们身上的奴性，新诗人争先恐后地效法和模仿雨果的形式、组合方式和最习以为常的停顿，而非是力求寻找新的。"④邦维尔一心呼唤新的形式，但他并没有真正带来它。莫雷亚斯在1886年真正带来了新形式，但却在理论上与邦维尔站在一起。怎样解释莫雷亚斯理论的滞后性呢？

其实莫雷亚斯的滞后是容易理解的。从诗学背景看，莫雷亚斯的宣言发表的时期，主张完全打破传统诗律的，可能只有威泽瓦。威泽瓦并不是直接提出这个观点的，他是结合颓废派和象征主义的诗歌实践而"发现"这个趋势的。莫雷亚斯可能并没有读过《瓦格纳评论》上威泽瓦的文章。拉弗格"忘记"旧诗律的信，当时并没有整理出版，知道信中内容的只有卡恩一人。卡恩同标题的《象征主义》一文，发表在莫雷亚斯之后，是对莫雷亚斯宣言的回应。结合这些史实，可以看出，莫雷亚斯在1886年

---

① Jean Moréas, "Les Décadents", *Le XIXe Siècle*, No. 4965, août 1885, p. 3.
② Jean Moréas, "Les Décadents", *Le XIXe Siècle*, No. 4965, août 1885, p. 3.
③ Ida Merello, "Pour une définition du vers libre", in Catherine Boschian – Campaner, ed., *Le Vers libre dans tous ses états*, Paris: L'Harmattan, 2009, p. 125.
④ Jean Moréas, "Le Symbolisme", *Le Figaro*, No. 38, sepembre 1886, pp. 150–151.

9月18日发表的宣言，独自面临着庞大的、保守的诗律力量。借用邦维尔的理论来阐释自己诗律革命的思想，是一种合理的斗争策略。从政治立场来看，莫雷亚斯不像卡恩和兰波，他对无政府主义没有浓厚的兴趣。莫雷亚斯更多地关注文学和美学问题。文学史家赫伯特（Eugenia W. Herbert）指出："莫雷亚斯是象牙塔艺术家的极端类型。"① 过度地将新形式与旧诗律对抗起来，这对莫雷亚斯来说没有必要。莫雷亚斯是在浪漫主义、巴纳斯派以来的个人主义形式观下，开始他的形式反叛的，这种反叛并没有直接作意识形态斗争的考虑。最后，就诗律解放的渊源来看，引用邦维尔的诗论，有利于把象征主义与巴纳斯派联系起来，象征主义继续巴纳斯派开创的道路，象征主义自由诗并不是孤立的、武断的事件，它有着长久的渊源。在1886年9月底给法朗士的信中，莫雷亚斯曾说："通过节选他可敬的《法国诗简论》的段落，我相信已经充分证明了德·邦维尔先生提倡过所有的节奏改革，这些改革是我们有勇气要实现的，目前，这些人是我的朋友和我自己。"② 这里的"改革"一语，与卡恩的革命式的措辞是不同的。莫雷亚斯眼中的自由诗，主要是一种诗律改良。

莫雷亚斯的诗歌创作也在变化。《风行》第1卷第4期上发表的《米兰达家的茶》，后半部分让莫雷亚斯回到《不合律的节奏》的做法上。这是不是意味着莫雷亚斯对于完全自由的形式恢复了信心？请看这几行诗：

  Des fouets qui claquent.

  Des sonnailles qui tintinnabulent.

  Des roues qui roulent.

  Des cuivres qui clangorent.

  De l'eau qui bruit. ③

  鞭子在噼啪作响。

  铃铛在鸣响。

  车轮滚动。

---

 ① Eugenia W. Herbert, *The Artist and Social Reform*, Freeport: Books for Libraries Press, 1971, p. 90.

 ② Léon Vanier ed., *Les Premieres Armes de symbolisme*, Paris: Léon Vanier, Libraire - Éditeur, 1889, p. 50.

 ③ Jean Moréas, "Le Thé chez Miranda", *La Vogue*, Vol. 1, No. 4, mai 1886, p. 124.

第二章 象征主义自由诗的发展

铜声铿锵。
水噗哧的声音。

这几行诗的音节数量是：

4 9 4 6 4

最长的诗行是第 2 行，有 9 个音节：

Des – son – na – illes – | qui – tin – tin – na – bulent.
铃铛在鸣响。

最短的诗行是 4 音节诗行，有 3 个，例如最后一行：

De – l'eau – qui – bruit.
水噗哧的声音。

长长短短的诗行，让音节数量丧失了可预测性。卡恩的《西班牙城堡》后来实现的自由，就在这里。卡恩是不是从莫雷亚斯得到了影响？卡恩作为编辑，一定是看到了这种诗，也会对这种诗有印象。他如果特别在乎诗律的反叛，自然会从莫雷亚斯的诗中得到刺激，促使他创作更加自由的诗。

莫雷亚斯的诗行，有一点与卡恩不同。莫雷亚斯并不是靠半韵、押韵之类的韵律技巧联结诗行的，也不采用散文诗的并列主义。因为并列主义同时要求语义的独立和语法上的相似。莫雷亚斯的诗行是单独靠语法上的相似性建立起诗行的延续的。诗行与诗行之间缺乏真正语义上的独立。

莫雷亚斯自从在第 1 卷亮相后，后来就再也不发表诗作了，这种情况一直延续到《风行》第 3 卷第 2 期。在这一期上，莫雷亚斯和保罗·亚当（Paul Adam）合写了一个作品《幻想的神灵的纪念周年》（"Jubilé des Esprits Illusoires"），这个作品里面既有散文又有诗，里面占星家那一部分，就是成熟的自由诗。它的形式与《米兰达家的茶》后半部分相似，使用相似的语法，以及在诗行中重复实词和虚词来把诗行联系起来。

第 3 卷第 4 期（1886 年 11 月 8 日），莫雷亚斯发表诗《为什么你的嘴唇搁在国王的刀斧之间》("Ah Pourquoi Vos Lèvres entre les coups de hache du Roi")。在 1891 年出版的《热情的漂泊者》中，这首诗的标题改为《书简》("Épitre")。这一首诗延续了之前的形式技巧，不过，它越来越显出莫雷亚斯通过短语来建立回环往复的旋律的野心。莫雷亚斯看重的并不是局部的音节，他要利用一个或多个词语来营造节奏。如果说卡恩的诗是一种谐音的形式，那么莫雷亚斯的就是一种旋律的形式（这里借用的是后来要专门论述的莫克尔的观点）。这种旋律的形式在自由诗诗人中使用得比较少，象征主义诗人中，除了莫雷亚斯外，雷尼耶也擅长这种形式。这里可以用这首诗的第二节来加以说明：

> Madeline, Madeline,
> Pourquoi vos lèvres à mon cou, ah! pourquoi
> Vos lèvres entre les coups de hache du Roi;
> Madeline, et les cordaces etles flûtes,
> Les flûtes, les pas d'amour, les flûtes, vous les voulûtes.①
> 马德琳，马德琳，
> 为什么你的嘴唇贴在我的脖子上，啊，为什么
> 你的嘴唇搁在国王的刀斧之间；
> 马德琳，低俗的舞蹈和长笛，
> 长笛，爱情的脚步，长笛，你渴望它们。

诗中的词语和词语组有多次重复。例如"马德琳"，在拉丁语中这是呼格，是面对对方（或者在书信中）的称呼。不仅第 1 行诗使用了两次"马德琳"，第 3 行中又出现了。第 2 行和第 3 行，都有词组"Pourquoi vos lèvres"（为什么你的嘴唇），它们的位置有些变化，第一次出现时是在第 2 行的行首，第二次则在第 2、第 3 行之间发生了跨行，一个词放在第 2 行的行末，剩下的两个词在第 3 行的行首。位置的变化，让重复具有了一定的新奇感。第 4 行和第 5 行，还可以看到"les flûtes"（长笛）出现了三次。

---

① Jean Moréas, "Ah Pourquoi Vos Lèvres entre les coups de hache du Roi", *La Vogue*, Vol. 3, No. 4, novembre 1886, p. 109.

第二章　象征主义自由诗的发展

浪漫主义诗人，例如海涅，擅长这种技巧。莫雷亚斯对诗行旋律的探索，使自由诗的节奏与浪漫主义的大传统建立了新的关系。这些重复的词语和词组，不但造就了诗行的节奏感，更重要的是带来了旋律的基调。就像歌曲中如果有相似的旋律，它的回环往复带来一唱三叹的情感一样，重复的元素也具有了浓郁的情感基调。这节诗传达出妖媚的舞女的诱惑力，自由诗的节奏很好地与情感的抒发配合了起来。

还要注意，莫雷亚斯虽然是以旋律的形式为主，但这并非说明他拒绝谐音的形式。例如第2行和第3行的末尾，是这两个词：

pour*quoi*　*Roi*

因为元音的支持辅音不是完全相同，这两个词语只是建立了半韵，而不是全韵。但它也同样有力地将两个诗行联结起来。最后一行，明显有丰富的音韵效果：

Les flûtes, les pas d'amour, les flûtes, vous les voulûtes.
长笛，爱情的脚步，长笛，你渴望它们。

这里面"flûtes"在重复出现后，又与"voulûtes"的第二个音节押上了韵。诗行中的"amour"与"voulûtes"的第一个音节押上了半韵。不过，总的来看，莫雷亚斯谐音的形式用得并不频繁，在诗中是旋律的形式的补充。

在第3卷第5期中，莫雷亚斯发表了组诗《抒情小诗》（"Lais"）。形式与《为什么你的嘴唇搁在国王的刀斧之间》相同，不过诗节变得短小了，除组诗的后半部分诗行比较短之外，前面的几个诗节诗行的音节数多有超过14个音节的。

迪雅尔丹对莫雷亚斯的形式与自己的不同，是有体会的。他曾表示："重读一下《风行》上的自由诗《为什么你的嘴唇搁在国王的刀斧之间》，这就足够说明了，这首诗里有怎样的声音啊，有怎样的节奏感啊，多么敏锐，多么轻灵啊——也有多么虚幻的语言！"[1] 迪雅尔丹对莫雷亚斯的推崇是有道理的，具有旋律的形式的自由诗，在此时期非常少见。大多数诗人

---

[1] Édouard Dujardin, *Les Premiers Poètes du vers libre*, Paris: Mercvre de France, 1922, p.60.

都是从一种内在的韵律出发打破传统诗律的,这是卡恩式的道路。迪雅尔丹本人也是卡恩式自由诗的实践者。

二 迪雅尔丹的自由诗

迪雅尔丹和威泽瓦一样,也是瓦格纳主义者。受到瓦格纳和威泽瓦的双重影响,迪雅尔丹渴望文学传达音乐中的情感。在他心里,音乐是最特殊的一门艺术,它不是靠观念,也不是靠视觉,它是"利用诗行和词语都无法表达的如此多元、含糊的情感的艺术"[①]。因为想更鲜明地表现情感,尽可能去掉艺术媒介产生的距离,迪雅尔丹渴望与内在情感紧密相通的形式。不过,迪雅尔丹的理论与威泽瓦的还有不同。威泽瓦特别关注语音的组织,他眼中的自由诗是一种词语语音的音乐。威泽瓦希望语音与情感建立联系。迪雅尔丹虽说是一名瓦格纳主义者,但他更多地思考节奏的问题。例如迪雅尔丹曾回顾道:"因为乐段已经赢得了它节奏的自由,诗歌也应该获得它类似的节奏自由。准确地说,这些是我解释给拉弗格的话,时间是我们第一次会面之时,1886年3月底,地点在柏林。"[②] 乐段的自由,是因为乐段摆脱了它前后的逻辑结构,每个乐段都像是自发喷涌而出的。迪雅尔丹由此看到诗中的语句也应该有"节奏的自由"。迪雅尔丹强调节奏构成的自由,这打破了传统诗律的节奏秩序,但又保留了一些节奏的组织。这样看来,迪雅尔丹的自由诗模仿了瓦格纳交响乐的结构,但是放弃了音乐层面的探索。

迪雅尔丹最早的自由诗试验,发表在《风行》上,时间稍晚一些,是第2卷第2期,即1886年8月2日。这时兰波、拉弗格、莫雷亚斯、卡恩都已经在该杂志上发表了数量不少的自由诗,迪雅尔丹也决定一试身手。这个作品是《颂扬安东尼娅》("A la gloire d'Antonia"),严格来看,该作品不是诗,而是小说。里面的绝大多数文字,并不是用诗体写的。但作品末尾,出现了几行诗:

    Car cela est ma pensée.

[①] Édouard Dujardin, "Considérations sur l'art wagnérien", *Revue wagnérienne*, Vol. 3, No. 6 - 7, août 1886, p. 160.

[②] Édouard Dujardin, *Les Premiers Poètes du vers libre*, Paris: Mercvre de France, 1922, p. 63.

第二章　象征主义自由诗的发展

  Car cela est mon oeuvre.
  Car je t'ai faite et je te fais.
  Car tu m'es.①
  因为这是我的思想。
  因为这是我的作品。
  因为是给你写的，而且还在写。
  因为你属于我。

这里的几行诗，每行都有完整的意义，也有句号作为语义结束的标志，所以有散文诗的气息。但因为每行音节数比较短，做到了诗段的浓缩，也有些诗行的色彩。它其实是散文诗走向自由诗的过渡。诗行相互间的并列关系，表明迪雅尔丹还没有掌握诗行的延续性，与卡恩和莫雷亚斯的试验，是差了不少距离的。这里可以姑且将它当作自由诗。它的每行的音节数是：

  6　6　8　3

诗行中有比较多的省音，前三行每行都有：

  Car – ce – la est – ma – pen – sée.
  因为这是我的思想。

可以看到，第三个音节原本是两个音节，因为缺少分隔的辅音而合成了一个。省音的存在，让主语和谓语原本具有的语顿消失了。诗行中没有两个半行的结构，哪怕第3行在语义上明显有停顿，可是中间省音的存在，也让它的语顿模糊了。

  这几行诗中，行末的音节也没有明显的押韵，这是迪雅尔丹比卡恩和莫雷亚斯更"自由"的地方。押韵容易事先拟定几个词，于是就有损诗行的自发性。迪雅尔丹放弃押韵，是为了维护诗行的这种特质。卡恩和莫雷亚斯的自由诗，还是有人工的经营，韵式的选择预先有某种安排。迪雅尔

---

① Édouard Dujardin, "A la gloire d'Antonia", *La Vogue*, Vol. 2, No. 3, août 1886, p. 96.

丹并不以写诗著称，他在《风行》上发表的诗不多。这首诗的试验，没有真正让诗人迈开更大的步子："在我写《颂扬安东尼娅》的这个时期，我还没这个决心，并且，在1886年最初的那3个月里，我还在摸索，犹豫不决，在多少有点解放的格律诗，和我心中势在必行的自由诗之间徘徊不定。"①

从德国返回后，迪雅尔丹就设想用自由的诗行来写作一首诗，但他没有坚持下来，甚至否定了自己的想法，这是因为他受到了威泽瓦的奚落。为什么威泽瓦会成为迪雅尔丹眼中"让人泄气的魔鬼"？威泽瓦在他论瓦格纳文学的文章中不是倡导自由诗吗？其实问题不在威泽瓦对待自由诗的态度上，而在自由诗的道路上。威泽瓦并不认可在节奏框架内的诗体解放，他希望像拉弗格一样忘掉这种框架，专门在情感的音乐上下功夫。但是迪雅尔丹这时的试验，没有显示出对音乐性有何深切的理解。迪雅尔丹推崇情感的喷涌，可是他在这一时期还没有让节奏真正找到内在的根据。威泽瓦的奚落，应该是针对迪雅尔丹不高明的解放上。

虽然迪雅尔丹在1886年之后，在诗律解放上还有进一步的尝试，但是他在自由诗的初期，似乎并没有获得更大的进展。直到1888年，迪雅尔丹才在独立评论出版社出版了诗集《连祷文》(*Litanies*)，他的自由诗才算有了真正的突破。这部诗集是为配合钢琴和歌唱而作，虽然有着诗人后来不齿的"糟糕透顶的颓废风格"②，但它在诗行的层面做到了卡恩想要做的。这部诗集笔者未见，现就迪雅尔丹在《最初的自由诗诗人》中引用的一节来说明：

> Les voiles voguent sur les vagues,
> Le vent se traverse dans les vergues,
> Les vents appellent les voilures
> Vers des terres,
> Vers des terres proches ou vers des terres distantes,
> Vers des cieux d'ocre, des cieux d'encre,

---

① Édouard Dujardin, *Les Premiers Poètes du vers libre*, Paris: Mercvre de France, 1922, p. 64.
② Édouard Dujardin, *Les Premiers Poètes du vers libre*, Paris: Mercvre de France, 1922, p. 35.

第二章　象征主义自由诗的发展

> O voile, ô vent, ô vol vivace!①
> 帆船们漂在茫茫的海面上，
> 海风在桅杆间晃晃荡荡，
> 海风召唤着船帆
> 朝向陆地，
> 朝向邻近的或者遥远的陆地，
> 朝向赭色的天空，墨色的天空，
> 啊 帆船，啊 海风，啊 轻盈的飞翔！

仅凭肉眼就可以看出来，诗行的音节数有很大的变化，最长的达到13个音节：

> Vers – des – ter – res – pro – che – s ou – vers – des – ter – res – dis – tantes,
> 朝向邻近的或者遥远的陆地，

这行诗实际上是亚历山大体的扩充，只在第二个半行处加了一个音节。诗行的节奏是6+7。

最少的诗行只有3个音节，例如这一行：

> Vers – des – terres,
> 朝向陆地，

从语义和词语的安排上看，这首诗可能模仿了兰波的《海景》。《海景》的后几行，也有这样动感的语句：

> 奔向森林的柱石，
> 奔向大堤的支柱

迪雅尔丹的"朝向"与兰波的"奔向"在组织节奏上有相似的作用，这暗

---

① Édouard Dujardin, *Les Premiers Poètes du vers libre*, Paris: Mercvre de France, 1922, p. 35.

示了这两首诗的关系。迪雅尔丹对兰波的诗作有一定的崇拜之情，模仿《海景》可以让他体会诗节内情感节奏的变动。

诗中的押韵主要押半韵，鲜有标准的押韵。第1行和第2行的末尾词语是：

> Vagues   vergues

两个音节前后的辅音相同，元音相近，自然算不上是押韵，但是又有押韵的效果。随后还出现了这样两个词：

> distantes   d'encre

虽然前后的辅音不同，但是中间的元音又一致，算是半韵。

因为模仿了兰波的节奏，迪雅尔丹当时还没有找到自己的形式。不过，他总算完全打破了传统诗律的框架。这首诗在节奏上是成功的。他作为自由诗理论的总结者之一，直到20世纪初期才有成熟的理论。和他相比，另一位诗人维勒-格里凡显出更大的形式解放的雄心。

三　格里凡的自由诗

格里凡是美国人，跟随他的母亲来法国生活。他与雷尼耶是同学。在自由诗理论的建树上，他可以看作是象征主义年轻诗人中的第二号人物，仅次于卡恩。迪雅尔丹对他的赞誉很高，将他与拉弗格一同视作"自由诗的大诗人"[①]。比耶特里曾指出："我们看到，格里凡显得比卡恩大胆得多。"[②] 这句话的背景，虽然针对的是格里凡1889年之后的自由诗，但是也可以从中看出他诗律反叛的勇气。

格里凡很早就开始了对形式自由的探索。虽然没有被列入1885年布尔德颓废诗人的名单，但是他这一年在《吕泰斯》杂志上非常活跃。在第209期（1885年11月15日）上，可以找到他发表的两首诗，一首是《题

---

① Édouard Dujardin, *Les Premiers Poètes du vers libre*, Paris：Mercvre de France, 1922, p. 67.
② Roland Biétry, *Les Théories poétiques à l'époque symboliste*, Genève：Slatkine Reprints, 2001, p. 207.

第二章　象征主义自由诗的发展

词》("Dédicace"),另一首是《序诗》("Prélude")。《序诗》采用10音节的诗行,《题词》是亚历山大体,两首诗形式都比较整齐。第218期的《吕泰斯》出现格里凡的三首诗,都是亚历山大体。第239期,格里凡发表了《节奏》("Rythmes")。这是一首组诗,前一首是4音节的诗行,后一首是8音节的诗行。虽然诗行严格计数,但是这两首诗已经显示出格里凡对形式试验的渴望。4音节诗行在法国极少见,法国诗的诗行多在8音节以上。将诗行减至4个音节,表明他在重新调整形式与语义的关系。

　　进入《风行》杂志所代表的1886年后,格里凡并没有在这个杂志上发表诗作。不过,在1886年的诗集《天鹅》(Les Cygnes)中,有他讨论诗体解放的序言,这与威泽瓦、卡恩的文章一起,是1886年自由诗理论的收获。格里凡看到了形式不断解放的进程,它援用了一个新的术语"诗体的外在性"(l'extériorité du vers),用来概括这种现象。"外在"一语用得奇怪,它相对的是"内在"。如果诗体由内在发展到外在,那么诗体似乎摆脱情感与思想的联络,而寻求外在的音乐。但这并不是格里凡的意思。有批评家将它解释为分行:"人们在每个语句的分支上另分一行。"[①]这样理解,"外在性"就与从兰波开始的分割诗行是同义的。这倒符合自由诗的历史。但是该解释也有问题,因为分行并不是自由诗的全部,只是自由诗语义、句法上的一个局部特征罢了。可以根据格里凡文章的语境,对它进行新的推测。"外在"应该针对的是诗律的内在结构。打破这种内在结构,诗体就有了外在性。格里凡这样具体解释它的意思:

　　　　这是有着老套的、无用的语顿的解放诗;这是节奏的胜利;带给古老的亚历山大体的无限变化,在浪漫派那里仍旧是单调的;巴纳斯派枷锁下的自由押韵,今后已没有存在的理由,它现在重新变得简单、少见、幼稚,根据使用它的人的诗歌手法;这是邦维尔愿望的实现:"维克多·雨果,通过他有力的手,打碎了束缚诗体的所有锁链,给我们带来绝对的自由,在满口白沫的嘴里,咬着押韵的金马嚼子……"[②]

[①] Iwan Gilkin, "Le Vers libre", *La Jeune belgique*, Vol. 13, No. 3, mars 1894, p. 138.
[②] Francis Vielé-Griffin, *Les Cygnes*, Paris: Alcan-lévy, 1886, pp. i-ii.

《风行》杂志与象征主义自由诗

具有"外在性"的诗，如果是解放诗，那么它将放弃"无用的语顿"，如果是亚历山大体，它开始有了更多的变化。巴纳斯派的押韵也没有了存在的必要。格里凡也引用了邦维尔《法国诗简论》要求完全自由的话。格里凡像莫雷亚斯一样，在邦维尔那里寻找诗律解放的合法性，这表明莫雷亚斯的理论与象征主义自由诗初期理论的深刻联系。

在这一时期，格里凡的形式探索，体现在一部诗剧《安开俄斯》（Ancaeus）中。这个诗剧创作于1885—1887年间，虽然作品中有不少地方使用了亚历山大体，但是自由的形式在后半部分经常出现，例如这几行诗：

> L'Eau des cieux et des fleuves,
> Le soleil et la brise
> Ont distillé pour toi ce Vin de ta prêtrise,
> Roi, pour qu'au soir inébrié tu t'en abreuves.①
> 天空的雨水和河水，
> 阳光和微风
> 给你的祭司蒸馏出这种酒，
> 王啊，为了在沉醉的晚上你开怀痛饮。

这四行诗的排版并不是向左靠齐，而是前两行有缩进，它带来视觉上参差不齐的效果，这与节奏上的变化是有一定的呼应的。四行诗的音节分别为：

> 6　6　12　12

当然可以把前面两行看作是一个亚历山大体诗行分成了两半，但同样可以把它们单独分成两行。诗行间虽然有一定的比例，但是它在音节上的变化是存在的。这几行诗还押了韵，比较标准。综合来看，格里凡想通过打碎亚历山大体获得新的自由。这种道路其实也是邦维尔、魏尔伦曾经走过的。

上面几行诗，是森林神合唱队的歌词，在它之后，还有河神的歌词：

---

① Francis Vielé-Griffin, *Ancaeus*, Paris: Vanier, 1888, p. 59.

第二章　象征主义自由诗的发展

>　　Fils, délivre – moi
>De ce dévastateur…ma vendange！…①
>　　孩子们，把我
>从这个破坏者手中救出来……我的葡萄！……

这两行不但不押韵，而且诗行的音节数有了更大的变化，第 1 行是 5 个音节，与亚历山大体的半行距离更远了；第 2 行是 9 个音节，完全与亚历山大体没有关系。

在押韵上，可以看到格里凡并不抛弃它。而是将它当作节奏的辅助工具。在前面的四行诗中，每个诗行末尾的词语是：

>　　Fleuves　　brise　　prêtrisc　　abreuves

这四个词语末尾都有一个不发音的哑音，属阴性韵。真正发音的音节位于词语的前部位置。四行诗使用的是抱韵，第 2、第 3 行的押韵比较规则，第 1、第 4 行的支持辅音不一样，但也有较好的效果。

《安开俄斯》可以看作是格里凡从解放诗走向自由诗的缩影，它以亚历山大体以及其他的诗行（例如十音节诗行）为原点，小心翼翼地离开它们，每一步他都要看看有什么效果，对传统的诗体带来什么影响。就这样，它渐渐与传统的诗体拉开了距离。迪雅尔丹注意到《安开俄斯》的历史作用："这种自由是古典意义上的，即是说其中有亚历山大体，也有十音节诗行，有九音节诗行，全都合乎传统（除了较早前我们强调的一个例外）；不过，仍然可信的是，格里凡的古典自由诗，为现代自由诗拉开了序幕。"② 这种评价是积极的，不过，这个序幕并不是格里凡拉开的。格里凡只是一群人中的一个，他登上了自由诗的舞台，不早也不晚。一旦他确定了自己的方向，他就迈开了更大的步伐。

四　其他的诗人和理论

自由诗不是只有一个源头，本书在第一章和第二章竭力想展现自由诗

---

① Francis Vielé-Griffin, *Ancaeus*, Paris：Vanier, 1888, p. 63.
② Édouard Dujardin, *Les Premiers Poètes du vers libre*, Paris：Mercvre de France, 1922, p. 67.

《风行》杂志与象征主义自由诗

的多种谱系，人们可以看到兰波、莫雷亚斯、威泽瓦等人是如何在不同的方向上走到一起的。除他们外，还有一些颓废诗人或者早期与巴纳斯派有联系的诗人，为《风行》杂志的事业所吸引，也走上了这条道路。阿雅尔贝（Jean Ajalbert）就是其中的一位。阿雅尔贝 1863 年出生在法国的勒瓦卢瓦，1886 年，他加入了象征主义未来的另一份杂志《独立评论》（*La Revue indépendante*）。他的诗律解放的道路与莫雷亚斯接近，属于巴纳斯派—颓废派向象征主义过渡的诗人。

阿雅尔贝与迪雅尔丹、卡恩等人相比，在这一时期并不活跃。他的名字既未出现在布尔德的《颓废诗人》上，与《风行》《颓废者》的关系也不紧密，后来以吉尔的《颓废》（*La Décadence*）杂志，以及巴朱的《颓废者》杂志聚集起的诗人群中，也没有阿雅尔贝的身影。迪雅尔丹的《最初的自由诗诗人》中也没有专门讨论阿雅尔贝的探索。从诗学活动上看，这位诗人可以算得上一个隐者。但是阿雅尔贝的诗歌试验，却并不迟缓，甚至他对自由诗的敏感，要胜过格里凡和迪雅尔丹。

早在 1885 年，阿雅尔贝就在《吕泰斯》上发表作品。在第 176 期（1885 年 6 月 7 日）上可以找到他的一首诗《助产妇》（"Sage‐femme"）。全诗采用的是 10 音节的诗行，为十四行诗。之后，阿雅尔贝的诗经常在《吕泰斯》上出现，有时每期都有。进入 1886 年，《风行》上自由诗接连发表，他似乎并没有立即改弦更张的意思。在《吕泰斯》第 250 期（1886 年 8 月 22 日）上，可以看到他的组诗《钓鱼人及其他》（"Pêcheurs et autres"）。这首诗仍然是固定音节的诗行，例如组诗第四首：

> Une troupe de calicots
> Va pêcher sous le pont d'Asnières.
> Les femmes—robes printanières—
> Se parent de coquelicots. ①
> 一群店员
> 去阿尼耶尔桥下垂钓。
> 女人们——一身春装——
> 用虞美人花装扮。

---

① Jean Ajalbert, "Pêcheurs et autres", *Lutèce*, No. 250, août 1886, p. 3.

第二章　象征主义自由诗的发展

这几行诗，貌似长短不一，但使用的都是 8 音节诗行，例如第 1 行：

  U – ne – trou – pe – de – ca – li – cots
  一群店员

这个诗节使用了抱韵，而且押韵非常严格，没有出现半韵。

  到了 1887 年，阿雅尔贝终于行动了。他在该年 7 月的《独立评论》上，发表了长诗《在斜坡上》("Sur les talus")。请看下面几行诗：

  Un jour, las d'être en fiacre cahotés,
  Las d'une amour toujours enroute,
  Ne reposant qu'en des litsnumérotés,
  On se dit que, somme toute,
  Puisqu'on ne l'aime pas,
  Il est bien inutile
  De lui emboiter toujours le pas…①
  一天，因为懒于乘坐颠簸的马车，
  厌倦于永远没有尽头的爱情，
  只在编了号码的床上休息，
  总之，人们说，
  因为人们不喜欢他，
  永远跟着他的脚步
  这是非常无益的……

这些诗行比较好地做到了切割诗行，获得语义的连续性。它们在音节数上的变化是非常明显的。最短的每行只有 6 个音节：

  Il – est – bien – i – nu – tile
  这是非常无益的

---

① Jean Ajalbert, "Sur les talus", *La Revue indépendante*, Vol. 4, No. 9, juillet 1887, p. 81.

长的诗行，有 11 个音节：

> Ne – re – po – sant – qu'en – des – lits – nu – mé – ro – tés,
> 只在编了号码的床上休息，

这是第一个半行少了一个音节的亚历山大体。第 1 行和第 2 行出现了并列结构，并有重复的词语"las d（e）"，这让诗行前两行维持着缓慢的节奏。但是从第 4 行开始，诗行的音节数渐渐趋少，节奏的速度明显加快了。从这个诗节可以看出，阿雅尔贝在探索诗行节奏变化的方法，他显示出摆脱亚历山大体的勇气，在当时超过了利用亚历山大体及其半行来获得节奏变化的做法。

就押韵来看，几行诗使用的是交韵，例如前四行每行的最后一个词语是：

> cahotés　　route　　numérotés　　toute

相隔的词语最后一个音节，明显有稳定的韵。不过偶行的元音前，支持的辅音不完全一样，但这对听觉而言，影响很小。

卡恩的《漂泊的宫殿》中的一些诗在《风行》刊出，随后又结集出版，比利时诗人莫克尔（Albert Mockel）注意到了法国同行的"更加激进的改革"[①]。莫克尔比阿雅尔贝小三岁，1866 年出生在比利时的列日。虽然与巴黎相隔甚远，但是比利时的法语诗人非常重视塞纳河两岸的文学动态。1886 年莫克尔与友人创办了《瓦隆》（La Wallonie），这份杂志将在三年后接替《风行》的职责。莫克尔一直关注巴黎的颓废派，尤其是后来拉弗格和吉尔的文学。严格来说，莫克尔并非只是"注意到了"而已，他认同这种改革，也想加入其中。他对卡恩诗作的评价，实际上代表的是他心中理想的形式："在他（卡恩）那里，思想不再屈从于诗体形式，而是思想控制着节奏，也控制着押韵，如果有押韵的话。令人恼火的韵律规则被

---

① Albert Mockel, *Esthétique du symbolisme*, Bruxelles: Palais des académies, 1962, p. 222.

第二章　象征主义自由诗的发展

废除了，只有细腻的光线和音乐统治着外在的形式。"① 这句话有两点值得注意，第一点是思想与形式的关系。不是形式预先确定下来，思想来迁就它；相反，思想自己选择自己的节奏和押韵。这一种内在节奏的看法，在卡恩和拉弗格那里都存在。第二点是明确指出传统的规则要被"废除"。哪怕认可第一点，在一些诗人那里，诗律仍然被认为是内在生发出的。例如英国诗人柯勒律治（Samuel Taylor Coleridge），他认为："音律和节奏就像诗歌的工具和包膜，是从相同的生命中生长出来的，就像是树皮之于大树。"② 只要站在柯勒律治的立场上，就不可能有诗律反叛，有的只是改良。莫克尔的废除论，使他分享了卡恩等人的形式无政府主义。

莫克尔早在1886年就读到了《独立评论》上发表的拉弗格的诗，一心想废除"沉重、单调的"亚历山大体，他在散文诗的领域内开始做形式的解放，但走了弯路，直到1887年，才在卡恩、威泽瓦的启发下找到了出路。在给迪雅尔丹的信中，他回忆道：

> 在1887年我读到了《漂泊的宫殿》，怀着绝对真诚的敬意，我要透露古斯塔夫·卡恩对我来说是非常关键的。在《漂泊的宫殿》中——它给我透露了您的《独立评论》中威泽瓦的一篇文章，我几乎是马上就买下这本杂志了——我看到了它两年来奇迹般的产生，因为开头我走上歧路，迷失在遥远的国土里，我非常笨拙地摸索寻找着。③

莫克尔也做出了尝试，在《瓦隆》杂志上，他发表了作品《几篇散文》（"Quelques proses"），里面不仅有散文，也有诗，例如第六部分的这几行诗：

> Frêle enfant que chérit mon âme,

---

① Albert Mockel, *Esthétique du symbolisme*, Bruxelles：Palais des académies，1962，p. 222. 注意，这句话最早出自1887年莫克尔在《瓦隆》上发表的评论文章。莫克尔对法国自由诗的革新非常敏感。请参考本书附录的《瓦隆》杂志目录，在第二年第6期，莫克尔用"L. 埃马"的笔名发表了该文。在发表时，文章没有标题，后来选入莫克尔的文集，定名为《关于和声学家》。

② Hazard Adams and Leroy Searle, *Critical Theory Since Plato*, Beijing：Peking University Press，2006，p. 496.

③ Édouard Dujardin, *Les Premiers Poètes du vers libre*, Paris：Mercvre de France，1922，p. 62.

> Pourquoi t'enfuir aux si vagues oublis,
> Aux oublis douloureux de lointains amollis,
> Tièdes sourires? ①
> 依恋我的心的弱小的孩子,
> 为何你陷入如梦如烟的记忆,
> 在变软的远方,陷入忧伤的遗忘,
> 温和的微笑?

这四行诗的音节数量是这样的:

8　10　12　4

8 音节诗行、10 音节诗行和 12 音节诗行虽然在传统诗律中也很常见,但是它们被偶然地混合在一起,组成新的组织。因为诗行前后没有相同音节数量的重复,所以这些传统诗律可以利用的诗行就摆脱了固定的框架,都变成"自由"的了。只要诗行节奏有很大的变化,即使行末用了韵,它的作用也只是将自由的诗行黏合起来。

另外一个比利时诗人维尔哈伦（Émile Verhaeren）,1855 年出生在比利时的圣阿芒,也是著名的象征主义诗人。他敏锐地看到了莫雷亚斯的革新,在给莫雷亚斯写的书评中,他表达了与自由诗诗人站在一起的意愿:"在年轻的流派中,有一部分人厌倦了将一切都披上相同制服的亚历山大体,就像中学生一样。它们必然具有的调子让人厌倦、虚弱不堪、令人反感。要有更多的自由,管它呢! 总之,要有更多的自由。"② 维尔哈伦像卡恩一样,把亚历山大体看作是预先做好的制服,不是量体裁衣。他完全地、不妥协地反对这种形式。一种与旧的传统对抗的心理是非常明显的。更有意思的是,维尔哈伦的这句话是在评论莫雷亚斯的流派,还是从这个流派产生自己的感悟呢? 都是有的。"管它呢!"这句话宣告了自由诗的理念已经在这位比利时诗人的心中扎下了根。

虽然当时维尔哈伦的自由诗还没有真正开始,但他已经给自由诗设立

---

① Albert Mockel, "Quelques proses", *La Wallonie*, Vol. 2, No. 7, août 1887, p. 251.
② Émile Verhaeren, "Les Cantilènes", *L'Art moderne*, No. 26, juin 1886, p. 205.

第二章　象征主义自由诗的发展

了一个原则,这个原则也是大多数象征主义诗人肯定的:"不是根据词语汇编或者押韵词典上罗列的定律来创作,而是聆听内在的音乐。当每个人都感到自己是位诗人,他会为自己的歌唱感到惊奇。"[1] 需要注意的是,维尔哈伦的这种见识不是对自由诗理论的回应,而是对象征主义自由诗实践的回应。之所以这样说,是因为在维尔哈伦写这篇文章的时候(1886年6月),莫雷亚斯还没有发表他的宣言,卡恩也没有总结他对自由诗最初的看法,甚至拉弗格著名的"忘记"旧诗律的信,也要再晚一个月才寄给卡恩。只有威泽瓦在《瓦格纳评论》上发的文章比维尔哈伦早两个星期,而维尔哈伦很可能没有读到威泽瓦的材料。维尔哈伦是在自由诗理论萌芽的最初阶段就领先地提出来自由诗的形式原则。它的理论的远见让他成为自由诗理论的先驱。

1887年,阿雅尔贝的《在斜坡上》一诗发表后,比利时的《现代艺术》杂志出现了一篇评论,这篇评论没有署名,但作者应该是维尔哈伦。他看到阿雅尔贝可喜地用一种"自由节奏"代替了"致命的亚历山大体",之后,作者根据莫雷亚斯、拉弗格的作品,说明新的形式"奏出了明确的、新鲜的铜管乐"[2]。

总的来看,从1886年到1888年上半年,象征主义自由诗不仅有相当数量发表出来,理论的思考也马上开始。自由诗的理念以《风行》为源头,以《独立评论》和《现代艺术》等杂志为辅助,开始在颓废者和象征主义者中快速传播。自由诗诗人的圈子增大了,形式反叛的力量也巩固了。但是自由诗的成功还远远没有到来,一个重要的标志是,这种新形式还没有一个正式的名称。另外,它虽然已有了多条道路,但是每条道路还没有得到充分运用。自由诗只是一个从土壤中冒出的新芽,阳光照耀着它美丽的新绿,但是它还需要更多的时间。

---

[1] Émile Verhaeren, "Les Cantilènes", *L'Art moderne*, No. 26, juin 1886, p. 205.
[2] Anonymat, "Sur les tatus", *L'Art moderne*, No. 43, octobre 1887, p. 342.

第三章　象征主义自由诗的成功

第一节　米歇尔与形式反叛的新势力

在 1886 年 10 月之前，象征主义自由诗已经受到了巴黎公社文学的影响。兰波热衷于巴黎公社的反抗活动，他曾经在 1871 年前往被围城的巴黎，他的传记作者曾指出："人们毫不费力地就把他招募到自由射手的队伍里。他自我引荐，声称是革命的支持者，特意从外省赶过来保卫人民的事业。"① 在与魏尔伦一起生活的日子里，兰波和魏尔伦也常常在布鲁塞尔和伦敦访问流亡的公社社员。韦尔加洛的《新诗学》像兰波一样，吹响了形式反叛的号角。这些人物的活动，让无政府主义一开始就弥漫在自由诗理念中。

到了 1886 年 10 月，一位公社社员路易丝·米歇尔（Louise Michel）与颓废主义和象征主义诗人接近了。象征主义的形式反叛在形势上有了新变化。

一　米歇尔，"红色圣女"

米歇尔出生在法国的上马恩省（Haute‑Marne）。她是弗龙库尔城堡的贵族德马伊（Charles‑Étienne Demahis）与一位女仆玛丽亚娜·米歇尔（Marianne Michel）所生，因为是私生女，德马伊并不认这个女儿，只说是她的祖父。米歇尔从小一直把德马伊的儿子当作父亲。她对"祖父"的才华和对她受到的宠爱印象深刻，认为祖父是真正的骑士，他和他的妻子"都是艺术家，热衷于绘画、诗和音乐；这是一种恬静的生活，也是中世

---

① ［法］让‑吕克·斯坦梅茨：《兰波传》，袁俊生译，上海人民出版社 2008 年版，第 98 页。

第三章 象征主义自由诗的成功

纪领主的生活"①。在米歇尔稍大一点后,他的"父亲",即德马伊的儿子,要成亲,新娘当然不是她的母亲,这让米歇尔非常难过,她在自己的房间大哭,不明白为什么父亲要抛弃自己。后来这位"父亲"才告诉她真相,"我的父亲坚持说我是他的妹妹,不是她的女儿"②。

童年情感的伤痕可能解释了米歇尔为什么爱上写诗。这背后也有祖父、祖母的影响。祖母虽然知道这个可怜女孩的身世,但是并没有嫌弃她,而是给了她最初文学与音乐的启蒙。米歇尔渐渐养成了爱幻想、胆大冲动的心性。冲动的心性尤其表现在她和雨果的交往上。维诺克(Michel Winock)曾说:"年轻的姑娘写信给雨果,把她的诗歌寄给他,向他遥寄心声。"③ 这里的"遥寄心声"用得很好。米歇尔二十岁时,祖父和父亲都已辞世,祖母也性命难保。伤心的米歇尔给雨果写信,寻求心理安慰。在信中米歇尔不但称近乎知天命之年的雨果为"兄弟",还说"我并不为我的信在你面前显得古怪而感到不安,因为您不认识我,所有折磨我的东西无法触动您,但是我必须对您讲这些,以便获得片刻的平静"④。冒昧的信件最终得到了雨果的回复,这也堪称文坛佳话了。米歇尔与雨果的交往中透露出她不甘屈服环境的压力、勇敢抗争的个性。这种个性将在之后的政治斗争中更充分地表现出来。随着鱼雁往来,雨果不但成为米歇尔倾诉的对象,也成为她的信仰力量。在估计写于1851年的一封信中,人们读到了这样的话:"我的力量在天主和您那里,兄弟。"⑤

祖母去世后,破败的城堡也被卖掉。米歇尔离开了家,在一个名叫贝丝夫人寄宿学校(Pensionnat de Madame Baths)的地方学习,并于1852年获得了一个文凭,可以从事教育工作。她先是在上马恩河地区开办了一家学校,然后在巴黎谋得一所学校的女学监的位置,她的母亲还拿出一笔钱,让她在巴黎办了一家自己的学校。进入三十岁时,米歇尔开始关注社会问题和政治问题。她为女性的自由和尊严呼喊,渐渐具有公共知识分子的形象。1861年,《费加罗报》发表了一篇歧视女性作家的文章,米歇尔

---

① Louise Michel, *Lettres à Victor Hugo*: *1850–1879*, Paris: Mercure de France, 2005, p. 24.
② Louise Michel, *Lettres à Victor Hugo*: *1850–1879*, Paris: Mercure de France, 2005, p. 30.
③ [法] 米歇尔·维诺克:《自由的声音》,吕一民、沈衡、顾杭译,文汇出版社2019年版,第616页。
④ Louise Michel, *Lettres à Victor Hugo*: *1850–1879*, Paris: Mercure de France, 2005, p. 17.
⑤ Louise Michel, *Lettres à Victor Hugo*: *1850–1879*, Paris: Mercure de France, 2005, p. 40.

愤怒地寄去一封信,指责男性作家歪曲女性,她借米什莱(Jules Michelet)的妻子为女性鸣不平:"米什莱,这位伟人,让女人成为一个玩偶,一个可怜的玩偶,因为她的丈夫,一位相当平庸的人,用他的形象创造了她;因为有一个属于她的花园和房子,她天真地笑了,并致力于做宜于她的家庭和社会的家务,毫无异议。"①

对女性权力的关注,是米歇尔寻求政治自由的主张之一。她在19世纪60年代后期,渐渐参与布朗基主义者的活动,拿破仑三世的帝国开始成为她的敌人。1870年普法战争爆发后,准备不足的法国军队受挫,普鲁士军队包围斯特拉斯堡。米歇尔呼吁志愿者前往援助,结果被捕。法兰西第二帝国认为她是一位"煽动者",威胁巴黎的秩序。帝国垮台后,新成立的国防政府也不信任她,在巴黎围城期间,因为参加游行,米歇尔又被下狱。结果,她的朋友以第18行政区的名义把她从监狱中提走。米歇尔下了与新政府对抗的决心,她曾在回忆录中说:"我们不再承认政府,因为它甚至无法让巴黎自卫。"②

1870年9月后,巴黎一直面临普鲁士军队的围困,巴黎各区成立了警戒委员会。但是10月27日巴赞将军的大军投降,以及1871年2月丧权辱国的《凡尔赛和约》的订立,让巴黎市民有了普遍的愤怒情绪,成立公社的声音不绝于耳。掌握大权的梯也尔政府畏惧市民,决定将政权迁往凡尔赛,这直接给巴黎的革命创造了条件。历史学家约翰·梅里曼(John Meriman)指出:"在战争的刺激下,巴黎的工人阶层也好,共和派及社会主义知识分子也好,都不愿意再忍受中央政府的压制。当梯也尔和君主派及保守派主导的国民议会似乎已为复辟做了准备时,巴黎共和党人——在潜在的革命性国民自卫队的支持下——已准备自己来经营这座城市。"③

巴黎市民可以倚仗的武装力量是国民自卫队,总共有260个营,每个营的兵力约为500人,总数13万人。但是这260个营中,受到梯也尔政府控制的约有60个。因而巴黎这方面掌握的国民自卫队实际上只有10万人左右。国民自卫队并不是正规军队,很多人出身平民,没有受过严格军事

---

① Louise Michel, *À mes frères*, ed. Éric Fournier, Montreuil: Libertalia, 2019, p. 22.
② Louise Michel, *Mémoires de Louise Michel écrits par elle-même*, Middletown: CreateSpace, 2017, p. 110.
③ [美]约翰·梅里曼:《大屠杀:巴黎公社生与死》,刘怀昭译,中国政法大学出版社2017年版,第22页。

第三章　象征主义自由诗的成功

训练。但是人员组成的特征让它与巴黎市民联系密切。另外，国民自卫队拥有枪支，尤其是有二百多门大炮。它们一部分部署在蒙马特（171 门），一部分在贝尔维尔（74 门）。这些大炮让梯也尔如鲠在喉，1881 年 3 月 18 日，凡尔赛的军队出动，想要夺取蒙马特高地的大炮。军队的行动比较缓慢，再加上市民们和国民自卫队的抵抗，大炮保住了。这是巴黎公社成立的导火索。在第 18 区警戒委员会供职的米歇尔，迎来了对抗政府的绝佳机会。在蒙马特大炮危机爆发后，人们看到她活跃的身影，这时她"挎着雷明顿枪，穿着国民自卫军的宽大制服，头戴军帽"①，高唱着造反的歌曲。

随后巴黎就建立了中央委员会，宣布脱离梯也尔的政府。3 月 28 日，巴黎公社宣告正式成立。但是军队指挥上的失败，行政区的各自为战，让公社很快就在军事上失败。5 月 21 日，凡尔赛的军队进入巴黎。这座红色的城市开始面临流血的一周（21 日至 28 日）。在这一周内，公社被破坏，国民自卫队被打垮，超过三万五千人被枪杀。米歇尔在巴黎巷战期间，当过救护员，也拿起枪战斗过。因为母亲被捕，她只能向梯也尔当局自首，被关在蒙马特铁路旁的监狱中。这时的巴黎因为战事和人为的纵火，已经是一片狼藉。从监狱看巴黎市区，米歇尔给了我们这种富有诗意且震撼人心的描述：

> 烧焦的纸从巴黎的战火中飘来，直飘到这里，像是黑色的蝴蝶。在我们下方，扭动着，一身红色的绉纱，是战火的晨曦。②

米歇尔爱着的另一位社员费雷（Théophile Ferré）被判处死刑。米歇尔渴望与她的爱人一同赴死，她在受审过程中毫不妥协，不为自己辩护。她曾对审判官说："如果你们不是懦夫，就杀死我。"③ 但是军事法庭没有遂她的愿，而是判她流放。在辗转几个监狱后，1873 年 8 月，她被送上船，前往位于太平洋的新喀里多尼亚。经过 5 个月的航行，被关在铁笼里的米歇尔

---

① ［法］米歇尔·维诺克：《自由的声音》，吕一民、沈衡、顾杭译，文汇出版社 2019 年版，第 621 页。
② Louise Michel, *Mémoires de Louise Michel écrits par elle-même*, Middletown：CreateSpace, 2017, p. 112.
③ Louise Michel, *À mes frères*, ed. Éric Fournier, Montreuil：Libertalia, 2019, p. 41.

与其他社员一起上了岸，后来被送到新喀里多尼亚的杜科斯（Ducos）岛做苦役。米歇尔在这里待了七年。七年间，法国的政治形势已经大变，共和派人士渐渐掌握了国民议会和参议院，对巴黎公社持强硬立场的保王党人的势力大减，在雨果、克列孟梭（Georges Clemenceau）等人的努力下，流放犯们终于在 1880 年 7 月得到特赦。该年 11 月 9 日，米歇尔返回巴黎，在火车站，她像凯旋的英雄一样得到了成千上万巴黎人的迎接。年过五旬的米歇尔出现时的场景是这样的：

> 她从头到脚几乎都是黑的，除了帽子上别了一朵红色的石竹花。"路易丝·米歇尔万岁！""公社万岁！"人们高声呼喊，欢声歌唱。很快，人们就跟随着装载女英雄的出租马车一起前进。因为拥挤，在肖塞—当坦几乎发生了交通事故。①

如果维诺克记载的细节不错，那么"别了一朵红色的石竹花"的米歇尔代表的是复仇者的回归。在回忆录中，米歇尔曾发誓："如果我从这里活着出去，我将为烈士们复仇！"② 米歇尔做到了，石竹花就是她复仇的象征。在 1871 年 9 月，费雷被判死刑的时期，米歇尔曾写过一首诗《红石竹花》表明自己从死之志，以及复仇一定会到来：

> 告诉他时间走得飞快，
> 一切都属于未来；
> 战胜者一脸灰色
> 比战败者死得还多。③

诗中的"你"是谁呢？米歇尔想让石竹花开在阴暗的牢房边，"好好告诉他我们爱他"，这里单数的"他"正是费雷。米歇尔返回巴黎，既告诉被处死的费雷，也告诉其他死去和仍旧活着的社员，巴黎公社还没有结束，

---

① ［法］米歇尔·维诺克：《自由的声音》，吕一民、沈衡、顾杭译，文汇出版社 2019 年版，第 625 页。
② Louise Michel, *Mémoires de Louise Michel écrits par elle-même*, Middletown：CreateSpace, 2017, p. 119.
③ Louise Michel, *À mes frères*, ed. Éric Fournier, Montreuil：Libertalia, 2019, p. 32.

第三章 象征主义自由诗的成功

它的"红色圣女"要继续斗争。①

二 米歇尔与颓废文学

从巴黎公社社员到一名无政府主义者,米歇尔在流放的七年中经历了重要的思想变化。巴黎公社一方面有社会主义革命的性质,另一方面也有些无政府主义的色彩。但是仇视梯也尔的政府,与在思想上真正看到无政府主义的必要,是两码事。梅里曼指出,在新喀里多尼亚流放期间,米歇尔曾支持当地的土著人反抗法国统治的斗争,这让她走向了政治的觉醒。②如果这个判断是正确的,米歇尔也只是看到了权威政府压迫人民的本质。她的思想还需要更多时间酝酿。返回法国后,为无政府主义报纸撰稿、组织细木工匠的示威游行,这也给米歇尔提供了理解、深化无政府主义思想的机会。无论如何,在1883年米歇尔已经是真正意义上的无政府主义者了。该年1月发生了里昂无政府主义诉讼案,包括米歇尔在内的66位无政府主义者被公诉。米歇尔和其他四十几位成员联合签名,发表了著名的《无政府主义者的宣言》。这个宣言已经具有了无产阶级革命的意识,它的目标不再只是推翻不公的政府,建立民众的政权,它要解放劳工,保障他们的自由。资本的问题也得到了批判,一种公有制的资本支配观已经成形:"我们相信,资本是人类共有的财富,因为它是过去和现在几代人协作的成果,应该归所有人支配,因此没有人能被排除;相反,没有人能独占一部分,损害其他人。"③ 在1890年的一篇文章《无政府主义就是生活》中,米歇尔还对人与人的新关系进行了想象,虽然这在当时未免有乌托邦的色彩,但是它挑战了资本主义的金钱关系。米歇尔说:"无政府主义,这是人类群体中的和谐,它通过吸引力而非暴力实现了所有的工作。"④ 米歇尔渴望无政府主义者建立一种新社会,在这种新社会中受到欢迎的不仅是劳工,还有文学家。

---

① 关于这个称号的由来,参见 Éric Fournier, "Retrouver Louise Michel, La《Grande Citoyenne》", in Louise Michel, *À mes frères*, ed. Éric Fournier, Montreuil: Libertalia, 2019, p. 8.
② [美]约翰·梅里曼:《大屠杀:巴黎公社生与死》,刘怀昭译,中国政法大学出版社2017年版,第277页。
③ Louise Michel, *Mémoires de Louise Michel écrits par elle-même*, Middletown: CreateSpace, 2017, p. 235.
④ Louise Michel, *À mes frères*, ed. Éric Fournier, Montreuil: Libertalia, 2019, p. 66.

《风行》杂志与象征主义自由诗

米歇尔因为组织工人运动在 1883 年 6 月被判入狱，1886 年 1 月被特赦。她在狱中的时候，不知道巴黎已经有了颓废派。而她出狱 3 个月后《颓废者》《风行》联袂创刊，颓废主义和象征主义运动崛起了。颓废主义诗人和象征主义诗人并不是政治活动家，但是他们的思想在很多方面与无政府主义者非常接近。他们厌恶资产阶级政府的民主政治，国会议会中的政治阴谋，实用主义艺术理论的提倡，都让文学家和诗人们感到他们生活在一个不堪的社会中。批评家施赖奥克（Richard Shryock）曾指出：

> 象征主义者们把他们的美学放在资产阶级的艺术标准之外，将他们的作品视作与资产阶级艺术截然相反的。在该运动在 1880 年中期形成的时期，有意采用象征主义美学，这将作家摆在共和主义者强加的文化标准的对立面上。不同于大多数政治文学——它里面的美学和政治表达（或者意识形态的信息）相互之间是龃龉的，有摩擦的——象征主义的美学就是政治表达。[1]

颓废主义、象征主义美学是一种文化政治，它不是直接的政治斗争，但它用它的美学来拒绝现实政治，甚至与后者相对抗。颓废主义、象征主义在以前，往往被理解为现实的逃避者，例如文学学者巴拉基安（Anna Balakian）曾指出诗人们"躲避到梦幻中"，思考自我的虚无。[2] 这种认识并非是错的，梦幻是象征主义最重要的诗学概念，但是它不全面，没有看到梦幻深处藏着的对现实的焦虑。

作为业余的诗人和小说家，米歇尔与颓废主义、象征主义诗人有心灵相通之处，她看到文学是宣传无政府主义思想的有效工具。无政府主义与颓废主义文学的联合将让它们相互支持，得到对方的肯定。就无政府主义而言，它的拥护者增加了，甚至它得到了比直接的政治宣传更有力的工具。在一些无政府主义者眼中，文学原本就是政治斗争的主要战场，批评家魏尔（David Weir）发现，"许多无政府主义者相信，只有艺术自由得以

---

[1] Richard Shryock, "Becoming Political: Symbolist Literature and the Third Republic", *Nineteenth-Century French Studies*, Vol. 33, No. 3 & 4, Spring-Summer 2005, p. 392.

[2] Anna Balakian, *The Symbolist Movement*, New York: Random House, 1967, pp. 167-168.

第三章　象征主义自由诗的成功

保证，社会革命才可以实现"①。而在颓废主义者那边，与无政府主义的结盟，不但可以得到一定的经费，扩大可供投稿的刊物的数量，也能增加他们的影响力。米歇尔既是一位政治生活中的著名人物，又在阿堵物上非常大度，自然对颓废主义者有吸引力。当时有人曾不无嘲讽地指出了这一点："我喜爱她（米歇尔），因为她深信不疑，因为她忠诚，因为她高尚。因为，当她中午只有四十法郎时，她一点钟就只有十个苏了。她已经把所有的都捐掉了。"②

米歇尔组织的颓废文学会议，在1886年举办过三次，分别是10月20日、25日和11月9日。与会人员除了米歇尔之外，还有《斯卡潘》（Le Scapin）杂志的诗人，他们中有迪比（Édouard Dubus）、迪贝达（Gaston Dubédat）等人，巴朱代表《颓废者》出席，象征主义诗人有马拉美、吉尔和莫雷亚斯。这些大人物让这个会有了比较重要的地位。米歇尔在会上正式加入颓废派，至少在声势上增加了颓废文学的力量。据一名匿名的观察者记录，可能是第二次会议的情况，大会首先确定了四个最基本的文学流派：浪漫派、古典派、自然主义派和颓废派。浪漫派和古典派早已进入文学史，成为经典，颓废派的发展还正在进行，自然主义也方兴未艾。大会把颓废派与浪漫派、古典派并立，显得急躁了些。这直接绕开文学史家，给颓废派封了圣。这样做的目的是很清楚的，它主要出于宣传的考虑，而非文学史的书写。

对于左拉的自然主义，虽然大会承认它的地位，但是因为这种主义只是指出社会的问题，没有提供解决办法，所以属于悲观主义的文学。米歇尔想联合自然主义作家，但是并没有给他们多少赞扬。这个会议还造成了颓废文学内部的分裂。因为颓废派作家迪比羞辱了巴朱，匿名记者记载道："他通过建议不要把巴朱看作是严肃的颓废者，来解释颓废的主义。巴朱似乎是'颓废的利用者'。"③ 这其实是指责巴朱打着颓废的旗号，谋自己的私利。巴朱并不是真正的颓废作家，他创办《颓废者》的目的，与其说是为了推动颓废文学运动，还不如说是借自己的刊物提出自己有关文

---

① David Weir, *Anarchy and Culture: The Aesthetic Politics of Modernism*, Amherst: University of Massachusetts Press, 1997, p. 168.
② Aurélien Scholl, "Les Coulisses", *Le Matin*, No. 972, octobre 1886, p. 1.
③ Anonyme, "Louise Michel et les décadents", *La Liberté*, 20 octobre 1886, p. 2.

学、政治、社会的看法。巴朱在一定程度上是颓废文学中的政论家。迪比的看法非常准确，他拒绝巴朱歪曲颓废文学。巴朱在会场肯定比较尴尬，不知他会作何反应。但是手中掌握刊物，让巴朱也不难回击。在 10 月 30 日的《颓废者》上，巴朱化名法约勒（Hector Fayolles），对迪比回应道："这是废话，另外，它们得不到回应；报刊界不会看不到，当前的文学运动是由《颓废者》引发的，也是由它单独维持的。"① 巴朱说了慌。尽管《颓废者》在 1886 年变得非常重要，但是颓废文学却主要是由《新左岸》《吕泰斯》《黑猫》等杂志"引发的"。巴朱这样说，无非是想抬高自己。在大会上受创的巴朱，在他的文章中得到了安慰，因为巴朱这样描述自己出场发言的情景："随后惊愕的公众叫喊着巴朱的名字，请他解释颓废派，《颓废者》的领导者很乐意从容地出现在台上。"②

  会议当天真正引人注目的是迪比。迪比把象征主义纳入颓废文学中，解释了象征主义的来源，以及象征的含义，最后还介绍了巴朱不太承认的大师："马拉美和魏尔伦代表两种倾向。第一位偏向象征，第二位偏向音乐。"③ 接近马拉美，了解象征主义，这对米歇尔文学观念的革新是有帮助的。米歇尔在大会上讨论了象征主义，她到底说了什么，上面那个匿名记者并没有记录，观察敏锐的"法约勒"也没有兴趣提及。该年 11 月，米歇尔在《斯卡潘》上发表了《象征》一文，从时间节点和标题上看，可能就是米歇尔的发言稿。米歇尔在《象征》中指出，象征是新的时代的必然产物："一个古老的世界濒于灭亡，新的思想、对人性的新的需要，无法通过语言来传达：语言对于这一切缺乏词语。"④ 象征正是新人性的需要，是时代要求的新语言。这里的时代，是一个现实的工业革命、科学进步的时代，还是之前米歇尔设想的"新社会"呢？如果是后者，那么面对这样的社会，旧的资产阶级的语言将无法解释它、言说它，这解释得通。不过，结合语境来看，米歇尔眼中的时代，更多地指经济和科学层面的现代时期。她说："您想象一下在显微镜发明之前的水滴，望远镜发明之前的天体空间：一切都像这样围绕着我们；代替语言的形象，就像代替视觉的

---

① Anatole Baju, "Salle Pétrelle", *Le Décadent*, No. 30, octobre 1886, p. 3.
② Anatole Baju, "Salle Pétrelle", *Le Décadent*, No. 30, octobre 1886, p. 3.
③ Anonyme, "Louise Michel et les décadents", *La Liberté*, 20 octobre 1886, p. 2.
④ Louise Michel, "Le Symbole", *Le Scapin*, No. 5, novembre 1886, p. 156.

第三章　象征主义自由诗的成功

显微镜和望远镜。"①

可能无政府主义者与颓废主义者的会议，更多讨论的是文学的话题。这些话题看上去并没有多大的反叛性，但是不同身份的人的接触，不同思想的碰撞，鼓舞了年轻诗人反叛旧文学的决心。麦吉尼斯指出："在颓废的思想中，就像在社会主义、无政府主义甚至保守右派的极端政治思想中，特别特殊的、核心的东西，是新秩序从旧秩序的衰落中产生出来的思想。"② 就像无政府主义者想要破坏旧的政治秩序一样，不少颓废主义、象征主义诗人也梦想着让文学摆脱资产阶级的旧文学。作为均衡、和谐的意识形态缩影的亚历山大体，在这样的思想背景下，自然是文学中的旧秩序的象征，需要推翻。兰波、莫雷亚斯、卡恩等人发动的自由诗，就从无政府主义那里得到了新的支持和鼓舞，初生的自由诗迎来了一个更有利的发展机会。

三　米歇尔的形式反叛

米歇尔很早就开始诗歌创作，1850 年她与雨果第一次通信时，她就给雨果寄了一首自己写的诗《片段》（"Ruines fragments"）。这首诗已经有了很大的形式上的自由，例如诗中的这一节：

  viens, allons nous asseoir

  sur la hauteur prochaine

  et nous verrons l'altière souveraine

  du haut manoir. ③

来吧，让我们坐下

坐在附近的山冈上

我们将看到高高的城堡中

傲慢的君王。

---

① Louise Michel, "Le Symbole", *Le Scapin*, No. 5, novembre 1886, p. 157.

② Patrick McGuinness, *Poetry & Radical Politics in fin de siècle France*, Oxford: Oxford University Press, 2019, p. 36.

③ Louise Michel, *Lettres à Victor Hugo: 1850–1879*, Paris: Mercure de France, 2005, p. 15.

这四行诗，每行的音节分别是：6、6、10、4。音节的变化幅度还是非常大的。另外，诗行虽然押了韵，但按照邦维尔的尺度，都不是严格的韵。不过，这倒不是说米歇尔很早就写了自由诗。实际上，这四行诗只是两行亚历山大体分出来的，前面两行共 12 个音节，是一个亚历山大体诗行；后面两行亦然，只不过多了两个音节。对于一个二十岁的女诗人来说，形式反叛还远不是她的目标。

此后，米歇尔和雨果一直保持着时断时续的通信。米歇尔不但把诗寄给这位"兄弟"，而且还请求雨果也这样做。雨果的《惩罚集》(Les Châtiments) 于是就进入米歇尔的视野。这部诗集是雨果批评法兰西第二帝国的作品，里面有许多革命的精神。米歇尔不知道最早是什么时候读到这部诗集的，但她的作品后来打上了《惩罚集》的烙印。无政府主义者塔亚德与米歇尔比较熟悉，他曾透露："她（米歇尔）做诗，做夸张的、奔放的和浪漫的诗；她模仿雨果的节奏。"① 雨果的集子中，有一首诗是《给人民》("Au peuple")，里面有这样的诗行：

> On voit traîner sur toi, géante République,
> Tous les sabres de Lilliput.
> Le juge, marchand en simarre,
> Vend la loi⋯
> Lazare! Lazare! Lazare!
> Lève‑toi!②
> 共和国的女巨人，人们看到小人国的
> 所有刀剑，刺在你身上。
> 法官，穿着长袍的商人，
> 出卖了法律……
> 拉扎尔！拉扎尔！拉扎尔！
> 站起来！

---

① Laurent Tailhade, "Préface", in Louise Michel, Œuvres posthumes, Paris: Librairie Internationaliste, 1905, p. 17.
② Victor Hugo, Les Chatiments, Paris: Alphonse Lemerre, 1875, p. 76.

第三章　象征主义自由诗的成功

这里的诗行既放弃了押韵，也不再讲究音节的数量，是自由诗的先驱。诗中的拉扎尔（Lazare），主要涉及两种含义：一种是拉扎尔火车站，米歇尔从新喀里多尼亚返回巴黎，就是在这个火车站受到群众的欢呼。另一种是《路加福音》中的一个人名，中文现在译为"拉撒路"。雨果诗中的拉扎尔，应该指的是后者。拉撒路是穷人的代表，他曾向财主乞讨，死后被天使抱到亚伯拉罕的怀中。雨果在这里呼吁穷人们站起来。这种诗对未来米歇尔的创作有很大的影响。在流放期间，米歇尔曾经在给雨果的信中说："给我写信，给我寄《惩罚集》，这是在海浪和海风的喧嚣中可读的最好的书。"①

1871年4月，在巴黎公社尝试向凡尔赛进军的时期，米歇尔写了一首颇具战斗力量的诗：《炸弹的舞蹈》（"La Danse des bombes"），她在一种革命的精神中发现了雨果形式的价值。这首诗中有一节是这样的：

> En avant, en avant sous les rouges drapeaux！
> Vie ou tombeaux！
> Les horizons aujourd'hui sont tous beaux.
> Frères, nous lèguerons nos mères
> À ceux de nous qui nous suivrons. ②
> 向前，向前，头顶着红色的旗帜！
> 管它什么生死！
> 今天的地平线多么如画如诗。
> 兄弟们，我们将把母亲
> 托付给要追随我们的兄弟。

雨果诗中的重复的、短小的语句，在这首诗中重现了：向前，向前。而且用动词替换名词的呼格，似乎更有力量了。这五行诗中，每行的音节数分别为：12、4、10、8、8。虽然第一行还保留着亚历山大体的结构，但是后面四行都具有了灵活多变的节奏运动。这几行诗除了前三行押了韵，后面两行都放弃了韵脚，也有了相当大的自由度。将这种诗与莫雷亚斯早期

---

① Louise Michel, *Lettres à Victor Hugo: 1850–1879*, Paris: Mercure de France, 2005, p. 68.
② Louise Michel, *À mes frères*, ed. Éric Fournier, Montreuil: Libertalia, 2019, pp. 127–128.

的试验相比，几乎看不到在形式反叛上有何落后的地方。通过模仿雨果的《给人民》，米歇尔让她的形式表露了这样的姿态：就像雨果面对拿破仑三世的迫害而毫不屈服一样，公社社员们不会与梯也尔的资产阶级政府妥协。她的长长短短的诗行，就像飘扬的红旗的形状，就像向政府军阵地冲锋的队列，虽然残破不齐，但是从容、坚定。

除了《炸弹的舞蹈》外，米歇尔还有其他的自由诗，例如1871年9月8日作于狱中的《给我的兄弟们》("A mes frères")，全诗以8音节诗行为主，同时夹杂有12音节、10音节和4音节诗行。4音节诗行的存在，同样破坏了诗行中两个半行的结构。这种形式在《给第三军事法庭》("Au 3ᵉ Conseil de guerre")中重现了，也是作于狱中。该诗以8音节为主，以4音节、12音节诗行为辅。次月的《永恒》("Éternité")亦然；1872年10月的《奥伯里夫的中心监狱》("Centrale d'Auberive")亦然。同年11月的《冬天与夜晚》("Hiver et nuit")去掉了4音节诗行，让8音节诗行和12音节诗行分别组织诗行，接近于格律诗。被流放后，她主要用8音节诗行写诗，诗律渐趋整齐，但是到了80年代中期以后，她的诗又有了非常自由的形式，例如《小商贩之歌》("Chanson de camelot")，虽然整首诗有较多的8音节诗行，但是在第2节和第3节中，4音节、5音节、6音节和7音节的诗行大量混杂出现，完全打乱了第1节的节奏模式，是一首优秀的自由诗。之后的《红色的婚礼》("Les Noces rouges")、《瓦扬死亡的那夜》("La Nuit de la mort de Vaillant")都用自由诗写成。后一首诗纪念实施炸弹袭击的无政府主义者奥古斯特·瓦扬（Auguste Vaillant）。

韦尔加洛提出了新的诗学，米歇尔有没有意识到她的形式革命呢？在1886年的回忆录中，米歇尔对雨果的《给人民》一诗，做了这样的评论："就像自由意识，就像和谐意识，这是一种在发展的意识，它与上千种我们还不知道的意识一起，在革命的气息中发展，那里，一切都在萌芽，一切都将开花，一切都将结它的果子，并捆成一捆。"[①] 自由的意识在发展，可是这种意识是指政治的革命，还是可以包括文学形式？米歇尔的话给人很多遐想。即使这种意识只是一种政治话语，可以判断，米歇尔也看到了

[①] Louise Michel, *Mémoires de Louise Michel écrits par elle-même*, Middletown: CreateSpace, 2017, p. 203.

第三章 象征主义自由诗的成功

它在文学中的变化，因为"一切都将开花"，文学形式就像政治一样，也将拥有新的面貌。这句话是米歇尔最接近自由诗理论的文字。

米歇尔作为自由诗的先驱，一直在法国被忽略了。她形式的解放，在不少评论家那里，变成了米歇尔不擅长写诗的证据。塔亚德认为她的诗混有"不规则的节奏"，暗示了米歇尔在诗律上的无能为力，批评家阿莫加特（Daniel Armogathe）曾直接批评米歇尔不专业，在她的诗中可以发现"许多不合调的诗行、不合规的押韵"①。什么是"合调的"诗行呢？自然是以亚历山大体为代表的传统诗行了。阿莫加特没有意识到在19世纪的70年代和80年代，传统诗律的权威已经摇摇欲坠，一个新的诗歌形式正在崛起。米歇尔诗歌创作的数量并不可观，不少诗失之粗糙，但不能无视她在形式反叛上的开拓之功。这一点，雷诺有中肯的评价，他在一本象征主义历史书中指出："他们（象征主义诗人）邀请路易丝·米歇尔以及无政府主义的朋友参加他们的聚会，正是归功于无政府主义的影响，他们才鄙视规则和大师。"② 米歇尔不仅给象征主义诗人带来了力量更加强劲的无政府主义，也带来了她在自由诗上最初的尝试。

第二节 自由诗散文化的批评和补救

自由诗一开始就有形式无政府主义作为它的理论资源，在1886年以后，象征主义诗人和无政府主义者的联合，让形式反叛的步伐迈得更大了。一旦将文学形式与意识形态结合起来，年轻的象征主义诗人打破诗律传统的态度是不会犹豫的。但打破了旧诗律，自由诗就被诅咒了。因为旧诗律是唯一公认的诗体标志，这个标志被抹去了，自由诗就容易丧失自己诗体的身份，而成为散文的新变体。文学研究者莱特霍伊泽（Brad Leithauser）曾提出过"韵律契约"的概念，诗人的形式要与读者达成一个契约，这是保证形式被理解的需要。③ 放弃了旧诗律，虽然让自由诗获得了

---

① Daniel Armogathe, "Myths et transcendance révolutionnaire dans la poésie de Louise Michel", in *Louise Michel, À travers la vie et la mort*, ed. Daniel Armogathe, Paris: La Découverte, 2001, p. 20.

② Ernest Raynaud, *La Mêlée symboliste*, Paris: Nizet, 1971, p. 237.

③ Brad Leithauser, "The Confinement of Free Verse", in James McCorkle ed., *Conversant Essays*, Detroit: Wayne State University Press, 1990, p. 163.

《风行》杂志与象征主义自由诗

通行证，可是它与读者之间的契约丧失了。在 1888 年左右，法国自由诗似乎并不在乎这个，诗人们对传统诗律的态度很多时候非常决绝，反诗律似乎并不是出于形式的需要，而是出于革命的需要。

一 自由诗的对抗姿态

自由诗要想获得合法性，有必要破除旧诗律的规则，但是认为所有这些规则都毫无价值，这有违韵律美学的实际功能。在无政府主义的鼓励下，不少象征主义诗人怀有形式虚无主义的思想。格里凡就是这样的一位。格里凡曾认为"我们为之奋斗"的文学无政府主义，"现在已沐浴它的曙光"[1]，这充分表明了这位美国出生的诗人的政治立场。他在 1889 年的诗集《欢乐》（*Joies*）的序言中，把诗律比作修辞家"失败的艰涩"，不但没有进步之处，而且"虚假"。[2] 这里面存在着阶级斗争的思维。就像本书引言所指出的那样，自由诗并不只是一种诗体，它还具有文化功能和政治功能。这两种功能在塑造自由诗的新形象时发挥了积极的作用，但是它们也会歪曲格律诗的形象。这两种功能在发挥作用时有强制性，会挤压诗律美学的生存空间。在自由诗与格律诗的政治对立中，美学标准似乎越来越无能为力，无法弥合二者之间的裂隙。因而自由诗与格律诗的对抗，背后涉及诗体的政治功能和美学标准的竞争。美学标准如果处在不利的位置上，这虽然是政治功能的胜利，但对自由诗来说是不利的。因为诗体对美学标准越冷漠，它就越否定自己的存在。也就是说，自由诗对美学标准的轻视，也伤害到了它自己。这是一种内在的诅咒。自由诗靠它的政治功能，希望打垮格律诗，但它一旦把格律诗所依附的美学标准也踩在脚下的时候，它就自己破坏了自己。这里可以借用一个比喻来说明，自由诗就像是一个叛逆的王子，他越是仇视他专制的老父亲，他就越拒绝自身的血统。当这个老父亲倒下的时刻，他作为王子的身份也就不复存在了。同样，自由诗越是仇视诗体，它自身就越不具备诗体的名分，它就不再是自由诗（体）了。

在自由诗的初期阶段，诗人们常常倡导形式的政治功能，对诗体进行

---

[1] Francis Vielé-Griffin, "Réflexions sur l'art des vers", *Entretiens politiques & littéraires*, Vol. 4, No. 26, mai 1892, p. 217.

[2] Francis Vielé-Griffin, *Joies*, Paris: Tresse et Stock, 1889, p. 12.

第三章 象征主义自由诗的成功

道德审判。在《欢乐》的序言中，格里凡宣称"诗是自由的"，自由诗的合法性似乎是不言自明的，他高兴地看到，邦维尔这种巴纳斯诗律的"立法者"已经无力阻挡形式的革命。在文末，格里凡表明了他作为革命者的身份："它（诗的艺术）并不活在传统里，而是活在革命中。"[1] 艺术家德尚（Léon Deschamps）曾这样概括："无政府主义想指的是没有权威、每个个体的绝对自由，而每个个体意识到自己，而且深信自己将会成为其命运的自由缔造者。"[2] 自由在无政府主义之前，如果说存在着集体的妥协，那么在无政府主义这里，妥协被抛弃了，人们需要的是绝对的个人自由。就自由诗而言，政治功能的高涨带来个人主义的节奏，在格里凡那里，这被称为个人节奏（le rythme personnel）。这种节奏要求诗人自己成为他的形式的"自由缔造者"。从理想的状态来看，形式与形式并不是交织的，每个形式都像宇宙中存在的孤独的原子一样。形式永远拒绝它的同类。如果将个人与外在的、集体的美学标准对立起来，个人节奏势必会向内挖掘，成为"内在的"节奏。斯蒂尔曾认为现代诗人把诗律理解为主观性的，而非客观的原则，[3] 这正是自由诗向内转向的结果。格里凡要求训练诗人更敏锐的耳朵，"人们如何学习欣赏优美的音乐？无疑要靠聆听"[4]！这种说法也正是邦维尔要求过的。更灵敏的听觉不一定会带来自由诗，它可能会提升格律诗。格里凡想说的当然不是对节拍和声韵效果更加敏锐，如果这样，他就成为格律诗的新传人了。它想养成对自由诗的新感受。这种感受首先要习惯诗行的解体。诗行不再是两个半行、四个节拍的对称结构了。诗行是不对称的，是不可预测的。如果这种不可预测的倾向有任何相似之处的话，那么这就是对规律性的抵制。自由诗是规则性重复的格律诗的对立面。就好像永远不顺服是权威思想的对立面一样。如此一来，自由诗诗行中的时间就被改变了，它不再是钟表式的时间，它是一种无法度量的相对的时间。斯科特曾指出："因为自由诗是时间相对性的产物，因而没有

---

[1] Francis Vielé-Griffin, *Joies*, Paris: Tresse et Stock, 1889, p. 12.
[2] Léon Deschamps, "L'Anarchie", *La Plume*, No. 113, janvier 1894, p. 1.
[3] Timothy Steele, *Missing Measures*, Fayetteville: University of Arkansas Press, 1990, pp. 172 – 173.
[4] Francis Vielé-Griffin, "Réflexions sur l'art des vers", *Entretiens politiques & littéraires*, Vol. 4, No. 26, mai 1892, p. 219.

什么声音保证要出现,每个新诗行都是言语的重新安排。"①

　　这种新的诗行废除了有规则节奏的诗行的地位。诗行直接散文化了。瓦格纳在创作歌剧的时候,就感受到规则的诗行对个人节奏的压制。他尝试把诗行换成散文,诗行再读起来,就有情感的力量了。他意识到格律诗是一种诗体的妄想:"当诗体通过散文改写出来时,而且这种散文清楚地朗读出来时,这种妄想就会消失。"② 瓦格纳鼓励了象征主义自由诗的散文化倾向。当一个诗行成为散文中的一句话,那么一个诗节就成为一个段落了。不过,格里凡将诗行看作是词语,诗节则是词语的组合:"诗节无非是句子。"③ 这种观点进一步拆解了诗节,诗节不再是诗行的重复,或者规律性的安排,诗节也变得不可预测了,它只是一个临时的更大的停顿罢了。如果欣赏不规则的诗行的音乐性很困难的话,那么欣赏诗节的音乐性就难上加难了。读者很可能不确定该从语音上着手,还是从语义上着手。格里凡认为应该二者兼之,他指出:"诗行一方面针对理性,另一方面针对耳朵;因而我们持续地根据两个目标来审视它。"④ 但是读者很难同时通过语义和语音来体会诗作,尤其是规律性的反复得不到满足的时候。格里凡给自由诗的读者带来了一个难题。读者可能无法与诗人达成一致,诗人的形式可能无法有效地被读者理解。文学史家拜耶斯曾提到过"节奏焦虑"的概念,⑤ 所谓"节奏焦虑"就是读者无法解释自由诗的节奏。不承认固定的形式标准,有一个更能被读者听懂的说法,就是:格里凡不想被理解。

　　雷泰比格里凡大一岁,但是加入象征主义文学要晚几年。雷泰也是无政府主义者,在19世纪90年代,他成为无政府主义象征主义的新领袖。雷泰曾表明"我们的艺术本质上是无政府主义的"⑥。从1892年到1894

---

① Clive Scott, *Vers libre: The Emergence of Free Verse in France 1886 – 1914*, Oxford: Clarendon Press, 1990, p. 16.

② Richard Wagner, *Richard Wagner's Prose Works*, volume 2, trans. William Ashton Ellis, London: Kegan Paul, Trench, Trübner, 1900, p. 242.

③ Francis Vielé-Griffin, "A propos du vers libre", *Entretiens politiques & littéraires*, Vol. 1, No. 1, mars 1890, pp. 7 – 8.

④ Francis Vielé-Griffin, "A propos du vers libre", *Entretiens politiques & littéraires*, Vol. 1, No. 1, mars 1890, p. 8.

⑤ Chris Beyers, *A History of Free Verse*, Fayetteville: University of Arkansas Press, 2001, p. 31.

⑥ Adolphe Retté, "Tribune libre", *La Plume*, No. 103, août 1893, p. 343.

第三章 象征主义自由诗的成功

年,法国迎来了一个"谋杀的时代"。无政府主义者频繁引爆炸弹,引起了社会恐慌。为此,共和国政府在 1894 年 8 月,针对无政府主义者发动了三十人公诉,严厉惩办,并且违反 1881 年的出版自由法,查禁无政府主义报刊。迈特龙发现:"大多数无政府主义期刊消失了。1894 年 2 月 21 日,出到 253 期的时候,爱弥尔·普热的《悠闲的老人》(*Le Père Peinard*)停刊;3 月 10 日,轮到了格拉夫的《反叛》(*La Révolte*);主要的活动分子要么停了手,要么逃跑;所有的宣传实际上都停止了。"① 雷泰在文学上活跃的时代,其实正是无政府主义活动陷入低谷之时,但是雷泰并没有退缩,而是在文学中继续宣传无政府主义。像格里凡一样,雷泰主张绝对的个人自由:"我们既不想要标准,也不想要法则——除了节奏的永恒法则。请允许我自我引用一下,我们有'自由的心灵,这种心灵允许自由地使用表达的个人方式'。"②

雷泰仇恨诗律学,像格里凡一样,这种仇恨不是美学的原因,而是政治的原因。诗律等同于压迫自由形式的权威。雷泰将诗律视作"传统的裁判所",这个词让人想起了中世纪的宗教裁判所。甚至诗律与政治学上的"专制"一词也联系了起来,它是"通过一种专制的方式强加给诗人"的节奏③。为了打破人们对权威的迷信,雷泰在他的文章中呼吁推倒索邦大学。索邦大学代表的是诗律的制定者,或者说代表的是人们对权威的想象。这种权威并不是真实的,雷泰想告诉人们,索邦大学并不存在,它只是一堆断壁残垣罢了。这种暴力的倾向,并不能真正表明雷泰与巴黎街头扔炸弹的无政府主义者有何类同。雷泰表面上是个战士,内心里更多的是卢梭笔下的爱弥儿,一位自然的崇拜者。他像卢梭一样,设想了这样一位受自然教育的人:"在天性优良的诗人的心灵中,对于油桃,对于正式的主调味品的平常的知识,假如诗人想学习他自己的节奏,他就必须聆听树叶的细语声、水的喁喁声和风的沙沙声,而非'美学概念'汇编的啰

---

① Jean Maitron, *Histoire du movement anarchiste en France*, Paris: Société universitaire, 1955, pp. 237 – 238.
② Adolphe Retté, "Tribune libre", *La Plume*, No. 103, août 1893, p. 343.
③ Adolphe Retté, "Sur le rythme des vers", *Mercure de France*, Vol. 29, No. 3, mars 1899, p. 629.

唆。"① 这句话将浪漫主义的自我和社会观，引入文学形式的理念中。自我最好摆脱一切社会的、传统的教育，自然早就准备了更好的学校，他能养成爱弥儿的良知，也能让诗人成就自然的形式美。

任何与传统诗律的妥协，在雷泰看来，都将让诗人丧失他最宝贵的财富。自由诗诗人的桀骜不驯，其实含有雷泰的这种认识：维持自由诗与格律诗的两极对立状态。曾经有批评家指出，自由诗是针对格律诗的"临时的反抗"②，这种判断并不适用于雷泰，雷泰似乎要把反抗进行到底。如果诗人接近了传统诗律，那么这就无异于一种驯化，将让诗人永远不再是自然的主人，而成为权力的帮凶。雷泰这样描述诗人的背叛："假如你是个讨人喜欢的奴仆，他们将打磨你，给你抛光，把你阉割掉，让你受受教育。——在这种情况下，你丧失了自我：你将成为俳优，隶属于神甫和僧侣，国王和王后，军官和总管，大法官和财主。"③

像格里凡一样，雷泰呼吁"个人的节奏"，这种节奏完全是诗人自己的体验，或者用德拉洛什（Achille Delaroche）的话来说，具有"心理的统一性"④。这种个人的节奏不需要外在的标准，它完全来自诗人的本能。这种本能如果说不是与生俱来的，也是后天个人得来的。其实说得更清楚一点，它是个人的感受和情感。如果将社会的因素从情感中剥离出去，那么情感如何成为情感，雷泰没有解释。他的无政府主义与社会政治难道没有关系？雷泰把感受和情感绝对化了。米歇尔的形式反叛，并非仅仅出于本能，而是在政治斗争中、在社会生活中得到了启发。雷泰对情感的崇拜，是出于另一种热情。他想煽动人们对社会和理性的厌恶，因而他借用情感的路线抬高了自我。情感对理性的抗拒，其实就是偶然性与规律性的冲突。偶然性原本就是散文的语言形式的特色，它要避免重复，打破心理的期待。雷泰面临与格里凡相同的难题，他的偶然的形式，如果原本就是拒绝解释，那么读者又怎能找到令其满意的解释呢？没有解释，就没有形

---

① Adolphe Retté, "Sur le rythme des vers", *Mercvre de France*, Vol. 29, No. 3, mars 1899, p. 623.

② Filippo Tommaso Emilio Marinetti, ed., *Enquête internationale sur le vers libre*, Milan: Éditions de Poesia, 1909, p. 48.

③ Adolphe Retté, "Le Vers libre", *Mercure de France*, Vol. 8, No. 43, juillet 1893, p. 207.

④ Catulle Mendès, *Le Mouvement poétique francais: de 1867 à 1900*, New York: Burt Franklin, 1971, p. 158.

第三章 象征主义自由诗的成功

式,自由诗本身就是自我否定。

格里凡和雷泰只是1888年之后众多诗人中抽取的两个样品,通过他们,可以发现自由诗理念内部存在着对传统诗律的对抗情绪,自由诗在迈向个人节奏的同时,将伴随着无形式或者散文化的指责。当然,这种指责是否有力,还要看人们是否尊重形式的价值。在一个诗人们还怀有形式的乡愁的时代,这种指责并不是无关痛痒的。

二 形式散文化的批评

自由诗诗人孤独地探索个人节奏,不能轻视他们的真诚,也不能怀疑他们的煞费苦心。优秀的自由诗在形式上的革新,是有目共睹的。拉弗格的《到来的冬季》就能给人耳目一新的感觉。但是从整体上看,自由诗必然面临着散文化的危险。当读者们的热情减弱后,大多数的自由诗就被看作是分行的散文。甚至有些自由诗诗人主张诗与散文没有区别,象征主义自由诗传到英国后,福特(Ford Madox Ford)就曾声称:"散文形式对于表达有活力的诗来说,是唯一合适的工具。"[1] 如果连诗人都这样认为的话,那么读者就更有理由做这种联想了。诗人虽然赋予散文新的价值,但是更多的人想知道不同文体的区别。自由诗的散文化伤害了人们对于诗体的认识。

亚当很早看到自由诗的散文化。他在第3卷第9期的《风行》(1886年12月20日)中,给诗人们正式提了醒:"有些时候,诗体消失了,变成排版上分开的散文。那里有个大错,必须别被绊倒了。尽管实际的诗有理由扩大式样,走向有节奏的散文,但是仍然需要高妙的声音把诗行圈在明确的思想里,圈在明确的听觉印象里。"[2] 如果自由诗与散文的区别只在于排版和分行,那么不讲格律的诗也可以排成自由诗,散文也可以这样排。儿童绘本和时尚画册中的文字不一直是这样的?亚当已经担忧这种做法会"绊倒"诗人,让他犯下大错。为了补救,亚当呼吁诗人寻求"高妙的声音",要让诗行有"明确的听觉印象"。这里面没有具体谈到节奏,从语境上看,应该更加强调尾韵、半韵、双声(又译为"头韵")等韵律技

---

[1] Ford Madox Ford, *Critical Essays*, edited by Max Saunders and Richard Stang, Manchester: Carcanet, 2002, p.179.

[2] Paul Adam, "Paysages de femmes", *La Vogue*, Vol.3, No.9, décembre 1886, p.297.

巧。韵律技巧原本是诗行节奏的修饰，即用来加强节奏，或者分散节奏的集中度，在亚当这里它成为节奏的核心要素。

亚当的担心不是空穴来风。他注意到阿雅尔贝的诗集《女人的风景》（*Paysages de femmes*）中的自由诗就是故意与诗律作对，好像要故意做"无法弥补的缺陷的试验"①。这是一种善意的批评。亚当并不是唯一让阿雅尔贝感到不快的人，威泽瓦也走到他面前。威泽瓦在1887年10月的《独立评论》上，注意到了阿雅尔贝的诗集《在斜坡上》。威泽瓦发现阿雅尔贝在尝试拉弗格那样的写法；但是诗人似乎把散文当作解放的目标了："尽管这种形式与有节奏的散文没有多大区别，但是它仍旧应该通过音乐表达的要求而证明自己。"② 作为瓦格纳主义者，威泽瓦想把个性的音乐引入到诗歌中，这自然有他的用意，但是这样做对于补救自由诗散文化未尝不是一剂良药。

象征主义理论家莫里斯也将诗律当作无用的束缚，破坏了旧有的诗律观后，他提出一种新的观念，诗律就等同于人的呼吸，只要符合呼吸的尺度，说的话、写的语句就是诗体，反之，就是散文。③ 这个尺度是什么呢？人们一次呼吸，可能发出的音节一般不超过12个。如果音节过少，也没有必要。就法语来看，一次呼吸可以包含6—12个音节，这些数量的语句在莫里斯看来，就都符合诗体的要求。如果语句过少，或者过长，例如一句话中含有18个音节、20个音节，那么它就是散文了。在一首自由诗中，无论它是用什么方式写出的，诗行往往有短至2个音节的，也有长至16个音节以上的，也就是根据音节相对的长短，或者说根据一种模糊的发声的感觉，就可以判断哪一行是诗行，哪一行是散文。任何自由诗就都是散文和诗体的混合了。莫里斯强调："只有散文是不够的，只有诗体也是不够的。"④ 莫里斯虽然找到了一个让自由诗具备诗体地位的方法，但是这个方法明显是不严肃的。与其说莫里斯让一部分诗行进入诗体中，还不如说他直接废除了诗体的特征。因为读者不认可把音节长短作为诗体评判的标准。这种新的诗体观，只是打着诗体的旗号而已，它在本质上与散文没有

---

① Paul Adam, "Paysages de femmes", *La Vogue*, Vol. 3, No. 9, décembre 1886, p. 297.
② Téodor de Wyzew, "Les Livres", *La Revue indépendante*, 5.12（oct.1887）, p. 2.
③ Charles Morice, *La Littérture de tout à l'heure*, Paris：Librairies Éditeurs, 1889, pp. 314 – 315.
④ Charles Morice, *La Littérture de tout à l'heure*, p. 315.

第三章 象征主义自由诗的成功

真正的区别。莫里斯的理论给自由诗的散文化推波助澜。

如果这是莫里斯本人的理论，那么作为自由诗创立人之一的卡恩也可以不用容忍它，聊备一说。但是莫里斯用这种理论解释卡恩的诗，给人以卡恩也持同样的主张的印象。于是在1889年8月的《风行》杂志上，卡恩公开表示："与查尔斯·莫里斯最近发表的而且我也讨论过的一个观点相反，我们绝不把诗体和散文杂糅起来。"① 卡恩在1886年曾经主张过扩大形式的自由，但三年后，他调整了立场，为自由诗的散文化感到忧心。他的解决办法与亚当很像，作为《风行》杂志的同事，他们应该了解对方的主张。卡恩希望用韵律来补音律的空白。他看重双声、半韵的作用，尤其是双声。他把双声当作"我们未来诗句的基础"②。他在1888年发表在《独立评论》的文章中，把用双声连接起来的语句比作是"联姻"，双声就像是让诗行的行内或者行际建立"亲戚关系"③。这种做法值得深思。音律是通过音步的一致性来联结诗行，音律被废除后，自由诗诗人希望用语音的近似性维持诗行的组织。如果诗行的行内和行际存在着某种近似性，那么所有的诗行就都真正成为一个整体，自然就不"散"了，也就是说不会陷入散文的偶然状态中。

自由诗散文化的批评，并不限于象征主义的圈子，一些拥护诗律的诗人为形式的破坏感到不满。这些人中最活跃的是巴纳斯诗人。总体来看，巴纳斯诗人是尊重诗体的。他们不但发现自由诗诗人们抛弃了传统形式美的理想，而且还想侮辱它、毁掉它。比利时的巴纳斯诗人吉尔坎为此怒火中烧，他看到格里凡在《文学与政治对话》中发表的文章。格里凡将诗行等同于句子，这是上文已经讨论过的。吉尔坎将这种诗称作"伪自由诗"。虽然格里凡用理性和听觉来解释他的分行，但是吉尔坎并不相信他。格里凡一定想掩饰什么。这掩饰的东西在吉尔坎看来，就是散文的痕迹。格里凡想欺骗他的读者，他的诗行与散文没有什么区别："再也没有比这更好的方式说明散文和伪自由诗是同一个东西的了。"④ 如果顺着这种观点往下推理的话，自由诗诗人就其心可诛了：他们不是要解放诗体，而是想用散

---

① Gustave Kahn, "Chronique", *La Vogue: nouvelle série*, Vol. 1, No. 2, août 1889, p. 145.
② Gustave Kahn, "Chronique", *La Vogue: nouvelle série*, Vol. 1, No. 2, août 1889, p. 144.
③ Gustave Kahn, "A M. Brunetière – théatre libre et autres", *La Revue indépendante*, Vol. 9, No. 26, décembre 1888, p. 484.
④ Iwan Gilkin, "Le Vers libre", *La Jeune belgique*, Vol. 13, No. 3, mars 1894, p. 138.

文来代替诗体。只要格律诗还有一丁点用处，吉尔坎就不会让自由诗诗人得逞。

吉尔坎注意到其他的自由诗诗人希望用韵律元素来区别散文，他为诗人的这种做法感到惊讶。双声、半韵的技巧在他看来只是节奏和押韵的补充，自由诗诗人却拿它们与拉辛以来的诗律抗衡，这似乎是自欺欺人的做法。这里可以看出自由诗诗人的矛盾。他们想打破诗律，但又担心陷入散文的泥潭。他们渴望散文的自由，但是又想得到格律诗的统一性。结果他们既难以获得统一性，又在散文的自由面前畏缩不前。吉尔坎正是看到了自由诗诗人的这一个要害。诗人们如果否认诗体的价值，他们就将面对散文化的困境；而一旦他们肯定诗体，则他们手中的自由诗又面临格律诗的鄙视。自由诗诗人虽然可以无视吉尔坎的批评，但是他们很难真正摆脱这种困境。吉尔坎在他的文章中，对自由诗吹响了进攻的号角："在这群当前攻击法国巴纳斯派的蠢人和满口谬论的人面前，谁还有别的态度呢：必须要战斗，必须直面敌人，狠狠地打他们。"①

自由诗诞生后，他从无政府主义那里得到了个人节奏，但是个人节奏很快就让自由诗陷入危机。自由诗如果要继续发展，或者存在，它就不能再沿用以前的策略，用无政府主义当它的理论基础，而是要抗拒无政府主义。在《形式的政治：自由诗创格与无政府主义的渊源》中，笔者曾指出兰波在他的自由诗中注入了无政府主义的"坏血统"，而在随后的阶段，"这种坏血统不再是诗人的荣耀，而成为耻辱。自由诗必须与自己身上的坏血统斗争，它才能获得存在的合法性"②。19世纪80年代后期，象征主义诗人们已经意识到了这一点。

三 自由诗的正式命名

自由诗如果要摆脱散文化的困境，就必须获得诗体地位。一旦获得诗体地位，自由诗的理念就会发生重大调整。自由诗的命名就是这一调整的体现。新的名称的不断出现，表明自由诗并不是一个固定的端点，它一直在变，以适应人们对这种诗体的想象。

---

① Iwan Gilkin, "Le Vers libre", *Mercure de France*, Vol. 8, No. 43, juillet 1893, p. 139.
② 李国辉：《形式的政治：自由诗创格与无政府主义的渊源》，《文艺理论研究》2020年第2期。

第三章　象征主义自由诗的成功

在1886年，诗人们提得最多的词，就是"自由""束缚""革命""陈旧"，这四个词两两对应，表明了人们最初对自由诗革命性的理解。不过，这一年虽然是自由诗的诞生年，却有一个奇怪的现象发生，即诗人们没有给自由诗命名。似乎打破诗律只是一种方向，人们并不知道未来的落脚点在哪里。既然目标不明，所以也就没有命名。命名是对事物本质特征的概括，没有命名，也就是不清楚这种形式的特征。因而1886年，可以视为自由诗的摸索期，而非真正成形、获得成功的时期。自由诗就像一个负气离家的流浪儿，它认为它的未来就在远方，但是这个远方却只相对于故乡有价值。远方并不是一个真正的空间，而是一个非空间。象征主义自由诗一开始主要就是一个非诗律。

威泽瓦在1887年开始给自由诗命名，他称其为"特别自由的诗歌形式"[1]，这更多的是描述，描述初期阶段的形式价值。同年莫克尔在他的文章《关于和声学家》中，将一些自由诗诗人称作"旋律主义者"。可以拿卡恩为例，这种诗人有节奏上的野心，"他们带来了更为激进的改革。尽管独特的和声主义诗人在我看来，要比这些人优越得多，但是我倾向于喜欢'旋律主义者'更大的欲求。这些人是：微妙、深刻的保罗·魏尔伦；《月亮圣母的效仿》特别精致的作者朱尔·拉弗格……"[2]。莫克尔看到了自由诗中新的形式元素，押韵算是遗留的韵律成分，内在的"音乐"同样重要，它给形式带来旋律。如果旋律与音步是对等的，即使抛弃了音律，诗作似乎也没有多大损失，莫克尔相信，旋律已经弥补了一切。莫克尔的这篇文章没有给新诗体命名，但是旋律主义者可以含有这种名称：旋律主义诗体。这个命名将瓦格纳与卡恩、拉弗格等诗人的链环套在了一起。

另一个重要术语是自由的诗（le poème libre），通过该词的法语名可以看出，它用的是内容上的意义，而不是形式上的意义。一旦运用内容上的意义，就说明诗是内容的自由、思想的自由，形式并不是唯一的考虑。这个术语出自1889年7月《风行》新系列的第1期，出自社论，作者匿名，但与卡恩关系密切。如果不是卡恩起草了这篇社论，它也一定经过卡恩的核定。还有一个证据，卡恩1888年的文章中也出现过该词。不过当时写

---

[1] Téodor de Wyzew, "Les Livres", *La Revue indépendante*, Vol. 5, No. 12, octobre 1887, p. 2.
[2] Albert Mockel, *Esthétique du symbolisme*, Bruxelles: Palais des académies, 1962, p. 222.

《风行》杂志与象征主义自由诗

作"un poëme libre"①，虽然拼法不同，但是与1889年的那个术语没有什么区别。同样在1888年的这篇文章中，卡恩还用过另一个词：自由的诗节（strophes libres）。这个术语不是强调诗行作为诗体的基础，而是看重诗节的功能。这是一个比现有的自由诗更准确的术语，可惜它后来没有通行。

目前使用的自由诗这个词，象征主义诗人中最早使用的也是卡恩。在1888年1月的《独立评论》上，他谈到了邦维尔喜剧《亲吻》（Le Baiser）中的男主人公皮埃罗，然后做了这样的评论："他鄙视自由诗（vers libre）和哑剧，以便服从严格的亚历山大体。"② 这样说，应该是暗示邦维尔形式的保守。这个术语与拉·封丹的相比，只是在"libre"这个词上少了一个"s"，这种微小的变化，带来的是一种全新的概念。因为它现在指出的诗行的自由，不再是不同类型的格律诗诗行组合的自由，而是诗行本身的自由。这个术语在随后一年的《风行》的社论中，没有继续被沿用，可能卡恩对它还有些犹豫。卡恩对自由的诗和自由诗（为了区别，在卡恩这部分将自由诗改称为"自由诗体"）的关系，是怎么样的？是不是自由的诗代替了自由诗体呢？这个答案在1891年揭晓了。卡恩在布鲁塞尔的二十人沙龙上，曾经做过演讲，他的演讲稿记载了两种术语的关系："我将给你们讲自由的诗（le poème libre），以及它的手段——自由诗体（le vers libre）。"③ 原来这两种术语不是对立的，而是包含的。自由诗体指的是这种新形式，而自由的诗，则是用这种形式写成的诗篇。卡恩并没有放弃他1888年的命名。

卡恩的命名是否直接影响了后来的诗人，这还有待考证，但是1890年后，不少诗人开始使用这个名称。1890年1月，魏尔伦在反思自己诗律的一篇序言中，发现自己缺乏反叛的力量，他自嘲道："这些同行们很快就会指责我的某种逻辑不清，怯于赢得'自由诗'的胜利，他们相信，他

---

① Gustave Kahn, "A M. Brunetière – théatre libre et autres", La Revue indépendante, Vol. 9, No. 26, décembre 1888, p. 485.

② Gustave Kahn, "Chronique de la littérature et de l'art", La Revue indépendante, Vol. 6, No. 13, janvier 1888, pp. 137 – 138.

③ Gustave Kahn, "Le Vers libre", L'Art modern, Vol. 11, No. 7, février 1891, p. 51.

第三章 象征主义自由诗的成功

们已经将其推进到登峰造极的程度。"① 魏尔伦是不是自己找到了这个名称，没有人知道。1890 年 3 月，格里凡在《文学与政治对话》上刊发了一篇文章，题目就叫作《关于自由诗》("A propos du vers libre")。这是自由诗这个名称第一次正式以标题的形式呈现给读者，它似乎表明这个名称已经获得了一定的认可度。像之前讨论过的那样，格里凡的这个名称对自由诗的散文化有推波助澜之功。之后，马拉美、雷泰、威泽瓦等人都接受了这个名称。虽然这个词的意义在不同的人那里有些差别，但是放弃"自由的诗"（le poème libre）这个名称，将这种形式看作是一种诗体（verse），这本身是一大进步。它说明在多数诗人心中，自由诗是有着自己的独特性的。

最后一个问题，自由诗的名称具体是什么时候固定下来的？《象征主义自由诗理论起源新考》一文是这样回答的："到了 19 世纪 90 年代中后期，自由诗在术语上就得到了普遍的认可。"② 1897 年有一个标志性事件，就是卡恩的《最初的诗》的出版。这部诗集前有一篇论自由诗的序言，它在象征主义时期几乎人尽皆知。在它之后，几乎没有诗人或者批评家再用其他的名称来称呼自由诗了。这个名称的固定，多少体现了自由诗作为一种诗体，而非有节奏的散文的概念，得到了广泛的接受。从 1888 年到 1890 年的自由诗的命名，代表了不同于 1886—1887 年的新阶段。人们渐渐明确自由诗的特征和概念，也正式赋予它诗体的地位。这可能是象征主义自由诗度过草创期并获得初步成功的证据。但是，命名本身还不足以完全解决自由诗散文化的问题，自由诗要想真正拆下反诗律的旗帜，就要引入一种灵活的节奏单元。当自由诗废除规则的音律结构后，它一度回避节奏问题。如果自由诗不同于散文，那么它就应该有诗体具备的节奏，也就是说要有一定重复的节奏。这种节奏是什么？如何在散文和格律诗的两端找到它恰当的位置，这是自由诗建设最难的一步。

---

① Paul Verlaine, *Œuvres posthumes de Paul Verlaine*, tome 2, Paris: Albert Messein, 1927, p. 231.

② 李国辉：《象征主义自由诗理论起源新考》，《法国研究》2020 年第 1 期。

第三节 《风行》诗人与自由诗节奏的探索

1886年的象征主义自由诗并未关注节奏单元。因为瓦格纳主义在音乐性上的强调，早期的自由诗理论家，例如威泽瓦、卡恩，更多地想用一种内在的音乐代替外在的节奏。内在的音乐是体验性的，作者和读者都只能感受音乐的运动，这种运动不必在外在的语言形式上具有什么客观的特征。一切外在的特征，都被当作格律诗的某些残留而受到鄙视。1888年后，这种情况发生了改变，节奏单元的寻求成为新的方向。如果将1888年称为自由诗节奏化（区别于之前的散文化）的元年，那么，从1886年到1888年，这中间发生了什么呢？

一 初期的内在音乐说

在1886年《风行》发表的关于马拉美的诗论中，威泽瓦系统地提出了自己的诗学主张。诗人被他分为两类，一类是逻辑学家，另一类是音乐家。巴纳斯诗人往往是音乐家，他们在诗中创造优美的音乐；马拉美是逻辑学家，他不但创造音乐，更重要的是表达情感。这种情感，或者主题，在瓦格纳的理论中，就是给绝对音乐授精的东西，音乐本身的组织只是歌剧的基础，歌剧必须要将思想赋予音乐。这位德国音乐家强调："音乐的有机组织除非首先有了诗人思想的受胎，否则它就永远无法生育真正的、活着的旋律。音乐是生育的女人，诗人是缔造者；因而音乐如果不仅想生育，而且还想授精，那么它就是疯狂至极了。"[①] 瓦格纳并不是轻视音乐，但是绝对音乐（音乐的有机组织）并不充足，只有它与诗人的思想结合，音乐本身才有灵魂。瓦格纳的这种观点，是想把诗性融入音乐中。这种理论瓦格纳很快就放弃了，因为叔本华的哲学让他意识到音乐要高于其他一切艺术。在瓦格纳的后期歌剧中，交响乐不但不配合舞台上的歌词，而且要遮盖它、取代它。布莱恩·马吉在《瓦格纳与哲学》中，曾有过精彩的评论："音乐高于其他艺术之上的无可比拟的优越性现在得到肯定。瓦格

---

① Richard Wagner, *Richard Wagner's Prose Works*, volume 2, trans. William Ashton Ellis, London: Kegan Paul, Trench, Trübner, 1900, p.111.

第三章　象征主义自由诗的成功

纳说，由于这个原因，一切让音乐与文字联姻的企图本质上都是凭空幻想，因为两者之间不存在平等关系，因此也不可能互补互进。"[①] 但瓦格纳早期的理论，在1886年仍旧让这位波兰人感到吸引，威泽瓦不愿意抛开诗性的主导力量。这里面的道理不难理解，瓦格纳后来的乐器音乐，是音乐家所擅长的，文学家只能用文学的力量与音乐家抗衡。威泽瓦可能是维护文学的主体地位，不愿采纳瓦格纳后来的学说。

威泽瓦眼中的逻辑学家，就是瓦格纳早期的综合艺术的从事者。这样，威泽瓦的褒贬就很清楚了，威泽瓦看到马拉美给音乐的诗篇引来了理性的结构。这种理性的结构往往是诗篇表达思想的地方，这是他"安排精确的词语"，而不需要指示思想的位置，这些词语就成为"音乐的伴奏"[②]。因为将诗篇的所有诗行分成两个部分，一个部分主要是思想，另一个部分主要是音乐。因而在表达思想的部分，音乐性不强，这一部分可能严格遵守诗律。音乐性强的部分，诗律变得自由了，词语自身结成了音乐的组织。威泽瓦发现，马拉美让这两部分配合得非常紧密："这种伴奏是多么精确、持续、适于他所伴随的思想啊！巴纳斯诗人所有的发现都在这里被用上了，但是用得符合逻辑、明智，这是一位有资格动用它们的艺术家使用的，他意识到了它们表达上的价值。"[③] 按照这种伴奏说，威泽瓦的自由诗主要存在于音乐性强的部分，它的运用要同时服从两个要求：第一，要服从词语音乐的发展，也就是说词音的独立组织；第二，要配合思想的发展，要能暗示情感。这样会不会破坏形式的统一性呢？或者说会不会妨碍诗行音乐的连续呢？威泽瓦没有更进一步思考。他想做的是将歌剧这种综合艺术的模式移植到诗歌中。只要理性的框架与音乐的伴奏说满足了这种模式，作为理论家的威泽瓦就算大功告成，真正的实践是要靠诗人的变通的。

威泽瓦的理论没有考虑节奏单元的问题，语音之间秘响旁通的关系，既存在于节奏单元的内部，也能跨越它。也就是说，语言音乐与节奏单元并不是同一个领域，语言音乐处理的并不仅仅是节奏的问题。节奏单元会

---

① [英] 布莱恩·马吉：《瓦格纳与哲学》，郭建英、张纯译，中国友谊出版公司2018年版，第221页。
② Téodor de Wyzewa, "M. Mallarmé: I - II", *La Vogue*, Vol. 1, No. 11, juillet 1886, p. 375.
③ Téodor de Wyzewa, "M. Mallarmé: I - II", *La Vogue*, Vol. 1, No. 11, juillet 1886, p. 375.

不会存在于理性的框架中呢？这个是有可能的。因为对音乐性的排斥，会让诗律的节奏变得突出。威泽瓦注意到，马拉美不情愿偏离"格律诗的幼稚规则"，其实，即使在有词语音乐的部分，很多时候诗律仍然是并存的，这位瓦格纳主义者因而感到不满，"他旋律的丰富性应该为此受到损害"①。

在1887年5月《独立评论》的专栏中，威泽瓦仍然坚持他的音乐观，他发现卡恩的诗作就有"特殊的音乐"，虽然这种音乐在诗中不太明确，但是诗中"表达了特殊心灵的状态"②。他对马拉美的判断，仍然未变，这是一位让音乐牵就旧诗律的音乐家，还未真正把自由还给诗体。在参照以瓦格纳为代表的西方音乐解放的历史后，威泽瓦呼吁："一种相似的自由也在诗中突然发生了，时间已经到来。"③ 这种自由的音乐不会给节奏单元留下位置，因为音乐要与情感对应，而情感是不可为典要的。威泽瓦的立场一直持续到1892年，该年在一篇有关惠特曼的文章中，这位理论家回顾道："我们的诗人差不多十年以来，尝试解放诗体；然而他们从不敢将诗体的自由推至惠特曼一下子推到的程度。《草叶集》中既没有韵、半韵，也没有节奏的重复，没有任何让人一眼看上去是诗体的东西。"④ 尽管威泽瓦的语言音乐让他有一定的自觉，让自由诗摆脱散文化的方向，但是对节奏单元的回避，使他一直未能真正解决这个难题。

威泽瓦是自由诗音乐路线的代表人，卡恩、莫克尔、马拉美都曾选择过这条路线。就卡恩来说，他1886年的《象征主义》一文提出的新形式，明显不考虑节奏单元。卡恩想在"老套、平庸的模子之外寻找"⑤，这里的模子，就是音律的框架，放弃了音律的框架，节奏单元自然无法继续保留。另外，在文章开头，卡恩提到了新诗体的单元，但它不是诗行内的节奏要素，而是诗节。诗节如果成为诗的单元，那么节奏单元就名存实亡了。因为节奏单元是节奏最重要的构成要素，诗人无法利用耗时过长的诗节营造节奏。一切变化得很快，两年后，卡恩就重新调整了自己的立场，给他的诗体配备了节奏单元。

---

① Téodor de Wyzewa, "M. Mallarmé: I – II", *La Vogue*, Vol. 1, No. 11, juillet 1886, p. 375.
② Téodor de Wyzewa, "Les Livres", *La Revue indépendant*, Vol. 3, No. 7, mai 1887, p. 196.
③ Téodor de Wyzewa, "Les Livres", *La Revue indépendant*, Vol. 3, No. 7, mai 1887, p. 198.
④ Téodor de Wyzewa, "Notes sur les littératures étrangéres", *Revue bleue*, Vol. 49, No. 23, avril 1892, p. 514.
⑤ Gustave Kahn, "Le Symbolisme", *La Vogue*, Vol. 2, No. 12, octobre 1886, p. 401.

第三章　象征主义自由诗的成功

二　卡恩新节奏单元说

卡恩理论的转变，发生在1888年12月，在本章第二节已经引用过的一篇文章《给布吕内蒂埃先生：自由戏剧及其他》中，卡恩说："首先应该理解先前试验的深刻道理，并思考诗人们为什么局限于他们的改革试验。不过，诗歌之所以在解放的道路上走得太慢，是因为我们忽视了追问它的主要单元。"[①] 卡恩没有完全遵循瓦格纳的主张，音乐毕竟不是文学，卡恩想从浪漫主义以来的诗律试验中寻找启发。下面通过卡恩举出的例子来说明他的思考：

> Oui, je viens dans son temple adorer l'Eternel,
> Je viens selon l'usage antique et solennel…[②]
> 是的，我到他的庙宇里，来崇拜上帝，
> 按照古老而庄严的习俗……

这是用亚历山大体写的两行诗，它的节奏都是6+6，第6个音节后有一个语顿。像这样的诗行，人们往往更多地关注一行诗的12个音节，或者一个半行的6个音节。这样一来，似乎诗律规则就变得非常呆板。卡恩发现即使音节数量不变，浪漫主义诗律可以通过跨行（le rejet，或译作抛词法）来增损诗行，以这两行诗为例，可以让第一行增加到14个音节，这需要把第2行的两个词提到第1行，第2行就剩下10个音节。于是语顿前后的半行中，音节数量就不再一律是6音节，而是不断变化的。例如第1行可以变成上六下八，第2行可以变成上四下六。

卡恩将注意力集中到更小的节奏单元，他发现这些小的节奏单元即使在音律的框架中，也能具有相当多的变化，还以上面两行诗为例：

> Oui, je viens—dans son temple—adorer—l'Eternel,

[①] Gustave Kahn, "A M. Brunetière – théatre libre et autres", *La Revue indépendante*, Vol. 9, No. 26, décembre 1888, p. 482.

[②] Gustave Kahn, "A M. Brunetière – théatre libre et autres", *La Revue indépendante*, Vol. 9, No. 26, décembre 1888, p. 482.

《风行》杂志与象征主义自由诗

<pre>
         3   3   3   3
    Je viens—selon l'usage—antique—et solennel…①
         2   4   2   4
</pre>

这两行诗虽然有相同音节数量的半行，但是半行内的节奏却不一样，第 1 行全是奇数单元，即 3 音节的单元（后文一律称为 3 音节音组），第 2 行有两个节奏单元，一个是 2 音节音组，一个是 4 音节音组。按照这些小的节奏单元读诗，节奏效果是不同的。第 1 行要平实一些，第 2 行则更有抑扬顿挫感。

这种在诗律内部具有的丰富节奏运动，其实并不是法国诗律的盲区。邦维尔的《法国诗简论》着眼点只在语顿以及诗行和半行，最小的节奏单元未能成为考察对象。但是普吕多姆的《诗体艺术反思》（*Réflexions sur l'art de vers*）没有漏掉。普吕多姆以 10 音节的诗行为例，说明这种诗节的语顿可以在第 4 个音节后，即构成上四下六的节奏；也可以在第 5 个音节后，即上五下五。如果是第一种情况，那么诗行按照"最大时值统一性的划分方式"②，会寻找 4 音节半行和 6 音节半行的最大公约数，这个公约数是 2，所以 2 音节音组就成为 10 音节诗行的最小节奏单元。如果是第二种情况，那么 5 音节的半行就会分裂为两个，一个是 2 音节音组，一个是 3 音节音组。普吕多姆同样注意到了诗行内部节奏单元的多变性，这对于传统诗律迈向"自由"诗律是有益的。

卡恩的节奏单元似乎并无新意，他的发现是诗律学的常识。普吕多姆在这方面只会比他更娴熟。但是卡恩真正革新的地方，在于他不是通过诗行来划分节奏单元，而是要通过节奏单元来组建诗行。传统诗律中虽然有节奏单元，但是半行和语顿更为重要。节奏单元的安排，要预先以半行和语顿为准。其实，在 10 音节诗行或者亚历山大体中，最重要的节奏单元是半行。可是在卡恩理论中，最小的节奏单元变成最重要的了。拿建筑作比喻，根据一个框架来自由填砖，与根据砖石自由建房子，最后的房子是

---

① 第 2 行的 2424 的节奏，是卡恩的划法。这种划法不太对，因为"antique"与后面的音节"et"可以发生连音，这样，这个诗行虽然节奏不变，但是"que"这个音节应该划到后面一个节奏单元中。第 1 行也存在这种情况。

② Sully Prudhomme, *Réflexions sur l'art des vers*, Paris: Alphonse Lemerre, 1892, p. 56.

第三章 象征主义自由诗的成功

完全不一样的。一旦最小的节奏单元成为第一位的，半行和语顿的规则被废除，那么建筑工人就真正成为艺术家了。卡恩的节奏单元并不是一种新的工具，但是它给自由诗建立诗行提供了新思维。这种诗行如果得到双声、半韵的修饰，那么一种节奏单元稳定、节奏运动变化的自由诗就产生了。卡恩称这种诗为自由诗节（参见第三章第二节自由诗命名的部分），它的好处被概括如下："这种新技巧的重要性，除了发扬被迫忽略的音调和谐外，将会允许所有的诗人构思他自己的诗歌，或者说，去构思他原创性的诗节，去创造他自己的、个人的节奏，而非令他们披上早经剪裁的制服，迫使其仅仅成为辉煌前辈的学徒。"[1]

为了让这种节奏单元与情感、意义建立联系，卡恩给它定义为"代表一个声音停顿和一个意义停顿的最小片段"[2]。之前的诗律学，把节奏单元主要理解为声音的时段，它占有时间，其后又有停顿。也就是说，节奏单元包括的是音组及音组的停顿。除了语顿有语意的停顿外，法国传统的诗律学一般不考虑最小节奏单元的意义停顿。把意义停顿加入进来，自由诗在情感和意义上的连续性就有了分析的对象。例如，斯科特就常常利用 3 音节音组或者 4 音节音组分析自由诗的情感变化。

卡恩的理论因为肯定最小的节奏单元，那么在半行的框架内组织节奏单元，产生格律诗，就不再是绝对的禁忌了。自由诗和格律诗出现了一些交叉地带，格律诗与自由诗相比，可能只是在运用节奏单元的规则性上有所不同。缪拉曾这样评价卡恩的理论："它的根本目的是制作一种建立在新音律的基础上的独特体系，并作为'特例'包含旧的音律。"[3] 旧的音律确实成为了自由诗的一种特例，卡恩自己也有清楚的交代："利用古代诗学的资源往往是允许的。这种诗学有它的价值，应作为新诗学的特例加以保留。"[4] 但是缪拉所说的"新音律"可能言过其实。卡恩提防诗行中出现规则的节奏单元，传统诗律的诗行只是偶尔才会出现。在大多数情况

---

[1] Gustave Kahn, "A M. Brunetière – théatre libre et autres", *La Revue indépendante*, Vol. 9, No. 26, décembre 1888, p. 485.

[2] Gustave Kahn, "A M. Brunetière – théatre libre et autres", *La Revue indépendante*, Vol. 9, No. 26, décembre 1888, p. 484.

[3] Michel Murat, *Le Vers libre*, Paris: Honoré Champion, 2008, p. 96.

[4] Gustave Kahn, "A M. Brunetière – théatre libre et autres", *La Revue indépendante*, Vol. 9, No. 26, décembre 1888, p. 485.

下，音乐性修饰的节奏音组将会自由地组合。需要看到卡恩的新理论与传统诗律的重要差别。传统诗律在半行与诗行之间都有重复，这种重复是传统诗律的第一特征，但是在卡恩的新形式中，半行与半行的重复被取消了，诗行与诗行的一致性也被取消了。卡恩的新形式不同于散文的地方，只是诗行中的节奏单元被强调了，节奏单元不是在一种重复的原则下结合起来，而是通过音乐性联系了起来。

下面以卡恩1891年的诗集《情人的歌》(*Chansons d'amant*) 中的诗节为例，尝试说明卡恩的新形式。引用的诗节来自序诗的最后一节：

> Et ceux que vous élirez
> Resteront la chanson d'amant
> Et ceux à qui vous sourirez
> Resteront ma chanson d'amant. ①
> 您选择的这些诗
> 将成为情人的歌
> 您对其微笑的这些诗
> 将成为我情人的歌。

这里用的是8音节诗行，第1行缺了一个音。按照卡恩的节奏单元的标准，可以这样划分它的节奏：

> Et ceux—que vous—élirez
> 2   2   3
> Resteront—la chanson—d'amant
> 3   3   3
> Et ceux—à qui—vous sourirez
> 2 2   4
> Resteront—ma chanson—d'amant.
> 3   3   2

---

① Gustave Kahn, *Premiers Poèmes*, Paris: Mercure de France, p. 155.

第三章　象征主义自由诗的成功

可以看出，诗节用了三种不同的节奏单元。但以 2 音节音组和 3 音节音组为主。3 音节音组主要起到激起节奏、变化节奏的目的，它的运动是不稳定的、有冲动的；而 2 音节音组则是稳定的。当 3 音节音组让节奏运动激荡起来的时候，诗节需要靠 2 音节音组最终恢复节奏的平稳。最后一行的 2 音节音组在全节中的作用很大，而整个诗节的节奏运动是由第 1 行的最后一个 3 音节音组真正激起的。

诗行中存在着半韵，例如："Resteront la chanson d'amant"，前两个节奏单元的最后一个音节使用了半韵，它们是"ront"与"son"。这两个音节元音前后的辅音都不同，没有支持的辅音，不能算是标准的押韵，只是半韵。因为半韵的存在，两个节奏单元就建立了卡恩所说的"联姻"。不过，半韵并不仅仅出现在同一个诗行内，不同的诗行间更有押半韵的需要。在 1891 年的《自由诗》一文中，卡恩曾清楚地解释半韵的用法："自由诗应该存在于它自身之上，它存在的标志是内部音节的双声，以及相连诗行有半韵关系的音节的重复。"[①] 看来，双声主要是诗行内部节奏单元的黏合剂，而半韵则是诗行的黏合剂。双声取代的是旧诗律中音节数量和停顿的规则，半韵取代的是以前的尾韵。在上面的诗例中，卡恩没有使用半韵，他用重复的音节（词语）来联结诗行，比如第 2 行末尾的"amant"在第 4 行中又重新出现了，"vous""ceux""chanson"也有这种重复。

这个诗节音节数量变化不大，节奏单元的数量也比较一致，但是整首诗并非完全如此，例如这首诗的第 1 行：

> Voici pour vous des vers,
> 这是给您的诗，

诗行就只有 6 个音节，由 3 个 2 音节音组构成。诗中出现了双声，即多个节奏单元中出现了相同的辅音"v"。第二节的第 1 行为：

> Ils sont durs et bizarres mais aimants
> 它们写得又生硬又古怪，但是情深意长

[①] Gustave Kahn, "Le Vers libre", *L'Art modern*, Vol. 11, No. 7, février 1891, p. 52.

这行诗共有 10 个音节，也有 3 个节奏单元：

$$\text{Ils sont durs—et bizarres—mais aimants}$$
$$\quad\quad 3 \quad\quad\quad 4 \quad\quad\quad 3$$

由此可见卡恩的节奏单元的用法。卡恩要在诗行中使用不同的节奏单元，诗行的音节数量长短不拘，行末可以押韵也可以不押，行内有半韵、双声等元素用来修饰节奏音组。这种诗体在自由与规则之间取得了一定的平衡。

三 其他人的节奏探索

在象征主义诗人中，真正让自由诗大步接近格律诗的是莫雷亚斯。莫雷亚斯的《象征主义》一文，主要还是主张放宽亚历山大体，但是他引用的邦维尔论诗律的话，说明他欢迎自由诗的到来。他后来终于越过了亚历山大体，创作注重旋律感的自由诗。他的《热情的朝圣者》(Pèlerin passionné) 中不少诗都是真正的自由诗。但是这部诗集中也出现了一些格律诗，在序言中，卡恩公开宣布"废弃的诗律传统被建立起来了"[①]。这种话可能让人们认为莫雷亚斯主张重新采用诗律写作，从《热情的朝圣者》这部诗集看，莫雷亚斯是想在一种新的关系中把自由诗与传统诗律融合起来。文学史家萨巴捷 (Robert Sabatier) 认为，从早年的诗集《流沙》(Les Syrtes) 开始，莫雷亚斯就在"吸引他的多种道路"上摸索[②]，既渴望在无人的自由王国冒险，又想站在古典大师的身后。在《热情的朝圣者》中，莫雷亚斯调整了自己的诗学立场，传统诗律的比重加大了。哪怕是部分地肯定传统诗律，也会让半行以及半行下面的节奏单元恢复它们的作用。在这个序言中，莫雷亚斯谈到了一些他认可的"大胆的做法"，例如他建议："根据 8 音节诗行变化的语顿来延长 8 音节诗行（延长到什么程度？音乐的要求在每一次发生时将会做决定）。"[③] 这里的意思是保留 8 音节诗行的

---

① Jean Moréas, *Pèlerin passionné*, Paris: Léon Vanier, 1891, p. iv.
② Robert Sabatier, *La Poésie du xixe siècle: naissance de la poésie modern*, Paris: Albin Michel, 1977, p. 364.
③ Jean Moréas, *Pèlerin passionné*, Paris: Léon Vanier, 1891, p. ii.

第三章 象征主义自由诗的成功

结构,但是把语顿安排在不同的位置上。因为语顿有让诗行"中断"的作用,所以可以产生延长诗行时间的效果。这种效果也是传统诗律允许的,顺着这个思路,如果有些诗行遵守 8 音节诗行,有些打破它,那么,节奏单元就既能在诗作中被凸显出来,又有运用的灵活度。他在文中提到了"不规则的诗行",这就是有节奏单元的自由诗。莫雷亚斯的变通在其他方面也表现出来,拿押韵来看,莫雷亚斯偏好的是"使用押韵,不过要富有辅音,要让它变弱,直至成为半韵,——让它均匀有如一种节奏的方法,不要让所有的诗行都有韵,甚至有省略"①。这些省韵、弱韵的现象,在格律诗中是不合规的。这些都可以说明,莫雷亚斯建立的诗律传统,是一种放宽的传统。

马拉美在这一时期也开始思考诗律问题。马拉美在文学生涯的最初阶段并不缺乏革新的意志,他是波德莱尔的崇拜者,《巴黎的忧郁》里收录的散文诗,给马拉美打开了一个新的世界,让他意识到散文同样是诗的工具。1865 年,在给朋友的信中,马拉美指出:"我将散文的作品与诗体的作品混同起来,因为你的诗体其实只是长了翅膀的散文,只不过更富节奏性,具有更多半韵。"② 如果散文具有了节奏感,那么它也能成为诗体。马拉美还打破诗体的界限,让两种形式混合使用。需要注意,马拉美这里已经预示了二十年后自由诗的散文化。因为他并不认为诗体与散文有何差别。在他后来的文集中,可以看到马拉美反对诗体与散文的二分法:"其实,并没有散文:有的只是字母表,因而就有多少有些紧凑的诗体,有多少有些松散的诗体。"③ 这里散文和诗体没有本质的差别,它们都是由字母构成的。在字母的组合中,自然就有些节奏紧凑一些,有些松散一些。

1866 年之后,马拉美的作品被选入了《当代巴纳斯》,在第一个系列,马拉美有 11 首诗入选,1871 年的第二个系列,又有 1 首入选。从诗人断断续续创作的《海洛狄亚德》来看,马拉美之后的诗律观似乎更趋严谨了。

  Aide-moi, puisqu'ainsi tu n'oses plus me voir,

---

① Jean Moréas, *Pèlerin passionné*, Paris: Léon Vanier, 1891, p. ii.
② Stéphane Mallarmé, *Correspondance complète: 1862–1871*, Paris: Gallimard, 1995, p. 231.
③ Stéphane Mallarmé, *Œuvres complètes*, Paris: Gallimard, 1945, p. 867.

《风行》杂志与象征主义自由诗

À me peigner nonchalamment dans un miroir.①
既然你不再看我，来帮我，来吧，
就在镜中慵懒地帮我梳理头发。

这两行诗都用的是亚历山大体，每行12个音节。第1行的语顿在第6个音节后，这是标准的位置。第二个诗行语顿放在了第4个音节后，成为上四下八的结构，算是变体。第1行的节奏单元是3音节音组，每个半行各有两个，而第2行则有3个4音节音组。马拉美1884年给诗下的一个定义，也能看出他在象征主义自由诗诞生前的诗律观念："诗是通过化约为基本节奏的人类语言，对存在的表象具有的神秘意义的表达。"② 这个定义后来发表在《风行》第2期（1886年4月18日）上。在这个定义中，诗体镶嵌在语言中，或者说语言本身需要形式化。这种认识与破坏诗律、寻求绝对自由的观念是相反的。

1887年，卡恩《漂泊的宫殿》（Les Palais nomades）刊出后，马拉美的诗律观受到了冲击。他发现形式的自由不但存在于诗体与散文的结合上，也可以表现在诗体的内部。在该年6月8日给卡恩的信中，马拉美这样赞美《风行》的主编：

> 毫无疑问，你应该骄傲！在我们的文学以及在我知道的任何文学中，这是第一次有一位先生，面对着语言具有的官方的节奏、我们的古老的诗体，独自创造了一种节奏，它完美，同时精确，富有魔力：它是一种未知的冒险！③

马拉美是如何理解卡恩的自由诗的价值的呢？这种价值是对传统诗律的新用法，还是它的敌人？"未知的冒险"可能暗示自由诗是一种全新的形式，它将抛下旧形式的一切规则重复，但是马拉美同时又指出卡恩的形式有"一种节奏"。在随后的信中，马拉美接着指出任何有音乐组织的形式都会产生音律。这是他早年主张的任何语言都含有诗体这一说法的新变。马拉

---

① Stéphane Mallarmé, *Œuvres complètes*, Paris：Gallimard, 1945, p. 44.
② Stéphane Mallarmé, *Correspondance complète*：*1862 – 1871*, Paris：Gallimard, 1995, p. 572.
③ Stéphane Mallarmé, *Correspondance complète*：*1862 – 1871*, Paris：Gallimard, 1995, p. 595.

第三章　象征主义自由诗的成功

美认为传统诗律代表的只是一种音律，卡恩探索的是另一种音律。虽然卡恩的形式的诞生有它的生命力，但是这并不意味着旧的形式已经过时了、失效了。马拉美曾强调自由诗的分裂并不取消旧的诗体："这种分裂的努力与其说是相互破坏，还不如说是相互合作。"[①] 在自由诗诞生后，马拉美是极少数既认可自由诗，同时又支持传统诗律的象征主义者。

因为对革新与保守都有同情之理解，马拉美不需要像卡恩那样，在面临散文化的指责之后才开始思考自由诗的诗体特征。在他那里，自由诗与格律诗的结合就像之前诗体与散文的结合一样自然。当他几乎成为一名瓦格纳主义者后，他一度接受了交响乐的音乐的概念，与传统诗律的关系好像并不那么紧密了。这时自由诗的理念在他心中应该有更高的地位。但即使这样，自由诗也未能成为一种独立的诗体，传统诗律仍然是它背后的支撑。1892年，马拉美在《文学与政治对话》上发表了《法国的诗体与音乐》("Vers et musique en France") 一文，总结了自由诗诞生后他的诗律思想。马拉美指出："触觉敏锐的诗人，永远将这种亚历山大体看作切实的珍宝，很少脱离它，根据事先想好的某种动机，他害羞地改动亚历山大体，或者在它四周灵活地活动。"[②] 自由诗和亚历山大体融合了，诗人不是在两种形式间轮换，因为自由诗现在成为亚历山大体的一种变体。这种认识与卡恩1888年的文章比较接近。卡恩把亚历山大体当作自由诗的变体，马拉美则反其道而行之。虽然思维方式有别，但是让两种诗体合为一个，让新形式和旧形式相互包含，又可谓殊途同归。可以补充一下，英国诗人艾略特也曾将自由诗看作是格律诗的"逃避"和"暗示"，诗人的自由，是规则中的自由。在对休姆的诗作分析后，艾略特总结道："如果这些诗行没有对轻重律五音步不断的暗示和巧妙的逃避，它们的魅力就不会存在。"[③] 名义上看，马拉美取消了自由诗，但他用自由诗的理念放宽了亚历山大体。如果抛开名相之争，马拉美的理论何尝不是自由诗理论呢？这样，马拉美就让亚历山大体融入了自由诗。卡恩也好，马拉美也罢，他们的理论超越了异同之争。

---

① Stéphane Mallarmé, Œuvres complètes, Paris: Gallimard, 1945, p. 868.
② Stéphane Mallarmé, "Vers et musique en France", Entretiens politiques & littéraires, Vol. 4, No. 27, juin 1892, p. 238.
③ T. S. Eliot, To Criticize the Critic and Other Writings, Lincoln: University of Nebraska Press, 1991, p. 186.

《风行》杂志与象征主义自由诗

马拉美下面的话，也引人深思："就自由诗而言，所有的创新性都确立起来了，但不是像17世纪带给寓言或者歌剧的创新性……但是，我们给它一个适合它的名字：'多形态诗体'（vers polymorphe）：现在，我们预测标准的数量规范要被废除，在这方面人们有无限的需要，只要快乐重复下去。"① 马拉美维护亚历山大体，但并不死守它，他看到"标准的数量规范"要被取消了，在一般人的认识中，这种规范的取消也就意味着传统诗体的死亡。马拉美不这样看，他让亚历山大体的诗体基础保留下来了。人们可以更改亚历山大体，但是它仍旧存在着，成为一个重要的出发点。只要这个出发点被重视，这种诗体就不会死。马拉美还给自由诗换了一个名称——"多形态诗体"。它强调自由诗可以借用多种音乐性和节奏特征来建立诗行。自由特征的多样，所以显示出"多形态"。这种描述是合理的。从散文化的自由诗，到亚历山大体的变形，再到亚当主张的以双声、半韵为主的形式，这些构成了一个复数的自由诗。比利时诗人吉尔坎注意到了马拉美的命名，他不喜欢这个命名，就像他讨厌自由诗一样。吉尔坎曾嘲讽道："作为一种诗体，多形态诗并不存在。它并非雌雄同体的形式。"② 吉尔坎否定马拉美的多形态诗具有诗体的地位。这种批评并不是有力的，当马拉美将亚历山大体与自由诗融合时，他就出色地找到了让自由诗摆脱散文纠缠的方法，自由诗就具有了诗体地位，无论它如何命名。

---

① Stéphane Mallarmé, "Vers et musique en France", *Entretiens politiques & littéraires*, Vol. 4, No. 27, juin 1892, p. 239.
② Iwan Gilkin, "Le Vers libre", *La Jeune belgique*, Vol. 13, No. 3, mars 1894, p. 138.

第四章 《风行》的终刊与新刊物的兴起

第一节 1889年《风行》的复刊与终刊

《风行》杂志1886年总共出了3卷,到1886年12月结束。第1卷和第2卷各出了12期,第3卷出了10期,即出到1886年12月20日。目前学界一般使用的斯拉金(Slatkine)的影印本,第3卷只出到第10期。不过《保罗·魏尔伦与颓废》一书的参考文献中,标出的是到第11期才结束,即1887年1月3日。这个判断似乎比较被认可。但斯拉金的版本中,未见这一期,这是非常遗憾的事情。如果第3卷出到第11期,那么前3卷就一共是35期。可是卡恩却认为第一个系列只出了31期。[1] 卡恩是亲身经历者,他的这个记录出现了很大的偏差,不知为何。1889年刊物复刊后,又出了3期,合起来当是37期或38期。可是迪迪埃在她的研究中,统计的总数字却是36期,[2] 这让《风行》的刊数问题莫衷一是。除去1889年的3期,迪迪埃统计的前3卷,期数为33。迪迪埃解释道,前2卷共24期,第3卷10期,再加上1889年的两卷,正好36期。这里她认为第3卷共有10期,新系列有2期,后面一个数字是错的。看来这个问题一直到当代都没有得到很好的解决。在没有看到第3卷的第11期前,本书仍旧认为前3卷的期数是34。

《风行》虽然有两个系列,总共出的也就是37期,但是对自由诗的创作和理论影响很大。它不仅促成了象征主义自由诗的诞生、发展,也没有

---

[1] Gustave Kahn, *Symbolistes et Decadents*, Genève: Slatkine, 1993, p. 50.
[2] Bénédicte Didier, *Petites Revues et esprit bohème à la fin du xixe siècle*, Paris: L'Harmattan, 2009, p. 43.

《风行》杂志与象征主义自由诗

完全缺席新的调整期。《风行》并不是象征主义的唯一刊物，但是它无疑是最具领袖地位的刊物。这份刊物为什么在 1887 年年初突然停刊呢？主要的原因是订户太少，资金不足。巴尔曾指出："大众对这种文学并不完全感兴趣。维持这个刊物的花销变得沉重，他们（卡恩等人）决定停办这个刊物。"① 这个解释是合理的，因为订购者寥寥无几，卡恩只能不断地给刊物贴钱，难以为继。因为《风行》已经播撒了自由诗的种子，所以它的停刊，没有给自由诗的发展带来大的影响。从 1887 年开始，之前《风行》聚集的诗人需要另寻新的园地。填补空白的一个重要刊物是《独立评论》。

一 《独立评论》的新园地

《独立评论》1884 年 5 月创刊，主编是费内翁，最初是月刊，每期 84 页，重要的撰稿人有魏尔伦、于斯曼、左拉，以及理论家埃内坎（Émile Hennequin）。最初该杂志还是一种宗派性质非常少的文学刊物。1885 年，威泽瓦顶替了费内翁的位置，《独立评论》改为半月刊，由此《独立评论》与象征主义的关系变得紧密了。随后迪雅尔丹、卡恩也加入进来，刊物又改为月刊。莫里斯曾记载道："它是由迪雅尔丹和费内翁管理的，几乎只由威泽瓦执笔。然后卡恩进入，占据了它。威泽瓦消失，卡恩管理这个杂志，几乎在一年里，每一月他都会带来特别个人的文学的范例或者理论，有时两者兼有。"②

在卡恩加入之前，《独立评论》就已经发表自由诗了。比如 1886 年 11 月，有拉弗格的自由诗《关于一位逝者》（"Sur une défunte"），1887 年 7 月，阿雅尔贝发表了《在斜坡上》。威泽瓦从瓦格纳音乐美学出发，注意到了阿雅尔贝、卡恩、格里凡等人的自由诗，也提出了语言音乐的概念。他在《瓦格纳评论》中提出的诗学理论，在《独立评论》中得到了更充分的发展。1888 年，卡恩开始接替威泽瓦，担任这个杂志的文学评论员。具体来说，这是"文学与艺术专栏"。在该年 2 月，卡恩针对勒迈特（Jules Lemaître）刚刚在《蓝色评论》上发表的魏尔伦的文章，提出了自己的看法。勒迈特的文章注意到了魏尔伦诗歌节奏的变化，尽管诗行中出现多变的节奏，但是魏尔伦巧妙地让它们统一起来："尽管不平衡，它们

---

① André Barre, *Le Symbolisme*, New York: Burt Franklin, 1968, p. 92.
② Charles Morice, *La Littérture de tout à l'heure*, Paris: Librairies Éditeurs, 1889, p. 299.

第四章 《风行》的终刊与新刊物的兴起

正好能取悦人,因为人们能感觉到它们是平衡的,而且因为它们能唤起亚历山大体的平衡的调子。"① 这种判断合乎实情,勒迈特并不是一位保守的批评家,他接受形式的多变。不过,卡恩的文章对勒迈特有些微词,暗示后者并不能真正理解象征主义者(尤其是卡恩)的用心。卡恩提出了他理解的诗的概念:"我倾向于只承认一首诗在它自身上发展,呈现一个主题的所有方面,每一个方面都单独得到处理,但是它们紧密地、严格地被唯一的思想的约束而连接起来。"② 这句话似乎与自由诗无关,但是自由诗的理论就蕴含其中。卡恩想让勒迈特注意到内容的完整性和独立性。诗拥有它完整的主题,它就有了完全的诗节;诗发展它的主题,这就产生了自然的诗行,这就是自由诗。在"二十人"沙龙的演讲中,卡恩说得更清楚:"什么是诗节?这是思想的一个完整部分通过分成诗行的语句的发展。什么是诗?这是所有棱柱面的对照,这些棱柱面是诗人想展现的完整思想的诗节。"③ 所谓的"棱柱面",其实是一种比喻的说法,它就是卡恩所说的"一个主题的所有方面"。这些棱柱面合在一起,就构成了类似钻石或者水晶的结构,这就是真正完美的诗。最终的诗,由不同的诗节包裹着,成为一个闪光的、独立的存在物。

该年10月,卡恩围绕着魏尔伦的《被诅咒的诗人》,对象征主义、颓废主义的历史问题谈了自己的看法。他关注的焦点是拉弗格。作为拉弗格的好友,他为《悲歌》所受到的指责感到不平。这部诗集出版于1885年,是拉弗格早期的形式试验,虽然不比《最后的诗》成熟,但是诗行出现了很大的自由。他问世时,被人认为是抄袭了科比埃尔。卡恩指出:"当《被诅咒的诗人》出现的那天,《悲歌》在瓦尼埃出版社已经等了一年了,拉弗格并不熟悉科比埃尔。"④ 卡恩想维护拉弗格形式探索的原创价值。不过,无论拉弗格有没有模仿科比埃尔,魏尔伦的《被诅咒的诗人》确实让拉弗格印象深刻,这是他的书信中多次提到过的。在文章中,卡恩还对兰

---

① Jules Lemaitre, "M. Paul Verlaine et les poètes 'symbolistes' & 'décadents'", *Revue bleue*, Vol. 16, No. 1, janvier 1888, p. 13.

② Gustave Kahn, "Chronique de la littérature et de l'art", *La Revue indépendante*, Vol. 6, No. 16, février 1888, p. 290.

③ Gustave Kahn, "Le Vers libre", *L'Art modern*, Vol. 11, No. 7, février 1891, p. 52.

④ Gustave Kahn, "Chronique de la littérature et de l'art", *La Revue indépendante*, Vol. 9, No. 24, octobre 1888, p. 121.

《风行》杂志与象征主义自由诗

波《彩图集》的发表做了说明：

> 在1886年，多亏了魏尔伦，我能找到《彩图集》，并发表《地狱一季》，这是一门艺术的两部杰作，这种艺术拒绝与个人（人们可以用简单的修辞来发展这种个性）无关的主题或者题材，这种艺术为了研究自我，利用了寓言、辩解词、实际不存在的风景，扩大了内在的现象（它的喷涌与风景的交汇同时发生）……①

文中的"喷涌"一词，强调的是形式生成的内在本源。自由诗只是卡恩象征主义的一个方面，另一个方面是象征的手法，而它也是一种内在的现象。象征与自由诗，借用卡恩的词语，是两个相对的棱柱面，同属于一个柱体。

在发表有关自由诗的评论的同时，《独立评论》也继续发表诗作。1888年2月，卡恩的《折扇》（"Éventail"）刊出。这是一首长诗，共分为四个部分。拿第一个部分来说，它又分为17节。有些诗节是标准的亚历山大体，比如第二节，有些则是自由诗。为什么要把自由诗与格律诗混合起来呢？这是不是说明卡恩的自由诗"不彻底"呢？不是的。卡恩认为形式要符合内容的需要，当出现适合格律诗的内容时，格律诗也不在避忌之列。卡恩表示："除了新诗节发明的新资源外，它还能召唤旧节奏的资源。"② 但这给读者的阅读带来了一个挑战。卡恩的诗节不再是持续性的，而是根据内容的需要随时会有新变。将情感、思想的脉络与形式的发展结合起来，这就打破形式单一尺度的评判标准，带来了自由诗阅读的复杂性。同年10月，卡恩发表了《荒野的夜晚》（"Nuit sur la lande"），采用的形式与《折扇》相同，诗分为9个部分。

1888年4月，拉弗格的未刊诗作有30首，集中在《独立评论》上发表了。这些诗基本上属于《美好意愿的花朵》（*Des Fleurs de bonne volonté*）这部集子，也有个别的没有收入。它们都是格律诗，但有了新的组合，比如将长的诗节和短的诗节交错起来，或者在同一个诗节中将长诗行和短诗

---

① Gustave Kahn, "Chronique de la littérature et de l'art", *La Revue indépendante*, Vol. 6, No. 16, février 1888, p. 124.

② Gustave Kahn, "Le Vers libre", *L'Art modern*, Vol. 11, No. 7, février 1891, p. 53.

第四章 《风行》的终刊与新刊物的兴起

行有规律地组合起来。这些诗有使用亚历山大体的,也有利用反常的诗行的,例如有些诗行短至两个音节(如《长笛》一诗)。诗中极少数诗作形式自由,有了新变。例如第三十首的《礼拜日》("Dimanches")。全诗由 7 节构成,诗节含有的诗行数多为 5 个左右,而诗行的音节数,有少至 4 个音节的,也有 12 个音节的亚历山大体诗行。12 月,又一组未刊的诗作出现了。这些诗共有 9 首,最后一首后来编入《最后的诗》,其余 8 首编入《美好意愿的花朵》,其中的一首诗《幽灵船》("Le Vaisseau fantome")是《岛》("L'Ile")的附录,并未单独分出来。因而这一组诗的数目严格说来是 8 首。这些作品中格律诗和自由诗各占半数。

1888 年 8 月,格里凡发表了《环舞曲》("Ronde")这首诗有 34 节,其中有不少节是重章叠句,例如下面一行诗就单独成为一节:

Les cloches du Nord se sont mises à sonner.①
北方的钟开始鸣响。

诗采用的是上五下七的节奏。在其他的诗行中,亚历山大体的诗行也比较多见,但 4 音节、6 音节诗行的出现,在一定程度上摆脱了诗律的基础。格里凡还在 11 月发表了 3 首惠特曼的译诗,分别是《脸》("Visages")、《致冬天的一个火车头》("À une locomotive en hiver")、《海底世界》("Un monde…")。拉弗格在两年前已经发表过一些译诗。作为美国人,格里凡应该对惠特曼有更深的感情。《草叶集》在这一时期的多次出现并不是意外,惠特曼的诗是对自由诗很好的宣传。格里凡译的这 3 首诗,有些看上去是自由诗,有些诗节是散文诗,它们在节奏上有更大的伸缩度。

1889 年,迪雅尔丹、卡恩退出《独立评论》,新的编辑出现了。卡恩虽然无法再给"文学和艺术专栏"写评论,但这并非意味着《独立评论》与象征主义完全切割了。在 1889 年 1、2 月的合刊里,还可以看到格里凡、雷尼耶的自由诗。这个杂志上的自由诗在 1889 年后几乎销声匿迹了。不过,古尔蒙讨论颓废的文论、吉尔的"进化论配器法"的诗论,还是让

---

① Francis Vielé-Griffin, "Ronde", *La Revue indépendante*, Vol. 9, No. 22, septembre 1888, p. 301.

这个杂志保留了一些象征主义的色彩。1889年，卡恩已经没有了自己可以掌握的刊物。但新的机会在等待他。一位叫雷泰的人将会和他改写象征主义自由诗的历史。

二 雷泰与《风行》的重刊

雷泰1863年出生在巴黎，巴黎却是他成年后一度感觉陌生的城市。他出生后不久，因为父母感情不和，父亲就去了俄罗斯教授法语，把雷泰以及另外两个女儿留在法国。雷泰的母亲是音乐家，无力抚养这三个孩子，于是就把他们送到比利时，请雷泰的祖父照顾。祖父去世后，雷泰被送到小镇蒙贝利亚尔（Montbéliard）读书。未来的自由诗诗人1877年入学，在这个学校学习了四年，1880年离开后，雷泰就要独自谋生了。他在布鲁塞尔短暂地当过学徒，因为崇拜拿破仑，1881年回到法国入伍，服役的部队是第十二骑兵师，驻地在昂热。六年军旅生活让他起了厌恶之心，决定在巴黎开始文学生涯。于是1887年，雷泰在巴黎的圣马歇尔大街安顿下来。[①]

1887年的巴黎先锋文学思潮方兴未艾。虽然《风行》已经停刊，但是《颓废者》《独立评论》《黑猫》杂志还在活动，卡恩《漂泊的宫殿》这部自由诗诗集正要出版，报刊已经开始讨论新的诗歌形式。雷泰虽然与莫雷亚斯、拉弗格相比，晚出现了几年，但是就像开了席才赶到宴会的客人，并没有错过大餐。他与一个文学杂志《马鞭》（La Cravache）建立了关系，但是这个杂志很快解散，雷泰有心重办一份杂志。他找到一位印刷商，并说服卡恩恢复《风行》。卡恩同意了他的计划。新的《风行》于1889年7月问世了。在刊首的《告读者》中，出现了这样的话："我们严格地继续一个运动，这个运动是1886—1887年在《风行》上、1888年在《独立评论》上进行的。我们要扩大这个运动。"[②] 这个运动当然是指象征主义运动。能传承《风行》《独立评论》的火种的，只有卡恩。这篇没有署名的文章，应该是卡恩写的。新《风行》的分工有了变化，卡恩为总批评家，戏剧部分归雷尼耶，费内翁掌管艺术批评，施米特（Jean E. Schmitt）负责音乐批评。雷泰作为联络人，自然也要担当重任，他是刊物

---

① William Kenneth Cornell, *Adolphe Retté*, New Haven: Yale University Press, 1942, pp. 1–16.
② Anonyme, "Avertissement", *La Vogue: nouvelle série*, Vol. 1, No. 1, juillet 1889, p. 1.

第四章 《风行》的终刊与新刊物的兴起

的执行编辑。

《风行》不但让雷泰终于拥有了自己的园地，而且也令他名正言顺地成为了象征主义自由诗诗人。在卡恩、雷尼耶、雷泰等人的推动下，自由诗成为新《风行》的重要关注点。其实，在《告读者》中，卡恩就写得很清楚："《风行》现在的合作者期望定义、维护他们的自由诗、戏剧、长篇小说和个人批评的理想。"① 在1889年的时候，自由诗散文化的问题已经引起批评家和诗人自身的关注，自由诗正在为它的诗体地位而斗争。卡恩在1888年12月的《独立评论》中，已经提出了节奏单元的新定义（参考第三章第三节）。他在新《风行》中开设了"专栏"（"Chronique"），这其实是《独立评论》的专栏的延续。每一期的专栏，表面上讨论的是时下新出版的作品集，或者一些新的文学现象，实际上是借这些现象表达卡恩的诗学思想。在第一期的专栏中，卡恩讨论的是几本与自我有关的书。第一本是布尔热的《门徒》（*Le Disciple*），一本小说。随后是巴雷斯的《自由的人》（*Un homme libre*），也是小说。对小说中的自我观的分析，将会成为对无政府主义反思的契机。从长远来看，这将影响自由诗发展的轨迹。涉及诗的部分，是魏尔伦的《平行集》（*Parrallèment*）。魏尔伦一直被认为是颓废主义和象征主义的大师，在颓废派形成时期，年轻诗人大多崇拜他。在巴黎的文学圈站稳脚跟的卡恩，似乎对魏尔伦不满意了，他批评魏尔伦"丧失了他的一部分明净，他节奏上的决心，以及他作为铿锵有力的诗体的创造者和梦幻边缘的生发者的特殊价值"，并对这部诗集的缺陷表示不满："这部诗集整体上没有给我们带来迷人的感受和阅读的愉悦，而它们是我们在《无言的浪漫曲》《智慧集》《过去和往昔》《爱情》中已经习惯了的。"② 所谓"节奏上的决心"一语，是指责魏尔伦诗律上日趋保守。魏尔伦的《平行集》出现了许多8音节诗行和亚历山大体诗行，以前常见的奇数音节诗行变少了。似乎除了变化的语顿外，魏尔伦放弃了邦维尔解放诗律的主张。

1889年，象征主义的理论著作《近来的文学》（*La Littérture de tout à l'heure*）出版，作者是莫里斯。《近来的文学》注意到了卡恩，以及《漂

---

① Anonyme, "Avertissement", *La Vogue：nouvelle série*, Vol. 1, No. 1, juillet 1889, p. 1.
② Gustave Kahn, "Livres sur le Moi", *La Vogue：nouvelle série*, Vol. 1, No. 1, juillet 1889, p. 94.

泊的宫殿》：" 这个人，基本在实践一种象征主义的艺术和一种综合的渴望。他出版的诗集《漂泊的宫殿》的标题，同时在思想的含义上和形式的动机上富有意味。"① 莫里斯也是象征主义者，他推崇思想、感受、情感的综合，这也是威泽瓦在《瓦格纳评论》中已经提出过的观点。他看到卡恩也在寻求这种综合。如果分析卡恩的诗学，可以发现卡恩的综合从来没有接近过词语音乐的领域。这是一种音乐与诗的低级程度的结合。《漂泊的宫殿》的标题，含有流浪的国王的意思。就"形式的动机上"，它指的是对传统诗律的"远离"。莫里斯从这个标题看出卡恩形式解放的意愿，并将其概括为"游移不定的声音"②。当诗行中的声音长短不定时，传统诗行的范围就被突破，形式的自由就出现了。奇怪的是，莫里斯不是根据诗行的节奏单元、语顿等来给诗体和散文分类，他选择的是呼吸。第三章中已经讲到，他认可的诗行是 12 音节的。不同于这种呼吸限度的诗行，都是散文。这样一来，诗体和散文就是合作和竞争的关系。莫里斯指出："诗体和散文互相较量，互相融合：散文可能会占据上风，诗体无疑消退。"③卡恩对莫里斯的观点并不认可，他反问道："人类呼吸的限度不超过 12 个音节这种判断，我想知道它有什么科学的根据；即使这是真的，一个音节与另外一个作为停顿的音节可以产生头韵，为什么一个诗行必要时不能有两个相连的呼吸？"④

莫里斯的理论，取消了诗体的独特性。按照这种理论，几乎卡恩的所有诗中都有散文。这就让卡恩面对着散文化的指责。在 1889 年，自由诗已经进入确立诗体地位的关键时期，摆脱散文，找到自由诗的形式特征，是卡恩的第一要务。他看到了莫里斯理论的危险，并在《风行》中公开反驳道："在讨论最近的诗人时，为什么把他们的改革说成是诗体和散文的混合？就我而言，当我写一个诗节时——我已经预先考虑过它的构成要素，而且这个诗节就像莫里斯先生所说，建立在 2 音节的诗行和 17 音节

---

① Charles Morice, *La Littérture de tout à l'heure*, Paris: Librairies Éditeurs, 1889, p. 314.
② Charles Morice, *La Littérture de tout à l'heure*, Paris: Librairies Éditeurs, 1889, p. 314.
③ Charles Morice, *La Littérture de tout à l'heure*, Paris: Librairies Éditeurs, 1889, p. 314.
④ Gustave Kahn, "Livres sur le Moi", *La Vogue: nouvelle série*, Vol. 1, No. 1, juillet 1889, pp. 101–102.

第四章 《风行》的终刊与新刊物的兴起

的诗行上——我绝不相信将散文与诗体混合了起来。"① 卡恩强调只有节奏才是区分散文与诗体的尺度。这里没有必要再把节奏单元的理论再重复一次。需要说明，《风行》让卡恩能完成他自由诗理论的构想。在该年8月，卡恩在他的专栏中借助讨论格里凡和梅特林克的诗，再一次强调他的主张："我们相信应该严格地让诗行中的长句建立起双声的联系；我们也想建构诗节，我们并不认可在我们的格律诗中加入散文的句子。"② 他的解决办法和1888年回应布吕内蒂埃的文章相同，要求双声和半韵的黏合作用。

新《风行》并非仅仅发表了重要的诗论，它也关注作品。在第1卷中，人们看到了阿雅尔贝的《断章》（"Fragments d'un poème"），采用的形式还跟之前的一样，诗行长短不拘，但亚历山大体诗行潜在性地存在着，行内和行间有正式的押韵，或者有双声与半韵的技巧。诗行内的节奏单元似乎变得渐渐显著了，比如6音节音组和4音节音组比较常见。

格里凡发表了《环舞曲》（"Ronde"），诗中有一些地方出现了叠句：

  Où est, la Marguerite,
    O gué, o gué, o gué③
  玛格丽特在哪儿？
    哦，喂，哦，喂，哦，喂

格里凡最初的自由诗往往采用对称的诗行，这种情况在《环舞曲》中也没有大变。诗节中经常可以看到两个或者三个诗行音节数相同的情况。第3卷出现了格里凡的《在夜里》（"Sous la nuit"），这是一首由三节构成的短诗。诗的题材是对爱情和生命的反思。下面以最后一节来看格里凡的节奏：

  La lune, là haut, dans le soir, claire et fine;
  —De son arc bandé quelle étoile filante

---

① Gustave Kahn, "Livres sur le Moi", *La Vogue: nouvelle série*, Vol. 1, No. 1, juillet 1889, p. 101.
② Gustave Kahn, "Livres de vers", *La Vogue: nouvelle série*, Vol. 1, No. 2, août 1889, p. 146.
③ Francis Vielé-Griffin, "Ronde", *La Vogue: nouvelle série*, Vol. 1, No. 1, juillet 1889, p. 22.

《风行》杂志与象征主义自由诗

> A rayé la nuit d'une flèche divine? —
> On dit: la Vie est brève; non: la Mort est lente;
> Et chaque heure qu'on meurt de sa douleur affine,
> Et le vague avenir se devine
> —Que la Mort est lente! —①
> 月亮,在夜晚高悬,皎洁纤弱;
> ——哪个流星拉紧了它的弓
> 用它神圣的箭画出了夜色?——
> 人们说:人生短暂;不:是死亡缓慢;
> 每一小时人们都因为它磨尖的痛苦而凋落,
> 模糊的未来可以猜测
> ——死亡缓慢!——

这个诗节最突出的是前四行诗,它们都是 11 个音节,也就是说是缺一个音节的亚历山大体。从第 5 行开始,诗行拉长,到最后两行又缩短,给了这个诗节自由诗体的外貌。它们的节奏如下(去掉诗行中原有的破折号,以求清晰):

> La lune, là haut, —dans le soir, claire et fine;
>   5   6
> De son arc bandé—quelle étoile filante
>   5   6
> A rayé la nuit—d'une flèche divine?
>   5   6
> On dit: la Vie est brève; —non: la Mort est lente;
>   6   5
> Et chaque heure—qu'on meurt—de sa douleur affine,
>   5   2   6

---

① Francis Vielé-Griffin, "Sous la nuit", *La Vogue: nouvelle série*, Vol. 1, No. 3, septembre 1889, p. 263.

第四章 《风行》的终刊与新刊物的兴起

    Et le vague avenir—se devine
      6   3
    Que la Mort est lente !
        5

  这样划分，节奏就非常清楚。如果将这些诗节划分出最小的节奏单元来，节奏就会打乱。以第3行和第4行为例：

    A rayé—la nuit—d'une—flèche—divine？
     3 2 2 2 2
    On dit：—la Vie—est brève；—non：—la Mort—est lente；
     2   2   2   1   2   2

  因为"non"（不）后面出现了一个长停顿，所以它单独成为一个节奏。这样就把第4行多分出了一个节奏。这两行诗以2音节音组为基础，但是这样划分的节奏是破碎不堪的，诗人和读者都无法这样来读诗。这说明格里凡并没有通过最小的节奏单元来组织诗行，而是以亚历山大体为模板，通过两个半行来组织节奏。他的短诗行，就是一个半行，他的长诗行就是加了几个音节的亚历山大体诗行。这种方法虽然显得旧一些，但同样能让自由诗获得相对规则的节奏。

  第2卷发表了卡恩的自由诗《凄清的扇子》（*Éventails tristes*）。这首诗总共有16个部分，不少诗行是由10音节诗行和12音节诗行构成的，诗节也由不同数量的诗行构成。重复的词语和双声的技巧比较常见。卡恩是草创期出现的八位最早的自由诗诗人之一，其他几位是兰波、莫雷亚斯、拉弗格、迪雅尔丹、格里凡、阿雅尔贝、莫克尔。这些诗人是新阶段最为活跃的诗人，在《风行》《独立评论》上常能看到这些人的名字。不过，自由诗如果想获得更大成功，就必须要有新的诗人加入。新《风行》在这方面发挥了重要作用。虽然办刊时间短，它仍然推出一些新诗人，他们中有不少人后来成为自由诗未来的支柱。雷尼耶就是其中的一位。

  雷尼耶是颓废派的成员，他在《吕泰斯》上有诗作发表（第224期）。虽然很早就参与颓废文学的活动，但是他一直处在边缘地带，得不到承认。布尔德1885年的《颓废诗人》列出的六位颓废者，没有雷尼耶的名字。同年卡泽（Robert Caze）扩大版的颓废者名单中，他仍然缺席。巴朱的《颓废者》杂志，他没有得到邀请，1886 年的《风行》他没有得到任何版面。他的名字与颓废者或者象征主义者第一次联系起来，是在 1886 年吉尔领导的《颓废》(La Décadence) 杂志上。第一期，雷尼耶作为杂志的合作者，出现在一个长达三十多人的名单中。在这个只存在 15 天的杂志上，雷尼耶没有发表一首作品。《风行》杂志让雷尼耶终于在巴黎谋得了一席之地。

雷尼耶深受马拉美的影响，他的形式也是如此。古尔蒙曾称赞他道："雷尼耶先生就才华和名望来看，在新诗人中数第一。他没有创造新诗体的野心，但他扩充了古代的诗体。"① 雷尼耶并不想过于靠近自由诗，但他会放宽亚历山大体。在新《风行》第 1 卷中，雷尼耶发表了《过去的面影》("Face de jadis")，这首诗只有 10 节，可以从第一节中的几行诗来看它的形式：

    Aux ruines de Vie antérieurse et morte
    Au fronton dominant l'ombre cave de la porte
    Où s'engouffrent les feuilles comme les ailes mortes
    Des vols de crêpe épars sur les étange de moire!②
    在先前已逝的生活的废墟中
    在笼罩着门后阴影的深洞的三角拱顶中
    叶子们没入其中，好像死去的翅膀
    散乱的黑纱在泛光的池塘上飞动！

通过划分半行和语顿，这几行诗的节奏的构成如下：

    Aux ruines de Vie——antérieure et morte
      5   4

---

① Remy de Gourmont, Le Probleme du style, Paris: Mercvre de France, 1902, p. 164.
② Henri de Régnier, "Face de jadis", La Vogue: nouvelle série, Vol. 1, No. 1, juillet 1889, p. 25.

第四章 《风行》的终刊与新刊物的兴起

```
Au fronton dominant—l'ombre cave de la porte
        6                 7
Où s'engouffrent les feuilles—comme les ailes mortes
            7                      6
Des vols de crêpe épars—sur les étange de moire
        6                      6
```

诗中的半行看起来比较凌乱，不太有规律，实际上都是6音节的增损。第1行的两个半行，分别缺了一个音节和两个音节。第3行的第一个半行，又多了一个音节。因为诗行一直围绕着两个6音节半行变化，所以整体上诗行仍然是计数的。当然雷尼耶的诗行也可以有更大的变化。在这三节中，就出现了8音节诗行，也就是说两个半行都缺了2个音节。雷尼耶的诗节最合适的是通过半行来分析节奏，如果考虑最小的节奏单元，就会发现它们比较散乱，形成不了规律性的重复。

在第3卷中，雷尼耶发表了《古老的、浪漫的小诗》（"Petits Poèmes anciens et romanesques"）。这首组诗是由两首诗组成的，每首又分为6个部分。诗中采用的形式，与《过去的面影》基本相同，但是部分诗节与亚历山大体有了更大的距离，这是一个重要的倾向，例如第一首第二部分中的一个诗节（这里只选取前面5行，以节省篇幅）：

> Quand tu passas le long de la mer
> Quand tu passas le long de la grève
> Les Tritons blancs t'ont suivie et t'ont chanté
> Les chansons de la mer
> Aux échos de la grève. ①
> 当你沿着海边走过
> 当你沿着沙滩走过
> 雪白的海神们尾随你，给你唱
> 大海的歌

---

① Henri de Régnier, "Petits Poèmes anciens et romanesques", *La Vogue: nouvelle série*, Vol. 1, No. 2, août 1889, p. 242.

海滩在附和。

因为行末多个词重复，这让诗行有了歌曲的特征。它们的节奏如下：

> Quand tu passas—le long de la mer
>   4   5
> Quand tu passas—le long de la grève
>   4   5
> Les Tritons blancs—t'ont suivie et t'ont chanté
>   4   6
> Les chansons de la mer
>   6
> Aux échos de la grève.
>   6

严格地说，诗行都有亚历山大体的基础。比如最后两行，其实同属于一个亚历山大体诗行。前面几行出现了缺音。不过，诗行中4音节的半行（可以称为4音节音组）极为活跃，它单独组织起了前面三行的节奏。5音节音组弱化了后面连续出现的3个6音节音组。亚历山大体的节奏明显被修改了，诗歌节奏出现了复调。这种复调表现为一个真正自由的新节奏，成为原有的格律诗节奏的补充和对立面，诗篇中同时出现了两种不同的节奏。复调的节奏最早是由英国诗人布里奇斯提出来的。布里奇斯发现，弥尔顿的诗遵守格律诗的音律，但有些时候一种自由的言语节奏会打破它："这些言语节奏是永远存在的，它们在古典诗体中构成了不同音律中的主要变化效果，但它们与长短节奏形成了复调。"① 上面的诗例中，4音节音组和5音节音组产生的就是言语节奏，或者说是散文的节奏，它们与6音节的音组形成的节奏对立起来。

雷泰也是《风行》推出的另一位重量级的自由诗诗人。刚来到巴黎，他就读到了卡恩的《漂泊的宫殿》，并发现自由诗适合自己。康奈尔指出："雷泰的天性让他厌恶任何约束，他一定本能地喜欢诗体以及生活上的自

---

① Robert Bridges, *Collected Essays Papers & c*, Hildesheim: Georg Olms Verlag, 1972, p. 23.

第四章 《风行》的终刊与新刊物的兴起

由观念。"① 其实这倒不是天性使然，进入 20 世纪后，雷泰皈依了天主教，这说明自由并不是他心性的全部。因为厌恶严肃的军旅生活，诗人才发现自由诗的价值。在新《风行》的第 1 卷，雷泰发表了一首自由诗《夜晚的宴会》（"Fête de nuit"）。该诗分成两个部分，共 18 个诗节。雷泰只让第 1 行的首字母大写，其余诗行首字母都小写。这是自由诗的特殊标记。传统的格律诗每行的首字母都大写，雷尼耶的形式保守一些，他沿用了格律诗的做法。卡恩的《漂泊的宫殿》还保留着格律诗的大写习惯，但是最后一首诗开始违背传统。雷泰敏感地注意到了这一点。在第 2 卷，雷泰又发表《花园》（"Le Jardin"）。《花园》由长短不同的 19 个诗节构成，诗行首字母除诗节首行外均小写，延续了之前的格式。下面以《花园》一诗为例，来讨论雷泰诗的节奏问题。它的第一节如下（由居中排版改成左对齐）：

> Tumulte orageux du vent par les feuillées
> voix d'insomnie,
> une s'éveille que l'on crutendormie
> celle-là vous savez qui mourait l'autre année. ②
> 风经过有叶植物发出狂暴的喧响
> 失眠的声音，
> 人们相信入睡的某个人醒来
> 你知道，那是下一年死去的人。

这四行诗的音节数量分别为：11、4、11、12。明显可以看出，它们仍旧是亚历山大体的放宽。像第 4 行，就完全是亚历山大体诗行，语顿在第 6 个音节后。而第一行是第一个半行缺了一个音节的亚历山大体诗行，它的语顿在第 5 个音节后。第二行则是一个碎片，可以看作是原本第二个亚历山大体诗行的第二个半行的碎片。碎片是自由诗生成的一个重要的方式，斯蒂尔曾指出："自由诗本身就是碎片，因为它习惯于由节奏的碎片混合而成。"③ 这首诗的形式说明雷泰还处在自由诗探索的初级阶段，他小

---

① William Kenneth Cornell, *Adolphe Retté*, New Haven: Yale University Press, 1942, p. 16.
② Adolphe Retté, "Le Jardin", *La Vogue: Nouvelle série*, Vol. 1, No. 2, août 1889, p. 196.
③ Timothy Steele, *Missing Measures*, Fayetteville: University of Arkansas Press, 1990, p. 266.

心翼翼，仔细观察打破亚历山大体的后果。

　　诗行末尾虽然押了韵，但以"feuillées"押"année"，只是元音相同，辅音发音的效果差别很大，算是半韵。同样，"insomnie"和"endormie"的最后一个音节，辅音也不同，不过还是存在着近似的语音。从这个诗节看，双声的技巧没有得到雷泰的重视，它更强调用尾韵来联结诗行。诗行内如果缺乏双声，那么行内的节奏单元自然不会被强调。这说明雷泰像雷尼耶一样，他眼中最小的节奏不是音组，而是诗行和半行。用尾韵联结的诗行，形成一个整体，即诗节。诗节是更大的节奏单元。雷泰在节奏单元的使用上，有没有借鉴卡恩的做法呢？下面将其节奏分析如下：

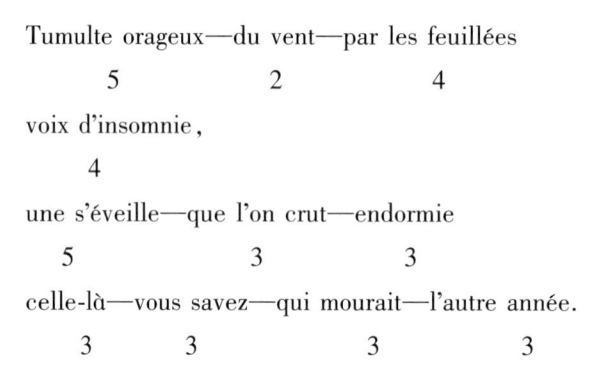

　　　　　Tumulte orageux—du vent—par les feuillées
　　　　　　　5　　　　　　2　　　　　　4

　　　　　voix d'insomnie,
　　　　　　　4

　　　　　une s'éveille—que l'on crut—endormie
　　　　　　　5　　　　　　3　　　　　3

　　　　　celle-là—vous savez—qui mourait—l'autre année.
　　　　　　3　　　　3　　　　　3　　　　　　3

可以看出这首诗每行节奏单元数量不同，这让节奏处于一种变动的过程，而非均衡的态势。节奏单元从2音节音组到5音节音组都有，似乎3音节音组是这个诗节的关键。节奏音组类型的多变，意味着这首诗的最小节奏单元应该是半行，换一种节奏划分法，这个诗节就变得清晰了：

　　　　　Tumulte orageux—du vent par les feuillées
　　　　　　　5　　　　　　　　6

　　　　　voix d'insomnie,
　　　　　　　4

　　　　　une s'éveille—que l'on crut endormie
　　　　　　　5　　　　　　　6

　　　　　celle-là vous savez—qui mourait l'autre année.
　　　　　　　6　　　　　　　　6

第四章 《风行》的终刊与新刊物的兴起

可见这个诗节的主要节奏单元是 5 音节音组和 6 音节音组。其中 5 音节音组给节奏带来变动，而 6 音节音组是诗行的基调，可以让节奏运动获得平稳感。总之，雷泰的诗的节奏，都是以半行的节奏为基础，与雷尼耶相去不远，不过，雷泰的节奏变化尺度更大。

除了上面两位诗人之外，《风行》还带来其他的诗人。第 1 卷中有一位叫瓦诺尔（Georges Vanor）的诗人，他 1889 年曾出版过《象征主义艺术》（L'Art symboliste）的小册子，由亚当作序，看来与后者有旧。但是这个人的生平在象征主义文学史上还是一个谜。他似乎既没有参加颓废派，也与第一系列的《风行》毫无关系。但却在新《风行》上露过几次面。瓦诺尔在第 1 卷发表的是一首十四行诗，属于 8 音节诗行，语顿多在第 3 个或第 4 个音节上，构成上三下五或上四下四的节奏。在第 3 卷上，他发表了一首自由诗《幻象》（"Apparitions"），有 9 个诗节，诗行首字母小写，有亚历山大体诗行，也有伸缩度比较大的诗行，例如倒数第二节有诗行仅有 4 个音节，第六节有诗行音节数超过 17。诗行主要靠尾韵、半韵或者重复的词语联结，双声的技巧使用不多。第 3 卷还有一位叫圣－保罗（Albert Saint-Paul）的诗人，这位诗人是马拉美星期二晚会的参加者，之前一直在《瓦隆》和《为艺术写作》上活动，但是没有在《风行》上露过脸。他发表的《锦缎》（"D'un lampas"）一诗，是真正由节奏单元发展的诗篇，它放弃了半行的结构，利用 3 音节音组和 4 音节音组作为节奏的基础。圣－保罗虽然在《风行》上只发表这一首诗，但是他给自由诗带来真正的新节奏。卡恩渴望用节奏单元来组织诗篇，可是他的诗仍旧脱不了半行的框架。圣－保罗捷足先登了。兰波的诗作可以用最小的节奏单元来分析，但是《海景》和《运动》是由散文诗发展而来的，兰波不一定真正想探索节奏单元的技巧。圣－保罗在自由诗创立后写的这首诗，与散文诗无关，是真正节奏上的创新。下面以这首诗的第二节来说明它的节奏：

    Regarde：

    Ces ramages, ces ramages.

    Rosaces aubales des cathédrales,

    Le feu, l'azur et l'eau des trèfles d'un vitrail

    Dont s'illumine l'hiératique image

《风行》杂志与象征主义自由诗

Découpée en les fleurs des heures pérennelles.①
请看：
这些花枝图案，这些花枝图案。
大教堂的乳白色花窗，
彩绘玻璃上三叶形的火红色、天蓝色、淡水色
闪耀着庄严的形象
永恒的花朵刻画出了他们。②

诗行各自的节奏是：

Regarde：
　3
Ces ramages，│ ces ramages.
　　4　　　　4（3）
Rosaces│ aubales │ des cathédrales,
　3　　　3　　　　　4
Le feu, l'azur │ et l'eau des trèfles │ d'un vitrail
　　4　　　　　　5　　　　　　　　　3
Dont s'illumine │ l'hiératique │ image
　　5　　　　　　4　　　　　2
Découpée │ en les fleurs │ des heures │ pérennelles.
　3　　　　　3　　　　　　3　　　　　3

这里 3 音节音组非常常见，总共有 8 个（或 9 个），第 2 行的"ramages"最后一个音节不发音，但为了与本行之前的音组保持一致，所以可以视为 4 音节音组。这样，4 音节音组一共有 5 次。3 音节音组在诗节中主要起到的是叙述的作用，它的意思较平，要求的注意力不大。4 音节音组则起到引起期望、关注的效果。个别的 5 音节音组带来节奏的变化，因为包含了

---

① Albert Saint-Paul, "D'un lampas", *La Vogue: nouvelle série*, Vol. 1, No. 3, septembre 1889, p. 289.
② 按，诗节第三行的"aubales"，查无此词，这里根据上下文暂时译作"乳白色"。

第四章 《风行》的终刊与新刊物的兴起

3音节音组，也具有一定的叙述功能。

三 《风行》新系列的终刊

新《风行》在理论和创作上，都巩固了自由诗的地位，自由诗初步赢得了它的时代。现在可以将不同系列《风行》刊发的自由诗，进行量化分析，以便更直观地看这份杂志给自由诗做出的贡献。这里的统计规则需要说明一下：第一，撇开1864年4月4日的试刊，以37期发表的内容为限。第二，如果一首诗既有亚历山大体和自由诗，则这首诗既计入亚历山大体诗的数量中，也计入自由诗中。第三，散文诗属于特殊情况，不计入此表。第四，十四行诗的组诗每首单独计数。但是其他组诗，如果没有列出篇名，则共计为一首。第五，诗剧属于戏剧这一文体，即使有自由诗，暂且不计数。第六，译诗不计数。

年份 \ 类型	诗作数量	诗人数量	亚历山大体诗数量	自由诗数量	自由诗占比
1886	68	16	25	34	50%
1889	12	8	1	10	83%
合计	80	22（2人重复）	26	44	55%

这个表说明在第一系列，《风行》发表的自由诗数量最大，达到了34首。这个数字与随后五年中任何其他杂志一年的发表量相比，都是最多的。可见《风行》确实稳坐自由诗领域的第一把交椅。第二系列，即1889年，虽然发表的自由诗数量下降了，但这是诗作总量下降所致，自由诗的占比实际上有了剧增，从50%涨到了83%，上升了33个百分点。83%的占比，也是所有象征主义杂志中数值最高的。与此相对应的是亚历山大体发表数量的骤减，由1886年占比37%降为1889年的8%。

把两个系列合起来，《风行》总共发表了22位诗人的80首诗，其中自由诗占比为55%，亚历山大体只占33%。这两个数值无论哪一个，在象征主义杂志中都是极端的数值。一言以蔽之，《风行》是最早、最高度地关注自由诗的杂志。本书用《风行》杂志来代表象征主义期刊，原因就在这里。

新系列突然停刊，影响了《风行》在自由诗的历史上发挥更大的作用。新《风行》的停刊，既有偶然的因素，也有必然的因素。偶然的因素是印刷商因为破产关了门，据说逃往埃及躲债。雷泰已经准备好了第 4 卷稿样，准备按期印出。结果扑了一场空。生气的雷泰将手中已经印出的其他几卷都毁掉了。[1] 必然的因素是依旧订户太少，入不敷出。这份在文学史上极为重要的期刊，一直没有解决销量的问题。新《风行》只有 27 个订户，很难想象它每月能收到多少订阅费。

《风行》的消失，让自由诗丧失了一份重要的机关刊物。此后，虽然还有一些刊物与自由诗走得很近，但是已经没有任何刊物像《风行》那样把精力主要放在自由诗上了。不过，虽然《风行》不在了，自由诗的理论和创作并没有中断。《风行》的编辑和撰稿人转移到其他的刊物上，星火终成燎原之势。1889 年之后，本书将关注《风行》诗人后续的工作，以便补全象征主义自由诗的历史。

第二节　比利时《瓦隆》杂志的兴起

《瓦隆》杂志创办于比利时的列日，为月刊，编辑委员会由三人组成，分别是莫克尔、拉伦贝克（Gustave Rahlenbeck）和西维尔（Maurice Siville）。这个杂志虽然比《风行》的名气要略小一些，但也是重要的象征主义期刊，格里凡称它是"象征主义最火亮的火炉之一"[2]。它创刊非常早，只比《风行》晚两个月，即 1886 年 6 月 15 日。但它是一个生命力强大的刊物，一直办到 1892 年年底，除了有些时候有两期或者多期合刊的情况，大多数情况下出刊稳定。这七年的时间中，如果将合刊算作一期，那么它一共出了 60 期，几乎比《风行》多了一倍。

从 1886 年出的刊物来看，这份杂志每期 32 页，价钱是 50 生丁。在发刊词上，有一段话表明了它的宗旨："《瓦隆》致力于聚集我们瓦隆省的文学青年的活跃元素。它的专栏完全拒绝政治，它独立于一切流派和一切集

---

[1] William Kenneth Cornell, *Adolphe Retté*, New Haven: Yale University Press, 1942, p. 22.

[2] Francis Vielé-Griffin, "Discours de M. Vielé-Griffin", in Albert Mockel et Francis Vielé-Griffin, *Correspondance 1890 – 1937*, Bruxelles: Académie royale de langue et de littérature françaises, 2002, p. 350.

第四章 《风行》的终刊与新刊物的兴起

团。"① 可见《瓦隆》最初的目标是兼容并包的。但是因为莫克尔的作用，它渐渐具有了象征主义的色彩。另外，这个杂志还具有先锋气息，引文中说的"活跃元素"，用语比较含糊，实际上它含有新诗学的意思。这在《告读者》("Au lecteur")一文中可以看得出来，编辑部指出，这个杂志是献给"勇者"的，它将具有"强烈的原创性和艺术性"②，这不是保守杂志的主张。

一 《瓦隆》的象征主义化

《瓦隆》杂志与象征主义及其自由诗的关系，经历了由观望到参与的过程。在第3期（1886年8月15日），"小专栏"里就出现了"象征主义先锋"的术语。这里的先锋其实与象征主义无关，因为文中涉及的是杂志《法院书记团》(*La Basoche*)，而该杂志在1886年4月就停刊了。《法院书记团》这个古怪的名字，发表的是于斯曼、马拉美这些颓废作家的作品，当时象征主义群体还未真正形成。所谓的"象征主义先锋"，应该叫"颓废主义先锋"。莫雷亚斯的《象征主义》一文，9月18日在《费加罗报》上发表，比利时的批评家皮卡尔（Edmond Picard）注意到了这篇文章，并有些异议。莫克尔看到了皮卡尔刚出版的《以艺术的名义》(*Pro Arte*)一书，于是在第1卷第5期（10月15日）的文学专栏中指出："最近，皮卡尔先生在《现代艺术》中感到震惊，他在分析让·莫雷亚斯拟定的象征主义教条的过程中，露出了困惑的笑容。这种令人不安的象征，它是波德莱尔的猫，皮卡尔自问道：'为什么要有象征呢？象征主义要在这个苦差事上做什么呢？'"③ 这是严格意义上的象征主义一语第一次在《瓦隆》上出现，也是象征主义与该杂志的第一次邂逅。莫克尔不是仅仅在评论皮卡尔。作为最早对象征主义感兴趣的比利时诗人，他明白象征在马拉美等人那里的含义，这是一种"内在的、模糊的梦幻"④。

虽然《瓦隆》中每期都有几首诗发表，但是从1886年4月到1887年7月，只能在杂志上找到亚历山大体或者10音节诗行的诗作。撰稿的诗人

---

① 这句话写在封面的背后，没有页码，没有作者，甚至没有标题。这里不注。
② La Rédaction, "Au Lecteur", *La Wallonie*, Vol. 1, No. 1, juin 1886, p. 1.
③ Albert Mockel, "Chronique littéraire", *La Wallonie*, Vol. 1, No. 5, octobre 1886, p. 148.
④ Albert Mockel, "Chronique littéraire", *La Wallonie*, Vol. 1, No. 5, octobre 1886, p. 149.

《风行》杂志与象征主义自由诗

们似乎在"强烈的原创性"上并没有兑现承诺。到了 1887 年 8 月,第一首自由诗终于出现了,这就是莫克尔的《空旷的地平线》("L'Horizon vide")。该诗只有 8 行,是《几篇散文》这组稿子的第六部分。在第二章第四节中,这首诗已经被分析过,这里从略。迪雅尔丹看到了《瓦隆》的新变化,他指出:"它仅仅在第二年才走上我们感兴趣的道路。"① 虽然《瓦隆》与法国象征主义诗人的联系仍旧缺乏,但它终于迎来了转折点。同样在这一期,一位叫德松比奥(Maurice Desombiaux)的人发表了《悲剧的夜晚》("La Nuit tragique"),同莫克尔的《几篇散文》一样,《悲剧的夜晚》也是散文,但在第三部分,短暂性地出现了自由诗。例如下面几行:

> Tes yeux si noirs, qu'ils paraissent noirs comme l'aile d'un corbeau.
> Tes yeux si noirs, aux reflets de métal.
> Tes yeux charmeurs de félin ou de reptiles.
> Tes yeux si doux, et si plcins de caresses.
> Tes yeux de velours. ②
> 你的眼睛如此黑,像乌鸦的翅膀。
> 你的眼睛如此黑,闪耀着金属的光泽。
> 你的猫一样的,或者爬行动物一样的诱人的眼睛。
> 你的眼睛如此温柔,秋波漾动。
> 你天鹅绒的眼睛。

诗行由规则的 4 音节音组和 6 音节音组组成,5 音节音组偶尔出现,用来改变节奏。大体上看,这种节奏类似于中国的骈体文,即上四下六。拿中国的《滕王阁序》比较:

> 渔舟唱晚,响穷彭蠡之滨;
> 雁阵惊寒,声断衡阳之浦。

德松比奥诗例中的第 2、3、4 行,都遵守了这种形式。这让三行诗有了 10

---

① Édouard Dujardin, *Les Premiers Poètes du vers libre*, Paris: Mercvre de France, 1922, p. 28.
② Maurice Desombiaux, "La Nuit tragique", *La Wallonie*, Vol. 2, No. 7, août 1887, p. 267.

第四章 《风行》的终刊与新刊物的兴起

音节诗行的味道。不过，第 1 行和第 5 行的变化，又破坏了这种稳定的节奏，让它们在整体上成为自由诗。莫克尔和德松比奥的这两首诗，出现的语境和时间相同，它们肯定了兰波《彩图集》中自由诗诞生的方法。

第 2 卷第 8 期（1887 年 9 月）的《瓦隆》，标志着这个杂志真正的象征主义化。第一个值得注意的现象，是维尔哈伦发表了两首亚历山大体的诗。虽然不是自由诗，但是维尔哈伦的稿件，表明比利时的两大先锋文学刊物——《瓦隆》和《少年比利时》——开始携手。其次，吉尔发表了一首诗《给唯一的过路人》（"Pour La Seule Passante"），也是亚历山大体。吉尔这一时期，正在编辑《为艺术写作》杂志。他在诗前的一篇文章中给他的刊物做了宣传。莫克尔与吉尔建立了一定的联系，甚至一度被后者视为一位追随者。这里暂不调查两人的私人关系，以及围绕着"语言配器法"发生的冲突，这里只想强调，莫克尔与吉尔建立的联系，加深了《瓦隆》与象征主义思潮的联系。第 2 卷第 9 期，更多的象征主义诗人成为《瓦隆》的撰稿人，比如梅里尔，他带来了两首诗，一首是散文诗，另一首是亚历山大体。雷尼耶也有一首诗《屏风》（"Ecrans"）发表，采用的是 8 音节诗行。第 2 卷第 10 期，德拉洛什发表了《重生》（"Résurrection"），是亚历山大体。如果知道雷尼耶和德拉洛什同时也在吉尔的《为艺术写作》上撰稿，这就解释了他们在《瓦隆》上出现的原因。《瓦隆》成为象征主义杂志，首先是通过吉尔身边围绕的象征主义诗人。

《瓦隆》不仅发表诗作，也参与了象征主义自由诗理论的探索。第 2 卷第 6 期（1887 年 6 月），有一位叫埃马（L. Hemma）的人，在文学专栏里发表长文评价象征主义诗人。在介绍象征主义对"绝对实体"的追求后，埃马将他分析的对象转移到了形式上：

> 他们的作品寻求实现的理想是这个：给生生灭灭的思想带来它自然的形式、它节奏的曲线，以及它音乐的发展。因为音乐在这里先于诗篇。古代的作曲家——甚至贝多芬在他的第九交响乐中也是如此——将他们思想的过程限制在空洞的节奏、方方正正的语句、诗行中间必须的停顿、等量节拍的范围中。①

---

① Albert Mockel, "A propos des harmonistes", *La Wallonie*, Vol. 2, No. 6, juin 1887, p. 236.

埃马同情反叛者们，因为旧的作曲家、诗人"限制"他们的思想，他们的诗作拥有的是"空洞的节奏"。而象征主义诗人则带来了"自然的形式"，通过语境可知，这种形式被理解为充分的、真实的。这位埃马非常了解象征主义，他是谁呢？埃马是个假名，他其实是莫克尔。在19世纪末，不少小杂志缺乏撰稿人的时候，编辑们就以笔名的方式发文章，给人造成刊物支持者众多的印象。另外，为了便于发表评论，不致引起误会，编辑们也这样做。莫克尔掩盖了自己的身份，估计是第二种原因。因为在这一期，莫克尔没有发表别的文章，避免名字重复出现不是他的考虑。比较合理的解释是，莫克尔不想让读者意识到他们的编辑有流派的倾向。

莫克尔讨论的"自由的形式"的代表，是卡恩。他这篇文章主要是描述象征主义诗歌形式的两条道路。第一条是和声学家的，第二条是旋律主义者。卡恩就是第二条道路的代表。第一条与瓦格纳有关系，莫克尔注意到瓦格纳的音乐理念，正在被现代诗利用。在这条道路上，诗人们形式比较保守，往往将旧音律与新的声音技巧结合起来。他们也就是梅雷略所说的右岸的诗人。① 吉尔的语言配器法，是这条道路的理论总结，具体到诗人上，马拉美则是他的不二代表。莫克尔指出：

> 正如一个音乐乐段自身就绝对指出了原本传达它的乐器，同样，同类的音节的组合召唤了看不见的交响乐的演奏。这些原则是斯特凡·马拉美构思的作品的基础，马拉美是微妙的、深邃的旋律的大师，潮湿的、深远的声音的和声学家，他的诗行是声音的这种统一，是瓦格纳交响乐的惊人融合。②

虽然在1887年，吉尔和马拉美都还维护亚历山大体，但是放宽亚历山大体得来的自由诗，与这些和声学家有些关系。像雷尼耶、梅里尔等人，无论他们在理论上如何表述，他们的形式都与这一类有关。

另一条道路则是旋律主义者的。莫克尔注意到他们在节奏自由上显示出更大的决心，从兰波到莫雷亚斯，再到卡恩，自由诗最初的诞生就出自

---

① Catherine Boschian-Campaner, ed., *Le Vers libre dans tous ses états*, Paris: L'Harmattan, 2009, p. 124.

② Albert Mockel, "A propos des harmonistes", *La Wallonie*, Vol. 2, No. 6, juin 1887, p. 236.

第四章 《风行》的终刊与新刊物的兴起

旋律主义者之手。莫克尔看到这类诗人废弃了音律，不但不再遵从音节数量的限制，而且语顿、押韵也都无关紧要了。《漂泊的宫殿》就是它的范例，这位比利时诗人从中看到了"难以捉摸的幻象"和"自由的梦幻"[1]。当然，迪雅尔丹、威泽瓦、马拉美等人并非与自由诗无关。这两类诗人其实在1890年前后出现了融合，很多"和声学家"最后也开始写起自由诗，这在莫克尔本人那里也是非常明显的。卡恩虽然被分在了第二类诗人中，但是从一开始，他也同样受到了瓦格纳交响乐的影响。这两条道路，或者说这两类诗人，其实并不是严格的区分，只是对诗歌形式两种本源的分析。莫克尔的这篇文章，是当时自由诗起源问题上最重要的文章。

第2卷第7期（1887年8月）上，莫克尔的朋友、列日大学的学生马安（Ernest Mahaim）发表了关于配器法的文章。他把配器法理论发明人的荣誉颁给了吉尔，将波德莱尔、魏尔伦和马拉美看作是这种理论的先驱。马拉美当然熟悉这种技巧，尤其是他遇到迪雅尔丹之后。但是波德莱尔、魏尔伦与配器法的关系是有些勉强的。马安的理解没有莫克尔的准确。不过，马安对配器法的用意还是清楚的，这种配器法不是单单用语音来模仿乐器，在文学上重造瓦格纳交响乐的效果，它是瓦格纳综合艺术的产物，马安说："他们（象征主义诗人）的最高目的是一种特别高超、特别新颖的想法：让诗成为一切艺术理想的综合。"[2] 马安还对吉尔《为艺术写作》的撰稿人进行了介绍，给读者透露了《瓦隆》与《为艺术写作》的结盟。

拉弗格1887年8月20日去世后，莫克尔很快就知道了这个不幸的消息，他在9月15日的《瓦隆》上，发表了追悼诗人的文章。文中将拉弗格比作科比埃尔，不过是"更阿根廷、更精致的科比埃尔"，拉弗格的创造力也得到了肯定。[3] 拉弗格的死是自由诗的巨大损失，不少敏锐的理论家都注意到他的价值。迪雅尔丹同样在该年9月的《独立评论》上发文悼念："我们丧失的远超过一位勤勉的合作者，一位朋友：我们丧失的是目前在寻求一种新的文学模式的人中恐怕最好的、最富才华的人。"[4] 两个月

---

[1] Albert Mockel, "A propos des harmonistes", *La Wallonie*, Vol. 2, No. 6, juin 1887, p. 237.

[2] Ernest Mahaim, "Le Groupe symbolique – instrumentiste et les *Écrits pour l'art*", *La Wallonie*, Vol. 2, No. 7, août 1887, p. 246.

[3] Albert Mockel, "Jules Laforgue", *La Wallonie*, Vol. 2, No. 8, septembre 1887, p. 304.

[4] Édouard Dujardin. "Jules Laforgue", *La Revue indépendante*, Vol. 4, No. 11, septembre 1887, pp. 245–246.

《风行》杂志与象征主义自由诗

后，佩洛（Maurice Peyrot）在《新评论》中也发表了悼文，指出："朱尔·拉弗格先生最近因为一场残酷的疾病，去世了。在所有颓废派的诗人中，他是最懂得将不连贯的词语与不连贯的思想结合起来的一位。"① 这两位都充分肯定了拉弗格的伟大。相比之下，莫克尔还没有真正意识到拉弗格的地位和价值，后者并不是另一位科比埃尔，而是象征主义自由诗的大师。

在第2卷第11期（1887年12月），莫克尔还发表了《形象的文学》（"La Littérature des images"）一文，虽然对自由诗谈得不多，但是这篇文章给象征下了一个非常有价值的定义，并对吉尔配器法的使用提出了批评意见。这篇文章标志着莫克尔作为象征主义理论家的诞生，也标志着《瓦隆》在象征主义刊物中的地位进一步稳固。莫克尔不再是一个边缘的参与者，他的理论和创作已经进入到象征主义的核心问题之中。不过，《瓦隆》作为象征主义重要刊物的地位，还需要时间和契机。

二 《瓦隆》杂志的崛起

进入自由诗深度发展的1888年后，《瓦隆》并未迅速成为象征主义的机关刊物。它似乎经历了一年的沉寂期。所谓沉寂期，是指这个杂志并未马上转型，开始发表大量的自由诗；相反，它对亚历山大体的"乡愁"变得浓厚起来。通过对吉尔、梅里尔、雷尼耶、德拉洛什、维尔哈伦、莫克尔、加尼尔（George Garnir）、穆雷（Gabriel Mourey）、凯勒（George Keller）等几位诗人的诗作进行抽样调查，总共选取了45首诗。这些诗中，采用亚历山大体的，总共有34首，占比为66%，剩余的诗，有的采取8音节诗行，有的采用15音节诗行、11音节诗行，数量是7首。这7首诗也是格律诗。加上它们，格律诗总共占比为91%。这个数据非常高，因为在这一年的11期中，自由诗总共发表的数量才4首。相当于每3期才有一首发表。这4首诗中，有3首是穆雷发表的。穆雷1865年9月出生在马赛。17岁时开始写诗，曾翻译过爱伦·坡的诗全集。他与马拉美结识，与象征主义诗人有些来往，但从未被文学史家看作是象征主义诗人。他的自由诗创作似乎可以给之前的文学史带来挑战。穆雷的自由诗，两首发表在

---

① Maurice Peyrot, "Symbolistes et Décadents", *La Nouvelle Revue*, Vol. 49, No. 11, novembre 1887, p. 140.

第四章 《风行》的终刊与新刊物的兴起

第 3 卷第 7 期，分别是《圣像》("Icône") 和《暗示》("Suggestion")。一首发表在第 3 卷第 11 期，是《幻象》("Vision")。这些诗的形式都有共同点，它们都是在亚历山大体诗行的变体：诗行被缩短或拉长了，半行和语顿被保留了，最小的节奏单元没有考虑，有尾韵。因为一个诗节中诗行的音节数量有较大的变化，所以肉眼看去，形式是散乱的，但是分析节奏的话，节奏又有一定的规律性，尤其是有些诗行音节数接近。这首诗在形式上，离莫克尔的形式解放的程度还有一些距离。

第 4 首是莫克尔的，标题是《对照》("L'Antithèse")，这首诗 11 节（因为分页，也可以说是 13 节），诗节中首行首字母大写，其余字母小写，这是卡恩很早就使用过的技巧。不过，莫尔克的大小写有自己的特色。如果诗行中有两个完整的句子，这个句子可以分成 5 行，或者 8 行，那么在一个句子结束后，新起的一行首字母则要大写。这首诗是莫克尔当时的杰作，也是 1888 年自由诗的重要收获。它通过最小的节奏单元发展的节奏，多有细腻、微妙之处。拿第一节来看：

> Fleur de neige,
>
> au monde impur exilée
>
> en songe épars,
>
> fleur d'exil aux pleurs d'argent,
>
> frêle écho d'un amour défunt,
>
> âme exhalée en parfums
>
> aux plaines d'azur,
>
> à toi, Rêveuse, à toi mon Désir. ①

> 雪的花，
>
> 被流放到污秽的世界
>
> 化作散乱的梦，
>
> 流放的花，凝作银色的泪珠，
>
> 已逝的爱的虚弱回声，
>
> 散发芬芳的灵魂

---

① Albert Mockel, "L'Antithèse", *La Wallonie*, Vol. 3, No. 5, mai 1888, p. 220. 本诗节的翻译曾向李建英老师请教过，在此致谢。

在青空下的原野飘荡，

献给你，梦想者，献给你，我的最爱。

根据最小的节奏单元来划分，可以发现这个诗节的节奏运动是这样的：

```
Fleur de neige,
     3
au monde impur | exilée
      4            3
en songe épars,
      4
fleur d'exil | aux pleurs d'argent,
    3              4
frêle écho | d'un amour défunt,
   3              5
âme exhalée | en parfums
     4            3
aux plaines | d'azur,
    3           2
à toi, | Rêveuse, | à toi | mon Désir.
  2        3        2        3
```

3音节音组和4音节音组是最基本的节奏单元，3音节音组发起节奏运动，4音节音组来变化它、调整它。而较少出现的5音节音组和2音节音组则进一步让节奏富有变化。其中2音节音组富有力量。就节奏与意义的关系看，3音节音组主要担任叙述的功能，4音节音组多用来解释、深化意义。莫克尔对这首诗也非常满意，他还特地给这首诗加了小序，认为："我听到节奏耸立起来，我看到节奏在扩张、收缩。"① 这是一次成功的尝试，既摆脱了亚历山大体的窠臼，又越过了语言配器法的藩篱。迪雅尔丹也注意

---

① Albert Mockel, "L'Antithèse", *La Wallonie*, Vol. 3, No. 5, mai 1888, p. 220.

第四章 《风行》的终刊与新刊物的兴起

到了这首诗,他称这首诗"完全是自由诗"①。完全的自由诗当然获得了全部的自由,这种评价不可谓不高。不过,迪雅尔丹意识到莫克尔已经开创出新的道路了吗?这种道路摆脱了莫克尔之前曾提出过的旋律主义者的做法。

在该年5月,莫克尔又化身埃马,对雷尼耶的诗集《插曲》("Épisodes")进行了评论。他注意到后者形式上的探索,指出:"雷尼耶的技巧适应了他的思想:让稳定的和破碎的节奏轮换使用。"②所谓"稳定的节奏",指的是亚历山大体这类诗行。莫克尔的评价是客观的,雷尼耶一直保留着亚历山大体诗行,作为他节奏发展的基础。这虽然是自由诗的一种形式,但莫克尔已经有了更多的选择,可以对雷尼耶的诗行的优劣有更自信的批评。在这篇文章中,他就指出《插曲》节奏上的一个缺陷:缺少哥特式的诗行。什么是哥特式的诗行呢?文中用语简短,没有解释。但可以猜测,这是在长短上有更大对照的诗行。这里的"对照"一语,正好是莫克尔上面的那首诗的名称。

进入1889年后,《瓦隆》迎来了办刊的第四个年头。从这一年开始,杂志出现了重大的变化。这涉及两种相关的现象。一种现象是莫克尔与吉尔关系的破裂,这其实也是《瓦隆》与《为艺术写作》关系的破裂。另一种现象是新的象征主义诗人的加入。最重要的新来者是雷泰,自从第4卷第2、3期合刊出现他的诗作后,他就成为《瓦隆》的常客。因为他的到来,《瓦隆》发表的自由诗数量增加了,与未来复刊的《风行》杂志也有了潜在的联系。比如《瓦隆》的撰稿人圣-保罗就在1889年的《风行》上发表了诗作。另一位是马拉美。马拉美在1888年就给《瓦隆》杂志去过信,编辑部马上就把它发表了出来,并表示"他的信对我们来说是特别甜蜜的快乐,我们喜不自禁地想让我们的读者了解它"③。实际上马拉美的信中并没有实质性的内容,只是对《瓦隆》表示礼节性的称赞。到了1889年1月,象征主义的大师终于给杂志寄去了一首十四行诗,采用亚历山大体写成。诗没有标出写作时间,它被发表在第3页,是该期的开篇之作。

---

① Édouard Dujardin, *Les Premiers Poètes du vers libre*, Paris: Mercvre de France, 1922, p. 35.
② Albert Mockel, "Chronique littéraire", *La Wallonie*, Vol. 3, No. 5, mai 1888, p. 231.
③ Stéphane Mallarmé, "Lettre", *La Wallonie*, Vol. 3, No. 2, février 1888, p. 105.

《风行》杂志与象征主义自由诗

但1889年的大事件,是《瓦隆》第6期(6月)发表的三诗人的公开信。这三位诗人是德拉洛什、莫克尔和圣-保罗。当1888年6月《为艺术写作》中断一年之久复刊后,他们也加入了《为艺术写作》,这也促成了两个杂志短暂的蜜月期。但是1889年5月,吉尔私自在《独立评论》上发表《进化—配器法》一文,俨然以大师自居,称这几位比利时诗人为自己的追随者。吉尔自以为手中握有刊物,比利时诗人会表达忠心,正所谓有恃无恐,但他误判了形势。他本人有些性格缺陷,蛮横自大,脾气暴躁,他不仅蔑视过魏尔伦,也曾表达对他的老师马拉美的不屑,并最终导致他脱离象征主义群体。他与象征主义诗人的战斗已经不止一次发生了,但对他个人影响最大的,可能就是《独立评论》引发的这一事件。在这个事件爆发前,三位诗人是他宝贵的盟友,是他与魏尔伦、马拉美和另一个杂志《颓废者》对抗的本钱。但是过于迫切地宣传语言配器法,过于急切地想成为流派的领袖,让他付出了代价。三人联署的信,既是维护自己诗歌、诗学的独立性,维护《瓦隆》诗人的尊严,也是向吉尔争夺流派领导权的回击。

三人首先表示吉尔的文章并不代表他们的立场:"我们无意讨论那篇文章表达的所有思想,但是我们的名字被列在那些理论后面,好像我们与文章的署名人志同道合。一劳永逸地说一说我们期望什么,结束持续很久的误解,我们相信这是有用的。"[①] 因为在《为艺术写作》上发表作品,并想争取吉尔身边的一些诗人,《瓦隆》诗人一开始确实给人他们是吉尔拥护者的印象。莫克尔把和声学家看作是比旋律主义者更高的,并认为吉尔是和声学的形式理论的创立者。莫克尔至少一度让吉尔觉得他是一位可靠的盟友。但吉尔未能尊重盟友,认为他们"显示了迈向我所希望的才能"[②]。吉尔的文章让人觉得比利时三位诗人是吉尔的依附者。三人则竭力表明他们是平等的:"我们从来没想过要在一面旗帜下拉帮结派,这样我们会亦步亦趋地听从一些可能并未定型的理论……每个人都凭借他自己的

[①] Achille Delaroche, Albert Mockel, Albert Saint-Paul, "Une lettre", *La Wallonie*, Vol. 4, No. 5, mai 1889, p. 216.

[②] René Ghil, "Méthode évolutive instrumentiste", *La Revue indépendante*, Vol. 11, No. 31, mai 1889, p. 229.

第四章 《风行》的终刊与新刊物的兴起

才能和他自己的方法。"①

吉尔的《语言论》多次修订过，但是基本的内容没有改变，都是让元音和辅音来模仿乐器，比如让"û、u、iu、ui"模仿小号、单簧管，让"à、a、ai"等模仿高音组萨克斯。这样，在一首诗中，不同的语音就构成了一个交响乐队。他自豪地表示："通过这种综合，这时真正的乐器的声音就将恰当地、精巧地响起。"② 虽然人发出的元音与不同的乐器有些接近，但是将它们完全确定起来，真正把语音当作乐器，这就有些儿戏了。人声与乐音只有模糊的相似性，而没有精确的对应关系。吉尔参考了一些声音的研究著作，就将他的理论打上了"科学的""进化的"的标签。这种理论作为一种技巧来补充诗歌的韵律，是未尝不可的。但一旦制定规则，就难免机械、荒唐。在《语言论》刚出版时，就有人公开反对。佩洛（Maurice Peyrot）在1888年的一篇文章中嘲笑吉尔"顽固不化"，"无可挽回地迷失了"③。三位诗人反对吉尔，需要动摇吉尔的理论根基。他们想表明他们的抗议不是出于个人的恩怨，而是出于学理的原因：

> 语言同时是声音和符号：作为符号，它是思想形象化的代表。作为声音，它可以被音乐性地组织起来，在一定程度上与含糊的声音类似。但是它的符号或者象征的特性表明，人们将它视作音乐，这是一种理想，作为含糊的声音，它不会解体，变成和谐的乐音的组合，通过唯一摆动的和弦表达情感。④

他们的信传达的意思，与威泽瓦1886年在《瓦格纳评论》中说过的话是一样的，语言不是乐音。语言是符号，是理性的工具，这是诗人唯一能与音乐家抗衡的工具。舍掉这个工具不但让诗人丧失了他的权力，而且也无法令他得到音乐。音乐与诗的综合，是瓦格纳主义的梦想，并非现实。

---

① Achille Delaroche, Albert Mockel, Albert Saint-Paul, "Une lettre", *La Wallonie*, Vol. 4, No. 5, mai 1889, pp. 216–217.
② René Ghil, *Traité du verbe*, Paris: Éditions A.-G. Nizet, 1978, p. 127.
③ Maurice Peyrot, "Symbolistes et Décadents", *La Nouvelle Revue*, Vol. 49, No. 11, novembre 1887, p. 141.
④ Achille Delaroche, Albert Mockel, Albert Saint-Paul, "Une lettre", *La Wallonie*, Vol. 4, No. 5, mai 1889, p. 217.

《风行》杂志与象征主义自由诗

如果利用配器法的理论——甚至包括威泽瓦在《瓦格纳评论》和《独立评论》提出的语言音乐理论——那么作成的诗只可能成为纯诗。纯诗就是语音的组合，它排斥语义，也就是排斥语言的符号和象征功能。纯诗、语言配器法，其实是一个东西的两个名称。二者的宗旨都是追求诗的纯粹音乐效果，纯诗可能强调人声的音乐，而语言配器法强调乐器的音乐。这种诗歌与亚历山大体并不矛盾，甚至还需要后者这个框架。吉尔曾清楚地表示他拒绝自由诗，原因在于亚历山大体能给人这个框架："我保留亚历山大体，把它当作'节拍的统一体'，不同节奏的多种持续时间在它上面发展。"① 在吉尔事件之前，莫克尔将象征主义诗歌的形式看作是两条路线，所谓和声学家的路线，就是纯诗的路线；所谓旋律主义者的路线，就是自由诗的路线。在象征主义内部，纯诗的路线一直阻挡着自由诗的路线。因为威泽瓦、马拉美、瓦莱里、雷尼耶等人都有纯诗的情结，亚历山大体在纯诗的想象中被赋予了新的价值。自由诗要想获得更大的发展，并成为象征主义最突出、最有代表性的诗歌形式，就必须要与纯诗的路线斗争，并战胜它。因而三位诗人对吉尔的抗议，表面上是比利时诗人的自尊心之战，实际上是象征主义形式的路线斗争。斗争的结果，是吉尔的语言配器法理论引起了广泛的指责，而莫克尔、圣－保罗转向卡恩和拉弗格的形式，自由诗的队伍扩大，纯诗在理论上遭受否定。马拉美后来放弃了纯诗的主张，也开始写自由诗，这并不是孤立的现象。马拉美去世后，似乎只有瓦莱里一人还在坚守纯诗的理想。作为普遍的路线，纯诗早在1889年就已经结束了它的使命。由此可以看出《瓦隆》在自由诗的成功上发挥的作用：它在创作和理论上，都给自由诗赢得新的机遇。

《瓦隆》1889年总共发表45首诗，其中包括德拉洛什在2、3月合刊上发表的一首组诗，里面的诗因为形式不是完全一样，因而将其计为6首。也包括一首用散文排版，但可视为自由诗的作品《故事》("Tale")。涉及的诗人有20人。如果统计一下数据，亚历山大体的诗作一共有27首，占比为60%。自由诗一共有4首，占比为9%。与前一年相比，自由诗的数量没有增加，可见该杂志的方向变化不大。在1889年，最值得注意的新人是雷泰。他在《瓦隆》上一共发表了3首诗作，其中一首是自由诗，标

---

① Georges le Cardonnel & Charles Vellay, ed., *La Littérature contemporaine*, Paris: Mercvre de France, 1905, p. 114.

第四章 《风行》的终刊与新刊物的兴起

题是《响动的树林》("La Forêt bruissante")。这首诗比他在《风行》上发表的自由诗还要早一个月。它与《夜晚的宴会》《花园》的形式相同。它们的区别是：《花园》一诗的诗节数量更多，《响动的森林》只有5个诗节。它们诗节内的构造模式是一样的，都是亚历山大体的放宽。

从1890年开始，因为《风行》的停刊，《瓦隆》遇到了最好的发展时机，不少象征主义诗人开始成为它的撰稿人。这些人中有莫雷亚斯，他在第5卷中总共发表了6首诗，其中有4首是自由诗。还有格里凡，他在这一年给这份杂志带来两首诗，全部是自由诗。格里凡和莫克尔大约在1887年结识，在1890年1月27日给格里凡的信中，莫克尔说过这样的话："首先我要再次感谢您答应给《瓦隆》撰稿。"[1] 看来格里凡是应邀而来。之前已经出现过的雷泰，有12首（篇）作品出现。1891年，莫里斯的名字被印在杂志上了，他带来一首9音节诗行的诗作。颓废派和罗曼派的成员普莱西贡献了3首诗，都是亚历山大体。在1891年，格里凡在第6卷第5期和第6卷第12期，完全占据了这个刊物的版面，这两期也变成了格里凡专号。格里凡惊人地发表了47首诗作，其中有8首是自由诗。1892年，吉德和瓦莱里也加入了撰稿人的队伍。

三 《瓦隆》自由诗的统计

现将从1889年到1892年这四年间《瓦隆》发表的诗作列表如下（组诗如果采用同一种形式，且无小标题，则视为一首；组诗如果采用不同的形式，或者使用多个小标题，则将组诗析为多首。戏剧诗不计入数据。诗论、评论中引用的诗例不计入数据。格里凡的不少组诗的选段，析为多首诗。如果一首诗中既有自由诗，又有亚历山大体，且两种诗体同等重要，则视情况统计两次）：

类型 年份	诗作数量	诗人数量	亚历山大体诗数量	自由诗数量	自由诗占比
1889	45	20	27	4	9%
1890	60	23	33	20	33%

---

[1] Albert Mockel, Francis Vielé-Griffin, *Correspondance 1890 – 1937*, Bruxelles: Académie royale de langue et de littérature françaises, 2002, p. 37.

《风行》杂志与象征主义自由诗

续表

年份 \ 类型	诗作数量	诗人数量	亚历山大体诗数量	自由诗数量	自由诗占比
1891	89	23	18	23	26%
1892	76	31	33	26	34%

这个表说明，虽然自由诗的占比有些起伏，但从长期来看，该数据是增加的。通过发表的自由诗数量来看，由于象征主义诗人的不断加入，《瓦隆》发表的自由诗越来越多，直至占据的比例超过三分之一。施赖奥克曾认为自由诗是"19世纪带给诗的东西"[1]，19世纪末期到一战后期，是自由诗在许多国家成为最受关注的诗体的时代，这似乎给人这种印象，即在这一时期，自由诗占据绝对优势。《瓦隆》告诉人们，自由诗的时代并不是一种形式压倒其余的时代，自由诗崛起了，但它与亚历山大体、8音节诗行等形式共存共生。自由诗获得了成功，但它并没有挤垮其他的形式，而是成为诗歌形式的有益补充。各种形式的格律诗地位仍然稳固，它们占比超过了60%。

这些发表的诗作中，雷尼耶1890年的《诗》（"Vers"）值得注意。[2] 之前雷尼耶的诗多次出现在《瓦隆》上，但是它们基本上都采用的是亚历山大体。而在《诗》中，雷尼耶继续了他在新《风行》上发表的《过去的面影》的形式，诗行与亚历山大体的距离变得明显了。正是《瓦隆》《风行》上的诗作，鼓舞了雷尼耶，让他也开始探索起新的节奏。在象征主义诗人的激发下，新的自由诗诗人也不断地加入到《瓦隆》中，这些诗人几乎在法国和英美的各类象征主义历史书中都被忽略了。他们是布瓦（Jules Bois），第5卷2、3月合刊，第6卷9、10月合刊有他的自由诗；鲁瓦（Grégoire le Roy），第5卷6、7月合刊中有他的自由诗；埃罗尔德（A. Ferdinand Herold），第5卷第9期有他的自由诗，第7卷3、4月合刊有他8首自由诗，第7卷9、10、11、12月合刊有他1首自由诗；托纳尔（Albert Thonnar），第6卷第1期有他的自由诗；默尼耶（Dauphin Meuni-

---

[1] Richard Shryock, "Reaction Within Symbolism: The Ecole Romane", *The French Review*, Vol. 71, No. 4, March 1998, p. 578.
[2] Henri de Régnier, "Vers", *La Wallonie*, Vol. 5, No. 11, novembre 1890, pp. 363-364.

第四章 《风行》的终刊与新刊物的兴起

er），第 6 卷 9、10 月合刊有他的自由诗；奥林（Pierre - M. Olin），第 6 卷第 2 期中有他 3 首自由诗，第 7 卷 3、4 月合刊和第 7 卷 9、10、11、12 月合刊分别有他 1 首自由诗；阿尔奈（Albert Arnay），第 6 卷 9、10 月合刊有他的自由诗；特拉里厄（Gabriel Trarieux），第 7 卷 1、2 月合刊有他 2 首自由诗；斯勒伊（Charles Sluyts），第 7 卷 1、2 月合刊有他 1 首自由诗；克林索尔（Tristan Klingsor），第 7 卷 7、8 月合刊上有他 1 首自由诗；莱贝格（Charles Van Lerberghe），第 7 卷 9、10、11、12 月合刊有他 2 首自由诗；丰泰纳（André Fontainas），第 7 卷 9、10、11、12 月合刊有他 2 首自由诗。这些诗人可能在 20 世纪上半叶各有各的成就，但在当时似乎都属于无名之辈。但正是这些无名之辈，和有名的诗人们一起，推动了自由诗理念的传播。他们是自由诗运动的见证者和参与人。

1892 年后，《瓦隆》停刊，自由诗继新《风行》后又丧失了一个重要园地。这时，在法国一份叫作《法兰西信使》的刊物，开始聚集起流浪的象征主义诗人。《法兰西信使》将见证自由诗的繁荣，也将目睹它的严重危机。

第三节 《法兰西信使》杂志的兴起

就在新《风行》停刊 3 个月后，巴黎出现了一份新的杂志《法兰西信使》。说新，其实刊名非常旧。它已经在法国存在一两个世纪了。早在 1724 年，有一位叫拉罗克（Antoine de Laroque）的人就曾用这个名称办过杂志，1835—1882 年，同名的一家杂志也存在过。这个杂志成为象征主义的刊物，古尔蒙发挥了作用。古尔蒙之于《法兰西信使》，就近乎莫克尔之于《瓦隆》。

一 《法兰西信使》的创刊

古尔蒙是象征主义者中笔耕最勤的人，他似乎具有百科全书似的知识储备，他在英美享有盛誉，是意象派诗人眼中的大师。古尔蒙 1858 年出生在法国的诺曼底，在卡昂大学法学院毕业，他兴趣广泛，在哲学和文学上都下过功夫。1883 年，古尔蒙来到巴黎谋生，成为法国国家图书馆的馆员。这时的巴黎，文学颓废的氛围已经渐趋浓厚，但是古尔蒙对文学新潮

《风行》杂志与象征主义自由诗

并不感兴趣,而是致力于古典文学的研究。古尔蒙错过了魏尔伦的《被诅咒的诗人》,也错过了《吕泰斯》上许多重要的作品,但他应该对于斯曼的《逆流》比较熟悉,因为经亚当的介绍,他结识了于斯曼。但是这个事件发生在什么时候呢?一定不会发生在 1886 年,因为亚当作为《风行》的编辑,也一定会给他的朋友介绍这份杂志,而古尔蒙没有提到这一点。这个时间点可能更早,也可能更晚。真正让古尔蒙对象征主义感兴趣的,是 1886 年 4 月的一次偶遇。诗人回忆道:

> 当我在奥德翁长廊里开始翻阅《风行》(它的第一期刚刚出现)时,我对我的同时代人构造的运动相当陌生,因为我在不太有文学氛围的街区特别孤独地生活,只知道作为反响偶尔传到我这里的几个名字,只读古代的作品。渐渐地,我感觉到轻微的美学震颤,以及新颖的美妙印象,它对年轻人来说很有魅力。①

这说明,在这个时期,古尔蒙还不认识亚当。看到《风行》刊发的文章和诗作,古尔蒙一下子从古典诗歌的世界里跳了出来,进入到一个新的"美学震颤"的世界中。他开始反思自己的文学趣味,要知道他这时已经写了一些古典气的作品,甚至还投过稿。现在,他为这些习作感到羞愧。象征主义在召唤它。诗人这样描述他的兴奋之情:"我成功了,因为我的文学方向找到了,它在不到一个小时内得到根本的改变。"②

古尔蒙有着修辞家善用的夸张,他得到了启发,但他的改变似乎并不是那样"根本"。他在新美学下写作的《泰奥达》("Théodat")发表于 1889 年 6 月的《独立评论》上,而该作品实际写于 1888 年 10 月到 11 月间,这说明古尔蒙的"皈依"有一个漫长的过渡期。1889 年,新《风行》创刊后,他的作品没有出现。零星发表的诗文,不足以让巴黎的文学圈认识这位已经 31 岁的大龄文学青年。莫雷亚斯只比他大两岁,现在已是象征主义的元老了;《风行》的主编卡恩早已成名,比古尔蒙甚至还小一岁。

---

① Remy de Gourmont, *Promenades littéraires*, volume 3, Paris: Mercvre de France, 1963, p. 158.

② Remy de Gourmont, *Promenades littéraires*, volume 3, Paris: Mercvre de France, 1963, p. 158.

第四章 《风行》的终刊与新刊物的兴起

新的机会降临到古尔蒙身上。1890年，一群在先前五年的新思潮中处于边缘地位的年轻人，决定合伙办一份杂志。其中的一位参与者丹尼斯（Louis Denise）认识古尔蒙，就邀他一起入伙。古尔蒙同意了。这些人的领导者是瓦莱特（Alfred Vallette），他曾加入过1886年的《颓废》杂志，为人"专制"，爱写评论。其他的成员有：雷诺，前《颓废者》杂志的成员；迪比，他与《颓废者》和《风行》杂志都有些联系，参加过米歇尔的无政府主义文学会议；颓废诗人萨曼（Albert Samain）以及瑞士作家迪米尔（Louis Dumur）。

从瓦莱特在1890年第1期写的社论来看，他希望将这个杂志定义为开放的、自由的园地。虽然合伙人不少是颓废派成员，但是瓦莱特想抵制颓废主义、象征主义的文学。他明确主张《法兰西信使》不是"颓废性的"，他将颓废视为背叛真正美学的"夸张"和"难懂"；他还提醒人们提防"形式的危险异端"[1]，这是拒绝自由诗的公开信号。这种立场并不是瓦莱特一人持有的。雷蒙是《颓废者》的资深成员，而《颓废者》杂志一直不接受象征主义的自由诗。迪比是一位波德莱尔主义者，他相信感应，也相信人工的美学形式，亚历山大体在他看来足够令人满意。比尔纳认为瓦莱特的文章"一开始没有提出任何积极的信条"[2]，就自由诗而言，这种判断是合乎实情的。这种情况从1890年《法兰西信使》发表的诗作也可以看得出来。12期中16位诗人总共发表了85首诗，其中亚历山大体的数量是58首，占比为68%。自由诗只发表了2首，全是古尔蒙的朋友丹尼斯的，占比仅为2%。这比1888年的《瓦隆》杂志还要少。这个数据表明，《法兰西信使》一开始不但不是自由诗的杂志，而且是自由诗的敌人。古尔蒙在第一年发表了几篇散文，没有诗作刊出，很难相信他将在未来成为自由诗的新旗手。

二 最初发表的自由诗

该杂志如果想要发生转型，首先需要扭转颓废诗人对自由诗的敌视、拒绝的态度。在这一点上，雷诺发挥了重要作用。雷诺比雷泰小一岁，

---

[1] Alfred Vallette, "Mercure de France", *Mercure de France*, Vol. 1, No. 1, janvier 1890, p. 2.
[2] Glenn S. Burne, *Remy de Gourmont: His Ideas and Influence in England and America*, Carbondale: Southern Illinois University Press, 1963, p. 12.

《风行》杂志与象征主义自由诗

1864年2月出生于巴黎，在加入巴朱的《颓废者》杂志后，一开始并未显示出对形式解放的热情，因为持有与威泽瓦相似的反理性立场，他的理论中有自由诗的潜在的位置。在1889年2月的一篇文章中，雷诺认为习惯和理性教育，破坏了人们的感受，在文学创作上，表现为陈词滥调的大行其道。雷诺批评道："这些老套的样式免除了我们创造其他的样式的辛苦，我们的懒惰也为此感到高兴，但是披上了相同的外衣，我们表达的思想就会丧失它们的细微差别、它们的微妙、它们的芬芳、它们原创性的精髓，丧失所有构成它们可贵的味道的东西。"① 这里批评的对象是语言形式，诗律也是一种"老套的样式"，也在雷诺的批评范围之内。但是雷诺只是意识到了诗体形式革新的必要，还没有真正实践。他加入《法兰西信使》的第一年，发表了10首诗，只有少数几期没有发表诗作，其他月份都有他的诗作刊发。值得注意的是，这10首诗清一色的是亚历山大体。第二年雷诺又发表了4首诗，分别在7、8、10、11月这四期，仍然用的是亚历山大体。不过，在这年3月，雷诺在一篇论莫雷亚斯的文章中，清楚地流露出他同情自由诗的立场。面对自由诗的大量传播，当时有批评家指责诗人选择自由诗是偷懒，即"简化他们写诗的任务"。这将自由诗诗人看作是不谙诗律的人，或者是没有耐心斟酌诗行的人。雷诺提出自己的异议："固定形式的诗作，是有耐心的作品，没有人会无视它的风险。那里马上显露出被克服的困难的价值。在象征主义派的作品中，相反，诗行任凭每个人的和谐感而伸缩。内在的法则摆脱了它们——人们小心这一点——但是天才个人的法则比传统的法则更精确。"② 雷诺没有否定固定的形式，这种形式如果成功，人们会很容易看到"被克服的困难"，也就是说它的成功是确实无疑的。不过，"天才个人的法则"要更优越一些，尽管诗行伸缩变化，但有着内在的和谐感。这种判断拉近了《法兰西信使》与象征主义自由诗的距离，有利于诗人们进行形式的探索。

在这一年（1891年），该杂志上的自由诗确实多了起来，有一些诗利用亚历山大体的碎片尝试形式解放，这也是卡恩、雷泰、雷尼耶以前已经做过的。7月还出现了波尔-鲁（Saint-Pol-Roux）的新试验。波尔-鲁1861年出生在马赛，是马拉美星期二晚会的常客，也就是说，是一位颓废

---

① Ernest Raynaud, "Un point de doctrine", *Le Décadent*, No. 29, février 1889, p. 54.
② Ernest Raynaud, "Jean Moréas", *Mercure de France*, Vol. 2, No. 15, mars 1891, p. 142.

第四章 《风行》的终刊与新刊物的兴起

者。他没有参与《风行》《颓废》《象征主义者》杂志的创办,不过与基亚尔一同办了一份杂志《七星诗社》(*La Pléiade*)。《法兰西信使》出现后,波尔-鲁也成为它的撰稿人,他在1890年发表了3首诗,两首采用8音节诗行,一首是亚历山大体诗。到了第二年,波尔-鲁突然来了灵感,发表了《在丧钟声里》("Sous le glas"),这首诗让他跻身于自由诗的开拓者之列。之前的自由诗形式的来源,要么是散文诗的浓缩,要么是亚历山大体的放宽,要么是节奏单元的组织,这是三种最常见的体式,也是三种最常见的道路,《在丧钟声里》则带来了第四种体式。以这首诗的第三节的下面几行诗为例(沿用原诗的居中对齐排版):

j'avais ouï

le vin funèbre

épandu par l'oeil

épanoui

d'une

lune

en deuil. ①

我听到了

葬礼的葡萄酒

目光倾注其上

而目光因为哀悼的

一轮

月亮

而开放。

这里最显著的是一种视觉的排版。通过阅读这几行诗,可以发现节奏单元并不是波尔-鲁所要考虑的,一行诗可以只有一个音节,例如"lune"(月亮),也可以有五个音节,例如"épandu par l'oeil"(目光倾注其上)。诗行既没有稳定的节奏单元,也没有语顿,完全摆脱了等时性的原则。之前的自由诗,分行无论有没有节奏上的考虑,一般都要照顾到语义,新的

---

① Saint-Pol-Roux, "Sous le glas", *Mercure de France*, Vol. 3, No. 19, juillet 1891, p. 17.

一行意味着语义的新发展。语义潜在地调节着诗行的数量。比如兰波的自由诗，就特别强调并列的语句。波尔-鲁的诗打破了这一点，它不太重视语义，甚至可以分出没有独立语义的诗行，例如这两行：

d'une

lune

一轮

月亮

诗中的"一轮"只是数量词，必须连着后面的实词才有意义，但是却被单独分为一行。同在这一节中，有一行是"ainsi"（这些、因此），这个词是副词，比数量词的表意性更差，但仍然独占一行。诗行利用了居中排版的形式，沿着中线把这些诗行组织在一起。但是这就出现了一个问题：诗人是如何控制每一行的长短的呢？

如果检查这首诗的音韵效果，就会发现调节诗行长短的因素是尾韵或者诗行末尾的半韵。诗人沿着他的思路安排诗行，当可能出现与前后押韵的词语时，这个词语就成为某一行的最后一个词，如果这一行恰巧只有一个词，它就单独分行。还以上面的两行诗为例：

d'*une*

l*une*

一轮

月亮

这两行诗因为碰巧都有"une"这个音节，虽然前后辅音不同，但也算是押了韵，所以分作两行。这种情况几乎在诗节的每一行都存在。再看这首诗的第二节：

ce s*oir*

vos digdandons

sont n*oirs*

第四章 《风行》的终刊与新刊物的兴起

plus que les éteign*oirs* ①
这个晚上
您的叮叮咚咚
是黑色的
黑过灯罩

四行诗中，有三行的末尾音节是"oir（s）"，这三行就都以这三个音节所在的词语分开了诗行。例外的第 2 行"vos digdandons"（您的叮叮咚咚）既可以单独成行，也可以与随后的一行合成一行。这属于可变的部分，不必做严格的规定。但有一个规律性的讲究，就是如果例外的诗行分作两行，与前后的诗行都不押韵，那么这个例外的诗行以合为一行为宜。即是说"vos digdandons"（您的叮叮咚咚）是可以分成两行的，但是新分出的两行都与其他诗行没有押上韵，所以不必分。

这种诗行以音韵效果分行，这着眼于听觉；居中排版，着眼于视觉。它是视觉和听觉的综合。美国当代学者哈特曼（Charles O. Hartman）曾提出过一种新的韵律定义："诗歌的韵律是诗人主导读者时间体验的方法，特别是对这种体验的注意。"② 也就是说，韵律不再是纯粹的声音、节奏的技巧，而是诗人有意引导读者注意他的诗行的方式。读者看到一些地方分行了，他会停下来，进行思考。波尔－鲁的自由诗就是这种新韵律的尝试。它没有完全摆脱声音效果，但用它近乎武断的分行主导着读者的阅读。

还有一个问题，波尔－鲁，一位格律诗人，是如何走向这种新自由诗的？这首诗之前，有几段散文（其实是散文诗），解释了写作的背景，可以提供一些答案。背景信息表明，这首诗的内容是悼念已故的妻子，一位"细心的主妇"。诗人表示，面临难以接受的现实，"我"精神失常。背景中有一些心理幻觉的描写："在这边的悬崖上我意志消沉，然而在那边，我跟在人们抬往公墓的死者后边。"③ 在巨大的身心分裂状态中，诗人写下

---

① Saint－Pol－Roux, "Sous le glas", *Mercure de France*, Vol. 3, No. 19, juillet 1891, p. 16.
② Charles O. Hartman, *Free Verse: An Essay on Prosody*, Princeton: Princeton University Press, 1980, p. 13.
③ Saint－Pol－Roux, "Sous le glas", *Mercure de France*, Vol. 3, No. 19, juillet 1891, p. 15.

了这首诗,他似乎摆脱了理性,也忘记了诗行的长短,只有声音和它有联系的梦幻留存下来。波尔-鲁解释道:"在这种魂不守舍的状态中,我写下了这些理智的人们将会指责的错乱的诗行,这些诗行是在感受的偶然性下,可能用了我全部的身体在悬崖巨大的绿色页面上写就的。"① 所谓"绿色页面",比较晦涩,可能指的是悬崖上的草地。"感受的偶然性"让人们想到了拉弗格的无意识写作。拉弗格在进入无意识状态后,遗忘了诗律,波尔-鲁同样受到无名的听觉的影响,写下了这首诗。他称这种诗是"错乱的诗行"(vers fols),这个术语的修饰语,还有"发疯"的意思。错乱的诗行意味着对格律诗的远离,它在精神和形式上都是发疯的。《在丧钟声里》本身就是自由诗的隐喻,它告诉人们自由诗是疯癫的时代、失常的精神所唤醒的。波尔-鲁有没有意识到这就是自由诗,一种与拉弗格、莫雷亚斯、莫克尔等前辈相同又不同的形式?这些诗人只能在差异中走到一起。它们相同的地方,不是对形式的原则的理解,而是对形式的原则的脱离。这种形式在1891年12月的《法兰西信使》中又出现了,这首诗叫作《无声的会谈》("Le Colloque silencieux")。可惜在1892年波尔-鲁发表的3首诗中,8音节诗行又恢复了它的统治地位。

三 转向象征主义杂志

虽然雷诺的诗论和波尔-鲁的自由诗相继发表,但总体来看,在杂志创刊的前三年间,《法兰西信使》完全不像是象征主义的杂志。古尔蒙本人也明白这一点,他说:"在友好地显示出的所有倾向中,象征主义体现得最差。"② 杂志更多的版面,给了艺术评论(比如梵·高和高更),给了颓废诗人,给了哲学和思想的杂文。古尔蒙与瓦莱特虽然是同事,但是在选刊上又是斗争对手。从1893年开始,事情发生了转机,古尔蒙渐渐对编辑部显露出"巨大的权威和影响力",并在莫里斯的帮助下,让该杂志成为"象征主义的机关刊物"③。

古尔蒙身先士卒,开始实践自由诗。该年11月(第47期),他发表

---

① Saint-Pol-Roux, "Sous le glas", *Mercure de France*, Vol. 3, No. 19, juillet 1891, p. 16.
② Remy de Gourmont, *Promenades littéraires*, volume 3, Paris: Mercvre de France, 1963, p. 190.
③ Glenn S. Burne, *Remy de Gourmont: His Ideas and Influence in England and America*, Carbondale: Southern Illinois University Press, 1963, pp. 12-13.

第四章 《风行》的终刊与新刊物的兴起

诗剧《菲尼萨公主的悲剧》("Histoire tragique de la princesse Phénissa"),这篇作品虽然不是自由诗,但是文中的一些部分,出现了自由诗的诗节。例如作品中多次出现的三行诗:

> Les sirènes
> Etaient trois reines,
> Chacune a choisi son roi.①
> 塞壬
> 是三位女王,
> 每个人都选择她的国王。

这三行诗,音节数量分别为:3、4、7,相互有很大的差别。它们通过尾韵和行中的半韵结合起来。古尔蒙在此时期,信奉自由艺术,它包括语言、形象的自由,也涉及诗体的自由:"艺术的本质是自由。艺术无法接受任何规则,也无法遵从美的规定的表达方式。它不仅拒绝一时流行的样式的桎梏,而且也否认人性完美的领域。"②他渴望内在的感受、情感自然地生成艺术形式。

在古尔蒙的努力下,象征主义诗人的地位巩固了。马拉美值得关注,他其实早在1890年6月就有散文发表在该杂志上。1893年,他哀悼莫泊桑的文章出现在该杂志的9月那一期(第45期)。雷尼耶1893年3月(第39期)开始成为杂志的撰稿人,他有一首亚历山大体诗作发表。该年6月(第42期),象征主义重要理论家威泽瓦的《一个可能的未来》("D'un avenir possible")刊出。这篇诗论宣告着威泽瓦理论的转型,它也让自由诗在19世纪90年代陷入危机。本书在随后的一章会讨论这篇文章。最后,象征主义的另一位理论家莫里斯在该年12月(第48期)出现了,他奉献的是一篇论高更的文章,虽然与自由诗无关,但涉及流派的理念,例如,莫里斯将这位画家视为"梦幻的装饰家"③,这是一种象征主义

---

① Remy de Gourmont, "Histoire tragique de la princesse Phénissa", *Mercure de France*, No. 47, novembre 1892, p. 195.
② Remy de Gourmont, *Le L'Idéalisme*, Paris: Mercvre de France, 1893, pp. 32-33.
③ Charles Morice, "Paul Gauguin", *Mercure de France*, No. 48, décembre 1892, p. 299.

的评价。1894 年，亚当的理论文章出现在杂志中了。1895 年，莫克尔和格里凡也开始为《法兰西信使》撰稿。这些诗人像一条条河流，虽然缓慢，但最终汇入古尔蒙、雷诺等人的杂志中。

这个杂志也影响、发展了一些自由诗诗人。丰泰纳（André Fontainas）是《法兰西信使》重要的自由诗诗人，他早在 1892 年就发表过自由诗《跋诗》（"Épilogue"），1893 年他发表了两首诗，全都是自由诗。可以看出，他对自由诗的兴趣增强了。以该年 12 月的一首诗为例：

> Je suis parti.
> Ces nymphes, leurs voix suaves
> Bruissent dans l'air comme des brises de caresses
> Et toutes leurs mains suaves
> Et leurs sourires clairs me tressent
> Des liens de fleurs et des guirlandes de caresses……①
> 我离开了。
> 这些仙子们，她们甜美的声音
> 在空中作响，宛如和风弄人
> 所有她们温柔的手
> 以及清爽的微笑，用抚爱的花朵
> 和花环的带子缠绕我……

虽然丰泰纳的诗往往是亚历山大体的变体，半行的结构往往被保留下来，但至少在部分诗行中（比如上面这几行），半行被抛弃了，最小的节奏单元开始接管节奏运动。上面的诗行中 3 音节音组和 4 音节音组非常活跃：

> Je suis parti.
> 4
> Ces nymphes, | leurs voix suaves
> 3   4

---

① André Fontainas, "Épiphanies", *Mercure de France*, No. 42, juin 1893, p. 107.

第四章 《风行》的终刊与新刊物的兴起

<blockquote>
Bruissent dans l'air | comme des brises | de caresses
   4   5   3
Et toutes leurs mains | suaves
    4   2
Et leurs sourires clairs | me tressent
    6   2
Des liens de fleurs | et des guirlandes | de caresses…
   4   4   3
</blockquote>

诗行中的 3 音节音组主要起到叙述的作用，而 4 音节音组除了发展节奏，还引出真正值得注意的信息。1894 年，丰泰纳在该杂志上发表了 8 首诗，数量增加不少，其中有一首是自由诗（第 51 期）。

另一位新登场的自由诗诗人是埃罗尔德，他早在 1891 年 12 月就发表过自由诗《秋天的节奏》（"Rhythmes d'automne"），采用的是与雷尼耶早期相似的形式，即缩短或者拉长 12 音节的诗行。1892 年他在该杂志中发表了 23 首诗，数量惊人，绝大多数是亚历山大体，有一首可以归为自由诗。1893 年他拿出 5 首诗，都是亚历山大体。雷尼耶虽然认为他不是卓越的诗人，但是仍旧发现他的不少诗中的节奏是"和谐的"，"有优美的调子"[①]。

四 《法兰西信使》自由诗的统计

下面将《法兰西信使》1890—1894 年发表的诗作做一个总表，来看这 5 年间自由诗发表的情况。统计的方法仍然沿用《瓦隆》时使用过的，即评论、诗论中引用的诗不计数，诗剧中的诗不计数，如果组诗同用一个标题，且形式统一，则计为一首；如果组诗同用一个标题，形式多样，则各自分别计数。如果组诗内的诗作各自都有标题，则各自分别计数。统计的对象只是法语诗，1892 年 3 月曾发表过不少英文诗，这些英文诗不统计。按照这些原则，得出的数据见下表：

[①] Henri de Régnier, "A. – Ferdinand Herold", *Mercure de France*, No. 51, mars 1894, p. 231.

《风行》杂志与象征主义自由诗

年份 \ 类型	诗作数量	诗人数量	亚历山大体诗数量	自由诗数量	自由诗占比
1890	85	16	58	2	2%
1891	74	26	52	8	11%
1892	84	18	65	4	5%
1893	51	18	38	5	10%
1894	51	17	38	3	5.9%

这个表说明《法兰西信使》发表的自由诗数量非常少。《瓦隆》发表的自由诗有时一年可以达到23首，或者26首，占所有诗作的比例可以高达34%。《法兰西信使》在1895年之前，发表最多的一年是1891年，也只有8首自由诗而已，占比达到11%，与《瓦隆》相比差距非常大。《法兰西信使》自1893年后，可以说越来越象征主义化，但是它综合各派的性质一直没有改变，这是一个多种文学流派共同的园地，也是哲学和印象主义绘画、瓦格纳音乐的平台。它的象征主义的特征可能越来越多，但是发表自由诗并不是它的主要目标。与平庸的自由诗作品相比，它在理论上的成就可能更大。在1895年之前，它推出的最重要的自由诗理论家，是雷泰。

五 雷泰发表的自由诗

雷泰在新《风行》《瓦隆》上发表了不少自由诗，进入1891年后，随着自由诗面临着越来越重的危机，不少诗人放弃了自由诗的创作，自由诗不再像1886年那样吸引人了。另外，对自由诗诗体地位的探索，也让散文化的自由诗受到批评。正是在这种背景下，雷泰接受了无政府主义思想，继续宣传自由形式的理念。雷泰的这种角色，有正反两方面的作用。从反的作用来看，他无疑是个落后于时代的人。无政府主义在19世纪80年代非常盛行，但是到了80年代末90年代初，由于政治环境的变化，再加上该运动的不少鼓吹者纷纷入狱，无政府主义运动停滞了。雷泰在1893年之后才接受这种思想，这足足比其他的象征主义诗人晚了一个时代。由于没有看到当时的文艺环境对形式的新要求，雷泰的自由诗理论实际上是不合时宜的。如果他的理论早出现七八年，那么，他的理论是可以与格里凡、卡恩等人的理论并驾齐驱的。但在一个绝对自由的理念正在遭受调整

第四章 《风行》的终刊与新刊物的兴起

的时代,他的斗争就有点像堂吉诃德的冲锋了。但他的理论也有正面价值。就像上面说过的那样,在一个自由诗面临压力的时代,他的反传统的形式理论,会让人们想起自由诗诞生时的荣光,并有利于给这种形式扩大声势。

1893年1月,雷泰在《法兰西信使》上发表《诗的悖论》("Paradoxe sur la poésie")一文,他在文中提出一种卢梭式的节奏学说,即依靠诗人的良知和本能。他认为诗人的眼光就是孩童的眼光,懂得用孩童的眼光看世界,就能感受到新的节奏。在回顾自己四岁时去河边观察河流和阳光的经历时,诗人指出:"我小孩子的眼睛出于梦幻的棱镜,体验到不安的生活,而通过这种棱镜,我感觉到这些事物的节奏和美丽。"[1] 与孩童的眼光对立的,是一个巨大的、可怕的成人世界,这个世界是理性的,有着许多妨碍人的框架和规矩。诗歌上的爱弥儿很快就会变成规则的奴隶,这样,他就丧失了他形式的本源,就成为平庸的人。雷泰从本质上看,与渴望进行政治斗争的巴雷斯不一样。他的无政府主义与政治无关,是一种文化上的纯粹主义。他这样宣传他的诗学目标:"纯粹的艺术、真正的艺术、'只以自身为目的'的艺术,需要我们的一切思想,需要我们一切的忘我精神。它从未蒙受像在今天这样的伤害。我们文学上的无政府主义者像我们一样明白这一点:当代的资产阶级出于一种仇恨厌恶艺术家。"[2]

康奈尔在讨论雷泰的诗学转型时,将无政府主义与为艺术而艺术对立起来了。按照这种思维,雷泰早期是为艺术而艺术的支持者,1893年他的转型,是转向了无政府主义。[3] 这样说来,1893年之后,雷泰就放弃了为艺术而艺术的思想。这种理解是对雷泰无政府主义的误解。因为不关心政治斗争,主要着眼于文学的纯粹性,雷泰的无政府主义就是为艺术而艺术。因为政府在他那里代表的是一切妨碍自我本源的艺术障碍,它可以是理性、社会习俗,也可以是诗律,是陈词滥调。但是法兰西第三共和国,或者具体来说费里、弗雷西内(Charles de Freycinet)等人组阁的政府,可能一直都不是他眼中的障碍。因为维护形式的纯粹性,雷泰希望去除内容之外的形式模套,让内容自身塑造形式,他相信:"与其说思想源自形式,

---

[1] Adolphe Retté, "Paradoxe sur la poésie", *Mercure de France*, No. 37, janvier 1893, p. 15.
[2] Adolphe Retté, "L'Art et l'anarchie", *La Plume*, No. 91, février 1893, p. 45.
[3] William Kenneth Cornell, *Adolphe Retté*, New Haven: Yale University Press, 1942, p. 54.

不如说形式源自思想。一个美好的思想包含它的形式。"① 这里与其说是确定了思想的根本性地位，还不如说重新定义了思想。思想不是与形式对立的思想，思想就是形式，一旦思想成形，形式也就成形了。这是一种一元论的看法。

1893年7月，雷泰在《法兰西信使》上发表了他的代表作《自由诗》（"Le Vers libre"），他个人也非常重视这篇文章，将他收入1895年的诗集《花的群岛》（*L'Archipel en fleurs*）里，当作序言。他的这篇文章，集中讨论节奏问题，他指出："节奏只有在数量变化的诗行组成的诗节中，才能获得它强度的最大值，而这种诗行是由数量变化的音节构成的——对于脱离规则影响的个人主义诗人来说，这种节奏很合人心意。"② 这开宗明义地讲出了他的态度。他倾向于变化的节奏，这是个人主义的要求。在这篇文章中，雷泰把他无政府主义美学的攻击点也说得很清楚，这是韵律，是韵律的制定者。他嘲笑韵律是"过时的""贫瘠的"，它宣传一种骗人的诗学："那种诗学奇怪地滥用了十四行体，而在十四行诗中人们制造出一种怪物，时而是公告牌，时而是雕像，时而是金器银器，时而是五金杂物，还一直啧啧赞美道：'瞧这好手艺！'"③ 就像上文讲过的那样，这种攻击对象与政治没有关系。具体来看，他攻击的是巴纳斯诗人。这些诗人固守着亚历山大体，还"自以为是地"评价别人的诗。雷泰这里没有指名道姓，但是对他了解的人，都知道他在嘲笑马拉美。马拉美曾经是他崇拜的诗人，他在《诗的悖论》一文中，曾经把马拉美摆在尊贵的巴纳斯山上，还认为他是天才。他强调马拉美对美的深刻理解："从马拉美先生那里，我们学到美的一个名字是：神秘。"④ 但《自由诗》一文已经流露出他的弑父情结，这种情结在两年后变得更加粗暴了。他在《羽笔》（*La Plume*）杂志上撰文指出："马拉美先生是垂死的巴纳斯派最后的化身。"⑤ 雷泰终于成为马拉美的敌人，这也相当于成为象征主义整个流派的敌人。是什么原因使雷泰像吉尔一样背叛了马拉美呢？主要是自由诗。马拉美一直想用亚历山大体改造自由诗，这也是第三章已经谈到过的。雷泰则不想让自由

---

① Adolphe Retté, "Paradoxe sur la poésie", *Mercure de France*, No. 37, janvier 1893, p. 17.
② Adolphe Retté, "Le Vers libre", *Mercure de France*, Vol. 8, No. 43, juillet 1893, p. 203.
③ Adolphe Retté, "Le Vers libre", *Mercvre de France*, Vol. 8, No. 43, juillet 1893, p. 203.
④ Adolphe Retté, "Paradoxe sur la poésie", *Mercure de France*, No. 37, janvier 1893, p. 15.
⑤ Adolphe Retté, "Chronique des livres", *La Plume*, No. 138, janvier 1895, p. 64.

第四章 《风行》的终刊与新刊物的兴起

诗有任何束缚,任何有这种企图的人,都是他的敌人,哪怕是马拉美。他说得很清楚:"当我们创建自由诗时——今天已经成功——马拉美先生首先坚持保存它(亚历山大体)。"又说:"没有必要打扰马拉美对十二个音节的崇拜,它们对于他来说,无疑就像十二尊大神对于古希腊人那样。"①

既然马拉美已经成为过去,那么新的诗人将会以谁为榜样呢?是卡恩,还是雷尼耶、波尔-鲁?雷泰没有说明,他用了非常形象的语言来形容这样的人:

> 我希望遇见一个野蛮人,一个原始、敏感的人,因为晃动的森林而内心激动,芦苇们在风的触摸下,在花团锦簇的河边轻声细语,他因此而内心充满幻想,他对鸟鸣报以甜蜜的孩童的微笑,他天生地倾心于朝阳的纯洁,尤其是醉心于某个女人,而浑然不知。②

这样的野蛮人不像是兰波,一个具有"坏血统"的人,《地狱一季》的作者已经忘记了"孩童的微笑"。这种人其实就是雷泰自己。上文已经谈到过雷泰四岁时去河边时的感受,他还具体描写了阳光与河流的美:"河流有一样东西吸引我:阳光打碎了它的黄金,绿色的波浪上光亮的蝴蝶纷落如雨。"③ 两段引文互文性的联系,揭露了雷泰某种程度的自恋。不过,比自恋更值得关注的是,他几乎拒绝取法任何当时的诗人,哪怕是自由诗诗人也成为他个人形式的障碍。

雷泰在19世纪90年代,发出了个人形式的最强音。但他并没有真正成为自由诗的守护人。1907年,随着《从魔鬼到天主》(*Du Diable à Dieu*)一书的出版,他皈依了天主教,并放弃了以前的无政府主义(或者说个人主义)思想。他1930年死在伯恩。自由诗是一位多情的女人,她善于俘获年轻诗人的爱情。新的自由诗人将会不断涌现。不过,《法兰西信使》记载了雷泰、古尔蒙、波尔-鲁、丰泰纳和一种诗体形式珍贵的邂逅。

---

① Adolphe Retté, "Chronique des livres", *La Plume*, No. 138, janvier 1895, pp. 64–65.
② Adolphe Retté, "Le Vers libre", *Mercvre de France*, Vol. 8, No. 43, juillet 1893, p. 206.
③ Adolphe Retté, "Paradoxe sur la poésie", *Mercure de France*, No. 37, janvier 1893, p. 15.

第四节　1892 年之前自由诗的反响与论争

《瓦隆》《法兰西信使》接过了《风行》杂志的接力棒，除了这两家杂志外，《羽笔》《白色评论》《文学与政治对话》也成为自由诗或者自由诗理论的新园地。从 1890 年开始，自由诗在法国、比利时有了新的开拓，自由诗终于成为燎原之火。可以看到 1888 年到 1891 年这四年间，自由诗获得了巨大的成功：自由诗诗人已经由《风行》的诗人群扩大到更多的群体；不少刊物开始欢迎自由诗。迪雅尔丹在讨论 1889 年大量涌现的自由诗创作和理论时，感叹地说："事实上，自由诗已经赢得这个战争了。"[①]这是自由诗成功的注脚。

除了自由诗的杂志越来越多外，这一时期还出现了众多的自由诗诗集。这些诗集要么有一部分由自由诗构成，要么全部都是。卡恩在 1887 年出版《漂泊的宫殿》，收入 8 首长诗（组诗），这 8 首诗中，前面两首有不少诗节是格律诗，也有一些诗节是自由诗，而后面的 6 首诗中自由诗的诗节就越来越多了。像《回忆录》（"Mémorial"）这首长诗就完全是自由诗。这首诗曾发表在第 3 卷第 9 期的《风行》上。卡恩 1891 年的诗集《情人的歌》，收长诗 7 首，诗中有些诗仍旧保留了亚历山大体的诗节。这些诗有 4 首发表在《独立评论》上，有一首发表在 1889 年的《风行》上，它是《凄清的扇子》（"Éventails tristes"）。莫雷亚斯的《叙事抒情曲》收有 41 首诗，都是格律诗，但是诗中有些诗节的节奏已经有放宽的迹象。1891 年的《热情的朝圣者》，有 44 首诗，其中有 23 首诗同属一个组诗，因而也可以说一共是 22 首诗。这部诗集被视为自由诗的重要收获。不过，不能完全称它为自由诗的诗集，它的第一首《给爱人的礼物》（"Offrande à l'amour"）是一首亚历山大体诗。组诗《面容白润的埃诺》（"Énone au clair visage"），前面三首都是亚历山大体，第四首才有了变化的节奏，第五首是真正的自由诗。组诗《田园的譬喻》（"Allégories pastorales"）中的五首诗，前四首都是自由诗。另一个组诗《灵性的、悦人的树林》（"Le Bocage moral et plaisant"），是由 23 首诗构成的组诗，大多数都是自由诗。

[①] Édouard Dujardin, *Les Premiers Poètes du vers libre*, Paris: Mercvre de France, 1922, p. 37.

第四章 《风行》的终刊与新刊物的兴起

莫雷亚斯还在1889年发表诗论集《象征主义最初的论战》，收录了莫雷亚斯、布尔德、法朗士的诗学论争的文章，有一些篇目涉及形式解放的问题。

迪雅尔丹1891年也出版了《爱情喜剧》（*La Comédie des amours*），收入诗作9首，全部都是自由诗。拉弗格去世后，他的诗集也被整理出版。1890年，他的两部诗集同时问世，一部是《美好愿望的花朵》（*Les Fleurs de bonne volonté*），收入诗作56首，其中有19首可以看作是自由诗。另一部是《最后的诗》，有8首，长诗，都是自由诗，最早是在《风行》上发表的。迪雅尔丹说："全世界都知道，《悲歌》和《月亮圣母的效仿》采用的是解放诗体，《美好愿望的花朵》同样如此，《仙国会议》仍然停留在解放诗体上，而《最后的诗》是自由诗体。"① 这样判断并不客观。迪雅尔丹用自己的自由诗标准来衡量拉弗格。就像马拉美所说的，自由诗应该是"多形态"的。在《最后的诗》之外，还有别的形式也可以列入自由诗中。《美好愿望的花朵》虽然有些诗还有亚历山大体的痕迹，但是这种诗有效地避免了散文化的缺陷，是与格律诗融合的有益试验，在英美1920年后的庞德、艾略特的诗作中，都可以找到这种形式。格里凡1889年的诗集《欢乐》收入诗作23首，除去献诗不算外，正集中的诗作一共有21首自由诗。三年后的《天鹅》（*Les Cygnes*）中，收入诗作8首，其中有一个组诗含有8首诗，因而细算的话，收入诗作15首，都是自由诗。

这些诗人发展了1886年最初的试验，极大地促进了自由诗理念的传播。他们是宣传自由诗的中坚力量，也是自由诗创作的主体。但是与这些诗人相比，新加入的诗人也表现出了旺盛的创作力。雷泰1889年出版了诗集《夜晚的钟声》（*Cloches en la nuit*），共收入诗作6首，除了第一首《动机》（"Motifs"）和第六首《丧钟》（"Le Glas"）是亚历山大体外，其余4首都是自由诗。《丧钟》大部分诗行是12个音节，但有一部分诗行达到了16个音节。属于自由诗的那4首，除了有自由诗的诗节外，也有不少诗节是格律诗的。总的来看，《夜晚的钟声》的形式，与《花园》的形式接近。一个评论家指出："阿道尔夫·雷泰从韵律规则中解放出来，只偶尔遵从这种古老的亚历山大体。他的诗行变化不定，按

---

① Édouard Dujardin, *Les Premiers Poètes du vers libre*, Paris: Mercvre de France, 1922, p. 57.

照古斯塔夫·卡恩的模式建造得很好,依据的是节奏的基础而非节拍的基础。"① 这里的判断是可靠的,雷泰和卡恩都尊重亚历山大体,他们的诗行往往是这种诗行的伸缩。不过,"依据的是节奏的基础而非节拍的基础"这句话,有些费解。像卡恩一样,雷泰的节奏运动是靠半行和诗行,他并没有有效利用最小的节奏单元。评论者说的"节拍"可能指的就是类似2音节音组、3音节音组的节奏单元,节奏指的是半行。原本节奏也可以指节奏单元的运动的。文章的署名是"M",它的作者是莫克尔。之后的四年中,雷泰又出版了两部诗集:《雾中的图勒》(*Thulé des Brumes*)和《一位美丽的女人走了》(*Une belle dame passa*)。拿后一部诗集来说,如果加上序诗和跋诗,它一共由8首长诗构成。亚历山大体诗节、7音节诗行、10音节诗行构成的诗节经常可以看到,自由诗和它们有交替出现的情况。

其他的自由诗诗集,略而言之,还有维尔哈伦的《我路上的场景》(*Les Apparus dans mes chemins*),收诗18首,大多为长诗。虽然有亚历山大体,但多数是自由诗。埃罗尔德1891年也出版了《马格洛妮的快乐》(*Joie de Maguelonne*),这是一部诗剧,共分为三幕,自由诗与格律诗交替存在。丰泰纳1892年推出了他的《虚幻的果园》(*Les Vergers Illusoires*),由3首长诗构成,约一半的诗节是自由诗。这些数据是不完整的,甚至这个名单中还遗漏了雷尼耶和莫克尔。不过,不必一一列出这些诗集就可以看出新作品出版的繁荣。正是在这样的背景下,自由诗引起了广泛的反响,也激起了保守势力的批评。

一 出版物中的自由诗

自由诗引发的反响,表现为越来越多的出版物开始关注自由诗,讨论自由诗诗人。对法国国家图书馆的网上数据库进行检索,可以发现从1886年到1891年,提到过"自由诗"这一名称的书籍,总数是10036本,如果平均到每一年的话,那么每年有1672本书。这个数据非常庞大,但它无法说明每一年中实际的情况,现确定每一年的数据见下表:

---

① M., "Cloche en la nuit", *La Wallonie*, Vol. 4, No. 5, mai 1889, p. 186.

第四章 《风行》的终刊与新刊物的兴起

年份	1886	1887	1888	1889	1890	1891
出现"自由诗"的书籍数量	1671	1609	1757	1796	1685	1544

这个数据检索的时间是 2021 年 5 月。从表中可以看到 1891 年涉及自由诗的书籍数量反而下降了。这是为什么呢？在检索的时候，尽管使用了精确查找，可是法国国家图书馆仍旧将"vers"（诗体、诗行）和"libre"（自由）分开检索。因而在得到的数据中，有一些其实只是谈到了诗体，而不是自由诗。这种检索只是一种参照，并不精确。比如在 1886 年，自由诗的法文标准译名还未确定，出现 1671 本书使用这个名称，这是不正常的，里面除了把"vers"检索的书籍也算进来外，有一些术语其实是拉・封丹的"自由的诗行"（les vers libres）。

再看一下期刊、报纸的情况，这几年的期刊数为 1574 种，每年会有不少期刊重复出现，具体到每一年，情况如何呢？请看下表：

年份	1886	1887	1888	1889	1890	1891
出现"自由诗"的期刊数量	815	830	861	913	942	962

像上面提到的一样，这里虽然使用了精确检索，但系统仍然将自由诗的术语分开检索了，得到的数据不准确。该表只限于 2021 年 5 月可供利用的电子数据。从 1886 年到 1891 年，可以大体判断期刊、报纸涉及这个术语的数量增加了。

二 于雷的自由诗调查

除了与自由诗相关的书籍和连续出版物数量大增外，另一种重要的反响是关于自由诗的调查、观点汇编类书籍的出现。1891 年于雷编选了《文学进化调查》（Enquête sur l'évolution littéraire）一书，该书得到了 64 位诗人、作家的回复，讨论他们对当前文学思潮的看法。于雷调查的主要问题是自然主义和象征主义，自由诗作为象征主义的主要成就，自然成为了中心话题。在此之后，1905 年，卡多内尔（Georges le Cardonnel）和韦莱（Charles Vellay）还联合编选了《当代文学》。和于雷的书一样，《当代文学》向当代诗人、作家发放问卷，记录他们的答案。总共有 97 位诗人、作家对当代诗、小说、戏剧的主要倾向表达了自己的看法，自由诗也是其中的重要问题。1909 年，意大利诗人马里内蒂（F. T. Marinetti）也编选过《自由诗的国际调查》（*Enquête internationale sur le vers libre*）一书，收录了不少法国象征主义诗人答复的书信，这些人有卡恩、格里凡等。比利时象征主义诗人雷尼耶、莫克尔也出现在这部集子中。1905 年和 1909 年的这两本书，本书在随后讨论自由诗理论的总结时，会引用一些，它在时限上超出了本节所要考察的范围，故不细论。下面介绍一下《文学进化调查》有关自由诗的内容。

法朗士不但是这一时期有名的作家，也是活跃的批评家。他将自由诗与格律诗的斗争看作是流派之争。自由诗针对的是巴纳斯派的诗律观，后者推崇严谨的、纯粹的形式。法朗士表示："除了巴纳斯派的诗……难道不允许寻找更自由、更经典、更生动的诗？"[①] 这种解释与象征主义诗人本身的有些不同。在象征主义诗人那里，自由诗是新的音乐的需要，或者是表现个性情感的需要。这是一种由内向外的形式重塑的主张。法朗士则提醒人们注意"不规则"的美感，这涉及现代性的问题。在不少批评家眼中，变化是文学现代性的一个要素。它要求带来陌生的美学形式和阅读体验。美国诗人焦亚（Dana Gioia）说："文学不但变化，它还必须变化着去保持它的力量和活力。"[②] 法朗士赞同自由诗诗人颠倒美学形式标准的做法。如果这个做法是新颖的，那么它就会成为双刃剑，因为在一个不规则的形式占据主流的时代，规则就会成为陌生化的新的资粮。法国 20 世纪的诗史也确实印证了这一点。

批评家勒迈特对象征主义诗人的工作很不满意，这些诗人似乎是不成熟的人，做起事来冒冒失失："他们自己并不知道自己是什么，也不知道他们想要什么……当他们很费力地创造出某些东西时，他们就想建立方案和理论，但是因为缺乏必需的那种头脑，他们成功不了。"[③] 勒迈特没有具体针对自由诗，但是可以断定，这种形式还没有在他那里获得合法性。莫里斯是一位象征主义理论家，他对自由诗是有些同情的，不过对卡恩自由

---

① Jules Huret, *Enquête sur l'évolution littéraire*, Paris: José Corti, 1999, p. 57.
② Dana Gioia, "Notes on the New Formalism", in James McCorkle, ed., *Conversant Essays*, Detroit: Wayne State University Press, 1990, p. 175.
③ Jules Huret, *Enquête sur l'évolution littéraire*, Paris: José Corti, 1999, p. 62.

第四章 《风行》的终刊与新刊物的兴起

诗的肯定，并不代表他也会写这种诗：

> 在莫雷亚斯采用的自由中（并没有想象的自由），它是合理的；但是我忠诚于正式的诗体，有些时候我使用十四音节的诗体，这只是在极少数情况下，目的在于特殊的效果；我不知道是否莫雷亚斯一直这样做；太长的诗体在我这里产生了有节奏的散文的效果。①

莫里斯肯定了自由诗的合理性，但他表明自由诗并没有真正的自由。这是看到了给自由诗设定形式原则的必要性，还是像他在《近来的文学》中所说的那样，要在呼吸的尺度下写诗？从莫里斯的"忠诚"，可以看到魏尔伦、马拉美等与巴纳斯派有渊源的象征主义者，与迪雅尔丹、卡恩等年轻一代人的断裂。莫里斯作为魏尔伦的追随者，他将规则形式视为正宗。难怪比耶特里认为他的诗学有些地方向巴纳斯诗人献了"颂歌"②。

雷尼耶和莫里斯不同，虽然和后者一样都曾奉巴纳斯诗歌美学为准绳，但是到1891年的时候，雷尼耶已经与马拉美的诗学保持了一定距离。于雷的诗中有他和雷尼耶这样的对话：

> ——对于诗体的技巧，您的意见是什么？
> ——最大的自由：（如果节奏是优美的，诗行的（音节）数量有什么重要？）使用合乎需要的古典亚历山大体；诗节和谐的构造，我将其视作由一种形象、思想和情感的多种回声构成的，它们回响着，通过诗行的改变而变化，以便重新组织自己。③

这里的话并不太清楚。所谓"最大的自由"，不是说摆脱亚历山大体的最大的自由。这是一种对传统诗律的离心力。雷尼耶的自由指的是向心力，即诗人可以离开传统诗律，更有自由接近它，返回它那里。所以，这种自由更多的是针对自由诗而说的。自由诗的更大的自由，在于克制它的自

---

① Jules Huret, *Enquête sur l'évolution littéraire*, Paris：José Corti, 1999, p. 126.
② Roland Biétry, *Les Théories poétiques à l'époque symboliste*, Genève：Slatkine Reprints, 2001, p. 222.
③ Jules Huret, *Enquête sur l'évolution littéraire*, Paris：José Corti, 1999, p. 130.

由。这是一个悖论。但它符合雷尼耶试图融合新老一代诗学立场的努力。换句话说，雷尼耶欣赏年轻诗人们（比如拉弗格）的藐视权威，但他又向马拉美做了某些忠诚的保证。这种"两面派"的姿态，正好概括了自由诗进入新阶段后的特征。

对自由诗毫无保留地称赞的是古尔蒙。古尔蒙在 1891 年还没有写出他的《唯心主义》（"L'Idéalisme"）一文，没有用唯心主义哲学来重塑象征主义。他的思想完全是无政府主义的，与雷泰 1893 年《自由诗》一文的思想一致。他渴望将形式上最大的自由定义为离心力："在艺术创作和文学的无政府主义领域内，有无限的自由。况且，这就是文学的当前状态。这是最值得向往的。我们防止出现规则的制定者；我们不接受任何公式；让我们听任我们的性情，变得自由、保持自由。"① 这种观点，在 1895 年之前，古尔蒙从未发表在《法兰西信使》上。反倒在雷的访谈中显露出来。像兰波、拉弗格、卡恩等人一样，古尔蒙将形式的反叛，作为政治反叛的隐喻。在形式领域反抗亚历山大体的权威，与暴力分子在第三共和国的政府机关扔炸弹的行动在理想上是一致的。迈特龙指出："无政府主义作为政治、经济和社会的理论，它表现为对权威的反抗，和对全面自由的渴望。可以说 19 世纪的理想就在这里。"②

于雷的书涉及的人物众多，本节不再详述。法国报刊界当时对自由诗也发表了不少争论文章，这些文章也可以看出自由诗当时的生存处境。

三 法国报刊中的争论

《风行》《瓦隆》《法兰西信使》《羽笔》等杂志都设有专栏，评价新出的诗集，之前的三节已经涉及了这些内容。除去这些自由诗人内部的评论外，这一时期还出现了一些持批评态度的人（甚至包括象征主义诗人），他们在自由诗上发表的意见，也在一定意义上扩大了自由诗的影响。

首先值得注意的是布吕内蒂埃，他 1888 年 11 月在《两个世界评论》（Revue des deux mondes）上发表《象征主义者和颓废者》（"Symbolistes et Décadents"）一文，主要涉及了自由诗的问题。布吕内蒂埃尊重传统诗律，

---

① Jules Huret, *Enquête sur l'évolution littéraire*, Paris: José Corti, 1999, p. 166.
② Jean Maitron, *Histoire du movement anarchiste en France*, Paris: Société universitaire, 1955, p. 448.

第四章 《风行》的终刊与新刊物的兴起

摆脱押韵规则和诗行的半行、语顿，在他看来是一种"古怪的偏好"①。他看到形式并不是可怕的束缚，而是一种有用的技巧，尤其是对于才分少的人，而在诗人中，天才是罕见的。自由诗解放某些规则，可能是有一些益处的，布吕内蒂埃不满意的是这种"解放"可能过度了，以致让诗变成了谁也不知道是什么的东西："这种诗'我们不知道是什么'，它实现了既非诗体亦非散文的奇迹，连我们都闻所未闻。"② 这种批评与之前讨论过的散文化倾向类似，布吕内蒂埃想告诉人们自由诗不配称为诗。什么才是诗呢？他给诗的形式做了限定，就是让诗拥有它的形式，如果诗要变化，也要在形式的背景中变化："不懂得一点音律和技巧，人们就不会成为诗人，假如人们想违反规则，应该一直通过对规则本身明显和直接的暗示来进行。"③ 这种判断是有很大合理性的，艾略特在谈庞德 1917 年之后的诗作时，曾认为这是规则与自由的对立。④ 这里面的思维方式是一样的。其实自由诗在 1889 年前后获得很大成功，也正是意识到了一定的规则的必要。不过，布吕内蒂埃对卡恩、格里凡诗作的批评，往往缺乏同情之理解。他没有看到卡恩同样在提防自由诗的散文化。

两年多后，布吕内蒂埃又在同样的杂志上发表《当代象征主义》（"Le Symbolisme contemporain"）。时过境迁，他对自由诗的态度温和了许多，开始承认象征主义的形式革新，认为这是一种"合法的抱负"，"至少允许他们试一试"⑤。这种态度的转变，与马拉美有关。马拉美同年提出过"多形态诗"的概念，布吕内蒂埃接受了它。他和马拉美的诗律观有着惊人的一致性，马拉美要通过自由诗来发展亚历山大体，而他则想让自由诗与格律诗交替进行，所谓"借助于变形，走向无定形"⑥。这是一种有法与无法的

---

① Ferdinand Brunetière, "Symbolistes et Décadents", *Revue des deux mondes*, Vol. 90, No. 1, novembre 1888, p. 216.

② Ferdinand Brunetière, "Symbolistes et Décadents", *Revue des deux mondes*, Vol. 90, No. 1, novembre 1888, p. 217.

③ Ferdinand Brunetière, "Symbolistes et Décadents", *Revue des deux mondes*, Vol. 90, No. 1, novembre 1888, p. 224.

④ T. S. Eliot, *To Criticize the Critic and Other Writings*, Lincoln: University of Nebraska Press, 1991, p. 172.

⑤ Ferdinand Brunetière, "Le Symbolisme contemporain", *Revue des deux mondes*, Vol. 104, No. 2, avril 1891, p. 688.

⑥ Ferdinand Brunetière, "Le Symbolisme contemporain", *Revue des deux mondes*, Vol. 104, No. 2, avril 1891, p. 689.

统一，"走向无定形"不是远离甚至抛弃格律诗，它是保持着规则的某种引力的运动，就像天体运动一样。所谓无定形，是就"变形"而言的，它不追求固定的变形。但是对于规则来说，这种无定形又是有限的、相对的。

第二位值得注意的批评家（诗人）是魏尔伦。魏尔伦在颓废文学圈子赢得过年轻人的喝彩，但在自由诗的领域内，他自 1886 年后就不大受欢迎，真正领军的人物是莫雷亚斯、卡恩等人。魏尔伦往往被视为自由诗的反对者或者旁观者。这让魏尔伦的形象显得非常尴尬，一方面他是象征主义的大师，另一方面又因为自由诗而被年轻的象征主义诗人疏远。这也有魏尔伦自身的原因，他一直保持着对亚历山大体的忠诚，他的形式解放的步子非常谨慎。在 1890 年的一篇文章中，魏尔伦对这个问题进行了回应，他明白年轻的同行们是怎么看待他的，这就是他"怯于赢得'自由诗'的胜利"[1]。《无言的浪漫曲》的作者表示，他已经打破了亚历山大体的诗行，也运用了灵活的押韵，甚至还改变了语顿的位置，难道这不是自由诗？可是这些解放在年轻人眼中，仍然是"固守音律"[2]。魏尔伦的这篇文章并不是给自己辩解，它的目的是自嘲。他也没有表示出对自由诗人明显的不满，虽然仍然有怀疑的口吻。

1894 年，魏尔伦还发表了一首诗，叫作《我敬佩自由诗的雄心》（"J'admire l'ambition du vers libre"），虽然发表时间超过了本节设定的范围，但是这首诗与上面的文章观点接近，又有互补之处，也可以放在这里讨论。魏尔伦嘲笑自由诗诗人像"发了疯"一样，迷上了形式极大程度的自由。作为已经知天命的诗人，魏尔伦既能理解年轻人的"傲慢"，又不免对他们的年少轻狂摇头。诗人指出：

> 让自由诗的雄心萦绕着
> 年轻人的头脑，他们醉心于偶然性！
> 这是令人感动的幻想的热情

---

[1] Paul Verlaine, *Œuvres posthumes de Paul Verlaine*, tome 2, Paris: Albert Messein, 1927, pp. 230 – 231.

[2] Paul Verlaine, *Œuvres posthumes de Paul Verlaine*, tome 2, Paris: Albert Messein, 1927, p. 231.

第四章 《风行》的终刊与新刊物的兴起

但我们只能暗笑他们偏离门径。①

这种态度是明确的,魏尔伦不会接受年轻人的"偶然性",哪怕这些崇拜他的人离他而去,指责他,他也不会动摇。

罗当巴克是比利时诗人,也是一位批评家,他的名字后来也与象征主义联系在一起。他1891年在《蓝色评论》上发表《新诗》("La Poésie nouvelle"),这可以看作是法国第一篇关于自由诗历史的文章。罗当巴克接受了进化论的思想,认为文学风气随着时代而变,人们的感受要求新的风格:"可以说,每一代,每二十或三十年,都会带着它感受、理解生活、被生活感动的特殊方式而到来。"② 这种观点在当时比较常见,卡恩、威泽瓦、迪雅尔丹、莫里斯等人,都有类似的主张。它不仅用来给象征主义作辩护,说明它代替自然主义、巴纳斯派的合理性,而且在自由诗上给形式解放提供一个客观的理由。形式解放在很多时候,是诗人主观的试验,这种试验往往有作者的美学偏好。但进化论很好地掩盖了诗人的主观性,放大了自由诗存在的客观力量。卡恩就曾利用过进化论的修辞,他指出:"这一世纪法国诗的最新进化的关键问题,是自由诗的创立。"③

罗当巴克看到兰波是自由诗的开拓者。他认为1885年《彩图集》出现时,凭借其"金声玉振",它给很多人带来了"启示"。这里明显有历史上的错误。这部诗集出现的时间是1886年,多亏了《风行》杂志。但撇开这一点不谈,把兰波视为自由诗的源头之一,还是立得住的。虽然1886年之前已经有了许多准备,但是兰波的诗作吹响了形式反叛的号角。罗当巴克指出:"他(兰波)的韵律渐渐变得宽松了……诗行本身显得不受拘束,除去了传统的和有节奏的音节。"④ 这位比利时诗人还讨论了兰波与克吕姗斯卡的关系(可参看本书第一章第二节),克吕姗斯卡尽管很早在颓废文学的俱乐部上活动,尝试散文诗,但是这种形式与兰波的诗作并不一样,它只是带来"诗节的外貌",并不是真正的自由诗。

《新诗》注意到了拉弗格的自由诗,拉弗格被看作是一位"梦幻家",

---

① Paul Verlaine, *Œuvres poétiques complètes*, Paris: Gallimard, 1962, p. 854.
② Georges Rodenbach, "La Poésie nouvelle", *Revue bleue*, Vol. 47, No. 14, avril 1891, p. 422.
③ Gustave Kahn, *Symbolistes et Decadents*, Genève: Slatkine, 1993, p. 292.
④ Georges Rodenbach, "La Poésie nouvelle", *Revue bleue*, Vol. 47, No. 14, avril 1891, p. 426.

《风行》杂志与象征主义自由诗

一位把"巨大的痛苦"变成诗的人。这位诗人的作品，后来得到了莫克尔、圣-保罗的模仿，让自由诗真正赢得了声誉。罗当巴克评价道："一些人运用自由诗相当灵巧，并表现出真诗人的心灵，比如拉弗格。其他人，尽管将自由诗扩大到十五、十六、十八乃至二十五音节的最新程度，但也无法掩盖他们的平庸至极。"① 这些"其他人"中都有谁呢？除了兰波、拉弗格、魏尔伦、马拉美这四位是例外，其他的诗人可能都难以幸免，如莫雷亚斯。罗当巴克提到莫雷亚斯的时候，有些不以为然。还有卡恩、格里凡等人，这些人没有被当作自由诗的主力军，而被看作是靠宣传获取声名的人，似乎并无真正文学创作上的志向和才能。这种判断有失偏颇，莫雷亚斯、维尔哈伦、雷尼耶等人都创作过优美的诗作。因为世纪末流派更迭频繁、相互倾轧，象征主义诗人常常被批评为投机分子。《颓废者》的主编巴朱就曾这样批评象征主义诗人："他们想要的是出名，他们是大吹大擂的人，热衷宣传。"②

罗当巴克的《新诗》给自由诗立了传，探索了它的源流，但不要把罗当巴克当作自由诗的同情者。他同情的是巴纳斯派的诗人。他像马拉美一样维护诗律的价值。自由诗为了避免批评，往往做出这样的叙述：法国诗最初的形式是自由的，自由诗是向法国传统的回归。罗当巴克否认这种假设。他认为诗律才是法国诗的传统，而诗律的产生，有着严肃的、崇高的目的："这（诗律）源自一种本能，源自听觉的一种自然能力，这是为了保持声音有限的长度。每种语言都有与它相应的韵律，连带着押韵、音步、一种调子、一种严格的安排。德国、英国和荷兰的诗并不自由，古希腊或者拉丁诗亦然。希望人们别说我们返回到法国诗的真正传统中。"③ 如果自由诗不是法国诗的传统，那么摆脱诗律的行为，就是对传统的背叛。这透露了罗当巴克真正的态度。他为法国诗的传统鸣不平，他想恢复被自由诗诗人污名化的形式价值。象征主义诗人在创造自由诗时，给自由诗定了一个高远的目标，比如它的节奏更有力、更自然，与情感的联系更紧密。这些目标与多数实际创作的作品难免有些距离，这也给了批评家们攻击自由诗的理由。

---

① Georges Rodenbach, "La Poésie nouvelle", *Revue bleue*, Vol. 47, No. 14, avril 1891, p. 429.
② Anatole Baju, *L'Anarchie littéraire*, Paris: Librairie Léon Vanier, 1892, p. 13.
③ Georges Rodenbach, "La Poésie nouvelle", *Revue bleue*, Vol. 47, No. 14, avril 1891, p. 429.

第四章 《风行》的终刊与新刊物的兴起

虽然罗当巴克间接否定了自由诗,但是他的批评与比利时诗人相比,就温和多了。《少年比利时》杂志聚集起一些巴纳斯诗人,他们不像法国的前巴纳斯诗人,与象征主义诗人没有多少个人感情上的联系,面对形式美学之争,自然不会客客气气。象征主义自由诗将遇到真正的对手。

四 《少年比利时》的批评

吉尔坎是比利时巴纳斯诗人,他一直关注着邻国文学形式的革命,并为此感到不安。自由诗在他看来代表的是一种新的美学,它已经存在了,否定它、批评它都无济于事。真正要做的工作,是取消自由诗背后的美学,只有这样,才能真正恢复诗律的价值。他搬来了救兵,这就是叔本华的《作为意志和表象的世界》。有趣的是,这本书也是古尔蒙看重的,不过,在古尔蒙那里,叔本华的理论肯定了自由诗,而对吉尔坎来说,叔本华则帮助他给自由诗拆台。《作为意志和表象的世界》提出了两种思维方式,一种是推理,另一种是直觉。前者涉及的是服从充足理性原则的表象,而直觉可以抵达意志的深处,把握存在的理念。吉尔坎将这种二分法与文体联系了起来:"散文的语言适于推理性的认知,诗的语言适于直觉的认知。"[①] 这种观点也并不新鲜,瓦莱里后来也提出过类似的观点,即散文是散文,诗是舞蹈。[②] 它们的着眼点其实都在理性与感情不同的认知力上。无论是自由诗,还是格律诗,既然都是诗,自然都更强调自觉,这似乎对自由诗构不成实质的威胁。但吉尔坎的用意很深,他从诗的源头说起,诗产生于内心的呼喊,它要求形式来加强它,而诗律的目的正在于此:"在每个人那里,诗律的规则渐渐成形,以便给这种语言最大的强度。"[③] 可以这样理解吉尔坎的思路,他将诗律与诗、直觉的认知摆在一起,如果自由诗放弃诗律,那么它就是主动放弃情感的表达力量,就违背了直觉的力量。

1894年3月,吉尔坎在《少年比利时》上发表了《自由诗》("Le Vers libre")一文,继续他的批评。这篇文章是他出席邦维尔研讨会的发

---

① Iwan Gilkin, "Petites Études de poétique française", *La Jeune belgique*, Vol. 11, No. 9, septembre 1892, p. 338.
② Paul Valéry, *Œuvres*, tome 1, Paris: Gallimard, 1957, p. 1330.
③ Iwan Gilkin, "Petites Études de poétique française", *La Jeune belgique*, Vol. 11, No. 9, septembre 1892, p. 340.

言稿。邦维尔这位巴纳斯诗人,给了吉尔坎维护诗律的勇气,不过,吉尔坎可能有意忽略了邦维尔原本也是诗律解放的主张者。他注意到自由诗诗人想让自由诗具有诗体地位,为此,卡恩、格里凡等人都做出了理论调整。可是这种结果让他感到失望,无论是双声、半韵的手法,还是诗行的组织,都未能让形式重拾它原本的力量。在文章结尾,吉尔坎不满地指出:"他们(象征主义诗人们)想破坏的是从龙萨到魏尔伦的法国诗。他们想代替它的是既不可行,又没有活力的东西。"① 如果顺着他的思路往下思考,如果形式的力量和美不是他们珍视的,诗人们为什么要进行形式反叛运动呢?吉尔坎的答案是因为诗人们头脑乱了。因为头脑乱了,所以就诉诸混乱的形式。到这一步,吉尔坎完成了他的掘墓人的工作,他认为他已经刨掉了自由诗的根。之后,他像所有的批评者一样,开始羞辱这种形式了:"假如愚蠢的东西接连而来,又泛滥,又迅疾,那么它们任何一种都不会长久。它们就像这些古怪的蘑菇,俗人称之为'马勃',它能一夜冒出来,比大笋瓜还要大;但是它们很快就变成一堆灰土。它们的浮肿归于虚无。"② 相对于自由诗诗人的"懒惰""混乱",吉尔坎为他的巴纳斯流派感到自豪,这种流派似乎还在维护真正的诗歌传统,还在信仰"诗体精美的作品",还在给"下一代的年轻人显示他们是怎样学习他们的技艺的"③。

吉尔坎的这类文章在《少年比利时》中是非常多的,这里不必一一讨论。这个杂志还发表过吉勒(Valére Gille)的文章,这位诗人出生于1867 年,1889 年成为该杂志的编辑。他的文章《自由诗主义者》("Les Verslibristes")出现在该杂志的 1895 年 5 月。吉勒把吉尔坎的观点当作他的基础,他不像吉尔坎那样否定自由诗的美学基础,而是直接向自由诗开了火:"在所谓的自由诗的混合形式下创作的一件作品,从来都不是或者不会是艺术作品。我们可以不经调查直接宣布它是有缺陷的;因为从某个角度来看,它只是源自一种糟糕的诗体。"④ 这种论调和格里凡《欢乐》的序言中的是一样的,虽然他们的观点正好相反。吉勒准确地看

---

① Iwan Gilkin, "Le Vers libre", *La Jeune belgique*, Vol. 13, No. 3, mars 1894, p. 139.
② Iwan Gilkin, "Le Vers libre", *La Jeune belgique*, Vol. 13, No. 3, mars 1894, p. 139.
③ Iwan Gilkin, "Le Vers libre", *La Jeune belgique*, Vol. 13, No. 3, mars 1894, p. 139.
④ Valére Gille, "Les Verslibristes", *La Jeune belgique*, Vol. 14, No. 5, mai 1895, pp. 218 - 219.

第四章 《风行》的终刊与新刊物的兴起

到自由诗背后的无政府主义思想,他认为正是这种思想让年轻人丧失了理智,放弃了传统,转而崇拜粗暴的东西。他提醒诗人要把形式与政治区别开:"一件作品并不是因为它讲述了资产阶级的不公,它就美;造就艺术作品的并不是主题,而是处理艺术作品的方式,即是说,人们赋予它的形式。"①

对于这些诗歌中的政治家,对于这些只想粗糙地传达他们粗暴的思想的人,吉勒像吉尔坎一样,表达了他的不齿:

> 这些革新者似乎为他们糟蹋了他们的诗神而脸红,但仍旧想让自己被视为诗人。这就是他们创造自由诗的原因。但是这个名字蒙骗不了任何人:我们知道他们(自由诗诗人)丧失了神圣的天赋,也知道他们出身微贱。我们与这种只关注事物的物质方面的人没有任何共同点。他们为自己的目标忙忙碌碌,吵吵嚷嚷!巴纳斯的金顶他们无权进入:他们不理解诗的意义。他们的心不再是温暖灵魂的光明的灯,这是一个烧完的火堆,一个烟气肆虐的火堆。②

《少年比利时》把巴纳斯诗人对自由诗的不满集中释放出来。它还刊登过康泰尔(Robert Cantel)的文章。需要注意,这位康泰尔的真实身份目前不明,就像莫克尔经常在《瓦隆》上用别的名称发表评论一样,康泰尔也有可能只是一个笔名。他会不会是吉尔坎,或者《少年比利时》的其他撰稿人?这种可能性不能排除。在康泰尔的《法国诗的问题》("La Question du vers français")中,他指出自由诗有两种:一种是古典自由诗,就是拉·封丹的形式;另一种是现代自由诗。后者是失败的,一些诗人之所以创造它,"这是因为他们意识到他们的无能,因为他们隐约感到他们的诗本身承受着不可避免的谴责"③。

如何理解《少年比利时》的批评呢?肯定它的观点,或者否定它的观点,都是片面的。《少年比利时》是从均齐、和谐的形式美的视角看到了

---

① Valére Gille, "Les Verslibristes", *La Jeune belgique*, Vol. 14, No. 5, mai 1895, p. 219.
② Valére Gille, "Les Verslibristes", *La Jeune belgique*, Vol. 14, No. 5, mai 1895, p. 221.
③ Robert Cantel, "La Question du vers français", *La Jeune belgique*, Vol. 1, No. 10, mars 1896, p. 75.

自由诗的缺陷，从这个视角来看，所有的批评都有合理性。但是如果换一个角度，即从表达一种新的情感和意识的角度，就会发现它的不足。应该将这种批评看作是一种建设性力量。自由诗成立后，出现了规则与绝对自由的两个端点，它向任何一个端点过于靠近，都会导致自由诗的解体。《少年比利时》的批评也好，于雷书中的支持也好，都在不同的方向上强调自由诗的两个端点。因而，所谓的批评、指责，从效果上看未尝不是一种援助。它们并未给自由诗造成危机，自由诗真正的危机来自它的内部。这种危机是从1891年开始的。

第五章 象征主义自由诗的危机

第一节 布朗热运动与无政府主义的危机

1891年前后，自由诗获得了很大的成功，相关的刊物增多了，大量的诗集问世，不断有新的诗人加入进来，这些都表明自由诗找到了与其他文体共存的方式。虽然自由诗经历了理论和创作上的调整，比如它最初的形式无政府主义被限制了，但是这种主义像血液一样，仍旧流淌在它的身体里，只是它涌动的力量减弱了。自由诗抵制散文化的新阶段，是用规则的观念来与无政府主义折中，这种主义也可以容忍规则的存在，用政治的术语来讲，就是允许一定的权威意识的存在。新阶段从未试图真正取消无政府主义。因为取消了它，也就从源头上抹去了这种形式。但是从1888年开始，布朗热运动崛起，它虽然在1889年就式微，但是它的影响却在政治和文学上蔓延。它的目标直接瞄准了无政府主义，自由诗面临着巨大的生存危机，无政府主义一旦不被视为一种"进步的"意识形态，形式无政府主义就会丧失声誉。这种剧变与"复仇将军"布朗热（G. E. Boulanger）发起的运动有关。

一 布朗热和他的运动

布朗热1837年出生在法国的雷恩，他在圣西尔军校读书，二十岁时，赴阿尔及利亚服役，任土著步兵一团少尉。两年后作为志愿兵前往意大利。1862年后，在中南半岛登陆，成为入侵越南的法国军队中的一员，因为负伤升职为上尉。在普法战争期间他抵御过普军，并参加过镇压巴黎公社的战斗。1871年他升为上校，后来在甘必大的推荐下，在1880年升为准将，领导第 14 骑兵团，六年后，他成为戈布蒂内阁的战争部部长。①

1886 年的法兰西第三共和国，虽然共和政体得到了巩固，世俗教育得到了推广，阶级对立有所缓和，但是也面临着很大的困境。围绕着共和国总统格列维（Jules Grévy）女婿的"荣誉军团勋章丑闻"，民众厌恶议会政府的情绪达到高潮。再加上国内民族主义思想兴起，很多人希望有强有力的领导出现，带领法国拿回被德国强行割占的阿尔萨斯和洛林。这时，人们注意到布朗热是最好的人选。布朗热极力在民众面前扮演一个亲民、仁厚且对德国更加强硬的领导者形象，这让不少人认为解散国民议会，建立集权政府的时间已经到来。巴雷斯（Maurice Barrès）这样描述当时人们眼中的这位英雄："必须在民众的想象中把布朗热理解为乐观主义者和平民百姓，理解为一位勇敢的、文雅的士兵，恢复我们在国外的威望，一位复仇的将军。"②

战争部长频繁涉足政治，并渴望发动政治运动，这让执政当局对他开始警惕起来。机会主义民主派卢维埃（Maurice Rouvier）上台组阁后，布朗热被解除了部长之职，被调到克莱蒙费朗（Clermont-Ferrand）任第十三军团司令。眼看着自己未来的领袖要离开巴黎，1887 年 7 月 8 日，大批民众想留住他，在他前往火车站的过程中，巴雷斯有这样的记载："布朗热要乘 8 点多的火车，7 点多他从旅馆出来，上万人拦住他，高喊'布朗热万岁！'"③ 布朗热并没有留下来，而是前往他的军团驻地。这位将军不甘丧失他的政治生命，与机会主义者民主派为敌的政治派别迅速向他靠拢，布朗热也开始发动以他的名字命名的运动。需要注意，该运动并不是布朗热凭借一己之力造成的。在很大程度上这个运动具有幻想性，即民众幻想布朗热是一位难得的伟人，布朗热也幻想自己得到了命运女神的青睐。实际上这两方面都欠缺一场真正的运动需要的东西。布朗热既没有头脑，也缺乏毅力，而支持者则是摇摆不定的墙头草，甚至只是一群乌合之众。加里格指出："围绕着这位有野心，尤其是热衷于重掌大权的将军，激进派、民族主义者，甚至是波拿巴主义者的古怪联盟形成了，这些人将

---

① Jean Garrigues, *Le Boulangisme*, Paris: Presses Universitaires de France, 1992, pp. 9 – 15.
② Maurice Barrès, *Maurice Barrès: romans et voyages*, tome 1, Paris: Robert Laffont, 1994, p. 782.
③ Maurice Barrès, *Maurice Barrès: romans et voyages*, tome 1, Paris: Robert Laffont, 1994, p. 785.

第五章 象征主义自由诗的危机

他视为机会主义者共和国的掘墓人。在此背景下,保皇党们也支持布朗热,因为想把他当作羊头撞锤,以撞倒当前的政体,迎来复辟。"① 如果保皇党们加入到布朗热的阵营,那么该运动就是一种动机驳杂的闹剧。似乎反对执政党的力量都对布朗热有所幻想,这些力量支持布朗热,却无法形成确定的政治目标。

布朗热本人至少在运动初期,很好地利用了人们的狂热,也得体地表演了他的角色。这时他踌躇满志,相信有机会掌握大权:"你们注意,对我而言,我从未梦想当共和国的总统。在克莱蒙费朗,我只是希望回到内阁,以便在那里完成三四项因为我离开而中断的改革。今天,确实,我的一些朋友以及公众的意见让我看到政府第一行政官的职位。"② 执政党也在行动,1888年3月,布朗热被强行退休。布朗热于是缔造了一个叫作"国家抗议共和委员会"的组织,通过它积聚力量;一个叫爱国者联盟(La Ligue des Patriotes)的组织也成功缔造,它高达几十万人的成员,也围绕在将军身边。布朗热的计划是通过参加补缺选举,争取各个地区的选民为他投票,扩大他的影响力。他最初非常成功地在多个省当选,1889年1月27日,他以巨大优势在巴黎获胜,历史学家夏伊勒的书中,描述了这种戏剧性的场面:

> 人们知道结果以后,大批群众拥上街头要求他们的英雄向总统府进军并接管那里。就像所发生的那样,当选举结果传来时,布朗热离得并不远,他正在皇家大道上那家上流人士经常光顾的迪朗餐厅附近的一座私人住宅里与他的助手们一起进餐。外边,在夜晚寒冷的空气中,可以听到人群狂热的叫喊声:"到爱丽舍宫去!"他的助手们催促他立刻行动。他们说,他的时刻已经来到。③

这个时刻是他人生中的顶峰,他只要发动政变,就可以入主爱丽舍宫。甚至当时的政府不少人已经做好了收拾行装的准备。但是布朗热想通过合法

---

① Jean Garrigues, *Le Boulangisme*, Paris: Presses Universitaires de France, 1992, p. 29.
② Maurice Barrès, *Maurice Barrès: romans et voyages*, tome 1, Paris: Robert Laffont, 1994, pp. 820–821.
③ [美]威廉·L. 夏伊勒:《第三共和国的崩溃》上册,戴大洪译,新星出版社2010年版,第30页。

的形式夺取政权，他拒绝了政变的要求。共和派得到了喘息的机会，他们马上修改议会的游戏规则，并准备以危害国家安全的罪名起诉他。布朗热害怕了，他选择了出逃，这对该运动来说是致命的。加里格分析道："因为它的领导人的逃跑以及随后的诉讼事件，该主义失去威信，被解体，而这个时候，世界博览会加强了议会共和国的成就。"① 在1889年9月和10月的立法选举中，布朗热主义的候选人遭到民众的抛弃，共和派有400人当选为立法委员，而布朗热运动的候选人只有40个人左右当选，相差悬殊。② 修宪计划胎死腹中。布朗热当时人已逃往伦敦，他闻讯后不禁痛哭。政治谋略的不足，让他付出了沉重的代价。1891年9月，他在布鲁塞尔自杀。之后虽然还有一些成员在活动，但是布朗热运动终结。

在政治上，虽然布朗热运动是失败的，但是在文化上，这个运动却标志着法兰西第三共和国的文化转折点的到来。随后，民族主义渐渐兴起，无政府主义受到压制。

二　巴雷斯的政治思想

这场运动并不仅仅是权力之争，而是涉及共和国政体的存亡。布朗热想用一种集权的政体代替议会民主政体。这一点，共和派领导人费里非常清楚，他提醒人们，共和派给法国带来的是宝贵的政治财富："为了法国的民主，它完完全全创造了民主和民族的教导，就像普选一样普遍。"③ 在费里眼中，保卫政府，就是保卫这种民主政体。但是布朗热的民族主义口号，似乎更能赢得法国人的共鸣。为了民族主义，似乎可以放弃内耗不断的民主政治。

布朗热本人也有一些杂志宣传他的思想，他看到民族主义将会重新把法国人民团结起来，而掌握这种主义的人，将会成为新的领导人："所有法国人，没有地区的区别，都应在一个唯一的思想、一个单独的目的下团结起来：国家的强大。"④ 第三共和国已经让自由变成了一种神话，1889

---

① Jean Garrigues, *Le Boulangisme*, Paris: Presses Universitaires de France, 1992, p. 68.
② [法]乔治·杜比编：《法国史·中卷》，吕一民等译，商务印书馆2018年版，第1164页。
③ Jules Ferry, *La République des citoyens*, Paris: Imprimerie nationale, 1996, p. 379.
④ Georges Boulanger, "Lettre du général Boulanger", *L'Intransigeant*, No. 2828, avril 1888, p. 1.

第五章　象征主义自由诗的危机

年又是法国大革命 100 周年的纪念年，可以想象自由、民主观念深入人心的程度之深，民族主义如何有效地抵抗这种思想呢？这要靠两种策略。一种是上面已经有所涉及的民主政治的软弱和纷争。民主政治似乎可以在议会聚集起各个派别，也就是可以代表所有人的利益，但是实际运作起来，议会只能造成无休无止的争执，无法带来真正的共识。也就是说，民主政治实际上分裂了法国，这对抵御北方的强大邻国，是极其不利的。但是这种策略并不能说服所有的法国人，因为十几年前帝国在普法战争中一败涂地，殷鉴不远。当时的拿破仑三世就是一位专制者。布朗热运动需要第二种策略，一种具有煽动性的策略。这种策略是他的追随者所构建的，巴雷斯在这方面起了很大作用。

巴雷斯 1862 年出生在洛林，曾在南锡学院读书，后来到巴黎学习法律。但是文学激起了他更大的热情，他创办了一个短命的杂志《墨迹》(*Les Taches d'encre*)。从 1888 年开始，他推出了《自我的崇拜》三部曲，在文坛上小有名气。巴雷斯最初主要表现为一个颓废者，他比较认同《瓦格纳评论》代表的诗学立场，并给它命名为"悲观主义"，这种悲观主义其实就是唯心主义，下面这句话将巴雷斯的诗学倾向表露得非常清楚："如果威泽瓦在帕西法尔·德·瓦格纳那里，看到了如此多的这么美丽的东西，这是因为这些事物就在他身上，他被这种传说、这种神话，最终被这种象征主义艺术所吸引，而这种象征主义艺术似乎成为明天的暗示艺术。"[1] 引文中的"帕西法尔·德·瓦格纳"开了一个玩笑，它指的是理查·瓦格纳，帕西法尔是后者歌剧中的人物。巴雷斯向象征主义者抛出了橄榄枝，如果不是后来的政治运动，他有可能成为象征主义的新领袖。布朗热运动，给了他反思自己立场的机会。他也通过自己思想的调整，赋予了该运动更复杂的、更深刻的思想基础。该运动爆发时，他很早就成为这位将军身边的核心成员，并于 1889 年 9 月作为布朗热分子当选为南锡的立法委员。将军逃亡英国期间，巴雷斯也追随过他。

最初，巴雷斯是因为民族情怀而走向了布朗热。洛林并入德国版图后，可以想象他内心的痛苦。他 1888 年曾在《独立评论》上发表《在洛林》("En Lorraine")，借这篇散文，巴雷斯记载了自己的返乡之情，并多

---

[1] Maurice Barrès, "L'Esthétique de demain: l'art suggestif", *De Nieuwe Gids*, No. 1, Oktober 1885, p. 148.

次重温了自己的民族记忆，例如下面一句话："我访问了洛林的历史博物馆，在最前面的几个献给高卢—罗马以及墨格温王朝时期的大厅里，我徒劳地拷问我生命中最古老的记忆。"① 这篇作品其实根本不是游记，它是要揭开法国人心口的伤疤。它想告诉人们，洛林在哭泣，洛林已经离开它的母亲太久了。布朗热的出现，让巴雷斯看到了国家统一的可能，他在1888年的一篇文章《布朗热将军和法国新一代》中，这样形容他的兴奋之情："伟大的希望因为他而产生了。"②

巴雷斯有着和法国新一代人相同的国家统一的渴望，但他的思考要更进一步。国家的统一，只是空间上的民族主义，但应该还有一种精神上的民族主义。如果空间上的民族主义是拿回法国原本的土地，那么精神上的民族主义，则要排斥德国文化的入侵。相对于空间上的入侵，精神上的入侵要严重得多。尼采、叔本华、瓦格纳这些哲学和音乐上的大师，成为当时法国文艺的精神之父，法国人似乎已经忘记了法国原本的文化。他悲痛地反思道："我感觉法国的民族性在减弱、消失，这种民族性是支持我的养分，没有它，我就会逝去。必须要重新得到、保护、扩大这种从我们的父辈那里继承来的力量。为了这个任务，不局限于任何政党，我诚心向所有的同胞呼吁。"③ 因为着眼于民族性，巴雷斯眼中的布朗热运动就不限于政治权力的斗争，它应该更普遍、更彻底，应该是精神上的民族主义的觉醒。当布朗热还在为选举失败而苦恼不已的时候，他毅然提出了"第二种布朗热主义"的概念，建议发动一场精神上的运动。这场运动布朗热最终缺席了，但是巴雷斯却成为英雄。

巴雷斯的方案是这样的，通过批评个人主义，从而给法国引入一种新的自我观。这些个人主义似乎都是从德国传进来的，它已经破坏了法国文化。巴雷斯意识到自己一开始就受到了这种错误的影响："我曾是一个个人主义者，我毫无顾忌说出它的原因；我通过某种内在冥想和分析的训

---

① Maurice Barrès, "En Lorraine", *La Revue indépendante*, Vol. 10, No. 26, décembre 1888, p. 351.

② Maurice Barrès, "M. Le Général Boulanger et la nouvelle génération", *Le Revue indépendante*, Vol. 7, No. 18, avril 1888, p. 55.

③ Maurice Barrès, *Maurice Barrès: romans et voyages*, tome 1, Paris: Robert Laffont, 1994, p. 901.

练，宣传过个性的发展。"① 但是经过不断的反思，他发现了无论他的理智，还是他的感受力、他的本性，都来自一个大的传统，一种血缘关系，一种文化历史。他指出："我们是我们父辈的延续。在解剖学上这是真实的。他们在我们身上思考、说话。一辈辈的后代构成的是相同的生命。"② 如果自我只是一个大我中的构成部分，如果个人主义只是外来的德国思想的误解，那么重新找到自己的文化传统，重新尊重自己的祖辈，发现历史的连续性，就能让法国真正获得精神上的复生。这种思想带来了两种转型，就德国思想而言，它们不再是崇高的、伟大的资源，也就是说，叔本华的悲观主义、瓦格纳的音乐美学，都成为扭曲法国传统的力量。法国文化需要找到自己真正的本源。将现在的法国，与过去的法国联系起来，意识到脚下厚重的大地，于是成为当务之急。温诺克评价道："因为他（巴雷斯），民族主义丧失了革命的抽象。作为反理性主义者，他以对土地和亡灵的崇拜为基础，建立了民族的自我的热情，并唱起了扎根（民族土壤）的赞美诗。因为他，民族主义远离了宏大的地平线，同时拒绝世界性的维度，它缩回到它的本职岗位上。"③

巴雷斯对自我的重新理解，影响了一位年轻的民族主义者莫拉斯。后者发展巴雷斯的思想，渐渐成为法国思想转型的更重要的力量。

三 新的国家意识形态

莫拉斯比巴雷斯小6岁，出生在法国南部的马蒂格（Martigues），他在市镇小学接受教育，后来进入普罗旺斯的艾克斯（d'Aix‐en‐Provence）天主教学院，这让他与当时的颓废者相比，具有更多的宗教情怀。莫拉斯在成人之前，多次遭遇不幸。1874 年（6 岁），他的父亲去世，14 岁时他耳聋，这让他无法像正常的孩子一样接受教育。幸亏有神父指导他继续学业。1885 年（17 岁），他前往巴黎，在索邦大学读书。像巴雷斯一样，莫拉斯这时是悲观主义者，游离于政治之外。他曾在回忆录中记载，他最初对待政治"几乎是鄙视"④。当巴雷斯在为布朗热运动奔走的时候，莫拉斯

---

① Maurice Barrès, *Scènes & doctrines du nationalisme*, Paris: Félix Juven, 1902, pp. 16–17.
② Maurice Barrès, *Scènes & doctrines du nationalisme*, Paris: Félix Juven, 1902, p. 18.
③ Michel Winock, *Nationalisme, antisemitisme et fascisme en France*, Paris: Éditions du Seuil, 1982, p. 21.
④ Charles Maurras, *Au signe de flore*, Paris: Les Œuvres représentatives, 1931, p. 16.

还沉迷于宗教和哲学，似乎两耳不闻窗外事。1888年，莫拉斯偶然在出版社读到了巴雷斯的小说《在野蛮人的目光下》（Sous l'oeil des barbares），兴奋之余，莫拉斯在自己发表的文章中向巴雷斯表达了敬意。巴雷斯开始与莫拉斯通信，后者在1888年11月给佩农神父（l'abbé Penon）的信中曾写道："因为在《公共教育》上加入的关于《在野蛮人的目光下》的一行话，莫里斯·巴雷斯给我写信致谢。他没有读到我四月份在《观察者》上发表的文章。我给他寄去了。"① 二位作家之后来往频繁，建立了深厚的友谊。巴雷斯作为兄长，自然免不了给莫拉斯宣讲民主政体的弊病。莫拉斯于是注意到议会制度带来的无政府状态，并对自由、民主的国家意识形态进行反思。他的志向不再仅仅是文艺批评家，他还要成为政治思想家。莫拉斯对巴雷斯参与的布朗热运动也有了兴趣。他在回忆录中说："最初的布朗热主义因为其蛊惑人心的一面，让我感到厌恶。但我渐渐跟上它民族觉醒的步伐。"② 莫拉斯一度积极投身到政治运动中，他给竞选立法委员的布朗热主义候选人投票，也参加过支持布朗热的爱国者联盟发起的广场暴乱。

莫拉斯的民族意识在快速地觉醒，他像巴雷斯一样，注意到德国文化对法国的侵略。1891年，他发表《蛮族艺术和罗曼艺术》一文，这个标题本身就表明了作者的立场。在一种文化的乡愁下，莫拉斯称赞南方文学一直"放射它的光芒"，是"优美的水流"③。德国文学和美学早已渗透到当时的法国文学中，成为新的构成元素，莫拉斯用一种性侵害的隐喻来解释这种现象："蛮族很容易将新的血液注入一个民族中。"④ 具体谈到北方文学时，莫拉斯认为它在结构上"陷入粗糙的状态"，在感受上过于强烈，"甚至让人恶心"⑤。引文明显流露出受害者的心理：一种"坏的"文学入侵到纯粹的法国文学中，可是人们不懂得自己文学的高贵，反倒争相模仿它，败坏了本国文学的纯粹性。模仿席勒的雨果，甚至还被莫拉斯点名批评。受害者的心态在当时是容易理解的。

---

① Charles Maurras et l'abbé Penon, *Dieu et le roi : correspondance entre Charles Maurras et l'abbé Penon*, edited by Axel Tisserand, Toulouse：Privat, 2007, p. 266.
② Charles Maurras, *Au signe de flore*, Paris：Les Œuvres représentatives, 1931, pp. 16 – 17.
③ Charles Maurras, "Barbares et Romans", *La Plume*, No. 53, juillet 1891, p. 229.
④ Charles Maurras, "Barbares et Romans", *La Plume*, No. 53, juillet 1891, p. 229.
⑤ Charles Maurras, "Barbares et Romans", *La Plume*, No. 53, juillet 1891, p. 229.

第五章　象征主义自由诗的危机

莫拉斯渴望复兴南方文学，这种文学不是法国的区域文学，而是保留法国文学本质特征的东西。他表示："打动我们的，这是民族利益的深刻情感。我们无疑期待着我们的思想中发生南方理性和道德的复兴，但是我们期望更多的东西：完全利用我们的土地神奇的财富。"① 这里对土地的强调，是与巴雷斯如出一辙的，都想给文化和文学带来一种本地意识。不过，莫拉斯与巴雷斯的民族主义还有一些不同。巴雷斯希望建立现在与过去的持续性，现在仍旧属于过去；莫拉斯则更加看重传统的当代存在，当时活跃的普罗旺斯诗人们的作品，本身就是鲜活的南方文学，也是民族性的保证。这些诗人中，最重要的是被称为菲列布里热派（Félibres）的群体，他们以米斯特拉尔（Frédéric Mistral）为首。莫拉斯早在1888年就与米斯特拉尔取得了联系，后来多次参加菲列布里热派的活动，并称自己是菲列布里热派成员。1893年，他还与阿穆雷蒂（Frédéric Amouretti）一起创建了巴黎菲列布里热派，自任秘书。这种诗学活动给莫拉斯诗学打开了意识形态反抗的大门。这一点莫拉斯有过再清楚不过的说明："米斯特拉尔式的文艺复兴，其实只是社会精英对雅各宾党大一统的反抗，这种大一统施加到一个不知在受它折磨的民族身上。"②

南北文学的价值对立，不是号召法国文学家抵抗德国文学家，不是要求意大利、西班牙、法国等国家结合起来，形成"连横"之势，以对抗北方的入侵者。莫拉斯对北方"野蛮"艺术的攻击，只是佯攻，它真正的敌人就在法国内部。莫拉斯的刀子不是要将欧洲文化砍为两截，相反，它的用意是砍向法国文化自身。这就是法国文学的浪漫主义传统。莫拉斯认为浪漫主义犯了一个重要的错误。这个错误是什么呢？是浪漫主义者不但不改造北方文学，反而模仿它。他列出浪漫主义大师的名字：雨果、拉马丁。这两位诗人标新立异，他们并不是"一直崇拜普罗旺斯、永恒的艺术、天主、女性"的诗人。③

莫拉斯反抗浪漫主义文学，与反抗民主政体是同时发生的事情。他看到二者给法国带来的危险，其实是同一种危险。美国学者柯蒂斯（Michael

---

① Charles Maurras, *Charles Maurras：L'Avenir de l'intelligence et autres textes*, établie par Martin Motte, Paris：Robert Laffont, 2018, p. 492.

② Charles Maurras, *Au signe de flore*, Paris：Les Œuvres représentatives, 1931, p. 32.

③ Charles Maurras, "Théodore Aubanel", *La Revue indépendante*, Vol. 12, No. 33, juillet 1889, pp. 80 – 81.

Curtis）注意到："存在于如此多的法国文学中的浪漫主义缺陷，与民主的缺陷是相似的——自我主义、外来渊源和反常状态、独立和无政府状态、完全缺乏现实性。"① 浪漫主义、颓废主义这类文学的标新立异，脱离了之前的民族文学的范围，民主政体脱离了大革命之前的政治秩序，二者都造成了无政府状态。所谓颓废，本身就有无政府状态的含义。因为颓废（décadence）在词源上意味着事物的倒塌。② 国家、家庭、宗教、道德，这些是古典主义文学所尊重的，但是浪漫主义文学却想把它们都推倒，用莫拉斯的原话来说："浪漫主义文学攻击法律或者政府、公共的以及私人的教育、国家、家庭和财富；它们成功的几乎唯一的条件是取悦于对立面，是尽力造成无政府状态。"③ 这位罗曼派成员看到浪漫主义宣传的是一种普遍的人性，通过它，人类可以建立一种跨越国别的关系。

　　1894 年，法国保守主义作家勒贝尔（Hugues Rebell）将共和国形容为"愚蠢的民主的泛滥"④，他呼吁知识分子教育贵族阶级，实现民族的联合。这种知识分子要拥抱新的理念，"卢梭、雨果和瓦格纳的作品已经结束了。重新上路、擦干眼泪、鼓起勇气的时间到来了"⑤。这句话说出了莫拉斯的心声。像巴雷斯重新定义布朗热主义的雄心一样，莫拉斯渴望动摇民主政体的意识形态基础，建立新的意识形态。莫拉斯通过对法国大革命之前的社会进行研究，发现了君主政体的价值。他也肯定权威，不过这种权威要比巴雷斯理解的更为保守一些。巴雷斯容忍在共和国内部改造民主政体，其实，取消议会，加强总统的权力，就能够让巴雷斯基本满意。但莫拉斯对共和国没有这么大的耐心。他最初对君主政体还犹豫不决，在 1892 年 6 月给佩农神父的信中，莫拉斯声称"'传统的'君主制度已死"⑥，他看

---

① Michael Curtis, *Three Against the Third Republic: Sorel, Barrès and Maurras*, Princeton: Princeton University Press, 2015, p. 123.
② 该词的拉丁语词源为"decadere"，本义为"倒塌"。运用到政治上，可以指政治秩序的倒塌。
③ Charles Maurras, *L'Avenir de l'intelligence*, Paris: Éditions du Trident, 1988, p. 42.
④ Hugues Rebell, *Union des trois aristocraties*, Paris: Bibliothèque artistique et littéraire, 1894, p. 9.
⑤ Hugues Rebell, *Union des trois aristocraties*, Paris: Bibliothèque artistique et littéraire, 1894, p. 32.
⑥ Charles Maurras et l'abbé Penon, *Dieu et le roi: correspondance entre Charles Maurras et l'abbé Penon*, Toulouse: Privat, 2007, p. 362.

第五章　象征主义自由诗的危机

不到复活这种制度的必要。他的方案是联邦主义，即恢复外省的独立性。这种联邦主义其实弱化了权威，不利于建立强大的政府。这种状况一直持续到了1896年。该年，莫拉斯赴希腊旅行，在旅途中他才发现他的祖国面临的巨大危机："离开了我的国家，我终于看到了原本的它。看到它如此弱小我感到震惊！因为在巨大的世界中，它看起来孤立、不稳，不同于我的想象。"① 他对君主政体的态度改变了，这种政体虽然显得有些过时，但是似乎只有君主才能真正代表国家利益。法国学者比松（Jean-Christophe Buisson）认为："对他（莫拉斯）来说，权威并不是目的，而是方法：达到秩序的方法。"② 1894年发生的德累福斯事件再次撕裂了法国社会，莫拉斯看到君主制度才是保卫法国的唯一方法。

在巴雷斯和莫拉斯的著作中，权威、秩序的意识形态代替了自由、民主，共和国的民主政体遇到了根本的挑战。巴雷斯、莫拉斯的基本思想就是重建国家意识形态。但是在意识形态转变的过程中，无政府主义受到了沉重的打击。在他们眼中，在政治上，无政府主义是造成政府软弱、国家受辱的原因；在文学上，美学无政府主义是浪漫主义的结果，也就是德国文化侵略的结果。对权威、秩序的呼唤，表面上不涉及文学形式，但是在当时的文化环境中，明显含有对传统诗律的尊重、对形式反叛的提防。文学形式的问题从来都不是单纯美学的问题，而是政治、意识形态互为表里。巴雷斯和莫拉斯的政治活动可能并不成功，也不必夸大他们思想的影响力。但是当时相当多的法国人都认为民主政体已经出现问题，民族主义和意识形态的转型迫在眉睫。因而两位批评家的思想，容易得到很多法国人的应和，或者不如说，他们的思想，就是当时一部分民间舆论的缩影。在这个背景下，诗人们就不得不将政治上的思考应用到文学中，这些思考是：文学形式如何接续法国过去的传统？什么样的形式能真正代表法国的文学？有没有必要维持亚历山大体的权威地位，就像维护君主制的声望一样？诞生于巴黎公社之后的自由诗，以自由、个性为旗帜的自由诗，现在遇到了危机。象征主义诗人莫雷亚斯在1891年后，开始亲手埋葬他缔造的象征主义和自由诗，他手中的铁锹是莫拉斯递给他的。

---

① Charles Maurras, *Au signe de flore*, Paris: Les Œuvres représentatives, 1931, p. 44.
② Jean-Christophe Buisson, "Un prophète du passé", in Charles Maurras, *Charles Maurras: l'avenir de l'intelligence et autres textes*, Paris: Robert Laffont, 2018, p. xx.

第二节　罗曼性概念的提出与自由诗的危机

　　莫拉斯与一些菲列布里热派诗人接触，1893年起成为巴黎菲列布里热派的秘书。他虽然年轻，但他的思想开始影响一些诗人。就罗曼派的创立而言，接受他影响的最重要的诗人是莫雷亚斯。1890年4月，巴黎圣米歇尔广场的金色阳光酒吧里，《羽笔》杂志开始举办文学晚会，除了该杂志的编辑外，不少流派的诗人也参加，比如象征主义诗人、颓废主义诗人、自然主义作家。文学史家希龙（Yves Chiron）指出，这个晚会是莫雷亚斯主导，莫拉斯有幸参与其中。[①] 这解释了两位诗人结识的过程，之后，莫拉斯开始把莫雷亚斯等诗人引入到菲列布里热派的圈子里，雷诺曾做过见证："莫拉斯……将莫雷亚斯和他的朋友带到菲列布里热派的聚会上，并把这些诗人作为范例推荐给他们。"[②] 需要注意，后一个聚会是在伏尔泰咖啡馆。在这个聚会上，莫拉斯的文学和政治思想开始影响比他大12岁的这位诗人。但是，莫雷亚斯绝非被动地皈依民族主义思想，说他被莫拉斯影响了并不完全准确，莫雷亚斯早就有相似的诗学主张，这从他1891年的《热情的朝圣者》这部诗集就可以看得出来，有批评家注意到："（该诗集）有的采用中世纪抒情诗人的做法，有的采用七星诗社诗人的做法。诗的形式极其精巧，词汇特别丰富、讲究。这些诗的主题往往特别传统。"[③] 莫雷亚斯尽管在《象征主义》一文中宣传美学无政府主义，但是他的创作一直尊重古典的风格，这可能与他的希腊人的身份有关系。他的理论在1890年确实还没有转型，但是在创作上已经显露出未来的倾向，或者说显示出回归传统的倾向。莫拉斯是一位激发者，他只是让莫雷亚斯强化了、确认了一条原本就已隐约存在的道路。因而罗曼派的产生，并不是巴雷斯、莫拉斯完全独自造就的，它有着时代的普遍原因。

[①] Yves Chiron, *La Vie de Maurras*, Paris: Godefroy de Bouillon, 1999, p.95.
[②] Stéphane Giocanti, *Charles Maurras: le chaos et l'ordre*, Paris: Flammarion, 2006, p.97.
[③] Bonner Mitchell, *Les Manifestes littéraires de la belle époque*, Paris: Seghers, 1966, p.43.

第五章 象征主义自由诗的危机

一 莫雷亚斯和罗曼派

莫雷亚斯在莫拉斯那里看到了恢复纯粹的法国民族性的冲动,虽然对政治并不敏感,主要关注文学,但是他看到通过民族性调整现代主义诗学的价值和必要性。他反思自己缔造的象征主义。象征主义不是民族性的,而是世界性的;世界性的,其实就是反法国的。象征主义一步步壮大的历史,就是法国民族性一点点减弱的过程。对于象征主义诗人而言,远方永远是可期的,巴黎,或者其他的一些外省,永远是忧郁的、令人厌恶的。波德莱尔在赤道的海岛上找到了梦幻般的色彩、意象和生活,亚丁湾、太平洋上的岛国给了兰波"另一种生活"。这些诗人似乎都是流浪的王者,卡恩的一部诗集的名称可以概括他们的思想:"漂泊的宫殿"。在1891年3月给塔亚德(Raymond de la Tailhède)的信中,莫雷亚斯称赞塔亚德的古诗"令人惊叹",其实这里倒不是说一首诗写得好不好,莫雷亚斯想借助这首诗表达他的态度,即离开先锋的象征主义:"我亲爱的雷蒙,高贵的法国缪斯降临了,她们从神经官能症主义、恶魔主义、暗示和一切堕落的作品中被解救出来,而一些无能的小丑还滞留在那里。"[1] 引文中所说的"官能症主义、恶魔主义、暗示"所指为何非常明了。这些都是象征主义所主张的,也是象征主义之前一直自以为比其他流派高超的地方。象征主义诗人多次将象征定义为暗示。莫雷亚斯虽然没有直接提到这个流派,但是已经表达了对这个流派的不满,他把象征主义诗人称为"无能的小丑"。通过现在可见的资料来判断,莫雷亚斯最晚在1891年3月就已经表达出回归古典文学的意愿,在当月的伏尔泰咖啡馆,莫雷亚斯应该做过多次的发言,他的观点被雷诺记录下来,在《法兰西信使》上有这样一句话:"像他的前辈们那样,莫雷亚斯尝试复兴古希腊—拉丁文学,并给我们受到浓雾侵袭的文学带来蓝天和阳光。他甚至尝试更多的东西。在思想和情感中,就像在韵律和风格中,他寻求中世纪与文艺复兴的会通。"[2] 如果熟悉南北文学不同论,就知道引文中"浓雾侵袭的文学"的含义,它是北方文学的特征。莫雷亚斯复兴的古希腊—拉丁文学,同样以北方(德国)文学作为它的对立面。

---

[1] Jean Moréas, *Lettres de Jean Moréas*, Paris: Lettres modernes Minard, 1968, p.16.
[2] Ernest Raynaud, "Jean Moréas", *Mercure de France*, No.15, mars 1891, p.143.

在当年3月之后，莫雷亚斯就试图给他心中的古典文学取一个名字，他的答案是"罗曼文学"，或"罗曼性"。这个名称概括了古希腊—拉丁文学、语言的传统，也概括了法国原本的文化特质。莫拉斯得知这个名称后，感觉非常激动："最近几个月，让·莫雷亚斯希望称其为'罗曼'，我每次听到这个名字感情都油然而生，就像在《热情的朝圣者》的诗页中那样，我从中约略发现故乡的海的漾动。"① 这个名称的意义重大，就像1885年莫雷亚斯在他的《颓废者》一文中提出"象征主义者"一词，标志着一个流派形成的重要一步，"罗曼"的概念也给后来的罗曼派的成立做了准备。莫拉斯发表的文章《野蛮艺术和罗曼艺术》（"Barbares et Romans"）就用了这个术语。1891年9月13日，在《费加罗报》上，发表了一篇未署名的文章《一个新流派》（"Une nouvelle école"）。文章中有莫雷亚斯谈新流派的话，可以判断这篇文章即使不是出自莫雷亚斯的手笔，也有他的授意。莫雷亚斯对以德国为代表的北方文化的批评变得明显了，他指出："所有这些理解法国人的才华应该是纯粹的，不应受到北方的阴郁的污染的人，都将会加入我们！"② 这比"浓雾侵袭的文学"的攻击性更强了。同时，莫雷亚斯也公开表示与象征主义决裂，文章中有这样的记载："让·莫雷亚斯先生对我们的一位朋友说，六年来，象征主义诗人所做的只是让他们的观念出丑。"③ 新的流派的名字也出现了，叫作"罗曼派"（l'École romane），莫雷亚斯强调这个流派最突出的特征是热爱古希腊—拉丁语言，但是他没有说出的还有其他的东西，比如法国古典主义时期的文学风格、文学形式。如果给罗曼性下一个定义，它指的是以古希腊—古罗马文学艺术为模范，以法国古典主义文学艺术为主要内容，在风格、语言、文学形式、主题等方面表现出的特征。这篇文章并没有下定义，莫雷亚斯似乎觉得罗曼性是不言自明的。该流派的主要成员也有所介绍，他们除了《热情的朝圣者》的作者外，还有塔亚德（Raymond de La Tailhède）、普莱西和莫拉斯。雷诺没有包括在内，他未来也将成为该流派的重要成员。另外，还有一些人可以归入这个流派，他们是勒贝尔和里厄（Lionel des Rieux）。除了他们，进入19世纪90年代后的魏尔伦和威泽瓦

---

① Charles Maurras, "Barbares et Romans", *La Plume*, No. 52, juin 1891, p. 229.
② Anonyme, "Une nouvelle école", *Le Figaro*, septembre 13, 1891, p. 1.
③ Anonyme, "Une nouvelle école", *Le Figaro*, septembre 13, 1891, p. 1.

第五章　象征主义自由诗的危机

在诗学倾向上与罗曼派也非常相似，可以看作是广义上的罗曼派诗人，或者更准确地说，是古典主义诗人。本书主要讨论的罗曼派诗人，为上面的四位（莫拉斯、塔亚德、普莱西、莫雷亚斯），再加上雷诺。魏尔伦和威泽瓦后文将会专门讨论。

《一个新流派》公布了罗曼派的成立，因为它基本的方向和成员都确定了。不过，该文没有明确的署名，所以罗曼派的成立，还需要再晚一天。9月14日，莫雷亚斯发表了《一封信》（"Une lettre"），正式地、更加清楚地提出了罗曼派的纲领。他认为罗曼派主要恢复的文学是11、12、13、16、17世纪的法国文学，它推崇的大师是龙萨等七星诗社诗人，以及拉辛和拉·封丹。这个图谱里将14、15、18世纪剔除掉了。18世纪被排除的原因很简单，这是浪漫主义渐渐盛行的世纪，其结果是"浪漫主义改变了这种本源，剥夺了法国缪斯的合法遗产"[①]。莫雷亚斯看到，巴纳斯派、自然主义派、象征主义派，都是浪漫主义的子孙，也就是说都不是出自法国的本源，流派的斗争现在有了政治意义：清除这些浪漫主义的子孙，是为了恢复本国的文学传统。莫雷亚斯看到，罗曼派代表着与象征主义派完全不同的道路："象征主义只对变革的现象感兴趣，它已经死了。我们需要一种新鲜的、有活力的、新颖的诗，简言之，恢复它的高贵血统的诗。"[②] 所谓"对变革的现象感兴趣"，指的是象征主义派求新尚奇，标榜个性，罗曼派要打破象征主义派宣扬的"新奇"的价值，让诗变得"新鲜""新颖"。"新颖"不是"新奇"吗？两个词难道不是近义词？是的，这两个词意思几乎一样。不过，莫雷亚斯眼中的新，实际上是"旧"，即与炫新竞奇不同的一种新风格。虽然同样是"新"，但是它的内涵已经完全改变，莫雷亚斯实现了文学价值上的偷梁换柱。在当月23日回应富基耶（Henry Fouquier）批评的文章中，莫雷亚斯还对他眼中的"新"有更清楚的解释："首先我们将语言从华而不实，从陈词滥调，从自然主义的仆人那里解救出来。因为经过罗马纯净的语源的净化，它就将发现它原本的力量。"[③]

莫拉斯的民族主义诗学，也让他注意到象征主义和颓废派有意抹去本

[①] Jean Moréas, "Une lettre", *Le Figaro*, septembre 14, 1891, p. 1.
[②] Jean Moréas, "Une lettre", *Le Figaro*, septembre 14, 1891, p. 1.
[③] Jean Moréas, "L'École romane", *Le Figaro*, septembre 23, 1891, p. 2.

国的特征，并崇拜以德国为主的外来文化。这种判断有一定的合理性，如果仔细审视象征主义思潮的构成，可以发现法国元素是有系统地被取消的。为了进入象征的梦幻世界，诗人们摆脱了现实与历史；为了获得纯诗，诗人们抑制词语的现实指涉功能；为了抵达无意识世界，似乎必须要跨越目前的时间和空间。拉弗格曾写道："通过平静的沉思，通过美学、科学或者哲学的沉思（后两种最可靠地拥有寂静），人逃避他自己，人片刻间摆脱了时间、空间和数的法则，人弃绝了他个性的意识，人上升、达到伟大的自由：超越了妄想。"① 这种弃世的精神，如果不是所有象征主义诗人和颓废主义诗人共有的，也是一种主流的倾向。诗人们坐在巴黎的某个阴暗的房间里，却想象着与德国的大师遨游云海。当代学者巴拉基安指出："在19世纪90年代的巴黎，诗人因为艺术上的神秘态度，丧失了他们国家的认同，至少是暂时如此。"② 这个时间点还应该往前提一下。不过，这个判断可以看出莫拉斯的苦恼：象征主义、颓废主义文学并没有注意书写本国的情感和生活，它们在追求绝对的过程中丢掉了民族性。

对于象征主义的大师，莫拉斯没有手下留情。他首先批评了马拉美。马拉美诗风晦涩，偏好夸张，"保留了诗人们如此讨厌的演说家的习惯"③，这与清晰、适度的法国南方文学传统水火难容。兰波是当时法语面临的最残酷的破坏者，他想拆除法语的句法和音义关系，建立一种通过感觉可以把握的语言，他称其为"词语炼金术"。莫拉斯注意到兰波是浪漫主义在法国最新的代表，对当代诗人中"更糟糕的人"有强大影响。④

雷诺是《羽笔》的主编，也是1890年晚会的常客。与莫雷亚斯和莫拉斯接触后，他迅速改变了文学立场。他将法国文化纯粹看作是南方文化的继承者，而北方文化带给法国的只是一种破碎状态。如果这种状态是当时法国文化虚弱的原因，那么随后的结论就非常清楚了。雷诺呼吁："保卫我们的遗产，使它免受比利时、德国、鞑靼人以瓦格纳的名义发动的疯

---

① Jules Laforgue, *Mélanges posthumes*, Paris: Mercvre de France, 1923, p. 11.
② Anna Balakian, *The Symbolist Movement*, New York: Random House, 1967, p. 10.
③ Charles Maurras, *Jean Moréas*, Paris: Librairie Plon, 1891, p. 47.
④ See Charles Maurras, "Étude biographique: Arthur Rimbaud", *Revue encyclopédique*, Vol. 2, No. 26, janvier 1892, p. 7.

第五章 象征主义自由诗的危机

狂攻击,这是非常重要的。"[1] 虽然之前是颓废者,担任《颓废者》杂志的评论员,但是雷诺也像莫雷亚斯一样,反思颓废主义派和象征主义派的弊病:"象征主义者和颓废者们争夺眼球。他们看起来如此不同,实际上都来自一种共同的错误:浪漫主义。颓废者在浪漫主义者那里拿来了色彩过度的感觉;他们陷入日本风格、点彩派画法、视听联觉之中。象征主义者从浪漫主义者那里继承了对恐怖和晦涩的癖好。"[2] 雷诺也发现颓废主义、象征主义都有浪漫主义的坏血统。颓废者吸取的是浪漫主义对色彩的偏好,这一点与波德莱尔的主张不同。重视色彩其实是南方艺术的特点。不过视听联觉所代表的幻觉体验,却是北方文学所长。象征主义喜好的"恐怖"与"晦涩",确实与南方文学的罗曼性有别。雷诺站在莫拉斯和莫雷亚斯的身后,接过打击颓废派和象征主义的武器。

塔亚德同样在活动,他渴望像莫雷亚斯、莫拉斯的理论那样,恢复法国民族文学的传统,他在较晚的一本书中指出:"法国语言,因为已经逐渐丧失了它的特质,有毁掉的危险;必须要拯救它,只有不断地研究(但要小心地辨别)16世纪的优美作品,并与17世纪的杰作结合在一起,以古典作品的范例为依据,才能把我们从野蛮文化中救出来。"[3]

从1891年9月到1892年,颓废主义、象征主义内部的诗人,再加上莫拉斯,引人注目地发动了一场文学流派和价值的"叛变"。如果说民族主义、权威主义思想动摇了无政府主义思想,那么罗曼性直接否定了先锋文学的自由、个性价值。自由诗依赖的整个美学、政治体系,都不再像以前那样牢不可破了。

二 莫雷亚斯否定自由诗

自由诗并不是罗曼派主要的攻击目标,但是自由诗附属在罗曼派所要攻击的目标上。自由诗植根于浪漫主义以来的文学传统中,罗曼派想要回归古典主义,自然会涉及文学形式的问题。在《罗曼派》一文中,莫雷亚

---

[1] Ernest Raynaud, "A propos du *Premier Livre pastoral*", *Mercvre de France*, No. 35, novembre 1892, p. 199.

[2] Ernest Raynaud, "A propos du *Premier Livre pastoral*", *Mercvre de France*, No. 35, novembre 1892, pp. 198–199.

[3] Charles Maurras et Raymond de la Tailhède, *Un débat sur le romantisme*, Paris: Ernest Flammarion, 1928, p. 126.

斯就反驳以富基耶为代表的批评家"宣传对文学无政府主义的爱"①，只要在文学中否定文学无政府主义，就会否定自由诗。1891年，在回答于雷的访谈时，莫雷亚斯清楚地谈到他要复兴传统诗律：

> 我要对您说，我对于在我的诗中主导性地运用了所有熟悉的诗律，我毫不谦虚地感到得意，我坚持要保存它们，以便恰当地利用它们。然后，我要对您说，我认为我已经在规定的诗学上增加了一种新的作诗法。但是这种新的作诗法并不是一种偶然，它是亚历山大体多种变形的必然结果。②

这里谈到的"我的诗"，指的是诗集《热情的朝圣者》，它处于从象征主义派向罗曼派过渡的阶段。虽然有些人将这部诗集看作是象征主义成功的一个标志，但是莫雷亚斯已经在它里面埋下了反叛的种子。他自己在序言中说过："读者，你将会发现改革所废弃的诗律传统被重建了。"③ 这句话已经表明莫雷亚斯有意恢复诗律的地位。序言写于1890年11月，几个月后（即次年8月），也就是在上面引用的访谈中，莫雷亚斯的态度更明确了，他不但承认自己重视"所有熟悉的诗律"，而且感到"得意"。这种"得意"倒不是说明莫雷亚斯多么精通诗律技巧，它是一种姿态，显露他脱离象征主义，将其视为过时的、没落的流派的信心。最终的结果，自然是放弃自由诗，重拾格律诗的节奏原则。不过，莫雷亚斯强调他增加了一些新东西：亚历山大体的变形。这种变形其实就是自由诗。当雷尼耶、雷泰创作出变形的亚历山大体时，他们相信自己创作的是自由诗。渴望废除自由诗的莫雷亚斯，口口声声说要恢复诗律，但是仍然坚持亚历山大体的变形。这意味着什么？意味着莫雷亚斯口是心非？意味着罗曼派的诗论只是一场理论游戏？

事情可能既简单又复杂。简单的是，莫雷亚斯和自由诗诗人其实没有完全决裂，莫雷亚斯用传统诗律写的诗，仍旧是自由诗的一种样式。复杂的是诗人的形式观、形式美学。表面上看起来相似的形式，可能源于不同

---

① Jean Moréas, "L'École romane", *Le Figaro*, septembre 23, 1891, p. 2.
② Jules Huret, *Enquête sur l'évolution littéraire*, Paris: José Corti, 1999, p. 117.
③ Jean Moréas, *Pèlerin passionné*, Paris: Léon Vanier, 1891, p. iv.

第五章　象征主义自由诗的危机

的形式观。在自由诗发生期，诗人们利用亚历山大体的变形来创造自由诗，他们眼中的目标是与亚历山大体不同的远方。这是一种离心力产生的变形。莫雷亚斯现在的目标不再是远方，而是自由诗诗人们离开的出发点。这个出发点成为新的目标。虽然诗体的变形仍然存在，可是主导的力量变成了向心力。单单做节奏分析，是看不出这两种不同的形式观产生的形式的。莫雷亚斯的"变形论"一下子将罗曼派的形式理论弄得晦涩了。如果逃出这些纠纷，从更大的视野看罗曼派，就会看出莫雷亚斯的聪明。莫雷亚斯主张古典主义，但是这种古典主义不是完全的复古主义，而是现代主义下的古典主义。它反对个性、自由的文学原则，但是又能保留一些个性、自由的精神。麦吉尼斯的一句话说得非常好："他们（莫雷亚斯、莫拉斯等诗人）知道时间无法回返，复古必须完全掌握它所反抗的，以便向前发展。"[①] 这种"发展"说提供了一个认识罗曼派形式论的新眼光，罗曼派的形式论严格来看，与自由诗第二阶段的理论——区别开散文、建立自由诗诗体地位的理论——并没有真正地断裂。它是自由诗的深度调整。它在观念上否定了自由诗，破坏了它的存在基础，但在实践中、在运用中，又发展了自由诗，让自由诗获得了更强的引力。在这种天体运行的比喻中，引力的来源是传统诗律。如果说麦吉尼斯的话不够透彻的话，可以用下面的比较来看罗曼派的形式理论：他们是用传统诗律来化自由诗，而象征主义诗人是用自由诗来化传统诗律。莫雷亚斯在 1905 年的另一个访谈中，对他反对自由诗的原因做了交代，这里也可以做一下参照："我放弃了自由诗，因为我发觉它的效果纯粹是庸俗的，它的自由是虚妄的。传统的诗律有许多崇高之处，许多确实性，完全允许思想和情感的节奏无限变化；但是必须有优秀的创造者。"[②] 这里仍然是将格律诗的规则与自由诗的"变化"结合在一起。

因为对传统诗律更为尊重，所以莫雷亚斯对亚历山大体的价值有更积极的判断。他认为这种古老的形式源自"诵唱旋律"，也就是说有音乐上的合理性。因为形式和意义有丰富的联系，所以造就了"亚历山大体的

[①] Patrick McGuinness, *Poetry & Radical Politics in fin de siècle France*, Oxford: Oxford University Press, 2019, p. 270.

[②] Georges le Cardonnel & Charles Vellay, ed., *La Littérature contemporaine*, Paris: Mercvre de France, 1905, p. 38.

美"①。莫雷亚斯既能认可巴纳斯派严谨的诗律形式，又能欣赏魏尔伦的新变，这是难能可贵的。

三 其他人对自由诗的否定

莫拉斯与莫雷亚斯不同，由于与菲列布里热派联系紧密，莫拉斯虽然也主张回归传统，回归传统诗律，但是他认为没有必要转向几个世纪之前的文学。莫拉斯曾说："我们法国人，如果要遵循本能，需要听从古希腊修辞家巧妙的忠告。"② 这种观点当然具有典型性，但不能忽略普罗旺斯文学本身的形式的价值。他刚到巴黎的时候，就在认真体会他家乡的诗作，在给佩农神父（l'abbé Penon）的信中，他曾写道："在诗方面，我细细咀嚼着《卡朗多》优美的诗篇，米斯特拉尔的普罗旺斯诗，它有时让我想起了勒孔特·德·利勒和维克多·雨果的最优美的诗。"③ 这里面的《卡朗多》（Calendal）是关于普罗旺斯的一位渔夫的诗作。因而，在莫拉斯对传统形式的理解中，含有普罗旺斯的方言，以及利用这种方言的民间旋律。莫拉斯加入罗曼派的时候，同时也是一位菲列布里热派诗人。在他眼中，两个流派并没有本质上的区别。罗曼派要求回归传统，寻找法国本源，而菲列布里热派的诗作，正好是这种本源的具体范例。佩农神父不喜欢普罗旺斯方言（例如奥克语），对菲列布里热派有鄙视之意。这惹恼了莫拉斯，在一封有些失礼的信中，莫拉斯郑重地表示："菲列布里热派是一种我宣传的主义。我在巴黎已经让不少人转变了思想，他们中有年轻人，也有长者。"④

莫拉斯是一位政论作家，不是诗人。虽然偶尔有诗作刊出，但数量极少。他对于自由诗的态度，只能通过他的理论来判断。他反对自由诗，要求建立民族诗律，这种民族诗律不仅是古典主义的，也是外省的，是非巴黎的。巴黎和外省在当时大体上可以概括自由诗和传统诗律的势力范围。

---

① Jules Huret, *Enquête sur l'évolution littéraire*, Paris: José Corti, 1999, p. 117.

② Charles Maurras, "Les Nouvelles Ecoles: les symbolistes, les néo-romantiques, les décadents, les renaissants", *La Gazette de France*, juin 21, 1892, p. 1.

③ Charles Maurras et l'abbé Penon, *Dieu et le roi: correspondance entre Charles Maurras et l'abbé Penon*, edited by Axel Tisserand, Toulouse: Privat, 2007, p. 84.

④ Charles Maurras et l'abbé Penon, *Dieu et le roi: correspondance entre Charles Maurras et l'abbé Penon*, edited by Axel Tisserand, Toulouse: Privat, 2007, p. 373.

第五章　象征主义自由诗的危机

这一点，可以参考巴雷斯的话，后者在 1902 年的一本书中认为："法国的民族性，在我们看来，是来自外省的民族性。如果这些民族性中某一个（部分）缺失，法国的特征就丧失了它的一个元素。"①

塔亚德对自由诗的关注，比莫拉斯更多。他发现自由诗是节奏上的"个人主义"，它放弃了诗人们"熟悉的诗体"，向内探索，这种探索的结果是一种"固定的自我"②。这里的"固定的自我"有些费解。按照象征主义诗人的看法，自我应该是多变的、即时的，为什么会是固定的呢？塔亚德应该认为自由诗只是诗人根据内在的尺度创作的，这种内在的尺度一直不变，没有与外在的传统结合起来。塔亚德并非对自由诗没有同情之理解，他看到了自由诗的特性，但是这种特性明显无法让他满意："象征主义最初的尝试自 1885 年显现出来，直到现在，就我所知，它没有创造出有才分的作品，甚至是稍稍可观的作品。"③ 这里面所说的"最初的尝试"，指的就是自由诗。恢复格律诗往往意味着恢复诗律的价值，诗律不再是"束缚""障碍"，而成为有益的工具。自由诗在美国获得极大成功后，也有一些古典主义的批评家渴望恢复传统诗律，他们的做法就是重新让诗律变得有用起来，比如艾肯，他曾说："当一个诗人废弃节奏，他废弃的可能是供他使用的最强有力的、唯一的诗歌技巧。"④ 需要注意，以塔亚德为代表的罗曼派诗人，应该是现代主义时期诗律有用论的最早的源头。同样在上面引用的文章中，塔亚德指出："一位伟大的诗人并不受到诗体形式的妨碍：他按照自己的方便调整它，由此，人们想到自由诗被指定用来重造人类情感中最优美的声音，就像格律诗一样。这并不准确，因为：人们今天称作自由诗的，并不是一种诗体。"⑤ 这里就反驳了象征主义的诗律妨碍情感表达的观点，把诗律看作是一个有效的工具。诗人们可以"调整"它，但是诗律的基础从未被取消。塔亚德还像布吕内蒂埃、吉尔

---

① Maurice Barrès, *Scènes & doctrines du nationalisme*, Paris: Félix Juven, 1902, p. 501.
② Raymond de la Tailhède, "La Poésie française de 1870 à 1920", in Charles Maurras et Raymond de la Tailhède, *Un débat sur le romantisme*, Paris: Ernest Flammarion, 1928, pp. 18–19.
③ Raymond de la Tailhède, "La Poésie française de 1870 à 1920", in Charles Maurras et Raymond de la Tailhède, *Un débat sur le romantisme*, Paris: Ernest Flammarion, 1928, p. 19.
④ Conrad Aiken, "The Function of Rhythm", *The Dial*, Vol. 65, No. 777, Novembre 1918, p. 418.
⑤ Raymond de la Tailhède, "La Poésie française de 1870 à 1920", in Charles Maurras et Raymond de la Tailhède, *Un débat sur le romantisme*, Paris: Ernest Flammarion, 1928, p. 19.

坎等人一样，把自由诗看作是散文的伪装，不具有诗体的名分。

雷诺在罗曼派的成员中，可能是最关注无政府主义与自由诗影响关系的一位。莫雷亚斯、莫拉斯似乎更关注风格、语言的问题，他们只是偶尔把话题引到自由诗上。但是雷诺对自由诗的问题更加热衷。他在《象征主义的论争》(La Mêlée symboliste) 一书中，梳理过法国无政府主义运动的始末，他把无政府主义的起点放在 1864 年，该年伦敦圣马丁堂的会议促使国际工人协会解体，解体的原因是马克思和巴枯宁对于协会领导权的分歧。在 1872 年的海牙代表会议上，无政府主义和社会主义的分裂加剧了。之后，无政府主义渐渐成为一种独立的运动，并开始对象征主义诗人施加影响。雷诺注意到，米歇尔和其他的无政府主义者参加了象征主义的聚会，正是出于这种影响，象征主义诗人们才反抗大师的权威，并打破诗律，"只依仗他们的心血来潮"①。

1900 年 4 月，雷诺还发表了一篇与卡恩争论的文章。这篇文章可以看作是他诗歌形式理论的总结。他提出一种新的创新观。象征主义诗人中有不少人认为创新就是打破传统，告别过去，兰波和雷泰都有这种信仰。雷诺指出，真正的创新，是要拥有过去："经历过艰苦努力的人，是最强大的，因为他从数个世界的经验中获益，因为他在与这几个世纪的比较中，在他自己意识的光芒下，控制思想和风格。"② 从这个观点出发，雷诺否定自由诗代表的自由理念。因为任何尊重传统、学习传统的人，都会发现自由是一种误解。这里不禁让人想起十九年之后艾略特的《传统与个人才能》一文。正是出于对传统的肯定，艾略特才否定情感，强调"个性的回避"③，这同样是为了清除诗歌中的浪漫主义、象征主义思想。具体到自由诗上，雷诺指出象征主义诗人在创新上做得过度了，并抛弃了押韵，这让他们的诗变成了散文。雷诺强调规则的必要："诗行越是遵从严格的命令，它越能获得力量和活力；人们越是在节奏狭窄的河道中阻碍它，它越能有力地、猛烈地运走思想。"④ 这里的看法与艾肯的相同，诗律是形式获得力量的秘密，形式越松散，诗传达思想和情感的力量就越弱。自由诗自然就

---

① Ernest Raynaud, *La Mêlée symboliste*, Paris: Nizet, 1971, p. 237.
② Ernest Raynaud, "Réponse à quelque-uns", *La Plume*, No. 263, avril 1900, p. 225.
③ T. S. Eliot, *Selected Essays*, London: Faber and Faber Limited, 1951, p. 21.
④ Ernest Raynaud, "Réponse à quelque-uns", *La Plume*, No. 263, avril 1900, p. 227.

第五章 象征主义自由诗的危机

成了失败的形式。

尽管罗曼派维持的时间很短,但是它的成员们的诗学主张比较稳定,从 1891 年到 1900 年前后,莫雷亚斯、莫拉斯、塔亚特、雷诺肯定诗律的价值,反对自由与个性的形式理念,一种不同于自由诗的形式观已经崛起。自由诗再也不可能像 1886 年前后那样,只要打出反叛的旗号,就能赢得年轻人的敬佩。象征主义自由诗在内部和外部都出现了敌人,自由诗处境艰难。就在这风雨飘摇之际,象征主义者威泽瓦和魏尔伦也站出来,准备与象征主义分道扬镳。

第三节 魏尔伦、威泽瓦与自由诗的危机

莫雷亚斯并不是象征主义者中唯一的"背叛者",在罗曼派成立前后,魏尔伦和威泽瓦也反思象征主义思潮,并主张向古典主义回归。布朗热事件引发的民族主义思想的巨浪,越过罗曼派之后,向更多的诗人、理论家涌去。这个事实告诉人们,罗曼派的成立不是偶然事件,在 1891 年前后,法国文化界和文学界出现了相当大的思想转型。李国辉《象征主义》一书的第三章,曾将罗曼派的成立看作是象征主义落潮的一个标志,需要注意,象征主义的落潮是众多事件同时造成的,罗曼派只是其中比较显眼的一个罢了。就这些背叛者而言,魏尔伦和威泽瓦的分量其实更大,他们一个被公认为该流派的大师,另一个是瓦格纳主义的宣传者,象征主义的理论家。二者放弃象征主义及其自由诗,对读者而言是更具标志性的信号。

一 魏尔伦否定自由诗

在自由诗获得越来越大的成功后,魏尔伦并没有敌视这种新形式,而是给了它相当大的鼓励。在 1894 年《关于当代诗人的讲座》("Conférence sur les poètes contemporains")一文中,魏尔伦指出:"我有一些可贵的兄弟,他们是比利时和法国军人,他们确实能富有天赋地、灵巧地运用自由诗——无疑,也有逻辑,一种不可改变的逻辑,这让我有点受挫。我应该是弄错了,我希望我弄错了,因为自由诗能够也无疑是有未来的——因为

未来永远属于某个人,无论诗人说什么。"① 这里所说的"军人",主要指卡恩,他服过兵役。雷泰也参过军。这些人创作的自由诗,超出了魏尔伦的预期,他不能不承认自由诗是"有未来的"。现在有一个问题需要弄清楚,这里的话是出自真心,还是出于礼貌?如果是出于礼貌,那么魏尔伦就会对自由诗有不同的判断。

魏尔伦的这篇文章明显不是给自由诗唱赞歌的。他曾这样划分当时的流派:"我们被分为四个阵营:象征主义、颓废主义、自由诗的拥护者和我所属的其他的主义。"② 这句话有两点值得关注。第一,魏尔伦不以象征主义者、颓废主义者自居。年轻诗人们一直奉魏尔伦为这两个流派的大师,甚至魏尔伦的《被诅咒的诗人》也公开宣传颓废思想。他 1888 年在《今天的诗人》杂志中,曾承认自己是颓废者:"'颓废者'——哪里模糊地冒出来的一个词,就像'浪漫主义者',就像'自然主义者',但比'自然主义者'更好——指的是我的三位被诅咒者、我以及这些已经出版过诗作、我前文已经讲过的年轻人。"③ 这里"我"和兰波、马拉美等人,都明确地包括在颓废者中。为什么魏尔伦后来的文章中否定这个称呼呢?这是因为他看到了颓废主义、浪漫主义与法国民族性的断裂,他想回到古典主义的道路上,所谓"我所属的其他的主义",就指此而言。第二,魏尔伦将自己与自由诗诗人区别开。自由诗诗人与象征主义者有没有重叠,魏尔伦的划分合不合理,这些问题可以暂时搁置起来。魏尔伦的话非常重要的地方是,他不把自己看作是自由诗这个系列中的。魏尔伦在颓废文学时期推动了形式解放的运动,自由诗诗人们虽然对他后来的形式有些不满意,但是很多人一开始都受到过他的影响,如莫雷亚斯。严格来看,魏尔伦是自由诗的一位开拓者。但是将自己与自由诗诗人区别开,说明魏尔伦非常介意他们之间的不同。

通过这种分析,可以看出,上文魏尔伦对自由诗的认可,更多的是一种礼节性的姿态。他对自由诗真实的态度是不友善的。在那篇文章的结

---

① Paul Verlaine, *Œuvres posthumes de Paul Verlaine*, volume 2, Paris: Albert Messein, 1927, p. 353.
② Paul Verlaine, *Œuvres posthumes de Paul Verlaine*, volume 2, Paris: Albert Messein, 1927, p. 352.
③ Paul Verlaine, "Anatole Baju", *Les Hommes d'aujord'hui*, No. 332, août 1888, p. 2.

第五章　象征主义自由诗的危机

尾，魏尔伦强调："诗人理应绝对真诚，要像作家一样绝对一丝不苟。"①真正的观点在这句话中被暗示出来了。他并没有直接批评形式的解放，他甚至不愿与年轻诗人发生对立，他小心地传达他的主张。所谓"一丝不苟"影射自由诗的粗糙、随意。在写于1894年10月的一首诗中，魏尔伦更清楚地表达自己对这种形式的不悦：

> 狂放的新手在草地上乱蹦乱跳，
> 却受制于真实的重力！
> 他们像发了疯，但拥有傲慢的年龄。
> 尝试中的自由诗，它确实迷人！②

新诗人们"发了疯"似的宣传自由诗，他们觉得自己摆脱了一切，可是仍旧有"真实的重力"在制约他们。这种重力就是传统。

魏尔伦是什么时候开始转变的？这一切经历了什么样的轨迹呢？文学史家亚当（Antoine Adam）在他的书中说过这样的话：

> 1888年，布朗热主义正炽。国家主义的推动力不单单对政治层面有效。它在文学界引发了强有力的运动。颓废、悲观主义和世界主义的精神，不得不让位于一种新的、国家主义的、坚定乐观主义的精神。不再有德国哲学了，不再有用不相连属的语言写下的含糊的直觉了，存在的只是一种清楚、显明的诗，它完全具有法国的灵感和特质。魏尔伦让自己投身到该潮流中。③

看来，早在1888年，魏尔伦在思想上就有了触动。他想建设国家主义的文学，而一旦做出这种选择，他就必须要自己挣脱开自己，即清除自己身上的浪漫主义传统，走到自己的反面。这是文学上的自杀，到此为止，他获得的一切声誉，都与这个浪漫主义（世界主义）传统有关。

---

① Paul Verlaine, *Œuvres posthumes de Paul Verlaine*, volume 2, Paris: Albert Messein, 1927, p. 357.

② Paul Verlaine, *Œuvres poétiques complètes*, Paris: Gallimard, 1962, p. 854.

③ Antoine Adam, *The Art of Paul Verlaine*, trans. Carl Morse, New York: New York University Press, 1963, p. 124.

《风行》杂志与象征主义自由诗

就在这个时候，莫雷亚斯出版了他的《热情的朝圣者》，并开始与莫拉斯探索罗曼派的问题。魏尔伦可以加入他们，成为第四个流派的领袖。[1] 但事与愿违，莫雷亚斯对魏尔伦非常提防。其中的隐情可以从一个宴会透露出来。1891年2月2日，星期一，莫雷亚斯想举办一个庆祝他的诗集出版的宴会，会议由马拉美主持，还有不少人得到了邀请，在1月份提前给塔亚德的信中，莫雷亚斯说："有你在这里我会非常高兴的。但是我不敢请你来。"[2] 但是有意味的是，莫雷亚斯并没有邀请魏尔伦。这让魏尔伦感觉被排斥了。1月27日，生气的魏尔伦给这位希腊人写信道："请允许我以最高的惊奇得知一个'友好的'宴会正在组织，为的是向《热情的朝圣者》致敬，首先我未被告知，随后在你自己告诉我'同意'，'做东人'之后，我知道自己得到'同意'……"[3] 如果说莫雷亚斯厌恶魏尔伦的颓废气息，那么马拉美同样是颓废的。难道只有魏尔伦被莫雷亚斯看作是象征主义的代表，而要与其极力斗争吗？在1891年回答于雷的访谈中，希腊人这样评价魏尔伦：

> 他和波德莱尔贴得太紧，和他主张的某种"颓废主义"贴得太紧，以至于他只是我所梦想的诗歌复兴的羁绊。但是未来将会在法国诗人中给他指定一个特别高的位置。我一心想确认这是一位自波德莱尔以来最出色的诗人，但是这不妨碍我们与他可能采取的行动作斗争；另外，他不会对未来有影响，而未来只会在一种纯粹的、朴素的复兴中显现出来，一种罗曼文艺复兴，它会抛弃所有的悲观主义，以及德国精神中的含糊不清。[4]

很有可能莫雷亚斯没有看到魏尔伦思想上的新变化，还是把他当作"颓废主义"的典型。1891年后，魏尔伦渐渐显示出他诗学立场的改变，但仍然

---

[1] 魏尔伦先后成为巴纳斯派、颓废主义派、象征主义派的成员。虽然他否定自己是象征主义诗人，但是文学史通常还是把他归到象征主义中。他如果加入罗曼派，这个流派就成为他涉足的第四个。

[2] Jean Moréas, *Lettres de Jean Moréas*, Paris: Lettres modernes Minard, 1968, p. 16.

[3] Paul Verlaine, *Correspondance de Paul Verlaine*, volume 3, Paris: Albert Messein, 1929, p. 250.

[4] Jules Huret, *Enquête sur l'évolution littéraire*, Paris: José Corti, 1999, p. 119.

第五章　象征主义自由诗的危机

被罗曼派拒之门外。亚当不无同情地指出,这一时期魏尔伦发现自己再没有追随者了。孤独的魏尔伦自己探索自己的路,这就是他上文说他不属于三个流派的原因。

1891年,魏尔伦接受了于雷的访谈。从留下来的材料来看,《无言的浪漫曲》的作者已经明确地提倡古典主义诗学。他厌恶象征这个词,认为这是个德语词。德语中象征写作"Symbolismus",而"symbolisme"确实是法语词。魏尔伦为什么拒绝这个词呢?他像莫拉斯一样,拒绝这个词背后的德国文化资源:"让一个诗人去思考康德、叔本华、黑格尔和其他德国人思考的人类的意识,他会思考什么!我啊,我是法国人,你听好,我是一位法国人中的沙文主义者——这先于一切。"① 如果说《费加罗报》上发表的《一封信》宣告莫雷亚斯与象征主义的正式决裂,那么这年的访谈对魏尔伦来说,同样有这种意义。当于雷不断地想把话题引到象征主义者上时,魏尔伦发火了,用拳头捶着桌子,不满地说:"他们让我厌烦,这些铙钹主义者!他们以及他们荒唐的宣言!当人们能真正在艺术中搞革命的时候,人们做的就像这样吗?"② 象征主义者们确实一直在羞辱魏尔伦,威泽瓦、吉尔都曾批评过他,莫雷亚斯又带领一群人离他而去。在给莫雷亚斯的信中,魏尔伦曾吐露道:"有一些令人厌恶的年轻人,确实虚情假意,他们是现在的赞美者,未来的批评者,随风摇摆。"③ 这句话道出了一位不断被背叛的大师的落寞。而莫雷亚斯就是这样的一位"虚情假意"的人。因为在诗学主张上已经摆脱了象征主义,魏尔伦就不再顾及年轻人的颜面了。

魏尔伦的古典主义要比莫雷亚斯的更纯粹,他要回归到文艺复兴时期,法国古典主义的戏剧家,例如拉辛,都不在他考虑的范围之内。他说:"文艺复兴!回溯到文艺复兴!这被称作恢复传统!从17世纪和18世纪上面越过去!多么愚蠢啊!拉辛、高乃依,因此这些人并不是法国诗人!以及拉·封丹,自由诗的作者。"④ 说完之后,魏尔伦又补充了一句,认为自己的话是"蠢话",这些话是不是他深思熟虑的呢?通过上下文可

---

① Jules Huret, *Enquête sur l'évolution littéraire*, Paris: José Corti, 1999, p. 109.
② Jules Huret, *Enquête sur l'évolution littéraire*, Paris: José Corti, 1999, p. 110.
③ Paul Verlaine, *Correspondance de Paul Verlaine*, volume 3, Paris: Albert Messein, 1929, p. 251.
④ Jules Huret, *Enquête sur l'évolution littéraire*, Paris: José Corti, 1999, p. 110.

《风行》杂志与象征主义自由诗

以判断，魏尔伦觉得很多人无法接受他的观点，所以用"蠢话"来自嘲。实际上，他对最近3个世纪的法国文学确实不以为然。引文中还出现了自由诗，虽然把拉·封丹视为自由诗诗人是个误解，但是从中可以看出魏尔伦反对形式自由的立场。于雷注意到，当谈到自由诗时，魏尔伦露出鄙夷的神情，然后说道：

> 我并不为我十四音节的诗行感到后悔；我放大了诗行的尺度，这很好；但是我并不废除它！为了诗行存在，必须要有节奏。现在，人们做的诗行千奇百怪！这不再是诗行，这是散文，尽管这只是费解的散文……况且，这不是法国做法，这不是法国做法！人们称这种形式为有节奏的诗体！但是我们不是拉丁人，不是古希腊人，不是其他的人！我们是法国人，岂有此理！①

这段话的开头，魏尔伦先是为自己辩护，他放大了亚历山大体，但是保留着诗律节奏。自由诗诗人相反，他们的诗行"千奇百怪"，违背了节奏的要求。他认为这只是散文，并不是诗。之后，魏尔伦再次强调法国民族文学的立场。他和罗曼派的成员不一样。莫雷亚斯、莫拉斯肯定古典主义，但是这种古典主义的源头是古希腊—古罗马文学。这也正是罗曼性一语的来历。魏尔伦理解的古典主义，要比他们更狭窄一些，主要指的是法国文艺复兴时期的文学，是17世纪之前的文学。七星诗社的诗人，例如龙萨，在莫雷亚斯那里是得到尊重的，莫雷亚斯说："法国罗曼派重新恢复古希腊—罗马的本源，这法国文学的根本本源，它在11、12和13世纪因为我们的行吟诗人而盛行，16世纪因为龙萨和他的流派而盛行，17世纪，因为拉辛和拉·封丹而盛行。"② 可见罗曼派的范例要丰富得多。对于这些作家，魏尔伦一概从他的名录中抹去，他曾对于雷说："我不在乎龙萨！"③

在1891年的诗作《幸福》（"Bonheur"）中，魏尔伦再次谈到了自己的诗律观：

---

① Jules Huret, *Enquête sur l'évolution littéraire*, Paris: José Corti, 1999, p. 111.
② Jean Moréas, "Une lettre", *Le Figaro*, septembre 14, 1891, p. 1.
③ Jules Huret, *Enquête sur l'évolution littéraire*, Paris: José Corti, 1999, p. 111.

第五章　象征主义自由诗的危机

> 让亵渎的艺术见鬼吧，竟然有造作的艺术，
> 让非常朴素的艺术永存，否则，这就是散文。①

这让两种艺术对立了起来，一种是造作的艺术，也就是自由诗；另一种是朴素的艺术，也就是魏尔伦梦想的古典主义艺术。朴素是魏尔伦新诗学的缩影。在去世前几个月，魏尔伦曾对吉尔坎说过一些话，这些话可看作是他的临终自白："有些人认为我是个怪人。我走向朴素的诗，几乎是古典主义的诗。"② 魏尔伦一生中最闪光的时刻，是他在《吕泰斯》发表《被诅咒的诗人》后，他有过许多的学生、弟子，不如把整个颓废派都看作是他的创作。奇怪的是，可能最后真正理解魏尔伦的，不是那些曾经跟随他的人，而是一位异国他乡的吉尔坎。1896年1月8日晚上7点半，在迪卡尔路39号，魏尔伦去世了，和他一同离开的，是自由诗的神话。10天后，吉尔坎在《少年比利时》上发表追悼魏尔伦的文章，作为真正的知音，吉尔坎的结论是："他并不是伪自由诗的父亲，尽管他通过发表《被诅咒的诗人》，以及通过美化阿蒂尔·兰波，对于自由诗的扩散发挥了很大作用。"③

二　威泽瓦诗学的转变

魏尔伦在19世纪80年代，宣传的主要是波德莱尔主义。这种主义有着多种起源，北方民族的神秘主义宗教和美国的爱伦·坡的诗学，在它里面有显著的地位。也就是说，波德莱尔主义的元素中有相当分量的外国资源。这种主义鼓励了颓废主义和象征主义的世界主义倾向，因而受到民族主义思想家的批评。相较于魏尔伦，威泽瓦的处境似乎更加危险，因为他在象征主义思潮中扮演的作用，是介绍、阐释了德国人瓦格纳的美学。迪瓦尔曾这样评价威泽瓦："他在象征主义运动中的作用，是最重要的。"④ 迪瓦尔夸大了他的研究对象，不过，将威泽瓦看作是象征主义理论大师，这是不为过的。时过境迁，威泽瓦在90年代将会成为民族主义者重要的

---

① Paul Verlaine, *Œuvres poétiques complètes*, Paris: Gallimard, 1962, p. 683.
② Iwan Gilkin, "Paul Verlaine", *La Jeune belgique*, Vol. 1, No. 1, janvier 1896, p. 4.
③ Iwan Gilkin, "Paul Verlaine", *La Jeune belgique*, Vol. 1, No. 1, janvier 1896, pp. 4–5.
④ Elga Liverman Duval, "Téodor de Wyzewa", *The Polish Review*, Vol. 5, No. 4, Autumn 1960, p. 61.

攻击目标。而他在这一时期，主动转变为古典主义者，没有给人机会。但是，这一切都是怎么发生的？

威泽瓦并没有留下自述的材料，但这个过程一定与布朗热运动激起的民族主义思想有关系。民族主义让莫拉斯改信了君主政体，并让他看到了宗教的不可或缺，比松认为，天主教教义是莫拉斯"重建秩序"的三种手段中的重要一环。① 威泽瓦也渐渐地信仰了天主教，并希望利用天主教来恢复秩序。1892 年是观察他的思想转变的很好的一年。这一年，他出版了《欧洲的社会主义运动》(*Le Mouvement socialiste en Europe*) 一书，像莫拉斯一样，提出了自己的一些政治见解。需要说明，这里的社会主义运动，也包括无政府主义运动，两种运动都想推翻法兰西第三共和国。莫拉斯反对共和国，是想建立一个集权的政府，以团结法国各方面的力量。莫拉斯看到共和国的民主政体是带来无政府状态的根本原因。威泽瓦要更保守一些，他维护共和国，认为社会主义、无政府主义运动，才是无政府状态的根源。面临着社会组织的崩塌，这位忧心忡忡的波兰人希望用宗教来与之对抗。宗教，或者具体说天主教，能"充当疫苗"，保护国家免遭无政府状态的祸患。②

如果用宗教意识来对抗个人主义，对抗革命的精神，那么威泽瓦会自然地走到自由诗的反面。他早期提倡的语言音乐，强调的正是个性的音乐形式。但是在 1892 年，威泽瓦的政治思想还没有影响到他的诗学，他仍然是象征主义者。这从他该年在《蓝色评论》上发表的《外国文学评论》("Notes sur les littératures étrangéres") 一文可以看出来。这篇文章讨论的是美国自由诗诗人惠特曼，正好可以当他形式理论的试金石。在一开头，威泽瓦指出："美国作家最优美的创作缺少这种永恒的神秘元素，只有这种元素将诗与文学区别开来。"③ 这里的"神秘元素"是不是后期宗教意识产生的呢？因为皈依宗教，所以他强调法国诗歌的神秘性。还不能做这种简单的判断，因为他早期的瓦格纳主义同样强调神秘性，神秘性看不出前后阶段的不同。

---

① Jean-Christophe Buisson, "Un prophète du passé", in Charles Maurras, *Charles Maurras: L'Avenir de l'intelligence et autres textes*, ed. Martin Motte, Paris: Robert Laffont, 2018, p. xxi.
② T. de Wyzewa, *Le Mouvement socialiste en Europe*, Paris: Libraires-Éditeurs, 1892, p. 238.
③ T. de Wyzewa, "Notes sur les littératures étrangéres", *Revue bleue*, Vol. 49, No. 23, avril 1892, p. 513.

第五章 象征主义自由诗的危机

之后，威泽瓦讨论了自由诗的问题，他将法国和美国的自由诗进行了比较："我们的诗人差不多十年以来尝试解放诗体；然而他们从不敢将诗体的自由推至惠特曼一下子推到的程度。《草叶集》中既没有韵、半韵，也没有节奏的重复，没有任何让人一眼看上去是诗体的东西，哪怕它常常有诗行构成的诗段。"[①] 如果肯定惠特曼在形式自由上走得更远，那么这种判断就仍旧是站在自由诗的立场上的。从这句话中看不出威泽瓦对自由诗有任何反思的迹象。批评自由诗不像诗体，这是不是说明威泽瓦像魏尔伦一样，内心深处已经有传统诗律的呼声呢？这只是假设，在这篇文章中还找不到可靠的证据。

随后，针对当时有些人认为象征主义自由诗源自惠特曼的论调，威泽瓦做了一个澄清："因为尽管沃尔特·惠特曼的诗可上溯到1855年，而且那些诗表面上已经有所有我们今天的作品具有的特征，但真相是它们并没有对我们当代的文学运动有任何影响，或者几乎没有影响。"[②] 这种判断也是基于历史事实做出的。在象征主义诗人中，真正在1886年左右熟悉惠特曼的，可能只有拉弗格和格里凡，其他的诗人主要从瓦格纳音乐、邦维尔或者颓废派获得形式解放的灵感。从整体上看，象征主义自由诗与惠特曼关系不大。威泽瓦在这里仍旧是以一名自由诗诗人的身份在给法国诗做辩护。随后的一句话，更能看出他的立场："尽管在情感、思想和形式上有明显的相似性，但在沃尔特·惠特曼的诗和我们的当代文学之间，没有任何本质上的相同之处。"[③] 这里用了一个短语"我们的当代文学"，换一种说法，就是"我们的自由诗"。威泽瓦并没有把象征主义及其自由诗看作是负面的。

是什么契机让波兰理论家真正告别自己的过去的？姆罗齐克（Anna Opiela-Mrozik）提供了一个答案："对亲爱的普罗旺斯地区阳光照耀的风景的赞美，使得威泽瓦摆脱了从北方的想象中汲取的瓦格纳主义。"[④] 如果

[①] T. de Wyzewa, "Notes sur les littératures étrangéres", *Revue bleue*, Vol. 49, No. 23, avril 1892, p. 514.

[②] T. de Wyzewa, "Notes sur les littératures étrangéres", *Revue bleue*, Vol. 49, No. 23, avril 1892, p. 515.

[③] T. de Wyzewa, "Notes sur les littératures étrangéres", *Revue bleue*, Vol. 49, No. 23, avril 1892, p. 515.

[④] Anna Opiela-Mrozik, "Téodor de Wyzew face à ses maîtres", *Quêtes littéraires*, No. 9, septembre 2019, p. 87.

这个判断正确的话，那么威泽瓦和莫拉斯走向古典主义的道路几乎是完全一样的。莫拉斯通过普罗旺斯的文学发现了罗曼性，威泽瓦则通过普罗旺斯的风景找到了南方文学的古典风格。波兰从文化上看，并不属于南方，威泽瓦崇拜南方文学，是他异国文学生涯的新阶段，还是他已经将自己视为法国人，罗曼性已经成为他内在的血液呢？后者应该更为可信。威泽瓦摆脱了自己族裔的传统，接受罗曼性的传统，这是非同寻常的事情。这种转变很快就露出峥嵘了。1893年7月，威泽瓦在《法兰西信使》上发表《一个可能的未来》，这篇文章标志着一个新的威泽瓦出现了。

三　威泽瓦否定自由诗

在《一个可能的未来》开头，威泽瓦就动摇了以新为尚的价值观："我承认，我对任何新的方案、任何新的流派都有了某种怀疑，甚至对所有的新文学有了怀疑。"① 因为颓废主义、象征主义就是在这种"新文学"的旗号下确立的，所以否定它，就是否定之前的流派。如果再将视野放大一些，新价值是浪漫主义以降的几乎所有文学流派所标榜的。威泽瓦这里实际上是批评整个法国文学的现代性。现代性与古典主义是对立的，二者就像是永远无法取得平衡的天平，一个升起来，另一个就必然要沉下去。莫雷亚斯在破坏新奇的价值后，带来了朴素的新价值。他在1905年的访谈中强调："人们仍然要回到纯粹的节奏那里，回到朴素那里。"② 威泽瓦会提出什么新价值呢？与莫雷亚斯大同小异，他热爱的是"自然的、适度的审美观"③。这里的"适度"（sage）一语非常重要，它含有讲究分寸的意思。象征主义、颓废主义经常使用浮夸的语言，表达古怪的情绪，这在威泽瓦眼中都是做得过度了。另外，适度也是古罗马文学的一大特征。贺拉斯在他的《诗艺》中非常推崇这种价值：

> 只有秩序和组合才是决定性的，

---

① Téodor de Wyzewa, "D'un avenir possible", *Mercure de France*, No. 43, juillet 1893, p. 193.
② Georges le Cardonnel & Charles Vellay, ed., *La Littérature contemporaine*, Paris: Mercvre de France, 1905, p. 36.
③ Téodor de Wyzewa, "D'un avenir possible", *Mercure de France*, No. 43, juillet 1893, p. 194.

第五章　象征主义自由诗的危机

它从平常的材料出发，升化出荣耀的作品。①

随后，威泽瓦开始分析现代文学中的"原创性"问题，他援用布瓦洛的理论，将原创分为两种，一种是自然的，另一种是人为的。自然的原创性是原来具有的，人为的原创性是形式上貌似的原创性。自然的原创性在现代社会基本不存在了，他发现在法国，人们的生活已经高度同一，从学校到家庭，从交通到政治生活，每个人都和别人没有什么区别。自然的原创性消失后，现代文明开始编造人为的原创性的神话："人们开始认真地相信对于艺术家来说原创是必要的。即是说给大众提供一种完全不同于先前取悦他的作品的作品。杂货商知道，为了令他的主顾满意，他应该提供好吃的糖块；但是今天的艺术家自以为他唯一的职责是给他的主顾提供全新的书、图画。"② 但是所谓的"全新"，只是一种宣传。威泽瓦认为现代文学没有带来真正的新，新只是外表，只是一种人为的差异造成的。这种差异是为了区别先前的文学传统。因为不考虑真正美的元素，所以现代文学的"全新"实际上是朝着丑陋的方向发展。无独有偶，在颓废文学发展初期，一位叫阿雷纳（Paul Arène）的批评家就曾这样嘲笑颓废文学："出于对新奇的渴望，出于对平庸和习惯的反感，人们低着头急于向古怪的事物奔去。"③ 威泽瓦相信，人为的原创性让年轻的诗人、作家变得盲目了，他们对什么是美，如何创造美，已经没有了感觉，也丧失了对艺术作品的真爱。

如何拯救文学呢，如何让它摆脱虚假的原创性呢？莫拉斯和巴雷斯都在外省，在洛林或者普罗旺斯等地方找到了民族文学，作为外国出生的人，威泽瓦对法国的外省印象并不深刻，他像莫雷亚斯一样，学习古典主义大师的杰作："这种救治方法，是回到过去的传统中，尤其是回到一切传统中最为重要的，即模仿确立的典范。"④ 莫雷亚斯建议采用具有法国传统的词汇和风格，这个解决办法更具体一些。威泽瓦提供了另外一个角度：模仿古人。他首先考虑的不是具体的语言形式问题，而是一种文学态

---

① Quintus Horatius Flaccus, *Satires, Epistles and Ars Poetica*, Cambridge: Harvard University Press, 1929, p. 470.
② Téodor de Wyzewa, "D'un avenir possible", *Mercure de France*, No. 43, juillet 1893, p. 195.
③ Paul Arène. "Les Decadents", *Gil Blas*, No. 2007, mai 1885, p. 2.
④ Téodor de Wyzewa, "D'un avenir possible", *Mercure de France*, No. 43, juillet 1893, p. 198.

度的问题。只有肯模仿古人，才能摆脱现代性的"歧途"，才能让诗人、作家具有真正的审美力和创造力。这里面没有直接提到自由诗的问题，不过，形式的问题就蕴含在他的理论中。自由诗就是人为的原创性的产物，诗人们推出这种奇特的形式，只是因为它给人"全新"的假象。而认真模仿古人的诗人，将会体验到古人在节奏上的严谨和适度，将会在亚历山大体中看到形式真正的美感。

魏尔伦和威泽瓦理解的民族文学是不一样的，魏尔伦更清楚民族文学打动人心的力量，而威泽瓦的回归古典论，更多的是修改自己象征主义的诗学。它们也有共同点，即他们像莫拉斯、巴雷斯一样，热爱法国自身的文学与文化。反对世界主义并非无可厚非，实际上任何国家的文化都来自多个国家。不同民族、国家文化的融合既是历史事实，又是文化发展所必需的。因而就文化史本身来看，极端的民族主义、排外主义是有害的。比松认为莫拉斯的思想中，有"原始法西斯主义"[1]，这有些道理。魏尔伦和威泽瓦在此时期，都不免有这种倾向。但是从另一方面来看，这种民族主义思想也有历史的合理性。法国当时国家统一还未完成，国家政党分裂、内斗，不少文学家盲目崇拜外国作品，民族主义的兴盛，确实有补偏救弊之效。魏尔伦、威泽瓦、莫雷亚斯、雷诺等人批评自由诗，并非自由诗的形式美学完全得到了否定，他们关切的主要是法国的文化、政治的处境。不过，这样一来，自由诗就成为了法国无政府状态的替罪羊，变成了一个入侵的、反法国的文学形式。雷泰清楚人们敌视自由诗的原因，他曾调侃地说："自由诗诗人，我的兄弟们，我们现在心中有数了。我们的诗节伤害了爱国者们；我们的节奏危及国家的复仇。"[2] 只是从政治出发反对自由诗，这不能真正抹杀自由诗的价值。自由诗除了形式无政府主义的血缘之外，还涉及不和谐音乐，以及直觉主义的视野等美学，这些美学并非随着自由诗的污名化而全遭破坏。但是随着意识形态的转变，形式无政府主义无法再为自由诗提供庇护，传统诗律这位一度被流放的国王，现在重新举起了它的权杖。

---

[1] Jean-Christophe Buisson, "Un prophète du passé", in Charles Maurras, *Charles Maurras: l'avenir de l'intelligence et autres textes*, ed. Martin Motte, Paris: Robert Laffont, 2018, p. xxiii.

[2] Adolphe Retté, "Sur le rythme des vers", *Mercure de France*, No. 115, juillet 1899, p. 78.

第四节　普吕多姆、孟戴斯与传统诗律的复辟

法国巴纳斯诗人因为与颓废主义派、象征主义派诗人有很多私人关系，尤其是魏尔伦、马拉美甚至被后面两个流派尊为大师，所以巴纳斯诗人很少严厉批评自由诗诗人，就像第四章所说的那样，自由诗遇到的最严重的批评来自比利时的巴纳斯诗人。随着自由诗运动在 19 世纪 90 年代渐入颓势，法国诗学界反对自由诗的力量在集结，普吕多姆、孟戴斯等并未加入象征主义派的巴纳斯诗人，形成了一股强大的反对派。

一　普吕多姆的诗律学

普吕多姆的名字在中国不太为人熟知，他是第一位获得诺贝尔文学奖的作家，在 20 世纪之初拥有很高的地位。1866 年，第一集的《当代巴纳斯》出版，普吕多姆就贡献了 3 首诗作。1869 年的第二集中，他带来了 5 首诗。1876 年的第三集，他有一首诗入选。可以说普吕多姆是资深的巴纳斯诗人。虽然巴纳斯诗人远非是一个具有统一倾向的流派，更多的是风格多样的诗人的联谊会，但是在普吕多姆、邦维尔、孟戴斯等人身上，也可以看出它相对稳定的特征，这些特征是既要求外在描述，同时又强调深入内心的梦幻；既尊重诗律，同时也能允许形式的改良。这两种倾向能很好地概括法国 19 世纪 70 年代诗歌的特质。普吕多姆的形式观，因而不仅是他个人的，也能折射出一个群体的观点。

普吕多姆虽然不是象征主义诗人，但并非与象征主义的诗学活动毫无关系。早在 1886 年 4 月第 2 期的《风行》中，多费尔就将他的诗的定义发表出来，诗律的问题也被摆在很显要的位置上。普吕多姆说："诗律是选择、安排词语的艺术，以便得到补充文学表达的音乐表达。因而这是赋予语言最大可能的效力的艺术。"① 这种看法和后来魏尔伦、雷诺的相近。诗律并不是可有可无的装饰品，它不仅能让词语变得更加精确，而且还能提升音乐性。三十多年后，英国的桂冠诗人布里奇斯也曾思考过诗律的作用，他认为诗律对措辞、节奏和词语的声音都有支撑作用，因为诗律的存

---

① Léo d'Orfer, "Curiosités", *La Vogue*, Vol. 1, No. 2, avril 1886, p. 71.

在，诗作就"没有一丝浮华和造作"，但如果放弃了诗律，那么"自由诗一定满是惨淡的补丁，因为它没有相应的组织以承载附属的成分"①。虽然布里奇斯不一定读到过普吕多姆的定义，但是普吕多姆给这个问题提供了一个最早的参考。

1892年，自由诗已经得到了充分的发展，它的长处和缺点都更清楚了，这时普吕多姆出版了一本小册子《诗体艺术反思》（*Réflexions sur l'art des vers*），系统地提出了他的诗律主张。普吕多姆首先给诗限定了一个原则，这就是忠实。有意思的是，他强调个性的风格，不像罗曼派那样对个性这么提防。在他看来，每个人的心理和思维能力都是一样的，它们无法给诗人带来个性。真正的个性源自诗人的性情。诗歌要有个性，就要坚持忠实的原则，把性情传达出来："风格是语言的活力和生命，构成了作家的第二面貌，它注定要代替读者看不到的这种面貌；一个面貌应该成为另一个面貌的精确对等物；心灵应该在一个面貌上像在另一个上面一样忠实地显现出来。"② 这种解释本质上还是浪漫主义的，也就是说属于有机形式的理论。而有机形式的理论，正好是自由诗的基础。瓦格纳的音乐美学也符合有机形式的理论。普吕多姆会不会走向自由诗呢？他的有机形式的理论，如何维护传统诗律的价值呢？"创作中的真诚、良知，对于诗人来说，就像对于其他艺术家来说，在于不违背他感觉的东西。"③ 普吕多姆如是说。当他说完这句话的时候，他就与卡恩、格里凡等人站在一起了。自由诗不是别的，恰恰是诗人"感觉的"节奏。这种判断也在随后的观点上得到了支持，普吕多姆这位自由诗的反对者，勇敢地表示："最有勇气的人，为了尽可能地利用法语词汇，为了让传统诗体形式的僵硬变得柔软，为了让这些形式适应更微妙、更敏感的意义，他们就做出非常的努力……所有新的一辈艺术家都得到鞭策，要革新前辈们过度使用的、用旧了的表达工具。"④ 这种观点如果放到卡恩、格里凡的文章中，是一点也不会让人起疑心的。自由诗诗人的反叛性，就是体现在他们不满前辈的工具，要求创造更微妙的节奏。普吕多姆不是一位古典主义者，他的思想中有无政府主义

---

① Robert Bridges, *Collected Essays Papers & c*, Hildesheim: Georg Olms Verlag, 1972, p. 49.
② Sully Prudhomme, *Réflexions sur l'art des vers*, Paris: Alphonse Lemerre, 1892, p. 6.
③ Sully Prudhomme, *Réflexions sur l'art des vers*, Paris: Alphonse Lemerre, 1892, p. 9.
④ Sully Prudhomme, *Réflexions sur l'art des vers*, Paris: Alphonse Lemerre, 1892, pp. 10 – 11.

第五章　象征主义自由诗的危机

的种子。实际上，在他给作家博绍（Adolphe Boschot）的信中，透露出了他无政府主义的思想："在艺术中，人们应该是绝对自由的。啊！亲爱的大师，如果您稍稍是个无政府主义者，你就会是个完美的哲人。"①

让普吕多姆与自由诗诗人区别开的不是他的有机形式理论，而是他的形式观。普吕多姆认为形式一定要有公共性，即是说可以为人理解。要理解，形式就要有相对的稳定性。极端的自由诗诗人主张无定形的形式，这让普吕多姆看到形式有被瓦解的风险。他强调："不是耐心地拨动最适应他们的灵感的个人色调的声音，很多人歪曲了它们；不是革新它们，他们弄乱了它们。"② 这里的很多人，指的就是自由诗诗人。普吕多姆无法欣赏自由诗，把它视为"歪曲"的形式。普吕多姆的书被康泰尔注意到了，后者非常认可这种形式观。过于自由的形式，并不是形式，康泰尔对此有更有趣的例证："最高超的挽歌纯粹是喉咙发出的、凄厉的呼喊，这是在南方的国度，女人们在葬礼期间喊出的。这是诗吗？明显不是的。——这是文学吗？更不是。"③

渴望形式能够紧附性情，但是又对自由诗忧虑重重，这让普吕多姆回到了传统诗律那里。但是，他是如何理解传统诗律的呢？这种诗律能够适应"更微妙、更敏感的意义"，能够变得"柔软"吗？普吕多姆注意到诗律并不是"自发的"，而且与"正常的语音"相冲突，也就是说，他明白诗律是一种武断的规则。如果说自由诗的过度自由破坏了他理想的形式，那么诗律的"僵硬"规则也无法让他感到满意。但他发现诗律的可塑性的一面："对于真正的诗人的思想来说，诗体既不是紧身衣，也不是戏服；它是适合他的衣裳，一种华美的外套，他善于披上它，智力上的和道德上的平民绝对无法很好地穿上它。"④ 这种量体裁衣论，虽然很有雄辩力，但是它说明不了什么。在1888年《给布吕内蒂埃》一文中，卡恩就表示自由诗是量体裁衣，不是让人穿上已经做好的制服。普吕多姆同样使用了这个比喻，但是反用了它。现在自由诗变成了"戏服"，而格律诗成为适合

---

① Sully Prudhomme, *Œuvres de Sully Prudhomme: prose*, Paris: Alphonse Lemerre, 1904, p. 100.
② Sully Prudhomme, *Réflexions sur l'art des vers*, Paris: Alphonse Lemerre, 1892, p. 12.
③ Robert Cantel, "La Question du vers français", *La Jeune belgique*, Vol. 1, No. 10, mars 1896, p. 76.
④ Sully Prudhomme, *Réflexions sur l'art des vers*, Paris: Alphonse Lemerre, 1892, p. 38.

的衣裳。普吕多姆这句话背后的思维方式是真正需要注意的。他需要一种能够施展他的技艺的材料，诗律对他来说，就像雕刻家面前的大理石一样。大理石虽然坚硬，但是它可以承受住艺术家的雕刻刀。同样，传统诗律虽然"僵硬"，但它给了诗人运用他的控制力的机会。自由诗诗人放弃了传统诗律，就好像雕刻家改用木头来从事他的工作，虽然"自由"，但是这种没有耐心的尝试，破坏了艺术作品特有的质感。上文所引的"不是革新它们，他们弄乱了它们"一语，用意即在于此。在传统诗律与自由诗的选择背后，真正的斗争实际上是诗人要做雕刻家，还是心血来潮的歌唱家。法朗士曾经把巴纳斯的诗律比作"米诺的维纳斯雕像"[1]，这不是随便说的。

普吕多姆提出了诗律的一些原则，这些原则可以帮助人们完整地理解他的形式观。第一个原则是：不要完全规则。前面他批评传统诗律的地方，就在于它过于规则。普吕多姆希望诗律能有相对丰富的变化。正是这种变化，给意义的变化提供了发展的空间。当然，这句话也可以倒过来说，正是因为意义、情感的变化，才要求形式不能千篇一律。第二个原则与第一个有关，它是：要有新节奏。新节奏有两个好处，首先，新节奏会带来变化，因而激发读者的节奏期待，能让他们的听觉感到愉悦。其次，正是有了变化，才有回归稳定的诗律的需要，诗律才更有价值。卡恩把自由诗比作一个永远走向远方的流浪人，如果也用这种譬喻，那么在普吕多姆那里，理想的诗律应该是心系故乡的游子。远方也吸引他，但他永远眷恋着家乡。康泰尔对这两个原则非常推崇，他在自己的文章中回应道："诗体因而拥有在快感上相反的两个原则：新颖的原则——它改变听觉的乐趣——以及对愉悦他的听觉的乐趣的恢复。"[2] 第三个原则，就与这个游子的还乡有关，它是：不要连续变化。因为过多的变化会冲淡诗律的框架，会让摆脱诗律的离心力增大。普吕多姆的原话是这样的："这两种相反的快乐的原则在音乐的感受中调和了，以便带来尽可能多的快乐，这多亏了在把握节奏时听觉快乐的第三种原则，即通过声音集体性时值在记忆

---

[1] Jules Huret, *Enquête sur l'évolution littéraire*, Paris: José Corti, 1999, p. 57.
[2] Robert Cantel, "La Question du vers français", *La Jeune belgique*, Vol. 1, No. 10, mars 1896, p. 76.

第五章　象征主义自由诗的危机

中的持续平衡，由此增加对惊奇的信心，来克制声音的连续变化。"①

1904 年的《叙利·普吕多姆文选》，收录了《诗的遗训》("Testament poétique")一文，这篇文章有不少内容可以补充《诗体艺术反思》。普吕多姆向十四行诗的能手表示祝贺，因为他们可以帮助巴纳斯诗人守住传统诗律，以免受到自由诗诗人的破坏："我们需要新的加入者，以与诗律创新者的工作作斗争，这些创新者危害诗律的完整性，而这是法国诗律的本质。"② 他有时对自由诗诗人的态度犹豫不决。倡导不规则节奏，势必让他靠近自由诗诗人，但维持固定的规则，又让他视后者为敌寇。他曾在一封信中指出："对于革新者（甚至是狂热的革新者）主张给传统诗学施加的改革，一上来就不加调查、毫无保留地抵制，这在我看来是过分的。"③ 这些判断，相互之间明显有一定的自相矛盾。这是因为他在诗学理念上与象征主义诗人有同源性，但是在具体的方法上又有差别。在有些语境下，他会无意间流露对自由诗的同情。《诗的遗训》还对巴纳斯诗人的形式理想进行了概括："巴纳斯诗人重视诗体造型，即是说诗体纯粹音乐的美……他们所做的，只是将最伟大的大师的关切推至一丝不苟的程度，这种关切就是美，以及语言的卓越。"④

普吕多姆像马拉美一样，一方面承认自由的节奏，另一方面又用传统诗律收编了自由诗。他的不规则节奏和新节奏的主张，在一定程度上认可自由诗的试验；他的不要连续变化的原则，又让传统诗律有机会复辟。普吕多姆的理论，就像之前亚历山大体放宽的节奏理论一样，在理论和创作上出现了分化。从创作上看，普吕多姆主张的格律诗，宽泛地说，也是自由诗。以他的戏剧诗《幸福》("Le Bonheur")为例，有一节是这样的：

J'en subissais le charme,
L'attrait, l'impérieux, l'irrésistible attrait...

---

① Sully Prudhomme, *Réflexions sur l'art des vers*, Paris: Alphonse Lemerre, 1892, p. 47.
② Sully Prudhomme, *Œuvres de Sully Prudhomme: prose*, Paris: Alphonse Lemerre, 1904, p. 15.
③ Sully Prudhomme, *Œuvres de Sully Prudhomme: prose*, Paris: Alphonse Lemerre, 1904, pp. 110–111.
④ Sully Prudhomme, *Œuvres de Sully Prudhomme: prose*, Paris: Alphonse Lemerre, 1904, p. 24.

《风行》杂志与象征主义自由诗

> Oui, Stella, je ne sais quel appel m'attirait
> Vers la plus claire étoile aux meilleurs proposée
> Pour conquête éternelle !①
> 我承受着她的魅力,
> 她的诱惑力,迫切的、无法抗拒的魅力……
> 是的,斯泰拉,我不知道什么呼唤引我
> 走向最明亮的星星,而这颗星星
> 被当作永恒的魅力!

这几行诗的音节数分别为:6、11、12、12、6。亚历山大体的基础是明显存在的,但是诗行又有比较大的变化。如果没有第 2 行的 11 音节诗行,前后的两个 6 音节诗行可以看作是亚历山大体的两个半行。可是 11 音节诗行的存在,让整个诗节的节奏变得多元了。这种诗与雷泰以及早期雷尼耶的诗相比,在规则上没有多出什么,在自由上也没有减少什么。但是从理论上看,如果上面的这种诗节是自由的诗节,普吕多姆将它解释为传统诗律的胜利,而非自由诗的。必须要注意一个事实,在普吕多姆的理论下,传统诗律的活力恢复了,而且它还占据了以前自由诗的地盘。普吕多姆的诗律理论,就像是法兰西第二帝国一样,它本质上是一个帝国,有着皇帝的最高权威,但是又能与大革命带来的议会政治相结合。《诗的遗训》等文献提出的诗律观,不是波旁王朝式的诗律观,而是第二帝国式的诗律观。即使这样,从形式无政府主义走到第二帝国的意识形态,也可以看出自由诗在普吕多姆那里承受的巨大压力。但这位巴纳斯诗人并不是唯一的波拿巴主义者,孟戴斯也加入进来。

二 孟戴斯的诗律主张

孟戴斯 1841 年出生于波尔多,如果计算起年龄来,他比象征主义诗人都要年长,他比马拉美大一岁,比魏尔伦大三岁。但他比普吕多姆小两岁。在图卢兹度过了人生最初的一段时光后,孟戴斯 18 岁时来到巴黎。这时的巴黎唯美主义方兴未艾,孟戴斯结识了唯美主义者戈蒂耶,并与他

---

① Sully Prudhomme, *Œuvres de Sully Prudhomme: poésies*, Paris: Alphonse Lemerre, 1907, p. 319.

第五章　象征主义自由诗的危机

的女儿朱迪特·戈蒂耶（Judith Gautier）结婚，但于1878年离婚。孟戴斯不像魏尔伦和马拉美，他离颓废主义和象征主义运动较远，这让他能在一定美学距离上评价两个流派的得失。

1903年，他出版了《法国的诗歌运动》（*Le Mouvement poétique francais*）一书，回顾了象征主义以及自由诗的问题。孟戴斯首先注意到秘鲁诗人韦尔加洛，这位诗人率先取消了每个诗行开头的大写字母，并且在押韵和哑音"e"上引入了更加自由的规则，音节的数量也可长可短了。孟戴斯提出了这种问题："这里有没有什么东西宣告了人们称作自由诗的出现？"[①] 将韦尔加洛与自由诗联系起来，这是有一定合理性的。即使韦尔加洛的诗体还不是百分之百的自由诗，但是他宣传了形式自由的理念。另外，自由诗并非只有一种形式，它是宽泛的、多元的。韦尔加洛的形式不妨归入其中的一种形式。孟戴斯对这种形式不太看重，主要原因不是它与莫雷亚斯或者卡恩的形式有什么差别，而是韦尔加洛这个人本身。虽然后者极力宣传自己的新创造，但是这位巴纳斯诗人并不承认他的影响力："我再重复一下，不必对韦尔加洛的创新过于关注；可以说这没有别的什么兴趣，只是趣闻；特别可敬的韦尔加洛是位卓越的人，有点滑稽，像许多外国人一样，热衷于给我们的语言搬来他的母语的韵律规则，甚至是语法规则。"[②] 引文中的"趣闻"，也就是不严肃的意思。言外之意，是说韦尔加洛无非是哗众取宠。另外，孟戴斯还指出秘鲁诗人只是把他"母语的韵律"搬到法国。批评家埃马尔（Marcos Eymar）曾指出包括韦尔加洛在内的一些诗人，他们的母语不是法语，移植母语文学的韵律就给法语诗律带来了暴力："多语言带来的外在视角，帮助打破了语言的锁链。"[③] 如果不考虑影响力，只着眼于韦尔加洛的反叛，这种判断是可取的。

虽然表面上不在意秘鲁人的主张，但是孟戴斯内心肯定有一竞高下的心思。他承认此后，他也开始了这方面的尝试，而且是与他的妻子一

[①] Catulle Mendès, *Le Mouvement poétique francais: de 1867 à 1900*, New York: Burt Franklin, 1971, p. 151.

[②] Catulle Mendès, *Le Mouvement poétique francais: de 1867 à 1900*, New York: Burt Franklin, 1971, p. 152.

[③] Marcos Eymar, "Le Plurilinguisme latent et l'émergence du vers libre", in Patrizia Noel Aziz Hanna and Levente Seláf, eds., *The Poetics of Multilingualism*, Newcastle upon Tyne: Cambridge Scholars Publishing, 2017, p. 173.

起:"尤其是朱迪特·戈蒂耶女士的《玉书》(Le Livre de jade),采用的诗节声音精巧、旋律恰当。我自己,如果我记忆不错(无疑,人们没有料到在这方面看到我的身影),我在《幻想的杂志》(la Revue fantaisiste)之后,用有节奏的散文写了大量的诗章,有些地方用上了半韵,有相似的语句与叠句重复;它们有意与诗体接近。"① 孟戴斯看到戈蒂耶的中国译诗《玉书》已经在形式上运用了新技巧,而他自己试用了"有节奏的散文",什么是有节奏的散文呢?就是保留了半行或者最小节奏单元,但是不讲究音节数的形式。到底这种形式有多大的自由度,还需要结合具体的诗例来说明。在《给费利西安·罗普斯》("Pour Félicien Rops")中,有这样的诗节:

> Tes stryges et tes satyresses
>   Aux tristes yeux
> Jettent à la candeur des cieux
> Le défi des sales caresses. ②
> 你画的吸血鬼和色鬼
>   眼神阴郁
> 对纯洁的天空
> 露出肮脏的、蔑视的动作。

罗普斯是一位象征主义画家,孟戴斯的诗写了他的画。这四行诗的音节数分别为:8、4、8、8。从整体上看,采用的是 8 音节诗行,第 2 行有例外。诗行的语顿不规则,有时是上三下五,有时是上二下六。诗中用了严格的尾韵。这首诗是《新诗》(Poésies nouvelles)诗集中比较自由的一首,但是它显然不是散文。可见孟戴斯自以为带来了"新技巧",但实际上迈出的步子并不大。

  孟戴斯肯定拉弗格和卡恩的试验,认为里面有"新韵律"。但是这种新韵律是否就是废除诗律呢?他并不这样认为。孟戴斯像普吕多姆一样,

---

① Catulle Mendès, *Le Mouvement poétique francais: de 1867 à 1900*, New York: Burt Franklin, 1971, p. 153.
② Catulle Mendès, *Poésies nouvelles*, Paris: Bibliothèque - Charpentier, 1892, p. 52.

第五章　象征主义自由诗的危机

并不完全敌视、否定自由的形式，他认为一定程度的改革是有益的，但是这种改革必须是以丰富传统诗律的名义进行的。他不认为传统诗律在现代时期就失效了。相反，亚历山大体证明是一种稳定的、一直适用的诗体："我们的亚历山大体，从《圣经》的赞美诗，一直到象征主义最初的诗，本质上从未改变。"① 这种理解可能不会得到多大共识，因为谁都清楚雨果的亚历山大体与龙萨的是完全不一样的，马拉美的亚历山大体又有新变。但是孟戴斯的意思并不是这个。他的话没有说明白，其实他想区别开诗律原则和诗律技巧。诗律原则是不变的、持续的，它是一种抽象的模式；诗律技巧是具体的、多变的，每个诗人都可以根据他的喜好来运用那种抽象的模式。不同诗人的用法可能相互有斗争，这是内部斗争。比如我的半行可以由一个 2 音节音组和一个 4 音节音组构成，而其他人的半行，可以采用两个 3 音节音组。但是，如果想推翻那种诗律原则，不再要任何抽象的模式，那么这就是毁掉诗律本身，是外部矛盾。也就是说，从龙萨到雨果，如果亚历山大体有什么具体的不同，这些是内部的矛盾。自由诗的出现，带来的是外部的矛盾。孟戴斯表示："第一个音节与尾韵中间的十个音节并不总是一致的，它们互相争吵、冲突、斗争，但是我们诗体的整体形式、完美的尺度，就像一个幸福的国度一样，守住了它的边界。"② 因而自由诗的出现，打破了这个宁静的国度，是一种"入侵"。"入侵"的譬喻，自然就有重新恢复诗律秩序的含义。

孟戴斯想恢复诗律的价值，这种价值不但是音乐上的，而且也是意义上的。在他看来，诗律与情感、意义有一种应和的关系。强调这种关系，是去救诗律是"束缚"的观点，让它成为诗篇自然的要求。拿押韵来看，法朗士曾支持莫雷亚斯的革命，并且认为："押韵原本是粗劣的记忆法。"③ 孟戴斯不愿把它看作是老古董，他指出：

> 押韵并不是强迫的规定——即是说是平庸的；如果在精巧的艺术家手里，它适应思想或者新鲜的、罕见的形象的要求，它看起来就是

---

① Catulle Mendès, *Le Mouvement poétique francais: de 1867 à 1900*, New York: Burt Franklin, 1971, p. 160.

② Catulle Mendès, *Le Mouvement poétique francais: de 1867 à 1900*, New York: Burt Franklin, 1971, p. 160.

③ Anatole France, "Jean Moréas", *La Plume*, No. 41, janvier 1891, p. 2.

新鲜的、罕见的；如果它可以预测，当它是简单而且符合逻辑发展的一种思想、情感的简单、正常的表达时，它就没有任何令人厌倦之处。如果它是罕见的押韵，它就是一种惊奇，一种微妙的愉悦；如果它符合人们的期待，它就是一种满足。①

这里，孟戴斯没有把诗律当作有益表达的工具，就像雷诺的理论那样，他也不像普吕多姆，把诗律看作是纯粹的美的雕像，诗律成为情感、内容的应和。在诗律与内容之间，似乎具有两种独立的逻辑结构，优秀的诗人不会让它们产生冲突，而是让它们建立一种一致性，一种应答的关系，这种关系类似于《文心雕龙》上所说的心物的和谐："情往似赠，兴来如答。"② 因为存在着两种结构的感应，所以它们的微妙之处，就会给读者带来心理愉悦。雷诺和普吕多姆看待诗律的眼光是以作品为中心的，孟戴斯引入了一个新的元素——读者。当诗律与读者发生联系后，一系列期望、悬置、满足等阅读心理，就让诗律从艺术领域进入了美学领域。诗律的价值就有了双重的保证。如果押韵在文本层面，没有帮助表达的作用，那么在读者那里，它会给押韵处的词语带来强调效果，从阅读上看，这对作者是有益的。因为读者和作者之间，有一种共识存在着。恢复诗律的价值，目的正在于恢复这种共识。

孟戴斯从韦尔加洛、拉弗格等人出发，谈到了兰波。他想评论代表性的自由诗诗人，从实践中否定自由诗。兰波这位自由诗的先驱，具有无畏的艺术勇气，但用相反的标准来衡量，兰波就是不守法度的拙劣诗人。孟戴斯发现兰波喜欢"过度的表达""卑劣的主题"，而在诗律上，这位《彩图集》的作者似乎用他廉价的小玩意儿欺骗人们："他（兰波）粗糙的、断裂的、破碎的诗体（每个诗节都有装满玻璃瓶碎片的篮子的效果），常常打乱了严格的节奏，但没有任何超越节奏或者取消节奏的东西。"③ 这里是说兰波仍然在贩卖诗律，但是不是那种完整的、精致的诗律，而是破碎的"玻璃瓶碎片"。这种情况，也出现在卡恩的自由诗中。

---

① Catulle Mendès, *Le Mouvement poétique francais: de 1867 à 1900*, New York: Burt Franklin, 1971, p. 161.
② 范文澜：《文心雕龙注》，人民文学出版社 1958 年版，第 695 页。
③ Catulle Mendès, *Le Mouvement poétique francais: de 1867 à 1900*, New York: Burt Franklin, 1971, p. 164.

第五章 象征主义自由诗的危机

孟戴斯在理论和实践上都对自由诗进行了指责。需要注意,他没有意识到意外的、破碎的诗律形式本身具有的美感。他维护了规则的美,但是看不到不规则的美。这是他的盲点。但即使强调规则的美,也会让自由诗陷入生存困境,因为它以前宣传的美的理念,声音变弱了,接受者减少了。

三 其他人对诗律的维护

除去普吕多姆和孟戴斯外,还有一些诗人持类似的主张,他们要么属于巴纳斯派,要么是巴纳斯派的同情者。西尔韦斯特(Armand Sylvestre)值得注意,他1896年4月在《少年比利时》上发表《自由诗》一文,将这个杂志上先前吉尔坎、康泰尔的讨论,做了进一步的发展。西尔韦斯特看到自由诗的刊物和诗集大量出现,对此忧虑重重:"我目睹当代诗歌运动,并看到诗集在成倍增加,我很难表露我真诚的喜悦。"[①] 原因是什么呢?西尔韦斯特表示,自由诗提出了一些新的主张,可是这些主张并没有真正实现,还多是空想。而空想不会让人们获得真正的满足。在形式观上,西尔韦斯特与普吕多姆接近,他将诗律、技巧看作是"坚硬的材料",只有认真的、卓越的诗人才能真正实现不朽的形式。西尔韦斯特还像孟戴斯一样强调形式上的共识:"所有我们内心怀有的音乐,所有通过难以理解的节奏和神秘的调子迷住我们的音乐,无法被理解,被欣赏……才华在于实现这种人们想要的东西。"[②] 这里提出了一个不容回避的问题,不少自由诗诗人吐露他们内心有个性的、神秘的音乐,但是他们手中的自由诗能否成功地传达这种音乐?威泽瓦在瓦格纳的《女武神》中听到的交响乐,它真的可以在自由诗中重造?如果不能,那么自由诗的优越性还能保留多少?

西尔韦斯特还发现,真正在形式上有些建树的自由诗,实际上都继承了诗律的元素:"我已经看到在写自由诗(这是个古怪的词,但已经被接受)的诗人中比较慎重的人,强迫自己遵守一些规则,这些规则在我看来,不比我们的规则缺少多少专制。"[③] 西尔韦斯特将自由诗看作是"古怪

[①] Armand Sylvestre, "Le Vers libre", *La Jeune belgique*, Vol. 1, No. 15, avril 1896, p. 126.
[②] Armand Sylvestre, "Le Vers libre", *La Jeune belgique*, Vol. 1, No. 15, avril 1896, p. 126.
[③] Armand Sylvestre, "Le Vers libre", *La Jeune belgique*, Vol. 1, No. 15, avril 1896, p. 126.

的",他不愿接受这个术语。或者他认为自由诗是虚构出来的。如果成功的自由诗需要规则,那么人们又何必违背传统诗律规则呢?这样,自由诗就没有存在的必要了。他呼唤诗人返回到诗律规则中:"自由诗当它有一天得到了我所希望的人们的认可,它将不会像它的名字那样自由。"① 西尔韦斯特给自由诗的存在保留了一点可能性,但是如果它不再是自由诗,那它会成为什么呢?它会成为新的格律诗,如果执意不承认它是旧的格律诗的话。

次月,《少年比利时》还发表了一篇匿名的文章,它要比西尔韦斯特的文章更有火药味一些。文章指出散文和诗体区别的标准,是看有没有规则的节奏,如果没有,就是散文。这仍旧是自由诗进入调整期面临的责难。但是这篇文章想用这种标准否定自由诗:"人们指责自由诗诗人并没有创造出一种调子规则的新体系,以便取代旧的。因而他们并没有创造一种新的诗律,他们重造了散文。不过,他们的散文有双声和半韵做装饰,就像原始人的鼻子有圆环和坠子装饰一样。"② 另外,在法国的《蓝色评论》上,法盖(Émile Faguet)曾经表示,自由诗给人一种"用法语翻译的外国诗的感觉",它放弃诗律,径直走向了散文,但是这条路"很难一直走下去"③。法盖渴望着传统诗律的复辟。

总之,在1891年之后,罗曼派和象征主义内部的一些诗人,接受了民族主义思想,主张回归古典主义文学传统,因而放弃了自由诗,破坏了它的价值。无独有偶,遵从传统诗律观念的诗人和批评家,例如普吕多姆、孟戴斯,也积极维护诗律的价值。自由诗腹背受敌,在理论上和实践上均受重创。个人主义和形式无政府主义无法再给它有力的庇护,反叛与革命的旗帜已经颜色暗淡,自由诗遇到了草创以来真正的危机。毋庸置疑,这个阶段自由诗运动衰落了。很多诗人离开了这个阵营,似乎只有寥寥可数的几位诗人,还在苦苦坚持。在读者和批评家普遍兴趣冷淡的情况下,他们力求完成自己的理论总结,给为期十年左右的自由诗运动画上一个暂时的句号。

---

① Armand Sylvestre, "Le Vers libre", *La Jeune belgique*, Vol. 1, No. 15, avril 1896, p. 126.
② Anonyme, "Memento", *La Jeune belgique*, Vol. 1, No. 16, mai 1896, p. 136.
③ Émile Faguet, "Courrier littéraire", *Revue bleue*, Vol. 49, No. 11, mars 1892, p. 344.

第六章 《风行》诗人与自由诗的总结

第一节 卡恩对自由诗理论和实践的总结

自由诗从诞生起，并不缺乏批评者。1888 年之后，自由诗开始寻找与散文的不同，其中的背景就是面对着圈内圈外的批评。1891 年之后，自由诗的影响力下降了，传统诗律的地位恢复了，象征主义诗人们面临着新的诗学环境，必须要做出反应。这些反应并非是一律的，不同的诗人有不同的选择。有些诗人，例如雷泰，选择的是继续宣传形式无政府主义。与1886 年相比，这一时期的无政府主义的自由诗理论的特征，在于它引发了象征主义内部的冲突。另外一些诗人，试图避免让自由诗与强大的格律诗对抗，就像普吕多姆用格律诗来化自由诗一样，他们想用自由诗来化格律诗，至少不再将格律诗当作一个对立面，而是视其为可资利用的资源。这种情况与后来的英美自由诗类似。在《英美自由诗初期理论的谱系》中，笔者曾提出过自由诗的"第三动机"的说法："第三动机要求自由诗模仿甚至利用格律诗来重建形式，以完全获得诗体的名分。音律在这种动机中具有两种功能：一个功能是它直接作为节奏单元；另一个功能是它作为节奏单元的辅助要素。"[①] 法国自由诗与英美同行的相比，有很大的不同，但也有相似点，它们都先后受到形式无政府主义和古典主义的影响，也都面对着传统诗律的压力。即使法国自由诗运行的轨迹、迈出的步伐与英美的相比有很大的不同，但是它们都呈现出类似的方向和阶段。在 19 世纪的

---

① 李国辉：《英美自由诗初期理论的谱系》，中国社会科学出版社 2018 年版，第 316 页。这里的第三动机前，还有两个动机：第一动机是远离格律诗，废弃诗律。这是自由诗草创期的动机。第二动机是远离散文，寻找诗体特征。这是自由诗调整期的动机。

《风行》杂志与象征主义自由诗

最后几年以及20世纪的头几年,法国自由诗的理论和实践的总结,就是如何对待自由诗的第三动机的问题,这种问题与回顾自由诗的历史同样重要。除去"背叛的"莫雷亚斯、魏尔伦和威泽瓦外,之前倡导自由诗的主将们将要从事这种工作,他们中有卡恩、格里凡、莫克尔等。可以先从卡恩谈起,在许多人离开后,他曾被认为"几乎是剩下的唯一的象征主义者"[1]。

一 《论自由诗序》的思想

卡恩1897年出版《最初的诗》,里面收有《漂泊的宫殿》,以及1891年后的两部诗集。卡恩想总结他的自由诗的诗学,于是就有了这部诗集前的序。在自由诗正式出现11年后,在各种赞誉和批评出现后,卡恩就有了一个更有利的观察点,用他的话来说,有了"更强的宏观性"[2]。卡恩首先确定了自由诗的名称问题。这位自由诗的命名者说:"我们坚持采用这种标签——自由诗;首先是因为我们最初的努力自然地接受了这个标签;它能更好地指出我们革新试验的意义,胜过这个讨厌的词语——多形态诗,后一个词是由反对的批评家捏造的。"[3] 本书的第三章曾说明,"自由诗"这个术语是19世纪90年代中后期确立的。卡恩注意到也有人用其他的名称,他在他的序言中强调"自由诗"一语的合法性。他所说的"反对的批评家"指的是吉尔坎。

针对莫雷亚斯批评象征主义是一种"死去的""无能的"流派,卡恩给象征主义及其自由诗做了辩护。卡恩抛开意识形态的争论,从文学思潮、文体的进化来看象征主义的出现。他将象征主义视为浪漫主义的必然结果:"假如浪漫主义诗人们的耳朵不同于古典主义诗人们的,我们的耳朵就有其他不同的需要。颜色的感觉在变化,诗歌调子的感觉也在变化;虽然这难以察觉,但它毋庸置疑!"[4] 一个问题自然产生出来,象征主义诗人的感觉与之前的诗人相比,有了什么重要的不同,从而需要创造自由诗这一新的诗体?象征主义与卢梭时代的浪漫主义者确实有很大观念上的差

---

[1] Gustave Kahn, *Symbolistes et Décadents*, Genève: Slatkine, 1993, p. 67.
[2] Gustave Kahn, *Premier Poèmes*, Paris: Société de Mercure de France, 1897, p. 3.
[3] Gustave Kahn, *Premier Poèmes*, Paris: Société de Mercure de France, 1897, p. 4.
[4] Gustave Kahn, *Premier Poèmes*, Paris: Société de Mercure de France, 1897, p. 6.

第六章 《风行》诗人与自由诗的总结

异,也有不同的时间感,英国思想家彼得·奥斯本(Peter Osborne)表示,在19世纪下半叶,人们有了"新时代"的意识,这种意识"构成了现代性本身的时间性",像波德莱尔、尼采这样的作家、哲学家,发现自己置身于一个最新的历史阶段。[1] 象征主义诗人似乎有理由采用不同于浪漫主义的新形式。不过,他们与巴纳斯诗人的时代接近,或者说他们的时代与巴纳斯的时代本身就是重叠的,因为颓废文学理念既是巴纳斯时代的构成元素,也是象征主义的最初成分。为什么巴纳斯诗人的传统诗律就不适用于象征主义诗人了呢?卡恩的解释是巴纳斯诗人喜欢规则,而他们偏好复杂的、变化的感受。这种区别需要证据,卡恩拿出来的证据是象征主义诗人与前辈相比,有着音乐的性情:"请注意大多数浪漫主义诗人与巴纳斯诗人往往与相邻的艺术——绘画——相通;费力产生的印象主义绘画保留了这些,它习惯于严格的曲线,要限定界线,要清晰地勾勒,近乎雕刻。而随后的一代沉浸于音乐之中,迷恋于复调音乐和复杂的曲线。"[2] 上一章曾经谈到,普吕多姆等巴纳斯诗人,将维纳斯的雕像视为他们的美学理想,巴纳斯诗人确实对于雕像、绘画情有独钟。瓦格纳让象征主义者进入到音乐的梦幻中。卡恩的话并不是孤立的,布吕内蒂埃在讨论象征主义诗人时,也曾指出他们在音乐性上的新倾向:"我们处在一种新变的前夜,有人说,在占用了绘画的方法,直至拥有与画家本身同样好甚至更好的方法后,文学现在要夺取音乐的方法。"[3] 不过,还要看到,绘画与音乐的倾向的划分并不完全准确。巴纳斯诗人采用绘画的做法,是为了避免浪漫主义的热情与个性。马拉美、莫雷亚斯、瓦莱里等象征主义诗人保留了巴纳斯派的这种特征,因而象征主义同样具有非个人的一面。威泽瓦、迪雅尔丹、卡恩等人从瓦格纳音乐那里,恢复了与浪漫主义的某些联系,他们的诗作具有更多的音乐性。但是,他们渴望进入的梦幻世界,同样也是巴纳斯诗人的理想。卡恩看到的区别,是个人文学趣味带来的(例如,不少象征主义诗人确实在精神上更为歇斯底里、更加病态),不是社会普遍的风气带来的。巴纳斯诗人活跃于普法战争前后,反叛和仇恨的种子早已经埋

---

[1] [英]彼得·奥斯本:《时间的政治:现代性与先锋》,王志宏译,商务印书馆2014年版,第29页。

[2] Gustave Kahn, *Premier Poèmes*, Paris: Société de Mercure de France, 1897, p. 8.

[3] Ferdinand Brunetière, "Symbolistes et Décadents", *Revue des deux mondes*, Vol. 90, No. 1, novembre 1888, p. 220.

下，年轻诗人们并未生活在一个全新的文化中。因而卡恩找到的是真实的主观趣味的原因，而非客观的、时代的原因。

卡恩承认瓦格纳、贝多芬、舒曼等音乐家，塑造了他新的感受力，让他找到了一种个人的歌声。这种解释给瓦格纳主义与自由诗的渊源关系做了一个新的注脚。但是这种解释只是一种漂亮的掩饰。瓦格纳主义掩盖了自由诗诞生更重要的一种精神力量：无政府主义。象征主义诗人是之前无政府主义思想的继承者和拓展者。卡恩的音乐解释说，是想赋予自由诗的起源一种历史的必然性。通过音乐的解释，他能更方便地建构起象征主义时代的断裂感，并给自由诗的创造找到一种客观规律。这种对必然性的崇拜，本身就是现代主义的基本特征。因为有了必然性作为武器，现代主义者就可以毫无顾虑地打击旧的传统，宣判它的存在是非法的。英国社会学家齐格蒙特·鲍曼（Zygmunt Bauman）将这种做法形容为"造园"（gardening）①。就像园丁将一切偶然的、意外的植物都看作是一个美好世界的杂草需要除去，现代艺术、社会和政治中同样存在着这样一种"造园"运动。它总是根据必然性，宣布某些对象是他者，是不受控制的非法者。在卡恩的叙述中，传统诗律以及它的主人巴纳斯诗人，就是这种需要控制的对象。这里自由诗存在的必然性和诗律的非法化，存在着循环论证的问题：只有宣布诗律非法，自由诗才具有这种存在的必然性，而如果要宣布诗律非法，就首先要有那种必然性的意识。在诗律的存在变得非法之前，它在卡恩的心中就已经是一个异己的"他者"了。

自由诗存在的必然性是主观的虚构。卡恩否认这一点，在所谓的感受力说的旗帜下，站着的似乎都是无政府主义的战士。对诗坛前辈的轻视，对诗律规则的不以为然，这些都具有反权威的倾向。他将诗律与戏剧中的三一律相提并论，并认为这类规则是"可憎的""恶劣的"。他还不客气地指出：

> 布瓦洛单独制定的严苛规则并未建立在任何严肃的事物之上，这纯粹是武断的，这是一个批评家的率意而为，他毫无理由地强加规定；当邦维尔表明他的观点时，他一再说仅仅是人们的懦弱使其顺从这种规则，正是出于这种懦弱和对奴役的热爱，在拉马丁、雨果、戈

---

① ［英］齐格蒙特·鲍曼：《现代性与矛盾性》，邵迎生译，商务印书馆2019年版，第31页。

第六章 《风行》诗人与自由诗的总结

蒂埃、勒孔特·德·利勒之后，它仍旧成为人们的谈资。①

否定诗律的合法性，斥其为"武断的"。这并非仅仅是一种反叛的姿态，就像上文所说，这是一种"他者"化的处理。如果诗律不是新形式的"他者"，就把它扮成"他者"。另外，如果遵从传统诗律的诗人是"对奴役的热爱"，那么新诗人是什么呢？自然是革命者，敢于斗争。卡恩的思维方式中，将1789年的法国大革命移到文学形式中。无政府主义与法国大革命，有心理上的共鸣关系。19世纪80年代，很多无政府主义者是借法国大革命一百周年纪念而展开活动的。学者瓦里亚斯（Alexander Varias）发现无政府主义者将法国大革命浪漫化，并且认为大革命的烈士们仍旧在激发后来的斗士，② 这种判断有助于理解自由诗诗人的主体精神。

卡恩直接和间接谈到了自由诗产生的两种原因：内因和外因。也就是音乐的原因和诗人主体的原因。他认为先是音乐养成了他新的听觉，然后他看到旧规则的可恶。旧规则并非只是美学规则，它与政治上的革命思维缠绕在一起。卡恩将布瓦洛的诗律规则与波旁王朝宫廷花园的直式布局等量齐观，并且指责布瓦洛的规则只是外在原因的考虑："布瓦洛的这种规则是反诗歌的，因为它不是产生于诗歌的需要，因为它来自一种社会目的，因而受到扭曲。"③ 如果传统诗律来自一种社会性的原因，需要废除，那么自由诗的命运也将如此。这样，社会上的造园运动，就进入到文学艺术领域。卡恩这里对宫廷花园的关注，是象征主义者中最初流露出园丁意识的诗人。

卡恩还回顾了自由诗的历史，这种历史的描述不是历史性的，而是主观性的。卡恩没有重视韦尔加洛、莫雷亚斯等人的贡献，他甚至对邦维尔缺乏应有的敬意。在他的谱系中，魏尔伦、兰波等人成为早期的探路者：

> 大约有15年了，在已经成名的诗人中间，一些人已开始寻求变革，寻求改变他们诗歌的做法；多亏了这些诗人，有两种方法呈现出来。斯特凡·马拉美先生认为诗歌缺少委婉和流动性，但他并未寻求

---

① Gustave Kahn, *Premier Poèmes*, Paris: Société de Mercure de France, 1897, pp. 12–13.
② Alexander Varias, *Paris and the Anarchists*, New York: St. Martin's Press, 1996, p. 46.
③ Gustave Kahn, *Premier Poèmes*, Paris: Société de Mercure de France, 1897, p. 13.

解放它；可以这么说，他令旧形式成为必不可少的东西；他涉及的只是音节的深度以及音节的选择问题。拉马丁的音调所需要的读者，公平地说，不能也不会崇敬在早期《巴纳斯》诗选上发表的好诗，以及《牧神的午后》这首诗，它的音律和谐是窃窃私语的、富有魔力的、富有启发的。另一方面，魏尔伦和兰波敢于将诗行打破，拆散它，获得奇数音节诗行的权利。①

这种判断的问题在于，马拉美和魏尔伦的重要性，来自他们与卡恩的关系。卡恩都曾师从于他们，受到影响。两位大诗人诗律观上的保守，让卡恩有些放心，因为他们不至于威胁到他的地位。至于韦尔加洛和克吕姗斯卡，他们也做了重要的工作，但是前者颇具危险性，而后者诗坛地位又不甚高，似乎可以忽略，卡恩于是不愿意承认他们。这种选择让卡恩描述的自由诗的历史，是片面的、有意图的。自由诗的理论总结，必须要理出一个正统，卡恩有意将马拉美、魏尔伦、卡恩的这条线剥离出来，当作自由诗的主线。卡恩是一个自负而且很有野心的人，在这篇序言的开头，他就认为自己的诗集是"自由诗的开山之作"，完全无谦让之意。就像本书之前强调过的那样，自由诗并不存在一个唯一的创造者，它是集体的塑造物，而且一直不断地被一个庞大的集体改造。卡恩回避谈一些诗人，其结果是扭曲了自由诗的历史，同样扭曲了他本人在这个历史中的作用。

就魏尔伦和兰波而言，卡恩几乎否认自由诗与他们有什么真正关系。这两位诗人都拆散了诗行，但是他们没有得到自由诗。这样说魏尔伦还好，但把它加到兰波身上就有些古怪了。兰波的两首自由诗，在文学史上的地位不容轻易抹杀。卡恩有什么理由否定兰波呢？他的回答是这样的："兰波《彩图集》中的一部分诗歌，摆脱了很多束缚，但并不是自由诗，不比魏尔伦的诗有多少超越。兰波在古代的音律上施加了许多不和谐音节，具有了新的歌唱工具的外表，但这种外表只是幻象。"② 这里的论据是似是而非的，因为卡恩所说的"一部分诗歌"并没有包括兰波的自由诗。兰波是卡恩坐上自由诗第一把交椅的最大障碍，卡恩的对策是弱化他。这需要一种新的评判标准，卡恩必须要虚构出这样一种标准，才能说服那些

---

① Gustave Kahn, *Premier Poèmes*, Paris: Société de Mercure de France, 1897, pp. 14–15.
② Gustave Kahn, *Premier Poèmes*, Paris: Société de Mercure de France, 1897, p. 15.

第六章 《风行》诗人与自由诗的总结

不明就里的读者。他找到了:"假如在《漂泊的宫殿》之前,没有出现自由诗的诗集,原因在于它不是我认为的这种形式,它不能充分地向公众代表自由诗的本质。"① 这个标准就是"我认可的"形式,具体来看,就是有他提倡的"步法和重调"(l'allure et l'accent)。如果照这个标准,那么自由诗就只有一种,卡恩式的自由诗会成为新的权威。实际上自由诗是一个属的名称,每个诗人都可以探索他的变种。博尼耶曾认为:"自由诗的形式本身是未定的,就定义来看是灵活的,有弹性的。"② 自由诗历史争论不休的一大原因,就是几乎所有的人都秉持固定的定义,人为地规定是非高下,没有尊重历史的真相。卡恩不是自由诗的法官,他的标准只能适用于他自己。

卡恩对法语的重音也做了思考。他的节奏单元既然要与意义结合起来,也自然会带有重音,所以重音是他理论的基石。他的意见是,法语不存在明显的重音。因为巴黎的语音"是个混杂之物",融合了外省各种不同的口音,所以"消失在朗诵中"③。与英语相比,法语的重音不突出,这也对它们各自的诗律有不同的影响。法诗的亚历山大体,有音节数和节拍的要求,但是对重音一般不加规定,重音往往属于技巧层面,而非属于诗律层面。英诗则不然,抑扬格五音步除个别可以出现轻重音的颠倒外,每个音步第二个音节都必须是重音,而第一个音节必须是轻音。违背的话,就会破坏诗律规则,产生两种不同的节奏运动。除了霍普金斯(Gerard Manley Hopkins)等诗人利用这种反常的技巧外,大多数诗人和诗律家不承认它。卡恩这里重新解释重音,是为了让法国诗律远离英国和德国诗律的影响,让它更多地具有意义的韵律,更少地具有形式上的韵律。这样做并不是真正取消重音,卡恩让它与"重调"(accent)合为一体了。这里需要区别一下,重音(stress)是音步中的概念,重调是语义、句法中的概念。重音纯粹与音节有关系,而重调则与意义有关系。诗律学家恰特曼(Seymour Chatman)在《音律理论》一书中有过分析,他指出:"重音主词,而重调主于短语。"④

---

① Gustave Kahn, *Premier Poèmes*, Paris: Société de Mercure de France, 1897, p. 16.
② André Beaunier, *La Poésie nouvelle*, Paris: Société dv Mercvre de France, 1902, p. 37.
③ Gustave Kahn, *Premier Poèmes*, Paris: Société de Mercure de France, 1897, p. 29.
④ Seymour Chatman, *A Theory of Meter*, The Hague: Mouton & Co., 1965, p. 57. 李国辉《比较视野下中国诗律观念的变迁》的"导言"也对重音和重调的问题做过区别。

卡恩的这种重调，有特别的名称："整体的重调"（accent général）。卡恩认为这在全世界都是存在的，只要人有激情，每一次说话时，都会产生这种声音效果。它的作用是什么呢？卡恩提出过自由的诗节说，他想用这种重调来组织自由的诗节："有种整体的重调，在对话和朗诵中，它引出整个语句，或者整个诗节，它在其中决定听觉上时值的长短，以及词语的音色。"① 这种重调是怎么存在的？它有没有音节时值上的要求？卡恩没有这样设想，整体的重调更多的是情绪、意义上的感受、印象，与具体的音节没有关系。他还给它取了另一个更形象的名字："它对词汇重音毫不在意，或者对它们身上具有的固定时值毫不在乎。这种情绪冲动的重调（accent d'impulsion），控制着诗节中基本诗行的音调和谐，或者控制着赋予诗行节奏运动的开头诗行的音调和谐。"②

除此之外，卡恩还对自由诗涉及的一些问题做了规定，例如哑音"e"。这个音如果在格律诗的末尾，往往被忽略，但在句中一般都计数了。这种做法有形式性，它是传统诗律约定俗成的规则，邦维尔、普吕多姆等人都遵守它。卡恩想从实际的发音效果出发来定这个音的有无："格律诗计算哑音'e'有完整的时值，尽管它完全不发音，但不排除诗行末尾处的哑音发声。对我们来说，我们考虑的不是押韵的最后一个音节，而是构成诗行的多个双声、半韵的组成部分，我们没有任何理由不把哑音'e'视为每个组成部分的末尾，并分析它的节奏，就像在格律诗的行末处一样。"③ 这个说法是有道理的，但是运用起来，会比较麻烦，如下面一节诗：

> Fantôme irraisonné, j'ai passé par la ville.
> Amas des chairs, amas des fleurs et toutes elles,
> Avec des sons lointains d'orgues et cris d'oiselles,
> Mon corps s'en alla vague aux rumeurs de la ville. ④
> 莫名其妙的幽灵一般，我穿过这个城市。

---

① Gustave Kahn, *Premier Poèmes*, Paris: Société de Mercure de France, 1897, p. 29.
② Gustave Kahn, *Premier Poèmes*, Paris: Société de Mercure de France, 1897, p. 30.
③ Gustave Kahn, *Premier Poèmes*, Paris: Société de Mercure de France, 1897, pp. 30–31.
④ Gustave Kahn, *Les Palais nomades*, Paris: Tresse et Stock, 1887, p. 61.

第六章 《风行》诗人与自由诗的总结

一堆欲望，一堆花朵，她们全都如此，
还有风琴遥远的声音以及傻姑娘的尖叫，
在城市的喧嚣中我的躯体变得模糊。

这节诗所在的整首诗，是一首自由诗。如果按照卡恩的观点，需要计最末的哑音，那么它们就都成为了13音节诗行，而不再是亚历山大体了。

排版的问题也不能忽略。这里的排版，不是自由诗每行的首字母大写小写的问题，而是视觉押韵的问题。有些诗行的末尾音节声音听起来并没有韵，但是从视觉上看，像是同韵的音节。卡恩不认可这类做法，他强调："诗人是为了耳朵来吟诗或者写诗，而不是为了眼睛。"[1] 在韵式上，在阴阳韵的安排上，卡恩没有做具体的说明，但是他提出了一种大体的原则："应更加灵活"。邦维尔给押韵限制得过死，很多时候，诗人只能为韵而害义。卡恩将表意放在更优先的顺序上。这个原则也适用于整体上的自由诗，他表示不想让某种诗节"制度化"，自由诗应该一直变化不定。他提出一个非常好的主张，即诗人不但要打破传统诗体的框框，也要打破自己的自由诗的框框。有不少自由诗诗人，不断地重复自己。重复自己与重复古老的规则，性质都是一样的。卡恩指出："这部诗集以及其他诗集中的诗节，在我看来，是暂时有效的安排，是仅仅针对这一次情景的精确还原。自由诗的诗人们决不能抄袭他们自己的诗节模式。"[2] 这种观点新鲜而且深刻，当意识到自由诗可能会成为自由诗的障碍时，自由的探索精神就会一直继续下去。

二 《自由诗的国际调查》

1909年，马里内蒂编选了《自由诗的国际调查》。卡恩贡献了一篇长达10页的文章。这篇文章同样显示出卡恩的无政府主义立场。他追问道，当君主制已被废除，为什么亚历山大体还会长存？他注意到普吕多姆在做诗律的复辟工作，卡恩称这位巴纳斯诗人为"自由诗最有远见的敌人"，

---

[1] Gustave Kahn, *Premier Poèmes*, Paris：Société de Mercure de France, 1897, p. 31.
[2] Gustave Kahn, *Premier Poèmes*, Paris：Société de Mercure de France, 1897, p. 34.

《风行》杂志与象征主义自由诗

并表示:"我们不想创造记忆法的诗。"① 这篇文章仍然在宣传自由诗,认为它是未来的诗体样式。它最大的特色在于对传统诗律的妥协。虽然在1888年的《给布吕内蒂埃》中,卡恩已经表露出对诗律的善意,《自由诗的国际调查》中的这篇文章,是一种更为重要的信号。它表示卡恩已经开始重视自由诗的"第三动机"。卡恩将诗律包含在他的自由诗中,并声称:"我们并不废弃亚历山大体,在诗节的反叛中,在寻求完整的诗作中我们经常使用它;我们拒绝专门使用亚历山大体,拒绝无用的困难和内在的复杂。"② 这种言论非常值得注意,卡恩将亚历山大体的形式和亚历山大体的权威区别开。亚历山大体不再是负面的敌人,它现在成为了盟友。但是如果这个盟友想反客为主,那么卡恩是不答应的。自由诗的优越性就在主仆的和谐关系中确立了,亚历山大体不再是绝对的"他者",而成为同盟。这个同盟虽然有利,但不能完全让人放心。这样一来,自由诗和格律诗的领域就模糊了、合并了。格律诗将很好地补充自由诗形式上的偶然性。自由诗的格律化,至少在局部上就完成了。当自由诗拿来格律诗后,传统与革命的二元对立也就顿时消除了。自由诗既是传统的又是革命的,反之亦然,它现在既不纯粹是传统的,也不纯粹是革命的。格律诗再也不是先前的格律诗了,自由诗也不再是先前的自由诗了。在某种程度上说,自由诗获得了真正的王权,成为君临天下的形式,同时它也死亡了。传统的河流现在通到了自由诗这里,卡恩也可以自称为传统主义者,他在文章的末尾指出:"真正成为传统主义者,这是在先前的创新者停下的地方重新开始进化。"③ 如果将这种理论与1886年卡恩的《象征主义》一文对照的话,人们可能认为它们出自不同的作者。《自由诗的国际调查》构成了一种对立统一的三位一体,处在最上面的是有机形式理论,下面的是代表光明与黑暗的两种力量,一种是规则,另一种是自由。这个时候,形式胜利了,原本的自由诗受挫了。虽然卡恩还用自由诗称他的形式,但是这个称呼明显不太适用了。

---

① F. T. Marinetti, ed., *Enquête internationale sur le vers libre*, Milan: Éditions de Poesia, 1909, p. 25.

② F. T. Marinetti, ed., *Enquête internationale sur le vers libre*, Milan: Éditions de Poesia, 1909, p. 28.

③ F. T. Marinetti, ed., *Enquête internationale sur le vers libre*, Milan: Éditions de Poesia, 1909, p. 29.

第六章 《风行》诗人与自由诗的总结

三 《自由诗》中的形式观

1912年，卡恩出版了一个小册子《自由诗》，这可看作是他对自由诗的重要著作中的最后一部。这个小册子是在"大学生之家"上的演讲，也曾发表在当年《诗与散文》杂志上。卡恩首先回顾了《风行》创办的情况，他告诉大学生们，他的杂志订户稀少，虽然可能有几百个读者。这些订户的身份他也做了说明："他们中间有许多诗人，也有东方学学者，他们叫人把薄薄的分册送至远东公署，也有一些年轻人读它，以便在办公室里从绿文件夹中放松一下；其他的人居住在巴黎高师，或者来自于高等研究院、索邦这两个学校，对我们的努力感兴趣。"[①] 据卡恩的记载，不少年轻人得到杂志后，在巴黎的长廊上拿着它看。甚至有巴纳斯诗人注意到了这个杂志，并把它当作文学没落的迹象。巴纳斯诗人不满《风行》的，在于它对自由诗的倡导："我听到一个传闻，一旦分册在每周的星期六出版后，一位年轻的巴纳斯派诗人就抓住一期，拿到法兰西斯·科佩那里，人们十五成群地会聚到一起，有年轻人也有长者，围着这个独一无二的样品，争着来取乐，随后，他们一会儿哀叹法语的堕落，一会儿议论这些野蛮的年轻人难以置信的胆量，说他们破坏了古老的亚历山大体。"[②]

时过境迁，卡恩没有必要再将象征主义与巴纳斯派对立起来。如果说之前的这种对立，在很大程度上是流派的宣传策略，到1912年的时候，巴纳斯派和象征主义派都衰落了，流派的和解变得自然。卡恩现在肯定了勒孔特·德·利勒，说他带来了"宏伟的画幅"，这个形容词也用在了邦维尔身上，一位"宏伟的诗人"，孟戴斯也被献上鲜花，他有着"丰富多产、多变的表达力"[③]。将这些大师赦免后，卡恩表示他或者其他的象征主义诗人，针对的并不是巴纳斯派，而是巴纳斯派大师拙劣的信徒。因为这些人对巴纳斯诗人、雨果有糟糕的模仿，所以卡恩不得不发起象征主义。这明显是一种托词。任何流派都有低级的模仿者，象征主义亦然，那么，这是不是说象征主义应该针对这些模仿者建立另一个流派呢？象征主义在诞生时，原本就是想与巴纳斯派的美学理想作斗争，现在美学斗争有意被

---

① Gustave Kahn, *Le Vers libre*, Paris: Euguière, 1912, p. 6.
② Gustave Kahn, *Le Vers libre*, Paris: Euguière, 1912, p. 7.
③ Gustave Kahn, *Le Vers libre*, Paris: Euguière, 1912, p. 9.

遮掩了，变成了无关痛痒的对"模仿之作"的指责。以前饱受诟病的自然主义，在卡恩的文章中也恢复了光彩。卡恩说："人们也曾说过，我们厌恶自然主义，这是谎言。我们非常清楚埃米尔·左拉的天才如何，我们懂得在毋庸置疑的福楼拜旁边，给这些强有力的作者、这些卓越的作家寻找一个我们钦佩的位置，他们是龚古尔兄弟。我们也知道梅塘作家们的好处，我们所远离的，仅仅是平庸的模仿之作以及低俗作家的作品。"[①] 一切流派和美学的矛盾都消除了，各个流派的大师们都携起手来，敌人只是他们的跟随者。再也没有比这更荒唐的解释了。但这里丝毫没有嘲笑卡恩的意思，在貌似愚蠢的判断下，隐藏着卡恩的大智慧：时间将会洗掉任何流派声称的独特价值；每个流派所做的无非是给一个传统的花坛里增加一朵小花罢了。在一个更大的花坛那里，每一朵都既是独特的，又是平常的。传统的意识让卡恩发现象征主义之上有一种更大的文学理性。

　　自由诗就是这样，当它出现时，它似乎带来了前所未有的颜色，但是一旦它融入传统之中，就同样会变得平平常常。卡恩在这篇文章中表示自由诗需要韵律，这是传统的需要："是的，这千真万确，因为这符合习惯，也紧靠着传统（这是我们的责任）。"[②] 这里很难明确卡恩是想让自由诗格律化，还是想让格律诗自由化。可能前者更多一些。两条路尽管有些时期争斗得非常激烈，可是它们却有着相似或者相同的终点。节奏的自由、诗行的自由，如果还在使用，它同样暗含着节奏的规则、诗行的规则。自由诗已经进入到格律诗曾经所属的传统中。卡恩还建议不要让自由诗过早地固定它的韵律："一种完全定型的韵律可能会变得沉重不堪。但无论如何，要承认这种韵律的创立是异常艰难的，因为在这种语言中，自由诗诗人们选择的韵律学的样式为数众多，它们细微、微妙，它们短暂即逝。"[③] 自由诗的传统是不是就完全是旧有的传统，这是不一定的。诗律传统随着自由诗的加入，它也会立即发生改变。也就是说，自由诗不仅融入传统，同样也产生了一种新的传统。受到古典主义影响的美国诗人艾略特曾指出："过去要受到现在的更改，现在要受到过去的指引。"[④] 艾略特概括的，正

---

① Gustave Kahn, *Le Vers libre*, Paris：Euguière, 1912, pp. 11 – 12.
② Gustave Kahn, *Le Vers libre*, Paris：Euguière, 1912, p. 31.
③ Gustave Kahn, *Le Vers libre*, Paris：Euguière, 1912, p. 31.
④ T. S. Eliot, *Selected Essays*, London：Faber and Faber Limited, 1951, p. 15.

第六章 《风行》诗人与自由诗的总结

是象征主义后期的经验。

卡恩想把自由精神带到以前的传统诗律中，他仍然坚持传统诗律会让形式"变得蛮横而专制"①。他想象的新韵律，既含有传统诗律的变化形式，也含有之前不存在的形式。为此，他注意到了德·苏札（Robert de Souza）的实验室工作。这似乎是自由诗时期常见的现象，英美诗人也多参照语言科学家的工作，他们想发现新的节奏组织。卡恩对苏札的工作怀有期望："随着时间的流逝，人们一定会看到另外的研究、另外的比较、另外的节奏分析的研究产生出来。所有这些科学地进行尝试的努力将会汇聚起来，以验证诗歌节奏的最终整合。"② 卡恩还提出了自由诗韵律的原则，认为生活才是韵律的"伟大导师"，诗人应该遵从他的思想和感情的指引。这种观点继承了自由诗原有的有机主义形式观，也让诗人的情感与外在的现实结合起来。最后，卡恩对自由诗的未来进行了畅想："我确信自由诗将会继续存在，因为它自由，而且它有弹性，这种弹性令它一开始就从所有改进中获得增益，这不仅仅指美，而且还指技巧。"③

总之，从 1897 年到 1912 年，卡恩的诗律学渐渐提供了一个不同于他早期的论述。其中最值得关注的是自由诗韵律论的提出。自由诗不再是一个革命的诗体，它有了同盟，有了传统这个比无政府主义更加坚固的依靠。自由诗如果还具有自由的精神，那么这种自由精神与反叛没有任何关系了。和卡恩一样，另一位《风行》诗人，也开始总结他的形式理论。

第二节 迪雅尔丹对自由诗理论和实践的总结

在卡恩之后讨论迪雅尔丹是很有意思的事情，卡恩似乎瞧不起迪雅尔丹，在 1902 年的《象征主义者和颓废者》一书中，卡恩曾这样说："迪雅尔丹先生，一位最平庸的作家（他认为自己为象征主义和象征主义诗人出了力），这个《瓦格纳评论》的旧编辑，作为鼓动者和主编，与费内翁和

---

① Gustave Kahn, *Le Vers libre*, Paris: Euguière, 1912, p. 31.
② Gustave Kahn, *Le Vers libre*, Paris: Euguière, 1912, p. 33.
③ Gustave Kahn, *Le Vers libre*, Paris: Euguière, 1912, p. 40.

《风行》杂志与象征主义自由诗

威泽瓦一起重办了《独立评论》。"① 这里面的历史信息没有错，可是对迪雅尔丹的评价却非常低。迪雅尔丹可能在象征主义诗人中并不出众，但是他在小说形式的探索上，拥有很高的地位，他尝试了内心独白的形式，后来影响到现代主义意识流的手法。关于自由诗历史，迪雅尔丹 1921 年发表在《法兰西信使》上的《最初的自由诗诗人》，是目前法国自由诗最重要的文献，该文献的流传很广，甚至超过莫雷亚斯的《象征主义的最初论战》和卡恩的《自由诗》一书。任何研究法国自由诗的著作，都必须参考迪雅尔丹的那本书。在此意义上，迪雅尔丹可以说是自由诗的第一位历史学家。

《最初的自由诗诗人》可以上溯到 1920 年。那一年，迪雅尔丹在索邦大学演讲，题目涉及象征主义的一系列问题，也包括自由诗。他在书中也曾有过说明："应邀在索邦做一些关于象征主义大师的报告，我认为在讲完马拉美、魏尔伦和兰波后，试着弄清自由诗的创立这个文学史问题，会很有趣。"② 这个讲座在《法兰西信使》发表后，次年又通过该杂志出版了单行本。从书后的注解来看，应该是 1922 年 6 月出版的。本书的前面 5 章已经就自由诗的史实问题，多次引用过《最初的自由诗诗人》，但是为了呈现迪雅尔丹理论的全貌，这里再从大的方面来分析。

一 诗体的分类和定义

如果将 1896 年看作是象征主义落潮的一个时间节点，也可以拿它作为自由诗衰落的时间节点，迪雅尔丹的书成稿的时间距其 24 年。除了兰波、马拉美、莫雷亚斯这些诗人已经去世外，其他发起运动的诗人都还健在，迪雅尔丹又是重大事件的亲历者，因而他的书是在非常合适的时间问世的，里面保留了许多宝贵的第一手资料。通过书中的内容可以发现，为了准备书稿，他与一些当事人通过信，有一些信息是首次披露。他也仔细查阅过《风行》《独立评论》《瓦隆》《颓废者》等杂志。虽然该书主要是历史研究，但是迪雅尔丹在书的开头给自由诗做了理论上的解释，因而也有理论总结之功。

迪雅尔丹提出诗体的三分法：格律诗、解放诗和自由诗。这种分法有

---

① Gustave Kahn, *Symbolistes et Decadents*, Genève：Slatkine, 1993, pp. 64 – 65.
② Édouard Dujardin, *Les Premiers Poètes du vers libre*, Paris：Mercvre de France, 1922, p. 5.

第六章 《风行》诗人与自由诗的总结

利有弊。利在于它符合法国自由诗的历史。莫雷亚斯、雷泰、雷尼耶等人最初放宽亚历山大体的诗，主要就是解放诗。而解放诗的源头在波德莱尔、雨果、邦维尔、魏尔伦那里。格律诗顾名思义，就是有着标准的音节数、语顿、押韵等要求的诗，解放诗是它放宽的形式。迪雅尔丹这样解释解放诗："在亚历山大体的半行处不再要求有语顿，允许感觉上的元音重复和押韵，没有阴、阳韵的分别，也没有单、复数的分别，往往用9音节和11音节以及13、14音节甚至15、16音节（格律诗中也常用）。魏尔伦是这种诗的首倡者，今天大多数的诗人多多少少都采用它。"① 从音节数量看，解放诗的诗行大多在12音节上下徘徊，虽然允许一定的自由度，但是节奏摆动的幅度比较近似。有批评家指出，莫雷亚斯的《象征主义宣言》就是它的纲领。② 这符合事实。但是这种分类也有弊端，弊端在于它将白由诗与解放诗对立起来。如果寻求自由诗绝对的诗体特征，这是找不到的。就像在本书开头所说的那样，最好将自由诗看作是一种形式反叛的冲动。形式反叛的冲动不同于形式反叛的结果。如果过于严格分析形式反叛的结果，渴望给自由诗下一个放之四海而皆准的定义，就会落入本质主义的误解当中。自由诗找不到这样的定义。如果解放诗已经体现出形式反叛的特征，就可以把一部分解放诗列入自由诗中。在自由诗的研究中，本书想说明形式反叛的意图，比它的结果更为重要。只有将意图视为研究的对象，才能有效地把无政府主义、民族主义引入到调查的范围。形式反叛的结果，却只涉及语音、韵律的问题。

因为站在本质主义的立场上，迪雅尔丹给自由诗下的定义是这样的："它将自由推至极端，音节往往数量不定，根据某些人的观点，仅仅在发声时才计算哑音'e'，在押韵的地方允许半韵，即使毫无押韵之迹象也在允许之列，它最常见的是由音节不等的诗行组合而成。"③ 这个定义最重要的观察角度是诗行数量"极端"的自由，实际上，自由诗同样可以有较小的音节变化。另外，"极端"的自由只是一种描述，到底达到什么样的标准才是"极端"，相信每个人的答案都不同。迪雅尔丹的定义不准确，多

---

① Édouard Dujardin, *Les Premiers Poètes du vers libre*, Paris: Mercvre de France, 1922, pp. 8–9.

② Patrick Berthier & Michel Jarrety, *Histoire de la France littéraire: modernités*, Paris: PUF, 2006, p. 270.

③ Édouard Dujardin, *Les Premiers Poètes du vers libre*, Paris: Mercvre de France, 1922, p. 9.

为经验上的概括。如果放下是非对错的问题，把这种定义还原到它的历史中，可以看出这种定义是有价值的，它反映了自由诗诗人们最介意、最反感的问题：音节计数。因为发现音节计数最大限度地妨碍了自由表达，所以迪雅尔丹把对它的仇恨带到了自由诗的定义中。

用自由诗、解放诗来区别格律诗，这虽然是1920年的理论，但是从思维方式上看，与自由诗的初期阶段相去不远。当卡恩在思考自由诗与韵律的融合时，迪雅尔丹似乎继续执着于自由诗的独特性，这就没有看到诗学环境已经对形式有了新要求。在这一点上，迪雅尔丹可能会让人觉得有些"落后"。但上面的分类法，并不是他理论的全部。迪雅尔丹也在思考通过什么方式将自由诗与格律诗再联系起来。他发现节奏单元可以做到。卡恩曾思考一种音义结合体的节奏单元，想用这种节奏单元来组织自由诗的节奏。在1912年的《自由诗》中，除了引用以前的旧文外，他没有再对这种节奏单元做进一步的解释。迪雅尔丹继续了这种思考。如果抛开个人的恩怨，抛开术语的面纱，那么迪雅尔丹在1920年成为了新的卡恩。两个人实际上是一个人。这种结论会让他们二人都感到不快的。迪雅尔丹将法国诗律的最小节奏单元称作"音步"（pied），但他认为法诗真正的音步并不是形式上的，或者说音节上的，而是一种"节奏音步"（le pied rythmique）。这种音步有什么不同呢？迪雅尔丹指出："节奏音步，精确地说，由一个词语或多个词语的集合组成，它有三个特征：第一，在最后一个音节处有一个重音（若最后一个音节是哑音，则重音在倒数第二个音节处）；第二，在一个或多个其他处的音节上，有一个或多个次重音或半重音；第三，为了容许最短的声音停顿，它本身含有足够的意义。"[①] 这里可以简化为两点，即重音和音义结合。引文中的重音指的是与意义有关的重音，这与卡恩"整体的重调"说接近。音义结合也与卡恩的节奏单元说相同。

二 自由诗的节奏音步

这种节奏音步说，能否有效地解释自由诗呢？理论的分析只是一半的工作，另一半的工作，是分析它的运用。下面用迪雅尔丹文中用过的一行雨果的诗为例，来看这种理论的实际价值：

[①] Édouard Dujardin, *Les Premiers Poètes du vers libre*, Paris: Mercvre de France, 1922, p. 10.

第六章 《风行》诗人与自由诗的总结

Que *peu de temps*—suf*fit*—à *changer*—toutes *choses*⋯
（稍稍一点时间 — 就足以 — 改变 — 所有的事情……）

这一行诗有四个节奏音步（等同于之前用过的术语"音组"），就音节来看，它的构成方式是：4+2+3+3。这是一个亚历山大体诗行，语顿在第二个节奏音步后面。这种讲究半行规则、最小的节奏单元变化的格式，也正是卡恩所要强调的。卡恩在分析诗行时并不强调重音，因为他把重音放在朗读中了。迪雅尔丹这里对重音的强调，有混淆之处。第一，他将北方文学（比如英国、德国文学）的诗律与法国诗律混为一谈，没有看到法语词语上的重音并不明显。第二，他将重音与重调混淆了。因为重音不考虑意义的因素，而他的节奏单元本身就有意义。要看到这种混淆在他的理论中是有用的。如果节奏音步含有重音，这种音步就能更好地解释格律诗，而当它有意义，它就能处理自由诗的节奏。也就是说，节奏音步可能不是可靠的理论，但它是有很好兼容性的理论。迪雅尔丹想让它变成三种诗体的最大公约数。缪拉没有理解迪雅尔丹的意图，他发现迪雅尔丹"在所有的要点上都是不适当的"[1]。这种指责只有学理上的意义。它忽视了迪雅尔丹并不是纯粹的历史学家，而是象征主义诗人。象征主义诗人首要的问题不是分析，而是思考。迪雅尔丹思考让自由诗与格律诗既能分开又能联合的方法。节奏音步真正的价值就在这里。有了它，迪雅尔丹就可以得出这样的结论："像拉丁诗歌一样，像古希腊诗歌一样，像伟大的现代文学一样，法国诗歌本质上是由某些数量的节奏音步连贯而成的；自由诗、格律诗以及解放诗都是如此。"[2]

如果节奏音步是三种诗体的共法，那么它们之间的差异就不是本质上的差异，而是结构上的不同。它们就拥有了共同的成分。如果一首自由诗里可以出现多种不同的结构，那么这就意味着自由诗可以包含格律诗。节奏音步说具有消除自由诗与格律诗的对立的潜能。从差异的角度看，节奏音步又如何分开三种诗体呢？迪雅尔丹拿出来两个标准：思想的统一和音节数量。音节数量前文已经提到过，这里不必再说。思想的统一所指如下："自由诗可视为一种与内在的统一相对应的形式的统一，它有意义统

---

[1] Michel Murat, *Le Vers libre*, Paris: Honoré Champion, 2008, p. 21.
[2] Édouard Dujardin, *Les Premiers Poètes du vers libre*, Paris: Mercvre de France, 1922, p. 11.

《风行》杂志与象征主义自由诗

一、视野统一和音节统一的特征。古斯塔夫·卡恩已经坚称道,诗行应是'代表一个声音停顿和一个意义停顿的尽可能小的片断',这让人重新思考作为一种最大节奏音步的诗行。"[1] 这句话证明了卡恩的理论与节奏音步的联系。迪雅尔丹还发展了它,提出三种统一的主张。这些统一就是当代诗律学家斯科特《法国自由诗的兴起》一书的根据。意义的统一指的是节奏单元含有自己相对独立的意义,诗行具有相对完整的意义。音节统一涉及哑音"e"、声音的特质等问题。视野统一指的是每行诗都代表着不同的视野。斯科特的解释,这里可以拿来作为注脚:"如果自由诗充满着时间流动,充满着历史性,它同样还经受了态度和意图的变化。每个诗行都是经验的新透镜,是新的精神的临时安排。"[2]

格律诗能不能做到思想的统一呢?这有赖于诗人的才能。但是没有理由认为雨果、波德莱尔的格律诗缺乏意义的统一,缺乏视野的变化。再说自由诗,是不是每首自由诗都必须要求视野变换、游移不定呢?如果视野固定,就取消它自由诗的名分?虽然迪雅尔丹想用三种统一来确定自由诗、格律诗不同的位置,但是这种理论实际上有可能弄乱了这种位置。三种统一看上去新颖深刻,但是发挥的作用有限。甚至散文也可以有节奏音步,并进而有这三种统一。布里奇斯嘲笑迪雅尔丹没有区别开散文与自由诗,[3] 这并非意气之争。《瓦格纳评论》的编辑提出来一种巧妙的理论,可是这种理论只是一种理想。理想与事实最大的不同,在于理想很难成真。迪雅尔丹、斯科特的理论,都像沙漠上空浮现的美丽的城市,他们给自由诗建造了一个完美的国度。对于迪雅尔丹而言,他之所以要来虚构自由诗,是因为他一直感受到自由诗的危机。传统诗律像巨大的磁石,要把自由诗吸到它那里。在自由诗与格律诗有融合趋势的时代,迪雅尔丹渴望通过他的虚构来捍卫自由诗的独特性。而这种虚构本身,又正好表明自由诗与格律诗的界限正在失效。

有了这些评判的标准,迪雅尔丹就对多个诗人进行衡量。这是他要梳理自由诗的历史必需的工作,因为只有确定哪些人是自由诗诗人,哪些诗

---

[1] Édouard Dujardin, *Les Premiers Poètes du vers libre*, Paris: Mercvre de France, 1922, p. 12.

[2] Clive Scott, *Vers libre: The Emergence of Free Verse in France 1886–1914*, Oxford: Clarendon Press, 1990, pp. 17–18.

[3] Robert Bridges, *Collected Essays Papers & c*, Hildesheim: Georg Olms Verlag, 1972, p. 43.

第六章 《风行》诗人与自由诗的总结

是自由诗,他才好描述这一段历史。但这种尝试是有风险的。如果迪雅尔丹设定的标准不符合实际,那么他描述的历史就会有遗漏。这一点后面还会谈到。他首先把马拉美和魏尔伦从名单中删去。马拉美的大多数诗是传统诗律,从形式上看,马拉美确实与莫克尔、雷尼耶的自由诗相去甚远。但是马拉美同样也是一个形式反叛者,他不断地在思考形式解放的问题。因为瓦格纳音乐的激发,马拉美一直想创造一种形式自由的音乐。他主张解放亚历山大体,从"不自然的计数器解放出来"①。他 1897 年还创造过《骰子—抛决不会取消偶然性》,这绝对是一首自由诗,在放弃音节和节奏单元的计数上,几乎超越了当时所有的诗人。迪雅尔丹忽略了这首诗,也忽略了马拉美之前的理论和试验。魏尔伦虽然在奇数音节的诗行上一直有些探索,运用了变化的语顿,但他没有走到马拉美那一步。从形式本身来看,迪雅尔丹将魏尔伦划去是有道理的,但这同样忽视了在自由诗的萌芽期魏尔伦发挥的示范作用。魏尔伦不是自由诗诗人,但他是形式解放的先行者。如果自由诗历史缺乏魏尔伦的内容,那么自由诗诞生的很多细节就无法描述了。

第三位被拒绝的诗人是加布里埃尔·穆雷。本书第四章第二节论《瓦隆》杂志时,曾谈到过这个人。他 1888 年 8 月曾发表过自由诗《暗示》。这首诗与雷尼耶、雷泰的一些诗接近,都是亚历山大体的放宽。迪雅尔丹不愿承认它的作者,因为在这位诗人那里,"许多诗乍一看能划进自由诗里,但再细看一下,它们仅仅是一些 11、12、13 数字的额外解放音节的连续,音节本身却严格计数"②。这样判断也可以,每个人都有他的标准。但如果这种标准是公正的,那么莫雷亚斯、卡恩、雷泰、雷尼耶的不少被认可的诗,也应该从名单中划去。但是迪雅尔丹没有这样做。穆雷成为主观评判的一个牺牲品。第四位受到影响的是让·阿雅尔贝,他的诗《在斜坡上》因为是自由诗和格律诗的混合,被质疑不符合上述的标准:"那里出现的音节,不管怎样看来,都像是计过数的。"③ 这里的"都像"一语,显出迪雅尔丹的尴尬。他的标准出自个人的经验,并不严密。不过,迪雅

---

① Stéphane Mallarmé, "Vers et musique en france", *Entretiens politiques & littéraires*, Vol. 4, No. 27, juin 1892, p. 238.
② Édouard Dujardin, *Les Premiers Poètes du vers libre*, Paris: Mercvre de France, 1922, p. 15.
③ Édouard Dujardin, *Les Premiers Poètes du vers libre*, Paris: Mercvre de France, 1922, p. 16.

尔丹真正谈到自由诗的历史时，又给这首诗"特赦"，让它进入了名单。他的理由是："我认为应该将他列进最初的自由诗诗人的名单中，因为，毕竟在他那里还有讨论的余地，然而在穆雷那里却不是如此。"①

迪雅尔丹还将自由诗与散文诗区别开来。本书开头曾指出，散文诗是自由诗的一个源头，正是通过浓缩散文诗的诗段，才出现了兰波的自由诗。散文诗是描述自由诗的历史必须要关注的。迪雅尔丹从形式的尺度上把散文诗推开，他解释道："散文诗不同于自由诗的，首先在于它的节奏音步整体上是不太显著的节奏，其次并且也是特别的一点，它不是在诗行的紧凑单元中组织起来的。因而自由诗与散文诗的差别，远较自由诗与格律诗的差别要大。"② 这种经验性的判断，其实无法让人信服两种诗体的区别。认为散文（包括散文诗）在节奏上没有自由诗显著，这在当时的英美两国也比较盛行。英美诗人发现了节奏单元后，也曾想用它来区别自由诗与散文。英国诗人弗林特（F. S. Flint）曾表示："自由诗……与散文没有任何的区别，它的节奏感受得更加强烈，它被排印成长度变化的诗行，以便这种节奏得以标示出来。"③ 引用的文章发表于1920年，与《最初的自由诗诗人》写作的时间完全相同，从中可以看出英国诗人与法国诗人思维方式的一致。将散文诗区别开的目的，是处理克吕姗斯卡的问题。因为克吕姗斯卡曾经索要过自由诗的创造权。她和卡恩打过笔仗，但似乎不了了之。迪雅尔丹找到了女诗人最早在《黑猫》《现代艺术》等杂志上发表的作品，他的结论是："仔细审视这些诗，我们只能得出一个结论。这不是自由诗，这是散文诗。"④ 女诗人是被拒绝的第五位诗人。

做了这些工作后，迪雅尔丹终于开始讨论自由诗的历史问题了。卡恩园丁的身份，传给了迪雅尔丹。后者对自由诗的分辨，同样是一种去除偶然长出的"杂草"的工作。

三 迪雅尔丹回顾自由诗

《最初的自由诗诗人》的第二个部分，是讨论自由诗运动的历史。迪

---

① Édouard Dujardin, *Les Premiers Poètes du vers libre*, Paris: Mercvre de France, 1922, p. 16.
② Édouard Dujardin, *Les Premiers Poètes du vers libre*, Paris: Mercvre de France, 1922, p. 17.
③ Frank Stuart Flint, "Presentation", *The Chapbook*, Vol. 2, No. 9, March 1920, p. 322.
④ Édouard Dujardin, *Les Premiers Poètes du vers libre*, Paris: Mercvre de France, 1922, p. 19.

第六章 《风行》诗人与自由诗的总结

雅尔丹追问的问题是，谁是第一位自由诗诗人。这个问题也可以改为第一篇自由诗的篇名是什么。除了克吕姗斯卡外，最有人气的答案是三个：卡恩、莫雷亚斯和拉弗格。其中争论最多的是前两位。迪雅尔丹记载了这样一个传闻，这个传闻表明，卡恩为了抢夺发表自由诗的优先权，利用自己《风行》杂志编辑的身份，强行把莫雷亚斯的一篇形式自由的作品推迟发表。似乎两位诗人都预感到一种新的形式将要诞生，诗歌的新纪元就要开始。实际上在这种形式出现的最初时期，人们并不清楚它的未来。迪雅尔丹还好没有相信这些"野史"，而是把第一位自由诗诗人的荣誉给了兰波。但这种起源论存在着两大缺陷。第一个缺陷是将自由诗的起源问题简化为谁是第一位自由诗诗人的问题，自由诗形式的演变史被忽略了。第二个缺陷是实践与理论的分裂。自由诗作为一种形式反叛的冲动，不仅表现在创作中，也表现在诗学中。迪雅尔丹没有注意自由诗诗学的发生史。

迪雅尔丹把《海景》和《运动》视为自由诗，而不是散文诗，这也算是一大进步。无论如何，目前学界基本肯定这种看法。比《最初的自由诗诗人》稍晚，就有法国学者将兰波的这两首诗看作是自由诗的"诞生处"[1]。这应该是受到迪雅尔丹的影响。从考察的期刊来看，迪雅尔丹主要面向的是《风行》《独立评论》《瓦隆》这几种。着重关注的是从1886年到1889年的发表和出版作品。涉及的诗人，还有卡恩、拉弗格、阿雅尔贝、莫克尔、格里凡等人，这些人也是本书的主要研究对象。《吕泰斯》在这个期刊表中被遗漏了，这是个不小的遗憾。虽然《吕泰斯》上发表的自由诗和形式反叛的理论并不算多，但它的作用是无可替代的。韦尔加洛和邦维尔的诗学也被排除在外了，这可能会让莫雷亚斯感到不快。因为莫雷亚斯的《象征主义》一文，借用了邦维尔的旗号。

总的来看，最初四年间杂志刊发的自由诗作品，迪雅尔丹搜集到的还是比较全的。1889年之后的数据就被省略了，这也是难免的事情。他解释道："发表的作品成倍增加，为数众多，以至于我很难指出遗漏了哪些。况且，该表对可算作自由诗创立者的诗人们，看来已经说得够多了。"[2] 本书对《瓦隆》《法兰西信使》杂志后几年的梳理，可以补充这方面的材

---

[1] Mathurin M. Dondo, *Vers Libre*: *A Logical Development of French Verse*, Paris: Librairie Ancienne Honoré Champion, 1922, p. 167.

[2] Édouard Dujardin, *Les Premiers Poètes du vers libre*, Paris: Mercvre de France, 1922, p. 37.

料，书后附录的目录，也明确标出了后来发表作品的诗体。尽管如此，这也只是有些小补罢了。如果要找到当时发表的更全的名单，这将是一个极其费时费力的工作，它需要翻阅 19 世纪 90 年代发行的所有杂志才能做到。这对于自由诗历史的概要来说，并不是必需的。因而不必苛责《最初的自由诗诗人》，它提供的信息已经足够丰富了。

迪雅尔丹理解兰波是如何从散文诗走向自由诗的。他指出："没有哪里能让我们看到思维慢慢挣脱出散文的秩序，进入纯粹诗歌的秩序，并且越来越逼近诗歌的表达方式。"① 迪雅尔丹将这种表达方式概括为"喷涌的形式"。它是诗和散文的最大不同。散文运用的是理性的思维方式，而诗则是情感的喷涌。这里，迪雅尔丹是在借兰波提出他自己的诗学主张。因为接受了瓦格纳、叔本华的美学思想，他想用无意识的心理内容来对抗一切理性的思想。如果无意识不受理性的干扰，它就会像火山一样原样地喷发出来，其结果就是自由诗。自由诗在他看来，并不是新形式或者新节奏的问题，而是无意识表现的问题。他强调："假如 1886 年的年轻诗人给诗带来自由诗，这明显不是巧合，也不是心血来潮；这是因为自由诗是一种喷涌的形式。"② 格律诗并非完全没有喷涌的形式，但是只是偶尔具有。这里迪雅尔丹将他提出的三种统一论，最终合在一种音乐的冲动下。是否传达出无意识的音乐，成为自由诗与格律诗的本质不同。但这样一来，迪雅尔丹的理论就有自相矛盾的地方了。因为它的节奏音步想统一格律诗、自由诗、散文诗的意图就失败了。他又回到自由诗、格律诗的二元对立中了。

迪雅尔丹还谈到了兰波的影响问题，第一个可能的影响人是魏尔伦。但是魏尔伦放弃了这种影响："几乎在兰波将要写作《运动》和《海景》的时候，两位诗人分开了；请允许我想象一下，假如他们仍旧在一起生活，魏尔伦可能会变成我们伟大的自由诗诗人。"③ 这种判断可能低估了魏尔伦诗学的稳定性。哪怕在发表《被诅咒的诗人》时，魏尔伦都没有改变他的形式观。在魏尔伦那里，语言和风格的反叛，与形式的反叛是两码事。迪雅尔丹也肯定兰波对卡恩、费内翁等人有些影响，《风行》编辑部

---

① Édouard Dujardin, *Les Premiers Poètes du vers libre*, Paris: Mercvre de France, 1922, p. 44.
② Édouard Dujardin, *Mallarmé par un des siens*, Paris: Messein, 1936, p. 98.
③ Édouard Dujardin, *Les Premiers Poètes du vers libre*, Paris: Mercvre de France, 1922, p. 46.

第六章 《风行》诗人与自由诗的总结

不少人都熟悉《运动》和《海景》，也讨论过它们。他的结论是："我们因而可以总结，即这两首诗的宣读成为一个机缘，某些寻找新形式的年轻人多亏它才有了心得，或者至少可以改善它。"①

莫雷亚斯是迪雅尔丹忽略的一位自由诗大诗人。迪雅尔丹表明自己在这方面掌握的情况不多，未能查阅 1885 年之前的颓废文学期刊，是他的一大失误。他只能这样猜测道："他是通过不断解放而获得自由诗的，还是随波逐流？"② 这里可以回答他，莫雷亚斯的方式是通过不断解放。两位重要的诗人古尔蒙和雷泰没有得到他的重视，这两位实际上一度是最为活跃的自由诗诗人。这个原因可能是因为迪雅尔丹主要想调查"最初的"参与者，而非稍晚的一些诗人。1886 年的诗人确实比 1893 年的诗人早七年，可是这七年在自由诗的历史中非常短暂。如果迪雅尔丹放弃自由诗"创造人"的优越感，能把后来的重要诗人也一并调查，那么他的书就更完整了。

因为瓦格纳与自由诗的关系非常重要，这里可以再讨论一下他书中有关这部分的内容。首先要表示遗憾的是，迪雅尔丹有意掩盖了威泽瓦作为自由诗理论家的史实。《瓦格纳评论》介绍瓦格纳主义，主要是经威泽瓦之手。这位波兰人不但倡导观念、情感、感受的综合，而且呼吁诗人们创作语言的音乐，并把诗定义为语言音乐。正是从语言音乐出发，瓦格纳主义者才找到了纯诗和自由诗。迪雅尔丹回顾道："我最初之所以关注自由诗观念，没人会感到惊讶这是因为瓦格纳。我很早前说过，瓦格纳'自由的音乐'形式应与一种'自由的诗歌'形式声气相通。"③ 这种解释并不错，但是迪雅尔丹错在他没有真正说明，他是从威泽瓦那里，而不是主要从瓦格纳那里，得到了"自由的音乐"的思想。这样判断的佐证是，威泽瓦在《瓦格纳评论》上发表的诗学，总是会得到迪雅尔丹的响应。还有一个公案这里可以透露一下，威泽瓦最早提出将音乐的形式与叙述的形式结合起来，在小说中表现完整的生活。迪雅尔丹于是在 1887 年开始实践这种做法，他将"音乐的形式"用到小说中，产生了"内心独白"的技巧，并一直掩盖这种技巧与威泽瓦的联系。在谈到《被砍掉的月桂树》这部内

---

① Édouard Dujardin, *Les Premiers Poètes du vers libre*, Paris: Mercvre de France, 1922, p. 48.
② Édouard Dujardin, *Les Premiers Poètes du vers libre*, Paris: Mercvre de France, 1922, p. 60.
③ Édouard Dujardin, *Les Premiers Poètes du vers libre*, Paris: Mercvre de France, 1922, p. 63.

心独白小说时,批评家雅科指出:"《被砍掉的月桂树》很大程度上是受到他《独立评论》的同事的理论的影响。"① 但是迪雅尔丹却到处宣扬是他创造了这种小说。迪雅尔丹在荣誉面前,是第二个卡恩。他不会把内心独白理论物归原主,同样,他也不会把喷涌的形式还给那位似乎已被人遗忘的波兰人。

迪雅尔丹对瓦格纳音乐与自由诗的关系,有比较多的关注,这可以补充自由诗起源的问题。在讨论莫克尔的部分,他注意到莫克尔是从新的音乐走向自由诗的。他还得到了莫克尔的一封信,信中说:

> 这是在1886年,我记得我进行了最初的试验。在这一时期,我承认忽视了阿蒂尔·兰波,对于魏尔伦和马拉美的诗,我读到的也是微乎其微。至于拉弗格,正是您令人敬佩的《独立评论》,发表了他的《牧神潘和他的排箫》,这给了我启示。我很天真地寻求在音乐方面更新诗歌——我对亚历山大体沉重、单调的轰轰隆隆早已厌烦。巴赫和他取之不尽的节奏展开,肖邦的自由幻想,贝多芬和他的宣叙调,还有理查·瓦格纳,这些人大概都对我有影响。②

由诗人自己吐露走过的历程,这对于了解自由诗的起源非常重要。迪雅尔丹也介绍了自己的创作经历,当他从音乐获得自由的节奏后,他就开始写《颂扬安东尼娅》《女牧羊人给男牧羊人的回复》("Réponse de la bergère au berger")等诗。虽然他已经写出了自由诗,但是内心仍然犹豫不决。这时他的同事威泽瓦"一个劲地奚落我",让他的自由诗写作"半道更辙"③。丧失信心后,迪雅尔丹又退回到散文诗那里。迪雅尔丹有新节奏的敏感,但是他缺乏坚定的信念。这种情况在卡恩、莫雷亚斯那里都发生过。形式无政府主义虽然给自由诗提供了某种承诺,但是在1886年,诗人们很难完全坚信这种承诺。传统诗律的压力,以及诗人应有的形式上的职责,都曾让他们对形式反叛望而却步。迪雅尔丹的犹豫期,在自由诗的

---

① Valérie Michelet Jacquod, "Introduction", in Téodor de Wyzew, *Valbert ou les récits d'un jeune homme*, ed. V. M. Jacquod, Paris: Garnier, 2009, p. 16.

② Édouard Dujardin, *Les Premiers Poètes du vers libre*, Paris: Mercvre de France, 1922, p. 61.

③ Édouard Dujardin, *Les Premiers Poètes du vers libre*, Paris: Mercvre de France, 1922, pp. 64 - 65.

历史上不是那么光彩，但它却极有价值地折射出诗人主体精神与形式反叛的微妙关系。

总之，作为自由诗历史最重要的文献，迪雅尔丹的《最初的自由诗诗人》不仅罗列了有代表性的诗人走上自由诗之路的背景，也提出了自己的节奏音步说和喷涌的形式说。尽管该书在历史上还有很大遗漏，在理论上有自相矛盾之处，但它呈现了更深刻的一些东西：迪雅尔丹既想让不同的诗体具有内在联系，又仍然对无意识的音乐怀有憧憬之情。这种现象有一定的代表性，另一位诗人格里凡，也有类似的思考和总结。

第三节 格里凡对自由诗理论和实践的总结

1932 年 11 月，在比利时法语和法文王家科学院的会议上，莫克尔曾经这样评价格里凡："如果自由诗在我们的文学中赢得了它的位置，这很大程度上归功于您（格里凡）的诗作。"[1] 可见格里凡在莫克尔心中的地位。他是法国最早的自由诗理论家之一，也是最早出版自由诗诗集的诗人之一，他 1889 年的《欢乐》被迪雅尔丹看作是自由诗打败格律诗的标志。[2] 进入 19 世纪 90 年代后，格里凡也开始了理论上的总结，这个时间比较漫长，一直持续到 20 世纪的第一个十年。

一 自由诗与诗律传统

格里凡最初作为自由诗诗人的亮相，是以极端反传统的姿态出现的。他的理论总结，既有与早期延续的地方，又有新的调整。1899 年，格里凡与古尔蒙、吉德一起参加了一个座谈会，他的发言发表在当年 8 月的《隐居》杂志上。这个发言稿延续了之前对巴纳斯派的批评，这一点是与卡恩不同的。格里凡仍然坚持他斗士的某种姿态，他认为面对"穷讲排场"的巴纳斯派，诗人有"自由的权利"，[3] 而赢得这种权利，不仅是为了诗人自

---

[1] Albert Mockel, Francis Vielé-Griffin, *Correspondance 1890 – 1937*, Bruxelles: Académie royale de langue et de littérature françaises, 2002, p. 341. 引文中"我们的文学"指的是比利时文学。

[2] Édouard Dujardin, *Les Premiers Poètes du vers libre*, Paris: Mercvre de France, 1922, p. 37.

[3] Francis Vielé-Griffin, "Causerie sur le vers libre et la tradition", *L'Ermitage*, Vol. 19, No. 8, août 1899, p. 81.

己，也为了其他人的福祉。他还重新定义了形式，提出形式"是思想的形式"，形式并不是一种抽象的规则，就像"几何概念"一样。① 这里同样有着有机主义的形式立场。他不可能像莫雷亚斯那样否定个性的形式，支持普遍的规则。那么，格里凡眼中的传统就不是古典主义的传统，他如何回归这个传统就成了一大疑问。

在正式讨论自由诗时，格里凡仍然重视自由的原则："'自由诗'这个词显示了一种心灵状态的特征，在这种意义上，运用我们语言的手法的自由（今后它忠诚于能运用它的人）不像是一种韵律的简化，更像是一种精神上的征服。"② 这里的定义有些费解，"精神上的征服"所指不太明确。这是指形而上学的沉思，还是对无意识精神世界的探索？通过格里凡的诗论，可以发现所谓"精神上的征服"指的是对思想的一种处理方式。诗人们需要通过一种特殊的方式来处理思想，让思想不断发展，而且形式也随之发展。这种观点其实与威泽瓦的形式观是相近的。形式成为思想发展的结果，它并没有完全自足的地位。这样一来，韵律就不是自由诗的敌人，如果韵律也能适应思想的发展，它就同样可以被称作"自由的"诗。这个发言稿，最值得注意的就是自由诗与韵律的关系问题。韵律因为一种新的形式观，与自由诗的对立似乎消除了。在自由诗草创期，格里凡曾经呼吁打破韵律的"所有锁链"，现在这些"锁链"都成为有益的工具了。但是一旦肯定韵律，那么格里凡的自由诗就像很多人一样，面临一种尴尬，因为韵律和"自由"存在着冲突。如果要接受韵律，就必须重新定义自由诗，格里凡意识到了这样做的必要性："如果这涉及韵律的实验，我们想提醒特别急切的健谈者注意：自由诗并不是真正的自由。"③

格里凡是如何处理他的思想的呢？这涉及一个新的术语："分析的诗节"（la strophe analytique）。他想用分析的方法把诗行分出来，一个思想就对应于一个诗节，每个分出的部分就是一个诗行。他强调在这种诗节中"每一行都与我们的思想互补，而对于耳朵和眼睛来说可以发现思想经过

---

① Francis Vielé-Griffin, "Causerie sur le vers libre et la tradition", *L'Ermitage*, Vol. 19, No. 8, août 1899, p. 83.

② Francis Vielé-Griffin, "Causerie sur le vers libre et la tradition", *L'Ermitage*, Vol. 19, No. 8, août 1899, p. 83.

③ Francis Vielé-Griffin, "Causerie sur le vers libre et la tradition", *L'Ermitage*, Vol. 19, No. 8, août 1899, p. 83.

第六章 《风行》诗人与自由诗的总结

了这样的分析"①。分析的方法，当然要涉及语意，也涉及具体诗作的语法结构，这种分析的诗节是不是就是理性的产物，与拉弗格、迪雅尔丹等人提倡的音乐的流动不同？这个问题非常重要，如果回答是肯定的，那么格里凡将带来一种新的创作方法。但这种假定是错误的。格里凡非常强调非理性的创作。他的这篇发言稿说得不多，但在 1907 年《方阵》（*La Phalange*）杂志上发表的《精神的征服》（"Une conquête morale"）中，有更多的细节揭示出来了。格里凡认为最好的象征主义诗人，在研究音乐的可能性，还认为拉弗格最早对分析的诗节"有清醒的直觉"②。如果拉弗格是分析的诗节的先驱，那么这种诗节就绝对不是理性的分析，而是无意识心理的自然流动。"分析"这个词容易给人造成误解，因为它是一个动作，它暗示背后还有一个施动者。这个施动者往往与理性、意识联系起来。格里凡想说的"分析"，应该是无意识心理的自然结果。这种结果具体化后，就成为诗行，诗行于是就成为无意识心理的记录。上文曾谈到，格里凡将形式看作是思想的发展。这里的思想不是理性的思考，而是无意识心理活动。需要注意，格里凡所说的思想，不是固定的、已经完成的，而是变化的、不确定的。诗人思想的发展，因而呼应了斯科特所说的视野的相对性、时间的相对性。

在《精神的征服》一文中，这位美国诗人还指出："自由诗并不是一种曲线图的形式，它首先是一种精神态度。这种态度引导某个诗人从事音律研究，并用未发表的形式实现一种音乐性胜过造型的思想，这种工作从今以后是完全自然的。"③ "曲线图"代表的是人为设置的长长短短的诗行。如果纯粹按照诗行长短不拘的标准来作诗，那么一些习惯格律诗的人，也可以让诗行变得参差不齐，把预先确定好的内容填到这些长短句中，就像有了曲谱之后填词那样。这种诗在格里凡看来，只具有自由诗的形。真正的自由诗是一种"精神态度"，一种精神上未知的冒险。其结果是音乐性的思想，而非"造型的思想"。后者是视觉上的，前者是听觉上

---

① Francis Vielé-Griffin, "Causerie sur le vers libre et la tradition", *L'Ermitage*, Vol. 19, No. 8, août 1899, p. 84.

② Francis Vielé-Griffin, "Une conquête morale", *La Phalange*, Vol. 2, No. 17, novembre 1907, p. 420.

③ Francis Vielé-Griffin, "Une conquête morale", *La Phalange*, Vol. 2, No. 17, novembre 1907, p. 422.

的。从这句话也可以看出格里凡这位无政府主义者，同样也是瓦格纳主义者。自由诗的源头有两个，一个是颓废文学作家开创的无政府主义，另一个是威泽瓦、迪雅尔丹、莫克尔等人的瓦格纳主义。这两种主义并非是相互排斥的，在一些作家那里可以两者兼有。卡恩就是一个例子，格里凡亦然。《欢乐》的作者曾说过这样的话："相信我们，瓦格纳曾经说：'我抛下歌剧，我创作其他的东西。'为什么人们不能抛下巴纳斯的诗律，尝试着创作……某个东西呢？"① 瓦格纳像对莫克尔、卡恩一样，对格里凡也有启发之功。

如果韵律可以进入自由诗，那么像亚历山大体这样的形式，在自由诗中有什么位置呢？格里凡一方面想利用亚历山大体，另一方面又想减弱它的价值。他曾慷慨地表示："'古老的亚历山大体并没有枯死'；另外，'这种古老的亚历山大体'作为节奏的组成部分，它也加入到许多称作自由的诗节之中。"② 这种立场，与卡恩接近，在卡恩1897年的《论自由诗序》中，人们也能找到这样的表述。成为自由诗诗人后，格里凡是否还记得他早年的诗学？在1885年的时候，他还曾为诗律的解放感到担忧，在当年8月10日给雷尼耶的信中，格里凡说："所有优秀的颓废派诗人理应提防的是放弃规则。"③ 虽然这些规则可以理解为个人性的，但是规则感的存在，让他不会轻易放弃诗律。在1889年左右，他有了强烈的反叛意识。在同一篇发言稿中，格里凡嘲笑古尔蒙对十二音节有"嗜古癖"，后者似乎总是在连续的诗行的群组之间，重造十二个音节的数目，比如前面一个4音节诗行，后面一个8音节诗行。格里凡将这种做法视为"没有意义的"游戏，他相信："诗歌是否建立在数量上，或者建立在节奏上，是否任何人类的语言在任何历史时期，对于它们的诗人来说，都能根据一种对称的韵律相互谐调，这还有待考察。"④ 肯定韵律，同时又轻视韵律；重视传统，同时又打破传统：格里凡的理论总结同样显现出矛盾的一面。里面

---

① Francis Vielé-Griffin, "Réflexions sur l'art des vers", *Entretiens politiques & littéraires*, Vol. 4, No. 26, mai 1892, p. 217.

② Francis Vielé-Griffin, "Causerie sur le vers libre et la tradition", *L'Ermitage*, Vol. 19, No. 8, août 1899, p. 89.

③ Catherine Boschian-Campaner, ed., *Le Vers libre dans tous ses états*, Paris: L'Harmattan, 2009, pp. 59–60.

④ Francis Vielé-Griffin, "Causerie sur le vers libre et la tradition", *L'Ermitage*, Vol. 19, No. 8, août 1899, p. 86.

第六章 《风行》诗人与自由诗的总结

的意图不难理解,他既想坚持自由的精神,同时又在民族主义高涨的时代,想与传统诗律修好。

不同于普吕多姆、马拉美将自由诗合在格律诗中,也不同于卡恩将格律诗合在自由诗中,格里凡对这两种诗体的关系有新的理解。在他看来,两个诗体是平行的,而不是一个作为另一个的附属。在1909年的《自由诗的国际调查》中,他指出:"'古老的亚历山大体'与所谓的'自由诗'的样式,并不是对立的;它们是并立的。语言的键盘被扩大了,乐队在新要求的作用下,增加了新的音色。"① 两种诗体代表的是不同的音色,它们的结合,只是令音域更加丰富,而不是取消任何一种诗体。格里凡提出新的融合观,这种融合观可以与卡恩做一个比较。卡恩让自由诗具有韵律,而弱化甚至抹去了两种诗体的界限,自由诗和格律诗的区别不重要了。格里凡强调自由诗是一种精神的征服,他更关注精神,这给了两种诗体都弱化自身的诗体特征的可能性。因为不同的诗体代表不同的精神,所以自由诗和格律诗可以在诗作中轮替进行,只要诗人的精神在不断发展,突破它自己。

1891年后,随着民族主义的盛兴,自由诗这种与德国浪漫主义、叔本华和瓦格纳美学渊源颇深的形式,这种由许多母语不是法语的"外族人"提倡的形式,受到了批评。用之前莫雷亚斯的话来说,自由诗并不具备罗曼性。格里凡为自由诗辩护,认为它是传统的形式。格里凡拿出两个证据。首先,自由诗废除了跨行,而跨行也是古典主义所不接受的。其次,法诗诗行的音节数原本是多变的。这种思维方式在现代主义时期比较常见,不少人将自由诗看作是向更古老的传统的回归,例如庞德,他认为自由诗是自古希腊以来所有优秀的抒情诗人都采用过的。② 格里凡没有在古希腊诗歌中找自由诗的根据,他把拉·封丹的形式看作是它的原型:"自由诗是如此地具有民族性,以至于它承认布瓦洛和维克多·雨果的理论有合法性,它只是将拉·封丹那已经非常灵活的形式扩展到抒情诗那里。"③ 这种策略希望避免罗曼派对自由诗的批评,它让自由诗与普罗旺斯诗歌都

---

① F. T. Marinetti, ed., *Enquête internationale sur le vers libre*, Milan: Éditions de Poesia, 1909, p. 33.
② Ezra Pound, "The Tradition", *Poetry*, Vol. 3, No. 4, January 1914, p. 140.
③ Francis Vielé-Griffin, "Causerie sur le vers libre et la tradition", *L'Ermitage*, Vol. 19, No. 8, août 1899, p. 88.

在南方文学的大家庭中相亲相爱了，但它没有去除个人主义的形式理念。虽然格里凡想说服人们，自由诗是一种"古老的实践"，是真正的"诗歌复兴"（注意复兴一语），但是它反对巴纳斯派的理由，并不是古典主义的，而是浪漫主义的："通过破坏令极少数知识分子应该感到厌烦的巴纳斯形式主义，我们在节奏理论和实践上的拓展，就给法国诗歌打开一个无限的领域，给它巨大的希望，而自从 1860 年以来，思想的枯竭、押韵和节奏的陈旧妨碍了它。"[①]

格里凡用一种令人惊讶的方式，把自由诗与传统合在了一起。他在世纪之交对诗律传统生起敬畏之心，也想让自由诗找到更有利的归宿。但是他在这样做的过程中，仍旧显示出他的不甘心，显示出他形式上的革命者的姿态。比利时的莫克尔是格里凡的朋友，他在《谈文学》（*Propos de littérature*）一书中，分析了格里凡的诗歌形式。莫克尔并不是《风行》诗人，他的作品没有出现在《风行》杂志上。因为莫克尔将《风行》诗人格里凡和雷尼耶进行了对照，是这一时期重要的自由诗理论著作，因而下面结合《谈文学》对格里凡的自由诗做进一步的探查。

二 从《谈文学》看格里凡

《谈文学》出版于 1894 年，当时自由诗的生存环境正在发生改变。莫克尔想用这部书宣传他的两位朋友取得的造诣，他们都是《瓦隆》杂志的重要撰稿人。在这个目的之外，未尝没有挽自由诗于既倒的用意。批评家佩萨克非常推崇这部书，认为在谈象征主义及自由诗的论著中，"没有比它更有洞察力的了"[②]。

这部书的写作从 1893 年就开始了，在该年 9 月给格里凡的信中，比利时诗人写道："在完成关于您的一个研究的过程中，我发现我需要在某些部分证实它的可靠性。我要向你查阅你最初的作品，我手头没有它们。"[③] 这里所说的"一个研究"，就是《谈文学》。莫克尔手头没有《天鹅》和

[①] Francis Vielé-Griffin, "Causerie sur le vers libre et la tradition", *L'Ermitage*, Vol. 19, No. 8, août 1899, p. 90.

[②] Henry de Paysac, "Introduction", in Albert Mockel, Francis Vielé-Griffin, *Correspondance 1890 – 1937*, Bruxelles: Académie royale de langue et de littérature françaises, 2002, p. 17.

[③] Albert Mockel, Francis Vielé-Griffin, *Correspondance 1890 – 1937*, Bruxelles: Académie royale de langue et de littérature françaises, 2002, p. 53.

第六章 《风行》诗人与自由诗的总结

《欢乐》这两本诗集,为了引用的准确,他想向诗人借。莫克尔还希望格里凡同意他引用诗作。信的最后,莫克尔说明了他做这个研究的动机:"我努力进行一系列美学评论,并通过对雷尼耶和您的相当全面的批评阐明它们。"[①] 这句话表明,莫克尔的着眼点,在于总结自己的美学理论,并非完全客观地研究两位诗人的作品。但是因为与作者频繁通信,相互之间就有交流,格里凡的想法他不会不知道,这本书于是也具有格里凡的自白性质。在1894年6月4日的信中,格里凡曾因为他能获得这样的机会呈现他的形式试验,而向莫克尔致谢:"谢谢您漂亮的书,能占据这样一个位置,我感到非常羞愧,但是也为我的诗能成为如此崇高的艺术工作的一部分契机而感到骄傲。"[②]

格里凡"精神的征服"说,被莫克尔注意到了,后者认为格里凡主要探索的是精神层面:"您向自由诗要求的,是更近地触及您的真实性的方法。正是出于这一点,它在您眼中有一种'精神的征服'……你首先寻求一种更完美的措辞的真诚性。"[③] 这种真诚性要求的是原样地呈现无意识的心理内容。莫克尔明白这位美国诗人最大的关切。不过,他也注意到格里凡像其他的自由诗诗人一样,也重视旋律。旋律一语非常关键,早在1887年的《瓦隆》中,莫克尔就提出和声学家和旋律主义者的两条道路,这种主张他一直坚持下来,并在《谈文学》中用作基本理论,解释格里凡和雷尼耶的差别。

格里凡和雷尼耶就是两种不同的道路的典型,虽然他们都是自由诗诗人,但是雷尼耶更多地诉诸和谐。这里的和谐指的是辅音、元音的一致性,往往表现为双声、音韵或者音节重复等技巧。如果用瓦格纳的音乐来做例子,它指的更多是交响乐中的不同乐器的搭配问题。中国诗论家刘勰的"和韵"一语概括得非常好:"异音相从谓之和,同声相应谓之韵。"[④] 格里凡则偏重旋律,注重诗行和诗节内部节奏的经营。用莫克尔的原话来

[①] Albert Mockel, Francis Vielé-Griffin, *Correspondance 1890 – 1937*, Bruxelles: Académie royale de langue et de littérature françaises, 2002, p. 55.

[②] Albert Mockel, Francis Vielé-Griffin, *Correspondance 1890 – 1937*, Bruxelles: Académie royale de langue et de littérature françaises, 2002, p. 58.

[③] Albert Mockel, Francis Vielé-Griffin, *Correspondance 1890 – 1937*, Bruxelles: Académie royale de langue et de littérature françaises, 2002, p. 341.

[④] 范文澜:《文心雕龙注》,人民文学出版社1958年版,第553页。

说："在格里凡的诗集中，和谐让位于统治一切的节奏。"① 旋律不像和谐注重横的交响，它注重纵的发展。纵向上节奏的重复与变化，就是旋律的要素。莫克尔希望两条道路可以结合起来，单独任何一种技巧，都无法带来完美的音乐效果。就旋律来说，缺乏了声音的和谐，旋律的组成部分就没有足够的力量："维勒-格里凡先生遗忘了和谐的表达力。最常见的情况是，他诗行的声音只是根据押韵而接合起来，这并不牢靠。"② 单单进行理论分析，是有些单薄的，下面通过格里凡1892年发表在《瓦隆》上的《浣衣女》一诗来解释：

> Ah ! douleur ! Si la Vie immense
> N'est pas en l'heure, toute, et telle
> Qu'un mot d'amour vaut l'étincelle
> De l'astre ému des soirs d'enfance ;
> Douleur ! Si le seul mot redit
> N'est pas le mot du Paradis,
> Si toutes choses ne sont les mêmes,
> Et s'il est de nouveaux poèmes…③
> 啊！痛苦！但愿整个广袤的生活
> 并不靠时光衡量，
> 就像爱的言语等同于童年晚上
> 激动的星星的光芒；
> 痛苦！但愿唯一重复的词
> 并不是天堂的词，
> 但愿一切都各各不同，
> 但愿它是一首新诗……

这是原诗的第四个诗节，看起来像是8音节诗行，因为从第2行开始，出

---

① Albert Mockel, *Esthétique du symbolisme*, Bruxelles: Palais des académies, 1962, p. 128.
② Albert Mockel, *Esthétique du symbolisme*, Bruxelles: Palais des académies, 1962, p. 129.
③ Francis Vielé-Griffin, "Les Lavandières", *La Wallonie*, Vol. 7, No. 9, septembre 1892, p. 217.

第六章 《风行》诗人与自由诗的总结

现了连续 5 个 8 音节诗行。但它其实是自由诗，诗节中存在着 7 音节和 9 音节的诗行。如果分析一下它的节奏，可以看出 4 音节音组占据主导地位，在 8 行诗中共出现了 8 次，3 音节音组和 5 音节音组为辅，各出现了 3 次。诗节利用了 4 音节音组来组织节奏，如这两行：

> Qu'un mot d'amour | vaut l'étincelle
>   4   4
>
> De l'astre ému | des soirs d'enfance ;
>   4   4

如果单单利用音组，没有词语或者句法上的支持，那么这种旋律感就不会突出。格里凡这节诗用了不少重复的词语和词组，例如"Douleur"（痛苦）、"N'est pas"（不是）。这些词语加强了节奏效果。诗节中还有相同的句法不断出现，它是"si…n'est pas…"，其同样有生成旋律的作用。

诗节中用了半韵和全韵，例如行末的"dit"和"dis"这两个音节押的是半韵，"mêmes"和"èmes"虽然支持的辅音不同，但是元音和随后的辅音都一致，可看作是全韵。诗行多处有响亮的元音"[a]"，例如"la""amour""astre"等词语，它们也有在诗行间建立声音和谐的作用。下面两行诗还多次出现相同的辅音"d"：

> *D*e l'astre ému *d*es soirs *d*'enfance ;
> *D*ouleur ! Si le seul mot re*d*it

这同样能促成"和韵"。这些和谐的技巧能满足莫克尔的要求吗？这节诗似乎做得还不错，但整体来看，格里凡的这类技巧用得比较少，莫克尔表示："维勒－格里凡先生并不理解诗行的音乐。他很少关心把半韵协调起来。"①

这 8 行诗虽然音节数量有一些变化，但是总是在 8 个上下变动。这说明格里凡注意到诗行音节的稳定性。更重要的是，8 行诗几乎都分成了两个部分，或者说两个半行，诗行中间有一个停顿：

---

① Albert Mockel, *Esthétique du symbolisme*, Bruxelles：Palais des académies，1962，p.129.

3 + 4
5 + 3
4 + 4
4 + 4
2 + 6
4 + 4
5 + 4
3 + 5

用莫克尔的术语来分析，诗行有两拍，每拍的音节数不同。莫克尔是不是从格里凡的诗中总结出节拍的理论，这并不清楚，但是有一点需要注意，莫克尔的理论很适用于格里凡的诗作。这 8 行诗中节奏变化很大，让节拍很有规律，完全是一致的。这里可以解释一个莫克尔对节拍与节奏的区分。节拍只是一种时间长度，相对固定的时长内，可以安排数量不同的音节。因为具体音节数量的变化，所以就产生了不同的节奏。节奏是节拍的具体实现方式，"同一种节拍往往同时包含多种节奏"①。按照这种解释，格律诗与自由诗只是节奏上不同，节拍上是一样的。比如 8 音节诗行的格律诗，也分为 2 个节拍，和上面格里凡的诗行一样，只是节奏不同。之所以会产生格律诗，是因为让每个音节都等时，这样就产生了 8 音节的 2 拍子诗行，或者 12 音节的 4 拍子诗行。莫克尔认为音节时值规定得太死，就让诗行丧失了节奏。即是说有些机械的亚历山大体是"只有一种武断的、人工的节拍，但并没有节奏"②。自由诗不同，它打破"人工的、僵硬的节拍"，引入变化的节拍。这里有非常深刻的发现，即同时能满足自由与规则的发现。这种发现不同于卡恩引入格律诗诗行，它只需要将节拍的音节数量做一些变化就达到了。莫克尔精彩地指出："假如新诗体不再顺从节拍这唯一的一把戒尺，这不是说它必须要绝对放弃节拍。它的目的是希望诗体在许多情况下，在它的时段中保持某种持续的统一性，因为周期性将会在那里发现一致的力量，不会让它随机变化。"③ 如果将 3 音节音

---

① Albert Mockel, *Esthétique du symbolisme*, Bruxelles：Palais des académies, 1962, p. 132.
② Albert Mockel, *Esthétique du symbolisme*, Bruxelles：Palais des académies, 1962, p. 132.
③ Albert Mockel, *Esthétique du symbolisme*, Bruxelles：Palais des académies, 1962, p. 134.

第六章 《风行》诗人与自由诗的总结

组、4音节音组都看作一个节拍内的成分，那么这种理论可以带来变化的节奏单元说。即节奏单元的数量不变，但节奏单元的音节数可变。美国诗人威廉斯提出过"可变音步"（也译作"可变音尺"）的概念："在自由诗中，节拍被放松了，以给词汇或者句法更多活动空间——因此，也给散漫的心更多活动空间。惯用的音步的尺度被放大，因而更多的音节、词语或者短语能被容纳进它的圈子。这样创造出来的新的单元，可以被称作'可变音步'。"① 这种观念在当时有不少提倡者，芝加哥《诗刊》的主编门罗就是其中的一位。但是现代主义诗史上，可变音步说的理论源头是莫克尔的《谈文学》。这种理论的提出，就是对格里凡诗作的总结。莫克尔发现《欢乐》这部诗集，"在那里，在某些位置上，节奏已经显现出是它自己唯一的主人，节拍伴随着它，但不再是传统的节拍"②。

再回到上面的诗作上，格里凡的分行往往有语法和语义的基础。他要么让一行诗成为一个独立的句子，例如"但愿一切都各各不同"，要么让主语和谓语分开，成为两行，例如"但愿唯一重复的词/并不是天堂的词"。过于明显的语法关系，有违他"精神的征服"的承诺。做"精神的征服"先行者的拉弗格，很少用语法、语义关系来分行，因为这些关系有理性的逻辑，将会破坏无意识心理的流动。再看《浣衣女》的第一节，这一节要更典型一些：

> L'air vibre au ras des grèves roses
> Et monte vers les genêts clairs;
> Il n'est pas de plus sainte chose
> En ce doux glorieux mystère
> Que votre geste, lavandière. ③
> 风沿着玫瑰色的沙滩吹动
> 又爬上光亮的金雀花；
> 在这温和、光辉的神秘中

---

① Alex Preminger, ed., *Princeton Encyclopedia of Poetry and Poetics*, Princeton: Princeton University Press, 1974, p. 289.
② Albert Mockel, *Esthétique du symbolisme*, Bruxelles: Palais des académies, 1962, p. 141.
③ Francis Vielé-Griffin, "Les Lavandières", *La Wallonie*, Vol. 7, No. 9, septembre 1892, p. 216.

《风行》杂志与象征主义自由诗

除了你们的身姿，浣衣女们
没有什么东西更加神圣。

这五行诗，前面两行是描述的句子，后面三行是感叹、抒情的句子。这些句子像上面的 8 行诗一样，看不出"精神"上有何"征服"。它们都是平常的语句，来自反思、思考、一般的想象等心理活动。在这个诗节中，有清晰的空间，有大致清楚的时间。但在拉弗格的诗作中，时间和空间往往是模糊的、回忆的、情感的、无意识的形象、语句无法解释地编织在一起。可以用《到来的冬季》中的一节来比较：

> Et le vent, cette nuit, il en a fait de belles !
> Ô dégâts, ô nids, ô modestes jardinets !
> Mon cœur et mon sommeil: ô échos des cognées ! ...[1]
> 风，这一晚，逃跑了！
> 啊，损失，啊，巢穴，啊，小花园！
> 我的心和我的睡眠：斧头的回音！……

在拉弗格的诗节中，明显有一种挣脱语法、挣脱解释的力量。虽然语法关系仍在，但是语法破碎了，语义断裂了。这才是无意识"征服"的结果。格里凡可能也想做到这一步，但是语法和语义巨大的蛛网，粘住了他的心智。

莫克尔看到了格里凡的无奈。当节拍从传统的节拍摆脱出来时，它又陷入到"句法的节拍"的困境中。句法和诗的节奏太雷同了，这会像亚历山大体一样变得沉重、僵硬。比利时诗人指出，在格里凡 1893 年的诗集《耶耳蒂斯的骑行》(*La Chevauchée d'Yeldis*) 中，"语句和形象一个诗行一个诗行地分析……在这样打碎的语句中，很难让人感受到节奏的力量和它持续的步伐"[2]。格里凡确实是在分析，但是他分析的诗节处理的是句法，

---

[1] Jules Laforgue, *Œuvres complètes de Jules Laforgue*, tome 1, Paris: Mercvre de France, 1922, p. 145.

[2] Albert Mockel, *Esthétique du symbolisme*, Bruxelles: Palais des académies, 1962, pp. 142–143.

第六章 《风行》诗人与自由诗的总结

而非无意识的心理。莫克尔对格里凡的试验并不满意,格里凡似乎太清醒了,没有给他的句法和节奏带来变化,莫克尔把他比作一个朗诵者:"在我看来,他把他的诗行视作朗诵的语句,或者不如说是陈述的语句;他的每首诗都意味着一个朗诵者,他的诗节同时受声音分出的形象和一只手轻微的手势的支配。"[1]

格里凡面对这种批评作何解释呢?在《自由诗的国际调查》中,他强调自由诗的非理性特征:"二十年来,音乐的影响是如此显著的影响;我们理性的、爱推理的、讲逻辑的、忧虑的缪斯,变得耽于声色、敏感、热爱光阴、暗示无限、欲言又止。"[2] 格里凡夸大了他非理性的、音乐的诗歌改造。将他的作品和他的理论对照起来,可以看出分析的诗节、"精神的征服"更多的是他的理想,格里凡熟悉瓦格纳的音乐,也了解拉弗格的诗,但是他把不属于他的境界放到了自己的诗学中了。这并不是说格里凡就是个诗学的骗子。如果"精神的征服"属于拉弗格,属于兰波,总结这些人的诗学同样也是可贵的自由诗理论。格里凡的诗学可能并不真诚,但是依旧深刻。

三 格里凡回顾自由诗

格里凡不像卡恩、迪雅尔丹,他并没有留下专门讨论自由诗的书籍,这倒不是说他没有重要的回忆与人分享,或者说对自由诗的流变没有自己的判断。1932 年,在成为比利时法语和法文王家科学院院士的发言中,他勾勒了一个象征主义的历史,可以补充他在自由诗实践上的看法。因为莫克尔对格里凡称颂有加,格里凡也"投桃报李",给《瓦隆》杂志非常高的评价。这自然有"戏台里喝彩"的嫌疑,不过,《瓦隆》在宣传自由诗方面也当得起不少赞誉。例如,格里凡认为该杂志给他"带来了音乐",也就是说在新形式上曾经有启发之功。还认为这个杂志一度是最重要的象征主义和自由诗刊物:"在大约两年的时间中,《瓦隆》是唯一或者几乎是唯一在报刊界继续漂亮的战斗的。《瓦隆》杂志的这群人是比利时象征主

---

[1] Albert Mockel, *Esthétique du symbolisme*, Bruxelles: Palais des académies, 1962, p. 143.

[2] F. T. Marinetti, ed., *Enquête internationale sur le vers libre*, Milan: Éditions de Poesia, 1909, p. 33.

义的火炉。"① 这里所说的"两年",当指 1888—1890 年,这时,《风行》杂志一度停刊,并最终在 1889 年消失。所谓的"战斗"并不是在象征手法的运用上,主要是在自由诗的探索上。

从巴纳斯派到象征主义派,形式发生了重大的转变。格里凡也注意了这个过程。他看到魏尔伦《被诅咒的诗人》的重要性,也提到了兰波的《地狱一季》。格里凡没有注意到《彩图集》,这是一大遗憾,另外,他还认为兰波在当时没有发挥多少影响,这种影响主要"在克劳岱尔和战后的一代那里显现出来"②。这种观点并不中肯。拉弗格、卡恩作为接受影响的诗人,被他忽略了。格里凡像不少象征主义诗人一样,树立起马拉美和魏尔伦的双核地位,但是在这两位诗人的排名上,他更推崇马拉美,魏尔伦只是象征主义的"第二执政官"。这种判断与莫克尔的发言是相似的。格里凡强调年轻诗人从马拉美位于罗马路的沙龙上,学到的主要是两点。一点是唯美主义的思想,这又涉及艺术家的修行:"这种教导,以斯多葛主义为基础,以理性上的禁欲主义为基础,以自尊和道德公正为基础,它只承认完美作为它的目的,艺术家的才能及其运用能让他达到这种完美。"③另一种就是形式自由。虽然格里凡对这个问题有些惜字如金,但是可以推测,形式的自由是对内容的完美自然的要求。这里的解释是有些问题的。虽然马拉美通过放宽亚历山大体,推动了自由诗的发展,但是魏尔伦在这方面的贡献更大一些。另外,卡恩、莫雷亚斯、拉弗格这些人才是自由诗运动的发动者。格里凡避而不谈,有失公允。马拉美的沙龙,在迪雅尔丹、吉尔、卡恩的书中经常被提及,他们大体上圈出一些诗人的名字,但是这些名字都不全。格里凡在他的发言稿中提到了先后赴会的三类人的名单,这三类人出现名字的是二十多位。这是了解当时历史的重要参考。

总之,格里凡充分展示了音乐对诗歌的形式有何根本影响,也表达了自由诗与格律诗携手同行的意愿。作为自由诗的总结者,格里凡更多地偏向自由,而非规则。像他这样在文化风潮大变的形势下不改初心的人并不

---

① Albert Mockel, Francis Vielé-Griffin, *Correspondance 1890 – 1937*, Bruxelles: Académie royale de langue et de littérature françaises, 2002, p. 349.

② Albert Mockel, Francis Vielé-Griffin, *Correspondance 1890 – 1937*, Bruxelles: Académie royale de langue et de littérature françaises, 2002, p. 352.

③ Albert Mockel, Francis Vielé-Griffin, *Correspondance 1890 – 1937*, Bruxelles: Académie royale de langue et de littérature françaises, 2002, p. 354.

多。古尔蒙也是其中的一位。

第四节　古尔蒙对自由诗理论和实践的总结

　　1895年之后，古尔蒙成为自由诗自由精神最大的倡导者，他和雷泰堪称无政府主义象征主义的双杰。在卡恩、格里凡纷纷转变态度，放下诗学中的反叛精神的时期，在随后的十年间，古尔蒙和雷泰仍旧为这种精神呐喊，虽然他们最终也都转变为保守主义者或者古典主义者。这里将古尔蒙视为《风行》诗人，会招来一些反对意见。古尔蒙从未在《风行》上刊发作品，他的自由诗和诗论基本上是在《风行》结束后才出现的。严格来说，古尔蒙与《风行》杂志没有关系。这种意见没有错，本节主要将古尔蒙看作是《法兰西信使》诗人。之所以在第六章的最后一节讨论一下古尔蒙，有两个原因。第一个原因，古尔蒙是重要的自由诗诗人，也是法国自由诗三大理论家之一（另外两位是卡恩和迪雅尔丹）。如果略去古尔蒙不谈，虽然符合本书的研究对象，但是对全面展示自由诗的历史是不利的。即使有"画蛇添足"之讥，本书也甘愿冒险。第二个原因，古尔蒙虽然不是《风行》诗人，就像前面所谈的那样，他之所以成为象征主义诗人，之所以创作自由诗，是受到了《风行》的激发。没有《风行》也就没有自由诗诗人古尔蒙。从这个角度看，古尔蒙是《风行》影响的诗人，并非与该杂志无关。

　　古尔蒙虽然受到《风行》的启发，改变了自己的诗学观念，但是这一过程是非常缓慢的。在《法兰西信使》创办之初，古尔蒙还未充分显示出他与象征主义有何紧密联系。但从1892年起，古尔蒙正式有了新的身份。在1892年，他相继发表了《唯心主义》《象征主义》的诗学文章，俨然成为该流派新的代言人。他的自由诗思想，在他后来的书中有过专门的讨论，比如《法语的美学》（*Esthétique de la langue française*）、《风格的问题》（*Le Problème du style*）等，但如果要真正理解这种思想，就要结合他唯心主义、象征主义的理论。他的形式理论是他整个美学的有机部分，无法单独处理。

一　古尔蒙的唯心主义

不少颓废者、象征主义者是通过无政府主义、瓦格纳主义走向自由诗的，古尔蒙不同，他信仰叔本华的唯心主义哲学，是经由唯心主义，走到了象征主义和自由诗的。这里的"唯心主义"一语，并不准确。因为叔本华没有将他的理论看作是唯心主义的。在中世纪以及更早的哲学中，世界的本质是理念，或者自立体。在中世纪神学中，绝对的自立体就是天主。神学家阿奎那相信："天主的存在本身包括了生命和智慧，因为任何存在的完美他都不可能缺乏，他是自立的存在本身（ipsum esse subsistens）。"[1] 理念和自立体都是本质主义的产物，因为现象、客观世界都是从它那里走出来的，要么是对理念的模仿，要么是它的创造物。叔本华否定理念、自立体的存在，他走出古老的形而上学世界，但是没有完全摆脱它，还带着那个世界的行装。叔本华用意志代替了以前绝对的存在物。这种意志是情感的来源，它不仅存在于高级的人、动物身上，在低级的植物甚至矿物质那里，也存在着。叔本华将意志与无生命物体的性质混淆了。因为混淆主观的意志和客观的性质，所以作为他学说的本质的意志，既不是唯心主义的，也不是唯物主义的。从意志出发，叔本华认为主体就是意志，客体只是主体的表象。客体受到因果律的支配，主体内部存在着理解力，这种理解力具有因果律。借助因果律，主体可以理解现象。因果律并不存在于客体中，而是存在于主体的理解力中，它是先验地存在着的，是主体拥有的绝对存在，独立于经验和表象。叔本华说："一切因果律，因而一切物质，随之全部现实，都仅仅是因为理解力而存在，借由理解力而存在，在理解力中存在。"[2] 这种哲学的革命性在于，它否定客体的实在性，客体只是主体的表象。也就是说兼具主客观的意志代替了以前的理念和自立体的地位，因为客体存在于主体的感受和理解中，这种哲学给现代美学带来了新的发展可能，美学家可以发展出这样的理论：只有自我才是世界的中心，每个人的感受都是不同的，文学应该表现个性的感受。

古尔蒙相信自我是孤独的、唯一的中心。他的这句话明显借鉴了叔本

---

[1] Thomas Aquinas, *Summa Theologiae*, Lander: The Aquinas Institute, 2012, p. 40.
[2] Arthur Schopenhauer, *The World as Will and Representation*, trans. E. F. J. Payne, New York: Dover Publications, 1969, p. 11.

第六章 《风行》诗人与自由诗的总结

华:"世界对我来说,只是一种心理的表象,一种当感受唤起我的意识时我必然要设定的假设:对象只是通过自我而被感知为自我的一部分;我无法想象它的存在本身:它只是围绕着一个磁石运动,这个磁石就是我的思想,除此之外它对我来说没有价值;根据我假定的需要,我只认为它有客观的、暂时的、有限的生命。"① 从这种思想出发,古尔蒙认为一切都是虚妄。因为除了自己,不再有任何真实的东西。每个人都有自我,这些自我是永远无法接触的,就好像原子永远无法接触原子一样,每个自我都是绝对封闭的。所有社会性的、政治性的概念,在这种自我观当中都是无力的,因为它们完全是自我的产物。从这个理论再发展一步,就是无政府主义了。有趣的是:兰波、米歇尔的无政府主义,是对法兰西第三共和国的厌恶,是对平等、公正的追求;卡恩、雷泰的无政府主义,是对共和国意识形态的疏远,是对个性精神的守护;古尔蒙却从另外一条哲学的道路走向了无政府主义。这种主义与政治没有直接关系,用古尔蒙的原话来说:"一个个体就是一个世界;一百个个体就是一百个世界,一些人像另一些人一样有合法性:因而唯心主义者只承认一种政治类型:无政府。"②

这里可以停下来看看古尔蒙是如何改变叔本华的哲学的。叔本华并不重视个性,他更重视普遍的、盲目的意志。个性同样是表象,是不真实的。《作为意志和表象的世界》看到意志对人的统治,它提倡在纯粹的观照中摆脱意志,人就可以获得安宁:"意志现在从生活那里走开;它对着快感而颤抖,它从快感那里看到了生活的肯定。人就达到自愿的弃世无为的状态,就达到真正的平静和完全的无欲。"③ 在古尔蒙那里,一个超越时间的意志被掩盖起来了,获得新权力的是个性的情感和感受。它不是人痛苦的根源,相反,它是人所有的依靠。因为个性,孤独的自我似乎有了骄傲的资本,因为它相信它是独一无二的。比尔纳认为古尔蒙并未完整理解叔本华,只关注他的某些方法,这似乎是一个普遍性的错误:"在所有这

---

① Remy de Gourmont, "Dernière Conséquence de l'idéalisme", *Mercure de France*, No. 51, mars 1894, p. 196.

② Rémy de Gourmont, "L'Idéalisme", *Entretiens Politiques & Littéraires*, Vol. 4, No. 25, avril 1892, pp. 146 – 147.

③ Arthur Schopenhauer, *The World as Will and Representation*, trans. E. F. J. Payne, New York: Dover Publications, 1969, p. 379.

些致力于象征主义美学的人中,与黑格尔、叔本华真正的相似之处是极少的。"① 古尔蒙只是借用了叔本华,用来支持他的个性和自由的美学。

因为个性的价值,古尔蒙将唯心主义与象征主义联系了起来,"唯心主义指的是在理性体系中理性个体的自由和个性的发展;象征主义可以也正应该被我们视作美学体系中美学个体的自由和个性的发展"②。当自我成为评判一切的尺度时,如何完全发挥自我的力量就成为古尔蒙美学的根本了。古尔蒙由此展开对一切陈规旧习的批评,只让人们完全听从内心的声音,而这在古尔蒙那里是艺术的最高道德。他将遵从旧规的艺术家称为平庸的艺术家,并这样嘲笑他们:"他除了抄袭,不会表达稍微有点人性(或者神性)的思想;但是多亏了容许他的导师们,这种人已经统治太长时间了:他的统治期可能要结束了(这是否可能?),而且可能变得无法再容忍了。"③

古尔蒙厌恶旧的隐喻、常用的词汇,更无法容忍传统的诗律规则。拿邦维尔的诗来说,这位诗律的大师不再被他看作是效法的典范,因为过于精巧的形式现在变得"令人厌倦"。诗人们要按照自己的个性,来建立新的形式,他这样概括新形式的倾向:

> 在诗中,象征主义努力有一个明显的结果:诗体的破碎。人们不再像叙利·普吕多姆一样做诗了,这是确定无疑的。语顿被废除了,只是偶然被见到,这是出于习惯,着眼于特殊的效果。音节精确的数目对于诗行的节拍来说不再是必要的;哑音计数或者不计数,全凭人们想设计的音乐。④

语顿不讲究了,音节数量被解放了,甚至押韵也变得自由了。这里将自由诗与格律诗潜在性地做了比较。自由诗是个性的形式,格律诗是武断的外在规则。但是这种区分有失简单。莫里斯曾提出诗律的基础是人的呼吸,

---

① Glenn S. Burne, *Remy de Gourmont: His Ideas and Influence in England and America*, Carbondale: Southern Illinois University Press, 1963, p. 24.
② Remy de Gourmont, *L'Idéalisme*, Paris: Mercvre de France, 1893, p. 24.
③ Remy de Gourmont, *L'Idéalisme*, Paris: Mercvre de France, 1893, p. 27.
④ Remy de Gourmont, *Promenades littéraires*, volume 3, Paris: Mercvre de France, 1963, p. 195.

第六章 《风行》诗人与自由诗的总结

普吕多姆也曾表示诗律是人合适的衣裳,不同的诗人对诗律当然有不同的立场,不必有这么多的是是非非。但是客观来看,诗律也有它存在的合理性,甚至合乎一个国家语言的基本规律。古尔蒙曾呼吁"心灵从所有不道德的约束中解放出来",传统诗律难道真的是"不道德的约束"?这里还有必要反思。另外,传统诗律之前使用的人多有"流行的样式的桎梏",诗人改换一种新形式,确实有必要。但是,使用得多的形式如果就是老旧的形式,那么当象征主义诗人共同表现出相似的倾向,即不讲语顿、音节数时,这些倾向会不会因为过度使用而成为新的"模板和典范"?当每个自我都成为完全分割、无法接触的存在,按照他唯心主义的观点,诗人们又如何相互共通声气,形成一致的倾向?如果象征主义诗人们可以创造相似的自由诗,那么自由诗还是个性的形式吗?这些问题都戳中古尔蒙理论的要害。他很难解决这些问题,因为从唯心主义走到象征主义,再走到自由诗,这不是理性的推论,而是信仰的发展。这即是王国维所说的"可爱者不可信"之类的学说。自由诗如果能产生共同倾向,这就说明自由诗并不是一种真正个性的形式,它同样具有普遍的原则。如果用古尔蒙的话来说,自由诗和格律诗就都是"俘虏身上的枷锁"①。不过,这里没有指责古尔蒙的意思。他是自由诗的理论家,不是文学形式的哲学家,他的首要目的是给自由诗寻找新价值和合法性。只要他相信这种合法性是成立的,他的任务就算成功了。

如果按照个性的感受、情感的理论,自由诗只是无意识心理活动的具体化。古尔蒙容易走向拉弗格。他曾专门写过一篇《无意识创造》的文章讨论这个问题。在他看来,理性的本质是意识,艺术的本质是无意识。无意识心理活动往往与梦联系起来,古尔蒙认为二者还有区别,梦是荒诞的、被动发生的,无意识心理活动则能产生新奇、合理的联想,他强调:"无意识状态是完全自由的自动思考的状态,那时理性活动在意识的极点处运行,比意识略低一点,在意识之外。无意识思想可以永远不被人知。"② 这种解释可能得不到心理分析学家的完全认同。不过,它清楚地呈现了古尔蒙自由诗的基本特征:一种自动写作,不受理性的控制。

---

① Remy de Gourmont, *L'Idéalisme*, Paris: Mercvre de France, 1893, p. 23.
② Remy de Gourmont, *Decadence and Other Essays on the Culture of Ideas*, trans. William Bradley, London: George Allen, 1949, pp. 189 – 190.

《风行》杂志与象征主义自由诗

不受理性控制的写作,至少在精神上让古尔蒙与瓦格纳主义者携起手来。这并不意味着古尔蒙需要刻意经营诗篇的音乐性。诗人根本不是为了某种节奏、旋律而组织他的语言的。但是古尔蒙的自由诗理论却非常重视音乐性,他认为:"真正的自由诗是这样构思的,即像音乐的片段,是在它情感的观念的模式上设计出的。"① 这里要注意,瓦格纳的歌剧强调音乐性,是因为他在压抑语言表达。诗人必须利用语言表达,远离音乐。古尔蒙强调"音乐的片段",貌似自然,实际上背叛了他的唯心主义美学。出现这种现象的原因,在于古尔蒙的理论在不同的理论间做了妥协。"音乐的片段"说,就是瓦格纳主义侵入到他的理论中的结果。他的理论就像他指责的传统诗律一样,都受到集体观念的制约。古尔蒙曾在他的文章中提出过"精神传染病"的说法②,瓦格纳主义就是19世纪末期诗学的"传染病"。

二 古尔蒙的诗学转变

当民族主义文学思想在1895年之后越来越强劲后,古尔蒙的无政府主义面临着越来越大的压力,虽然他仍旧支持个性的、自由的形式观,但是至少他在表面上不能公开宣传无政府主义。在《自由诗与最近的选举》("Le Vers libre et les prochaines élections")中,可以看到古尔蒙的观念在发生变化,他开始对无政府主义有一定的忌讳,这里面也有公共舆论的压力:"很清楚,一位候选人刚在文章中将反动派与无政府主义这两个相连的思想结合起来,他的成功就有保证了;因为他迎合了在公民模糊的内心中同时存在的两种感情:对自由的恐惧,以及像是恐惧自由的恐惧。"③ 19世纪90年代无政府主义者的炸弹袭击,让整个巴黎对无政府主义者谈虎色变,无政府主义者就与法外之徒联系了起来。古尔蒙发现,所有与"自由"沾上边的东西,似乎都给人无政府主义的印象。自由诗也面临着人们在政治和道德上的质疑,诗体于是就有了意识形态上的含义。古尔蒙不满地指出人们的这种认识:"自由诗问题几乎成为政治问题。"④

---

① Remy de Gourmont, *Esthétique de la langue française*, Paris: Mercvre de France, 1899, p. 229.
② Remy de Gourmont, *La Culture des idées*, Paris: Mercvre de France, 1900, p. 124.
③ Remy de Gourmont, *Epilogues: 1895 – 1898*, Paris: Mercvre de France, 1903, p. 195.
④ Remy de Gourmont, *Epilogues: 1895 – 1898*, Paris: Mercvre de France, 1903, p. 194.

第六章 《风行》诗人与自由诗的总结

1904年，古尔蒙发表了《唯心主义的根基》一文，调整了自己早期的唯心主义，接受了一定的唯物主义的立场。这种思想的转变对他来说如果不是180°的转弯，也是90°的转弯，他的象征主义和自由诗理论都要随之而变。为什么古尔蒙会改变信仰呢？因为他发现了感觉的物质属性。之前个性的感受让他相信一个绝对存在的自我，但是感受并不是自我独立创造的，它来自现实。现实因而也成为了自我的一个来源。用中国唯识学的理论可能说得更清楚一些。古尔蒙崇拜相分和见分，而相分和见分都在心法之内，都是实在的，心外境并不实在。因为法国政治思想的转变，以及唯物主义的影响，古尔蒙现在把相分和见分延伸到境的问题去。外境虽然不能亲取，但是外境并非不存在。如果外境是相分的依据，那么，相分就不是绝对的，自我也就不是绝对的了。古尔蒙发现外境可以把以前分隔的自我联系起来："不管什么生命，不论它是幽微难辨的、没有定形的，还是有确定形状的，在普遍的、有活力的环境中都不是独立的。它是一个协和音中的一分子。它不是按照它自己的和谐而振动，而是服从一个总体的运动。"[①] 外境让他放下了感受的绝对性，他承认感受是有限的，人的感受没有定位的能力，觉察电荷和化学成分的能力，它只有视听等常见的几种能力，这些能力在不同的动物那里也是基本相同的。他还发现感官感受的东西并不是完全主观的，不是感官创造的。人们能感觉到水的凉和火的热，凉和热是人们感官创造出的，但水和火却客观存在，独立于人的感官。感官不但不能创造水和火，相反，后者才是前者的起源。古尔蒙将外境看作是第一位的，感受是第二位的。这使他接受了唯物主义的基本原则。他避开自我的问题，将物质和生命的关系做了区分："物质先于生命存在。这个观点似乎没什么大不了的，但是它等同于说感官感受的现象外在于现在感受它们的感官；这可能意味着，如果生命毁灭了，物质将让生活延续下去。"[②] 这句话的背后，另有深意，古尔蒙实际上否定了以前关于自我的实在性观点，自我并不是唯一的存在，自我并不是独特的，自我并不是中心。否定了自我的中心，也就否定了象征主义和自由诗。当然，古

---

① Remy de Gourmont, *Decadence and Other Essays on the Culture of Ideas*, trans. William Bradley, London: George Allen, 1949, p. 223.

② Remy de Gourmont, *Decadence and Other Essays on the Culture of Ideas*, trans. William Bradley, London: George Allen, 1949, pp. 227–228.

尔蒙虽然在大的方面否定了以前的哲学，但并没有彻底抛弃自我的独特性，而是让自我的独特性、中心性变得相对了，他在文章后指出："唯心主义的原理深深地扎在物质中。唯心主义意味着唯物主义，反之，唯物主义意味着唯心主义。"① 这种折中的态度，暗示着他要保留象征主义和自由诗，但必须要改造它们。

在1902年出版的《风格的问题》中，可以看到古尔蒙已经意识到自由诗的外国资源问题。韦尔加洛、格里凡等人都给法国自由诗带来了他们母国的节奏。象征主义诗人不在乎这一点，但是罗曼派诗人却深恶痛绝。古尔蒙感受到了莫拉斯、莫雷亚斯带来的新的"精神传染病"，也开始反思外国影响的问题。他注意到拉弗格和格里凡都翻译过美国诗人惠特曼的《草叶集》，认为《草叶集》的形式是法国自由诗的一个祖先，不过《草叶集》又来自古希伯来先知的诗作，这就影响了法国诗人的形式。他相信卡恩、雷尼耶的自由诗都与《圣经》有关。这种判断有些问题。卡恩、雷尼耶的形式与亚历山大体有直接关系，如果说它和《圣经》中的赞美诗有些相似，这是因为亚历山大体和后者在节奏结构上有类似的地方。其实，迪雅尔丹也思考过这个问题。作为见证者，迪雅尔丹的话是值得听信的："不论怎样，我都不能说这些翻译向年轻的诗人暗示了自由诗（或《圣经》诗体）的理念。"② 不过，古尔蒙对外来影响的排斥，显示出民族主义已经在他的价值判断中有了分量。在批评《圣经》的诗体后，他说："法国诗人从这些影响中得到了一些益处，但他可能失去了更多。他从步法（l'allure）的自由、偶然中得到了益处，他丧失了形式的纯粹、明晰。"③ 引文中的"纯粹"一语非常值得注意，莫雷亚斯在批评象征主义、浪漫主义文学思潮时，就认为它们破坏了法国文学的纯粹性。这里的"纯粹"与莫雷亚斯的相比，含义并非完全相同，但是它们都坚持要针对外国影响源树立一个对立面。

在讨论雷尼耶的自由诗时，古尔蒙一反先前对个性、自由的赞美，开始认可规则的形式。这是他融合自由诗和格律诗的信号。他注意到雷尼耶

---

① Remy de Gourmont, *Decadence and Other Essays on the Culture of Ideas*, trans. William Bradley, London: George Allen, 1949, p. 231.
② Édouard Dujardin, *Les Premiers Poètes du vers libre*, Paris: Mercvre de France, 1922, p. 50.
③ Remy de Gourmont, *Le Probleme du style*, Paris: Mercvre de France, 1902, p. 162.

第六章 《风行》诗人与自由诗的总结

这位在新诗人中才华"数第一"的诗人,增广了格律诗,而不是打破格律诗,亚历山大体仍旧是他的"偶像",他给偶像前面摆上了"祭品"。古尔蒙继续说道:"德·雷尼耶先生他也创作了自由诗,但是,通过一种魔术,他的自由诗总是以变得规则作结,总是以恢复到节奏带来的充盈状态作结,这种节奏令我们安心,它在我们看来是唯一正确的音乐。"① 个性的主张明显不见了,"规则"成为新的原则。有趣的是,这种规则的形式,成为了"唯一正确的音乐",它暗示什么呢?是不是之前自由诗的尝试是错误的?另外,这种规则指的是什么呢?是节拍还是音节数量的均齐?在讨论埃罗尔德的诗作时,古尔蒙曾经有过这样的评论:

> 自由诗的危险,在于它依然没有定型,在于它的节奏太不突出,给它一些散文的特征。最优秀的散文,在我看来,很好地维持着长音或重音规则数量下形成的诗行,在这种诗行中,重音的位置是明显的,不待读者或者朗诵者的选择,不只是诗人在阅读诗人,仅限于偶然的解释,而这是轻率的。②

答案出来了,规则指的是长音和重音的规则,古尔蒙希望重音在位置上要大体固定,位置的固定,自然也会对诗行重音的数量有要求。虽然非重音的音节数量可以有变化,但是重音可以维持诗行节奏的持续性。这种观点与莫克尔通过固定的节拍来组织诗行,可谓异曲同工。卡恩在诗歌生涯的后期,给自由诗找回了韵律,古尔蒙这里的重音说,同样是要给自由诗建构起韵律。

象征主义在表达上的特征是古怪的、夸张的,在形式上亦然。《风格的问题》一书,出现了一种新的风格:审慎。审慎的同义词是适度,它是雷诺和威泽瓦古典主义诗学的核心术语。古尔蒙在评价雷尼耶的内容时指出:"在他那里,情感是非同寻常的,永远是非常审慎的。这种审慎可以成为一种范例!"③ 虽然没有充分的证据表明古尔蒙这时完全将审慎视为他新的原则,但是这个词的出现,揭示一个古典主义的古尔蒙正在成长。正

---

① Remy de Gourmont, *Le Probleme du style*, Paris: Mercvre de France, 1902, p. 164.
② Remy de Gourmont, *Le Livre des masques*, Paris: Mercvre de France, 1963, p. 49.
③ Remy de Gourmont, *Le Probleme du style*, Paris: Mercvre de France, 1902, p. 164.

因为既想拥抱新的古典主义思想,又不愿放弃象征主义的主张,古尔蒙这一时期的理论多有矛盾之处,给分析工作带来很大的障碍。比尔纳认为:"许多古尔蒙的价值来自他准确地反映时代的发展和变化的能力。"① 古尔蒙确实一直在关注时代思想的发展,他的思想存在着横向和纵向的坐标。

三　古尔蒙回顾自由诗

古尔蒙讨论自由诗历史的文章比较多、比较散,也保留了不少第一手的资料。首先看兰波。古尔蒙对兰波兴趣不大,对他的评价比较低。他认为兰波早期的诗是"无力的",从17岁时才有了"原创性"。他不相信兰波的诗能得到广泛的接受,因为"他常常是晦涩的、古怪的、荒唐的。一点也不真诚,有女人、女孩的性格,天生凶恶,甚至残忍,兰波拥有的这种才能让人感兴趣,却无法让人喜爱它"②。不过,古尔蒙喜欢《醉舟》,认为它是"伟大的诗"。为什么他不把这个荣耀献给《彩图集》呢,后者难道不具有更多的个性和自由?古尔蒙内心应该对清新、浪漫的诗作有好感。至于自由诗的起源,他很清楚《风行》杂志做了什么:"卡恩先生是第一位吗?人们把自由诗归功于他吗?归功于兰波,他的《彩图集》出现在1886年的《风行》上,归功于拉弗格,他在同一时期,在同一份由卡恩领导的、可贵的小杂志上,发表了《传说》和《月亮的独奏》,最后,归功于卡恩本人。"③ 他既然不是初创者,所以评判更客观一些,不像卡恩否定兰波,还公开声明拉弗格学习他的技巧。古尔蒙也清楚迪雅尔丹、威泽瓦与瓦格纳音乐的关系,他将迪雅尔丹称作"卓越的音乐家",可是在诗中,这位《被砍掉的月桂树》的作者却很少经营音乐,而是在视觉效果上着力:"他的想象力是视觉的,极少是听觉的:他看、画、安排布局,并将他看到的东西涂上色彩。"④

自由诗的发展,离不开文学小期刊的积极努力。古尔蒙和卡恩都写过这方面的回忆文章,提供了不少内幕,单单翻阅期刊是无法知晓这些内幕的。在《文学散步》(*Promenades littéraires*)中,古尔蒙谈到了不少浪漫

---

① Glenn S. Burne, *Remy de Gourmont: His Ideas and Influence in England and America*, Carbondale: Southern Illinois University Press, 1963, p. 90.
② Remy de Gourmont, *Le Livre des masques*, Paris: Mercvre de France, 1963, p. 94.
③ Remy de Gourmont, *Le Livre des masques*, Paris: Mercvre de France, 1963, pp. 138 – 139.
④ Remy de Gourmont, *Le Livre des masques*, Paris: Mercvre de France, 1963, p. 184.

第六章 《风行》诗人与自由诗的总结

派、颓废主义派、象征主义派的杂志。他认为夏多布里昂的《法兰西信使》、雨果的《保守派》和圣伯夫的《地球》在浪漫主义运动中发挥了重要作用。[①] 他看到杂志与文学史书写的关系："如果没有小杂志的帮助，文学史就无法书写，不熟悉它们的人就会陷入无知和迷茫。"[②] 不仅如此，古尔蒙还发现19世纪的文学活动主要靠的是杂志，小杂志的作用相当于17世纪作家的文集。在早期，只有文集能全面地展现一个作家的作品，而19世纪只有靠杂志，诗人、批评家才能进行他们的工作："小杂志对于诗人们有特别的重要性，它们首先零散地接受诗人们的作品，它们对于文学批评有特别的重要性，文学批评通常只在那里出现。因而它们对于象征主义的历史来说是不可或缺的，因为象征主义的历史是关于诗人和批评的作用：人们在那里才能把握它原创的表达、它美学的意义。"[③] 他记载了《风行》对他的影响，提供了《风行》发表的自由诗对法国当时的诗人影响的直接证据。

古尔蒙还注意到了《新左岸》《吕泰斯》的作用。他是象征主义诗人中少有的肯定这两份杂志的人。莫里斯在《新左岸》上发表过评价魏尔伦《诗的艺术》的文章，引起魏尔伦"软弱的、令人遗憾的"回信。这是颓废文学势力的成长阶段发生的一件大事。古尔蒙认为莫雷亚斯是《吕泰斯》推出的重要诗人，他是"最光彩夺目的"，尝试一种"自发的、即兴的现代诗"[④]。他也回顾了《法兰西信使》的创办，记载了瓦莱特、普莱西和他本人发挥的作用。《法兰西信使》除继续推动象征主义诗歌运动之外，还关注了象征主义艺术家梵·高，这个杰出的工作多亏了维里埃，古尔蒙称他是"发现"梵·高的"批评大师"[⑤]。《法兰西信使》宣传象征主义及自由诗是办刊三年后的事情，这个刊物在雷泰、雷尼耶、埃罗尔德、

---

① 这里的《法兰西信使》与古尔蒙办的杂志同名，但不是同一份杂志。夏多布里昂的杂志创刊于1835年，古尔蒙的杂志创刊于1890年。但两份杂志有前后的承接关系。
② Remy de Gourmont, *Promenades littéraires*, volume 3, Paris: Mercvre de France, 1963, p. 157.
③ Remy de Gourmont, *Promenades littéraires*, volume 3, Paris: Mercvre de France, 1963, pp. 157–158.
④ Remy de Gourmont, *Promenades littéraires*, volume 3, Paris: Mercvre de France, 1963, p. 163.
⑤ Remy de Gourmont, *Promenades littéraires*, volume 3, Paris: Mercvre de France, 1963, p. 193.

波尔－鲁等人的努力下,渐渐成为法国自由诗的重镇,古尔蒙也描述了杂志的这种转变:"5 年后,大约在 1895 年,在 50 种在这片土地上开放、但在目前有些冷落的其他杂志或者报纸中,《法兰西信使》成为新文学的汇集甚至是综合(的地方)。"①

古尔蒙是法国自由诗向国外输出的主要的影响源,他和雷尼耶可能是英美诗歌界最熟悉的自由诗诗人。意象主义成立后,庞德、洛厄尔等人都从他那里汲取思想的养分。庞德强烈建议向古尔蒙学习诗歌的节奏,向雷尼耶学习"句法结构",这样"美国诗才有希望"②。虽然古尔蒙的理论前后有不少矛盾,虽然他的无政府主义形式观在提出之时已经丧失了十年前的那种冲击力,但是他给自由诗找到唯心主义的哲学,也把自由诗与格律诗融合的形式观传播到英美。古尔蒙有效地总结了法国自由诗的理论和实践。

---

① Remy de Gourmont, *Promenades littéraires*, volume 3, Paris: Mercvre de France, 1963, p. 193.
② Ezra Pound, "Paris", *Poetry*, Vol. 3, No. 1, Octobre 1913, pp. 26 – 27.

结　　语

　　1886年是法国自由诗的元年，经过炫目的发展，最快在六年内它就取得了成功。但1896年前后，自由诗的影响力明显衰落了，它的理念也受到民族主义文学思想的质疑。十年之后，它的生存境遇似乎更加恶化，自由诗诗人埃罗尔德发现："我相信自由诗被抛弃了。它不再被人们使用，假如象征主义这辈人中的几个作家是例外的话。"[1] 但自由诗并没有真正丧失它的活力，一方面它在与格律诗的结合中发展新的形式，另一方面形式无政府主义的自由诗将于1908年在伦敦兴起，激发休姆、弗林特、斯托勒等人的形象诗派，并在1912年到1917年，借助意象派在英美掀起形式反叛的风潮。几乎也是在1908年，以《早稻田文学》《帝国文学》《读卖新闻》等杂志为园地，相馬御風这位日本的古斯塔夫·卡恩，与蒲原有明、服部嘉香、三木露風等人一道，发起了东亚最早的自由诗运动。九年后，以美国意象派和法国象征主义为媒介，中国的文学革命爆发，胡适、周作人等人成为现代时期中国最早的自由诗诗人。这些在世界各地涌现的自由诗运动，复活了巴黎已经没落的形式解放思潮，而造就了自由诗的时代。不过，这些其他国家发生的诗体革命，似乎没有摆脱法国自由诗历史的怪圈：它们迅速崛起，成为各国主导性的诗体，又迅速衰落，与格律诗混合了。法国自由诗历史上叛逆的流浪儿最终回归的隐喻，在各国的现代文学史中接连上演。这就让好奇的读者和文学史家不得不把目光投向法国自由诗，并想从源头上弄清是什么力量造成了这种怪圈，自由诗内部到底有着什么样的力量结构。

---

[1] Georges le Cardonnel & Charles Vellay, ed., *La Littérature contemporaine*, Paris: Mercvre de France, 1905, p.226.

《风行》杂志与象征主义自由诗

一 诗歌形式的复合体

荣格在研究原始神话、基督教、巫术的历史时发现，基督的形象在神学中被篡改了。基督原本代表着自我的整体，包括一切精神和动物的元素，但是在以阿奎那为代表的神学家那里，基督只代表善，恶没有实体，只是善的缺失。但异教的教义呈现了一个新的基督，一位具有阴暗面的基督。荣格强调善和恶都是实在的，有善也有恶。它们都统一在真正的基督那里，而这种基督其实就是最完整的全我（self）的原型。[1] 人们将全我的原型投射到历史中，于是就产生了基督的形象。荣格指出："作为一个完整体，它（全我）在定义上一定包括光明与黑暗的部分，同理全我既含有男性，又含有女性，因而通过婚姻四位一体而被象征出来。"[2] 引文中的"婚姻四位一体"，是指一种二元对立的曼荼罗方形图案。在这个自由诗的结语部分，之所以援引荣格的理论，是因为它提供了思考对立结构的一种方法。光明与黑暗、善与恶、阴魂（anima）与阳魂（animus）、无意识自我与意识自我，这些不同的二元对立，都可以统一在基督之中，统一在全我之中。同样，文学形式也是一种对立物的复合体（complexio oppositorum）。认识到这一点，将能解决自由诗的许多根本问题。

从古希腊、古罗马以来，西方的诗律一直具有规则与自由的两种精神，贺拉斯的抒情诗是规则精神的代表，拉·封丹、考利（Abraham Cowley）的一些诗作，是自由精神的代表，虽然它里面同样有规则。西方的诗律是一直变化的，在某几个世纪，它可能靠近规则，自由的精神就受到压抑。这时，诗律越来越严苛，对人们的耐心和能力要求就越来越高。从布瓦洛到19世纪中期这两个世纪的历史中，可以看到规则的精神是如何统治法国诗坛的。这时，规则就成为形式的善，只有它代表着诗歌的形式，规则的相反面没有价值，用神学的话来说，它只是"善的缺失"。在这个阶段自由精神是受到压抑的，在诗人的心中，不讲规则的形式被妖魔化，成为拙劣诗人的标志。自由的精神就成为黑暗的撒旦，一种破坏者。19世纪中期，随着雨果、波德莱尔、魏尔伦等诗人开始放宽形式，自由的精神

---

[1] "全我"在译林出版社的《伊雍》一书中，被杨韶刚译作"自性"。
[2] Carl Gustav Jung, *Aion: Researches into the Phenomenology of the Self*, London: Routledge & Kegan Paul, 1968, p. 64.

结　语

渐渐有了一定的接受度。象征主义自由诗则可看作是撒旦的反抗，它嘲笑格律诗，羞辱格律诗，要求打破它，它要求成为最能适应情感、最具音乐性的形式，它要获得文学形式的最高价值。这种反抗姿态，表明了自由的精神渴望证实它的实在性、它的力量。

规则的精神和自由的精神都渴望完全占据诗体的空间，就好像善和恶都想成为最有力量的统治者一样。但是一旦其中的一方优势多一分，它面临的抵抗也就越强一分。如果几乎可以完全压倒对方，它也就成功地激发了未来所有反叛的潜力。有必要用阴阳对待的观念来理解这两种力量。虽然形式反叛发生的时间并不确定，有不少偶然因素，但要看到存在着形式内部的力量结构。自由诗的反叛，破坏的并不仅仅是诗歌形式，而且是规则的精神。自由诗的反叛，让人们看到自由精神同样是诗歌形式固有的原则。象征主义自由诗带来了一个更加完整的诗歌形式的概念，就像无意识带来了一个更加完整的自我的概念一样。在《形式的政治：自由诗创格与无政府主义的渊源》一文中，笔者曾指出："自由诗的自由，以及其背后对个性的张扬，其实就是信仰和本能的代表，它以形式无政府主义的方式，造成了诗体意识的断裂和创伤。"[①] 需要补充一下，这里"诗体意识的断裂和创伤"，并不是诗歌形式的"断裂和创伤"，它指的是人们的形式观发生的变化。自由诗的出现，并不是诗歌形式的损失，而是它的幸运，因为在长期丧失它的另一种精神后，诗歌形式实现了它作为复合体的存在形态。

自由诗并不是诗歌形式的全部，一旦自由精神占据优势地位，规则精神就会反击，这就是 1891 年之后，法国自由诗渐渐与格律诗融合的深层原因。诗人们谈到的原因有很多，例如诗人想利用格律诗的节奏，格律诗的诗节有时更便于意义的表达，但这些原因只是表面原因。自由诗一旦变得强大起来，格律诗的规则精神也将会强大起来。这不是规则精神单方面的原因，自由的精神在帮助它做到这一点。因而自由诗遇到格律诗的反击，这是一种宿命。也就是说，自由诗越成功，拥有的价值越高，它就越让格律诗的存在成为必要。这种诗歌形式的形而上学，有可能会让毕达哥拉斯、老子感到高兴，但会让当代的解构主义者不屑一顾。但它确实是存

[①] 参见李国辉《形式的政治：自由诗创格与无政府主义的渊源》，《文艺理论研究》2020 年第 2 期。

在的，就像明与暗、存在与虚无的形而上学一样。

自19世纪中期以来，以法国象征主义自由诗为先导，东西方的诗歌形式都进入自由精神占据优势的时代，规则精神成为必要的辅助。这种历史大趋势直到21世纪也没有改变。这个自由诗的时代将会持续多久，没有人会知道。需要注意，在自由诗的时代，自由诗并不是自由精神唯一的代表，格律诗、戏剧、小说都会体现这种精神。这就是虽然不少象征主义诗人回归到格律诗，罗曼派和其他流派强烈反对自由诗，但这仍旧还是一个自由诗的时代的原因。

二 无政府主义与自由精神

诗歌形式内部存在着自由诗兴起的力量，但是这种力量是超越时间的，或者说是潜在性的，它如果真正变成事实，就需要动机，无政府主义与瓦格纳主义提供了这种动机。普法战争的失败，巴黎公社的流血镇压，以及19世纪后期的经济大萧条，给法国社会，尤其是巴黎，准备了悲观厌世的情绪。无政府主义和瓦格纳主义一个助长年轻人对政府的仇视，一个助长背离现实的态度，因而年轻人趋之若鹜。这两个原因，一个是文艺外部的原因，一个是文艺内部的原因，它们吸引着不同性情的人。就像之前的章节中谈到过的那样，这两种主义并不是各自施加作用的，它们在很多人那里也可以同时存在。

支持无政府主义的诗人，现在可以列出一个更为完整的名单，他们是兰波、韦尔加洛、卡恩、塔亚德、巴朱、古尔蒙、格里凡、雷泰、莫克尔、费内翁、马拉美、迪比、米歇尔、拉弗格等人。很难确定他们之间是否有影响的关系，也很难说明有哪些无政府主义政治著作是他们思想的直接来源。但可以肯定的是，这些人中大多数并没有政治上的关注，他们的无政府主义更多的是美学上的。除了个别人与无政府主义革命者有过来往外——例如雷泰与格拉夫（Jean Grave）有过接触，迪比、巴朱、马拉美与米歇尔有过短暂的会面，虽然不一定完全愉快——大多数诗人对政治革命家并无兴趣。瓦里亚斯指出："人们单凭挑战资产阶级的传统，以及给大众呈现一种自然和社会的视野，就可以成为无政府主义者。"[1] 这指出了先锋诗人与政治革命家的不同。虽然都有相同的修饰语，但这两类人是不

---

[1] Alexander Varias, *Paris and the Anarchists*, New York: St. Martin's Press, 1996, p.136.

同的人。自由诗诗人们的无政府主义，表现在新的形式观念上。这是一种明确的目标，如果诗人们想成为艺术上的无政府主义者，他们不一定必须从事政治上的叛乱活动，甚至有时要远离后者。自觉的远离行为，暗示诗人们无法完全认同无政府主义的政治诉求。具体来说，无政府主义要求废除私有制，倡导人与人的互助与平等。而象征主义诗人们大多是精英主义的维护者，也就是贵族精神的维护者，他们厌恶无政府主义带来的平民主义。巴朱曾将颓废文学视为一种精英文学，并且说："尽管我们的时代有平等的倾向，民众的心灵将越来越难以理解它（精英文学）。智力的平等并不存在。受过教育的、高雅的人与平常人的差距，比平常人与野人的差距更大。"① 这句话中流露出所有象征主义、颓废主义作家的骄傲。精神贵族的理想，让他们只是表面上成为无政府主义革命的同路人。

米歇尔、格拉夫之所以要联合先锋诗人，自然越过了这重障碍，他们忽略了利用诗律的政治口号要远比用自由诗写的口号有力得多。是什么让他们放下芥蒂，与诗人们并排而坐呢？这肯定不是某种音乐的原因，而是美学意识形态的问题。无政府主义者看中了先锋诗人、自由诗诗人所代表的不同于资产阶级的美学意识形态。第三共和国官方倡导的艺术是实用的、平庸的，最好不要什么原创。如果能将实用的艺术与科技的进步结合起来，就再好不过了。艺术批评家列文（Miriam R. Levin）指出："共和派的目的是让大众相信，通过把科学和技术恰当地融入平常的工作和休闲活动中，中产阶级的价值和生活方式是可以得到保证的。"② 自由诗人、先锋诗人的作品，是鄙视这种艺术主张的。自由诗在形式上的新奇、古怪，隐含了一个目的，即与资产阶级艺术标准相对抗。只有置身于19世纪80年代的场景之中，只有在自由诗诗人们狭小的阁楼里看到他们的桀骜不驯，可能才会真正理解这一点。米歇尔、格拉夫看中的也正是这一点。他们不是因为自由诗人、先锋诗人具体的美学造诣来订立盟约的，他们清楚地知道这些人在美学意识形态上从事的斗争，与他们发起的游行和罢工是对等的。严格来说，美学无政府主义根本就不是无政府主义，它之所以被冠以无政府主义的名目，是因为它与阶级斗争联系起来，而且被认为与这个斗

---

① Anatole Baju, "Décadence", *Le Décadent*, No. 3, avril 1886, p. 1.
② Miriam R. Levin, *Republican Art and Ideology in Late Nineteenth-Century France*, Ann Arbor: UMI Research Press, 1986, p. 3.

争是等效的。

  瓦格纳主义的信奉者同样可以列出一个比较完整的名单，他们是威泽瓦、迪雅尔丹、拉弗格、卡恩、马拉美、莫克尔、格里凡、吉尔等人。他们之间的关系比较清楚，威泽瓦是其中的关键角色，他影响到迪雅尔丹和卡恩，受到吸引的马拉美，又影响了吉尔。威泽瓦在《瓦格纳评论》上发表的文章，成为交响乐和综合理论的广播站。当然，马拉美、莫克尔等人也可以直接从德国音乐家的著作那里获得启发。瓦格纳主义是自由诗诗人真正的乳汁，在自由诗起落的整个十年间，它都持续地给自由诗的音乐输送养分。

  瓦格纳音乐倚重交响乐，疏远词语，这让自由诗诗人们无法直接消化它。换句话说，瓦格纳主义并不是自由诗的生母，只是它的养母。自由诗诗人想再造内心的音乐，但是他们必须利用瓦格纳抛弃的词语。媒介的不同，使诗人们不得不离开瓦格纳主义，而在语言和形象的序列中寻找自然的安排。交响乐是在时间中持续进展的，自由诗却不得不利用书页的空间。瓦格纳主义可能确实给诗人们带来了个性的音乐，可是诗人们对这种音乐一筹莫展。他们所能做的只是利用空间来呈现词语和形象的持续性。虽然这种持续性在朗诵时会具有一定的节奏和旋律，可是要注意，节奏和旋律不是原生的，而是再造的。它与诗人内心的起伏波动已经隔了两层。因而不必夸大瓦格纳主义与自由诗的关系，这种关系存在，但并非是直接的。任何一位成功的自由诗诗人，任何一首成功的诗作，都意识到语言艺术与音乐的异质性，并完美地利用了词语语音和语义的特征。

  如果不借助交响乐，自由诗如何能找到它的形式呢？诗人们只能利用旧有的语言，拓展它，找到新的样式。虽然布吕内蒂埃认为象征主义带来了音乐的转向，实际上对音乐性的寻求只是一种借口，推动了对语言的新探索。句子被打散了，破碎的、不完整的短语在不少自由诗中成为形式的新成分。雅科在讨论迪雅尔丹的《被砍掉的月桂树》的语言时，曾用了一个词"点彩派绘画"。[1] 这个比喻非常形象。破碎的句子让每个诗行都具有了一定的独立性，它挣脱开时间上的连续性，是自由诗用语言的空间代替音乐的时间的体现。因为意义的隔断与独立，这种诗的阅读也出现了不同

---

[1] V. M. Jacquod, *Le Roman symboliste: un art de l'《extrême conscience》*, Genève: Droz, 2008, p. 278.

的体验，传统语法结构的期待常常被取消了，语法的链环构成的逻辑顺序在传统诗歌中可以加强音步的节奏，现在节奏受到了阻碍，每个破碎的语句都似乎有了斯科特所说的时间和视野的相对性。与语言的破碎相对的，还有亚历山大体的破碎，诗人们利用音节数不等的片断，既能激起阅读时对节奏的期望，又能不断地延长它，打破期望。均匀、统一的节奏被重组了。在这种意义上，自由诗根本没有抛弃传统诗歌的语言和形式，它只是重新解释了这种语言和形式具有的丰富性。在某种程度上看，瓦格纳主义不但没有让自由诗离开传统诗律，反而让诗人们对后者更精通了。

三 民族主义与规则精神

民族主义是阻止自由诗扩张的力量，也是重新调整自由的精神与规则的精神的杠杆。在任何国家它都会出现，只不过发生的时间有早晚之别。在法国，几乎在自由诗诞生三年后，因为布朗热运动，民族主义就崛起了，并成功地赢得了巴雷斯、魏尔伦的支持，在随后的两年间，它又得到了莫拉斯、莫雷亚斯、雷诺、普莱西等罗曼派诗人的拥护，随后又争取到威泽瓦、布埃利耶（Saint-Georges de Bouhélier）、古尔蒙等人的认同。这种速度是非常快的，其原因在于法兰西第三共和国政治生活的不稳定。在局势稳定的英国，民族主义是在1917年得到了庞德、艾略特的倡导，这离自由诗正式进入伦敦，已经过了9个年头。不过，因为托利党在1910年的选举失败，重新改造保守党的意识形态成为当务之急，所以两个先锋人物斯托勒和休姆在这一期间转型为古典主义诗人。在中国，自由诗经胡适、李璜、刘延陵等人的介绍进入国内，随着李金发及创造社诗人群的活动，在1925年和1926年，中国也出现了初期象征主义的流派。但是这个流派存在不到五年，九·一八事变爆发，民族主义革命而非内在的政治斗争，改变了中国象征主义的命运，使它过早夭折。俄国的象征主义似乎遇到了一个更好的环境，但是1917年同样给它画上了一个终点。

这些国家的自由诗运动基本上五年到十年左右就遇到了民族主义的阻挡，格律诗重新夺得了不少失地。为什么民族主义在各个国家力量如此强大，而且几乎是同时在与无政府主义、世界主义相抗衡？如果回到20世纪之交的世界大历史中，可以发现，在东方和西方，一个阶级意识觉醒的时代和一个现代国家构建的时代都同时降临了。首先，因为资本主义工业的兴起和城市化的进展，在19世纪末期的欧亚大陆，新的产业工人诞生了，无产阶级与资本家的矛盾变得尖锐了。无政府主义和社会主义思想，已经让阶级斗争的意识或早或晚地在不同的国家传播开来。这些是世界主义思想的来源，象征主义虽然与政治并未过于靠近，但它本质上也是世界主义的。另一方面，欧亚各个国家都正在为构建现代民族国家而忙碌。1848年后经历宪章运动失败的英国、1865年后经历南北战争的美国、1871年后经历普法战争割地赔款的法国、1911年建立中华民国的中国都是如此，虽然这些国家面临的问题不同，但是宣传民族意识、建立现代国家，成为各国共同的迫切要求。自由诗在这样的历史背景中出现，自然要面临民族主义的反制，可以说，从自由诗在每个国家诞生时起，民族主义的敌人就已经存在了。二者的斗争，需要的只是更具体的契机而已。

　　回到法国自由诗上，民族主义是用什么策略来打击自由诗的？是用一种审判，即自由诗宣扬无政府主义，不是法国民族固有的形式。上文已经说过，自由诗中的无政府主义，与政治中的无政府主义并不相同，这种审判并不公正，它是一种株连的思维方式。非本民族固有论，似乎是更有力的指证，莫雷亚斯、雷诺都将格律诗看作是固有的，而自由诗则是外来的，尤其是受到德国思想的激发。但是民族主义者可能误解了自由诗。自由诗既不是圣经赞美诗的变形，也不是惠特曼或者瓦格纳音乐的应用，它是法国诗人根据法国语言的特点而探索出的。这里可以再强调一下上面的一个判断，即自由诗让诗人更精通法国语言和法国形式了。第二种指责也是无力的。民族主义者们实际上只是出于意识形态的原因，给自由诗罗织了一个罪状，公正和客观不是他们考虑的第一要素，第一要素是态度：你是反对自由诗的，就是爱国者；你支持自由诗，就是阴谋分子。古尔蒙清楚地总结出当时人们在自由诗上的态度："传统诗体是爱国的、民族的；新诗体是无政府主义的、目无国家的。"[①]

　　反对自由诗的人利用了民族主义带来的规则的精神。可是民族主义与规则的精神到底有什么联系呢？民族主义并非一定意味着规则，它也承诺自由。它让法国人从阶级对立的泥潭中解放出来，它也让人们摆脱了跨国家的革命思想。它在用一根民族性的绳子"束缚"住每个国民的同时，也解掉了有些人身上原来系着的绳子。民族主义者其实是把一种"集体观念"投到了规则的精神上。用规则的精神来对付自由诗，是想让这种诗体

---

① Remy de Gourmont, *Epilogues: 1895–1898*, Paris: Mercvre de France, 1903, p.195.

融入更大的共同体中。这揭示了民族主义者们对自由诗诗人的忧虑：这是一群颓废的、脱离社会集体的人，他们的形式脱离了几乎能在所有人那里达成共识的格律诗。民族主义对自由诗的反对，传达出特定时期法国想重建集体共识的渴望。规则的精神既不完全与这种集体共识相同，又不完全与它有异。因而文学形式不仅是自由与规则的复合体，也是个性与集体意识的复合体。

四 《风行》的贡献和地位

《风行》在象征主义自由诗中发挥的作用是至关重要的，在1889年之前，它是自由诗运动的真正发起者，也是该运动最重要的支撑。在1889年后，它所推出的诗人、理论家又成为随后几年中自由诗理论和实践总结的主体。为了思考这个杂志的作用，可以将它从法国自由诗的历史中抹去，然后再看这个历史缺少了什么。

没有了《风行》，自由诗当然还会存在。魏尔伦会继续他奇数音节诗行的写作，莫雷亚斯会继续他在《吕泰斯》上发表的《不合律的节奏》一诗的解放之路，兰波的《海景》和《运动》二诗仍旧会发表出来，当然不是发表在《风行》上，而是在瓦尼埃（Vanier）或者别的什么出版社上出版。威泽瓦和迪雅尔丹的音乐探索也不会受到影响，因为他们与《风行》的联系并不紧密。颓废主义和象征主义文学运动仍旧会向前迈进，因为《吕泰斯》《颓废者》《象征主义者》《独立评论》杂志不会受到多少干扰。不过，没有这个杂志，1890年之前，自由诗在法国将没有主阵地，《颓废者》拒绝发表自由诗，《象征主义者》出到第4期就停刊，《独立评论》仍旧在提倡瓦格纳音乐，对发表自由诗暂时兴趣不大，《吕泰斯》在1885年之后，要多元化发展，无意成为颓废派的机关杂志，因而给自由诗的版面非常有限。综合这些因素，可以判断，自由诗在1886—1889年即使仍有零星的理论和作品发表出来，作为一个运动它也将不复存在。而到了1888年后，随着民族主义的兴起，颓废文学和象征主义受到抵制，自由诗在下一个十年，也不会赢得发展的良机，19世纪70年代的文学图景将会延续下来。自由诗的发展和成熟，将会留给20世纪。自由诗既然在19世纪末的法国未能真正确立，那么1908年伦敦的形象诗派将只是一种印象主义的流派，以自由诗为两大理论核心之一的意象派，就不会缔造起来，美国也就没有了1915年之后的新诗运动。胡适接触不到意象派的诗论，

《风行》杂志与象征主义自由诗

中国的文学革命就只是一种言文一致的语言革命，新诗不会产生，只有白话诗。可见《风行》是世界自由诗命运的承载者，这个办刊只有 37 期的杂志，居然通过众多因缘和合，完全改变了世界现代主义诗歌，令人惊叹。

虽然头绪复杂，这里可以尝试描述一下《风行》带来的一系列新变。1886 年 4 月，卡恩拿到了兰波《彩图集》的手稿，正好该月 11 日《风行》创刊，于是第 3 期卡恩就把自己形式解放的诗发表在杂志上，并从第 5 期起连载《彩图集》，第 6 期，即 5 月 29 日，兰波的自由诗《海景》刊出，第 9 期，另一首自由诗《运动》刊出。从第 10 期起，卡恩的长诗《插曲》开始连载。在德国收到《风行》的拉弗格得到鼓舞，开始试验自由诗，并翻译惠特曼《草叶集》的诗篇，译诗首次出现在第 1 卷的第 10 期，拉弗格的自由诗最早出现在第 2 卷的第 5 期（1886 年 8 月 16 日）。很快莫克尔就注意到了拉弗格的诗作，并称其作者为"旋律主义者"，莫克尔经过试验，在 1888 年的《瓦隆》上发表了优秀的自由诗《对照》。这些诗人的作品，影响了正在试验的格里凡、莫雷亚斯，也影响了后来的诗人，例如雷尼耶、埃罗尔德、圣-保罗、古尔蒙、雷泰、丰泰纳、迪雅尔丹、马拉美。雷尼耶和古尔蒙的自由诗，征服了伦敦的弗林特、庞德和波士顿的洛厄尔等人；拉弗格的自由诗，造就了艾略特最初的作品；在他们的推动下，这些诗人又影响了后来的弗莱彻、威廉斯、劳伦斯、艾肯等诗人。[①] 而在西班牙，马拉美和瓦莱里正在影响着几位西班牙诗人。

《风行》发表了最早的自由诗，在 1890 年之前，也发表了最多的自由诗。除了这种数量上的不同，该杂志还有没有它本质上的特征呢？通过刊物上发表作品的撰稿人的比较，可以发现，《风行》是当时最纯粹的象征主义杂志。《吕泰斯》不但具有颓废文学的倾向，也接受自然主义、政论文章，《颓废者》着眼点在词语、主题的颓废，《独立评论》兴趣广泛，除了讨论象征主义、瓦格纳主义的问题之外，还曾一度把版面给了哲学、宗教、社会主义的话题。比利时的《瓦隆》是巴纳斯派和象征主义派共同的杂志。与它们相比，《风行》对诗和诗学的关注，是它们中最高的。在编辑选稿上，卡恩也有自己的特点。象征主义理论表现为两大方面：象征

---

① 这部分内容详见《英美自由诗初期理论的谱系》一书。另可参见托潘的 *The Influence of French Symbolism on Modern American Poetry* 一书。

结　语

的手法（其中包含梦幻的风格），自由诗。发表过自由诗的其他杂志，例如《瓦隆》和《独立评论》，它们的编辑都对第一个方面非常感兴趣，但是卡恩却对此兴致不高。卡恩不是逃避到梦幻中的诗人，他想介入现实，有批评家指出，"一开始古斯塔夫·卡恩就赋予艺术家以建立或者重建未来的都市的使命"[1]，卡恩因而也被称为"介入的作家"。他的无政府主义立场，让他更多地关注艺术形式和技巧的解放，而非像吉尔在《为艺术写作》杂志上思考感应和交响乐。换句话说，在象征主义杂志中，《风行》是最不强调象征的象征主义杂志，这就让它能把更多的精力放在形式问题上。

第三点，《风行》杂志是最早推出三种常见的自由诗形式的杂志。兰波的两首诗，注重诗节的语法并列关系，诗行音节数量起伏大，没有语顿。它是浓缩散文诗的诗段而形成的诗行的组合。卡恩推出的是亚历山大体或者其他诗体的放宽的形式，这种形式往往在诗行中设立语顿，整首诗中有些地方完整的诗节是用亚历山大体写就的，有些诗行是亚历山大体的碎片，雷泰、雷尼耶都用过这种形式。它的好处在于直接增损原有的形式，不必长期揣摩散文诗的文气。因而诗人运用它最为频繁。它的缺陷在于，它很难处理节奏单元的相对一致性和变化的关系。另外，诗行的节奏与语义发展的配合也不易把握。第三种形式以拉弗格的《到来的冬季》、圣-保罗的《锦缎》为代表，它不但打破了兰波式自由诗的并列主义，也打破了卡恩式的诗律碎片，在形式上，它利用节奏单元的重复和变化组织诗行，这似乎是一种最"自由"的形式，也适于无意识心理的传达。这种诗还得到了莫克尔的青睐。第三种形式有一个变体，它在诗行中安排一些相同的词语和短语，在诗行之间用语意的重复强化节奏单元的重复，产生显著的旋律感，莫雷亚斯的《为什么你的嘴唇搁在国王的刀斧之间》就是这种形式。《风行》没有发表的一种形式是视觉的自由诗。前面三种虽然造成节奏和旋律的方式不同，但都依赖听觉，视觉的自由诗主要诉诸排版。莫雷亚斯1884年发表在《吕泰斯》上的《不合律的节奏》就已经试验了这种形式，不过诗行的数量大体还比较均齐，波尔-鲁在《法兰西信

---

[1] Françoise Lucbert et Richard Shryock, "Engagements esthétiques et sociaux de Gustave Kahn", in Françoise Lucbert et Richard Shryock, eds., *Gustave Kahn: Un Écrivain engagé*, Rennes: Presses universitaires de Rennes, 2013, p. 25.

使》上发表的《在丧钟声里》一诗，就是它的典型。马拉美写于 1897 年的诗作《骰子一抛决不会取消偶然性》也属于这种形式。它使用得非常少，20 世纪的所谓"具象诗"（concrete poem）是对它更加极端的发展。

在这个结语以及本书的最后一段，可以用兰波的《神》（"Génie"）一诗来形容自由诗。19 世纪末 20 世纪初的自由诗，就是给文学带来新的标准的神。无论人们对自由诗有何态度，它都像兰波所说的：

因为事已做过了，
他还是他，
还被爱着。①

---

① Arthur Rimbaud, *Œuvres complètes*, Paris：Gallimard, 1972, p. 154. 原诗是散文诗，这里分了行，改为自由诗了。

附　　录

《风行》杂志目录

(1886.04—1889.09)

《风行》1886年4月4日试刊，11日正式创刊，1889年9月终刊。出版地是法国巴黎。共出两个系列，第一个系列含3卷，34期，为周刊；第二个系列只有3卷（期），改为月刊。总计37期。前一个系列的主编是多费尔和卡恩，后一个系列为卡恩和雷泰。1899年1月，有一个同名刊物出现，负责人是克林索尔。因为与前两个系列没有直接关系，故这里不收录。

《风行》杂志发表过大量最初的法国自由诗，也是象征主义文学创作和理论探索的首要园地。

第一系列
第1卷第1期
试刊
1886年4月4日

遗忘的书页（散文诗）　　　马拉美
　夏天的呻吟和冬天的颤抖
　未来的现象
1875年的作品（亚历山大体）
　　　　　　　　　　　　　魏尔伦
神秘的记忆（散文诗）利勒·亚当

初领圣体（亚历山大体）　　兰波
幻象（散文）　　　　　夏尔·亨利
夜景（亚历山大体）　　　　卡恩
稻草垛（小说）　　　　　　匿名
社会通讯（杂论）　　　　　匿名
音乐（杂论）　　　　　　　匿名
书讯（杂论）　　　　　　　卡恩
猎奇（杂论）　　　　　　　匿名
砺石（杂论）　　　　　　　匿名

第1卷第1期
正刊
1886年4月11日

遗忘的书页（散文）	马拉美
夏天的呻吟和冬天的颤抖	
未来的现象	
1875年的作品（亚历山大体）	
	魏尔伦
神秘的记忆（散文）	利勒·亚当
初领圣体（亚历山大体）	兰波
纪念章（评论）	多费尔
幻象（散文）	夏尔·亨利
夜景（亚历山大体）	卡恩
社会通讯（杂论）	匿名
音乐（杂论）	匿名
书讯（杂论）	卡恩
猎奇（杂论）	匿名
砺石（杂论）	匿名

第1卷第2期
1886年4月18日

论押韵（诗论）	达朗贝尔
纪念章（评论）	多费尔
被诅咒的诗人（诗论）	魏尔伦
梅塞林·德博尔德·巴尔莫雷	
十四行诗（亚历山大体）	莫里斯
米兰达家的茶（散文诗）	
这是冬天的夜	莫雷亚斯
玉的海	保罗·亚当
十四行诗（亚历山大体）	吉尔
Ⅰ	
Ⅱ	
彩色玻璃的美学（艺术理论）	卡恩
社会通讯（杂论）	匿名
书讯（杂论）	卡恩
砺石（杂论）	于斯曼
	马拉美
	玛尔塔
	普吕多姆
	多弗尔

第1卷第3期
1886年4月25日

樟脑糖衣小果仁（散文）	拉弗格
主题与变奏（8、12音节诗行）	
	卡恩
被诅咒的诗人（诗论，续）	魏尔伦
梅塞林·德博尔德·巴尔莫雷	
房子（散文诗）	多弗尔
艺术专栏（杂论）	卡恩
社会通讯（杂论）	匿名
猎奇（杂论）	匿名

第1卷第4期
1886年5月2日

春天（诗和散文）	卡恩
序诗（9音节诗行）	拉弗格
浪漫曲（9音节诗行）	拉弗格
舞会的晚上（9音节诗行）	拉弗格
蝙蝠（10音节诗行）	拉弗格
纪念章（评论）	多费尔
乡愁（8音节诗行）	
	马蒂亚斯·莫拉尔特
米兰达家的茶（散文诗）	
山脚下	莫雷亚斯
原野躺着	保罗·亚当
斯汤达未刊作品	科塔内

附　录

巴尔塔扎·德·蒙科尼的旅行（散文）　　　　　　　　夏尔·亨利
社会通讯（杂论）　　　匿名
猎奇（杂论）　　　匿名

第 1 卷第 5 期

1886 年 5 月 13 日

彩图集　　　　　　　　兰波
　洪水之后（散文诗）
　童年（散文诗）
　故事（散文诗）
　滑稽戏（散文诗）
　古董（散文诗）
　变美（散文诗）
　生命（散文诗）
　离开（散文诗）
　王位（散文诗）
　迷醉的上午（散文诗）
　断章（散文诗）
　工人们（散文诗）
　城市（散文诗）
　车辙（散文诗）
悲歌（8、12 音节诗行）　　卡恩
回旋诗（8 音节诗行）　　维涅
纪念章（评论）　　　多费尔
未来的夏娃（小说）　利勒·亚当
笛子（亚历山大体）　　梅里尔
书讯（杂论）　　　匿名

第 1 卷第 6 期

1886 年 5 月 29 日

彩图集（续）　　　　　　兰波
　城市（散文诗）
　流浪汉（散文诗）
　城市（散文诗）
　晚上（散文诗）
　神秘主义（散文诗）
　黎明（散文诗）
　花（散文诗）
　平常的夜曲（散文诗）
　海景（自由诗，误收入《冬天的节日》）
　煎熬（散文诗）
　都市（散文诗）
　野蛮人（散文诗）
水族馆（散文）　　　拉弗格
巴黎－江户（小说）　　维涅
年轻的女孩（8 音节诗行）
　　　　　　　　　迪雅尔丹
巴尔塔扎·德·蒙科尼的旅行（散文，续）　　　　　夏尔·亨利

第 1 卷第 7 期

1886 年 6 月 7 日

可怜的勒利昂（评论）　　匿名
彩图集（续）①　　　　　兰波
　最高塔的歌（5 音节诗行）
　金色年代（5 音节诗行）
　永恒（5 音节诗行）
巴尔塔扎·德·蒙科尼的旅行（散文，续）　　　　　夏尔·亨利
书讯与随笔（评论）　　　卡恩
德·龚古尔先生谈德·尼蒂斯（杂

---

① 本期的三首诗都误收入《彩图集》中。

论） 爱德蒙·德·龚古尔

第 1 卷第 8 期
1886 年 6 月 13 日

十四行诗（8 音节诗行） 马拉美
以斯贴（小说） 于斯曼
印象主义者（艺术理论） 费内翁
年度绘画（杂论） 卡恩
彩图集（续） 兰波
　海角（散文诗）
　舞台（散文诗）
　历史性的黄昏（散文诗）
　米歇尔与克里斯蒂娜（11 音节诗行）①
　布鲁塞尔（10 音节诗行）
　耻辱（7 音节诗行）

第 1 卷第 9 期
1886 年 6 月 21 日

花朵（亚历山大体） 布尔热
水仙花丛（亚历山大体） 布尔热
其他的水仙（亚历山大体） 布尔热
枯萎的丁香（亚历山大体） 布尔热
三色堇（亚历山大体） 布尔热
玫瑰花瓣（8 音节诗行） 布尔热
莎乐美（小说） 拉弗格
彩图集（续） 兰波
　泪（亚历山大体）②
　哦，季节，哦，城堡（7 音节诗行）
　卡西河（5、7、11 音节诗行）

运动（自由诗）
底部（散文诗）
虔诚（散文诗）
民主（散文诗）
巴尔塔扎·德·蒙科尼的旅行（散文，续） 夏尔·亨利
书讯（杂论） 莫里斯

第 1 卷第 10 期
1886 年 6 月 28 日

草叶集（译诗，散文诗） 拉弗格
　我歌唱自己③
　给外邦
　给一个历史学家
　给某一女歌唱家
　不要向我关闭大门
　未来的诗人
　给你
　你，读者啊！
莎乐美（续，小说） 拉弗格
插曲（自由诗） 卡恩
第五届绘画与雕塑国际展（杂论） 费内翁
日本摆件（杂论） 博蒙
书讯（杂论） 匿名

第 1 卷第 11 期
1886 年 7 月 5 日

马拉美先生（诗论） 威泽瓦
插曲（续，自由诗） 卡恩

---

① 这首诗和下面的两首误收入《彩图集》中。
② 《泪》并不属于《彩图集》。随后两首亦然。
③ 这里的译名参考赵萝蕤的译本。

附 录

莎乐美（小说，续） 拉弗格
草叶集（续，译诗） 拉弗格
啊，法兰西之星（散文诗）
巴尔塔扎·德·蒙科尼的旅行（散文，续） 夏尔·亨利

第 1 卷第 12 期
1886 年 7 月 12 日

陀思妥耶夫斯基未刊书信（译作，散文） 阿尔佩兰和莫里斯
仙境相会（诗剧，自由诗）拉弗格
马拉美先生（诗论，续） 威泽瓦
巴尔塔扎·德·蒙科尼的旅行（散文，续） 夏尔·亨利

第 2 卷第 1 期
1886 年 7 月 19 日

罗恩格林，帕西法尔之子（小说）
　　　　　　　　　　　拉弗格
插曲（自由诗，续） 卡恩
陀思妥耶夫斯基未刊书信（译作，续） 阿尔佩兰和莫里斯
巴尔塔扎·德·蒙科尼的旅行（散文，续） 夏尔·亨利
参考书（杂论） 匿名

第 2 卷第 2 期
1886 年 7 月 26 日

农民马列伊（译作，小说）
　　　　　　　　阿尔佩兰和莫里斯
罗恩格林，帕西法尔之子（小说，续） 拉弗格
歌剧的曲子（10 音节诗行）
　　　　　　　　　　　莫尔哈特
巴尔塔扎·德·蒙科尼的旅行（散文，续） 夏尔·亨利
驾驶热气球（杂论）
　　　　　　　　波菲勒·卡卢吉内

第 2 卷第 3 期
1886 年 8 月 2 日

一个女人在等着我（译诗，散文诗） 卡恩
公园里的声音（亚历山大体，自由诗） 卡恩
颂扬安东尼娅（小说） 迪雅尔丹
巴尔塔扎·德·蒙科尼的旅行（散文，续） 夏尔·亨利
参考书（杂论） 匿名

第 2 卷第 4 期
1886 年 8 月 9 日

公园里的声音（亚历山大体，自由诗，续） 卡恩
雅各·卡萨诺瓦·德·塞加尔的消遣（编选，戏剧） 卡恩
巴尔塔扎·德·蒙科尼的旅行（散文，续） 夏尔·亨利

第 2 卷第 5 期
1886 年 8 月 16 日

爱（9 音节诗行） 魏尔伦
周围的波希米亚人（散文）莫里斯
火
声音
尊严
到来的冬季（自由诗） 拉弗格
三个法国号的传奇（自由诗）
　　　　　　　　　　　拉弗格
关于"伊索卡梅龙"（杂论）卡恩

论利己主义（编选，杂论） 卡恩
坏富人（散文） 维涅

第2卷第6期
1886年8月23日

周围的波希米亚人（续） 莫里斯
真正的歌（散文）
短暂精神错乱的歌（自由诗）卡恩
萨米埃尔·费马给于雷的未刊信
（编选，散文） 夏尔·亨利
勒芒的雅各·佩尔捷（评论）
阿尔弗雷德·德奥当
贺拉斯的《诗艺》（译作，10音节
诗行） 勒芒的雅各·佩尔捷
参考书（杂论） 匿名

第2卷第7期
1886年8月30日

拉莫的理论（评论） 夏尔·亨利
礼拜日（自由诗） 拉弗格
许珀里翁（译诗，自由诗）
J.J.雷托雷
贺拉斯的《诗艺》（译作，10音节
诗行，续）勒芒的雅各·佩尔捷

第2卷第8期
1886年9月6日

地狱一季（散文诗） 兰波
　序诗
　坏血统
纺车之歌（自由诗） 卡恩
独立艺术家（杂论） 保罗·亚当
许珀里翁（译诗，自由诗，续）
J.J.雷托雷
贺拉斯的《诗艺》（译作，10音节
诗行，续）勒芒的雅各·佩尔捷
参考书（杂论） 匿名

第2卷第9期
1886年9月13日

帕修斯和安德洛美达（小说）
拉弗格
地狱一季（散文诗，续） 兰波
　坏血统
　地狱的夜晚
　妄想：疯狂的处女
许珀里翁（译诗，自由诗，续）
J.J.雷托雷

第2卷第10期
1886年9月20日

地狱一季（散文诗，续） 兰波
　妄想：词语炼金术
　不可能的
　闪电
　早晨
　永别
帕修斯和安德洛美达（小说，续）
拉弗格
许珀里翁（译诗，自由诗，续）
J.J.雷托雷
参考书（杂论） 匿名

第2卷第11期
1886年9月27日

雅各·佩尔捷的《诗艺》（诗论）
雅各·佩尔捷
驯马术（亚历山大体） 阿雅尔贝
苦工（8音节诗行） 维涅

附 录

许珀里翁（译诗，自由诗，续）
　　　　　　　　　　　J.J.雷托雷
德国的哥特画家（杂论）　　匿名

第2卷第12期
1886年10月4日

象征主义（诗论，含卡恩诗论）
　　　　　　　　　　　保罗·亚当
弗龙斯基与音乐美学（书信）
　　　　　　　　　　　　弗龙斯基
赫内·弗龙斯基的音乐绝对哲学选（译作，艺术理论）　　维涅
艺术中的科学与哲学（译作，艺术理论）　　　　　　　维涅
雅各·佩尔捷的《诗艺》（诗论，续）　　　　　　　雅各·佩尔捷

第3卷第1期
1886年10月11日

西班牙城堡（自由诗）　　　卡恩
弗龙斯基与音乐美学（译作，艺术理论，续）　　　　维涅
请愿（自由诗）　　　　　拉弗格
单纯的濒死状态（自由诗）拉弗格
雅各·佩尔捷的《诗艺》（诗论，续）　　　　　　　雅各·佩尔捷

第3卷第2期
1886年10月18日

幻想的神灵的纪念周年（诗剧，含自由诗）　莫雷亚斯和保罗·亚当
玫瑰的奇迹（小说）　　　拉弗格
弗龙斯基与音乐美学（译作，艺术理论，续）　　　　维涅

第3卷第3期
1886年10月25日

东方（自由诗）　　　　　　卡恩
黑夜（小说）　　　　　　魏尔伦
白夜（小说）　　　　　　魏尔伦
月亮的独奏（自由诗）　　拉弗格
传说（自由诗）　　　　　拉弗格
望远镜或者公开的诽谤（译作，戏剧）　　　　　　　　　卡恩

第3卷第4期
1886年11月8日

为什么你的嘴唇搁在国王的刀斧之间（自由诗）　　　莫雷亚斯
玫瑰的奇迹（小说，续）　拉弗格
望远镜或者公开的诽谤（译作，戏剧，续）　　　　　　　卡恩
雅各·佩尔捷的《诗艺》（诗论，续）　　　　　　　雅各·佩尔捷
弗龙斯基与音乐美学（译作，艺术理论，续）　　　　维涅
许珀里翁（译诗，自由诗，续）
　　　　　　　　　　　J.J.雷托雷
参考书（杂论）　　　　　　匿名

第3卷第5期
1886年11月15日

哈姆莱特（小说）　　　　拉弗格
抒情小诗（自由诗）　　　莫雷亚斯
望远镜或者公开的诽谤（译作，戏剧，续）　　　　　　　卡恩
艺术中的科学与哲学（译作，艺术理论，续）　　　　维涅
精华（评论）　　　　　保罗·亚当

音乐（杂论） 卡恩

第 3 卷第 6 期
1886 年 11 月 22 日

浪漫曲（8 音节诗行与自由诗）
　　　　　　　　　　　　卡恩
哈姆莱特（小说，续） 拉弗格
望远镜或者公开的诽谤（译作，戏
　剧，续） 卡恩
专栏（杂记） 匿名

第 3 卷第 7 期
1886 年 11 月 29 日

哈姆莱特（小说，续） 拉弗格
勒妮·莫佩兰（评论）保罗·亚当
爱情集—平行集 魏尔伦
　给一位逝者（8 音节诗行）
　谢吉迪里亚舞曲（6 音节诗行）
受难（亚历山大体） 维尔哈伦
望远镜或者公开的诽谤（译作，戏
　剧，续） 卡恩
雅各·佩尔捷的《诗艺》（诗论，
　续） 雅各·佩尔捷

第 3 卷第 8 期
1886 年 12 月 6 日

马奥（小说） 保罗·亚当
十四行诗（亚历山大体） 布尔热
爱（自由诗） 拉弗格
浪漫曲（自由诗） 卡恩
厄波莱梅的信（译作，散文）卡恩
雅各·佩尔捷的《诗艺》（诗论，
　续） 雅各·佩尔捷

第 3 卷第 9 期
1886 年 12 月 13 日

回忆录（自由诗） 卡恩
女人的风景（评论） 保罗·亚当
厄波莱梅的信（译作，散文，续）
　　　　　　　　　　　　卡恩
雅各·佩尔捷的《诗艺》（诗论，
　续） 雅各·佩尔捷

第 3 卷第 10 期
1886 年 12 月 20 日

米歇尔·波佩（戏剧） 阿雅尔贝
冬天的烟气（亚历山大体）
　　　　　　　莫里斯·德·法拉蒙
雅各·佩尔捷的《诗艺》（诗论，
　续） 雅各·佩尔捷

新系列
第 1 卷
1889 年 7 月

告读者（社论） 匿名
选举的灾难（小说） 保罗·亚当
断章（自由诗） 阿雅尔贝
环舞曲（自由诗） 维勒-格里凡
过去的面影（自由诗） 雷尼耶
夜晚的宴会（自由诗） 雷泰
十四行诗（8 音节诗行）
　　　　　　　　　　乔治·瓦诺尔
死灵魂（散文诗） 让·托雷尔
消瘦的人（小说） 施米特
古老的画像（杂论） 费内翁
专栏（评论） 卡恩
　关于自我的书
戏剧（杂论） 雷尼耶

附　录

简评与注释（杂论）　　　　瓦诺尔
参考书（杂论）　　　　　　　匿名
　　　　新系列
　　　　第 2 卷
　　　　1889 年 8 月
专栏（评论）　　　　　　　　卡恩
　博览会上的法国艺术
　书讯
博览会上的酒吧和啤酒店（杂论）
　　　　　　　　　　　　　　雷泰
露天表演（杂论）　　　　　雷尼耶
发生在我身上的事（散文）　托雷尔
托吕（小说）　莫里斯·德·弗勒里
凄清的扇子（自由诗）　　　　卡恩
花园（自由诗）　　　　　　　雷泰
谈精装书的装饰（杂论）
　　　　　　爱德蒙·康斯蒂里耶
简评与注释（杂论）　　　　瓦诺尔
参考书（杂论）　　　　　　　匿名
　　　　新系列
　　　　第 3 卷
　　　　1889 年 9 月

专栏（评论）　　　　　　　　卡恩
　博览会上的外国画家
　艺术技巧
诗人的住所（杂论）　　　让·洛兰
古老的、浪漫的小诗（自由诗）
　　　　　　　　　　　　　雷尼耶
公告（杂论）　　　　　　　费内翁
　莫奈画展
　独立艺术家协会第五次展览
在夜里（自由诗）　维勒 - 格里凡
洛林的原始派艺术家（评论）
　　　　　　　　　　　保罗·亚当
幻象（自由诗）　　　　　　瓦诺尔
百牛大祭（散文诗）　　　　梅里尔
锦缎（自由诗）　　　　　圣 - 保罗
劳斯·莫里图里斯（亚历山大体）
　　　　　　　　　　　　　德拉洛什
博览会上的陶瓷制品、玻璃制品和
　家具（杂论）　爱弥儿·H. 迈耶
简评与注释（杂论）　　　　　雷泰
参考书（杂论）　　　　　　　匿名

《瓦隆》杂志目录

（1886.06—1892.12）

　　《瓦隆》1886 年 6 月创刊，1892 年 12 月终刊，为月刊，出版地是比利时的列日。《瓦隆》前三年出刊规则，后来出现多期合刊的情况。如果将合刊视为一期，在七年的时间中，该杂志中总共出了 60 期。它的主编是莫克尔、拉伦贝克和西维尔。该杂志一度与吉尔的《为艺术写作》联系密切，后来两份杂志的关系陷入僵局。

该杂志在自由诗的发表和象征主义音乐性、象征等理论的探索上有重要地位。

第1年第1期
1886年6月15日

给读者（发刊词）　　　　编辑部
昔日景象（小说）
　　　　　　弗里茨·德·洛尔奈
迦勒底人（亚历山大体）
　　　　　　F. 塞弗兰
在风铃草下（小说）
　　　　　　莫里斯·西维尔
给比耶（亚历山大体，十四行诗）
　　　　　　塞莱斯坦·当布隆
管风琴的乐音（散文）
　　　　　　费尔南·塞弗兰
受伤的爱（8音节诗行，十四行诗）　　奥古斯特·维耶塞
给多瑙河（散文）
　　　　　　弗拉迪米尔·A. 马切东斯基
七月流火（亚历山大体，十四行诗）　　G. 吉尔朗
在阴间（亚历山大体）　　G. 吉尔朗
唁函（散文）　　　　　　圣－莫尔
信件（散文）　　　　　　让·方丹
德尔齐·莫里斯（散文）
　　　　　　阿诺尔德·戈芬
文学专栏
　《白色的青春》（杂论）
　　　　　　弗里茨·埃尔
　《甜樱桃》（杂论）　　M. S.

小栏目
《太阳光谱的故事》（散文）
　　　　　　阿尔贝·莫克尔
《戏谑》（杂论）　　　　匿名
《疯疯癫癫》（杂论）　　匿名
《论批评》（杂论）　　　匿名

第1年第2期
1886年7月15日

狂人（散文）　　皮埃尔－M. 奥兰
森林精灵（7音节诗行）
　　　　　　奥古斯特·维耶塞
不知疲倦的渔夫（散文）
　　　　　　埃克托尔·谢奈
瓦隆少女（散文）阿尔贝·莫克尔
利亚（亚历山大体）弗里茨·埃尔
肖克基尔（散文）
　　　　　　塞莱斯坦·当布隆
米耶特（散文）　　　　　编辑部
葬花（亚历山大体）
　　　　　　费尔南·塞弗兰
拜罗伊特的戏剧（杂论）
　　　　　　奥克塔夫·莫斯
昔日景象（小说，续）
　　　　　　弗里茨·德·洛尔奈
艺术专栏
　那慕尔的三年展（杂论）　G. V.

附　录

第 1 年第 3 期
1886 年 8 月 15 日

在小村庄（小说）
　　　　　　塞莱斯坦·当布隆
暗示（亚历山大体）
　　　　　　亚历山大·马切东斯基
仇恨（8 音节诗行）
　　　　　　亚历山大·马切东斯基
幻想（亚历山大体）　F. 塞弗兰
散文诗（散文）　　G. 吉尔朗
在瓦隆的大地上（亚历山大体）
　　　　　　　　　　G. 吉尔朗
简单的祈祷（散文）
　　　　　　　莫里斯·西维尔
回旋诗（8 音节诗行）
　　　　　　奥古斯特·维耶塞
月明（4、8 音节诗行）
　　　　　　奥古斯特·维耶塞
无与伦比的爱（10 音节诗行）
　　　　　　奥古斯特·维耶塞
巴尔的田园诗（7 音节诗行）
　　　　　　奥古斯特·维耶塞
桑德里永小姐（小说）
　　　　　　古斯塔夫·拉伦贝克
困扰（8 音节诗行）　埃德蒙·昂东
音乐专栏（杂论）　　L. 埃马
文学专栏
　《未来的夏娃》（杂论）
　　　　　　　　　G. 拉伦贝克
　《崇高的爱》（杂论）
　　　　　　　　阿尔贝·莫克尔

《家庭的幸福》（杂论）
　　　　　　　　阿尔贝·莫克尔
《起义者》（杂论）　　匿名
小栏目（杂论）　　　　匿名

第 1 年第 4 期
1886 年 9 月 15 日

给让娜的信（散文）
　　　　　　　朱尔·德斯特累
无动于衷（诗剧）费尔南·塞弗兰
连祷文（亚历山大体，4 音节诗行）　　　　费尔南·塞弗兰
皮科利（小说）
　　　　　　弗里茨·德·洛尔奈
女文学家（杂论）　　勒内·D'Y
对手（散文）　费尔南·塞弗兰
法国号的乐声（亚历山大体，4 音节诗行）　费尔南·塞弗兰
仙子飞来飞去（小说）
　　　　　　　　阿尔贝·莫克尔
路易·拉孔布（评论）
　　　　　　　　　弗里茨·埃尔
小栏目
《论被诅咒的科学》　勒内·D'Y

第 1 年第 5 期
1886 年 10 月 15 日

散文写的歌谣（散文）　G. 吉尔朗
吉他（5 音节诗行）
　　　　　　亚历山大·马切东斯基
歇斯底里（亚历山大体）
　　　　　　亚历山大·马切东斯基
醒悟（小说）　奥古斯特·维耶塞

明晰……（小说）
　　　　　　奥古斯特·昂罗泰
文学专栏
　社会艺术（杂论）
　　　　　　阿尔贝·莫克尔
　象征主义者（杂论）
　　　　　　阿尔贝·莫克尔
　《佐阿尔》（杂论）　　M.S.
艺术专栏
　美术馆古代大师展（杂论）　F.
音乐专栏（杂论）
　　　　　路德维格·格莱德勒
小栏目（杂论）　　　　匿名

第1年第6期
1886年11月15日

拉巴特（散文）　埃克托尔·谢奈
画册的诗（亚历山大体，8音节诗
行）　　　　　　弗里茨·埃尔
明晰……（小说，续）
　　　　　　奥古斯特·昂罗泰
关于山的对话　埃内斯特·马安
默兹河的强盗（小说）
　　　　　　古斯塔夫·拉伦贝克
小栏目　　　　　　　　匿名

第2年第1期
1887年1月15日

圣特雷登（散文）
　　　　　　卡米耶·勒莫尼耶
异想天开的晚上（亚历山大体）
　　　　　　奥古斯特·维耶塞
落日（亚历山大体）
　　　　　　奥古斯特·维耶塞

心灵世界（小说）埃克托尔·谢奈
山民的舞蹈（散文）
　　　　　　奥克塔夫·莫斯
老人的女儿（亚历山大体）
　　　　　　费尔南·塞弗兰
诱惑（亚历山大体）
　　　　　　费尔南·塞弗兰
一位少女（亚历山大体）
　　　　　　费尔南·塞弗兰
反常（亚历山大体）
　　　　　　费尔南·塞弗兰
厌倦了爱的人们（亚历山大体）
　　　　　　费尔南·塞弗兰
相遇的讽刺（小说）
　　　　　　皮埃尔-M.奥兰
在阿登的土地上（散文）
　　　　　　莫里斯·西维尔
抒情散文（散文）阿诺尔德·戈芬
梦幻飞翔（小说）阿尔贝·莫克尔
您的眼睛（亚历山大体）
　　　　　　乔治·吉朗
冬天十四行（亚历山大体，十四
行）　　　　　乔治·吉朗
吕克·罗贝尔（小说）乔治·吉朗
明晰……（小说，续）
　　　　　　奥古斯特·昂罗泰
迪维塔（散文）阿尔芒·阿诺蒂奥
文学专栏（杂论）埃内斯特·马安
几封信
　羞怯的小鸡（杂论）
　　　　　　阿尔贝·莫克尔

附　录

给一位批评家（杂论）
　　　　　　阿尔贝·莫克尔
茹阿尔的修道院（杂论）
　　　　　　莫里斯·S.
瓦隆戏剧（杂论）　　L.埃马
音乐专栏（杂论）
　　　　　　路德维格·格莱德勒
小栏目（杂论）　　　匿名

第 2 年第 2 期
1887 年 2 月 15 日

通厄伦（杂论）卡米耶·勒莫尼耶
瓦隆人
　谈黑色引线的包裹布（亚历山大体）
　谈官方逮捕（亚历山大体）
　谈我们孔德罗的圣物（亚历山大体）　　塞莱斯坦·当布隆
吕克·罗贝尔（小说，续）
　　　　　　乔治·吉朗
不太欢快的回旋诗（8 音节诗行）
　　　　　　J.塞尔热努瓦
血红的雪　　J.塞尔热努瓦
最高的呼吁（小说）
　　　　　　奥古斯特·昂罗泰
文学专栏
　《她们》（杂论）　P.－M.O.
　《瓦隆艺术》（杂论）
　　　　　　埃克托尔·谢奈
　无题　　阿尔贝·莫克尔
音乐专栏
　皇家音乐学院（杂论）　Al.B.
艺术专栏

第四次二十人沙龙（杂论）
　　　　　　F. S.

第 2 年第 3 期
1887 年 3 月 15 日

吕克·罗贝尔（小说，续）
　　　　　　乔治·吉朗
古镜（亚历山大体）
　　　　　　费尔南·塞弗兰
嫉妒的诸神（亚历山大体）
　　　　　　费尔南·塞弗兰
心愿（亚历山大体）
　　　　　　费尔南·塞弗兰
无法忘却（散文）　M.坎托尼
月亮的宁静（10 音节诗行）
　　　　　　奥古斯特·维耶塞
反常的侧影（散文）
　　　　　　阿尔贝·莫克尔
挂霜的老汉（散文）
　　　　　　W.－A.马切东斯基
文学专栏
　安德烈·科内利斯（杂论）
　　　　　　莫里斯·西维尔
　《死人》（杂论）　　匿名

第 2 年第 4 期
1887 年 4 月 15 日

阿诺尔德·戈芬（杂论）
　　　　　　埃克托尔·谢奈
被诅咒的房子（亚历山大体）
　　　　　　乔治·吉朗
这些人们不爱的（亚历山大体）
　　　　　　乔治·吉朗
返乎其内（小说）保罗·雷瓦克斯

她们中的一位（散文）

　　　　　　皮埃尔‑M.奥兰

泛神论（亚历山大体）乔治·吉朗

渴望遗忘（亚历山大体）

　　　　　　乔治·吉朗

真实—幻想（散文）

　　　　　　塞莱斯坦·当布隆

极端分子（小说）埃内斯特·马安

关闭的房间（散文）

　　　　　　莫里斯·西维尔

为什么？（散文）莫里斯·西维尔

《瓦隆》（杂论）　　　　E.M.

音乐专栏

　德拉斯莫·拉韦的自由交响乐（杂论）　路德维格·格莱德勒

　瓦尔基丽（杂论）

　　　　　　路德维格·格莱德勒

艺术专栏（杂论）　　　　匿名

第2年第5期

1887年5月15日

面向光明（散文）

　　　　　　奥古斯特·昂罗泰

最后的爱（亚历山大体）

　　　　　　费尔南·塞弗兰

佛罗伦萨文艺复兴（亚历山大体）

　　　　　　费尔南·塞弗兰

斯芬克司的愤怒（亚历山大体）

　　　　　　费尔南·塞弗兰

为了赞美一位孩童（亚历山大体）

　　　　　　费尔南·塞弗兰

写作的痛苦的歌（散文）

　　　　　　朱尔·德特雷

实现（组诗）　阿尔贝·莫克尔

象征（亚历山大体）

歌（亚历山大体）

给胆怯的少女（亚历山大体）

象征（8音节诗行）

写给盲蛛（亚历山大体）

《关于爱恶作剧的瓦隆人》（杂论）

　　　　　　塞莱斯坦·当布隆

被钉在十字架上的人（亚历山大体）　乔治·吉朗

为了记住（散文）

　　　　　　皮埃尔‑M.奥兰

冬天的忧郁（10音节诗行）

　　　　　　奥古斯特·维耶塞

供认（10音节诗行）

　　　　　　奥古斯特·维耶塞

文学专栏

　《当代文学中的现实主义》（杂论）　　　　L.埃马

音乐专栏

　写给音乐戏剧学院（杂论）

　　　　　　A.L.B.

小栏目（杂论）　　　　匿名

第2年第6期

1887年6月15日

傲慢的结论（散文）

　　　　　　阿诺尔德·戈芬

后悔者（亚历山大体）乔治·吉朗

秘密（亚历山大体）乔治·吉朗

仿古（亚历山大体）乔治·吉朗

有限（散文）　皮埃尔‑M.奥兰

散文诗（散文）　埃克托尔·谢奈

不可能的爱情

自杀

看不见的判官

阿尔贝·吉罗（杂论）

　　　　　　　费尔南·塞弗兰

《自恋者皮埃罗》（杂论）

　　　　　　　费尔南·塞弗兰

反讽的诗（散文诗）　　G.V.

文学专栏

　无题（诗论）　　　L.埃马

　《根特大学年鉴》（杂论）　E.M.

　《比利时戏剧目录》（杂论）

　　　　　　　　　　　M.S.

艺术专栏（杂论）　　　　匿名

小栏目（杂论）　　　　　匿名

第 2 年第 7 期

1887 年 8 月 15 日

给读者（社论）　　　　编辑部

象征主义配器法诗人群与《为艺术写作》（杂论）　埃内斯特·马安

隐约（散文）　保罗·雷瓦克斯

烦扰（散文）　保罗·雷瓦克斯

百合（亚历山大体）

　　　　　　　费尔南·塞弗兰

病人（亚历山大体）

　　　　　　　费尔南·塞弗兰

几篇散文（散文）阿尔贝·莫克尔

　引言

　完美的意志

　Ⅲ

　给大海

　Ⅳ、Ⅴ、Ⅵ（含自由诗）

爱情

科学

天鹅

枷锁（亚历山大体，组诗）

　　　　　　　奥古斯特·维耶塞

给爱人的故事（小说）

　　　　　　　　莫里斯·西维尔

托迪的雅各布奈（亚历山大体，8音节诗行）　皮埃尔-M.奥兰

悲剧的夜晚（散文）

　　　　　　　莫里斯·德松比奥

文学专栏

《比利时美术史》（杂论）　匿名

喜悦（杂论）　　埃内斯特·马安

布勒-比克瑟（杂论）

　　　　　　　　莫里斯·西维尔

第 2 年第 8 期

1887 年 9 月 15 日

难以理解（亚历山大体）

　　　　　　　　埃弥尔·维尔哈伦

在黄昏中（亚历山大体）

　　　　　　　　埃弥尔·维尔哈伦

诗行（8、7、12 音节诗行，自由诗）　　　乔治·赫诺普夫

五重奏（散文）塞莱斯坦·当布隆

传说

骑术表演

预言

这里

在一个苹果里

次序（杂论）　　　　勒内·吉尔

给唯一的过路人（亚历山大体）
勒内·吉尔
夜的速写（散文） 于贝尔·克兰
音乐专栏
　布鲁塞尔新近戏剧节（杂论）
泽龙·艾蒂安
　音乐协会（杂论）泽龙·艾蒂安
文学专栏
　《佛拉芒的圣诞节》（杂论）
阿尔贝·莫克尔
　朱尔·拉弗格（评论）
阿尔贝·莫克尔
小栏目（杂论） 匿名

第 2 年第 9 期

1887 年 10 月 20 日

塞米拉米（亚历山大体）
费尔南·塞弗兰
讽寓（散文诗）斯图尔特·梅里尔
帕西法尔（亚历山大体）
斯图尔特·梅里尔
教会里的婚礼（小说）
马里奥·瓦尔瓦拉
屏风（8 音节诗行）
亨利·德·雷尼耶
在狂风中……（亚历山大体）
阿尔贝·圣-保罗
神秘的联系（小说）
奥古斯特·昂罗泰
文学专栏
　瓦隆与法国（杂论）
塞莱斯坦·当布隆
艺术专栏

　三年展（杂论） P. M. O.
　布鲁塞尔的音乐（杂论）
路德维格·格莱德勒
　维维尔斯的演奏会（杂论）
D.-M.
小栏目（杂论） 匿名

第 2 年第 10 期

1887 年 11 月 20 日

神秘的联系（小说，续）
奥古斯特·昂罗泰
大蜡烛（亚历山大体）
埃弥尔·维尔哈伦
当她笑的时候（散文诗）
弗里茨·埃尔
婚歌（亚历山大体） 勒内·吉尔
重生（亚历山大体）
阿希尔·德拉洛什
水彩（系列散文） 乔治·德特雷
　嘉年华
　春天
　老城
　弗拉芒的民间游乐会
　雨
几件艺术作品（杂论）
乔治·德特雷
文学专栏
　《少年比利时》的巴纳斯诗人
（杂论） 阿尔贝·莫克尔
　瓦隆与法国（杂论，续）
塞莱斯坦·当布隆
　婚姻（散文） 莫里斯·坎托尼
小栏目

瓦莱先生与剽窃（杂论）编辑部

第 2 年第 11 期

1887 年 12 月 20 日

神秘的联系（小说）
奥古斯特·昂罗泰

夜曲（亚历山大体）
费尔南·塞弗兰

笔记

1887 年 10 月 3 日（散文）
阿尔贝·圣－保罗

10 月 28 日（散文）
阿尔贝·圣－保罗

9 月 14 日（散文）
马里奥·瓦尔瓦拉

玛亚（10 音节诗行）
奥古斯特·维耶塞

农夫的情人（小说）于贝尔·克兰

十四行诗（亚历山大体）
爱德蒙·昂东

天真（亚历山大体）　匿名

形象的文学（诗论）
阿尔贝·莫克尔

文学专栏

《列日戏剧史》（杂论）
莫里斯·西维尔

艺术专栏

梅尔巴（杂论）
路德维格·格莱德勒

约雅敬在布鲁塞尔（杂论）
路易·希尔舍

《牧神的午后》注解（杂论）
勒内·吉尔

音乐学院的第一场音乐会（杂论）　V. D.

音乐学院的第二场音乐会（杂论）　L. 埃马

小栏目（杂论）　匿名

第 3 年第 1 期

1888 年 1 月 31 日

写在"说谎"的范本上的诗（亚历山大体）　保罗·布尔热

在德国（散文）卡米耶·勒莫尼耶

苦难的风景（亚历山大体）
乔治·罗当巴克

老笔记本的纸页（散文）
斯图尔特·梅里尔

诗行（组诗）　埃弥尔·维尔哈伦

那里（亚历山大体）

传说（亚历山大体）

老国王们（亚历山大体）

爱笑的老人（散文）
马里奥·瓦尔瓦拉

晚上（6、8 音节诗行）
夏尔－厄德·博南

讽刺诗（散文诗）
加斯东·维特塔尔

童年（亚历山大体）
费尔南·塞弗兰

返回（亚历山大体）
费尔南·塞弗兰

记事本（散文）　埃内斯特·马安

安魂曲（亚历山大体）
乔治·加尼尔

死亡（亚历山大体）乔治·加尼尔

我的记忆（散文）
　　　　　　　皮埃尔－M.奥兰
　我的婚姻
　给一位朋友的信
　迟到的声明
　五或六的象征
爱争吵的小姐（小说）
　　　　　　　乔治·罗斯梅尔
游乐会伴奏曲（亚历山大体）
　　　　　　　阿希尔·德拉洛什
变幻的晚上（小部）
　　　　　　　阿尔贝·莫克尔
艺术专栏
　皮维·德·沙瓦纳（杂论）
　　　　　　　阿尔贝·圣－保罗
　焦孔达（杂论）　　　D.
　在布鲁塞尔
　　　　　　　路德维格·格莱德勒
　竞争的自由协会　　　E. S.
文学专栏
　《晚上》（杂论）　勒内·吉尔
　《新年礼物的书》（杂论）
　　　　　　　莫里斯·西维尔
　卡米耶·勒莫尼耶和他最近的书
　（杂论）　　阿尔贝·莫克尔
　两本诗集（杂论）
　　　　　　　阿尔贝·莫克尔
　《森林》（杂论）　P. M. O.
　小栏目（杂论）　　　匿名

第 3 年第 2 期
1888 年 2 月 29 日

信件（散文）　斯特凡·马拉美
几件艺术品（杂论）朱尔·德特雷
《更好的未来》节选（亚历山大体）　　　　　勒内·吉尔
忧郁（散文）夏尔·德尔谢瓦莱丽
以前的回忆（散文）
　　　　　　夏尔·德尔谢瓦莱丽
预示（8 音节诗行）
　　　　　　夏尔·范·莱伯盖
舞会场景（12、15 音节诗行）
　　　　　　阿尔贝·圣－保罗
艺术专栏
　无题（杂论）
　　　　　　路德维格·格莱德勒
　无题（杂论）　　　P. M. O.
文学专栏
　无题（杂论）　阿尔贝·莫克尔
　一种纠正（杂论）
　　　　　　　莫里斯·西维尔
　小栏目（杂论）　　　匿名

第 3 年第 3 期
1888 年 3 月 31 日

召唤（亚历山大体，十四行诗）
　　　　　　斯图尔特·梅里尔
斜晖（6、7 音节诗行）
　　　　　　斯图尔特·梅里尔
几件艺术品（杂论）乔治·德特雷
伦敦（亚历山大体）
　　　　　　　埃弥尔·维尔哈伦
古钟（散文）　　乔治·加尼尔

附　录

有月亮的晚上（亚历山大体）
　　　　　　　　　乔治·凯勒
文学专栏
　《走出本世纪》（杂论）
　　　　　　　　　阿尔贝·莫克尔
　论捍卫思想性作品（杂论）　S.
　《大学生的历史》（杂论）
　　　　　　　夏尔·德尔谢瓦莱丽
小栏目（杂论）　　　　　匿名

第 3 年第 4 期

1888 年 4 月 30 日

我的记忆（散文）
　　　　　　　　　皮埃尔－M.奥兰
怀疑
　从未寄出的信
　多么痛苦啊！
回旋诗（亚历山大体）勒内·吉尔
给丢失的心（杂论）
　　　　　　　　　阿尔贝·莫克尔
失去的错觉（亚历山大体）
　　　　　　　阿希尔·德拉洛什
音乐专栏（杂论）　　　L. 埃马
文学专栏
　《左右为难》（杂论）
　　　　　　　　马里奥·瓦尔瓦拉
小栏目（杂论）　　　　　匿名

第 3 年第 5 期

1888 年 5 月 31 日

逆来顺受者（亚历山大体）
　　　　　　　　　乔治·凯勒
深渊（散文）夏尔·德尔谢瓦莱丽

爱的光辉（亚历山大体）
　　　　　　　　　乔治·加尼尔
《幸福》（杂论）
　　　　　　　阿希尔·德拉洛什
《关于巴黎画册》（杂论）
　　　　　　　　马里奥·瓦尔瓦拉
音乐会（9 音节诗行）
　　　　　　　奥古斯特·维耶塞
对照（散文、自由诗）
　　　　　　　　　阿尔贝·莫克尔
文学专栏（杂论）　　　L. 埃马
小栏目
　论绘画（杂论）奥古斯特·多奈
　自由的交响乐（杂论）　莫克尔
　吉尔的信（散文）　勒内·吉尔

第 3 年第 6 期

1888 年 7 月 31 日

森林神（亚历山大体）
　　　　　　　　　亨利·德·雷尼耶
难以理解（亚历山大体）
　　　　　　　　　乔治·加尼尔
诗人的惩罚（亚历山大体）
　　　　　　　　　乔治·加尼尔
别样的田园曲（亚历山大体）
　　　　　　　　　勒内·吉尔
追忆过去的列日（散文）
　　　　　　　塞莱斯坦·当布隆
晚上的思想（亚历山大体）
　　　　　　　　　维尔哈伦
女骑士（15 音节诗行）　圣－保罗
英雄（8 音节诗行）
　　　　　　　夏尔－厄德·博南

没落的灵魂（亚历山大体）
　　　　　拉乌尔·帕斯卡利
我的记忆（散文，续）
　　　　　皮埃尔-M.奥兰
　先驱者们
　暗示
　两个顶峰
国王（8 音节诗行）
　　　　　斯图尔特·梅里尔
阿尔戈英雄（8 音节诗行）梅里尔
歌谣（亚历山大体）　　　梅里尔
为了忘却（散文）莫里斯·西维尔
助婚诗（亚历山大体）　德拉洛什
目的（散文）　　阿尔贝·莫克尔
好麦粒（亚历山大体）
　　　　　爱德蒙·昂东
理想的痛苦（亚历山大体）
　　　　　阿蒂尔·杜邦
鬼火（亚历山大体）阿蒂尔·杜邦
文学专栏
　《幸福》（杂论）　　德拉洛什
　基耶伯夫（杂论）　　E.马安
　《安开俄斯，戏剧诗》（杂论）
　　　　　亨利·德·雷尼耶
　《不道德的》（杂论）
　　　　　莫里斯·西维尔
　《为艺术而写作》（杂论）
　　　　　莫克尔
小栏目
　《奥尼翁宫廷》（杂论）　莫克尔

第 3 年第 7 期
1888 年 8 月 31 日
小丑的梦（亚历山大体）　梅里尔
决斗（小说）　　　莱昂·多奈
《圣像》（自由诗）
　　　　　加布里埃尔·穆雷
暗示（自由诗）加布里埃尔·穆雷
追忆（散文）　　　乔治·凯勒
交响乐十四行（亚历山大体）
　　　　　德拉洛什
文学专栏
　《印象与感受》（杂论）
　　　　　塞莱斯坦·当布隆
　《比利时散文家选集》（杂论）
　　　　　埃内斯特·马安
　《卢帕尔小姐》（杂论）　匿名
　《熄灭的火焰》（杂论）　莫克尔
小栏目（杂论）　　　　　匿名

第 3 年第 8 期
1888 年 9 月 30 日
少女们（亚历山大体）　　维尔哈伦
铁栅栏（亚历山大体）　　维尔哈伦
唯一的爱（小说）　　　　莫克尔
哦，太阳！（10、12 音节诗行）
　　　　　圣·保罗
朝圣者（亚历山大体）　　梅里尔
追忆（散文）　　　乔治·凯勒
因为遗憾（亚历山大体）
　　　　　乔治·凯勒
斜晖（散文）　　H.斯蒂尔内
诗人的放逐（亚历山大体）
　　　　　阿蒂尔·杜邦

大理石（亚历山大体） 杜邦
死亡（散文） 奥古斯特·维耶塞
文学专栏
　《让娜·布科夫》（杂论）
　　　　　　　　　　　莫克尔
小栏目（杂论） 匿名

第 3 年第 9 期

1888 年 10 月 31 日

播种者（11 音节诗行） 维耶塞
特里斯坦和伊瑟尔（15 音节诗行）
　　　　　　　　　　德拉洛什
讽刺诗（散文诗）
　　　　　　加斯东·维特塔尔
涨潮的海（亚历山大体） 吉尔
管风琴的演奏者（小说）
　　　　　　　　于贝尔·克兰
圆舞曲（7、9 音节诗行） 梅里尔
田园诗（亚历山大体） 梅里尔
巴黎笔记（散文）
　　　　　　马里奥·瓦尔瓦拉
文学专栏
　《给爱人的故事》（杂论）
　　　　　　塞莱斯坦·当布隆
小栏目（杂论） 莫克尔

第 3 年第 10 期

1888 年 11 月 30 日

忧郁的早晨（自由诗）
　　　　　　加布里埃尔·穆雷
在梦幻中（散文） 乔治·凯勒
严厉地（8 音节诗行） 维尔哈伦
排钟（散文） 欧仁·德莫尔代
月亮的善行（亚历山大体，十四行诗） 拉乌尔·帕斯卡利
心灵散文（散文诗） 帕斯卡利
感恩颂（亚历山大体，十四行诗）
　　　　　　　　　让·德尔维尔
感人的夜晚（亚历山大体，十四行诗） 让·德尔维尔
远方（散文） 奥古斯特·昂罗泰
音乐专栏（杂论） 莫克尔
文学专栏
　卡米耶·勒莫尼耶的诉讼（杂论） 匿名
　《爱伦·坡的诗》（杂论）
　　　　　　　　　　　莫克尔
小栏目（杂论） 匿名

第 3 年第 11 期

1888 年 12 月 30 日

冬天的火车（亚历山大体） 吉尔
关于巴黎画册（散文） 圣·保罗
幻象（自由诗）加布里埃尔·穆雷
内疚（散文） J. 斯蒂尔内
戏剧与音乐
　梅宁根的戏剧（杂论） P. M. O.
　《里希尔德》（杂论）
　　　　　　路德维格·格莱德勒
　列日的音乐（杂论） L. 埃马
文学专栏
　《泥炭矿工》（杂论） 莫克尔
　《瓦隆圣诞歌汇编》
　　　　　　塞莱斯坦·当布隆
小栏目（杂论） 匿名

第 4 年第 1 期

1889 年 1 月 31 日

十四行诗（亚历山大体）
　　　　　　　斯特凡·马拉美
婚歌（亚历山大体）　圣·保罗
最初的散文（散文）
　　　　　　　卡米耶·勒莫尼耶
灾难（亚历山大体）　德拉洛什
骄傲（散文）夏尔·德尔谢瓦莱丽
壁画（8、12 音节诗行）　维尔哈伦
关于《巴黎画册》
　　　　　　　马里奥·瓦尔瓦拉
梦幻的水（组诗）　乔治·凯勒
　梦幻的水（8 音节诗行）
　被遗弃者（8 音节诗行）
　诗（8 音节诗行）
　平静（8 音节诗行）
　春天的晚上（8 音节诗行）
　梦幻（8 音节诗行）
食客（戏剧）　夏尔·范·莱贝格
感恩歌（亚历山大体）
　　　　　　　　乔治·加尼尔
因佩里亚（亚历山大体）
　　　　　　　拉乌尔·帕斯卡利
咒语（亚历山大体）　帕斯卡利
黄昏之时（散文）　莫克尔
文学专栏
　《基督的恋人》（杂论）
　　　　　　　　　　圣·保罗
　《崩溃》（杂论）　德拉洛什
　《日本形象》（杂论）　莫克尔
　小栏目（杂论）　莫克尔、L. 埃马

第 4 年第 2、3 期合刊

1889 年 2 月和 3 月

最初的散文（散文）
　　　　　　　卡米耶·勒莫尼耶
独角兽（组诗）亨利·德·雷尼耶
　"美人睡着了"（亚历山大体，十四行诗）
　"骑士没来"（亚历山大体，十四行诗）
　"美人死了"（亚历山大体，十四行诗）
波动（散文诗组合）
　　　　　　　加布里埃尔·穆雷
　克里奥尔歌
　哈里路亚
　音乐
冬天的幸运（亚历山大体）　吉尔
闪躲（亚历山大体）
　　　　　　　　阿道尔夫·雷泰
我的记忆（散文）
　　　　　　　皮埃尔 - M. 奥兰
　过去的标记
交响乐十四行（组诗）　德拉洛什
　I（4 音节诗行）
　II（亚历山大体）
　III（亚历山大体）
　IV（亚历山大体）
　V（亚历山大体）
　VI（亚历山大体）
艺术专栏
　绘画（杂论）　　　　P. M. O.
　日本版画（杂论）　　P. M. O.

音乐（杂论）
　　　　　　　路德维格·格莱德勒
列日的音乐（杂论）　　L. 埃马
意大利的音乐（杂论）
　　　　　　　路易莎·安佐莱蒂
文学专栏
　马克斯·瓦莱（杂论）
　　　　　　　塞莱斯坦·当布隆
　与《耕地》有关的事情（杂论）
　　　　　　　　　　　　匿名
　《食客》（杂论）　　莫克尔
　哦，女人们！（杂论）　Cél. D.
　给 M 的回复（杂论）　　匿名
　小栏目（杂论）　　　　匿名

第 4 年第 4 期
1889 年 4 月

最初的散文（散文）
　　　　　　　卡米耶·勒莫尼耶
金德河（亚历山大体）
　　　　　　　马塞尔·科利埃
谜语（散文）　贝尔纳·拉扎尔
冒险家（亚历山大体）
　　　　　　　皮埃尔·基亚尔
雾月（散文）夏尔·德尔谢瓦莱丽
文学专栏
　《舞会场景》（杂论）　　M.
　《那慕尔诗人》（杂论）　当布隆
音乐专栏
　意大利音乐（杂论）
　　　　　　　路易莎·安佐莱蒂
　给维尔维耶（杂论）　　匿名
　瓦格纳音乐会（杂论）　L. H.

小栏目（杂论）　　　　匿名
第 4 年第 5 期
1889 年 5 月

关于多勒维利（杂论）　圣-保罗
敬意（8 音节诗行）　　圣-保罗
关于根特诗人（杂论）
　　　　　　　夏尔·范·莱贝格
名声不好的房间（散文）
　　　　　　　于贝尔·克兰
现在要去您那里（小说）　　M.
艺术专栏
　布鲁塞尔专栏（杂论）　P. M. O.
　关于竞争（杂论）　　　C. P.
　J. 拉吉安蒂（杂论）　　C. P.
　海顿的房子（杂论）　　匿名
　无题（杂论）　　　　　L. H.
　无题（杂论）　　　　　P.
　无题（杂论）　　　　　M.
文学专栏
　《格里特》（杂论）　　Ch. D.
　《语言论》（杂论）　　匿名
　《夜晚钟声》（杂论）　M.
小栏目（杂论）　　　　匿名

第 4 年第 6 期
1889 年 6 月 30 日

给陌生人行礼（亚历山大体）
　　　　　　　　　　　雷尼耶
响动的树林（自由诗）　　雷泰
五月的森林（散文）　　当布隆
冬天的萎靡（亚历山大体）
　　　　　　　　　让·德尔维尔
月亮公园（亚历山大体）德尔维尔

穿过打开的窗户（散文）
　　　　　欧仁·德莫尔代
洛托斯岛（亚历山大体，十四行
　诗）　　A.费迪南·埃罗尔德
关于多勒维利（杂论，续）
　　　　　　　圣-保罗
文学专栏
　《流亡的艺术》（杂论）　　M.
　《象征主义艺术》（杂论）　匿名
　小栏目
　德拉洛什、莫克尔、圣-保罗书
　信（散文）

第4年第7期
1889年7月31日

像所有的夜晚　　　　维尔哈伦
　Ⅰ（自由诗）
　Ⅱ（8音节诗行）
风影与肖像（散文）　　　梅里尔
立经挂毯（亚历山大体）　　雷泰
莫里斯·梅特林克（杂论）
　　　　　　夏尔·范·莱贝格
宁静的诗行（自由诗）　　莫克尔
章节（散文）　马里奥·瓦尔瓦拉
小栏目
　吉尔的回应（书信）　　　吉尔
　对回应的回应（书信）
　　　德拉洛什、莫克尔、圣-保罗
　给音乐学院（杂论）　　　　P.
　无题（杂论）　　　　　H.克兰

第4年第8期
1889年8月31日

散文（系列散文）
　　　　　夏尔·德尔谢瓦莱丽
　少女
　夜景画
我祝愿你少一些真诚（13音节诗
　行）　　　加布里埃尔·穆雷
关于多勒维利（散文）　多勒维利
加伏里尼斯岛（亚历山大体）
　　　　　　　　　　　维耶塞
背信弃义的时刻（散文）
　　　　　　于贝尔·斯蒂尔内
文学专栏
　《欢乐》（杂论）　　　　雷泰
　我们的死亡（杂论）　　　匿名
　小栏目（杂论）　　　　　匿名

第4年第9、10期合刊
1889年9月和10月

梦幻的水（组诗）　乔治·凯勒
　幻影（8音节诗行）
　黎明（8音节诗行）
批评的进化（杂论）
　　　　　　莫里斯·威尔莫特
世俗之夜（亚历山大体，十四行
　诗）　　　　让·德尔维尔
白色狮身人面像（亚历山大体）
　　　　　　　　　　德尔维尔
我的记忆（散文）
　　　　　　皮埃尔-M.奥兰
亲密的夜晚
柏拉图式的爱

事实
夜间（8 音节诗行） 阿蒂尔·杜邦
从家而来（散文） 维耶塞
　到达
　伦敦
　斯特兰德
　伦敦桥
　泰晤士地铁
有点幼稚的弹词（自由诗） A
睡眠的恩赐（散文）
　　　　　　夏尔·范·莱贝格
文学专栏
　利勒-亚当（杂论） 莫克尔
　《最初的散文》（杂论） 匿名
　于斯曼（杂论） 匿名
　小栏目（杂论） 匿名
第 4 年第 11 期
1889 年 11 月
从家而来（散文，续） 维耶塞
　圣詹姆斯公园
　晚会
故事（散文诗） J. K.⋯
醒来（小说） 弗里茨·埃尔
我的记忆（散文）
　　　　　　皮埃尔-M. 奥兰
　预先的通知
　合法的乱伦
　事实
母权文化（散文）
　　　　　　皮埃尔-M. 奥兰
女性的逻辑（散文）
　　　　　　皮埃尔-M. 奥兰

小栏目（杂论） 匿名
第 4 年第 12 期
1889 年 12 月
批评的进化（杂论，续）
　　　　　　莫里斯·威尔莫特
弥撒的变奏（散文诗）
　　　　　　若泽·埃内比克
应答轮唱圣诗
书简诗
信经
奉献经
举扬圣体
白色（11 音节诗行） 朱尔·布瓦
夜晚的烟气（散文） 雷泰
艺术专栏（杂论） 匿名
小栏目（杂论） 匿名
第 5 年第 1 期
1890 年 1 月
侵入者（戏剧）莫里斯·梅特林克
歌（自由诗） A
在他周围（自由诗） A
小女孩（自由诗） A
夜景（10、12 音节诗行） 梅里尔
肉体与精神（散文）
　　　　　　奥古斯特·昂罗泰
百合与玫瑰（自由诗） 圣-保罗
给未泄露者（亚历山大体）
　　　　　　拉乌尔·帕斯卡利
从家而来（散文，续） 维耶塞
　雾
　衬裙巷
　七面钟

讽刺诗（散文诗）
　　　　　　　加斯东·维特塔尔
小栏目（杂论）　　　　　　匿名
第 5 年第 2、3 期合刊
1890 年 2、3 月
花园的晚上（自由诗）　维尔哈伦
故事（散文）　夏尔·范·莱贝格
这一晚我的梦想……（自由诗）
　　　　　弗朗西斯·维勒 - 格里凡
心灵的四月（散文）
　　　　　　夏尔·德尔谢瓦莱丽
前奏（11、13 音节诗行）
　　　　　　　加布里埃尔·穆雷
《关于巴黎画册》（杂论）
　　　　　　　马里奥·瓦尔瓦拉
你的眼睛（自由诗）　朱尔·布瓦
从家而来（散文，续）　维耶塞塔
威斯敏斯特教堂
诗（亚历山大体，组诗）
　　　　　　　　　夏尔·斯吕特
艺术评论（杂论）
　　　　　　亨利·范·德·费尔德
神学家圣让（亚历山大体，十四行
　　诗）　　　　　让·德尔维尔
民众的心（亚历山大体，十四行
　　诗）　　　　　让·德尔维尔
艺术专栏
　马拉美在比利时（杂论）
　　　　　　　　皮埃尔 - M. 奥兰
　无题（杂论）　　　　　Ch. D.
　音乐学院的音乐会（杂论）匿名

文学专栏
　艺术印象（杂论）于贝尔·克兰
小栏目
　雷泰的信（散文）　　　　雷泰
　无题（杂论）　　　　　　匿名
第 5 年第 4 期
1890 年 4 月
大名（亚历山大体）
　　　　若泽 - 玛里亚·德·埃雷迪亚
怀疑的苦恼（散文）
　　　　　　　　费尔南·鲁塞尔
小孩（散文诗）　皮埃尔 - M. 奥兰
论艺术（散文）
　　　　　　亨利·范·德·费尔德
二十人俱乐部（散文）　　　A. H.
小栏目（杂论）　　　　　　匿名
第 5 年第 5 期
1890 年 5 月
静静地（自由诗）　　　维尔哈伦
一次散步（散文）　　　维尔哈伦
一个晚上（8 音节诗行）维尔哈伦
一次苏醒（散文）　　　维尔哈伦
我知道在哪儿吗（自由诗）
　　　　　　　　　　　维尔哈伦
一个夜晚（亚历山大体）维尔哈伦
玻璃鱼缸（散文）　　　维尔哈伦
某些（亚历山大体）　　维尔哈伦
在比斯开（散文）　　　维尔哈伦
沿海圩田（亚历山大体）维尔哈伦
十四行诗（亚历山大体）维尔哈伦
本世纪的大师（散文）　维尔哈伦
小栏目（杂论）　　　　　　匿名

附　录

第 5 年第 6、7 期合刊
1890 年 6、7 月

芭蕾舞（散文）　　　　　　　马拉美
战利品（自由诗）　让·莫雷亚斯
加拉泰（自由诗）　　　　莫雷亚斯
歌（7 音节诗行）　　　　莫雷亚斯
第一挽歌（自由诗）　　　莫雷亚斯
第二挽歌（8 音节诗行）　莫雷亚斯
给埃米利乌斯的田园诗（自由诗）
　　　　　　　　　　　　莫雷亚斯
小孩（散文诗）　皮埃尔－M.奥兰
颂歌（8 音节诗行）　　　　雷尼耶
在眼睛里面（8 音节诗行，十四行
　诗）　　　　　　　　　　　　A.
徒劳的微笑（自由诗）　　　　　A.
艺术家的印象（散文）　　S.－Ml.
无题（亚历山大体，自由诗）
　　　　　　　　　　　　德拉洛什
让玫瑰落下（自由诗）
　　　　　　　格雷瓜尔·勒·鲁瓦
文学专栏（杂论）　　　　　　莫克尔
小栏目（杂论）　　　　　　　莫克尔

第 5 年第 8 期
1890 年 8 月

序诗（组诗）　　　　　　　　雷泰
　Ⅰ.冒险家（亚历山大体）
　Ⅱ.（戏剧诗，亚历山大体）
雾中的图勒（散文）　　　　　雷泰
梦游（散文）　　　　　　　　雷泰
任意（亚历山大体）　　　　　雷泰
消遣（散文）　　　　　　　　雷泰
祈祷（散文）　　　　　　　　雷泰

永恒的理由（散文诗）　　　　雷泰
三位一体的晚上（亚历山大体）
　　　　　　　　　　　　　　雷泰
谈印度大麻（散文）　　　　　雷泰

第 5 年第 9 期
1890 年 9 月

被抛弃的死神（小说）
　　　　　　　　　贝尔纳·拉扎尔
黑色的一对（亚历山大体，十四行
　诗）　　　　　　　阿蒂尔·杜邦
为了女妖（亚历山大体）
　　　　　　　　　　　朱尔·布瓦
天才是……（亚历山大体，十四行
　诗）　　　　　　　多芬·默尼耶
玫瑰（自由诗）
　　　　　A.费迪南·埃罗尔德
一晚（亚历山大体）　　　维尔哈伦
小孩（散文诗，续）
　　　　　　　　皮埃尔－M.奥兰
小栏目（杂论）　　　　　　　匿名

第 5 年第 10 期
1890 年 10 月

埃弗拉伊姆·米哈尔（杂论）
　　　　　　　　　　皮埃尔·基亚尔
害怕爱（亚历山大体，十四行诗）
　　　　　　　　　　　　　基亚尔
诸神的黄昏（亚历山大体，十四行
　诗）　　　　　　　　　　基亚尔
阿瓦隆的王子（亚历山大体）
　　　　　　　　　　　　　基亚尔
战友（散文）　　　　　　　基亚尔
爱的房间（亚历山大体）　　基亚尔

353

浪漫曲（亚历山大体）　　　基亚尔
无用的死亡（亚历山大体）基亚尔
在莫尔旺（亚历山大体）　基亚尔
水晶（亚历山大体）　　　基亚尔
死者的弥撒曲（组诗）　　基亚尔
　管风琴（亚历山大体）
　钢琴（亚历山大体）
　活着的人（亚历山大体）
对话体诗的序诗（15 音节诗行）
　　　　　　　　　　　　基亚尔
论艺术
　布鲁塞尔的沙龙（杂论）
　　　　　亨利·范·德·费尔德
文学专栏（杂论）　　　　莫克尔
小栏目（杂论）　　　　　莫克尔

第 5 年第 11 期
1890 年 11 月

旋风（8 音节诗行）　　　马拉美
我们的时刻（自由诗）
　　　　弗朗西斯·维勒-格里凡
五月的梦（散文）
　　　　　　热尔梅娜·弗兰克
废弃的宫殿（亚历山大体，9 音节
　　诗行）　　　　　　　梅里尔
幽灵（亚历山大体）　　　梅里尔
诗行（自由诗）　　　　　雷尼耶
普罗塞尔皮内的花园（散文）
　　　　　　　　　　　斯温伯恩
纪念埃弗拉伊姆·米哈尔（亚历山
　　大体）　　　马塞尔·科利埃
冬天之歌（自由诗）　　　　雷泰
故事（散文）　　　　　　莫克尔

哲学家（散文）　　　　德拉哈什
音乐专栏（杂论）　　　　　Ch. P.
小栏目（杂论）　　　　　莫克尔

第 6 年第 1 期
1890 年 12 月—1891 年 1 月

给博雷利先生（亚历山大体）
　　　　　　　　　　　　魏尔伦
珍珠花瓣（自由诗）　　圣-保罗
猫形纹章的叙事诗（自由诗）
　　　　　　　　　　　圣-保罗
没有恐惧的生活（散文）
　　　　　　　　贝尔纳·拉扎尔
诗行（9 音节诗行）夏尔·莫里斯
颂诗（组诗）　　　　　　雷尼耶
　Ⅰ（自由诗）
　Ⅱ（8 音节诗行）
圣-朱斯特（亚历山大体）
　　　　　　　莫里斯·德·普莱西
纺车边上的玛格里特（亚历山大
　　体，十四行诗）　　　普莱西
序诗（亚历山大体，十四行诗）
　　　　　　　　　　　　普莱西
在苹果树下（散文诗）
　　　　　　　　　德尔谢瓦莱丽
死者（亚历山大体）
　　　　　　　　费尔南·塞弗兰
晚上（自由诗）　　　　维尔哈伦
临终的姐妹（8 音节诗行）
　　　　　　　格雷瓜尔·勒·鲁瓦
最高的放弃（散文）
　　　　　　　　　　皮埃尔·基亚尔
序诗（自由诗）　　阿尔贝·托纳尔

附　录

三折画（亚历山大体）
　　　　　　　　皮埃尔·路易
小孩（散文诗，续）
　　　　　　　　皮埃尔-M.奥兰
我往昔的心（8音节诗行）
　　　　　　　　多芬·默尼耶
尼姑（8音节诗行）
　　　　　　奥古斯特·维耶塞
奥古斯特·维耶塞（杂论）
　　　　　　　　阿尔贝·阿尔奈
离开的水之子（自由诗）　　匿名
书籍
　《语言的荣耀》（杂论）　　R.
　《布景》（杂论）　　　　　R.
　无题　　　　　　　　Alb. Th.
　论西格弗里德（杂论）　莫克尔

第6年第2期
1891年2月

关于幻象（系列作品）
　　　　　　　　皮埃尔-M.奥兰
　序诗（14音节诗行）
　孤独（散文诗）
　岛屿（散文诗）
　感伤的航行（散文）
　黯然销魂的修道院（散文）
　美（散文）
　威斯泰里亚湖（散文）
　终稿（散文）
依古曲制童诗（6音节诗行）　奥兰
拜占庭（散文）　　　　　　　奥兰
宁静（自由诗）　　　　　　　奥兰
病人的梦（散文）　　　　　　奥兰

音乐专栏
　克费尔的大管弦乐队交响乐（杂论）　　　　　　　　　　　莫克尔
评论（杂论）　　　　　　　匿名

第6年第3、4期
1891年3、4月

五种感官中最宝贵的（散文）
　　　　　　　　　　　维尔哈伦
颂诗（自由诗）　　　　　雷尼耶
戏剧（散文）　　　　　　梅里尔
科西利亚（亚历山大体，十四行诗）　　A.费迪南·埃罗尔德
克里斯蒂安娜（亚历山大体，十四行诗）　　A.费迪南·埃罗尔德
小素描（系列作品）德尔谢瓦莱丽
冬天的早晨（散文）
月亮的时刻（散文）
晨曦（散文）
水面上的早晨（散文）
夕阳（散文）
大理石的睡眠（亚历山大体，十四行诗）　　　　　让·德尔维尔
雨水的可怕（亚历山大体）
　　　　　　　　　　　德尔维尔
讽刺诗（散文诗，续）
　　　　　　　　加斯东·维特塔尔
祈祷（亚历山大体，十四行诗）
　　　　　　　　若泽·埃内比克
给巨大的荣耀（亚历山大体）
　　　　　　　　埃弥尔·贝尼
乔治·瑟拉（杂论）
　　　　　　　　夏尔·范·莱伯盖

书籍

《双连画》（杂论） R.

《安德烈·瓦尔特的笔记本》
（杂论） R.

《我们村庄的故事》（杂论）
夏尔·D.

《潮水里被枪杀的人》（杂论）
匿名

《二十五首十四行诗》（杂论）
匿名

《青春期》（杂论） 匿名

《恶魔的创造》（杂论） 匿名

《少女》（杂论） 匿名

《河流》（杂论） 匿名

《辛辣的讽刺》（杂论） 匿名

《悔罪经》（杂论） R.

评论

二十人俱乐部（杂论） P.M.O.

第6年第5期
1891年5月

巴纳斯的游戏（组诗）
维勒-格里凡

A

开篇（十四行诗，8音节诗行）

Ⅰ（十四行诗，8音节诗行）

Ⅱ（十四行诗，8音节诗行）

Ⅲ（十四行诗，8音节诗行）

Ⅳ（十四行诗，8音节诗行）

Ⅴ（十四行诗，8音节诗行）

Ⅵ（十四行诗，8音节诗行）

Ⅶ（十四行诗，8音节诗行）

Ⅷ（十四行诗，8音节诗行）

终篇（十四行诗，8音节诗行）

B

牺牲者（十四行诗，8音节诗行）

研究导师（十四行诗，8音节诗行）

神甫（十四行诗，8音节诗行）

C

Ⅳ（十四行诗，8音节诗行）

Ⅸ（十四行诗，8音节诗行）

Ⅹ（十四行诗，8音节诗行）

D

Ⅱ（十四行诗，8音节诗行）

Ⅴ（十四行诗，8音节诗行）

Ⅺ（十四行诗，8音节诗行）

E

Ⅰ（十四行诗，8音节诗行）

Ⅲ（十四行诗，8音节诗行）

Ⅴ（十四行诗，8音节诗行）

Ⅵ（十四行诗，8音节诗行）

Ⅶ（十四行诗，8音节诗行）

F

Ⅰ（十四行诗，8音节诗行）

Ⅱ（十四行诗，8音节诗行）

Ⅲ（十四行诗，8音节诗行）

G

乞丐（十四行诗，8音节诗行）

西西里的迦太基人（十四行

附　录

诗，8 音节诗行）

H

驴子（十四行诗，8 音节诗行）

蟾蜍（十四行诗，8 音节诗行）

吵闹的孩子（十四行诗，8 音节诗行）

洗澡（十四行诗，8 音节诗行）

给雷尼耶（十四行诗，8 音节诗行）

K

序诗（十四行诗，8 音节诗行）

十四行诗·第三（十四行诗，8 音节诗行）

十四行诗·第十八（十四行诗，8 音节诗行）

十四行诗·第七十二（十四行诗，8 音节诗行）

十四行诗·第七十三（十四行诗，8 音节诗行）

评论（杂论）　　　　　　匿名

第 6 年第 6、7、8 期合刊
1891 年 6、7、8 月

诗行（自由诗）　　　维尔哈伦
落日（自由诗）　　　维尔哈伦
外国的倒影（散文）
　　　　　　　安德烈·瓦尔特
沉思的女王（亚历山大体）
　　　　　　　　安德烈·方丹

疲倦的女士（亚历山大体）　方丹
柱头隐士（散文）
　　　　　　马克斯·埃尔斯坎普
缺口（亚历山大体，十四行诗）
　　　　　　　　　皮埃尔·路易
回顾的、过去的笔记（散文）
　　　　　　　　　　　P. M. O.
两本诗集（杂论）　　　莫克尔评论
《意外》（杂论）　　　　　匿名

第 6 年第 9、10 期合刊
1891 年 9、10 月

你将不再是处女（自由诗）
　　　　　　　　　朱尔·布瓦
颂诗（亚历山大体）　　雷尼耶
过去的呼喊（散文）
　　　　　　　埃克托尔·谢奈
温室的晚上（自由诗）　维尔哈伦
地下室的晚上（自由诗）维尔哈伦
讽刺诗（散文诗，续）
　XIX　　　　加斯东·维特塔尔
　XXV　　　加斯东·维特塔尔
悲歌（8 音节诗行）
　　　　　　　　若泽·埃内比克
关于"圣徒的彩绘玻璃"（组诗）
　　　　　　　　　　埃罗尔德
利利奥萨（8 音节诗行）
希尔德加迪斯（亚历山大体，十四行诗）
安妮（自由诗）　阿尔贝·阿尔奈
小素描（系列作品）德尔谢瓦莱丽
落日（散文）

黄昏（散文）
有月亮的晚上（散文）
黄昏（散文）
诗行（亚历山大体）
皮埃尔·基亚尔
管它什么地方的国王（自由诗）
多芬·默尼耶
书籍
埃克托尔·谢奈《事物的灵魂》
（杂论） 塞莱斯坦·当布隆
马拉美《书页》（杂论） 雷尼耶
评论（杂论） 匿名

第6年第11期
1891年11月

竖琴（小说） 贝尔纳·拉扎尔
　内昂泰斯
　马西亚斯
新加入者（戏剧）贝尔纳·拉扎尔
夜心唱诗班

第6年第12期
1891年12月

写给埃莱纳的坟墓（组诗）
维勒-格里凡
　提要（自由诗）
　第一曲（自由诗）
　第二曲（自由诗）
　第三曲（自由诗）
　第四曲（自由诗）
　第五曲（自由诗）
　最后一曲（自由诗）
　埃莱纳（自由诗）

第7年第1、2期合刊
1892年1、2月

女看守（戏剧诗、自由诗）雷尼耶
苏醒者（散文诗） 德尔谢瓦莱丽
睡人（亚历山大体）
费尔南·塞弗兰
阿斯塔特（亚历山大体，十四行
　诗） 皮埃尔·路易
十字街头之歌（自由诗）维尔哈伦
活着（散文） 埃克托尔·谢奈
潟湖（亚历山大体）安德烈·吉德
十月（11、12音节诗行） 吉德
阿里昂（亚历山大体，十四行诗）
保罗·瓦莱里
让·拉辛（亚历山大体，十四行
　诗） 阿尔贝·托纳尔
走向生活（亚历山大体，十四行
　诗） 托纳尔
散步（散文诗） 皮埃尔-M.奥兰
诺尼瓦（8音节诗行） 埃罗尔德
诗行（组诗）
加布里埃尔·特拉里厄
　第一首十四行（亚历山大体）
　第二首十四行（亚历山大体）
　第三首十四行（亚历山大体）
　俘房（自由诗）
　马德莱娜家庭合唱团歌唱（自由
　　诗）
死者（散文） Math.罗伯特
潜在的生活（自由诗）
夏尔·斯吕特
诗行（8音节诗行） A.勒穆尚

百合的粉末（亚历山大体）

　　　　　　　　爱德蒙·巴伊

音乐专栏

　《印度场景：交响乐的诗》（杂论）　　　　　马赛尔·雷米

书籍

　无题（杂论）　阿尔贝·阿尔奈

　《斯温伯恩的诗》（杂论）

　　　　　　　　　　雷尼耶

　《侵入者》（杂论）　雷尼耶

　《感伤的散步》（杂论）　雷尼耶

　《行动与梦》（杂论）　雷尼耶

　《畏惧死亡》（杂论）　雷尼耶

　《珍珠花瓣》（杂论）　雷尼耶

　无题（杂论）　　　　莫克尔

　评论（杂论）　　　　匿名

第 7 年第 3、4 期合刊

1892 年 3、4 月

星辰上的女孩（自由诗）埃罗尔德

对答歌（亚历山大体，自由诗）

　　　　　　　　　　埃罗尔德

关于"圣徒的彩绘玻璃"（组诗）

　　　　　　　　　　埃罗尔德

　普拉赛迪斯（自由诗）

　布兰迪纳（9 音节诗行）

　伊丽莎白（自由诗）

　里查德斯（自由诗）

　厄利亚（8 音节诗行）

　比比亚纳（自由诗）

梦想的守护者（散文）

　　　　　　　　于格·勒贝尔

为了我们的想象力（自由诗）

　　　　　　　　皮埃尔 – M.奥兰

笛声暂停（亚历山大体）

　　　　　　　　　热奥·莫韦尔

怀疑（10 音节诗行）

　　　　　　　　爱德蒙·巴伊

书籍

　《天鹅》（杂论）　　雷尼耶

　评论（杂论）　　　　匿名

第 7 年第 5、6 期合刊

1892 年 5、6 月

在哀怨海上航行（小说）

　　　　　　　　安德烈·吉德

第 7 年第 7、8 期合刊

1892 年 7、8 月

秋天的小诗（8 音节诗行）　梅里尔

绝望（9 音节诗行）　　　　梅里尔

死亡（7、8 音节诗行）　　梅里尔

虚无（8 音节诗行）　　　　梅里尔

小素描（散文，续）　德尔谢瓦莱丽

城市（自由诗）　　　　维尔哈伦

欧里亚泰（诗剧）弗朗索瓦·库隆

歌唱的传说（自由诗）

　　　　　　　特里斯坦·克林索尔

森林失火（散文）

　　　　　　　　皮埃尔 – M.奥兰

猫头鹰（亚历山大体，十四行诗）

　　　　　　　　　阿蒂尔·杜邦

文学专栏

　《传说的镜子》（杂论）　雷尼耶

　《诗性的节奏》（杂论）　雷尼耶

　《女王故事》（杂论）　　雷尼耶

　《瓦尔特的诗》（杂论）　雷尼耶

《阿斯塔特》（杂论）　雷尼耶
诗人阿尔贝·吉罗（杂论）莫克尔
书籍（杂论）　　　　　莫克尔

第 7 年第 9、10、11、12 期合刊

1892 年 9、10、11、12 月

斗争（亚历山大体）
　　若泽-玛里亚·德·埃雷迪亚
十四行诗（8 音节诗行）马拉美
洗衣妇（自由诗）　维勒-格里凡
题铭（组诗）　　　　　雷尼耶
　轮唱（自由诗）
　象征性的征兆（亚历山大体）
　想到静默者低沉的声音（亚历山大体）
　讽寓（亚历山大体）
　受到诱惑的手（亚历山大体）
林神和农神（散文）于格·勒贝尔
鸢尾花（亚历山大体，十四行诗）
　　　　　　　　　皮埃尔·路易
克利奥帕特拉（亚历山大体，十四行诗）　　　皮埃尔·路易
折扇十四行（8 音节诗行）　路易
行人（亚历山大体，十四行诗）
　　　　　　　　　　　　路易
草原（亚历山大体，十四行诗）
　　　　　　　　　　　　路易
克里西斯（小说）　皮埃尔·路易
献词（亚历山大体）　　　圣-保罗
给梅里尔（亚历山大体，自由诗）
　　　　　　　　　　　圣-保罗
云（自由诗）　　　　　圣-保罗

不朽的花朵（亚历山大体）
　　　　　　　　皮埃尔·基亚尔
新加入者（戏剧，续）
　　　　　　　　贝尔纳·拉扎尔
镀金的诗行（亚历山大体）　雷泰
月亮的敌人（散文）　　　　雷泰
选自《阿东尼的花园》（亚历山大体）　　　　　　　德拉洛什
在秋天的忧郁中（自由诗）
　　　　　　　　　　　埃罗尔德
在冰海附近航行（小说）
　　　　　　　　　安德烈·吉德
等候的公主（小说）　　　梅里尔
秋天的小诗（组诗）　　　梅里尔
　花环（8 音节诗行）
　王位（8 音节诗行）
　诗行（9 音节诗行）
自杀的人们（自由诗）　维尔哈伦
叙事诗（8 音节诗行）
　　　　　　　莫里斯·梅特林克
歌（自由诗）　夏尔·范·莱贝格
意象（自由诗）夏尔·范·莱贝格
雾凇风景（散文）
　　　　　　　热尔梅娜·弗兰克
圣母经（组诗）
　　　　　　马克斯·埃尔斯坎普
恩泽圆满第三（5、10 音节诗行）
恩泽圆满第五（8 音节诗行）
痛苦人的安慰（8 音节诗行）
在林间空地（散文诗）
　　　　　　　　　德尔谢瓦莱丽

附 录

神秘性（散文） 德尔谢瓦莱丽
花冠（亚历山大体） F.塞弗兰
图勒的女王（亚历山大体）
　　　　　　　　　F.塞弗兰
骄傲、厌倦的人（亚历山大体）
　　　　　　　　　F.塞弗兰
浪漫曲（7音节诗行）F.塞弗兰
普里马韦拉（亚历山大体）
　　　　　　　　　F.塞弗兰
梦幻的结束（散文）
　　　　　　加斯东·维特塔尔
在森林中（组诗） 安德烈·方丹
　骑行（自由诗）
　一种声音（自由诗）
梦想的女人（散文）乔治·加尼尔
宝塔（亚历山大体）
　　　　　　奥古斯特·维耶塞

微光（自由诗） 莫克尔
写给明净的早晨（自由诗）莫克尔
悲歌（自由诗） 皮埃尔-M.奥兰
我的眼睛投向了我生命的北方（系列作品） 皮埃尔-M.奥兰
遇险（散文）
在一个灯塔上（散文）
阴影（散文）
在一处墓地（散文）
骇人的教堂（散文）
文学专栏
马拉美；诗与文（杂论）莫克尔
音乐专栏
《大海与沙滩之歌》（杂论）
　　　　　　　　　　　M.R.
评论（杂论） 匿名
　　　　（完）

《法兰西信使》杂志目录

（1890.01—1965.08）
本目录时间
（1890.01—1894.12）

《法兰西信使》杂志1890年1月创刊，1965年8月终刊，月刊，出版地为法国巴黎。出刊比较规则，每年12期，是象征主义期刊中办刊最长的刊物。在19世纪末期，该杂志先后由瓦莱特、古尔蒙负责。在《风行》《颓废者》《瓦隆》等杂志终刊后，该刊成为颓废主义者和象征主义者的熔炉。

该杂志在自由诗理论和唯心主义美学的讨论上，具有重要地位。

第 1 卷第 1 期
1890 年 1 月

《法兰西信使》（社论）
　　　　　　阿尔弗雷德·瓦莱特
秋雨（亚历山大体）
　　　　　　埃内斯特·雷诺
没有夜的夜（15 音节诗行）
　　　　　　路易·迪米尔
请求（小说）　　　　勒纳尔
十四行诗（亚历山大体）
　　　　　　阿尔贝·萨曼
当选者（亚历山大体）　让·库尔
马戏团（散文）　路易·丹尼丝
写给纯真少女（亚历山大体）
　　　　　　朱利安·勒克莱尔
残骸（亚历山大体）爱德华·迪比
孤独者
　　文森特·梵·高（杂论）
　　　　　　G. 阿尔贝·奥里埃
书籍
　《欢乐》（杂论）　　　B. G.
　《判断之书》（杂论）　B. G.
　《让人泄气!》（杂论）　G. A. A.
戏剧（杂论）　　　　　匿名
美术（杂论）　　　　　L. D.
回应（来信）　　　　　匿名

第 1 卷第 2 期
1890 年 2 月

专栏（散文）　洛朗·塔亚德
昏暗的（亚历山大体）
　　　　　　爱德华·迪比
困扰（亚历山大体）
　　　　　　朱利安·勒克莱尔
忧郁的散文（系列作品）
　隔板（散文）雷米·德·古尔蒙
　红鱼（8 音节诗行）圣-波尔·鲁
　谈一位死者（亚历山大体）
　　　　　　埃内斯特·雷诺
自我主义进化（杂论）
　　　　　　阿尔弗雷德·瓦莱特
海岸（亚历山大体）　让·库尔
小欧石南（散文）　　勒纳尔
书籍
　《燕蛾》（杂论）　　　J. R. P.
　《为爱着魔》（杂论）　J. R. P.
　《士官》（杂论）　　　L. T.
　《证券年代》（杂论）　L. T.
　《彼得·塞拉辛特》（杂论）
　　　　　　　　　　　L. T.
　《老演员》（杂论）　　L. T.
　《冬天的论战》（杂论）L. T.
戏剧（杂论）　　　　　A. V.
美术（杂论）　　　　　L. D.
回应（杂论）　　　　　匿名

第 1 卷第 3 期
1890 年 3 月

论性本能和婚姻（杂论）
　　　　　　路易·迪米尔
远东（亚历山大体）阿尔贝·萨曼
心中的青蛙（亚历山大体）
　　　　　　G. 阿尔贝·奥里埃
红面颊（小说）　　　勒纳尔

丁香的屏障（自由诗，10 音节诗行） 路易·丹尼丝

不满（亚历山大体）
　　　　　　　埃内斯特·雷诺

忧郁的散文（系列作品）

地狱（散文）雷米·德·古尔蒙

布鲁塞尔的二十人沙龙（杂论）
　　　　　　　　　　　达朗

书籍

　《阿克塞尔》（杂论）　R. G.
　《三颗心》（杂论）　A. V.
　《弟弟》（杂论）　J. R. P.
　《疯子的自白》（杂论）　A. V.
　《白蚁》（杂论）　R. G.
　《五篇小说》（杂论）　A. V.
　《应该让人民读什么？》（杂论）
　　　　　　　　　　　匿名
　《圣经诗节》（杂论）　匿名
　《两位保皇党诗人最后的歌》
　（杂论）　匿名

回应（杂论）　匿名

第 1 卷第 4 期
1890 年 4 月

直觉主义与现实主义（理论）
　　　　　　阿尔弗雷德·瓦莱特

盲人（亚历山大体）
　　　　　　　埃内斯特·雷诺

不同时期的三联诗节（组诗）
　　　　　　　布尔伊古巴斯特

　Ⅰ. 亵渎（亚历山大体）
　Ⅱ. 拒绝（亚历山大体）
　Ⅲ. 墓志铭（亚历山大体）

烟气（散文）　拉希尔德

四首熟悉的歌谣（组诗）
　　　　　　　　洛朗·塔亚德

　马尔尚·多维唐的歌谣（8 音节诗行）
　图卢兹友人的歌谣（8 音节诗行）
　欢庆的歌谣（8 音节诗行）
　不自然一代的歌谣（8 音节诗行）

追逐女孩的人（小说）　勒纳尔

穆利布里亚·科尔达（组诗）
　　　　　　　　　　让·库尔

　小旅馆（亚历山大体）
　宫殿（亚历山大体）
　教堂（亚历山大体）
　火的诗（亚历山大体）
　　　　　　　　爱德华·迪比

夜景（小说）　G. 阿尔贝·奥里埃

愉悦（亚历山大体）阿尔贝·萨曼

关于自由戏剧（杂论）
　　　　　　　埃内斯特·雷诺

赌博（杂论）　G. 阿尔贝·奥里埃

书籍
　《缺席者》（杂论）　A. V.
　《在摩洛哥》（杂论）　J. R. P.
　《当代年轻女性》（杂论）　A. V.
　《赌博》（杂论）　R. G.
　《说最好的》（杂论）　A. V.
　《真正的士官》（杂论）　D. – D.
　《虹色石英》（杂论）　A. V.

《第三共和国的教士》（杂论）
　　　　　　　　　　　　R. G.
《酒后》（杂论）　　　A. V.
戏剧
《变化的戏剧》（杂论）　J. C.
美术（杂论）　G. 阿尔贝·奥里埃
回应（杂论）　　　　　　匿名

第 1 卷第 5 期
1890 年 5 月

《涅瓦河》（杂论）　爱德华·迪比
夜景（自由诗）　　　路易·丹尼丝
苦恼（14 音节诗行）
　　　　　　　　　　　路易·迪米尔
寂静的朝圣者（散文诗）
　　　　　　　　　雷米·德·古尔蒙
完美告诫的歌谣（8 音节诗行）
　　　　　　　　　　洛朗·塔亚德
悲叹（亚历山大体）
　　　　　　　　路易·勒·卡多内尔
慈爱（亚历山大体，十四行诗）
　　　　　　　　　　阿尔贝·萨曼
床顶（小说）　　　　　勒纳尔
情歌（亚历山大体）
　　　　　　　　G. 阿尔贝·奥里埃
孤独者（亚历山大体）
　　　　　　　　　埃内斯特·雷诺
书籍
《古典和浪漫的诗》（杂论）
　　　　　　　　　　　　J. C.
《今天的小说家》（杂论）　A. V.
美术

画师—雕刻师展览（杂论）
　　　　　　　　　　　　L. D.
给独立艺术家（杂论）　　J. L.
回应（杂论）　　　　　　匿名

第 1 卷第 6 期
1890 年 6 月

画像（散文）　　　　　马拉美
纪念册（亚历山大体）
　　　　　　　　　　阿尔贝·萨曼
论《缺席者》（杂论）
　　　　　　　　　　夏尔·莫里斯
歌谣（组诗）　　　洛朗·塔亚德
　向宗教和世俗音乐致敬（8 音节
　诗行）
　采取哀歌形式的悲歌（8 音节诗
　行）
关于重读重音（杂论）
　　　　　　　　　　路易·迪米尔
风景（组诗）　　埃内斯特·雷诺
　树林（亚历山大体，十四行诗）
　泉水（亚历山大体，十四行诗）
永远（小说）阿尔弗雷德·瓦莱特
长鼓舞曲（组诗）　　　让·库尔
　星星（8 音节诗行）
　夜景（8 音节诗行）
　雪（8 音节诗行）
庇护（散文）　　　夏尔·梅尔基
小欧石南（散文）　　　勒纳尔
小旅馆（亚历山大体）
　　　　　　　　G. 阿尔贝·奥里埃
论神秘主义的一本书（杂论）
　　　　　　　　　　爱德华·迪比

香榭丽舍大道的沙龙（杂论）
　　　　　　　　　路易·丹尼丝
英国文学（杂论）
　　　　　　　雷米·德·古尔蒙
书籍
　《着魔的时刻》（杂论）　　E. D.
　《涅瓦河》（杂论）　　　　A. V.
　《在爱情上》（杂论）　　　A. V.
　《一个吸食鸦片者的自白》（杂论）　　　　　　　　阿瑟·西蒙斯
　《法国批评的进化》（杂论）
　　　　　　　　　　　　　　A. V.
　《无用之美》（杂论）　　　R. G.
回应（杂论）　　　　　　　匿名

第 1 卷第 7 期
1890 年 7 月
阿尔及尔的西班牙激情（散文）
　　　　　　　　保罗·马古埃里特
丧失的错觉（亚历山大体）
　　　　　　　G. 阿尔贝·奥里埃
女魔（10 音节诗行）
　　　　　　　　　　路易·丹尼丝
女孩的作家（杂论）
　　　　　　　　埃内斯特·雷诺
歌（4 音节诗行）
　　　　　　　加布里埃尔·维凯尔
国王之死（亚历山大体）让·库尔
假笑（散文）　　　　　　勒纳尔
放弃（8、12 音节诗行）
　　　　　　　　　　保罗·莫里斯
两个沙龙的雕刻（杂论）
　　　　　　　　　路易·丹尼丝

战神广场的沙龙（杂论）
　　　　　　　G. 阿尔贝·奥里埃
英国文学（杂论）
　　　　　　　雷米·德·古尔蒙
书籍
　《爱人》（杂论）　　　　　A. V.
　《奴役的灵魂》（杂论）　　R. G.
　《塞巴斯蒂安·罗克》（杂论）
　　　　　　　　　　　　　　R. G.
　《法国批评的进化》（杂论）
　　　　　　　　　　　　　　A. V.
自由戏剧（杂论）
　　　　　　　G. 阿尔贝·奥里埃
谈《肉鸡》（杂论）
　　　　　　　阿尔弗雷德·瓦莱特
美术（杂论）　　　　　　　L. D.
回应（杂论）　　　　　　　匿名

第 1 卷第 8 期
1890 年 8 月
论利勒－亚当（杂论）　　　R. G.
死气沉沉的花园（亚历山大体）
　　　　　　　　　　爱德华·迪比
巴乌希斯和菲利门（小说）勒纳尔
写自我隐修所的信（散文）
　　　　　　　　　多姆·朱尼佩里安
夏日时刻（8 音节诗行）
　　　　　　　　　　阿尔贝·萨曼
铁匠（散文）　　　夏尔·梅尔基
三钟经（亚历山大体）
　　　　　　　　　埃内斯特·雷诺
《埃诺尔》（杂论）　路易·迪米尔
围猎（8 音节诗行）　圣－波尔·鲁

梦中的屠杀（亚历山大体）
　　　　　　　　G. 阿尔贝·奥里埃
论《着魔者》（杂论）
　　　　　　　阿尔弗雷德·瓦莱特
书籍
　《着魔者》（杂论）　　　　R. G.
　《埃诺尔》（杂论）　　　　R. G.
　《小马格蒙特》（杂论）　　R. G.
　《思想之爱》（杂论）　　　R. G.
戏剧
　《混合戏剧》（杂论）　　　匿名
艺术探究（杂论）
　　　　　　　　G. 阿尔贝·奥里埃
回应（杂论）　　　　　　　　匿名

第 1 卷第 9 期
1890 年 9 月

《拜占庭》（杂论）
　　　　　　　阿尔弗雷德·瓦莱特
粉笔画（组诗）　　路易·丹尼丝
　1（9 音节诗行）
　2（亚历山大体）
　3（9 音节诗行）
中国军舰（8 音节诗行）
　　　　　　　　　　路易·迪米尔
小欧石南（散文）　　　　　勒纳尔
同行的歌谣（10 音节诗行）
　　　　　　　　　　洛朗·塔亚德
夏天的两周（亚历山大体）塔亚德
水彩画（亚历山大体，十四行诗）
　　　　　　　　　　洛朗·塔亚德
守护者的形象（散文）
　　　　　　　　　　夏尔·梅尔基

十四行诗（亚历山大体，十四行诗）　　　　　　　　　让·库尔
拉法埃利（散文）
　　　　　　　　G. 阿尔贝·奥里埃
文森特·梵·高（杂论）
　　　　　　　　朱利安·勒克莱尔
书籍
　《巴黎的老街区》（杂论）　R. G.
　《在巴雷斯先生家中的一小时》
　（杂论）　　　　　　　　A. V.
　《金书》（杂论）　　　　　匿名
　《引座员的信》（杂论）　　J. R.
　《女人的心》（杂论）　　　R. G.
　《上帝怜我》（杂论）　　　A. V.
艺术品（杂论）
　　　　　　　　G. 阿尔贝·奥里埃
回应（杂论）　　　　　　　　匿名

第 1 卷第 10 期
1890 年 10 月

夏天的专栏（杂论）
　　　　　　　　莱奥·特雷泽尼克
工作（组诗）　　保罗·鲁瓦纳尔
　日子（亚历山大体）
　春天（亚历山大体）
　夏天（亚历山大体）
　秋天（亚历山大体）
　冬天（亚历山大体）
　夜（亚历山大体）
逝者的思想（散文）夏尔·莫里斯
两个皇帝（散文）　娜拉日代公主
葬礼的队列（亚历山大体）
　　　　　　　　　　　让·库尔

附 录

铜版画（戏剧） 朱尔·勒纳尔
文学珍玩（杂论）埃内斯特·雷诺
壁炉前的老人（散文诗）拉希尔德
梦幻（7音节诗行） 路易·丹尼丝
忧郁的散文（系列作品） 古尔蒙
   色尼奥莱（散文）
   小贫民（散文）
   圣-雅克塔（散文）
19世纪的炼金术理论（杂论）

      爱德华·迪比

莫里斯·梅特林克（杂论）

    阿尔弗雷德·瓦莱特

《不重要的星期一》（杂论）

      夏尔·莫里斯

书籍
   《碎屑》（杂论） A.V.
   《批评的新问题》（杂论） R.G.
   《问题》（杂论） R.G.
   《温柔》（杂论） A.V.
   《性的卫生》（杂论） X.
   《隐修所》（杂论） 匿名
回应（杂论） 匿名

第1卷第11期
1890年11月

资产阶级（杂论） 朱尔·勒纳尔
十四行诗（亚历山大体）

     埃内斯特·雷诺

幻象（亚历山大体）

     G.阿尔贝·奥里埃

让心入睡的歌（亚历山大体）

       奥里埃

手（散文） 拉希尔德

普遍的忧郁（散文） 拉希尔德
塔（亚历山大体） 阿尔贝·萨曼
十四行诗（亚历山大体）

     朱利安·勒克莱尔

前诗的变体（亚历山大体）

       勒克莱尔

母牛的价值（小说）夏尔·梅尔基
《西斯丁》（杂论） 路易·丹尼丝
论《阿尔贝》（杂论）

      夏尔·莫里斯

书籍
   《马琳公主》（杂论） Ch. M.
   《死亡》（杂论） Ch. M.
   《格兰特将军和法国人》 R.G.
戏剧（杂论） A.V.
艺术品（杂论）

     G.阿尔贝·奥里埃

珍玩（杂论） R.G.
回应（杂论） 匿名

第1卷第12期
1890年12月

白礼服（小说）雷米·德·古尔蒙
感谢（亚历山大体）圣-波尔·鲁
会谈（9音节诗行）路易·迪米尔
歌谣一（10音节诗行）

      洛朗·塔亚德

歌谣二（8音节诗行）

      洛朗·塔亚德

关于《假笑》（杂论）

    阿尔弗雷德·瓦莱特

无情者（亚历山大体） 让·库尔

十四行诗（亚历山大体）
　　　　　　　　阿尔贝·萨曼
夏夜（亚历山大体）
　　　　　　　埃内斯特·雷诺
恶鬼（亚历山大体）
　　　　　　　G.阿尔贝·奥里埃
幻想的星座（亚历山大体）奥里埃
在《阿尔贝》边上（杂论）
　　　　　　　　　　　勒纳尔
书籍
　《受苦的灵魂》（杂论）　Ch. M.
　《召唤》（杂论）　　　　E. D.
　《生动的节奏》（杂论）　E. D.
　《饭盒》（杂论）　　　　匿名
　《艺术的目的》（杂论）　C. M.
　《人们》（杂论）　　　　L. D.
　自由戏剧（杂论）　　　　A. V.
艺术品（杂论）
　　　　　　　G.阿尔贝·奥里埃
回应（杂论）　　　　　　　匿名

第2卷第13期
1891年1月
《未来的夏娃》未刊残篇（小说）
　　　　　　　　　　　利勒-亚当
祈祷（亚历山大体）路易·丹尼丝
记忆之歌（亚历山大体）　奥里埃
文学传略
　洛朗·塔亚德（杂论）　　雷诺
骄傲（亚历山大体）　　　　萨曼
切割（散文）　　　　　　勒纳尔
无题（亚历山大体）　　　　迪比
男人的时刻（亚历山大体，十四行诗）
　　　　　　　　　　　　　迪比
浮雕（散文）　　　圣-波尔·鲁
冥世的故事（小说）
　　　　　　　　　加斯东·当维尔
谈女人对爱情的贪恋（散文）
　　　　　　　　　　路易·迪米尔
歌谣（8音节诗行）　　　塔亚德
亲密（亚历山大体）　　　塔亚德
装饰的散文（散文）夏尔·梅尔基
艺术戏剧（杂论）　　　　勒纳尔
自由戏剧（杂论）　路易·迪米尔
书籍
　《马尔多洛的歌》（杂论）A. V.
　《诗和散文诗》（杂论）　P. Q.
　《米凯尔》（杂论）　　　R. G.
　《泰人》（杂论）　　　　C. M.
　《作品与人》（杂论）　　R. G.
　《意外》（杂论）　　　　J. R.
　《小法国人》（杂论）　　匿名
　《自我主义的证明》（杂论）
　　　　　　　　　　　　　A. V.
　《现代爱情心理学》（杂论）
　　　　　　　　　　　　　R. G.
　《在雅费的帐篷下》（杂论）
　　　　　　　　　　　　　匿名
　《诗与诗人》（杂论）　　A. V.
　《沙塔内》（杂论）　　　C. M.
……
艺术品（杂论）　　　　　G. A. A.
珍玩（杂论）　　　　　　R. G.
回应（杂论）　　　　　　匿名

第 2 卷第 14 期
1891 年 2 月

一篇序言（散文）

　　　　　　　　卡米耶·勒莫尼耶

命运（亚历山大体）　　　　萨曼

决裂的唠叨（戏剧）　　　勒纳尔

保罗·魏尔伦（11 音节诗行）

　　　　　　　　夏尔·莫里斯

不真实的地平线（亚历山大体）

　　　　　　　　　　　　迪米尔

偷猎（小说）阿尔弗雷德·瓦莱特

梦幻（组诗）　　　　　让·库尔

　Ⅰ（自由诗）

　Ⅱ（亚历山大体，自由诗）

　Ⅱ（亚历山大体，自由诗）

"马尔多洛"的文学（杂论）

　　　　　　　　　　　　古尔蒙

《诗》（杂论）　　洛特雷阿蒙

不结束的旅程（亚历山大体）

　　　　　　　　　　　　奥里埃

回忆（散文）　　加斯东·当维尔

《牧神的号角》（杂论）　　迪比

《语言的荣光》（杂论）

　　　　　　　　　　圣-波尔·鲁

自由戏剧（杂论）　　　　瓦莱特

书籍

　《悠闲的花朵》（杂论）　A. V.

　《世界博览会上的装饰和工业艺术》　　　　　　　　　　C. M.

　《老人》（杂论）　　　　A. V.

　《一个傻瓜》（杂论）　　匿名

　《塔西佗纪年与历史的真伪》

（杂论）　　　　　　　　R. G.

《肉体的诗》（杂论）　　A. V.

《狂热》（杂论）　　　　A. V.

回应（杂论）　　　　　　匿名

第 2 卷第 15 期
1891 年 3 月

两篇诗（系列作品）　　多勒维利

　四十个小时（散文诗）

　幽灵（8、12 音节诗行）

在舞会上（散文）　　　　迪米尔

浮雕（散文，续）　圣-波尔·鲁

文学传略

　让·莫雷亚斯（杂论）　　雷诺

流亡的时刻（组诗）多芬·默尼耶

　敌人（10 音节诗行）

　朋友维埃纳（亚历山大体）

　人们晚上写的东西（散文）

　　　　　　　　埃内斯特·蒂索

一封巴尔扎克的未刊书信（散文）

　　　　　　　　　　　　R. M.

切割（散文，续）　　　勒纳尔

绘画中的象征主义

　保罗·高更（杂论）　　奥里埃

徒劳（亚历山大体）　朱尔·梅里

阴郁生活的小说（散文）　古尔蒙

野蛮人的戏剧（杂论）

　　　　　　　　　　夏尔·梅尔基

艺术剧中的"意识"（杂论）

　　　　　　　　　　　　瓦莱特

阿里斯多芬的喜剧（杂论）　维利

书籍

　《安谢莱的神甫》（杂论）　匿名

《辛辣的讽刺》（杂论） R. G.
《冬夜的梦想》（杂论） R. G.
《西里尔叔叔的猕猴》（杂论）
　　　　　　　　　　　　匿名
《四张面孔》（杂论） A. V.
《开花的苹果树》（杂论） E. R.
……
艺术品（杂论）　　　　　奥里埃
回应（杂论）　　　　　　　匿名

第 2 卷第 16 期
1891 年 4 月

爱国玩具（散文）　　　　　古尔蒙
饰以花环的圣餐杯（亚历山大体）
　　　　　　　　　　　　　迪比
雪（8、12 音节诗行）　　让·库尔
踩高跷（散文）　　　　　　勒纳尔
未婚夫妇（亚历山大体）　　迪米尔
葡萄串（亚历山大体）
　　　　　　　　　　圣－波尔·鲁
幻想的天鹅（亚历山大体）
　　　　　　　　　　圣－波尔·鲁
让·多伦特（杂论）夏尔·莫里斯
难以捉摸的皇帝（亚历山大体）
　　　　　　　　　　　　奥里埃
降低（散文）　　加斯东·当维尔
《衰老》（杂论）　　　　　瓦莱特
二十人俱乐部（杂论）
　　　　　　　皮埃尔－M. 奥兰
自由戏剧（杂论）　　　　　瓦莱特
意大利文学（杂论）　　　　R. G.
书籍
　《热情的朝圣者》（杂论） C. M.

《孩子的礼物》（杂论） P. Q.
《忏悔录》（杂论）　　　　匿名
《贝雷尼斯的花园》（杂论）
　　　　　　　　　　　　R. G.
……
艺术品（杂论）　　　　　奥里埃
回应（杂论）　　　　　　　匿名

第 2 卷第 17 期
1891 年 5 月

介绍福楼拜的半身像（杂论）
　　　　　　　　　　　　R. G.
敌意（杂论）　　　　　　瓦莱特
无题（亚历山大体）托拉·多里安
出生（8 音节诗行）
　　　　　　阿德里安·勒马克勒
未刊片段（小说）　　利勒－亚当
美人鱼（9 音节诗行）
　　　　　　　　　　路易·丹尼丝
简单的笔记（散文）夏尔·梅尔基
阴郁的时刻（自由诗）
　　　　　　　　　　圣－波尔·鲁
深情的葬礼之歌（6、12 音节诗
　行）　　　　　　圣－波尔·鲁
净化的雨（亚历山大体）
　　　　　　　　　　圣－波尔·鲁
忧郁的散文（系列作品）
　死者的手术医生（散文）古尔蒙
叙事抒情诗（亚历山大体）奥里埃
活的石棺（10 音节诗行）　奥里埃
切割（散文，续）　　　　勒纳尔
荣耀（亚历山大体）　　　　迪比
巴纳贝（小说）　　路易·迪米尔

给独立艺术家（杂论）

　　　　　　　　朱利安·勒克莱尔
艺术戏剧（杂论）　瓦莱特、P.Q.
意大利文学（杂论）　　　匿名
书籍
　《潮水中的被枪杀者》（杂论）

　　　　　　　　　　　　R.G.
　《法利赛人》（杂论）　　匿名
　《教会婚礼的装饰》（杂论）

　　　　　　　　　　　　R.G.
　《小学教师》（杂论）　　A.V.
　《形式与色彩的和谐》（杂论）

　　　　　　　　　　　　R.G.
　《炼金术的理论和象征》（杂论）

　　　　　　　　　　　　E.D.
　《斯温伯恩的诗和歌谣》（杂论）

　　　　　　　　　　　　R.G.
　……
艺术品（杂论）　　　　奥里埃
回应（杂论）　　　　　　匿名

第 2 卷第 18 期
1891 年 6 月

论于斯曼（杂论）　　　古尔蒙
单桅帆船（8 音节诗行）

　　　　　　　　　圣-波尔·鲁
布列塔尼马车（10 音节诗行）

　　　　　　　　　圣-波尔·鲁
在三种经的天空下（亚历山大体）

　　　　　　　　　圣-波尔·鲁
序诗（8、12 音节诗行）　雷泰
切割（散文，续）　　　勒纳尔
欧仁·卡里埃（杂论）　奥里埃

寂静之歌（10、12 音节诗行）

　　　　　　　　路易·迪米尔
连祷文（亚历山大体）　让·库尔
冥世的故事（小说，续）

　　　　　　　　加斯东·当维尔
乔治·罗当巴克（杂论）

　　　　　　　　　夏尔·梅尔基
薄纱（组诗）　　　　鲁瓦纳尔
　柑树（8、12 音节诗行）
　睡莲（8、12 音节诗行）
　西番莲（8、10、12 音节诗行）
《在野蛮人的国度》（杂论）

　　　　　　　　　　　　瓦莱特
应用的戏剧（杂论）　　瓦莱特
自由戏剧（杂论）　　　奥里埃
书籍
　《事物的力量》（杂论）　R.G.
　《瓦尔特的笔记》（杂论）R.G.
　《丹尼尔·瓦尔格雷夫》（杂论）

　　　　　　　　　　　　A.V.
　《两性体》（杂论）　　E.D.
　《悔罪经》（杂论）　　C.M.
　《双联画》（杂论）　　P.Q.
　……
艺术品（杂论）　　　　奥里埃
回应（杂论）　　　　　　匿名

第 3 卷第 19 期
1891 年 7 月

给《巴黎回声报》的信（散文）

　　　　　　　　　　　　古尔蒙
斯特凡·马拉美（杂论）

　　　　　　　　　皮埃尔·基亚尔

克利奥帕特拉（亚历山大体）萨曼
社会的十二种游戏（散文）勒纳尔
水井的消亡（散文）圣-波尔·鲁
星期天早上（散文）圣-波尔·鲁
母羊的晚上（散文）圣-波尔·鲁
在丧钟声里（散文、自由诗）
　　　　　　　　　　波尔·鲁
装饰的散文（散文，续）
　　　　　　　　　夏尔·梅尔基
酒鬼（亚历山大体）　　　雷诺
冥世的故事（小说，续）
　　　　　　　　加斯东·当维尔
遇险（亚历山大体）　　　迪比
关于1891年的三个沙龙（杂论）
　　　　　　　　　　　奥里埃
谈《爱人的诗节》（杂论）
　　　　　　　　　夏尔·莫里斯
《撇在一边》（杂论）　　雷诺
戏剧
　艺术戏剧（杂论）　　基亚尔
　戏剧的未来（杂论）　瓦莱特
　自由戏剧（杂论）
　　　　　　　　加斯东·当维尔
　应用的戏剧（杂论）　拉希尔德
　自由戏剧（杂论）　　瓦莱特
　现实主义戏剧（杂论）　　R.
音乐小论（杂论）　　　　R. B.
意大利文学（杂论）　　　R. G.
书籍
　《魔鬼的创造》（杂论）　C. M.
　《多勒维利》（杂论）　　R. G.

《俾斯麦先生的狗》（杂论）
　　　　　　　　　　　　匿名
……
艺术品（杂论）　　　　奥里埃
回应（杂论）　　　　　　匿名

第3卷第20期
1891年8月

卡米耶·德·圣-克鲁瓦（杂论）
　　　　　　　　保罗·玛格丽特
漠不关心者（亚历山大体，十四行诗）　　　　　　　　　　萨曼
孤独的连祷文（亚历山大体）
　　　　　　　　　　　丹尼丝
德拉克洛瓦未刊书信（散文）
　　　　　　　　　　　R. G.
俄国人的美感（杂论）
　　　　　　　　娜拉日代公主
冥世的故事（小说，续）
　　　　　　　　加斯东·当维尔
遗忘的十四行（亚历山大体）雷诺
孤独（7、11音节诗行）　基亚尔
裹尸布（小说）　　　　古尔蒙
勒努瓦（散文）　　　　奥里埃
《双重的心》（杂论）　勒纳尔
《大象》（杂论）　　　奥里埃
自由戏剧（杂论）
　　　　　　　　朱利安·勒克莱尔
书籍
　《排场》（杂论）　　　P. Q.
　《永远重生的人》（杂论）L. D.
　《海枣》（杂论）　　　P. Q.
……

附　录

艺术品（杂论）　　　　　　奥里埃
回应（杂论）　　　　　　　　匿名

第3卷第21期
1891年9月

新日耳曼人和"情人"（杂论）
　　　　　　　　　　　　　　丹尼丝
斯芬克司（8音节诗行）
　　　　　　　　　　热尔曼·努沃
A C.C.（十四行诗，意大利诗）
　　　　　　　　焦苏埃·卡尔杜奇
A C.C.（十四行诗，意大利诗）
　　　　　　　　　　吉多·马佐尼
在阿尔库湖上（十四行诗，意大利
　　诗）　　　　　　吉多·马佐尼
在阿尔库湖（十四行诗，自由诗）
　　　　　　　　　　　　　　勒纳尔
家务的唠叨（散文）　　　　勒纳尔
歌谣（10音节诗行）　　　塔亚德
耶稣受难日（亚历山大体，十四行
　　诗）　　　　　　　　　塔亚德
歌谣（8音节诗行）　　　　塔亚德
商铺中的哭泣（散文）
　　　　　　　　　　夏尔·梅尔基
纪念日（小说）　　　　　让·库尔
罗曼诗人（诗论）　　　　　　雷诺
古时的受难（散文）圣-波尔·鲁
开放的非洲（散文）路易·迪米尔
匈牙利文学（杂论）　　　　R.G.
《女人-孩子》（杂论）　　基亚尔
书籍
　《被驱邪的人》（杂论）　A.V.
　《拿撒勒人》（杂论）　　C.M.

《幻象》（杂论）　　　　　E.D.
《北方的历史》（杂论）　　C.M.
……
期刊与杂志（杂论）　　　　R.G.
　　　　　　　　　　　　　　D.J.
　　　　　　　　　　　　　　A.V.
艺术品（杂论）　　　　　　奥里埃
回应（杂论）　　　　　　　R.G.

第3卷第22期
1891年10月

易怒者（散文）　　圣-波尔·鲁
毁坏（亚历山大体）　　　　　迪比
胜利的颂诗（8音节诗行）
　　　　　　　　莫里斯·德·普莱西
伊洛和梅哈拉（小说）
　　　　　　朱尔·布瓦和亨利·阿尔贝
写自我隐修所的信（8音节诗行，
　　续）　　　　多姆·朱尼佩里安
三个服丧的女人（散文诗）基亚尔
冥世的故事（小说，续）
　　　　　　　　　　加斯东·当维尔
给莫雷亚斯的书简（亚历山大体）
　　　　　　　　　　　　　　雷诺
忧郁的散文（系列作品）　　古尔蒙
　洛特的女儿（散文）
　梦（散文）
　姐妹（散文）
　预见（散文）
　给一位诗人写的散文（散文）
给一位年轻的行吟诗人（9音节诗
　　行）　　　　路易·勒·卡多内尔
风暴（散文）　　　　　　　勒纳尔

亨利·德·格鲁（杂论） 奥里埃
斯温伯恩的《厄瑞克透斯》（杂论） 马拉美
偶然性的用处（杂论） 夏尔·梅尔基
《文学进化调查》（杂论） 瓦莱特
书籍
  《感伤的散步》（杂论） P.Q.
  《泛黄的爱情》（杂论） R.G.
  《玛格丽特的快乐》（杂论） P.Q.
  《图勒的书》（杂论） P.Q.
  ……
期刊与杂志（杂论） R.G.
  A.V.
艺术品（杂论） 奥里埃
回应（杂论） 匿名

第 3 卷第 23 期

1891 年 11 月

《汉斯·普法尔》的历史（散文） 埃德加·坡
圣物盒（组诗） 兰波
  橱柜（亚历山大体）
  吊死鬼舞会（亚历山大体）
  另一种形式的维纳斯（亚历山大体）
茨冈小提琴的夜曲（散文） 让·贝尔热
布道神甫（8 音节诗行） 基亚尔
雨蛙（小说） 勒纳尔
毁灭（亚历山大体） 让·库尔

平静的篇章（系列作品） R.明阿尔
  尘世的死人（散文）
  苏格拉底之死（戏剧）
讽寓（亚历山大体） 萨曼
两性人（亚历山大体） 萨曼
冥世的故事（小说，续） 加斯东·当维尔
计谋（小说） 古尔蒙
歌（8、12 音节诗行） 雷诺
老姑娘的解剖（小说） 波尔-鲁
关于《大海》（杂论） 朱利安·勒克莱尔
《自行车的通史》（杂论） 勒纳尔
英国文学（杂论） R.G.
书籍
  《有点幼稚的弹词》（杂论） P.Q.
  《爱人的歌》（杂论） E.D.
  《昆虫的记忆》（杂论） R.G.
  《绝对的诗行》（杂论） E.D.
  ……
期刊与杂志（杂论） R.G.
  A.V.
  P.Q.
艺术品（杂论） 奥里埃
珍玩（杂论） 匿名
回应（杂论） 匿名

第 3 卷第 24 期

1891 年 12 月

文学与观点（杂论） 埃德加·坡
祈祷文（亚历山大体） 丹尼丝

秋天的节奏（自由诗） 埃罗尔德
文学传略
 路易·杜米尔（杂论） 雷诺
过去的雪的叙事诗（亚历山大体）
        奥里埃
情感的争论（散文） 基亚尔
情诗（亚历山大体，十四行诗）
         迪比
苏佩尔比亚（亚历山大体，十四行
 诗） 迪比
秋天的诗（组诗）
     阿德里安·勒马克勒
 夜晚的召唤（散文诗）
 风的诗（散文诗）
 极度的苦恼（散文诗）
摇摆的头（小说） 勒纳尔
野蛮人的宴会（散文）
       夏尔·梅尔基
寂静的会谈（自由诗） 波尔－鲁
冥世的故事（小说，续）
       加斯东·当维尔
自由戏剧（杂论） 维利
书籍
 《自我主义者皮埃罗》（杂论）
         L. D.
 《给她的歌》（杂论） E. D.
 《亨利·皮韦尔》（杂论） A. V.
 ……
艺术品（杂论） 奥里埃
回应（杂论） R. G.

第 4 卷第 25 期
1892 年 1 月
《未来的夏娃》未刊残篇（小说）
        利勒－亚当
生活格言（散文） 路易·迪米尔
混合的状态（散文） 让·多伦
痛苦（亚历山大体） 萨曼
鸽子（亚历山大体，十四行诗）
         萨曼
最高的程度（戏剧）
       贝尔纳·拉扎尔
可以理解的灵魂（散文）波尔－鲁
冥世的故事（小说，续）
       加斯东·当维尔
普瓦·德·卡罗特（小说）勒纳尔
在秋天福音书的边上（散文）
       夏尔·梅尔基
卡米耶的歌（散文） 让·库尔
回忆（小说） 拉乌尔·明阿尔
洛朗·塔亚德（杂论） 基亚尔
幽灵（散文） 古尔蒙
戏剧
 自由戏剧（杂论）
       加斯东·当维尔
 艺术戏剧（杂论）
      朱利安·勒克莱尔
书籍
 《俄罗斯的黎明》（杂论）C. M.
 《好心的太太》（杂论） J. R.
 《希望的诗行》（杂论） R. G.
 《肚子》（杂论） Z.
 ……

期刊与杂志（杂论）	R. G.
	G. D.
艺术品（杂论）	奥里埃
回应（杂论）	匿名

第4卷第26期
1892年2月

宏伟的艺术（杂论）	波尔－鲁
花园中的天主（组诗）	埃雷迪亚
I（亚历山大体，十四行诗）	
II（亚历山大体，十四行诗）	
III（亚历山大体，十四行诗）	
IV（亚历山大体，十四行诗）	
十四行诗（散文）	勒纳尔
为了离开（亚历山大体）	奥里埃
亵渎的炫耀（戏剧）	拉希尔德
小格言（系列作品）	迪米尔
谈自尊心（散文）	
谈激情（散文）	
谈妒忌（散文）	
谈虚伪（散文）	
睡美人（诗剧，自由诗，亚历山大体）	埃罗尔德
X先生（散文）	基亚尔
反思所谓"表现"的艺术（杂论）	阿尔弗雷德·莫捷
个性和原创性（杂论）	埃德加·坡
《创世纪的蛇》（杂论）	迪比
幽灵（散文，续）	古尔蒙
画师的手册（散文）	L'I
在卢浮宫（杂论）	画家
自由戏剧（杂论）	J. R.
书籍	
《心灵的平和》（杂论）	A. S.
《精英》（杂论）	博布尔格
《狂喜的啜泣》（杂论）	Z.
《观点》（杂论）	R. G.
……	
期刊与杂志（杂论）	R. G.
	G. D.
	P. Q.
	A. V.
艺术品（杂论）	奥里埃
回应（杂论）	匿名

第4卷第27期
1892年3月

反常（杂论）	马塞尔·施沃布
英国文学宣言（杂论）	朝圣者
音乐与记忆（自由诗，英语诗）	亚瑟·西蒙斯
一个墓志铭（英语诗）	叶芝
加尔默罗会修女（英语诗）	埃内斯特·道森
在一座诺曼底人的教堂里（英语诗）	维克多·普拉尔
济慈墓（英语诗）	格林
霍尔本的查特顿（英语诗）	埃内斯特·里斯
给一个苦难会修士（英语诗）	莱昂内尔·约翰逊
一枚指环的秘密（英语诗）	罗尔斯顿
"只有死亡"（英语诗）	埃内斯特·拉德福德

被诅咒的美人（英语诗）
　　　　　　　理查德·勒加利纳
花园中的天主（亚历山大体）雷诺
在剪羊毛季节里（小说）
　　　　　　　　　　R. 明阿尔
小格言（系列作品）　　　迪米尔
　谈野心（散文）
　谈兴趣（散文）
　谈金钱（散文）
　谈成功（散文）
另一个时间，另一个奥菲丽（8音节诗行）　　　　　　　波尔-鲁
给花朵中的花朵（8音节诗行）
　　　　　　　　　　　波尔-鲁
谈行动（杂论）　马塞尔·科利埃
夜晚女士的变身（组诗）让·库尔
　穿薄纱的仙女（亚历山大体，十四行诗）
　女皇（亚历山大体，十四行诗）
　悍妇（亚历山大体，十四行诗）
　战斗（亚历山大体，十四行诗）
　　　　　　　　　　　　奥里埃
俘虏（亚历山大体，十四行诗）
　　　　　　　　　　　　奥里埃
普瓦·德·卡罗特（小说，续）
　　　　　　　　　　　　勒纳尔
部落女人（8音节诗行）　埃罗尔德
冥世的故事（小说，续）
　　　　　　　　　加斯东·当维尔
无题（亚历山大体）　　　　迪比
节日（9、11音节诗行）　　迪比
贝尔纳·拉扎尔（杂论）　　基亚尔

幽灵（散文，续）　　　　古尔蒙
画师的手册（散文）　　　　画家
戏剧
　公开信（散文）吕西安·德卡夫
　艺术戏剧（杂论）　　赫耳墨斯
　　　　　　　　　　　埃罗尔德
书籍
　《美》（杂论）　　　　　P. Q.
　《现代心灵》（杂论）　　R. G.
　《诗》（杂论）　　　　　E. D.
　《最初的诗》（杂论）　　E. D.
　期刊与杂志（杂论）　　　A. V.
　　　　　　　　　　　　　R. G.
　　　　　　　　　　　　　G. D.
　　　　　　　　　　　　　P. Q.
艺术品（杂论）　　　　　奥里埃
珍玩（杂论）　　　　　　　R. G.
回应（杂论）　　　　　　　匿名

第4卷第28期
1892年4月

罗曼诗（杂论）　　　　　比旺克
寂静（8音节诗行）　　　波尔-鲁
德鲁姆（德语散文）
　　　　　　　　弗兰斯·埃伦斯
梦幻（散文）　弗兰斯·埃伦斯
跋诗（自由诗）　安德烈·丰泰纳
克洛德·莫奈（杂论）　　奥里埃
幻象（组诗）　　　　　　　萨曼
　Ⅰ（亚历山大体，十四行诗）
　Ⅱ（亚历山大体，十四行诗）
　Ⅲ（亚历山大体，十四行诗）
玫瑰（散文）　　　　　　勒纳尔

暗示（散文）　　　　　埃德加·坡
封闭的城堡（小说）　　　拉希尔德
午夜的海角（自由诗）　　　丹尼丝
小格言（系列作品）　　　　迪米尔
　谈女人（散文）
　谈爱情（散文）
　谈婚姻（散文）
装饰的散文（散文，续）
　　　　　　　　　夏尔·梅尔基
二十人俱乐部（杂论）
　　　　　　　　皮埃尔-M.奥兰
画像的完成（散文）　　　　B.C.
弗朗索瓦·维永（杂论）　赫耳墨斯
《雾中的图勒》（杂论）　　　迪比
给朱尔·勒南的明信片（散文）
　　　　　　　　阿德里安·勒马克勒
戏剧
　自由戏剧（杂论）
　　　　　　　　　加斯东·当维尔
　小戏剧（杂论）
　　　　　　　　阿德里安·勒马克勒
古斯塔夫·沙尔庞捷（杂论）
　　　　　　　　　　　　波尔-鲁
书籍
　《登高》（杂论）　　　　R.G.
　《蓝色丝袜的故事》（杂论）
　　　　　　　　　　　　　匿名
　《瓦米雷》（杂论）　　　J.R.
　《对神秘忠诚的朋友》（杂论）
　　　　　　　　　　　　　匿名
　　……
期刊与杂志（杂论）　　　　A.V.

　　　　　　　　　　　　　P.Q.
　　　　　　　　　　　　　R.G.
　　　　　　　　　　　　　G.D.
艺术品（杂论）　　　　　奥里埃
调查与珍玩（杂论）　　　　A.L.
回应（杂论）　　　　　　　匿名

第5卷第29期
1892年5月
爱德华·迪比（杂论）
　　　　　　　　　夏尔·莫里斯
安慰（亚历山大体，十四行诗）
　　　　　　　　　　　　　雷诺
玫瑰的连祷文（散文）　　古尔蒙
葬礼的祭品（亚历山大体）基亚尔
责任的病理学（散文）
　　　　　　　　泰奥多尔·兰达尔
圣徒彩绘玻璃（组诗）　埃罗尔德
　乌苏拉（亚历山大体，十四行诗）
　贝阿特里克斯（亚历山大体，十四行诗）
　奥迪利斯（亚历山大体，十四行诗）
　苏珊娜（亚历山大体，十四行诗）
　伯蒂拉（亚历山大体，十四行诗）
　阿加莎（亚历山大体，十四行诗）
阔气（散文）　　　　　　　勒纳尔
这是什么？（散文）　　　　勒纳尔

附 录

独自（亚历山大体）
　　　　　　朱利安·勒克莱尔
大胡子老人（小说）　　R. 明阿尔
自然历史的商店（散文）
　　　　　　夏尔·梅尔基
冥世的故事（小说，续）
　　　　　　加斯东·当维尔
小格言（系列作品）　　迪米尔
　谈感受力（散文）
家庭的地狱（小说）　　波尔－鲁
最初的沙龙（杂论）　　R. G.
中世纪的博埃斯（杂论）赫耳墨斯
艺术戏剧（杂论）　　　让·库尔
书籍
　《罗丝和尼内特》（杂论）A. V.
　《白色的重骑兵》（杂论）匿名
　《幼稚的传说》（杂论）　P. Q.
　《依照我的梦幻》（杂论）匿名
　……
期刊与杂志（杂论）　　A. V.
　　　　　　　　　　　R. G.
　　　　　　　　　　　G. D.
艺术品（杂论）　　　　奥里埃
回应（杂论）　　　　　匿名

第 5 卷第 30 期
　　1892 年 6 月
谈尊重（散文）　　　　埃罗尔德
多费的歌（杂论）　　奥位·昂松
女主人公们（8 音节诗行）
　　　　　　　　　　让·洛兰
让－雅各（戏剧）　　　勒纳尔

不合常规的诗人（系列作品）
　　　　　　　　　　　古尔蒙
　序（散文）
　克洛德·德泰尔诺（杂论）
停下吧，痛苦（10、12 音节诗行）
　　　　　　　　托拉·多里安
眼泪的狂想曲（9、12 音节诗行）
　　　　　　　　托拉·多里安
小格言（系列作品）　　迪米尔
　谈善行（散文）
　谈慈善（散文）
　谈报复（散文）
　谈痛苦（散文）
亨利·德·雷尼耶（杂论）基亚尔
水晶蜘蛛（戏剧）　　　拉希尔德
论莫里斯·梅特林克（杂论）
　　　　　　　　　　　波尔－鲁
论《1891 年在巴黎的荷兰人》（杂
　论）　　　　　　　　瓦莱特
其他的和最近的沙龙（杂论）
　　　　　　　　　　　R. G.
自由戏剧（杂论）　　　瓦莱特
书籍
　《愉悦的女人》（杂论）　匿名
　《纯真的歌》（杂论）　　P. Q.
　《主日》（杂论）　　 A.－F. H.
　……
期刊与杂志（杂论）　　G. D.
　　　　　　　　　　　A. V.
　　　　　　　　　　　R. G.
艺术品（杂论）　　　　奥里埃
调查与珍玩（杂论）　　A. Z. 等

回应（杂论） 匿名

第 5 卷第 31 期
1892 年 7 月

国家的节日（杂论） 古尔蒙
婴儿（亚历山大体） 萨曼
功绩（小说） R. 明阿尔
环舞曲（8 音节诗行）
　　　　　加布里埃尔·维凯尔
垄断者（散文） 夏尔·梅尔基
小格言（系列作品） 迪米尔
　谈公正（散文）
　谈良知（散文）
　谈荣誉（散文）
　谈自由（散文）
怪面饰
　欧仁·博斯德韦（杂论） 勒纳尔
冥世的故事（小说，续）
　　　　　加斯东·当维尔
怀疑的大山（亚历山大体） 奥里埃
痛苦与爱情的戏剧
　神圣的傀儡（杂论） 基亚尔
埃利亚辛公主（戏剧）
　　　　　埃内斯特·蒂索
小格言（散文）
　在意大利人们怎么评价我们（散文） 埃内斯特·蒂索
同人的书信（散文）
　　　　　朱利安·勒克莱尔
画师的手册（散文，续） 画家
两个展览（散文） 奥里埃
自由戏剧（杂论） 瓦莱特
书籍

《死者布吕热》（杂论） C. M.
《佩莱阿与梅利桑》（杂论）
　　　　　　　　　　　P. Q.
《公猫和母猫》（杂论） A. V.
……
期刊与杂志（杂论） R. G.
　　　　　　　　　　　G. D.
　　　　　　　　　　　A. V.
　　　　　　　　　　　P. Q.
艺术品（杂论） 奥里埃
音乐（杂论） A. -F. H
调查与珍玩（杂论） A. D. M. 等
回应（杂论） 匿名

第 5 卷第 32 期
1892 年 8 月

东方十字架刑的风俗（杂论）
　　　　　爱德蒙·巴泰勒米
普瓦·德·卡罗特（小说，续）
　　　　　　　　　　　勒纳尔
被解救者（自由诗） 埃罗尔德
过去的诗（组诗） O. -J. 比耶博
　梦幻（散文诗）
　黄昏（散文诗）
　吸血鬼（散文诗）
　荔枝螺（散文诗）
　骷髅地（散文诗）
不合常规的诗人（系列作品）
　弗朗索瓦·特里斯坦（杂论）
　　　　　　　　　　　基亚尔
故事与诗（杂论） 埃德加·坡
太阳落山（亚历山大体）
　　　　　朱利安·勒克莱尔

附　录

小格言（系列作品）	迪米尔	神秘的拉丁（散文）	古尔蒙
谈社会（散文）		艺术的篇章	易卜生
谈政治（散文）		培尔·金特（戏剧）	
谈愚蠢（散文）		第三个国家（戏剧）	
"印象主义艺术"（杂论）		最高的怜悯（戏剧）	
	亨利·戈蒂耶-维拉尔	歌谣（8音节诗行）	塔亚德
审查的哲学（杂论）	R. G.	歌谣（10音节诗行）	塔亚德
戏剧	瓦莱特	歌谣（亚历山大体）	塔亚德
现代剧（杂论）		论纯粹的思想（杂论）	
自由戏剧（杂论）			卡米耶·莫克莱
书籍		拉瓦肖尔的生与死（散文）	基亚尔
《资产阶级的终结》（杂论）		普瓦·德·卡罗特（小说，续）	
	A. V.		勒纳尔
《火炉》（杂论）	P. Q.	简单的笔记（系列作品）	
《蒙马特》（杂论）	C. M.		夏尔·梅尔基
……		维皮永先生（散文）	
期刊与杂志（杂论）	A. V.	新朋友的道德图貌（散文）	
	P. Q.	冥世的故事（小说，续）	
	R. G.		加斯东·当维尔
	G. D.	小格言（系列作品）	迪米尔
艺术品（杂论）	奥里埃	谈观点（散文）	
调查与珍玩（杂论）	A. Z.等	谈精神（散文）	
回应（杂论）	匿名	谈性格（散文）	

第6卷第33期
1892年9月

		"大葬礼"（散文）	瓦莱特
写自我隐修所的信（散文，续）		书籍	
	多姆·朱尼佩里安	《凶脸》（杂论）	R. G.
赎罪（亚历山大体）	让·库尔	《失乐园》（杂论）	P. Q.
最后的神（散文）	亨利·马泽尔	《敌人的吻》（杂论）	J. R.
当代文学的刽子手		……	
莱昂·布卢瓦（杂论）		期刊与杂志（杂论）	R. G.等
	威廉·里特尔	艺术品（杂论）	R. G.
		回应（杂论）	匿名

第6卷第34期
1892年10月

一封信（散文）　　亨利·德·格鲁

通过犹太人获得拯救（散文）

　　　　　　　　　　莱昂·布卢瓦

巴纳斯歌谣（10音节诗行）

　　　　　　　　　　　　塔亚德

文人（亚历山大体，十四行诗）

　　　　　　　　　　　　塔亚德

歌谣（10音节诗行）　　　塔亚德

托马·洛弗尔·贝多（杂论）

　　　　　　　　夏尔·亨利·伊尔施

王后之书（组诗）　　　埃罗尔德

　维维亚纳（亚历山大体，十四行诗）

　白花（亚历山大体）

　马罗齐（亚历山大体）

　安菲利泽（亚历山大体）

　埃迪特（亚历山大体）

　热尼耶弗雷（亚历山大体）

　巴赞（亚历山大体，十四行诗）

关于皮靴（散文）

　　　　　　　　　P.-N.鲁瓦纳尔

传说的歌（自由诗）

　　　　　　　　特里斯坦·克林索尔

绳子（小说）　　　　　　勒纳尔

小格言（系列作品）　　　迪米尔

　谈宗教（散文）

　谈怀疑（散文）

　谈悲观主义（散文）

论戏剧革新（杂论）

　　　　　　　　　　弗朗索瓦·库隆

绝望（亚历山大体，十四行诗）

　　　　　　　　　　　玛丽克斯

葬礼上的爱情（亚历山大体，十四行诗）　　　　　　　玛丽克斯

偏航（亚历山大体，十四行诗）

　　　　　　　　　　　玛丽克斯

心灵的风景（亚历山大体，十四行诗）　　　　　　　　玛丽克斯

赞美诗（亚历山大体）　　基亚尔

谈斗牛比赛的信（散文）

　　　　　　　　　　　R.明阿尔

瓶中红色的小鱼（散文诗）　　卡西

批评家多勒维利（杂论）　古尔蒙

书籍

　《路人》（杂论）　　　　E.D.

　《喝你的血》（杂论）　　R.G.

　《交响乐的转变》（杂论）C.M.

……

期刊与杂志（杂论）　　A.V.等

艺术品（杂论）　　　　　R.G.

回应（杂论）　　　　　　　匿名

第6卷第35期
1892年11月

吊死者（亚历山大体）　　奥里埃

关于《最初的田园诗》（诗论）

　　　　　　　　　　　　　雷诺

诗篇第八（亚历山大体）　丹尼丝

牙齿（散文）　　　　　拉希尔德

晚上（亚历山大体，十四行诗）

　　　　　　　　　　　　　萨曼

在池塘边散步（亚历山大体）萨曼

十四行诗（亚历山大体）　　萨曼

阿纳托尔·法朗士（杂论）基亚尔
奇迹（系列作品）
　　　　　　　斯图尔特·梅里尔
　狂喜（散文）
　世界末日（散文）
　天才萨尔塞（散文）
　　　　　　　加布里埃尔·朗东
王后之书（组诗）　　　埃罗尔德
　卢西亚内（亚历山大体，十四行
　　诗）
　杰扎贝尔（亚历山大体，十四行
　　诗）
　奥德（亚历山大体）
　布拉达曼特（亚历山大体，十四
　　行诗）
　帕里西斯（亚历山大体）
　梅迪（亚历山大体，十四行诗）
　卢克雷斯（亚历山大体）
访问之后（小说）　　　　瓦莱特
　埃尼尔德（亚历山大体，十四行
　　诗）　　　　　　　让·洛兰
　维维亚纳（亚历山大体，十四行
　　诗）　　　　　　　让·洛兰
　埃莱娜（亚历山大体，十四行诗）
　　　　　　　　　　　让·洛兰
　热尼耶弗雷（亚历山大体，十四行
　　诗）　　　　　　　让·洛兰
"神秘的拉丁"（散文，续）
　　　　　　　　　　　　施沃布
写自我隐修所的信（散文，续）
　　　　　　　多姆·朱尼佩里安
小格言（系列作品）

谈美文（散文）　　　　　迪米尔
勒南的秘密（杂论）
　　　　　　　　埃内斯特·埃洛
像全世界一样（杂论）　　　R.G.
画师的手册（散文，续）　　画家
书籍
《通过犹太人获得拯救》（杂论）
　　　　　　　　　　　　　P.Q.
《诗》与《新诗》（杂论）　A.S.
《将要回去》（杂论）　　　A.V.
……
期刊与杂志（杂论）　　A.V.等
艺术品（杂论）　　　　　　R.G.
回应（杂论）　　　　　　　匿名

第6卷第36期
1892年12月

论阿尔贝·奥里埃（杂论）古尔蒙
艺术批评论著的序言（理论）
　　　　　　　　　　　　奥里埃
神秘带来的快乐的礼物（组诗）
　　　　　　　　　　　　奥里埃
　Ⅰ（亚历山大体）
　Ⅱ（亚历山大体）
　Ⅲ（亚历山大体）
　Ⅳ（亚历山大体）
　Ⅴ（8音节诗行）
　Ⅵ（亚历山大体）
　Ⅶ（8、12音节诗行）
诗人皮埃罗（戏剧）　　　奥里埃
阿夫利娜（小说）　　　　奥里埃
画师的手册（散文，续）　　画家
书籍

《埃雷》（杂论） P.Q.
《雅姆·昂索尔》（杂论） Z.
《卢梭未刊书信》（杂论） E.B.
《玫瑰的连祷文》（杂论） P.Q.
……
期刊与杂志（杂论） A.V.等
艺术品（杂论） R.G.
回应（杂论） 匿名

第7卷第37期
1893年1月

论爱情（散文） 瓦莱特
与神战斗（亚历山大体） 奥里埃
诗的悖论（诗论） 雷泰
游荡者（戏剧） 拉希尔德
王后之书（组诗） 埃罗尔德
 贝利森德（亚历山大体，十四行诗）
 伊扎贝尔（亚历山大体）
 奥拉布勒（亚历山大体，十四行诗）
 艾利斯（亚历山大体，十四行诗）
 阿埃（亚历山大体，十四行诗）
小格言（系列作品） 迪米尔
 谈美（散文）
 谈死亡（散文）
 谈心灵（散文）
没有价值的灵魂（散文）
     加斯东·当维尔
保罗·亚当（杂论） 基亚尔
尼采（杂论） 亨利·阿尔贝
歌谣（10音节诗行） 卡西

关于《莉莉》（杂论） P.Q.
新印象主义画家展（杂论） 朗博松
戏剧
 自由戏剧（杂论） 当维尔等
书籍
 《诗与散文》（杂论） R.G.
 《神圣的道路》（杂论） L.D.
 《泰丰尼亚》（杂论） A–F.H.
……
期刊与杂志（杂论） A.V.等
艺术品（杂论） R.G.
调查与珍玩（杂论） H.A.
回应（杂论） 匿名

第7卷第38期
1893年2月

泰奥多尔·德·邦维尔（杂论）
     马拉美
残暴地（亚历山大体，十四行诗）
     迪米尔
温和的春天来了（亚历山大体）
     迪米尔
伯特伦（自由诗） 迪米尔
修道院（亚历山大体） 迪米尔
王子的流派（戏剧） 穆塔图尔
莱昂·布卢瓦（杂论） A.L.
我的心为他的痛苦感到震惊（组诗） 吕西安·德·比舍
 Ⅰ（8音节诗行）
 Ⅱ（亚历山大体）
 Ⅲ（8音节诗行）
 Ⅳ（8音节诗行）
 Ⅴ（自由诗）

附　　录

Ⅵ（亚历山大体）
Ⅶ（亚历山大体）
论象征主义哲学（散文）　伊尔施
理想的兄弟关系（散文）
　　　　　　　　　卡米耶·莫克莱
谈《没有能力去爱》（散文）
　　　　　　　　　　　　当维尔
宝石匠的美妙颂歌（系列作品）
　　　　　　　　　　　　丹尼丝
　开篇（散文）
　宝石匠（散文）
高贵（亚历山大体）爱德华·桑索
尼采（杂论，续）　亨利·阿尔贝
一个俄国人评价的象征主义（杂论）　L. D.
书籍
　《法律的敌人》（杂论）　R. G.
　《悲惨》（杂论）　　　　匿名
　《黎明》（杂论）　　　　G. D.
　《谨慎的心》（杂论）　　匿名
　……
期刊与杂志（杂论）　A. V. 等
调查与珍玩（杂论）　　　H. A.
回应（杂论）　　　　　　匿名

第 7 卷第 39 期
1893 年 3 月

天主的语言（杂论）莱昂·布卢瓦
黑暗（亚历山大体，十四行诗）
　　　　　　　　　　　　萨曼
哀歌（亚历山大体）　　　萨曼
阿纳托尔（杂论）　　　　勒纳尔
所多玛的葡萄（小说）　拉希尔德

葬礼上的铭文（亚历山大体，十四
　行诗）　　　　　　　　雷诺
野外的哀歌（亚历山大体）　雷诺
克莱辛格的未刊书信（散文）
　　　　　　　　　　　克莱辛格
长着完美手指的女士（十四行诗，
　亚历山大体）　　　　让·库尔
艺术与卫教（杂论）
　　　　　　　　阿方斯·热尔曼
文学美学评论
　象征（杂论）　　　　　瓦莱特
　魔鬼的孩子（杂论）　　万特莱
　莉莉亚（亚历山大体）　朗博松
　论音乐中的思想（理论）莫尔捷
　关于艺术戏剧（杂论）
　　　　　　　　　夏尔·莫里斯
宝石匠的美妙颂歌（系列作品）
　　　　　　　　　　　　丹尼丝
　红宝石（散文）
　鸡血石（散文）
　蓝宝石（散文）
　钻石（散文）
自由戏剧（杂论）　　　　迪米尔
书籍
　《乘船去别的地方》（杂论）
　　　　　　　　　　　　L. D.
　《艺术生活》（杂论）　　L.
　《风吹书页》（杂论）　C. M.
　……
期刊与杂志（杂论）　L. D. 等
艺术品（杂论）　　　　Y. R.
回应（杂论）　　　　　匿名

第 7 卷第 40 期
1893 年 4 月

一篇小说的未刊片段
 注解（散文）   戈蒂耶
 第一封信（散文）
      当塔、利勒－亚当
当代俄国诗人（杂论）   X.
N. M. 明斯基（杂论） 迪米尔
无题（俄国诗）   明斯基
死亡（俄语诗）   明斯基
无题（俄语诗）   明斯基
最后的审判（小说） 明斯基
梵·高（杂论） 埃弥尔·贝尔诺
梵·高给贝尔诺的信（散文）
         梵·高
题铭（亚历山大体，十四行诗）
         雷尼耶
忧郁的散文（系列作品） 古尔蒙
 Xéniole（散文）
 不幸者的消息（散文）
 最后的审判的插曲（散文）
平静的篇章（系列作品）
 社会的偶然事件（散文）
        R. 明阿尔
最后一晚（亚历山大体）
      朱利安·勒克莱尔
埃雷迪亚（杂论）   基亚尔
特里斯坦的城堡（散文）埃罗尔德
阿纳托尔（杂论，续） 勒纳尔
第二哀歌（亚历山大体） 雷诺
艺术自我（系列作品） 朗博松
 印象主义、象征主义画家第四次
展览（杂论）
 在先贤祠（杂论）
社会艺术（杂论） 夏尔·梅尔基
意大利文学（杂论）   R. G.
社会艺术戏剧（杂论） 迪米尔
书籍
《王家的哀歌》（杂论） L. D.
《更好的斗争》（杂论） C. M.
《在兰德斯》（杂论）   C. M.
  ……
期刊与杂志（杂论） R. G. 等
艺术品（杂论）   R. G. 等
回应（杂论）   匿名

第 8 卷第 41 期
1893 年 5 月

梵·高给贝尔诺的信（散文）
         梵·高
权威的传说（散文） 穆尔塔图利
女人的心（亚历山大体） 奥里埃
安德烈尼奇之死（散文）巴泰勒米
好色颂（杂论）   莫克莱
圣居迪勒的讲道台（散文）多里安
圣山（小说）   埃德加·坡
"感伤的骑士精神"（杂论）
         基亚尔
德国文学宣言（杂论）
       亨利·阿尔贝
一切都在一中（杂论） 库里埃
二十五本最低劣的书（杂论）卡西
艺术自我（系列作品） 朗博松
 墨索尼埃的展览（杂论）
 独立艺术家（杂论）

画家—雕刻家（杂论）
戏剧
　　自由戏剧（杂论）　　埃罗尔德
　　玫瑰和十字架戏剧（杂论）
　　　　　　　　　　　　迪米尔
书籍
　　《黑暗》（杂论）　　A.-F.H.
　　《真正的欺骗》（杂论）　L.D.
　　《大海的乞丐》（杂论）　C.M.
　　……
　　期刊与杂志（杂论）　　H.A.
　　艺术品（杂论）　　　　Y.R.
　　回应（杂论）　　　　　　匿名

第8卷第42期
1893年6月

雷米·德·古尔蒙（杂论）　基亚尔
三王来朝（自由诗）　　　丰泰纳
梵·高给贝尔诺的信（散文）
　　　　　　　　　　　　梵·高
往日的花朵（散文诗）　　古尔蒙
从被石块砸死的人到宝石匠（杂论）　　　　　　　　　莱昂·布卢瓦
春天的花园（9、12音节诗行）
　　　　　　　　　　　　迪米尔
艳妇（9、12音节诗行）　迪米尔
原谅（9、12音节诗行）　迪米尔
摇篮曲（4、8音节诗行）　迪米尔
为画家辩护（杂论）　夏尔·梅尔基
文学美学评论
　　朱尔·勒纳尔（杂论）　　瓦莱特
　　安德烈尼奇之死（散文，续）
　　　　　　　　　　　　巴泰勒米

龚古尔兄弟的艺术批评（杂论）
　　　　　　　　　　　　　R.G.
艺术自我（系列作品）　　朗博松
自由戏剧（杂论）　　　　瓦莱特
书籍
　　《眼中的旅程》（杂论）　A.S.
　　《乌伦斯皮格的传说》（杂论）
　　　　　　　　　　　　　R.M.
　　《水母的契约》（杂论）
　　　　　　　　　　　　A.-F.H.
　　……
　　期刊与杂志（杂论）　　L.D.等
　　艺术品（杂论）　　　　Y.R.
　　回应（杂论）　　　　　　匿名

第8卷第43期
1893年7月

一个可能的未来（诗论）　威泽瓦
自由诗（诗论）　　　　　　雷泰
梵·高给贝尔诺的信（散文）
　　　　　　　　　　　　梵·高
第三首哀歌（亚历山大体）　雷诺
论《耶耳蒂斯的骑行》（杂论）
　　　　　　　　　　　　埃罗尔德
给多里安的信（散文）圣-克鲁瓦
一个必要的法则（散文）　丹尼丝
《佩莱亚斯与梅利桑》（杂论）
　　　　　　　　　　　　瓦莱特
《一位美丽的女人走了》（杂论）
　　　　　　　　　　　　朗博松
日本少妇（小说）加斯东·当维尔
给拉扎尔的信（散文）　　基亚尔
招魂术（杂论）　　　　　迪米尔

夏尔·莫里斯的会议（杂论）
　　　　　　　　　　　迪肖扎尔
洛朗·塔亚德的会议（象征主义会议）　　　　　　　　　A. V.
戏剧
　自由戏剧（杂论）　　　　匿名
　滑稽剧（杂论）　　　　迪米尔
书籍
　《阿尔加瓦》（杂论）　A.－F. H.
　《白色灵魂》（杂论）　　　匿名
　《从抄写员到易卜生》（杂论）
　　　　　　　　　　　　　C. M.
　……
期刊与杂志（杂论）　　　H. A. 等
艺术品（杂论）　　　　　　Y. R.
回应（杂论）　　　　　　　　匿名

第 8 卷第 44 期
1893 年 8 月

奥里埃和唯心主义的发展（杂论）
　　　　　　　　　　　　迪米尔
沉重的十字架（散文）　R. 明阿尔
梵·高给弟弟的信（散文）梵·高
弑母者（小说）　　　奥拉·昂松
浪漫曲的语言（散文）
　　　　　　　　　夏尔·梅尔基
赎罪的祈祷（7 音节诗行）　雷诺
穆塔图利（杂论）
　　　　　　　　罗兰·德·马雷斯
寓言（系列作品）　　穆尔塔图利
　寓言（散文）
　蝴蝶（散文）
　克雷索（散文）

阿雷奥帕格（散文）
日本少妇（小说，续）
　　　　　　　　　加斯东·当维尔
《沉闷的灯》（杂论）
　　　　　　　　特里斯坦·贝尔纳
小说中的实验心理学（杂论）　N.
《乌林的旅行》（杂论）　　莫克莱
书籍
　《奥里埃遗书》（杂论）　　匿名
　《为了善行》（杂论）　　　C. M.
　《逝者》（杂论）　　　　　匿名
　……
期刊与杂志（杂论）　　　A. V. 等
艺术品（杂论）　　　　　　Y. R.
回应（杂论）　　　　　　　　匿名

第 9 卷第 45 期
1893 年 9 月

拼写法的改革（杂论）　R. 明阿尔
淫荡（亚历山大体）　　　　萨曼
衣柜中找到的手稿（散文）雷尼耶
哀悼（散文）　　　　　　马拉美
泰奥多尔·德·威泽瓦（杂论）
　　　　　　　　　　　　基亚尔
快感（戏剧）　　　　　拉希尔德
梅莱格雷的生活（散文）
　　　　　　　　　　皮埃尔·路易
十首讽刺短诗（散文诗）
　　　　　　　　　　皮埃尔·路易
克莱桑热的未刊书信（散文）
　　　　　　　　　　　　克莱桑热
意愿（自由诗）　　　　　朗博松
孤独的灵魂（杂论）　　豪普特曼

军事人员（杂论） A. 阿蒙
梵·高给弟弟的信（散文）梵·高
婚礼（亚历山大体） 夏尔·吉莱
日本少妇（小说，续）
　　　　　　　　加斯东·当维尔
书籍
　《建筑工人索尔奈》（杂论）
　　　　　　　　　　　　C. M.
　《中间色调》（杂论） J. C.
　《艺术生活》（杂论） J. L.
　……
期刊与杂志（杂论） H. A.
艺术品（杂论） Y. R.
回应（杂论） 匿名

第9卷第46期
1893年10月

阿尔贝·萨曼（杂论） 基亚尔
豹子（散文） 拉希尔德
梵·高给弟弟的信（散文）梵·高
夜曲（组诗） 保罗·莫里斯
　Ⅰ（亚历山大体，十四行诗）
　Ⅱ（亚历山大体，十四行诗）
音乐（8音节诗行）保罗·莫里斯
涅槃（亚历山大体，十四行诗）
　　　　　　　　　保罗·莫里斯
苏黎世的国会议员（散文） 雷泰
左拉和诺尔道（杂论）
　　　　　　亨利·戈蒂耶－维拉尔
那里应该有玫瑰（散文）
　　　　　　　J.－P. 雅各布森
莫里斯·波布尔（杂论） 莫克莱
科学王子（散文） 库雷尔

白色的翅膀（亚历山大体）
　　　　　　　　爱德蒙·皮隆
楼梯（亚历山大体）爱德蒙·皮隆
思想（散文） 夏尔·维斯特
夏天的喜鹊（小说）夏尔·梅尔基
《瓦泰克》（杂论） R. G.
最近一个世纪的肖像展（杂论）
　　　　　　　　　　　　Y. R.
书籍
　《自画像》（杂论） L. D.
　《存在论》（杂论） C. M.
　《渴望》（杂论） Y. R.
　……
期刊与杂志（杂论） L. D. 等
回应（杂论） 匿名

第9卷第47期
1893年11月

费尼莎公主的悲剧史（戏剧）
　　　　　　　　　　　　古尔蒙
牧歌（亚历山大体）
　　　　　　加布里埃尔·朗东
宗教艺术研究（杂论）
　　　　　　　爱德蒙·巴泰勒米
权威的传说（散文） 穆尔塔图利
简单的手册（杂论）
　　　　　　　多姆·朱尼佩里安
夏天的喜鹊（小说，续）
　　　　　　　　夏尔·梅尔基
梵·高给弟弟的信（散文）梵·高
《瓦格纳的艺术》（杂论）
　　　　　　　　　　　　埃罗尔德
作品

《罗斯默斯霍尔姆》（杂论）
　　　　　　　　　　瓦莱特
书籍
　《斯特拉达》（杂论）　C. M.
　《社会和政治的法国》（杂论）
　　　　　　　　　　R. G.
　《灯的周围》（杂论）　H. A.
　……
回应（杂论）　　　　　匿名

第 9 卷第 48 期
1893 年 12 月

保罗·高更（杂论）夏尔·莫里斯
公园里的上午（自由诗）　丰泰纳
小宇宙（散文）　穆尔塔图利
无题（亚历山大体）　朗博松
宗教艺术研究（杂论，续）
　　　　　　爱德蒙·巴泰勒米
第五首哀歌（亚历山大体）　雷诺
拉希尔德（杂论）　　基亚尔
神圣的妓女（亚历山大体）
　　　　　　　　夏尔·勒孔特
阿尔芒·普安（杂论）　莫克莱
夏天的喜鹊（小说，续）
　　　　　　　　夏尔·梅尔基
法国与俄国（10 音节诗行）　卡西
高低自不同（杂论）　古尔蒙
戏剧
　自由戏剧（杂论）亨利·阿尔贝
　作品（杂论）　　　瓦莱特
书籍
　《鹰的传说》（杂论）　C. M.
　《感伤的形象》（杂论）　丰泰纳

《皮翁的工厂》（杂论）　朗博松
　……
期刊与杂志（杂论）　　匿名
回应（杂论）　　　　　匿名

第 10 卷第 49 期
1894 年 1 月

未来的快乐（小说）　R. 明阿尔
节奏（亚历山大体）　古尔蒙
宗教艺术研究（杂论，续）
　　　　　　爱德蒙·巴泰勒米
长翅膀的墓地（小说）　波尔-鲁
第六首哀歌（亚历山大体）　雷诺
十四行诗（亚历山大体）　雷诺
梵·高给弟弟的信（散文）梵·高
你是国王（散文）　　库里埃
关于山的话（散文）
　　　　　埃马纽埃尔·西尼奥雷
大圣人尼古拉（杂论）
　　　　　　罗兰·德·马雷斯
夏天的喜鹊（小说，续）
　　　　　　　　夏尔·梅尔基
沙龙和小沙龙（杂论）
　　　　　　　　夏尔·莫里斯
尼采和乔治·布朗代斯（杂论）
　　　　　　　　亨利·阿尔贝
论《自己的故事》（杂论）
　　　　　　　　　　埃罗尔德
论利勒-亚当（杂论）　莫克莱
作品
　《孤独的灵魂》（杂论）
　　　　　　　　亨利·阿尔贝
书籍

附　录

《白色修道院院长的黑灵魂》
（杂论）　　　　　　　　C. M.
《拿破仑和女人们》（杂论）
　　　　　　　　　　拉希尔德
《行乞的巴黎》（杂论）　C. M.
……
艺术品（杂论）　　　　　C. M.
回应（杂论）　　　　　　匿名

第 10 卷第 50 期
1894 年 2 月

道德行动（散文）　　　　古尔蒙
阴影之外的朝圣（组诗）　基亚尔
　Ⅰ（亚历山大体）
　Ⅱ（亚历山大体）
　Ⅲ（8 音节诗行）
1893 年的英国文学（杂论）
　　　　　　　　　阿瑟·西蒙斯
神学书简（散文）　　　　丹尼丝
幻想（自由诗）　焦苏埃·卡迪西
被偷的心（散文）加斯东·当维尔
朱尔·勒纳尔（杂论）
　　　　　　　　　皮埃尔·韦贝尔
宗教艺术研究（杂论，续）
　　　　　　　　爱德蒙·巴泰勒米
教训（散文）　　　路易·莫里奥
伊韦特的教育（散文）
　　　　　　　　　　路易·莫里奥
关于穆尔塔图利（散文）
　　　　　　　　　　穆尔塔图利
夏天的喜鹊（小说，续）
　　　　　　　　　　夏尔·梅尔基
论爱米莉·勃朗特（杂论）古尔蒙

自由戏剧（杂论）　　　　瓦莱特
书籍
《头戴花冠的求婚者》（杂论）
　　　　　　　　　　　　C. M.
《未来的故事》（杂论）
　　　　　　　　　　A. – F. H.
《灵魂的酒徒》（杂论）　C. M.
……
期刊与杂志（杂论）　　　匿名
艺术品（杂论）　　　　C. M. 等
回应（杂论）　　　　　　匿名

第 10 卷第 51 期
1894 年 3 月

唯心主义最后的结果（理论）
　　　　　　　　　　　　古尔蒙
爱情的绝望（自由诗）　　丰泰纳
荷兰的戏剧艺术（散文）
　　　　　　　　埃尔曼·海厄曼斯
用花妆饰的玛格丽特（11 音节诗
　行）　　　特里斯坦·克林索尔
歌（9 音节诗行）
　　　　　　　特里斯坦·克林索尔
梵·高给弟弟的信（散文）梵·高
埃罗尔德（杂论）　　　　雷尼耶
36 种戏剧情境（杂论）
　　　　　　　　　　乔治·波尔蒂
比尔鲍姆先生的新历书（杂论）
　　　　　　　　　　亨利·阿尔贝
夏天的喜鹊（小说，续）
　　　　　　　　　　夏尔·梅尔基
墓志铭（亚历山大体）　　卡西
最近的展览（杂论）　　　莫克莱

戏剧

　自由戏剧（杂论）　　　　匿名
　戏剧作品（杂论）亨利·阿尔贝
　傀儡戏（杂论）加斯东·当维尔
书籍
　《戈利亚迪的歌》（杂论）
　　　　　　　　　　　　古尔蒙
　《司法生活场景》（杂论）　C. M.
　《新迦太基》（杂论）　　C. M.
　……
期刊与杂志（杂论）　　　　　Z.
艺术品（杂论）　　　　C. M. 等
回应（杂论）　　　　　　　匿名

第10卷第52期
1894年4月

诗的本质（诗论）　　埃德加·坡
热情的水彩画（组诗）
　　　　　　　　　皮埃尔·路易
　舞蹈（亚历山大体，十四行诗）
　阿马德佐内（亚历山大体，十四
　　行诗）
　美少年的返回（亚历山大体，十
　　四行诗）
回忆理查·瓦格纳（散文）
　　　　　　汉斯·德·沃尔措根
波尔－鲁（杂论）
　　　　　夏尔·亨利·伊尔施
36种戏剧情境（杂论，续）
　　　　　　　　　乔治·波尔蒂
安提戈涅（亚历山大体）　　萨曼
波普兰和《波利菲勒的梦想》（杂
　论）　　　　　　　　　古尔蒙

卡米耶·莫克莱（杂论）　丰泰纳
夏天的喜鹊（小说，续）
　　　　　　　　　夏尔·梅尔基
给布吕内蒂埃先生的信（散文）
　　　　　　　　　　　　　卡西
给路易·丹尼丝先生的回复（散
　文）　埃马纽埃尔·西尼奥雷马
戏剧
　自由戏剧（杂论）　　　　瓦莱特
　戏剧 X（杂论）　　　埃罗尔德
　《阿克塞尔》的演出（杂论）
　　　　　　　　　　　　库里埃
　戏剧作品（杂论）　　　　萨曼
　埃绍利耶（杂论）亨利·阿尔贝
书籍
　《雪花》（杂论）　　　A.-F. H.
　《中世纪的艺术》（杂论）
　　　　　　　　　　　　古尔蒙
　《三个女人》（杂论）　　C. M.
　……
期刊与杂志（杂论）　　　古尔蒙
艺术品（杂论）　　　　　莫克莱
回应（杂论）　　　　　　　匿名

第11卷第53期
1894年5月

两封信（散文）　　　　　塔亚德
信（散文）　　　　　　　　L. B.
下游的姿势（散文）　　　瓦莱特
译解：马克西米利安事略（散文）
　　　　　　　　　　　　古尔蒙
咒语（亚历山大体）　　　　萨曼
关于《建筑工人索尔奈》的会议

（杂论） 莫克莱
我不关注任何人（哲学）
　　　　　　麦克斯·施蒂纳
祈祷（亚历山大体） 雷诺
皮蒂亚斯（戏剧） 迪米尔
回忆理查·瓦格纳（散文，续）
　　　　　　汉斯·德·沃尔措根
一切都在一中（亚历山大体）
　　　　　　夏尔·勒孔特
36 种戏剧情境（杂论，续）
　　　　　　乔治·波尔蒂
关于穆尔塔图利的信（散文）
　　　　　　罗兰·德·马雷斯
论绘画（杂论） 朱利安·勒克莱尔
赫尔曼·保罗（杂论） 莫克莱
戏剧作品（杂论） 亨利·阿尔贝
书籍
　《环》（杂论） 古尔蒙
　《太阳的末日》（杂论） C.M.
　《泰西埃的第二生命》（杂论）
　　　　　　迪米尔
　……
期刊与杂志（杂论） 匿名
艺术品（杂论） 莫克莱
回应（杂论） 匿名

第 11 卷第 54 期
1894 年 6 月

"人民公敌"（散文） 塔亚德
瞻礼队伍的祭坛（组诗） 波尔－鲁
　云雀（散文诗）
　果篮（散文诗）
　蝙蝠（散文诗）

夜谈（亚历山大体）
　　　　　　安德烈·耶贝尔
爱默生（杂论） 莫克莱
回忆理查·瓦格纳（散文，续）
　　　　　　汉斯·德·沃尔措根
无题（亚历山大体） 雷诺
尘世的晚上（散文）
　　　　　　蒂亚斯·莫拉尔特
36 种戏剧情境（杂论，续）
　　　　　　乔治·波尔蒂
爱德华·格里格（杂论）
　　　　　　朱利安·勒克莱尔
1894 年的沙龙（杂论） 莫克莱
脱离主义的沙龙（杂论）
　　　　　　夏尔·吉延
《修女阿尔费雷》（杂论）
　　　　　　埃罗尔德
佛教徒耶稣（杂论） 夏尔·梅尔基
戏剧
　滑稽剧（杂论） 亨利·阿尔贝
　"面具"之夜（杂论）
　　　　　　夏尔·梅尔基
　自由戏剧（杂论）
　　　　　　加斯东·当维尔
　埃舒利耶（杂论）
　　　　　　加布里埃尔·朗东
书籍
　《韵文故事》（杂论） 古尔蒙
　《暴风雨》（杂论） 当维尔
　《在野蛮的状态中》（杂论）
　　　　　　埃罗尔德
　……

期刊与杂志（杂论） 匿名
回应（杂论） 匿名

第11卷第55期
1894年7月

我的书写板（散文） 雷诺
帝国之夜（亚历山大体） 萨曼
十四行诗（亚历山大体） 萨曼
回忆理查·瓦格纳（散文，续）
　　　　　汉斯·德·沃尔措根
哈尔德纳布卢（戏剧）
　　　　　阿尔弗雷德·雅里
古老的河流（亚历山大体）
　　　　　爱德蒙·皮隆
论音乐的现代进化（杂论）
　　　　　夏尔·亨利·伊尔施
皮耶杜的心理（散文）
　　　　　莱昂·里奥托尔
梵·高给弟弟的信（散文）梵·高
36种戏剧情境（杂论，续）
　　　　　乔治·波尔蒂
关于绘画的信（散文） 莫克莱
《忧郁的散文》（杂论） 施沃布
《纳萨雷特的故事》（杂论）
　　　　　乔治·埃克豪德
戏剧
　戏剧作品（杂论） 拉希尔德
　左岸的戏剧（杂论） 匿名
　信使剧场（杂论） 迪米尔
书籍
　《神秘的生活》（杂论） 古尔蒙
　《圣弗朗索瓦·达西塞的生平》
　（杂论） 阿尔贝
《王子的牧歌》（杂论） 莫克莱
……
期刊与杂志（杂论） 匿名
艺术品（杂论） 莫克莱
调查与珍玩（杂论） A.Z.
回应（杂论） 匿名

第11卷第56期
1894年8月

勒孔特·德·利勒（杂论）基亚尔
给埃尔马的颂诗（自由诗）雷尼耶
人的生活（哲学）麦克斯·施蒂纳
Z女士的三个丈夫（小说）
　　　　　皮埃尔·韦贝尔
熟悉的颂诗（10音节诗行） 雷诺
片断（亚历山大体） 雷诺
回忆理查·瓦格纳（散文，续）
　　　　　汉斯·德·沃尔措根
小人物的知心人（散文）
　　　　　夏尔·梅尔基
公园（亚历山大体）
　　　　　安德烈·伊贝尔斯
《莫内尔的书》（杂论） 梅特林克
坏蛋们（杂论）朱利安·勒克莱尔
戏剧作品（杂论） 亨利·阿尔贝
书籍
《挪亚方舟》（杂论） 莫克莱
《半人马的记忆》（杂论）
　　　　　古尔蒙
《老太太的房子》（杂论）
　　　　　丰泰纳
……
期刊与杂志（杂论） 瓦莱特

附　录

第 12 卷第 57 期
1894 年 9 月

比利牛斯山脉的傻瓜（散文）
　　　　　　　　　　莱昂·布卢瓦
扉页（组诗）　　　　　　丰泰纳
　给埃雷迪亚先生（亚历山大体，十四行诗）
　给马拉美先生（十四行诗，7 音节诗行）
　给雷尼耶先生（十四行诗，7 音节诗行）
　给基亚尔先生（十四行诗，7 音节诗行）
　给德斯特累先生（十四行诗，7 音节诗行）
　给埃罗尔德先生（十四行诗，7 音节诗行）
　给丰泰纳太太（亚历山大体，十四行诗）
梵·高给弟弟的信（散文）梵·高
音乐印象：加布里埃尔·法布尔（杂论）　　夏尔·亨利·伊尔施
歌声（散文）　加布里埃尔·朗东
36 种戏剧情境（杂论，续）
　　　　　　　　　　乔治·波尔蒂
易卜生：现实主义和象征主义（杂论）　　　　　　亨利·波尔多
安德烈亚斯 – 萨洛梅论尼采（杂论）　　　　　　　亨利·阿尔贝
安德烈·丰泰纳（杂论）　基亚尔
菲利热尔（杂论）
　　　　　　　　阿尔弗雷特·雅里

脱离主义的沙龙（杂论）
　　　　　　　　　　夏尔·吉延
图书馆的问题（杂论）　　瓦莱特
书籍
　《女武神》（杂论）　　维拉尔
　《西尔瓦》（杂论）　　古尔蒙
　《从公社到无政府主义》（杂论）
　　　　　　　　　　　　梅尔基
……
期刊与杂志（杂论）　　　匿名
艺术品（杂论）　　　　莫克莱
回应（杂论）　　　　　　匿名

第 12 卷第 58 期
1894 年 10 月

树的格言（散文）　　　古尔蒙
有月亮的黎明（亚历山大体，十四行诗）　　　　皮埃尔·路易
普瓦·德·卡罗特：铁锅（戏剧）
　　　　　　　　　　　　勒纳尔
土块（戏剧）　　　　　　迪米尔
无题（亚历山大体）托拉·多里安
勒孔特·德·利勒的扶手椅（杂论）　　　　　　夏尔·莫里斯
反基督者凯撒（散文）　　库里埃
抹香水的女士（组诗）
　插着马鞭草花的女士（亚历山大体，十四行诗）　迪布勒伊
36 种戏剧情境（杂论，续）
　　　　　　　　　　乔治·波尔蒂
书籍
　《沙漏备忘录》（杂论）古尔蒙
　《暗示》（杂论）　　莫克莱

《圣埃莱娜被俘记》（杂论）
　　　　　　　　　　　梅尔基

……
期刊与杂志（杂论）　　　古尔蒙
艺术品（杂论）　　　　　莫克莱
回应（杂论）　　　　　　匿名

第12卷第59期
1894年11月

重生（杂论）　　　　　波尔－鲁
四月和九月的长笛（组诗）雷尼耶
　结语（亚历山大体）
　在一个摘过葡萄的葡萄园（亚历山大体）
　讽刺短诗（亚历山大体）
　不谨慎的谨慎（亚历山大体）
　断章（亚历山大体）
　给达夫妮的话（亚历山大体）
　关着的门上的题词（亚历山大体）
　开场白（亚历山大体）
　笨拙的在场者（亚历山大体）
　爱的审慎（亚历山大体）
古时的人（哲学）麦克斯·施蒂纳
秋天（亚历山大体）　　　　萨曼
摸索着（散文）　埃弥尔·贝尔纳
原始人与重生（散文）
　　　　　　　　埃弥尔·贝尔纳
谈谈弗兰林（散文）
　　　　　　　　埃弥尔·贝尔纳
第一步（散文）　　　　　勒纳尔
36种戏剧情境（杂论，续）
　　　　　　　　　　乔治·波尔蒂

小人物（小说）　安德烈·耶贝尔
埃罗底亚德（11音节诗行）
　　　　　　　特里斯坦·克林索尔
为了画家的斗争（杂论）
　　　　　　　　朱利安·勒克莱尔
这里的艺术（杂论）
　　　　　　　　罗兰·德·马雷斯
奥赛罗（杂论）阿尔弗雷德·莫捷
书籍
《阴郁的序曲》（杂论）
　　　　　　　　　　　皮埃尔·路易
期刊与杂志（杂论）　　　　匿名
艺术品（杂论）　　　　　莫克莱
回应（杂论）　　　　　　匿名

第12卷第60期
1894年12月

在这里人们谋杀了伟人们（散文）
　　　　　　　　　莱昂·布卢瓦
皇后的凯旋（9、12音节诗行）
　　　　　　　　　夏尔·勒孔特
安娜贝拉和乔瓦尼（散文）施沃布
乡村书简（散文）　　　　基亚尔
尼伯龙根的指环译作（散文）
　　　　　　　阿尔弗雷特·恩斯特
维里安旅行记二版序言（散文）
　　　　　　　　　　安德烈·吉德
怀疑派的论见：关于巴雷斯（杂论）　　　　　　　　　莫克莱
远离城市（亚历山大体）
　　　　　　　　　　路易·丹尼丝
一座花园（戏剧）　　G.O.瓦朗
一种新哲学（散文）　保罗·亚当

附　录

第十一个怪物（散文）
　　　　　　　阿尔弗雷德·雅里
戏剧作品（杂论）　　　瓦莱特
书籍
　《音乐与文学》（杂论）　丰泰纳
　《凶宅》（杂论）　　　迪米尔
　《西蒙娜》（杂论）　　莫克莱

《论文学》（杂论）
　　　　　　　罗兰·德·马雷斯
……
期刊与杂志（杂论）　　　匿名
艺术品（杂论）　　　莫克莱等
音乐（杂论）夏尔·亨利·伊尔施
回应（杂论）　　　　　　匿名

参考文献

一 中文译著

[法] 阿蒂尔·兰波:《兰波彩图集》,叶汝琏、何家炜译,吉林出版集团有限责任公司2007年版。

[法] 阿蒂尔·兰波:《兰波作品全集》,王以培译,作家出版社2012年版。

[法] 阿兰·比于齐纳:《魏尔伦传》,由权、邵宝庆译,上海人民出版社2007年版。

[印] 阿摩卢:《阿摩卢百咏》,傅浩译,中西书局2016年版。

[英] 彼得·奥斯本:《时间的政治:现代性与先锋》,王志宏译,商务印书馆2014年版。

[英] 布莱恩·马吉:《瓦格纳与哲学》,郭建英、张纯译,中国友谊出版公司2018年版。

[美] 威廉·卡洛斯·威廉斯:《威廉·卡洛斯·威廉斯诗选》,傅浩译,上海译文出版社2015年版。

[法] 亨利·缪尔热:《波希米亚人》,孙书姿译,华夏出版社2003年版。

[德] 卡尔·达尔豪斯:《绝对音乐观念》,刘丹霓译,华东师范大学出版社2019年版。

[德] 理查·瓦格纳:《瓦格纳论音乐》,廖辅叔译,上海音乐出版社2002年版。

[法] 米歇尔·维诺克:《自由的声音》,吕一民、沈衡、顾杭译,文汇出版社2019年版。

[英] 齐格蒙特·鲍曼:《现代性与矛盾性》,邵迎生译,商务印书馆2019年版。

[法] 乔治·杜比:《法国史》,吕一民等译,商务印书馆2018年版。

[法] 让-吕克·斯坦梅茨:《兰波传》,袁俊生译,上海人民出版社2008

年版。

［美］威廉·L.夏伊勒：《第三共和国的崩溃》，戴大洪译，新星出版社2010年版。

二　中文专著

范文澜：《文心雕龙注》，人民文学出版社1958年版。
李国辉：《英美自由诗初期理论的谱系》，中国社会科学出版社2018年版。
刘波：《波德莱尔：从城市经验到诗歌经验》，北京大学出版社2016年版。
吴岳添：《法国文学流派的变迁》，北京大学出版社1995年版。
袁可嘉：《欧美现代派文学概论》，上海文艺出版社1993年版。
赵元：《自由与必然性：奥登的诗体实验》，华文出版社2012年版。
郑克鲁：《法国诗歌史》，上海外语教育出版社1996年版。

三　中文期刊

傅浩：《西方文论关键词：自由诗》，《外国文学》2010年第4期。
蒋承勇：《从"镜"到"灯"到"屏"：颠覆抑或融合？》，《浙江社会科学》2020年第2期。
蒋承勇：《十九世纪现实主义"写实"传统及其当代价值》，《中国社会科学》2019年第2期。
李国辉：《当代象征主义流派研究的困境和出路》，《台州学院学报》2020年第4期。
李国辉：《人格解体与象征主义的神秘主义美学》，《外国文学研究》2019年第3期。
李国辉：《形式的政治：自由诗创格与无政府主义的渊源》，《文艺理论研究》2020年第2期。
李国辉：《象征主义自由诗理论起源新考》，《法国研究》2020年第1期。
李国辉、蒋承勇：《走出"肤浅"与"贫乏"：五四时期象征主义诗学论著辨正》，《河南大学学报》（社会科学版）2019年第6期。
李建英：《"通灵人""另一个""现代性"：兼谈兰波诗学几个术语的汉译》，《台州学院学报》2021年第5期。
李建英：《以诗歌"改变生活"——博纳富瓦论兰波》，《外国文学评论》2015年第3期。

李建英:《"我是另一个"——论兰波的通灵说》,《外国文学评论》2013年第1期。

汪介之:《弗·索洛维约夫与俄国象征主义》,《外国文学评论》2004年第1期。

四　日文文献

黒木朋興:「マラルメと音楽:絶対音楽から象徴主義へ」,東京:水声社2013年。

坂卷康司編:「近代日本とフランス象徴主義」,東京:水声社2016年。

日本近代詩論研究会:「日本近代詩論の研究」,東京:角川書店1972年。

萩原朔太郎:「萩原朔太郎全集」,東京:筑摩書房1975年。

五　法文文献

Achille Delaroche, Albert Mockel, Albert Saint-Paul, "Une lettre", *La Wallonie*, Vol. 4, No. 5, mai 1889.

Achillle Delaroche, "Les Annales du symbolisme", *La Plume*, Vol. 3, No. 41, janvier 1891.

Adolphe Retté, "L'Art et l'anarchie", *La Plume*, No. 91, février 1893.

Adolphe Retté, "Chronique des livres", *La Plume*, No. 138, janvier 1895.

Adolphe Retté, "Le Jardin", *La Vogue: Nouvelle série*, Vol. 1, No. 2, août 1889.

Adolphe Retté, "Paradoxe sur la poésie", *Mercure de France*, No. 37, janvier 1893.

Adolphe Retté, "Sur le rythme des vers", *Mercvre de France*, No. 115, juillet 1899.

Adolphe Retté, "Tribune libre", *La Plume*, No. 103, août 1893.

Adolphe Retté, "Le Vers libre", *Mercvre de France*, Vol. 8, No. 43, juillet 1893.

Albert Mockel, "L'Antithèse", *La Wallonie*, Vol. 3, No. 5, mai 1888.

Albert Mockel, "Chronique littéraire", *La Wallonie*, Vol. 1, No. 5, octobre 1886.

Albert Mockel, "Chronique littéraire", *La Wallonie*, Vol. 3, No. 5, mai 1888.

Albert Mockel, "Cloche en la nuit", *La Wallonie*, Vol. 4, No. 5, mai 1889.

Albert Mockel, *Esthétique du symbolisme*, Bruxelles: Palais des académies, 1962.

Albert Mockel, "Jules Laforgue", *La Wallonie*, Vol. 2, No. 8, septembre 1887.

Albert Mockel, "A propos des harmonistes", *La Wallonie*, Vol. 2, No. 6, juin 1887.

Albert Mockel, "Quelques proses", *La Wallonie*, Vol. 2, No. 7, août 1887.

Albert Mockel, Francis Vielé-Griffin, *Correspondance 1890 – 1937*, Bruxelles: Académie royale de langue et de littérature françaises, 2002.

Albert Saint – Paul, "D'un lampas", *La Vogue: nouvelle série*, Vol. 1, No. 3, septembre 1889.

Alfred Vallette, "Mercure de France", *Mercure de France*, Vol. 1, No. 1, janvier 1890.

Anatole Baju, *L'Anarchie littéraire*, Paris: Librairie Léon Vanier, 1892.

Anatole Baju, "Le Décadent", *Le Décadent*, No. 26, octobre 1886.

Anatole Baju, "Décadence", *Le Décadent*, No. 3, avril 1886.

Anatole Baju, "Décadent et Symbolistes", *Le Décadent*, No. 23, novembre 1888.

Anatole Baju, *L'École décadente*, Paris: Léon Vanier, 1887.

Anatole Baju, "Les Jeunes", *Le Décadent*, No. 13, juillet 1886.

Anatole Baju, "A la jeunesse socialiste", *Le Décadent*, No. 31, mars 1889.

Anatole Baju, "Salle Pétrelle", *Le Décadent*, No. 30, octobre 1886.

Anatole France, "Jean Moréas", *La Plume*, Vol. 3, No. 41, janvier 1891.

André Barre, *Le Symbolisme*, New York: Burt Franklin, 1968.

André Beaunier, *La Poésie nouvelle*, Paris: Société dv Mercvre de France, 1902.

André Coeuroy, *Wagner et l'esprit romantique*, Paris: Gallimard, 1965.

André Fontainas, "Paul Verlaine", *Mercure de France*, No. 74, février 1896.

Anna Opiela – Mrozik, "Téodor de Wyzew face à ses maîtres", *Quêtes littéraires*, No. 9, septembre 2019.

Anonyme, "Avertissement", *La Vogue: nouvelle série*, Vol. 1, No. 1, juillet 1889.

Anonyme, "Louise Michel et les décadents", *La Liberté*, 20 octobre 1886.

Anonyme, "Memento", *La Jeune belgique*, Vol. 1, No. 16, mai 1896.

Anonyme, "Nos ancêtres", *La Nouvelle Rive gauche*, No. 1, novembre 1882.

Anonyme, "Une nouvelle école", *Le Figaro*, septembre 13, 1891.

Anonyme, "Sur les tatus", *L'Art moderne*, No. 43, octobre 1887.

Armand Sylvestre, "Le Vers libre", *La Jeune belgique*, Vol. 1, No. 15, avril 1896.

Arthur Rimbaud, *Œuvres complètes*, Paris: Gallimard, 1972.

Aurélien Scholl, "Les Coulisses", *Le Matin*, No. 972, octobre 1886.

Bénédicte Didier, *Petites Revues et esprit bohème à la fin du xixe siècle*, Paris: L'Harmattan, 2009.

Bonner Mitchell, *Les Manifestes littéraires de la belle époque*, Paris: Seghers, 1966.

Catherine Boschian-Campaner, ed., *Le Vers libre dans tous ses états*, Paris: L'Harmattan, 2009.

Catulle Mendès, *Le Mouvement poétique francais: de 1867 à 1900*, New York: Burt Franklin, 1971.

Catulle Mendès, *Poésies nouvelles*, Paris: Bibliothèque-Charpentier, 1892.

Charles Baudelaire, *Œuvres complètes*, Paris: Le Club français du livre, 1966.

Charles-Henry Hirsch, "Les Revues", *Mercvre de France*, No. 627, août 1924.

Charles Maurras, *L'Avenir de l'intelligence*, Paris: Éditions du Trident, 1988.

Charles Maurras, "Barbares et Romans", *La Plume*, No. 52, juin 1891.

Charles Maurras, *Charles Maurras: L'Avenir de l'intelligence et autres textes*, ed. Martin Motte, Paris: Robert Laffont, 2018.

Charles Maurras, "Étude biographique: Arthur Rimbaud", *Revue encyclopédique*, Vol. 2, No. 26, janvier 1892.

Charles Maurras, *Jean Moréas*, Paris: Librairie Plon, 1891.

Charles Maurras, "Les Nouvelles Ecoles: les symbolistes, les néo-romantiques, les décadents, les renaissants", *La Gazette de France*, juin 21, 1892.

Charles Maurras, *Au signe de flore*, Paris: Les Œuvres représentatives, 1931.

Charles Maurras, "Théodore Aubanel", *La Revue indépendante*, Vol. 12,

No. 33, juillet 1889.

Charles Maurras et l'abbé Penon, *Dieu et le roi: correspondance entre Charles Maurras et l'abbé Penon*, Toulouse: Privat, 2007.

Charles Maurras et Raymond de la Tailhède, *Un débat sur le romantisme*, Paris: Ernest Flammarion, 1928.

Charles Morice, *La Littérture de tout à l'heure*, Paris: Librairies Éditeurs, 1889.

Charles Morice, "Paul Gauguin", *Mercure de France*, No. 48, décembre 1892.

Daniel A. de Graaf, "Rimbaud et la Commune", *Revue belge de philologie et d'histoire*, Vol. 30, No. 1 & 2, 1952.

Daniel Armogathe, "Myths et transcendance révolutionnaire dans la poésie de Louise Michel", in Louise Michel, *À travers la vie et la mort*, ed. Daniel Armogathe, Paris: La Découverte, 2001.

Édouard Dujardin, "Considérations sur l'art wagnérien", *Revue wagnérienne*, Vol. 3, No. 6 & 7, août 1886.

Édouard Dujardin, "A la gloire d'Antonia", *La Vogue*, Vol. 2, No. 3, août 1886.

Édouard Dujardin, "Jules Laforgue", *La Revue indépendante*, Vol. 4, No. 11, septembre 1887.

Édouard Dujardin, *Mallarmé par un des siens*, Paris: Messein, 1936.

Édouard Dujardin, *Les Premiers Poètes du vers libre*, Paris: Mercvre de France, 1922.

Elisée Reclus, "Aux compagnons des *Entretiens*", *Entretiens politieques & littéraires*, Vol. 5, No. 28, juillet 1892.

Émile Faguet, "Courrier littéraire", *Revue bleue*, Vol. 49, No. 11, mars 1892.

Émile Goudeau, *Dix ans de bohème*, Paris: Librairie Henry du Parc, 1888.

Émile Verhaeren, "Les Cantilènes", *L'Art moderne*, No. 26, juin 1886.

Ernest Mahaim, "Le Groupe symbolique – instrumentiste et les *Écrits pour l'art*", *La Wallonie*, Vol. 2, No. 7, août 1887.

Ernest Raynaud, "Jean Moréas", *Mercure de France*, Vol. 2, No. 15, mars 1891.

Ernest Raynaud, *La Mêlée symboliste*, Paris: Nizet, 1971.

Ernest Raynaud, "Un point de doctrine", *Le Décadent*, No. 29, février 1889.

Ernest Raynaud, "A propos du *Premier Livre pastoral*", *Mercvre de France*, No. 35, novembre 1892.

Ernest Raynaud, "Réponse à quelque-uns", *La Plume*, No. 263, avril 1900.

Ferdinand Brunetière, "Le Symbolisme contemporain", *Revue des deux mondes*, Vol. 104, No. 2, avril 1891.

Ferdinand Brunetière, "Symbolistes et Décadents", *Revue des deux mondes*, Vol. 90, No. 1, novembre 1888.

Filippo Tommaso Emilio Marinetti, ed., *Enquête internationale sur le vers libre*, Milan: Éditions de Poesia, 1909.

Francis Vielé-Griffin, *Ancaeus*, Paris: Vanier, 1888.

Francis Vielé-Griffin, "Causerie sur le vers libre et la tradition", *L'Ermitage*, Vol. 19, No. 8, août 1899.

Francis Vielé-Griffin, *Les Cygnes*, Paris: Alcan-lévy, 1886.

Francis Vielé-Griffin, *Joies*, Paris: Tresse et Stock, 1889.

Francis Vielé-Griffin, "Les Lavandières", *La Wallonie*, Vol. 7, No. 9, septembre 1892.

Francis Vielé-Griffin, "Sous la nuit", *La Vogue: nouvelle série*, Vol. 1, No. 3, septembre 1889.

Francis Vielé-Griffin, "A propos du vers libre", *Entretiens politiques & littéraires*, Vol. 1, No. 1, mars 1890.

Francis Vielé-Griffin, "Réflexions sur l'art des vers", *Entretiens politiques & littéraires*, Vol. 4, No. 26, mai 1892.

Francis Vielé-Griffin, "Ronde", *La Revue indépendante*, Vol. 9, No. 22, septembre 1888.

Françoise Lucbert et Richard Shryock, *Gustave Kahn: un écrivain engagé*, Rennes: Presses universitaires de Rennes, 2013.

Georges Boulanger, "Lettre du général Boulanger", *L'Intransigeant*, No. 2828, avril 1888.

Georges le Cardonnel & Charles Vellay, ed., *La Littérature contemporaine*, Paris: Mercvre de France, 1905.

Georges Rodenbach, "La Poésie nouvelle", *Revue bleue*, Vol. 47, No. 14, 1891.

参考文献

Grange Woolley, *Richard Wagner et le symbolisme français*, Paris: Les Presses universitaires de France, 1931.

Gustave Kahn, "Chateaux en Espagne", *La Vogue*, Vol. 3, No. 1, octobre 1886.

Gustave Kahn, "Chronique", *La Vogue: nouvelle série*, Vol. 1, No. 2, août 1889.

Gustave Kahn, "Chronique de la littérature et de l'art", *La Revue indépendante*, Vol. 6, No. 13, janvier 1888.

Gustave Kahn, Gustave Kahn, "Chronique de la littérature et de l'art", *La Revue indépendante*, Vol. 6, No. 16, février 1888.

Gustave Kahn, "Chronique de la littérature et de l'art", *La Revue indépendante*, Vol. 9, No. 24, octobre 1888.

Gustave Kahn, "Livres de vers", *La Vogue: nouvelle série*, Vol. 1, No. 2, août 1889.

Gustave Kahn, "Livres et Varia", *La Vogue*, Vol. 1, No. 7, juin 1886.

Gustave Kahn, "Les Livres", *La Vogue*, Vol. 1, No. 1, avril 1886.

Gustave Kahn, "Livres sur le Moi", *La Vogue: nouvelle série*, Vol. 1, No. 1, juillet 1889.

Gustave Kahn, "A M. Brunetière – théatre libre et autres", *La Revue indépendante*, Vol. 9, No. 26, décembre 1888.

Gustave Kahn, *Les Palais nomades*, Paris: Tresse et Stock, 1887.

Gustave Kahn, *Premier Poèmes*, Paris: Société de Mercvre de France, 1897.

Gustave Kahn, "Le Symbolisme", *La Vogue*, Vol. 2, No. 12, octobre 1886.

Gustave Kahn, *Symbolistes et Décadents*, Genève: Slatkine, 1993.

Gustave Kahn, "Thème et Variations", *La Vogue*, Vol. 1, No. 3, avril 1886.

Gustave Kahn, "Le Vers libre", *L'Art modern*, Vol. 11, No. 7, février 1891.

Gustave Kahn, *Le Vers libre*, Paris: Euguière, 1912.

Henri de Régnier, "Face de jadis", *La Vogue: nouvelle série*, Vol. 1, No. 1, juillet 1889.

Henri de Régnier, "A. – Fernand Herold", *Mercure de France*, No. 51, mars 1894.

Henri de Régnier, "Petits Poèmes anciens et romanesques", *La Vogue: nouvelle* série, Vol. 1, No. 2, août 1889.

Henri de Régnier, "Vers", *La Wallonie*, Vol. 5, No. 11, novembre 1890.

Hugues Rebell, *Union des trois aristocraties*, Paris: Bibliothèque artistique et littéraire, 1894.

Iwan Gilkin, "Paul Verlaine", *La Jeune belgique*, Vol. 1, No. 1, janvier 1896.

Iwan Gilkin, "Petites Études de poétique française", *La Jeune belgique*, Vol. 11, No. 9, septembre 1892.

Iwan Gilkin, "Le Vers libre", *La Jeune belgique*, Vol. 13, No. 3, mars 1894.

Jean Ajalbert, "Pécheurs et autres", *Lutèce*, No. 250, août 1886.

Jean Maitron, *Histoire du movement anarchiste en France*, Paris: Société universitaire, 1955.

Jean Moréas, "Ah Pourquoi Vos Lèvres entre les coups de hache du Roi", *La Vogue*, Vol. 3, No. 4, novembre 1886.

Jean Moréas, "Les Décadents", *Le XIXe Siècle*, No. 4965, août 1885.

Jean Moréas, "L'École romane", *Le Figaro*, septembre 23, 1891.

Jean Moréas, "Une lettre", *Le Figaro*, septembre 14, 1891.

Jean Moréas, *Lettres de Jean Moréas*, Paris: Lettres modernes Minard, 1968.

Jean Moréas, *Pèlerin passionné*, Paris: Léon Vanier, 1891.

Jean Moréas, "Jean Moréas", *La Plume*, Vol. 3, No. 41, janvier 1891.

Jean Moréas, "Le Symbolisme", *Le Figaro*, sepembre 18, 1886.

Jean Moréas, "Le Thé chez Miranda", *La Vogue*, Vol. 1, No. 4, mai 1886.

John Clifford Ireson, *L'Œuvre poétique de Gustave Kahn*, Paris: Nizet, 1962.

Jules Ferry, *La République des citoyens*, Paris: Imprimerie nationale, 1996.

Jules Huret, *Enquête sur l'évolution littéraire*, Paris: José Corti, 1999.

Jules Laforgue, "L'Hiver qui vient", *La Vogue*, Vol. 2, No. 5, août 1886.

Jules Laforgue, *Lettres à un ami*, Paris: Mercvre de France, 1941.

Jules Laforgue, *Mélanges posthumes*, Paris: Mercvre de France, 1923.

Jules Laforgue, "Notes inédites", *Entretiens politique & littéraires*, Vol. 3, No. 16, juillet 1891.

Jules Laforgue, *Œuvres complètes de Jules Laforgue*, tome 2, Paris: Mercvre de France, 1922.

Jules Laforgue, *Œuvres complètes de Jules Laforgue*, tome 4, Paris: Mercvre de

France, 1925.

Jules Lemaître, "M. Paul Verlaine et les poètes 'symbolistes' & 'décadents'", *Revue bleue*, Vol. 16, No. 1, janvier 1888.

Jules Maus, "Chronique des lettres", *Le Décadent*, No. 24, décembre 1888.

Léo d'Orfer, "Curiosités", *La Vogue*, Vol. 1, No. 2, avril 1886.

Léo d'Orfer, "Notes de quinzaine", *Le Scapin*, No. 3, octobre 1886.

Léon Deschamps, "L'Anarchie", *La Plume*, No. 113, janvier 1894.

Léo Trézenik, "Jean Moréas", *Lutèce*, No. 179, juin 1885.

Léo Trézenik, "Aux Lutéciens", *Lutèce*, No. 62, avril 1883.

Léon Vanier, ed., *Les Premières Armes de symbolisme*, Paris: Léon Vanier, Libraire-Éditeur, 1889.

Louisc Michel, *Lettres à Victor Hugo: 1850–1879*, Paris: Mercure de France, 2005.

Louise Michel, *Mémoires de Louise Michel écrits par elle-même*, Middletown: CreateSpace, 2017.

Louise Michel, *À mes frères*, ed. Éric Fournier, Montreuil: Libertalia, 2019.

Louise Michel, *Œuvres posthumes*, Paris: Librairie Internationaliste, 1905.

Louise Michel, "Le Symbole", *Le Scapin*, No. 5, novembre 1886.

Marcos Eymar, "Le Plurilinguisme latent et l'émergence du vers libre", in Patrizia Noel Aziz Hanna and Levente Seláf, eds., *The Poetics of Multilingualism*, Newcastle upon Tyne: Cambridge Scholars Publishing, 2017.

Marie Krysinska, "Chanson d'automne", *Le Chat Noirs*, No. 40, octobre 1882.

Marie Krysinska, *Intermèdes*, Paris: Léon Vanier, 1903.

Marie Krysinska, *Joie errantes*, Paris: Alphonse Lemerre, 1894.

Maurice Barrès, "L'Esthétique de demain: l'art suggestif", *De Nieuwe Gids*, No. 1, Oktober 1885.

Maurice Barrès, "En Lorraine", *La Revue indépendante*, Vol. 10, No. 26, décembre 1888.

Maurice Barrès, *Maurice Barrès: romans et voyages*, tome 1, Paris: Robert Laffont, 1994.

Maurice Barrès, "M. Le Général Boulanger et la nouvelle génération", *Le Revue indépendante*, Vol. 7, No. 18, avril 1888.

Maurice Barrès, *Scènes & doctrines du nationalisme*, Paris: Félix Juven, 1902.

Maurice Desombiaux, "La Nuit tragique", *La Wallonie*, Vol. 2, No. 7, août 1887.

Maurice Peyrot, "Symbolistes et Décadents", *La Nouvelle Revue*, Vol. 49, No. 11, novembre 1887.

Michel Murat, *Le Vers libre*, Paris: Honoré Champion, 2008.

Michel Winock, *Nationalisme, antisemitisme et fascisme en France*, Paris: Éditions du Seuil, 1982.

Nicanor della Rocca de Vergalo, *Le Livre des Incas*, Paris: Alphonse Lemerre, 1879.

Nicanor della Rocca de Vergalo, *La Poëtique nouvelle*, Paris: Alphonse Lemerre, 1880.

Patrick Berthier & Michel Jarrety, eds., *Histoire de la France littéraire: modernités*, Paris: PUF, 2006.

Paul Adam, "Paysages de femmes", *La Vogue*, Vol. 3, No. 9, décembre 1886.

Paul Arène, "Les Decadents", *Gil Blas*, No. 2007, mai 1885.

Paul Bourde, "Les Poètes décadents", *Le Temps*, No. 8863, août 1886.

Paul Valéry, *Œuvres 1*, Paris: Gallimard, 1957.

Paul Verlaine, "Anatole Baju", *Les Hommes d'aujord'hui*, No. 332, août 1888.

Paul Verlaine, "Conseil falot", *Le Chat Noirs*, No. 79, juillet 1883.

Paul Verlaine, *Correspondance de Paul Verlaine*, tome 2, ed. Van Bever, Paris: Albert Messein, 1923.

Paul Verlaine, *Correspondance de Paul Verlaine*, tome 3, ed. Van Bever, Paris: Albert Messein, 1929.

Paul Verlaine, "Un mot sur la rime", *Le Décadent*, No. 6, mars 1888.

Paul Verlaine, *Œuvres poétiques complètes*, Paris: Gallimard, 1962.

Paul Verlaine, *Œuvres posthumes de Paul Verlaine*, tome 2, Paris: Albert Messein, 1927.

Paul Verlaine, "Les Poètes maudits: Arthur Rimbaud", *Lutèce*, No. 93, novembre 1883.

Remy de Gourmont, *La Culture des idées*, Paris: Mercvre de France, 1900.

Remy de Gourmont, "Dernière Conséquence de l'idéalisme", *Mercure de France*,

No. 51, mars 1894.

Remy de Gourmont, *Epilogues: 1895-1898*, Paris: Mercvre de France, 1903.

Remy de Gourmont, *Esthétique de la langue française*, Paris: Mercvre de France, 1899.

Remy de Gourmont, "Histoire tragique de la princesse Phénissa", *Mercure de France*, No. 47, novembre 1892.

Remy de Gourmont, "L'Idéalisme", *Entretiens Politiques & Littéraires*, Vol. 4, No. 25, avril 1892.

Remy de Gourmont, *L'Idéalisme*, Paris: Mercvre de France, 1893.

Remy de Gourmont, *Le Livre des masques*, Paris: Mercvre de France, 1963.

Remy de Gourmont, *Le Probleme du style*, Paris: Mercvre de France, 1902.

Remy de Gourmont, *Promenades littéraires*, volume 3, Paris: Mercvre de France, 1963.

René de Livois, *Histoire de la presse francaise*, Lausanne: Éditions Spes, 1965.

René Ghil, "Méthode évolutive instrumentiste", *La Revue indépendante*, Vol. 11, No. 31, mai 1889.

René Ghil, *Traité du verbe*, Paris: Éditions A. - G. Nizet, 1978.

Robert Cantel, "La Question du vers français", *La Jeune belgique*, Vol. 1, No. 10, mars 1896.

Robert Sabatier, *La Poésie du xixe siècle: naissance de la poésie modern*, Paris: Albin Michel, 1977.

Saint-Pol-Roux, "Sous le glas", *Mercure de France*, Vol. 3, No. 19, juillet 1891.

Stéphane Giocanti, *Charles Maurras: le chaos et l'ordre*, Paris: Flammarion, 2006.

Stéphane Mallarmé, *Correspondance complète: 1862-1871*, Paris: Gallimard, 1995.

Stéphane Mallarmé, "Lettre", *La Wallonie*, Vol. 3, No. 2, février 1888.

Stéphane Mallarmé, *Œuvres complètes*, Paris: Gallimard, 1945.

Stéphane Mallarmé, "Vers et musique en France", *Entretiens politiques & littéraires*, Vol. 4, No. 27, juin 1892.

Sully Prudhomme, *Œuvres de Sully Prudhomme: poésies*, Paris: Alphonse Lemerre, 1907.

Sully Prudhomme, *Œuvres de Sully Prudhomme: prose*, Paris: Alphonse Lemerre, 1904.

Sully Prudhomme, *Réflexions sur l'art des vers*, Paris: Alphonse Lemerre, 1892.

Téodor de Wyzewa, "D'un avenir possible", *Mercure de France*, No. 43, juillet 1893.

Téodor de Wyzewa, "Les Livres", *La Revue indépendante*, Vol. 1, No. 2, décembre 1886.

Téodor de Wyzewa, "Les Livres", *La Revue indépendante*, Vol. 3, No. 7, mai 1887.

Téodor de Wyzewa, "Les Livres", *La Revue indépendante*, Vol. 5, No. 12, octobre 1887.

Téodor de Wyzewa, "M. Mallarmé: I-II", *La Vogue*, Vol. 1, No. 11, juillet 1886.

Téodor de Wyzewa, "M. Mallarmé: III-VI", *La Vogue*, Vol. 1, No. 12, juillet 1886.

Téodor de Wyzewa, *Le Mouvement socialiste en Europe*, Paris: Libraires – Éditeurs, 1892.

Téodor de Wyzewa, "La Musique descriptive", *Revue wagnérienne*, Vol. 1, No. 3, avril 1885.

Téodor de Wyzewa, "Notes sur la littérature wagnérienne", *Revue wagnérienne*, Vol. 2, No. 5, juin 1886.

Téodor de Wyzewa, "Notes sur les littératures étrangéres", *Revue bleue*, Vol. 49, No. 23, avril 1892.

Téodor de Wyzewa, "Notes sur la peinture wagnérienne", *Revue wagnérienne*, Vol. 2, No. 5, mai 1886.

Théodore de Banville, *Petit Traité de poésie française*, Paris: Bibliothèque – Charpentier, 1903.

Valére Gille, "Les Verslibristes", *La Jeune belgique*, Vol. 14, No. 5, mai 1895.

Valérie Michelet Jacquod, "Introduction", in Téodor de Wyzew, *Valbert ou les récits d'un jeune homme*, ed. V. M. Jacquod, Paris: Garnier, 2009.

Valérie Michelet Jacquod, *Le Roman symboliste : un art de l'《extrême conscience》*, Genève : Droz, 2008.

Victor Hugo, *Les Chatiments*, Paris : Alphonse Lemerre, 1875.

Yves Chiron, *La Vie de Maurras*, Paris : Godefroy de Bouillon, 1999.

六 英文文献

Alexander Varias, *Paris and the Anarchists*, New York : St. Martin's Press, 1996.

Alex Preminger, ed., *Princeton Encyclopedia of Poetry and Poetics*, Princeton : Princeton University Press, 1974.

Amy Lowell, "Some Musical Analogies in Modern Poetry", *The Musical Quarterly*, Vol. 6, No. 1, January 1920.

Anna Balakian, *The Symbolist Movement*, New York : Random House, 1967.

Antoine Adam, *The Art of Paul Verlaine*, trans. Carl Morse, New York : New York University Press, 1963.

Arthur Schopenhauer, *The World as Will and Representation*, trans. E. F. J. Payne, New York : Dover Publications, 1969.

Arthur Symons, *The Symbolist Movement in Literature*, London : Archibald Constable & Co. Ltd., 1908.

Carl Gustav Jung, *Aion : Researches into the Phenomenology of the Self*, London : Routledge & Kegan Paul, 1968.

Charles M. Oliver, *Critical Companion to Walt Whitman*, New York : Facts on File, 2006.

Charles O. Hartman, *Free Verse : An Essay on Prosody*, Princeton : Princeton University Press, 1980.

Chris Beyers, *A History of Free Verse*, Fayetteville : University of Arkansas Press, 2001.

Clive Scott, *Vers libre : The Emergence of Free Verse in France 1886 – 1914*, Oxford : Clarendon Press, 1990.

Conrad Aiken, "The Function of Rhythm", *The Dial*, Vol. 65, No. 777, Novembre 1918.

Daniel A. Finch – Race & Stephanie Posthumus, eds., *French Ecocriticism*,

Frankfurt am Main: Peter Lang, 2017.

David Herbert Lawrence, *New Poems*, New York: B. W. Huebsch, 1920.

David Herbert Lawrence, *Selected Literary Criticism*, ed. Anthony Beal, London: Mercury Books, 1961.

Donald Wesling, "The Prosodies of Free Verse", in Reuben A. Brower, ed., *Twentieth-Century Literature in Retrospect*, Cambridge: Harvard University Press, 1971.

Eleanor Berry, "The Free Verse Spectrum", *College English*, Vol. 59, No. 8, December 1997.

Elga Liverman Duval, "Téodor de Wyzewa", *The Polish Review*, Vol. 5, No. 4, Autumn 1960.

Eugenia W. Herbert, *The Artist and Social Reform*, Freeport: Books for Libraries Press, 1971.

Ezra Pound, "Paris", *Poetry*, Vol. 3, No. 1, Octobre 1913.

Ezra Pound, "The Tradition", *Poetry*, Vol. 3, No. 4, January 1914.

Ford Madox Ford, *Critical Essays*, Manchester: Carcanet, 2002.

Frank Stuart Flint, "Presentation", *The Chapbook*, Vol. 2, No. 9, March 1920.

Glenn S. Burne, *Remy de Gourmont: His Ideas and Influence in England and America*, Carbondale: Southern Illinois University Press, 1963.

Harriet Monroe, ed., *The New Poetry*, New York: The Macmillan Company, 1917.

James McCorkle, ed., *Conversant Essays*, Detroit: Wayne State University Press, 1990.

James Oppenheim, "The New Poetry", *The Conservator*, Vol. 21, No. 1, March 1910.

John Hicks & Robert Tucker, eds., *Revolution & Reaction: The Paris Commune 1871*, Amherst: The University of Massachusetts Press, 1993.

Llewellyn Jones and Llewellwyn Jones, "Free Verse and Its Propaganda", *The Sewanee Review*, Vol. 28, No. 3, July 1920.

Mathurin M. Dondo, *Vers Libre: A Logical Development of French Verse*, Paris: Librairie Ancienne Honoré Champion, 1922.

Michael Curtis, *Three Against the Third Republic: Sorel, Barrés and Maurras*,

Princeton: Princeton University Press, 2015.

Miriam R. Levin, *Republican Art and Ideology in Late Nineteenth – Century France*, Ann Arbor: UMI Research Press, 1986.

Patrick McGuinness, *Poetry & Radical Politics in fin de siècle France*, Oxford: Oxford University Press, 2019.

Philip Stephan, *Paul Verlaine and the Decadence*, Rowman: Manchester University Press, 1974.

Rachel Killick, "Baudelaire's Versification: Conservative or Radical?", in Rosemary Lloyd, ed., *The Cambridge Companion to Baudelaire*, Cambridge: Cambridge University Press, 2006.

Remy de Gourmont, *Decadence and Other Essays on the Culture of Ideas*, trans. William Bradley, London: George Allen, 1949.

Reuben A. Brower, ed., *Twentieth – Century Literature in Retrospect*, Cambridge: Harvard University Press, 1971.

Richard Shryock, "Reaction Within Symbolism: The Ecole Romane", *The French Review*, Vol. 71, No. 4, March 1998.

Richard Wagner, *Richard Wagner's Prose Works*, volume 2, trans. William Ashton Ellis, London: Kegan Paul, Trench, Trübner, 1900.

Robert Bridges, *Collected Essays Papers & c*, Hildesheim: Georg Olms Verlag, 1972.

Seymour Chatman, *A Theory of Meter*, The Hague: Mouton & Co., 1965.

Théophile Gautier, *Art and Criticism*, trans. F. C. de Sumichrast, New York: George D. Sproul, 1903.

Thomas Stearns Eliot, "The Borderline of Prose", *New Statesman*, No. 9, May 1917.

Thomas Stearns Eliot, *To Criticize the Critic and Other Writings*, Lincoln: University of Nebraska Press, 1991.

Timothy Steele, *Missing Measures*, Fayetteville: University of Arkansas Press, 1990.

Walter Sutton, *American Free Verse*, New York: New Directions, 1973.

William Kenneth Cornell, *Adolphe Retté*, New Haven: Yale University Press, 1942.

William Kenneth Cornell, *The Symbolist Movement*, Hamden, Connecticut: Archon Books, 1970.

七 拉丁文文献

Quintus Horatius Flaccus, *Satires, Epistles and Ars Poetica*, Cambridge: Harvard University Press, 1929.

Thomas Aquinas, *Summa Theologiae*, Lander: The Aquinas Institute, 2012.

八 西班牙文文献

Jim Alexander Anchante Arias, *El Simbolismo francés y la poesía peruana*, Ph. D. Dissertation, Universidad Nacional Mayor de San Marcos, 2018.

索 引

A

阿雅尔贝（Jean Ajalbert）
艾略特（T. S. Eliot）
埃罗尔德（A. Ferdinand Herold）

B

巴雷斯（Maurice Barrès）
巴朱（Anatole Baju）
半韵（La Assonance）
邦维尔（T. de Banville）
《被砍掉的月桂树》
《被诅咒的诗人》
波德莱尔（Charles Baudelaire）
布朗热主义（Le Boulangisme）
布吕内蒂埃（F. Brunetière）

C

《彩图集》（Les Illuminations）

D

迪雅尔丹（Édouard Dujardin）
《独立评论》（La Revue indépendante）
多费尔（Léo d'Orfer）

E

《恶之花》

F

《法兰西信使》（Mercvre de France）
费利克斯·费内翁（Félix Fénéon）
弗林特（F. S. Flint）

G

古多（Émile Goudeau）
古尔蒙（Remy de Gourmont）

H

《黑猫》（Le Chat Noirs）
惠特曼（Walt Whitman）

J

吉尔（René Ghil）
吉尔坎（Iwan Gilkin）
"交响乐"
节奏单元

K

卡恩（Gustave Kahn）
可变音尺（Variable foot）
克吕姗斯卡（Marie Krysinska）

L

拉弗格（Jules Laforgue）
兰波（Arthur Rimbaud）
雷尼耶（Henri de Régnier）
雷诺（Ernest Raynaud）
雷泰（Adolphe Retté）
罗当巴克（Georges Rodenbach）
洛厄尔（Amy Lowell）
罗曼性（La Romanité）
《吕泰斯》（*Lutèce*）

M

马拉美（Stéphane Mallarmé）
梅里尔（Stuart Merrill）
孟戴斯（Catulle Mendès）
"梦幻"
米歇尔（Louise Michel）
莫克尔（Albert Mockel）
莫拉斯（Charles Maurras）
莫雷亚斯（Jean Moréas）
莫里斯（Charles Morice）

N

《逆流》

P

庞德（Ezra Pound）
《漂泊的宫殿》（*Les Palais nomades*）
普吕多姆（Sully Prudhomme）

R

《热情的朝圣者》（*Pèlerin passionné*）
荣格（Carl Gustav Jung）

S

散文诗
《少年比利时》（*La Jeune belgique*）
"神秘主义"
圣-保罗（Albert Saint-Paul）
诗节
十音节诗行
叔本华（Arthur Schopenhauer）
双声（La Alliteration）
斯托勒（Edward Storer）

T

特雷泽尼克（Léo Trézenik）
《颓废者》（*Le Decadent*）
"颓废主义"

W

瓦格纳（Richard Wagner）
《瓦格纳评论》（*Revue wagnérienne*）
瓦格纳主义（Le Wagnérisme）
瓦莱里（Paul Valéry）
《瓦隆》（*La Wallonie*）

维尔哈伦（Émile Verhaeren）
魏尔伦（Paul Verlaine）
维勒-格里凡（Francis Vielé-Griffin）
维廉·卡诺·威廉斯（William Carlos Williams）
尾韵（Rime）
威泽瓦（Téodor de Wyzewa）
"无政府主义"（Anarchisme）

X

西蒙斯（Arthur Symons）
《新左岸》（*La Nouvelle Rive-gauche*）
休姆（T. E. Hulme）

Y

亚当（Paul Adam）
亚历山大体（Alexandre）
意象派（The Imagist School）
语顿（Césure）
于雷（Jules Huret）
于斯曼（Joris-Karl Huysmans）
"语言配器法"（L'Instrumentation verbale）
"语言音乐"（La Musique verbale）

Z

《最初的自由诗诗人》（*Les Premiers poètes du vers libre*）

后　　记

　　研究法国自由诗，这是我很早就有的心愿。在新诗研究所读硕士时，我就对自由诗感兴趣，"自由""规则""诗体重建"这些词语一直在耳边萦绕，可是什么是自由诗呢？不懂外国自由诗，就无法给中国诗做参照。身边的师友，似乎很难给我一个满意的答案。2008年以后，趁着读博士研究生的机会，我开始设法复印自由诗的著作，斯科特《法国自由诗的兴起》于是躺在了我的书箱中。但读这本书，要到2010年。那时我已经在临海工作，还没有感受到评职称的压力；女儿的降生，让我的时间变得格外破碎。破碎的时间，适合用来读一些感兴趣的书。斯科特把我带到法国的殿堂，告诉我一些大人物和大事件。现在看来，这本书还远远算不上法国自由诗的历史书，但它几乎影响了我后面五年的读书计划。兰波的诗作开始阅读了，迪雅尔丹的《最初的自由诗诗人》也被译成了中文。

　　傅浩师随后将我引向了英文诗和拉丁语的世界，在北京的一年，外语的语感变敏锐了。当然，法语也没有完全抛下。但是无论怎么学，都觉得进步甚慢。我在2012年的日记中曾这样抱怨："法语学了几年，虽然勉强看了几本著作，但用的是蚂蚁搬家的笨办法，因为不管怎么学，法语词汇好像都那么桀骜不驯，心中甚为苦恼。"2016年，去英国访学，蒋承勇师嘱咐我搜集法国象征主义的资料。我把数百册法文书从剑河带回了灵江，后续又购得不少。2017年，《英美自由诗初期理论的谱系》写完了，法国自由诗成为我下一个课题。欠了十几年的债，现在要还了，心中一直窃喜。此后，主要精力放在法国文学上。多亏了李建英师以及其他朋友的指点，我的法语上了一个新台阶。

　　最近几年，搜集、下载了不少法国自由诗的文献，在神秘主义、无政府主义、瓦格纳主义、波希米亚文化上都下了不少功夫，这就有了本书基本的思想资粮。本书的写作在阅读、翻译上花了大量的时间，真正写作起

后　记

来，时间并不长。虽然有失严谨的推敲，但是一气呵成似乎也有它的优势，它可以让观点更集中，行文更紧凑。

这十几年来，身居小城，关键时期总有良师帮助。师长们自不必说，台州学院的高平、张天星、李建军、孙建强、杨洁、吕蒙等博士经常赐教，师兄赵元有时也会远程授课。如果说我在学术的海边捡到了一些小贝壳，这要感谢他们的美意。

本书写作的初衷，是为1881—1896年间的法国自由诗描画一个系统的脉络，并进一步分析其原因。五四以来，国人对法国自由诗的研究一直停滞不前，主要问题有两个：一是文献不足；二是整体性不足。本书的大多数材料，在国内是第一次使用，可以给一些同道提供参考；另外，政治、美学、历史等领域的打通，也带来了不同的观察视角。我不怀疑，这本书做了奠基性的工作。但是更重要的探索，还有待来者。待垦的田地，我认为有这些：（1）扩大期刊研究。除了本书谈到的几种刊物外，《白色评论》《羽笔》《文学与政治对话》《为艺术而写作》等杂志，也是象征主义的重要园地。另外，与象征主义关系不大的其他杂志，似乎也有必要进行全面的考察，它们有《费加罗报》《百科全书评论》等。无政府主义、社会主义也有大量的报刊，它们等待有勇气的攀登者。（2）发起巴黎的文化、风俗研究。世纪末的塞纳河两岸，咖啡馆、小酒馆、剧场格外"风行"，商业海报与先锋文学并存，欧洲现代科技与东方形象交融。本雅明的拱廊研究，已经敲响了木铎，可惜国内响应者乏人。拿黑猫小酒馆来说，它在法国已经成为一个世纪的热点，我们却知之甚少。跨学科的文化、风俗研究，可能要成为中国象征主义研究的热点。为了抛砖引玉，我的下一个课题，就先圈定小酒馆吧。

李国辉
2021年11月于临海